El cocinero

LUIS CEREZO
El cocinero

CONTRALUZ

Diseño de colección: Estudio Sandra Dios

PAPEL DE FIBRA
CERTIFICADA

Madrid, 2023
Valentín Beato, 21
28037 Madrid
www.contraluzeditorial.com

ISBN: 978-84-18945-66-3
Depósito legal: M. 4028-2023
Printed in Spain

... podéis comer toda clase de brugos, ofiómacos, grillos y saltamontes..., podéis comer todas las criaturas con alas que se arrastran sobre cuatro patas o dos, para saltar por la tierra...

Levítico 11:22

Princesas vi. También reyes y bufones. Conocí la lujuria que esconde la cebolla caramelizada, la culpa en el cisne en salsa de arándanos, y el sabor a tierra, y a deseo, y otros muchos que nombraré si tengo tiempo y fuerzas; desde la humilde bellota a la lengua de mirlo, los amarguillos, alhajú y el colimbo majado.

Los ruiseñores escabechados, la salsa alejandrina, las ortigas de mar y el coliandro, las ubres con alcaravea, con los que descubrí que el mundo es tan inmenso, terrible, sutil y variado que non hubo espacio en mí más que para reducirlos a la simple ambición de evocar el regazo de madre, el consuelo del amigo o el beso del amante. Son estas últimas las verdaderas sustancias de que se componen la vida del hombre y su historia, más que hechos tales como batallas, asaltos, victorias y, en fin, escabechinas de pobres inocentes que son lanzados a matarse para llenar las arcas de los poderosos y ensangrentar el suelo en aquello que los eruditos y los imbéciles llaman sucesos heroicos y que realmente non son más que vanidad fútil.

Esperando que la escritura pueda alejar de mí el recuerdo, que más es maldición que mi talento, comenzaré por el principio. Perdone V. m. si peco nombrando palabras malsonantes, o describo escenas que promueven angustia o mofa, pues he recibido en suficiencia de cada uno la parte que me corresponde y mi vaso está tan lleno como vacío mi corazón, dispuesto a llegar allá donde Dios —si lo hay—

disponga, para llenarlo del amor que confío haya en abundancia en el otro mundo, ya que non lo hallara en este. Y callo, que muero ya, lector, aunque en estas letras me quedo.

Otrosí: y muy contento dello, pues nací con el don del gusto, y dos flagelos: el primero, el ser pequeño, y el segundo, la incapacidad monstruosa de olvidar; que recuerdo todas las peripecias y prodigios que pasaron frente a mis ojos, desde el último al primero. Y por eso escribo, para que las palabras conviertan en humo mis recuerdos, y estos, como polillas sobre el fuego, desaparezcan en la noche.

ALVAR DE MONDRAGÓN CEPEDA, *maestro de cocina*

Sopa de ortigas

Después de hervir las ortigas para anular su ponzoña, rehogamos una cebolla picada muy fina y la cocinamos a fuego suave para que no se llegue a dorar. Cuando empiece a tomar color, añadimos las ortigas y rehogamos bien para que desprendan todo el sabor. Luego las dejamos enfriar en la misma sartén. Una vez frías, se pican fino. En una olla, se pone un litro y medio de agua fría y se vierte en ella el sofrito. Se lleva a ebullición, se reduce el fuego para dejarlas cocer poco a poco, y desfazer en humo la melancolía. Al cabo de media hora, se añaden especias frescas, albahaca, mejorana, angélica e hinojo.

Popular

Capítulo 1

Al principio el hambre duele. Te roe las entrañas y te domina un ansia feroz, perversa, culpable. Luego, es un vacío casi dulce. Solo un hilo de vida te sostiene y al fin eres tú, sin disfraces, cuando dejas caer la carga de tus pensamientos: es el justo instante en que tu alma se desprende de la tierra y regresan los recuerdos. El pueblo subido a la falda de una montaña, el fuego del hogar siempre encendido. El humo, el acre tizne del roble y del pino negro bajo la olla de hierro viejo. El perfume de la tierra batida en torno al hogar. El aroma untuoso a la leche cuajada, el estragón y el queso de cabra. La carne tostada sobre el pan ázimo, las gotas de su aceite con tomillo y fragante melisa. También el caldo de yerbas en una noche de lluvia. Y el olor a pasto fresco y húmedo en las mañanas cargadas de rocío. Olores primeros, sencillos, que ahora, con el tiempo, aprecio de mi lugar de crianza entre roquedos; allá donde dieran a mi padre, por el año del Señor de mil quinientos y cuatro, el pasto que pudiese recuperar al monte para cuidar un rebaño de cabras después de que perdiera la mano en una guerra fratricida e inútil.

Era un hombre de espaldas cargadas y pocas palabras. El sol había dado a su piel una consistencia de piedra similar a la de nuestra casa, chamizo de pastor tan sombrío que incluso a medio día el resplandor del fuego hacía bailar las sombras en su interior. La puerta estaba compuesta de dos pieles cosidas y de un tablón que se apoyaba sobre el quicio. La despensa, un rincón donde se apiñaban un manojillo de cebollas, sal, ristras de ajos, un tabaque[1] de frutos secos y algunas hierbas salutíferas puestas a secar. No sabía yo entonces, feliz de mí, que éramos muy pobres. Comíamos pan cenceño, castañas y cebolla los días normales, y carne seca, queso, garbanzos, algún huevo y vino áspero los días de guardar. La cocina era el centro de aquel universo menudo. Un tronco ennegrecido, atravesado sobre ella, ocupaba el principal sitio, como en el altar de una capilla, siendo la cuarta pared la del recinto del ganado, que, junto al primero, sería lo único que nos protegiera de la muerte después del Adviento.

En el otoño, hermoso y breve, nos apresurábamos en recolectar frutos silvestres y leña, engordar el ganado e intercambiarlo, junto con un queso untuoso y de olor fortísimo que curaba padre en una cueva, por las viandas y productos que precisábamos para aguantar los meses fríos. Pues, con las primeras nieves, toda la montaña se volvía blanca. Y nadie que quisiera vivir podía cruzarla.

—Que no se aleje, que hay lobo —decía padre.

Madre me enseñaba a distinguir los mizclos de prado de las cascarrias, y a reparar el mazapilas, un molinillo con un palo que, alimentado por el movimiento del arroyo, alejaba a las alimañas.

—¡Auuu! —le gritaba.

Era un lugar vivo, y su pulso podía distinguirse por el rumor del riachuelo, que se convertía en un torrente en prima-

[1] Canastillo de mimbre (todas las nota son del autor).

vera, por los pájaros que traían los calores y por el miedo a las sombras oscuras que habitaban en él.

Un día vi una gigantesca mole de pelo con dos ojos y un hocico muy negro. En esa primera vez que vi a esa criatura notable, canté lo que me había enseñado padre y el oso marchó. Pero el lobo era diferente. No le espantaban los cantos. Reinaba en los collados angostos, y en el invierno extendía el terror hasta los límites de las provincias del sur. Por eso padre no permitía que anduviera en las sombras del bosque, ni más allá del Gañote, una piedra grande que marcaba el límite del paso elevado donde nos encontrábamos. Es llamado de Valdeón, que significa 'valle hondo', donde la leyenda asegura que sus habitantes no mueren, sino que se despeñan.

—¡Mirad, padre! ¡Puedo pelear con cien lobos! —gritaba haciendo fintas guerreras junto a Trisquillo, un cabrito zaino al que había tomado afición.

—Muy pequeño eres tu para cien bestias, y aun para una —decía padre.

Y era cierto, pues yo era pequeño y con redundancia. Por algún capricho de Dios, fui hecho de una constitución menuda, aunque proporcionada. A los siete años me faltaba mucho para llegar a la vara de alto y pesaba una arroba: lo que un cabrito al ser destetado.

Aun así, esa circunstancia no entristecía más que a mis padres, pues no tenía referencias de mi pequeñez. Con mis dos pies y medio de altura, y trayendo en cuenta los escarabajos y hormigas, me hacía yo un gigante. Sabía además distinguir los hongos esponjillos de los mansarones, algunas letras, hacer trenzas con hierbas, bailar y, por las mellas de mis dos dientes de leche, escupir muy bien, y me veía con ánimo de conquistar yo solo la China o Persia, que es donde decía padre que los hombres tienen un ojo donde debería estar la nariz.

En las tardes de lluvia, cuando el ganado permanecía en el cercado techado con paja, pedía yo a mi padre que contara alguna de esas cosas, o, aún mejor, lo que había visto cuando fue alférez en las guerras de Navarra.

—Cuéntame la historia del castillo.

—Tómate la sopa.

—¿Por qué se quedaban a la puerta del castillo?

Entonces mi padre me agitaba el pelo con la mano sana, y reía. A veces, en la esperanza de que yo olvidara la pregunta, hablaba de otras cosas que pudieran servirme en aquel pequeño mundo nuestro, como el modo de cortar una vara de nogal, que era una de las maderas favoritas de pastores y lanceros. Y me explicaba que había que hacerlo con luna menguante en el mes de febrero, después que los fríos aletarguen la sangre de los árboles.

—¿Y por qué esperaba un ejército enemigo a la puerta del castillo? —insistía yo.

—Ya no sirven de nada los castillos, que inventaron falconetes y bombardas —decía, muy serio, si no tenía ganas de hablar.

Por eso prefería los días de tormenta, pues era cuando padre no podía subir al monte y, al son del repiqueteo del agua, rememoraba leyendas sajambriegas que hablan de batallas libradas en la Collada, Arcenorio o contra Munuza en el mítico Carombo. Otras, en las que no estaba de humor porque le dolía la herida como si aún tuviera la mano siniestra, hablaban de las armas modernas. Había participado en la primera batalla[2] que se diera con ellas. Herramientas pesadas, que hacían ruido y, por añadido, feas, «si es que algún inge-

[2] 1503: España derrota a Francia en la batalla de Ceriñola, considerada la primera en que se usaron armas de fuego.

nio diseñado para matar personas —decía huraño— no lo fuera».

Mesaba su barba frente al caldero en el fuego, se miraba el espacio que debía ocupar la mano zurda perdida —que no crecería, como sucede con la cola de las lagartijas— y callaba durante largo tiempo.

—La guerra es muy mala, Alvar —decía al fin—. En la guerra no duermes o te pasas el día tumbado. Ayunas o te hartas. Y te matan como matas tú una hormiga, sin que nadie se dé cuenta. Por suerte, tú no tendrás que ir a ninguna. —Y lo dijo en parte contento, en parte con gesto ceñudo, como si no me reconociera. Cuando bebía algo más de la cuenta, decía también que la guerra, cuando no hubiera caballeros, acabaría con el mundo. Entonces madre le pellizcaba, y contaba leyendas de trasgos que se introducen por las chimeneas de las casas para hacer sus diabluras, de duendes con prendas de musgo, anjanas[3], o cómo los sábados por la noche las brujas montañesas, tras orinar en las cenizas del hogar, gritaban: «¡Sin Dios y sin santa María, por la chimenea arriba!», y partían en escobas o transformadas en cárabos rumbo a Cernégula.

De las historias que oía, gracias al don con el que nací, las recordaba todas. Palabra a palabra, con fechas, nombres y citas reales o inventadas, pero nunca me cansaba de escucharlas junto al fuego. Al olor de los densos caldos, las yerbas dulces o amargas; la tizne y las brasas, a cuyo calor el tiempo transcurría según el capricho de los requerimientos del torto de queso y manzana, los chichurros de sangre con yerbas, o las colmenillas, diminutas setas oscuras que, escaldadas, se acompañaban de ajo. Modesto yantar del pastor que en los

---

[3] Una especie de ninfas que viven en las fuentes, en las cuevas y en las riberas de los cursos de agua.

días de guardar alterábamos con sorpresas que me parecían fabulosas, como el día en que, en vísperas de Nochebuena, madre puso un pan blanco en la mesa.

—Es pan de Castilla. Molido tan fino como el que toman las mejores familias —dijo padre.

—¿Por qué no comemos siempre de este?

—Porque somos pobres, pequeño. —Ensombreció su semblante, y madre hizo un mohín—. Tres libras de pan cuestan doce maravedís.

Padre le palmeó la pierna, para borrar lo dicho con una sonrisa.

Era distinto al pan cenceño, más seco y oscuro, que hacía madre con harina de trigo y cebada sobre las cenizas de la lumbre, y me dejó tocarlo antes de poner otros objetos, como si fueran tesoros, sobre el arambel hecho de paños cosidos: una alcuza con manteca fresca, dos frasquillos con romero molido y alcaravea, huevos, sal envuelta en una gamuza y una pizca de flores de azafrán, que extrajo de una cajita en la que guardaba los pendientes de hueso y un relicario, sus objetos más preciados.

—Ya verás qué Nochebuena —dijo madre. Y encendió dos candiles de sebo en lugar de uno—. Monda las almendras.

Entonces puso a rehogar unas verduras. Luego lavó algo con agua caliente, y cuando comprendí lo que era me puse a llorar.

—Te dije que no le pusieras nombre. No era un perro —dijo mi padre mientras cortaba el pan.

La cabeza de mi cabrito zaino estaba sobre la mesa observando mi rostro con sus ojos inocentes y bobos.

—¿No querías guerrear? —dijo mi padre—. ¿Y lloras por un cabrito? ¡Es Nochebuena! ¡Come!

Pero Trisquillo no era para mí un chivo. Era mi amigo. Un caballo de guerra, también un dragón, y a veces un unicornio, y eso padre no lo podía entender.

—El hueso tiene alimento. Tiene grasa. Y la grasa te da fuerzas. Come y no lamentes.

Mi madre hizo dos platos. Una sopa, y los sesos con queso, huevo y hierbas. Y, mientras ataba la cabeza de Trisquillo con un cordel, padre me explicó que era ley de vida, que, al comer, todos los seres vivos se alimentan de otros y que eso lo había dispuesto Dios en el mundo por una razón que solo Él sabía, y que nosotros no podíamos contradecirlo. Me dio una taza de aquel vino áspero y fuerte, que me mareó, y dijo que me haría más hombre. El perrillo Duque, siempre inquieto, deglutía los desperdicios a toda velocidad, como si alguien fuera a quitárselos. Tomé la sopa, pero la cabeza no quise probarla. Me pregunté si los animales irían al cielo, o si habría un paraíso para las cabras, un edén sin nubes, soleado y rocoso, repleto de pasto verde, pradillos de menta y laberintos imposibles de piedra altos como la luna, donde los chivos más valientes se juntarían para competir haciendo locuras. Padre arrancó a cantar y madre, ruborizada, le acompañó con la bebida. Me puso la mano en la cabeza y pedí más sopa con vino, que sabía deliciosa y me ayudó a creer que todo debía ser como era y que Trisquillo estaría en otra parte, muy lejos de aquel fuego.

Esa Navidad, mis padres hablaron de cuánta suerte tuvieron en juntarse, aunque carecieran de fortuna, tierras o dote, y de lo felices que eran, pues, aun siendo pobres, podíamos celebrar un banquete como aquel. Después de que las almendras con miel, huevos y otro plato de sopa con pan frito llenaran mi barriga como no había ocurrido en mucho tiempo, mi padre me mandó a jugar al establo, casi oculto bajo la nieve. Me asomé al ventanuco y vi que hacían como otras veces que estaban solos: se frotaron como si tuvieran una brasa en las nalgas, cosa que a mí siempre me atemorizaba un poco, aunque sabía que hacían lo que hace la cabra con el macho cabrío.

Me dediqué a tirar piedras a un árbol desde la cancela, juego en el que era muy ducho, mientras imaginaba que despertaba el monstruo de Avín, el dragón que dormía desde hacía siglos en una cueva[4] situada hacia el norte. Así pasó la Navidad. En mayo, a mi madre le creció la tripa, y dijo que venía un hermano, y que, en llegado su tiempo, por falta de dineros pariría ella sola. Así, cuando el parto se acercaba —era principios de septiembre—, una vez más me dijeron que saliera a jugar, y esperando la cena subí a una roca e imaginé que defendía una torre, o la atacaba… Me detuve al oír un grito: era madre. Cuando fui a ver qué ocurría, padre me dijo que marchara. Y ya no pude seguir con mis juegos por que las voces no cesaban y cada vez eran más recias. Primero de dolor, luego de esfuerzo; finalmente, lamentos. Esperé sentado, junto a Duque, con la mirada fija en mi casa. Llegada la noche, padre me llamó y acudí junto a Duque, que tenía el rabo entre las patas. Padre estaba muy serio y mi madre había dejado de gritar.

[4] En el Pozu de La Peruyal, en Asturias, se hallan los restos fósiles de un *Coelodonta* (rinoceronte lanudo), especie extinta en el Pleistoceno.

Capítulo 2

Mi padre no sabía de números y gastó toda su fortuna, sesenta reales, en los acompañados: enterrador, la esquela, doce cirios, cuatro velas de a dos libras para el féretro y otras cuatro de a media libra para el altar. Se me vino a la mente la cara enjuta y apergaminada del párroco, y cómo subía y bajaba la nuez mientras hablaba; también mi madre, envuelta en un sudario, y el murmullo de los niños del pueblo, que me señalaron.

—¿Qué significa *menguado,* padre?

—Pequeño —respondió.

La falta de madre coincidió con la caída de las hojas. Padre, de hablar poco, pasó a no hacerlo casi nunca y no más que para decir «sí», «no» y «trae eso», como si hubiera perdido el ánima. Se levantaba por la mañana y desayunaba en silencio un trozo de pan seco antes de partir sendero arriba, hacia la quebrada del Hueso, allá donde los grandes árboles del bosque comienzan a clarear y crece en la falda de la cumbre el pasto tierno. Los días en que iba a lo alto dormía en el monte. Cuando volvía, se calentaba las manos al fuego, como si buscara el olor familiar del caldero que ya nunca sería el mismo. Y yo no podía consolarle.

Me ocupé de ordeñar la leche para Daniel, mi hermano; reparar el cercado o recoger algún forraje sin alejarme demasiado de la casa. También imité a madre en mantener la olla en el lar. A la luz caprichosa de las brasas, tomé por lo menudo lo que aprendí de ella, y me sentía de nuevo útil trayendo agua, avivando rescoldos, pelando o descortezando, y ponía en sus cantidades justas romero, tomillo o ajo; hasta que un día en una asadurilla de champiñones acerté en las proporciones e hizo a mi padre llorar. Desde entonces, he procurado evitar el recuerdo de los tiempos felices echando al cazo algo más de agua, o menos sal.

El segundo invierno mi hermano aprendió sus primeras palabras, y se hizo evidente lo necesaria que era la presencia de madre para nuestra supervivencia. Padre tenía que pastorear, mover los quesos envueltos con hojas de arce que estaban en una cueva a un día de camino, cortar leña y recoger castañas. Las ricas setas que ella buscaba en tiempo de lluvia, y que eran nuestra alternativa a la carne, ya nos faltaban, al igual que las frutillas de otoño o las yerbas, y eché de menos —Trisquillo me perdone— el cabrito dorado y sabroso que todas las primaveras, cuando era época de crianza y se traían al pueblo, hacía con setas, ajo, cebolla, miel y vino blanco.

Un verano el párroco vino a visitarnos, y me dio un crucifijo. Se llevó a mi padre a solas y, cuando no podía escucharlos, dijo algo que a mi padre no gustó. También llegó una tarde un hombre desconocido, del que solo alcancé a ver su espalda embozada cuando se marchaba. Esa misma noche, padre se llevó el pellejo de vino y estuvo dos días en el monte. Volvió con el odre vacío y un pie tan hinchado que no podía caminar, y pasó muchas horas con la vista perdida en el rescoldo de la lumbre.

—Padre, yo puedo subir el ganado —le dije al fin.

—Eres muy pequeño.

—Pero en Oseja he visto a niños que llevan ganado.

—Eres pequeño, te digo, hijo. Este año el lobo ha matado a dos cabras y baja mucho al castañar.

—Tengo el cayado…

—¡Eres menguado! ¡Enano, a ver si te entra en el seso!

Luego me dirigió una mirada cargada de compasión y rabia, hasta que esta última se disipó.

—Ser menguado no es malo, hijo —añadió—. ¿Sabes esos pinos que crecen arriba, entre las rocas, con un poco de tierra, y que son iguales que los grandes pero en menudo? Son árboles como los demás, con sus hojas y su tronco.

—Pero yo no quiero ser pequeño.

—Dios te ha hecho así.

—A mí Dios no me gusta. Se llevó a madre.

Eso me valió un bofetón.

—No digas eso. Se la llevó para que esté con él.

—Por eso le odio.

Mi padre alzó de nuevo la mano, pero contuvo el golpe, y comenzó a explicarme que contra Dios solo estaba el demonio, y otras cosas que había dicho el párroco cuando vino a visitarnos, como que lo malo, aun siendo obra de Dios, llevaba la influencia del enemigo eterno, y que debido a eso tenía que rezar más que los demás.

Cuando mi padre curó su pie, al cabo de dos días volvió a subir al monte. Me senté frente al saco de castañas. Mi hermano dormía. Metí una en la boca, y luego otra. «Come mucho y crecerás», decían. Y mastiqué cinco, diez, veinte, hasta que la masa se me hizo intragable. Tras comer una libra dellas, y por pasarlas mejor, me ayudé con densos buches del búcaro de miel. Me dolía la tripa. Comprobé mi altura en la muesca de la traviesa en la puerta: no había crecido ni un dedo. Vomité. Al anochecer, cuando padre vio lo que había hecho, quiso azotarme, pero, nada más iniciar la caza, se detuvo… Afuera sonó un ulular largo, siniestro. Salió a vigilar el valle, allá donde se encontraba la linde del castañar. Luego, bloqueó la entrada con la tranca.

—Padre.

Me hizo un gesto para que callara, atento al sonido del exterior. Los aullidos desaparecieron.

—El lobo…

Afuera, el viento entre las rocas producía un ruido grave, atronador, que llegaba como si fuera el último suspiro de un gigante.

Padre atizó los rescoldos del fuego, y llenó dos tazones de agua en los que flotaba un triste hueso y alguna cebolla que nos quedaba. Sin que me dijera nada, cambié el paño hediondo de mi hermano, que moqueaba mucho y se puso a llorar a imitación de padre, impresionado porque jamás se lo habíamos visto hacer. Grandes goterones resbalaban por sus mejillas curtidas, hasta mojarle el pelo de la barba.

—Alvar —dijo al fin mostrando un cuchillo—, los fríos llegan demasiado pronto y hemos de prepararnos. Mañana tengo que llevar el ganado a que paste antes de meterlo en los hibernales y mover los quesos. Ten. Te quedas aquí y no salgas, ni bajes al arroyo, que iré yo cuando vuelva. Nos faltará leña. No pierdas de vista la cabaña, pero busca ramas secas y amontónalas como te expliqué. Abre los ojos y no te separes de Duque. Dejaré que pasten las cabras mañana, que hará bueno, traeré los quesos y, luego, leña para la lumbre. ¿Entiendes?

Como si buscara algo en el aire, un asidero, o tal vez el ánima de madre, a la que aún rezaba, dejaba que su vista se perdiera en la penumbra de la cabaña.

—No es tarde aún. Si vamos a Sajambre para que nos amparen, seremos unos pordioseros. Y el maldito cura quiere que me case con otra. Dime, Alvar, ¿tú quieres otra madre?

—No, padre. Solo a la nuestra.

A la mañana siguiente, le vi marcharse con la espalda encorvada bajo el sayo de lana cruda. El cayado chasqueaba sobre la tierra húmeda y Duque, meneando el rabo, trotó por delante de él para alcanzar a una cabra rebelde que tiraba para el llano en lugar de seguir a la grey. Padre hizo retroceder al perro para que corriera hacia casa y arriba, a lo lejos, planeó un ave grande y negra. Tal vez un quebrantahuesos. Un viento frío me azotó la cara mientras mi hermano me tiraba de la ropilla.

Quise gritar a mi padre, para que volviera. No se había despedido de mí. Aún era de noche y eso significaba que planeaba ir a lo alto, a los pastos verdes y tiernos que habían crecido en los picos inaccesibles, allá donde yo no me había aventurado nunca.

«¡Guárdate!» Mi padre dijo algo más que no entendí. Hubiera querido decirle que lo quería. Y agité la mano en vano, a su espalda.

Capítulo 3

Salí varias veces para ver si volvía. Al fin, me quedé en el quicio de la puerta mirando hacia la mole gris de las montañas. Cuando llegó la tarde, fui a llenar la tinaja de agua. Padre me había advertido, pero antes de su marcha había olvidado llenarla. Me protegerían, pensé, mi perrillo y el to-toc de la mazapila. El arroyo del que nos proveíamos estaba cerca del castañar. Mientras esperaba que su breve corriente llenara el cubo, imaginé que los ojos hostiles del bosque me vigilaban. Estaba en esos pensamientos cuando Duque ladró, excitado, hacia la montaña y se alejó al galope hasta que lo perdí de vista.

—¡Duque!

Corrí tras él, sin aliento. Finalmente, me detuve con la mirada puesta en el sendero, pensando que tal vez viniera padre. Esperé hasta que se alargaron las sombras.

—¿Viene padre? —preguntó Daniel cuando regresé con el agua.

—Pronto.

—¿Y Duque?

—Ha ido a buscarlo.

Cuando se hizo oscuro, atranqué la puerta y acerqué a la candela el tazón de leche de mi hermano. Ya dormía. Me despertó su tos antes de la salida del sol. Los rescoldos se habían apagado y hacía mucho frío. Acerqué a la yesca un manojo de lavanda seca, pues padre decía que traía suerte. Aún no había llegado y tampoco había rastro de Duque. La madrugada había vestido con un manto de nieve todo lo que alcanzaba mi vista.

—¿Qué te pasa? —dijo Daniel.

—Nada. Duerme.

—¿Por qué lloras?

Daniel puso entre mis manos su bien más preciado: su caballo de madera. Forcé una sonrisa al devolvérselo y me tragué el miedo. Procuré avivar el fuego con las brasas y calenté lo que había en la lumbre junto con algunas castañas que tomamos mientras esperaba los alegres ladridos de Duque acompañados de las pisadas de padre.

Hacía la noche fuera cuando el tiempo acompañaba, pero nunca dos seguidas. Ni siquiera él podría sobrevivir a una noche así en los riscos altos. El viento de la mañana dio paso a una nueva nevada, que llegó antes de la puesta de sol. Pasamos el tiempo jugando con palitos y recortándolos. He olvidado cuántas veces salí para escrutar la vereda, pues no quería aceptar que padre estuviera muerto o nos hubiera abandonado a nuestra merced, y que estábamos solos.

Al segundo día, de amanecida, fui a evacuar tras el cercado, apenas un agujero techado con ramas, a veinte pasos de la casa, que estaba tapado por el lecho que había dejado la nevada, y oí de nuevo el aullido. Entré corriendo en la cabaña y resistí sin vaciar de cuerpo todo el rato que pude —cosa difícil cuando estás espantado—. Solo se oía la pesada respiración de mi hermano, que dormía con las narices atoradas, el viento sobre las rocas afiladas, el regato y el frufrú del viento sobre las copas de los árboles cercanos. Pero podían intuirse las respiraciones rápidas. Los trotes amortiguados. Las malignas entidades oscuras que husmeaban la sangre, para alimentarse de ella. Sentí en ese momento la fragilidad de la puerta. Más que nunca, lamenté ser tan débil de brazos. Agarré el cuchillo y esperé una hora sin moverme. Mi hermano abrió los ojos. Le susurré una canción, para que no delatara con su voz nuestra presencia. Aunque si el lobo estaba allí, es por que traía hambre y ya nos sabía aislados. Hice mis necesidades allí mismo, y las enterré.

La luz del sol estaba alta cuando desperté. La noche había pasado, y con ella, el miedo a ser devorado. El olor de las brasas, el pasto seco de la yacija y la luz que se filtraba a través de las aberturas de la pared disiparon lo que me pareció entonces una pesadilla. Asomé la cabeza al exterior con el cuchillo en ristre. Afuera se extendía una llanura blanca de un pie de espesor y el aire tenía un tono gris y agorero: el rastro de los lobos estaba por todas partes. Huellas a cientos, de animales más pesados y grandes que un perro, recorrían del portal al cercado y se perdían hacia la parte alta del bosque. Llené un cazo de nieve para lavarnos la cara, por no atreverme a caminar hasta el arroyo. Coloqué la mesa frente a la puerta, y puse también los tres bancos que había sobre ella. Una vez bloqueada, miré por el hueco que hacía las veces de ventana.

—¿Qué pasa? —dijo Daniel.

—Lobos.

—¿Y padre? —dijo mi hermano, con el pelo revuelto y sus grandes ojos muy abiertos.

—No lo sé.

—¿Y mamá?

—¡No lo sé! —le grité—. ¡Cállate!

Se me quedó mirando en silencio, le cayó una lágrima grande y gorda y, sin esperar la respuesta, retrocedió a un rincón, sin decir nada.

Quedaba solo un queso —conté—, medio saco de castañas, diez cebollas, sal, dos cabezas de ajo y un capacho casi vacío de garbanzo seco. Ni tasajo ni las calabazas que en otoño cambiaba mi padre para el invierno. No podríamos bajar al pueblo, que distaba un día largo de camino, porque mi hermano era muy lento. Cruzar el bosque en esa situación, con nieve alta y el lobo al pie del arroyo sería invitarlo a una cacería. Reparé en mi hermano, en el rincón oscuro, junto a la llar. A veces sufría de rabietas, pero esa vez callaba y tenía la mirada fija en la puerta.

—No tengas miedo, ya verás que todo irá bien. No te comerán los lobos. Te lo juro —le consolé.

Al principio gastamos algo de sopa y pasta de castañas, e intenté fortalecer nuestro ánimo imitando a madre, que solía cocer un puñado de estas, que, una vez escaldadas, trituraba y cocía con leche, miel y sal usando un palo como mano de mortero. También hice una sopa con su harina, cebolla troceada, sal y queso. De las setas oscuras que usaba mi madre no quedaba ninguna, pues el tarro de aceite en que se conservaban estaba vacío, y cuando comimos sabíamos que faltaba algo, como si aquel sabor untuoso a musgo fuera una parte esencial de la vida que nos habían quitado y nunca volvería.

Pronto aumentó en frecuencia y cercanía el canto de los lobos y, cuando parecían tan cerca que creíamos oír su aliento cerca de las paredes que nos protegían, rezábamos a san Miguel arcángel, que era, según madre, el principal protector contra las brujas y el demonio, frente al crucifijo que pendía de la pared. Luego esperábamos un rato sintiendo el efecto del hombrecillo de latón clavado a su madero, como si el mal se hubiera despejado.

La madrugada era el peor momento de aquellos días, pues no me atrevía a buscar madera. Me despertaba la tos ronca y brusca de mi hermano y hacía tanto frío que no lo sentíamos. Solo ocupábamos una esquina del camastro, sobre el que habíamos hecho un pequeño refugio con paja y cuatro pieles de cabra. Al cabo de pocos días, cuando ya únicamente quedaba un puñado de castañas y garbanzos, comencé a racionar por lo menudo lo restante. Por miedo a salir al cercado, cuando se acabó la leña quemé la mesa y todo lo que encontré de combustible, incluida mi vara de fresno, pero conservamos el caballito de Daniel. A partir de entonces, en lugar de engañar la barriga con caldo manchado con la harina molida de una castaña, tuvimos que hacerlo con media y agua de nieve derretida. Llegaba hasta el ventanuco, y al poco acabó por atrancar la entrada.

—Pronto vendrá la primavera y podremos ir al pueblo para buscar comida —decía a mi hermano cuando le irritaban las toses.

—¿Y llegarán padre y mamá? —respondía siempre.

Yo asentía con una sonrisa insincera. Con el fuego apagado, solo se oía el viento y nuestra respiración. Para romper los peores momentos de aquel silencio, recurría a mi memoria infalible y contaba las guerras de Navarra, de cómo mi padre había luchado en Tudela con un caballo que se llamaba Froilán. De cómo eran esos señores, magníficos y terribles, que competían por prados y castillos como hacen las águilas cuando defienden su territorio.

—¿Recuerdas a la Negra?

Era un águila que anidaba en la cordillera noreste en dirección a los pastos altos. Mi padre, que fue quien le puso el nombre, me había dicho que algunas águilas emigraban hacia el sur en invierno. Pero allí, en los peñascales altos, donde apenas más hombres que padre se aventuraban, siempre había carne para los animales de garras afiladas.

—¿Las *áligas* pueden ver a Dios? —preguntó mi hermano.

—Pues claro.

—¿Y pueden ver allí a mamá?

Mi hermano había asumido la muerte de mis padres, a pesar de todo lo que yo le contara. Tragué saliva antes de responder que sí.

—Cuéntame más —reclamó con los ojos muy abiertos—. ¿Cómo es el cielo?

Tenía la cara llena de churrete y la expresión animada, pues no hay cuita que apague la ilusión de un niño. Hacía más frío que nunca. Las nieves se habían amontonado sobre la cabaña hasta hacerla casi desaparecer, y frente a la puerta no había más que un agujero por el que asomar la cabeza para arrojar los desperdicios. Intenté concentrarme y no temblar.

—El cielo es un gran prado lleno de viandas, como en la Feria de Otoño de Sajambre. Y puedes jugar a saltar sobre las nubes y comer y comer sardinas.

—¿Y pasas?

No sé por qué se me vino a la mente la cabeza de Trisquillo y el cielo de las cabras. Pestañeé muy fuerte para borrar aquel recuerdo.

—Sí. Pastelillos de pasas con miel y almendras.

—¿Y los dulces de mamá? —dijo, pues, aunque no la hubo conocido, yo le había contado de quién aprendiera a hacerlos.

—Sí. ¿Te acuerdas de lo que hay que hacer?

—Una clara de huevo, bien batida, junto con dos tazones de miel y, luego de reposarlo, ponerlo a cocer y menearlo.

—¿Echamos piñones o almendras?

—Almendras —dijo mi hermanito sin dudarlo.

—Almendras peladas y tostadas, bien doradas. Y, luego, dejarlo hasta que quede crujiente.

—Tengo hambre.

—Y yo…

Mi hermano tembló de nuevo y se apretujó contra mí. Cogí media castaña, la última, y se la di de a poco.

—Cuéntame la historia del nigromante y de padre.

—El hijo de la reina Blanca era un hombre infeliz y malvado y quería el reino…

—Quería el trono.

—Quería el trono para sí —corregí—. Llamaron a un campeón llamado César Borja para que capitaneara sus ejércitos, y lo hizo con tanta inteligencia que tomaron las principales ciudades del rey Juan, pues no solo era un campeón, sino también mago y nigromante. Un día, al rey Juan le quedaba un solo castillo…

—Y allí estaba él.

—Allí estaba padre.

—Y miles de soldados venidos de toda Castilla y Aragón rodearon el castillo para que murieran de…

—… hambre —añadió mi hermanito, concentrado en la historia del nigromante.

Luego, descubrí mi reflejo en los ojos de Daniel y se me hizo un nudo en la voz.

—Sigue contando —dijo al ver que me callaba.

—Bien. La ciudad había sido capturada, pero algunos vecinos decidieron sortear el cerco y entrar en la fortaleza con víveres.

—¿Que víveres?

—Panes, miel, tasajo. Y, como era marzo, también queso fresco y panales de la primera miel. Para ello tenían un pasadizo secreto, oculto bajo una vieja torre llamada la Puerta del Socorro. Cuando el nigromante supo que rompían el cerco, tal fue su ira que tardó pocos segundos en llegar a las puertas a lomos de su gigantesco caballo de guerra. Los campesinos que habían acudido en ayuda de la ciudad estaban en el camino de vuelta y morirían sin remedio. Para defenderlos, y que ganaran tiempo en salir, solo contaron con tres hombres de armas.

—Padre era uno de ellos.

—Los tres valientes salieron del castillo. El caballo del nigromante avanzaba hacia los campesinos con su tropa, que bajó las lanzas para acelerar en su galope. Padre y los otros dos jinetes, en lugar de cerrar los yelmos, los dejaron abiertos para que se viera su terrible expresión a través de las barbas. Gritando como demonios, cargaron tan fuerte que el cielo se oscureció. Entonces sucedió el milagro: los hombres del hechicero retrocedieron asustados y el nigromante huyó al galope. Padre cabalgó tras él hasta llegar a una barranca, donde el nigromante volvió grupas, y exigió su nombre antes de entablar el duelo..., y padre...

Callé. Daniel se había quedado dormido. Me tumbé junto a él pegando su espalda a mi pecho y abracé el suyo para calentarle. Su respiración era ligera y emitía un gorgoteo húmedo y ronco. El fuego apagado parecía una mancha negra sobre la piedra. No quedaba ni una ramita. Todas habían sido consumidas para asar las últimas porciones de comida. Repasé la historia de mi padre paso a paso: cómo obtuvo el anillo de hierro que llevaba, perdió la mano y logró vencer al nigromante, y pensé que eso era mentira, como cuando dijo que volvería. Hacía frío y desperté de mi ensoñación. Una luz frágil y azulada alcanzaba a iluminar los contornos del ventanuco. El frío, insoportable, calaba hasta los huesos y provocaba una vaga sensación de borrachera. Sentí un momento de breve paz al descubrir que no me dolía.

Se me ocurrió que podría ser verano, como cuando jugaba en el arroyo a los aventureros mientras madre, con el pelo suelto, lo secaba al sol y el ganado remoloneaba en los pastos. Las hojas de haya eran navíos, y una hormiga o dos, su tripulación. Ahora éramos nosotros como aquellos frágiles insectos. Se me cerraban los ojos. ¿Y si habían llegado al mar? Imaginé a un bichillo intrépido que viajaba del regato a un río, del río al océano, y quizá, luego, más allá. A esas tierras en que había leones grandes como casas y serpientes de dos cabezas. ¿Y dragones? Emití un graznido más que una risa, porque tenía la boca seca, y toqué la mano de mi hermano. Entonces comprendí el porqué de aquella quietud inmisericorde, y de aquel frío: mi hermano había dejado de respirar.

Receta de té sin té

Tras admirar el objeto de apreciación, como flores, o un poema, colocar polvo irreal de hojas de té verde molido finamente, y a continuación verter su mismo peso de agua que no existe. Remover la mezcla imaginaria empleando el batidor de bambú, con gestos rápidos y enérgicos, manteniendo el utensilio siempre apoyado en la superficie.

Una vez disuelta la fantasía, de forma que esté homogénea, verter cuando aparezcan diminutas burbujas, antes de que rompa a hervir en proporción a setenta mililitros de nada por dos cucharillas vacías para mantener la textura cremosa y fina.

Colocar el cuenco en la palma de la mano izquierda mientras lo sujeta con la mano derecha, y degustar la entelequia. Realizar tras ello una reverencia para indicar que la ceremonia de té invisible ha terminado.

Tradicional zen

Capítulo 4

La ventisca hacía retumbar el valle como si estuviera dentro de la garganta de un gigante. Abrí un surco entre el manto blanco, sin sentir su peso. La niebla tapaba la serranía con una luz engañosa. Avancé unos pocos pasos hasta que se me entumecieron las piernas y deposité a mi hermano sobre el suelo helado, puse el paño de mi madre sobre él, junto al crucifijo, y dejé de ser un niño. San Miguel era una mentira como la reina Blanca o los dragones. ¿Acaso no sabía bien que lo había tallado padre en el monte? Me dispuse a cavar con las manos en la tierra endurecida y entonces los vi. No hacían ruido, y venían como sombras desde la cañada del otro lado del arroyo. Avanzaron primero como formas difusas entre los árboles, hasta que se hicieron reales. El primero se detuvo en el borde del calvero, tan cerca que podía ver el pozo de sus ojos amarillos.

Entonces caí en la cuenta de que la mazapila no funcionaba, pues el riachuelo se había helado.

—¡Fuera! ¡Fuera, lobos!

Ya salían del bosque. Les arrojé el crucifijo con todas mis fuerzas. Corrí hasta la cabaña, a ciegas y me lancé adentro. Cuando recuperé el aliento me asomé a la rendija de la puerta y vi a las bestias, siete u ocho, luchar por los despojos de Daniel.

Había jurado que no le dejaría en sus manos.

Permanecí mucho tiempo arrinconado e inmóvil, concentrado en el punto negro del hogar apagado, y luego, con el sabor de la traición adentro, bebí el agua fundida y mastiqué trozos de pellejo y algunas yerbas que aún quedaban. A pesar de mi memoria perfecta, apenas guardo recuerdo de aquellos días de abandono. Agotado el hinojo seco, las hojas de laurel, el tomillo y los otros condimentos, me echaba a la boca la grasa de media vela de sebo, trozos de pellejo o cuerda. La madera, bien masticada, también sirvió (de ella es preferible la corteza). Descubrí algunas chinches y las comí sin pena ni asco, como un estafermo, que aun moviéndose carece de alma y voluntad. Ningún sabor inmundo pasó desapercibido en esos días, y cada uno resultaba un matiz distinto de mi abyección y arrepentimiento, pues, al tiempo que comía, también me sentía culpable por sobrevivir.

Después de lo que me parecieron siglos, en la oscuridad de aquella cueva en que se había convertido mi casa penetró un ruido nuevo: una gota de agua. El carámbano de hielo que pendía de una viga se deshacía sobre mí con lentitud morosa. Abrí la boca bajo él y dejé que se disolviera el líquido junto a los sabores que me habían mantenido con vida. La textura gredosa y levemente dulzona de la tierra. El sabor agudo de la madera carbonizada y la piel reseca. Me asomé por el ventanuco y vi que el sol había disuelto la niebla: comenzaba el deshielo. Debilitado como un polluelo recién salido del cascarón, me aventuré a salir.

La nieve comenzaba a derretirse y formaba pequeños charcos junto a las paredes de la cabaña. El pasto reverdecía y el sol iluminaba una obra terrible e inacabada. La nieve del escarpe que subía hacia la sierra se había convertido en bloques que se disolvían formando regatos que llegaban hasta el arroyo. Me tumbé en la tierra húmeda y, sin prestar atención al posible ataque de las fieras, bebí. Arranqué un puñado de pasto seco, agrio. No había señales del cuerpo de Daniel. El bosque, a partir del arroyo, se espesaba allá donde había visto al lobo de ojos amarillos por primera vez. Sentí una quemazón en los ojos y juré que mataría a todos los lobos del mundo. En ese momento, sentí un hambre atroz.

Pasé el resto del día buscando alguna castaña que no se hubiera podrido en el lindero del bosque, sin perder de vista las sombras que se adentraban valle abajo. Escarbé, con las pocas fuerzas que tenía, sin hallar nada. Cuando alcé la vista vi la sombra de mi hermano. Me miraba desde el sendero que conducía a la arboleda. Antes de que atinara a llamarle, desapareció, como hacen las ánimas de los cuentos. Busqué sus huellas junto al tocón de un viejo roble partido bajo el que solían crecer las ortigas, y entonces lo vi. La escarcha dejaba entrever una serie de formas rotas, de las que solo podía reconocerse el caballito de madera. Le habían devorado las piernas, el torso y el rostro. La forma desmañada de los huesos apenas estaba sostenida por cartílago y fragmentos de tela ennegrecida por la sangre seca. Por un instante, quedé en el suelo, vacío. Traté de consolarme pensando que eso no era más que tierra, pues madre decía que íbamos a un sitio mejor. Luego fui consciente del olor de la muerte, y oí el agudo chispear de un petirrojo, recordé mi empeño en vivir, hice un agujero poco profundo y enterré sus huesos en él, pero, que Dios me condene, llevé conmigo algunos.

Mientras el sol desaparecía bajo el horizonte, empleé las últimas fuerzas que me quedaban en arrancar algunos maderos secos de la cerca. ¡Ojalá padre pudiera enfadarse conmigo por ello! Pero estaba haciendo algo peor: hice un fuego y cocí un puñado de brotes de ortiga con los huesos.

Ahora la casa no estaba a oscuras, y su miseria aparecía súbitamente transformada en una atmósfera dorada e íntima. Me sorprendí imitando los movimientos breves y firmes de madre; mientras, mi padre atizaba las ascuas y mi hermano mordisqueaba alguna hierba o un trozo de pan. ¡Pan! Se me hizo la boca agua al echar sal en el cazo evocando el aroma sutil y denso del tocino con los picatostes.

—El hueso tiene alimento —me oí decir mientras removía el cazo.

Bebí con los ojos cerrados, pidiendo perdón a Dios, pero sabiendo que mi hermano, desde alguna parte, aprobaba mi acto con la expresión que puso el día en que me ofreció su caballito de madera.

En esos comienzos de la primavera, recuperé mi cuerpo comiendo trébol, musgo y brotes de helecho. La tristeza quedó sepultada en algún lugar, y la crudeza del peor invierno de Sajambre dio paso a mis esperanzas de sobrevivir. Cada día salía a buscar raíces o brotes tiernos. Me levantaba cuando el sol estaba alto y recolectaba, entre los zumbidos de los insectos y los pájaros, lo que el monte pudiera ofrecer a la candela que alimenté con la madera del cercado, y la del crucifijo, pues, como no había respondido a ningún ruego, concluí en mis horas de soledad que la culpa de todo era de Dios si existía. Una noche, oí un sonido junto a la puerta: un trote amortiguado. Con el cuchillo en el regazo, dormité sin atreverme a salir hasta que, al día siguiente, el hambre pudo conmigo. Afilé una vara de la cerca y quemé su punta, para hacerme una suerte de lanza. Abrí la puerta con cuidado mientras apuntaba hacia el exterior, a la espera del ataque de la nube de pelo gris de aquel maldito lobo de ojos amarillos. Nada hubo. Solo quietud. Afiancé los pies. De seguro, el lobo estaba agazapado más allá, en una depresión. Tras los restos de la cerca, o en la roca de la pendiente. Aguardando el momento para saltar.

—¡Lobo! —grité.

Debía de sentirse como yo. Hambriento. Aferré la lanza y oí otro ruido. Sentí un vacío en las tripas y avancé con cuidado, hasta descubrir al animal que me había asustado.

—¡Augusta!

Era la cabra rebelde. Una chiva berrenda, bastante vieja, que tenía una muesca en la oreja izquierda. Estaba temblorosa y macilenta.

—Pue, pue, pue... —canté tal y como hacía mi padre para llamar a las cabras—. ¿Y padre?

Se alejó de mí cuando advirtió que me acercaba. Atravesó los mojones de la cerca derruida y cruzó el umbral del establo.

Padre sacrificaba de madrugada, cuando dormíamos, y traía los cuartos cortados que mi madre arreglaba para salar. No sabía cómo hacerlo, así que apunté al cuello. A pesar de su debilidad, se resistió. Tuve que emplear toda mi fuerza para retenerla mientras dejaba caer el cuchillo en el punto donde decía padre que era preciso matar a los dragones. Exhaló un balido tembloroso, similar al llanto. Me aferré a ella mientras movía las patas como si corriera en el aire y su líquido vital empapaba el suelo. Impaciente, cuando sus ojos quedaron quietos, le arranqué la piel y comencé a lanzar bocados, sin distinguirme por mis gruñidos, de un animal salvaje.

La saciedad me devolvió al presente, y a la imagen de aquel ser vivo hecho pedazos que reposaba frente a mí. Los jugos de la vida de Augusta me teñían de rojo y me recorrían las venas. El fondo de la olla, que había dejado en un rincón, aún conservaba los huesecillos de mi hermano, y un rumor agrio y bilioso, una culpa sorda que ahora me rompía por dentro, me amargó el alivio de sentir la tripa llena; porque subsistir a cualquier precio convierte a cualquiera en aquello en lo que me había convertido: un monstruo.

Capítulo 5

—*¿Aónde* está tu padre?

Me resultó muy extraño ver a otro ser humano. El hombre frunció el ceño, se apeó del mulo y se puso en cuclillas frente a mí.

Había pasado el tiempo en una extraña apatía, sin pensar en el futuro y tendido al sol, como si la marcha del invierno hubiera llevado consigo lo malo y lo bueno, los lobos y mi familia junto a mi entendimiento. Llevaba dos semanas alimentándome de la carne asada de Augusta, empleando los maderos de la cerca hasta que no quedó casi ninguno.

—Dime, por el amor de Dios, *aónde* está tu padre, el que cuidaba el rebaño.

—Mi padre no volvió del monte, y mi hermano murió de frío.

Mis palabras me sonaron extrañas, como si hubiera olvidado hablar. Tuve que repetirlas después de tragar saliva.

—¿Y estás solo?

Asentí. El hombre tenía los ojos grandes y separados. Le llamaban Bertu Coloma y lo había visto cuando padre llevaba a los chivos a Oseja por San Simón. Examinó el establo, la tierra removida donde una vez estuvo la cerca, la piel apergaminada de Augusta colgando de un palo, las brasas que humeaban, y luego a mí.

—Y el ganado..., ¿dices que lo llevó tu padre?

—A los pradillos de arriba —dije señalando las montañas.

—Y a ti..., ¿te dejó aquí solo? —insistió el Bertu, mirando hacia la montaña—. No hay más que la piel de una cabra vieja. ¡Vive Dios! ¡¡Una piel es lo que queda del rebaño del cerredo!!

—*¿Aónde* vás? —dijo Bertu al ver que me alejaba.

Bertu insistió. Me seguía, y corrí un trecho.

—¡Ven! ¡Muchacho! ¡No seas *morrón*[1]!

Se fue diciendo que volvería al día siguiente y dejó frente a la puerta una calabaza con vino y un trozo de pan. En cuanto desapareció de mi vista, lo probé; luego pensé cuánto le habría gustado ese pan a Daniel si lo hubiera tenido a tiempo. El pan, decía padre, era sagrado y, por tanto, una ofensa a Dios el desperdiciarlo. Lo dejé caer al fuego y observé cómo se quemaba. Al principio olió a trigo. Luego se puso negro y comenzó a despedir humo. Finalmente se convirtió en un trozo de carbón. Bebí el vino y me quedé dormido en el plácido sueño culpable de los borrachos.

Llamaron a la puerta cuando aún dormía, por lo que los hombres que se llegaron a casa habrían emprendido el camino de madrugada. Bertu venía acompañado de un anciano vestido de negro y un señor alto y con barba que se movía con el aplomo que da la autoridad. Un tercero detrás, más joven, escrutaba los rincones de casa con mal ceño.

—Soy Tomás Hernández.

De su cinturón colgaba una espada larga y delgada.

---

[1] *Tozudo* en bable (lengua asturleonesa).

—Parece una aparición el chiquillo.

Las desgracias, como era sabido, las traía el diablo. Por eso me observaron con compasión, aunque también con recelo.

—Este chico ha pasado el invierno solo —dijo Bertu.

Se santiguó, y el viejo no tardó en imitarle. Don Hernández, con una mano sobre el mango de su arma, afianzó las piernas.

—Dime. ¿Cuál es tu nombre?

—Alvar de Mondragón.

—¿Hijo de Pablo de Mondragón?

—Sí.

—Es huérfano de madre. La señora murió de parto y él no quiso casarse con otra para que los criase —explicó Bertu.

Hernández arqueó las cejas y me observó con mayor atención.

—¿Cuántos años tienes?

Respondí y me observaron asombrados, pues debido a mi pequeño tamaño aparentaba —dijeron— no más de cinco o seis. Don Hernández inspeccionó la zona con pasos largos y meditados junto al anciano. Padre, recordé, tenía que pagar una contribución todos los años. Sin decir palabra, el anciano revisó con expresión amarga los restos de la cerca y la pequeña tumba sobre la que descansaba un caballito de madera en lugar de un crucifijo. Entre tanto, Hernández, en compañía del hombre alto, revisó por lo menudo lo que había en la cabaña. Este último, a un signo de su amo, removió cada rincón, y escarbó en las esquinas, como si padre hubiera podido esconder algo. Luego abrió la tapa de la cazuela. Los huesos de Daniel descansaban sobre su fondo ennegrecido, pero no dio señal de distinguirlos. Tuve la tentación de confesar. Si descubrían lo que había hecho, sería llevado a Oseja y quemado vivo, como era sabido que hacía la Inquisición con cualquiera que hubiera hecho lo que hice. Los restos del Cristo de latón, sin su cruz, descansaban, además, inadvertidos entre las cenizas. Sentí que el tal Hernández me atravesaba con la mirada.

—No hay nada —dijo el hombre alto.

—¿Y dices que tu padre marchó con los primeros fríos y has vivido aquí solo? —preguntó Hernández.

—Sí —respondí distraído.

En el pradillo, pastaban tres caballos que parecían gigantes al lado del pobre mulo de Bertu.

—¿Del ganado que estaba al cuidado de tu padre no sabes nada?

—No.

—¿Y esa cabeza? —dijo señalando los restos de Augusta.

—Esta volvió. Me... me la comí.

—¿Te la comiste?

—¿Sabes que ese ganado no era de tu propiedad?

El viejo, desde el umbral de la puerta, dirigió una mirada torcida a don Hernández.

—Tenía hambre.

—Si todos los que tienen hambre mataran el ganado, Castilla desaparecería. Comerse el fruto ajeno es robar.

—¿Cómo sabes que tu padre está en el monte y no se las llevó para venderlas y marchar con los dineros?

—Mi padre no ha bajado del monte.

—¿Declaras en nombre de Dios que dices la verdad?

Asentí. Don Hernández aclaró la garganta.

—La cabaña de setenta y dos cabezas de ganado menor dada al cuidado de Pablo de Mondragón se encuentra en paradero desconocido, y la entrega de frutos correspondientes según el acuerdo de uso y disfrute de la propiedad, tal y como obligaba el trato realizado con el concejo de Sajambre, no ha sido cumplida. Reclamo, así, la recuperación de las tierras.

—Doy fe —dijo el anciano.

Este miró a su alrededor y lanzó un exabrupto. Luego, tomó asiento en el suelo, sacó de su faltriquera un papel y un objeto alargado que sumergió en el líquido que contenía un frasquillo.

—Haz una señal —dijo acercándome el cálamo.

Como no reaccioné, don Hernández me tomó la mano, encerró el cálamo entre mis dedos e hizo que trazara una cruz sobre el papel.

—Ahora vendrás conmigo.

—¿Adónde?

—Estos pastos pertenecen a su señoría.

—Es la casa de mi padre.

—¿Qué? Esta casa no es de tu padre. Ahora es de su deudo, don Hernández, y el ganado pertenecía a la merindad, que tendrá que dar cuenta de ello. Vendrás con nosotros, para aclarar lo del ganado, y veremos qué juzga el alcaide.

Salí al aire libre y, mientras el viejo secretario tomaba notas, aparecieron otros dos aldeanos de Oseja, conocidos de Bertu. Uno de ellos se llamaba don Piñán, tenía la piel muy atezada y la barba gris, tan larga que le llegaba hasta el pecho. Mientras discutían de ganado con don Hernández, Bertu se acercó para darme una cebolla pequeña que sacó del bolsillo. Me la puse en la boca y la mastiqué lentamente, para saborear su jugo picante.

—Es un milagro que hayas vivido aquí solo —dijo Bertu, y se volvió hacia el de Oseja, que seguía discutiendo con don Hernández.

Me senté a comerme la cebolla, ajeno a lo que decían porque no entendía sus palabras. El secretario pronunciaba citas literales de privilegios de paso y acceso que aludían a los señores de Tierra de la Reina; los aldeanos de Oseja respondieron con firmeza recurriendo a viejos derechos que no estaban escritos sobre papel. Tras un momento de tensión, quedaron en silencio un rato, y finalmente convinieron que los pastos altos quedaran en usufructo de un nuevo pastor, pero que este sería un familiar de alguien de la merindad a la que pertenecían los aldeanos. Daban por muerto a mi padre, y yo quedaba a mi albedrío.

—El zagal dice que no quiere irse —dijo don Piñán como si acabara de percatarse de mi presencia.

—Queda a su cargo, si quieren, o a su ventura y riesgo —dijo el de Tierra de la Reina.

Hernández y los suyos marcharon al trote que permitía el fuerte declive que conducía al valle.

—Iremos a buscar a tu padre antes de que suba más el sol —dijo Gonzalo Piñán—. Luego, Dios proveerá.

Bertu tomó el ronzal de la mula y guio a los aldeanos en dirección al monte. Quisieron que me quedase esperándoles, pero les seguí por las cuestas cada vez más pronunciadas. Cruzamos dos valles abruptos y estrechos. El sol atizaba con fuerza, fundiendo las nieves, que convertían los arroyos en torrentes capaces de arrastrar rocas como puños. La presencia de esos hombres que habían resuelto buscar a mi padre me animaba a seguir su paso rudo con mis pies descalzos.

Los aldeanos tenían piernas fuertes. Con aliento sobrado, hablaban de las dos familias que competían por la posesión de las tierras: los Prado de Valdetuéjar y los Tobar. Los Tobar eran de Tierra de la Reina, más poderosos, y buscando reparo a la pérdida del rebaño de padre se olvidaron de mi desgracia. Subieron por la escarpadura de una elevación cubierta ya de pasto verde. Antes de cruzar la siguiente, atravesamos el cauce de un arroyo seco. Tras de nosotros, se extendía el bosque, que poco a poco iba cediendo a la presión de la naturaleza abrupta del suelo, y los árboles se hacían pequeños, retorcidos, hasta desaparecer una vez alcanzada la quebrada del Hueso.

Los dientes acuchillados del monte del Friero se recortaban tras una ladera de verdor y piedra. La zona umbría tenía aún restos de hielo que, al desmanarse, formaban el arroyo que se escondía congosto abajo. Cuando el sol llegó a su cenit, oí el grito del aldeano joven, que había encontrado los restos de una cabra. Al poco, descubrieron otra.

—Lobos.

Habían sido devoradas. Sus huesos estaban descoyuntados, sin forma, como un pobre arbusto partido por un rayo. Me sentí desfallecer.

—Tranquilo, chico. Ya verás que si Dios quiere… —No acabó la frase.

Avanzamos hacia el collado, que se destacaba frente a un inmenso monolito acabado en punta, y al que llamaban Pico Urriellu[2]. El chozo, a lo lejos, se encaramaba en el declive de un prado irregular; las piedras de granito habían sido amontonadas para formar un breve cerco.

—¡Padre! —grité.

Pero nadie respondía. Un viento frío cruzaba las agujas de piedra que se alzaban frente a nosotros.

—¡Aquí!

---

[2] Hoy llamado Naranjo de Bulnes (en asturiano, Picu Urriellu [‘pi.kʊ‿u.’rje.ʎʊ]), es un pico calcáreo de origen paleozoico situado en el macizo central de los Picos de Europa, en Asturias (España). *Picu Urriellu,* deriva de la raíz *ur-,* de origen prerromano, que hace referencia a una elevación de terreno. De esta misma raíz derivan otros muchos topónimos diseminados por la geografía asturiana (Urru, Orru, Urriel, Urrieles, Urra, Urriellu). Administrativamente, el Naranjo de Bulnes se encuentra situado en el concejo asturiano de Cabrales y dentro del Parque Nacional de los Picos de Europa.

Lo encontraron a la vista del pico, cerca de su bastón, partido y lleno de muescas. Era un bulto gris en una grieta. La hierba se movía al viento entre sus dedos descarnados. Su rostro de pergamino, vuelto hacia el suelo, dejaba traslucir una vaga expresión de hastío, como si, al morir, el cuerpo quedara a merced de un desdén perpetuo.

—Ha sido el lobo —dijo un aldeano.

—Es raro —respondió don Gonzalo Piñán—. Suelen evitar a los hombres crecidos.

—Se rompería la pierna e intentaría hacer pernocta. Quizá vinieron los lobos al día siguiente, cuando ya estaba debilitado.

—Volveremos mañana y llevaremos los restos a la parroquia —dijo Bertu incorporándose, y me puso su mano en el hombro.

—No es mi padre.

—Niño...

Me solté ferozmente, y retrocedí cuatro pasos.

—Este debe ser su perro —dijo don Piñán, compasivo, señalando un bulto inmóvil.

—¡No es mi padre! —repetí, tomando un canto rodado del suelo.

—¿Qué *ye?* ¡Niño! ¡Zagal!

Arrojé a Bertu la piedra y corrí hacia las peñas altas. Cuando resolvieron darme alcance, yo ya estaba lejos. Llevado por la fuerza de la rabia, repté por una pared de piedra encajonada entre los dientes que acababan en el Urriellu. Los aldeanos estaban abajo, ya muy lejos, y solo el más joven se atrevió a seguirme, aunque desistió al poco. Alcancé una breve cornisa ocupada por un único arbusto reseco, muerto hacía mucho tiempo.

—¡No es mi padre! ¡Es un moro!

En una ocasión en que buscábamos a una cabra aislada, mi padre halló en una grieta una forma gris y marrón, de hierros oxidados y hueso, y al escarbar vio las cuencas vacías de dos ojos. Era uno de los guerreros moros que huyera de la derrota frente al rey Pelayo, que se diera hacía muchas generaciones. Cuando quise cantar victoria en el regreso a casa, mi padre me hizo callar y, en lugar de vanagloriarse, concluyó que el pobre posiblemente había muerto de hambre o frío. «Hacen más daño en la guerra que el acero», decía.

Oí como me llamaban. Ignoré los gritos y seguí subiendo. Me aferré paso a paso aprovechando los resquicios que daba la piedra dura hasta que me sangraron los dedos y las voces solo fueron un vago eco que se confundía con el viento. Aguantaron hasta caer la tarde. Entonces volvieron sobre sus pasos y quedé solo.

Observé junto al arbusto la caída del sol, que bañó la tierra a mis pies tiñéndola de colores cálidos. Tenía un tallo revuelto sobre sí y muy nudoso. Al poco, reparé en que no era arbusto, sino un pino de los que, como decía padre, al nacer en ese pequeño hueco crecían como yo: menudos. Lloré, pero esta vez no lo hice pensando en mi padre, mi madre o mi hermano, que estaban dondequiera que vayan los muertos, sino por mí, por estar solo y ser como ese árbol raquítico. Me respondieron los sonidos del atardecer. El viento entre las rocas y los pájaros callaban ya para dar paso a las aves nocturnas.

Bajé como un lagarto, pegado a las piedras teñidas por el rojo del ocaso. Me detuve frente a la grieta donde reposaba mi padre. Su cinturón de cuero estaba seco y mohoso. Observé los huesos de su mano. Había sido grande y firme. Tal y como tocaba mi cabeza, sus dedos se posaban ahora sobre la fría piedra y no podía reconocerlos. De su dedo corazón, cubierto aún por jirones de piel, faltaba su anillo de hierro.

Esperé hasta que luna llena se alzó sobre la montaña callada que había matado a mi padre, y sentí un mudo rencor hacia ella. Maldita, hecha de frío, viento y rocas, hasta que entre ellas lo vi: un sencillo círculo de metal oscurecido. Nadie quiso quedárselo y lo arrojaron, pensé, por su escaso valor.

Tomé de su ajado cinturón el cuchillo y me colgué el anillo de padre de una cintilla de cuero. Me dirigí hacia la sierra rabioso y sin rumbo fijo, como si buscara vengarme de un monstruo desconocido.

Capítulo 6

Anduve por el cerro con el corazón desbocado, el rostro abrasado por el sol. Oí el grito de un águila. Ascendía, majestuosa, entre las nubes, y luego viró hacia mí. Tal vez me tomara por una presa a la que despeñar hacia las rocas antes de devorarla.

—¡Ven! ¡Cobarde! —grité, retador, agitando el cuchillo, como si ella tuviera la culpa de todo.

—¡Ven... en... en... en...! ¡Barde... arde... arde...! —se burló un eco.

La cima era un trecho descarnado de piedra. El sol de poniente me pareció un ojo que observaba. No sentía los pies ni los dedos de las manos. Me acurruqué al resguardo de un saledizo y sentí el vacío que a solo un paso se abría por debajo de mí. La ventisca fría que silbaba contra las rocas elevó una bruma gris entre los cerros bajos y borró el mundo en una nada blancuzca. Era el palomo, la peligrosa niebla en la que se perdían los hombres y los volvía locos. Sentí, bajo la opresión del silencio, los latidos del corazón y el recuerdo de lo acontecido, que, como la nieve de las laderas cuando se precipita desde un cerro, acabó dejándome solo en el mundo. Entonces deseé caer, como hacen —se dijo siempre— los hombres que nacen en esa montaña, y me incorporé resignado. Estaba a un solo paso del abismo. Tal vez por el hambre, o porque se trataba del último verano en que fui feliz, de pronto el pensamiento se me fue al color dorado de las almendras fritas, las manzanas asadas con unas gotas de vino y aquel caldo que hacía al amanecer mi madre a la luz caprichosa de la candela. Y, al borde del despeñadero, cerré los ojos y di un paso atrás.

Al fin el palomo escampó, y un rayo de sol que se filtraba entre los estratos nubosos dibujó un círculo en el repecho en que me encontraba. Abracé la roca para absorber su calor y quedé dormido. Me incorporé a media tarde, ignoro si de aquel día o del día siguiente, y con cuidado comencé el descenso al mundo de los vivos. Dirigí mis pasos hacia donde, según oí, estaba el mar que nunca había visto y bajé la cañada que conducía a la vertiente norte. Llegué a un valle estrecho con un hayedo espeso, de altos troncos con copas inmensas, desde el cual se veía la pradería que se abría paso entre las tierras yermas.

Después de la devastación del invierno, comenzaba a reverdecer. Olía a musgo y a tierra húmeda. Un arroyo estrecho bajaba entre los troncos. Bebí de él, ansioso, y descansé en su lecho. Las abejas zumbaban por las copas oscuras, entre las cortezas lisas y de gris ceniciento, allá donde los árboles dejaban espacio a los peñascos. Descubrí algunas semillas de haya, escasas, que tenían forma alargada. Se les daban a los puercos en el valle y su aceite servía para iluminarnos. Sabían bien, pero no abusé porque son buenas para el cerdo, pero tendría dolores si me llenaba la tripa con ellas. Luego busqué una depresión bajo un tronco partido por un rayo y la llené de hojas secas. Las hayas filtraban la luz del sol, pero también la lluvia, por lo que en la zona umbría me sentí protegido. Agotado, me dormí junto al canto del regato que descargaba la nieve de los picos.

Estuve allí muchos días, alimentándome de brotes de pasto, hojas de trébol y aquellos hayucos[1]. También de caracoles que encaramaban sus casillas en los brotes frescos. Me repetía las leyendas que sabía para ahuyentar las tristezas que mi memoria traidora sacaba a flote. Entonces comprendí la importancia de los cuentos. El undécimo día me sentí con fuerzas para buscar un lugar mejor, y encontré un breve helechal con una poza de agua en cuyo interior nadaba un grupo de renacuajos. El helecho sabía ácido. Los renacuajos vivos que atrapé los tragué de golpe, para no percibir su sabor o textura. Recordé aquello de que si bebías agua de una poza en la que hubiera saciado su sed una manada de lobos, podías convertirte en uno. Entonces, vi o creí ver de nuevo el ánima de mi hermano.

Estaba sentado en una piedra, y jugaba con un palito. En un pestañeo, desapareció. Tras él, junto a las ramas de un brezo, apareció una forma gris. Tenía el hocico blanco y las orejas gachas. Me miraba cauto. Después, llegó trotando otro animal, más joven, de pelaje marrón, que avanzó en diagonal y se detuvo. Me quedé muy quieto y contuve el aliento. Sus presas favoritas eran viejas y niños, decían en el pueblo.

Y yo era un niño.

El primer lobo me observó un instante, y prosiguió su avance receloso mientras otros se agrupaban por detrás. Me di la vuelta y corrí con todas mis fuerzas. Los pulmones me quemaban y dañé mis pies descalzos sobre las piedras afiladas del arroyo. Me zumbaban los oídos. Apenas hacían ruido a mis espaldas. El terror hizo que me fallaran las rodillas. Tropecé, caí, y seguí corriendo. El prado, que se extendía en el margen del agua, dio paso a una masa de arbustos y árboles raquíticos

---

[1] Semillas de haya.

que anticipaba un berrocal llano. No tardarían en darme alcance. Busqué el mayor árbol próximo: un abedul. Era tres veces más alto que yo y tal vez no sería suficiente. Oí el asibilar de sus jadeos, y el trote de numerosas patas. Sin mirar atrás, trepé por él abrasándome la palma de las manos, pues las primeras ramas estaban muy altas y solo podía ascender si me aferraba con las uñas al tronco liso. Sentí el aliento gutural de un animal que se precipitaba sobre mí. Alcancé una rama endeble, pero el pánico me hizo perder el agarre. La recuperé tras lanzar un grito.

Los lobos me observaban a poca distancia. El joven abedul se combaba bajo mi peso. Intenté quedarme muy quieto. El lobo viejo se sentó sobre sus cuartos traseros. Otro, de menor tamaño, trotaba alrededor del tronco y lanzaba breves sonidos agudos. Tenía el cuchillo que rescaté, largo como mi antebrazo. Padre no le daba uso cotidiano. Lo desenfundé. Estaba afilado. Miré a los animales y lo devolví a su funda. Débil y cobarde, así es como me sentí. Pero estaba vivo, pensé, aferrado al frágil árbol.

El suave viento de primavera agitaba su copa. Tenía flores pequeñas y verdosas. Arranqué una hoja tierna. Era triangular y puntiaguda, algo redondeada en la base, con una estrecha ranura en la cara superior y dientes de sierra. La mastiqué con cuidado. Agria. El sol estaba alto y los lobos seguían abajo. Me dolían las piernas y el trasero. Si me sentaba a horcajadas en la rama a la que estaba encaramado, no tardarían en alcanzar mi pierna de un salto. Me encogí y, sin dejar de abrazar el tronco, cambié de posición.

—Feo —dije al cabo de un buen rato.

El lobo descansaba, paciente, sentado sobre los cuartos traseros. Sus ojos amarillos tenían una extraña intensidad. Comí renacuajos vivos, y ahora el comido sería yo, pues el mundo es, al fin y al cabo, una inmensa despensa llena de estómagos por llenar. Uno de los lobos se echó sobre el costado y otro, más oscuro, le hizo compañía. Había tantos como dedos en las manos, lo que me hacía sentir como un huevo escaldado sobre un plato, en el centro de la manada. No daba la impresión de que descartaran la idea de comerme, por más que aquellas fieras no parecieran mostrar mayor interés por mí.

Al cabo de unas horas, los grillos comenzaron a cantar y dejé de sentir las manos. Traté de moverlas sin soltarme. La rama crujió y los lobos levantaron la cabeza, esperando mi caída, pero no cedió. El sol bajó, perezoso, y reveló algunos retazos de nubes anaranjadas que pasaron de largo hacia el norte. Allí se encontraba el mar, que imaginé como un puchero inmenso porque madre decía que tenía un sabor salado. Tenía mucha sed. Conforme pasaron las horas, me amodorré como los lobos, y tuve que pellizcarme para no dormir. Llegó, al cabo, la noche y hubo luna llena, pero los lobos no se marcharon. Pasaron las horas y aguanté aferrado a aquel árbol raquítico y a cualquier treta para que no me venciera el sueño.

—¡Vete! —le dije al lobo gris—. ¡Largo! —Escupí a otro que abría su boca llena de dientes para bostezar.

Pestañeé, me mordí la lengua, canturreé la jota del pulga, las marzas bayucas, la romanesca, y conté las estrellas. Madre me dijo que cada una era un ángel con un candil. Ahora se reflejaban en los ojos de los depredadores, que tenían el tiempo a su favor: les bastaba con esperar a que cayera.

Les llamé asquerosos, bellacos y traidores. Putos, malvados, venenosos y zarrapastrosos. Recorrí mi repertorio de canciones, historias de trentis, osos, el rey Mauregato, y Corocota, el vencedor de los romanos, que adoraba a la luna y bebía sangre de caballo; pero, a cada minuto que pasaba, el silencio y el agotamiento se iban apoderando de mí. Se me cerraron los ojos y noté cómo empezaba a perder el equilibrio. Gracias al miedo, pude aferrarme al árbol, y a cualquier imagen que me despabilara: un mulo con cascabeles, y la voz de una vendedora cuando padre me llevó a Cangües[2].

—¡Jalea de membrillo, muy dulce! —cantaba la joven.

Al poco, mutó su expresión. Una sombra oscurecía el cielo. La mujer lanzó un grito cuando un enorme dragón me tomó en sus garras, como hace el herrerillo con un insecto, y se elevó hacia las nubes, hasta que el pueblo solo fue una mancha difusa, y al ver que no era más que un insignificante bocado me dejó caer.

Desperté en el suelo, dolorido. Me incorporé al pie del árbol, esperando que los lobos se abalanzaran sobre mí, pero la noche estaba tranquila y silenciosa y no había rastro de ellos. Extenuado, puse tierra de por medio y tomé refugio entre dos salientes de roca hasta que salió el sol. Esperé a que el calor del día desentumeciera mi cuerpo y regresé al arroyo para lavarme las manos, cubiertas de barro y sangre. Tomé el camino de vuelta en dirección al levante. Al atardecer alcancé una peña cubierta de nieve, a la que llamaban la Piedra Santa. Desde allí pude ver la casa de mis padres. La chimenea echaba humo.

Habían remendado la puerta. Al abrirla, descubrí a una mujer al fuego. Era gruesa y muy joven. Tenía la cabeza cubierta con un trapo de lana gris, y al verme lanzó un chillido que me hizo caer de nalgas.

—¡Santo Cristo, Manuel! —gritó.

Un hombre voluminoso y de cabellos ralos que estaba sentado en el taburete de mi padre se incorporó. En un rincón, un niño de unos cuatro años detuvo su juego. Tenía entre las manos el caballito de Daniel.

---

[2] Cangas de Onís (Cangues d'Onís en asturiano).

—Es el zagal de Pablo —explicó, mientras me ponía en pie.

—Válgame el cielo. —La mujer dio un respingo y retrocedió dos pasos—. Parece una aparición —agregó mientras se santiguaba.

—¿Eres el hijo de Mondragón? —continuó el hombre—. ¿El mozo que mató a los animales y escapó al monte?

—Venía… a mi casa, y yo no…

—Hemos comprado el derecho del pasto y de la casa a don Hernández. No podemos acoger a nadie —dijo, pesaroso—. Acabamos de llegar.

La mujer hizo una señal y susurró al oído de su hombre, que clavó los ojos en mí y demudó su expresión, como si cayera en la cuenta de algo.

—Siéntate —dijo este.

Miré el pan que había en la mesa. La mujer se santiguó de nuevo, ahora tres veces. Manteniendo la distancia, y con una mueca de repulsión, cortó un cacho de pan y me lo puso delante.

—Come. Es para ti.

Sentí el calor del fuego. Tenía hambre. Me senté en el suelo, tal y como hacía siempre cuando jugaba a la payana[3] con mi hermano. Al ir a dar el primer bocado, como si hubieran esperado aquel momento de distracción, el hombre se me echó encima.

—¡Atrápalo! —chilló la mujer—. ¡Atrapa al cuélebre[4]!

En su premura, el hombre perdió el pie. Aterrorizado, me lancé hacia la puerta. La mujer me cortaba el paso con una

---

[3] Juego infantil que se practica con cinco piedras pequeñas y que consiste en ir tomándolas del suelo al tiempo que se arroja una de ellas al aire y se vuelve a tomar sin que caiga al suelo.

[4] En bable (idioma asturleonés), persona peligrosa o dañina.

vara en la mano, como si quisiera mantenerme a raya sin tocarme.

—¡Pilla al cuélebre! ¡Mátalo!

Me debatí, y recibí un golpe. Luego perdí la conciencia. Al abrir los ojos, sentí un vahído y vomité. Estaba atado de pies y manos con dos cuerdas de esparto. El niño lloraba en el fondo del cuarto mientras su padre, sentado a la mesa y sin quitarme el ojo de encima, pelaba una cebolla. Traté de incorporarme.

—¿Qué hacéis? —pregunté.

No respondió. Me ardía la cabeza. La mujer me miró con expresión de odio y luego sirvió pan con leche y miel a su hijo para calmarlo.

—¿Por qué me atáis? —pregunté.

—No hables, nigromante, o te pego más.

—Dile que no mire al niño —dijo la mujer.

La mujer cerró el puño y me apuntó con los dedos meñique e índice para protegerse del mal de ojo. Su esposo alzó la vara y recibí otro golpe. Este en las piernas. Intenté protestar, pero el bellaco ya preparaba el siguiente.

—Nada he hecho —dije en voz baja—. No soy un nigromante. ¡Ay!

Entonces recordé el caldero en que abandoné los huesos de mi hermano, y el crucifijo con el Cristo de latón que había arrojado al fuego. Ambas eran pruebas de lo que yo había hecho: renunciar a Dios, y sobrevivir a cualquier precio. Si lo habían descubierto, el rumor debía de haberse extendido por todas las aldeas de la comarca.

—Sácalo de aquí. Átalo fuera —apremió ella, mientras me hacía el signo de los cuernos.

—¿Y si se muere de frío? —anotó él.

—Mejor —persistió ella—, pero no lo hará. Para que mueran hay que quemarlos.

—Suélteme —le apremié, cuando el hombre me levantó como un fardo.

—Calla, cuélebre —atajó él.

Me ató a un haya que estaba a medio camino del arroyo, fuera de la vista de la casa.

—Aquí, aojaduras no podrás echarnos —dijo.

Me dejó solo y me debatí inútilmente. Al cabo de un rato regresó con su bastón y un hatillo. Sin duda iría a Oseja para dar noticia de que me habían capturado.

—No he hecho nada, señor, que brujo no soy. Déjeme ir.

—Así es como hablan los brujos para dar lástima, pero de poco te servirá conmigo. A Oseja irás, y si es verdad que eres un brujo, allá te quemen.

Antes de emprender la marcha, reforzó los nudos hasta que el duro esparto se me clavó en la carne. Luego, tomó el hato.

—Bracabrí, bracabrá —susurré arrastrando las sílabas, como decía madre que maldecía Palemón el hechicero.

El hombre, espantado, detuvo su gesto.

—¡Suélteme o pediré al demonio que se lo lleve!

Dirigió la mano a los riñones, donde guardaba el cuchillo.

—Y si me mata —ahuequé la voz—, llevaré su alma conmiiiiiiiigooooo.

El pastor abrió mucho los ojos. Le imité, lo que le causó aún más pavor, y reculó unos pasos.

—Suéltame si sabes lo que te conviene.

Después de dudar un rato, extendió el brazo al máximo, para no acercarse a mi, y cortó la cuerda que me aprisionaba.

—Dame comida —le urgí.

El bellaco retrocedió e hizo el signo de la cruz.

—Dame comida o te maldigo y cagarás sapos.

Corrió hacia la casa y, a distancia, mientras su mujer me apuntaba con un crucifijo como si este fuera un escudo, me arrojó una manzana.

—¡*Vade retro,* Satanás!

—¡Mi culo! —grité—. ¡Me lo besáis!

Y eché a correr.

Capítulo 7

Lamenté la pérdida del cuchillo de padre. De nuevo me atenazaba el hambre, así que comí el corazón de la manzana que había guardado, templado por el calor pegajoso de mi mano. Descendí por el sendero estrecho abierto junto al lecho del río, acompañado por el ruido solitario de mis pasos y los pájaros, que ya abundaban en las copas de los árboles. El daño que me había hecho en los pies al huir por los pedregales afilados me distrajo un tiempo, pero al fin ganó el silencio de la montaña que tenía a mis espaldas. Traía a mi mente las voces de antaño.

—Carbonero garrarapino —dije para silenciarlas al ver un pájaro más pequeño que un gorrión, que tenía la cabeza con los costados blancos.

Si un trepador azul cantaba sobre un tejo, o más lejos, en las ramas altas de los abedules, decía también su nombre. Y así, inducido por los tropiezos del sendero y el cansancio, distraje la afición de mi espíritu en recordar lo malo. Me detuve después de cuatro horas de marcha. Estaba en un valle encajonado entre el monte que dejaba atrás. Al oeste se encontraba el collado al que llamaban Verde, aunque era tan ominoso y gris como el Urriellu. Distinguí, en uno de sus escarpes, un grupo de rebecos. Agotado, me encogí bajo una gran piedra redonda que tenía un resquicio y la cubrí de ramiza.

Desperté de amanecida, y esperé a que el sol calentara mis huesos, pero luego sentí que debía apresurarme. A buen seguro, mi terrible pecado corría de boca en boca, y pronto la noticia de que seguía vivo se difundiría por el valle. Como decía padre que se hacía con los que rezaban a las piedras antiguas y los blasfemos, pondrían en mi busca a la Santa Inquisición, que asusta tanto como las propias brujas.

Seguí el sendero y desde la ladera, bajo un cielo encapotado que parecía al alcance de la mano, llegué a ver Oseja. Estaba en el centro de un cono rocoso que dominaba el curso del río Sella, como una araña en el centro de su urdimbre. A su vera, manchadas de capilotes amarillos y lirios blancos, se ordenaban las praderías protegidas por cercas de piedra. Me acerqué al pueblo cauteloso, pues con el sayo roto, descalzo y cojeando, aunque no supieran que era un fugitivo, me tomarían por un trasgo que bajaba del monte para hacer sus malas artes y me darían muerte a pedradas antes de preguntar. Me desvié del camino al oír un ladrido. Olí a leña, a pan y a orines. A excremento de caballo y también a tocino. Me bullía el estómago.

Cerca de la primera casa, cuyo corral de una sola vaca daba acceso al sendero embarrado, crecía un roble viejo. La villa estaba llena de flores que cultivaban en las entradas de las casas e incluso en macetas que colgaban de los balcones. Así, la piedra, la madera y las hierbas secas de las techumbres aparecían salpicadas de pinceladas de colores que contrastaban con los tonos apagados y grises de cielo y tierra. Entre estas sobresalía una torre cuadrada, con una saetera, hecha con muros de mampostería y que me pareció un maravilloso alcázar. Luego, el camino se perdía tras un caserón bajo y ancho que tenía a ambos lados cercados en los que había amontonada leña y algunas fanegas de cebada. Reinaba una extraña calma.

Me detuve como un ladrón al ver una gallina gorda tras una pequeña verja hecha con ramas desbastadas. Un gato picazo de ojos de color naranja cruzó una mata y desapareció bajo el terraplén, como si fuera a dar aviso de mi llegada. Oí pasos y me refugié tras un almiar encajonado entre dos muretes de piedra. Próximo a la cerca y un montón de estiércol, había un huerto. Avancé pegado a esta y me hice un ovillo junto a la montaña de boñigas cuando un hombre, alto y joven, cruzó el sendero y se perdió entre las casas. Pensé en si sería servidor del castillo, y en preguntarle si necesitaban un sirviente, y di rienda suelta a la fantasía de caballerías que había guardado siempre. ¿Me darían crédito si les decía que venía de otra parte? El hombre gritó y comenzó a correr, a lo que reaccioné metiéndome entre la montaña de estiércol. Pero el hombre no venía por mí: pasó de largo, como si le persiguiera el diablo.

El huerto se extendía hacia unos pedregales, y junto a estos había un cercado cuya puerta estaba sujeta con un perno de madera para impedir que entraran las gallinas. La abrí y al fin pude dejar atrás la imponente torre de heces —que no castillo— que me había acogido. Cerré con cuidado y me arrimé a una mata. Arranqué un rábano fresco y me lo puse en la boca sin pensar siquiera en quitarle el barro. Oí entonces el sonido de una campana. Salté, corrí, tropecé y caí al suelo creyendo que sería muerto, y cuando me di cuenta de que tenía el rábano en la mano me deshice de él como si quemara. El tañido era rápido e insistente. Pensé que vendrían a darme caza al momento para ajusticiarme, ya fuera por hechicería o por el rábano. Si solo era por ladrón, tal vez perdería una mano, usual escarmiento que infligen los aldeanos cuando no hay concurso de ley. Busqué una ruta de fuga y la campana dejó de sonar.

Salí del huerto por su lado postrero y llegué a una plaza formada por tres casas y sus corrales. Los perros ladraban. Entonces oí un grito sordo y el llanto de un bebé. Un niño de unos cuatro años, sentado en el quicio de una puerta, me señaló con el dedo. Corrí por una calleja que tenía al fondo un bebedero. A escasos pasos de este, había una figura tendida boca en tierra. Tenía un palito emplumado que le sobresalía del cuello, del que goteaba sangre sobre un charco oscuro. No estaba dormido.

De la nada apareció una mujer, que se precipitó sobre el cadáver. Gritó y se arrodilló junto a este. Tras ella, apareció el niño.

—¡Juan! —gritó ella.

Me vio, pero no echó cuenta de mí. A lo lejos sonó un cuerno agudo, lejano y penetrante. Oí un ruido de cascos. La mujer agarró al niño y se dio a la fuga. Un caballo tordo, lleno de espuma y con los ojos desorbitados, surgió del camino y se detuvo piafando. Oí más gritos, así que cambié de dirección. Me crucé con una aldeana que lloraba. Ignoró mi presencia, al igual que dos viejos con los que topé cuando, desorientado, llegué a una plazuela. En su centro, frente a una pequeña iglesia, había una cruz de piedra. A sus pies, dos ancianos auxiliaban a un hombre con capacete de cuero que sangraba por un costado. A su lado, descansaba una maza de guerra. Un portal se abrió de golpe y de él salió una mujer rubia con el rostro desencajado. Retrocedí poco a poco.

—Han matado a los dos —dijo el herido.

—¡Mataré a esos canallas! —gritó un mozo, flacucho y zanquilargo.

El caballo tordo detuvo su paso frente a la cruz. Al verlo, la rubia se arañó la cara y lanzó un chillido que asustó al animal. Este salió al galope y se desvió hacia el camino principal del pueblo. De allí venían doce hombres que portaban mazas y hachas, aunque los más llevaban guadañas y traían los zuecos llenos de barro. Otros seis o siete aparecieron en los portales de sus casas y llamaron al arma mientras lamentaban a voz en grito la pérdida de hijos o padres. La mayoría eran o muy jóvenes o ancianos, y entre los que venían del campo solo había un hombre que asustaba: cargaba al hombro un hacha de doble filo, un yelmo abollado, y clamaba guerra. En ese momento, no encontré en aquello nada halaguero ni sublime, y menos aún de cuento. Más que en el asunto épico, mi ánimo se hallaba en si podría robar otro rábano, o recuperar el que había perdido. No me atreví a moverme, pues la rueda de una carreta me permitía permanecer casi oculto, y el camino hacia el huerto estaba ya bloqueado por los osejenses armados.

—Los de la reina vienen de camino. Han rechazado a los nuestros —gritó el mozo.

—Habrá que frenarlos —dijo otro.

—¿Frenarlos? ¿Sin hombres?

—Yo ya dije que no habría remedio. ¡A Juan y a Gonzalo! Que no había que ir a cercar a los Tobar. ¡Que tienen una fortaleza, vive Dios! ¡Y les apoya el rey!

—Acabarán con nosotros. ¡Malditos demonios e hideputas!

—Poco podemos hacer —dijo el viejo—. Son más fuertes.

—Acaba de decirnos el Tobías que han ahorcado a los dos hermanos Pallón. Y vienen para acá armados.

—Pues habremos de defendernos.

—¿Y este quién es? —dijo alguien al reparar en mi cabeza, tras la carreta.

—¡Un paje de los Tobar!

—¡Espía!

Un viejo avanzó hacia mí, seguido de otros aldeanos.

—¡Niño! —oí.

Me di a la fuga, esquivando palos y piedras. Después de dar dos revueltas, llegué a una alberca y me oculté entre las matas que la flanqueaban. No me atreví a moverme hasta que oí un redoblar de campanas. Un grupo de hombres marchaban a caballo desde el camino que conducía al sur. Avanzaban al trote, imperturbables, con lanzas del largo de tres hombres alzadas hacia el cielo. Todos llevaban petos y cascos de metal pulido. Un perro asomó tras una cerca, ladró a los caballos y uno de los hombres lo ensartó con su larga asta de abedul. El perro se encogió alrededor de la hoja y el hombre liberó su arma con un movimiento sencillo y tranquilo, sin aflojar el paso. Lo mismo hicieron otros dos con otros aldeanos, que ya daban la espalda a los atacantes para huir. La mujer que gritaba corrió hacia ellos y se interpuso en el camino de los caballos, pero fue ignorada. Golpeada por uno de los equinos, cayó al suelo y otro que venía detrás la pisoteó. Se detuvieron en la pequeña plaza con la cruz de piedra que señalaba el centro de Oseja. Podía ver a casi todos desde mi posición. Pensaba en arrastrarme para huir hacia la salida del pueblo cuando me detuvo la voz aguda y metálica de un hombre grande y pálido, de aspecto aguerrido pero rostro juvenil, casi de niño, que extendió ante sí un papel que tenía un pie de largo.

—Se hace saber que la merindad de Valdeburón, saqueando y robando en Tierra de la Reina, cercando y forzando villas y propiedades, ha atentado contra la ley y justicia de Dios, y que nuestro señor, Juan de Tobar, ha defendido la causa de la justicia y, gracias al Señor Todopoderoso, ha resuelto interceder en su bien derrotando a los que tan malvadamente habían atentado contra la paz. Que los ladrones, usurpadores, Gonzalo y Juan Pallón han sido condenados y ejecutados, y que, para dar fe, sus cuerpos se han expuesto sobre las almenas de la fortaleza que Dios ha tenido a bien defender, y que las villas de Pedrosa, Forcadas, Carande, Tejerina, Prioro, Morgovejo, Valderrueda, Villacorta, Soto, Cegoñal, y las treinta y seis otras villas y lugares pertenecientes a la merindad de Valdeburón, quedan desde este momento sujetas a la ley de don Juan de Tobar.

Dicho esto, dos hombres bajaron de sus caballos, entraron en la ermita y, al poco, salieron cargados con sacos, un crucifijo y una copa. Otros entraron en los establos y, tras coger las mejores cabezas, dejaron salir al ganado, mientras los demás pasaban por el hierro a todos los que trataban de escapar. De cuando en cuando, el ruido de huesos rotos por los cascos de los caballos destacaba sobre un fondo de maldiciones y súplicas. Un grupo de mujeres y niños pasaron cerca de mí, seguidos por un hombre con el arma tinta en sangre. Busqué una ruta de escape y me lancé a la calleja lateral de la iglesia. Los cadáveres de los ancianos seguían en el suelo junto a las vacas, atadas y dominadas por el tedio.

Corrí hacia el grupo de chopos que marcaba la vega del río y, como allí había también dos hombres armados, me dejé caer en un zarzal que crecía junto a una huerta.

Estuve más de una hora oyendo la matanza, que acabó tal y como comenzara, en una calma negra y de mal agüero, rota por el vago murmullo de las risas y el entrechocar de aceros que traía el viento cuando los hombres de armas regresaron al sur. Al fondo, tras las casas que ocultaban la plaza de mi vista, ascendía una columna de humo negro. Me sentí culpable bajo el susto, pues, al calor de la desgracia ajena, aún seguía creciendo en mí el apetito. A pocas varas de mí había un manzano que todavía tenía los frutos verdes. Salí de mi escondite y vi como una segunda columna de humo se elevaba desde la torre de la saetera. Ya no parecía tan grande. Tomé la manzana más gorda, pequeña en todo caso, y tan ácida que solo pude dar dos bocados. Las moscas daban cuenta del mozo degollado. Una mariposa pequeña y blanca sobrevolaba las gentianas que crecían en un balcón cercano. Al otro lado, había una casona de piedra con un tosco blasón de piedra, bajo el que yacía un hombre sobre un gran charco de sangre, que se perdía en el interior. A su lado, un can malherido sufría junto a un canasto vacío. La puerta del caserío estaba abierta de par en par.

—¿Hola?

Crucé el umbral de una habitación bien iluminada y llegué a la cocina. Hasta allí alcanzaba el charco sangriento, sobre el que se elevaba una gran mesa formada por tablas grandes y rectas. De clavos colocados de forma regular, colgaban cacerolas y un cazo dorado y lustroso. Bajo este, ristras de ajos y cebollas, y un frasco de sal. No hacía mucho que el fuego se había encendido y pensé en el poco tiempo que había transcurrido desde que comenzara la matanza. Miré lo que había dentro del puchero: carne, una gran cebolla, nabos troceados y, entre satélites de sebo, el caprichoso movimiento del orégano y la albahaca. Un gato pardo de ojos verdes entró en la cocina y me miró con indiferencia antes de meter sus morros en el rojo fresco. El puchero quemaba, así que busqué una cuchara, que solté al ver un cuenco lleno de gruesas torrijas salpicadas de un polvo claro. Olían a dulzor y a la calidez estival del pan tostado. Oí unos pasos sordos y el hambre venció a la tentación de huir. Tomé una y, de vuelta a mi escondite, me la puse en la boca. Era como el pan con miel, pero esponjosa, y tan dulce que el sabor me llenó la nariz. La mastiqué con sosiego deleitándome en aquella nueva sensación. Era la primera vez que probaba el azúcar.

Tragué de una jarra de vino que había sobre la encimera, y con el pecho lleno de tinto me eché a la gola cuanto vi con la intención de hartarme. Entre tanto, el gato, ahíto de sangre, ronroneaba. Entonces eructé sonoramente y el felino lanzó un chillido al recibir un impacto de algo que no alcancé a ver.

—¡Demonio! —oí al tiempo que sentía un fuerte golpe en el costado.

Cuando alcé la vista, descubrí el rostro de una mujer mayor y pechugona que blandía un palo del que pendía una bola de hierro con pinchos.

—¡Aquí hay uno!

—¡El espía!

Un viejo armado de una azada, acompañado de un niño que traía una piedra en la mano, entró de rondón tras ella. Esquivé un segundo golpe por poco y me arrastré bajo la mesa.

—¡Mátalo! —gritó el viejo de la azada, que resbaló en el charco de sangre.

Ya iban dos «mátalo» aquella primavera. No sé cómo se me fueron los sesos a ese pensamiento, o a que lo que tenía esa señora en la mano era una herramienta para destruir cabezas llamada mangual, arma favorita del rey Mauregato, el vencedor de… «¡ay!». Una esquirla de madera me atravesó la piel. La mujer retrocedió en busca de otro ángulo desde el que golpearme. El niño, chillando, arrojó la piedra y levantó de la llar una nube de chispas y cenizas. Me di a la fuga tras eludir a duras penas el golpe lento y torpe del abuelo, que buscó mi cuerpo con la punta de la azada.

Alcancé la plaza de la iglesia. Mientras buscaba una ruta de escape, una joven con el pelo trenzado y el rostro bañado en lágrimas me señaló como si fuera una alimaña. Las mujeres, ancianos y niños que estaban llorando a sus muertos salieron en mi persecución.

No me detuve hasta perder de vista el pueblo, siempre hacia el sur a campo través, en busca de las tierras bajas. Alcancé el lecho de un río de cuya orilla bebían grandes sauces, fresnos y chopos. Caminé con el agua hasta la rodilla. Volví a sentirme en paz, en parte por saberme vivo después de haber visto tantos horrores incomprensibles. Llegué a un salto que tenía al menos dos veces mi altura. Trepé con cuidado, y volví a descender hasta llegar a una zona del cauce en la que el agua desaparecía entre la vegetación, que dejaba entrever un puente. Nada más superar un ligero terraplén y alcanzar el camino, me oculté al descubrir en medio de este un caballo muerto. Ya no respiraba, ni brotaba la sangre de un rejonazo profundo. La tierra sobre la que yacía estaba embebida en ella. Me armé de valor y abrí su alforja. Contenía una calabaza llena de vino, pan seco y un trozo grande y largo de cecina. Oí entonces un gemido. Solté la presa y regresé a mi refugio entre el brezo. Reparé en el vago rastro rojizo y de tierra aplastada que había dejado el dueño de la montura muerta y que llevaba hasta un hombre que parecía reposar a la sombra del árbol que crecía junto a uno de los pilares del puente. Tenía la barba recortada y parecía tener cien años. Descansaba, como el viejo caballo, en su propia sangre. Tenía la pierna derecha doblada por la rodilla en un ángulo extraño. Sus manos, al igual que su rostro, estaban pálidas como la nieve y se aferraban a la tierra como si algo quisiera arrancarle de allí. Esperé un tiempo largo, en que solo se oía el gemido del moribundo sobre el río, los pájaros y el zumbido de los insectos. Al sentir mis pasos, su vista perdida se posó en mí.

—Confesión —dijo en cuanto alzó la vista.

A su costado había una sencilla espada ropera llena de mellas. Saqué el tapón de madera de la calabaza y le di un poco de vino. Tenía los ojos nublados. Apenas alcanzaría los veinte años, y por su porte debía de haber resultado impresionante armado y sano, sobre aquel caballo que atraía a una nube de moscas. Hice el signo de la cruz sobre su rostro. Entonces expiró suave y largamente, y su pecho dejó de moverse.

Quedé un rato junto a él. Toqué sus manos hasta que se ocultó el sol y estaban frías. Lo observé con espanto y curiosidad. ¿Qué era morirse? Miré hacia arriba y no vi más que algunas nubes grises. Había fantaseado con historias de batallas, pero hasta el momento todo lo que imaginaba contradecía la realidad. No había batallas gloriosas ni justas entre dos campeones. Ese hombre había muerto solo, atravesado por un palo y quedado a su albur bajo un árbol torcido. Tomé la espada ropera. Entonces, como si esta atrajera a la muerte, oí un repicar de cascos al galope. Sonó una voz grave y firme, imperativa. Y corrí, porque después de ver tanta sangre en un solo día, pocas ganas me quedaban de probar más fierro.

Receta de bulbos

Acerca de los bulbos yo he dicho: cocidos con agua para quienes desean encontrar el amor; en la cena, para las legítimas nupcias, con piñones o con jugo de jaramago y pimienta.

Varrón

Capítulo 8

Hubiera querido llevar la espada ropera al cinto, como un bravo, pero me la acomodé por encima del pecho, para no arar el suelo con la punta. En las dos jornadas siguientes, vagué siempre hacia el sur, dejando las cumbres altas a mi espalda. Durante el trance a que somete el hambre al vagabundo, y con las imágenes que venían a mi mente como un sueño, olvidé por momentos que tenía el estómago vacío. Llevaba la calabaza con agua y lamenté al poco haber tomado en mi fuga esa arma en lugar de un queso, un pan o lo que llevara en la bolsa aquel guerrero, que estos iban a caballo no solo por su mayor negocio a la hora de soltar tajos, sino para cargar gran munición de boca, pues los ejércitos y la guerra, decía mi padre, se sostienen como la víbora: sobre su estómago.

Las altas montañas verdes, cuyas laderas parecían hechas de musgo, menguaron, aunque la distancia que recorriera en un solo día, por tantas vueltas y revueltas que tenían los desfiladeros, no sería de más de dos leguas. Llegué a una hondonada formada por las inmensas raíces de una vieja encina. Cuando amanecí, ya no sentía aquellos pinchazos en el estómago que trae el hambre temprana, sino la apatía, más peligrosa, que viene después. Crucé un valle aún cubierto de rocío y, al dejarme caer sobre el pasto para recuperar fuerzas, sorprendí a un zorro. Sentí una inmediata simpatía por aquel animal, solitario al igual que yo, y admiré su andar furtivo y sinuoso. Luego mudé y le arrojé una piedra por caer en la cuenta de que buscaba mi carroña.

El cielo se puso gris, y luego negro, como si anunciara tormenta, pero la lluvia no llegó. Aclarando el día el camino se ensanchó y pude oír, antes que ver, el canto de un carretero. La carreta contenía un barril y dos cajones de hielo, arrastrados por un buey de aspecto perezoso. Había visto otras veces cómo recogían nieve del monte durante el invierno, que guardaban en pozas profundas para refrescar en verano —decían— las golosinas de los ricohombres.

—¿Qué eres tú? —dijo sin perder la vista del camino.

Era un hombre enrojecido por el sol y algo obeso, que dejaba pasar una cancioncilla junto al palillo que movía entre sus dientes desparejos.

—Buenos días —saludé, siguiendo el paso del buey—. Vengo buscando un castillo —improvisé.

—¿Y qué castillo buscas?

—Uno al que pueda servir.

El carretero rio tan fuerte que el cabestro aceleró el paso creyendo que le apremiaban, y troté tras él. El hombre se inclinó para darme la mano y, en un solo movimiento, me elevó sin esfuerzo hasta el pescante.

—Muy pequeño eres tú para ser hombre de armas —dijo el carretero.

Miró de soslayo mi espada ropera y, como no supe qué responder, callé. Observé el trasero ondulante del buey, que espantaba las moscas con la cola, y el camino que se perdía en la distancia.

—Hoy nadie cultiva los campos, y los que lo hacen no producen lo suficiente para alimentar a todos los hijos. Por eso hay tantos zagales como tú. ¿Cuántos años tienes?

—Diez —dije, aunque no sabía si los había cumplido ya.

—No aparentas más de cinco. Muestra tu mano.

Extendió la mano junto a la mía y la observó fascinado.

—Eres como una manzana de mayo. Si fueras una manzana, en lugar de treinta y seis, harían falta al menos cien para hacer un galón de sidra. ¿Y no sabes adónde vas?

—No, señor.

—¿Y dónde estás, al menos? —dijo, algo divertido, mientras cambiaba el palillo al otro lado de la boca.

—No, señor. Vengo de las rías —mentí señalando al norte.

—Mucho andas tú. Ahora vamos camino de Boca del Huérgano, por Tierra de la Reina.

Sentí un escalofrío al recordar a los asesinos de Oseja.

—¿Qué te pasa, que tiemblas?

—Tengo frío, señor.

—Será el hielo que llevo al señor de Méndez, que te deja las posaderas como un carámbano. Si quieres ver hombres de armas, ahora los verás.

Luego me explicó que bordeábamos el río Orza y que, llegados a una aldehuela, seguiríamos el cauce del Esla solo media legua hasta llegar a Boca del Huérgano. Sacó de una alforja una cebolla y un trozo de pan, que masticó con pausa y remojó con el licor de un búcaro que colgaba al fresco, en un cesto bajo el carro. Las mandíbulas poderosas de carretero trabajaban mecánicamente al soniquete de las ruedas y se me hacía la boca agua junto a aquella panza que apuntaba al cielo tras la cola del buey. El carro, como una alfombra mágica, devoró dos leguas a buen paso y sentí una corriente de simpatía por aquel carretero que era dueño del camino. Parecía, a pesar de su aspecto de bruto, ser un buen hombre.

—¿Me da pan?

El chorro de la bota se desvió hacia el cuello.

—¿Y quieres vino también? —ironizó asombrado.

—Sí, señor.

—¿Te subo al carro y ya pides, neciuelo?

Me arrancó la espada ropera del costado, la puso a sus pies y dio conmigo en el suelo de un manotazo.

—¡Pillastre! —exclamó, azuzando al buey.

Me quedé sentado en tierra un buen rato. Luego, seguí adelante con los ojos anegados en lágrimas hasta que perdí de vista el carro. Me dolían el trasero y la cara. Cojeaba. Al caer, me había torcido el pie, y volví a sentarme. El desmayo hacía que mis ojos perdieran consistencia. Me desvié del río, que a esa altura estaba muy crecido, para internarme en un llano que se extendía hacia el oriente. El haya, roble y castaño dieron paso a dehesas de encina y arbustos de romero y tomillo. Los montes se suavizaron poco a poco hasta convertirse en colinas que descendían en una pradera interminable. En el lado este del río, se extendían tierras de cultivo, y tras un recodo se hicieron visibles los soportales de las primeras casas de una aldea. Un grupo de mujeres desyerbaban y tendían en el suelo grandes haces de heno. A la sombra de un almiar, dormían dos grandes perros. Un tercero, endrino y pequeño, trotó frente a ellos y comenzó a ladrarme envalentonado. Como si hubieran esperado esa señal, los perrazos advirtieron mi presencia. Corrí, como ya tenía por costumbre, y no paré hasta que dejé de oírlos. Descansé un buen rato en el suelo y, por no dar gusto a un cuervo que me quería muerto, puse un pie delante de otro y me abrí paso entre los terrenos incultos que flanqueaban la vereda.

Me acerqué despacio por la vertiente meridional de la villa, buscando algo que comer y bordeé un terreno baldío hasta llegar a un cercado donde había una casa. Vi los restos de una hoguera de rastrojos y alcancé un abrevadero situado bajo su ventana. Olía a puchero. En su interior umbrío se veía una mesa dispuesta. Un hombre que pesaría sus buenas diez arrobas olisqueaba el caldero sobre la llar. Su señora, también abultada, acunaba a un bebé, para ponerle un pecho en su boca.

Sentí envidia del rollizo pequeño, que aferraba el globo de piel blanca y generosa mientras cruzaba la mirada conmigo cuando alargaba la mano. Agarré el pan, un queso y, envalentonado, una bota de vino. Gritó el niño. Aulló el padre. Los perros ladraron. Desde un sembrado vecino, un hombre viejo me arrojó una piedra. Corrí con mi botín hacia el bosque y les chillé sin detenerme:

—¡Que el demonio os lleve al infierno! ¡Panzones!

Ignoro si me persiguieron, de cuanto corrí. El alimento y el calor me habían dado fuerzas. Aproveché los pequeños senderos que los animales abren entre la maleza, sin alejarme mucho del camino. Di algunos bocados. El queso llevaba hierbabuena. Bebí de la bota. Quemaba, y lamenté mi suerte por haber perdido una espada de verdad y el puñal de mi padre. Llegué a una gran charca de agua mansa y oscura, junto a una encina cuyo tronco estaba partido en dos a causa del rayo. Tendido en el suelo y sin tomar precaución, seguí bebiendo vino hasta que perdí la sesera. Caí en la cuenta, quizá ya entre sueños, de que me encontraba en Cernégula, el pueblo de las brujas, pero estaba tan cansado y triste que en ese momento no me importó.

—¡Un diablo cornudo bailó, tralarí! —oí en sueños.

Desperté tosiendo, y abrazado a un tocón seco. El sol, ya alto, calentaba la bota de vino vacía. Me dolía la cabeza. Cerca de mí, calmo, rielaba un estanque de poco más de cien varas de largo. Allí era donde, según las fábulas, llegaban volando las brujas para untarse con moras y mandrágora antes de bañarse en el agua turbia y me pregunté si aquel tronco quemado sería el lugar de encuentro de aquellos seres sobrenaturales. Arrojé lejos de mí la bota y me tenté por dentro para saber si seguía siendo el mismo o me habían robado el alma.

Desanduve mi andar a toda prisa, entre los espinos de aquella zona desamparada, mientras canturreaba el *meigallo* para espantar a los malos espíritus, aunque no me atreví a alzar mucho la voz. «Si eres de mal hechizo, libérame dómine; si eres tocado de gente diversa, libérame dómine; y si eres tocado por Satanás, réquiem en paz», susurré en el silencio.

Cuando me sentí ya seguro, a unos pasos del camino y sin perder de vista los peligros que pudiera traer, tomé algo de queso. Luego, para no agotarlo, alivié la boca chupando una piedra. Caminé sin prisas, concentrado en mis fuerzas. El camino era liso, y tan regular que parecía sueño. Alcornocales y encinas solitarias rompían a su vera el pasto ralo, comido por aquel sol que hizo de aquella primavera sin lluvia un erial lleno de cardos. Dos días seguí en solitario, con el sonido de mis pies descalzos como único compañero, evitando recurrir a la munición de boca que me quedaba hasta que di con un cruce de caminos donde se erguía una piedra vieja, con la talla de una de esas conchas que, al decir de madre, crecían en el fondo del océano.

A lo lejos vi a dos caminantes. Llevaban un lento burrillo cargado de fardos. Cuando pude verlos más de cerca, comprobé que eran hombres de calidad. Uno de ellos, con la tez quemada por el sol, tenía la barba y el pelo tan rubios que parecían blancos. Bajo su capa oscura de viaje portaba jubones de buen paño y cuellos de encaje. El más alto, al verme, cambió las riendas del burro a su mano izquierda y puso la derecha a su costado, cerca del arma que abultaba bajo el paño.

—A la paz de Dios —dije, esforzándome en atinar bien con la voz, que tanto tiempo llevaba sin usar.

Aceleraron el paso después de saludarme con un gesto desconfiado. El burro me miró con mayor atención, aunque por poco tiempo. Antes de ver el trasero de este, salté al camino para tratar de avenirme con los viajeros.

—Señores, ¿se va por aquí a alguna ciudad?

El más alto le dijo al otro algo incomprensible:

—*Zantigo. Allez avec Dieu* —contestó sin detenerse.

Les observé mientras desaparecían en el páramo tras el horizonte. Primero los pies. Luego la cintura y, por último, la cabeza.

—Son franceses de mierda.

Me caí al suelo del susto. Tras de mí había un joven larguirucho de ojos saltones y piel amarillenta.

—Me llamo Hilario —dijo mostrando una sonrisa desdentada—. También me llaman el Pelón. ¿Qué hace un rapaz tan pequeño en el camino? ¿Han muerto tus padres?

—¿Cómo lo sabes? —pregunté sorprendido.

—¿Me das? —dijo señalando el hatillo.

Antes de que pudiera responder, ya tenía el hato abierto y el pan y el queso entre sus manos. Arrancó un bocado de pan y acabó de llenarse la boca con el medio queso que pudo tarascar.

—*For que aquí se ha fuerto la fitad de la fente y folo se ven fochinos franceses que fecan en su fierra para luego fenir aquí ñi que les ferdone nuestro afóstol* —dijo a boca llena.

Antes de que acabara, y sin comprender a lo que se refería el tal Hilario, recuperé el pan y el queso que me quedaban y retrocedí unos pasos sin saber si indignarme o aprovechar la oportunidad de hablar con alguien.

—¿Adónde *fas?*

—Busco un lugar donde servir. —Sonreí, en la esperanza de hacerme su amigo—. ¿Y tú?

—Por aquí no hay nada —dijo señalando hacia donde se habían perdido los hombres del burro.

Hilario respondió con una mueca de placer, tragó el bocado y prosiguió su camino sin mirar atrás.

—¡Dios te lo pague, truhan! ¡Coge por allí —señaló hacia el desvío del norte— y llegarás a Villavega!

—¡No soy truhan!

Se giró sobre sus hombros.

—Aún es pronto entonces. ¡Ve con Dios!

No quería quedarme solo.

—¡No me sigas! ¿Qué quieres? ¡Vete! —gritó al ver mis intenciones.

Esperé a que estuviera lejos, y anduve sin perderle de vista. Al rato alcancé a divisar la silueta de los franceses. Hilario se detuvo.

—¿Qué haces, so palurdo? ¡Largo! —insistió.

Me arrojó una piedra, que pasó lejos de mí, y otra más que me silbó en los oídos. Entonces, oí unos gritos apagados por la distancia. Los franceses retrocedían frente a dos hombres que habían aparecido de la nada. Vestían capas marrones al modo de los peregrinos y llevaban largos palos. Hilario dejó de prestarme atención, tomó una piedra grande y corrió hacia ellos. ¿Serían bandoleros e Hilario un héroe que acudía en ayuda de los viajeros?

A un movimiento brusco del francés más alto, uno de los asaltantes respondió abarrando su vara, al tiempo que Hilario lanzaba una pedrada tan precisa que aquel cayó como un moscardón alcanzado por un manotazo. Su acompañante trató de huir campo a través, pero lo cazó al poco el otro salteador, que lo acuchilló en el suelo. Arrastraron el cuerpo del primero junto a este, lejos del camino. Hilario trató de ocultar la sangre arrojando tierra sobre ella mientras se hacían con el burro. Entonces avanzó sobre mí. Yo tenía los pies clavados a tierra como si fuera presa de un ensueño, hasta que pude reconocer el detalle sus facciones. Seguía sonriendo, pero no había nada humano en aquella mueca. Mi cuerpo reaccionó tarde y ya podía oír sus pasos cuando emprendí la carrera. Tropecé y sentí que, al igual que los franceses, pronto estaría muerto.

—Levántate.

Hilario me alzó. Era mucho más grande que yo, pero no tenía pelo en la cara y comprendí que su mirada fría y sus dientes descompuestos le hacían mayor; quizá no tenía más de doce años. De su sonrisa no quedaba ni rastro.

—Tenías que haberte ido cuando te lo pedí.

Le mostré el pan y el queso que me quedaban.

—Llévatelos. Deja que me marche.

—Ahora no podemos dejarte ir. Si ves a los alguaciles, dirás lo que has visto.

—No diré nada. Y no sé lo que es un alguacil, señor.

—No soy un señor. Ya sabes lo que somos.

Los franceses yacían desnudos, mirando hacia las nubes con expresión vacía. Las cigarras seguían cantando, y pequeñas mariposas blancas, abejas y hormigas proseguían en su incesante actividad.

—*É inútil*[1]—dijo Negro con voz ronca.

Era menudo y rollizo. Tenía la coronilla calva y llevaba un jubón sucio y sin botonadura. Un cántaro de vino yacía a sus pies, cerca del arbolillo en el que habían atado al burro, y un gran pan oscuro, partido en trozos, se repartía por el suelo

---

[1] En portugués.

junto a un montón de salchichas, cecina, quesos pequeños y esféricos cubiertos de cera y una extraña jarra metálica llena de vino dulce y espeso que resbalaba por su barba y pecho. Dio un gran bocado a una morcilla. Me observó con ojos oscuros y huidizos y no me gustó su expresión. Hilario estaba sentado junto al hombre grande y pesado que chapurreaba el español con un acento extraño. Todos vestían harapos y habían extendido sobre el suelo las ropas de los muertos.

—No es más alto que mi barriga. ¿Cuántos años dices que tienes?

—¿Cómo va a saberlo? —dijo el hombre pesado, al que llamaban Gomes, aunque lo que oí de sus labios fue algo así como *Comu fa sabel-lo.*

Lanzó una mueca aviesa hacia Negro. Hilario se limitaba a comer todo lo rápido que podía.

—Es un conejillo. De poco sirve.

No estaba seguro de lo que hablaban los bandidos. Hilario me observó sin dejar de masticar.

—No quiero más peso. Por eso nos fuimos del puente, ¿no?

Me tenían atado de pies y manos, y echado en el suelo como un fardo. Pasaron un rato discutiendo sobre si soltarme o «lo otro». Imaginé que «lo otro» sería degollarme como a los franceses. Las sogas que sostuvieran los fardos de los peregrinos se me clavaban ahora en la piel y no sentía más que un dolor vago y sordo en la punta de los dedos, que se habían oscurecido por falta de sangre. El burro, a mi lado, pacía sereno. Tenía su morro junto a mí y de vez en cuando olfateaba el aire y me miraba. Sus grandes ojos transmitían algo difícil de descifrar. ¿Por qué *burro* sería lo mismo que *tonto?* El animal, en comparación con aquellos bestias, me parecía lleno de bondad y sabiduría.

—Si saben de nosotros, acabaremos como el Piernas.

—El Piernas era cojo.

—¿Y qué? —respondió Negro, irritado—. ¿No has visto que llevaban un caballo los de la Santa Hermandad? Y luego vienen tres o cuatro hijos de la gran puta detrás.

—Los dejamos atrás hace dos días. Este camino está limpio.

—Llevémoslo —dijo Hilario—. Portará nuestras cosas. El burro dejará señal de cascos.

—¡Que no! Ni burro ni mozos. Ya tenemos bastante contigo, Pelón —dijo el Negro pelando una ciruela que se metió entera en la boca.

Con el líquido chorreándole aún por la barbilla, se puso en pie. Dio dos pasos, escupió el hueso de ciruela y sacó el cuchillo. Forcejeé como pude, y antes de que comenzara a suplicar por mi vida se giró hacia el burro e hizo un rápido tajo circular. De su cuello brotó un chorro de sangre que salpicó sus pies y mi cara. La pobre bestia dio una cabezada y dobló sus patas enseguida. Moría, y parecía mirarme sin comprender. Luego miró al cielo. Recordé la mirada del icono que el día del apóstol mostraban en Sajambre y sentí que llegaba mi hora. Entonces oí un grito de terror.

—¡La Hermandad!

El Negro se apartó del burro con las ropas manchadas de sangre espesa y roja. Gomes huyó entre las matas. En el camino, cuatro hombres armados avanzaban hacia ellos junto a otro montado que llevaba en ristre una alta vara de fresno. El pobre jumento se había derrumbado y me tapaba gran parte de la visión. Alcancé a ver como el caballero azuzaba a su montura y la ponía al galope. Se oyó un grito y la voz suplicante del Negro. Hice todo lo que pude por liberarme. Me retorcí. Apreté, removí, estiré con la boca en la tierra y, al fin, aflojé el nudo y logré soltarme. Oí unos cascos.

—Ahí hay otro.

Cuando logré alzarme, el hombre a caballo galopaba hacia mí. El pelo de aquel inmenso animal formado por manchas refulgía por el sudor, al igual que la punta de la pica del hombre, que bajaba en dirección a mi pecho. Me dejé caer y noté la punta de la lanza a un dedo de mi cabeza. El caballo corcoveó furioso y sentí que alguien me agarraba con fuerza.

—¿Y este?

—A este también.

—¿No es muy chico, alférez?

—La mala yerba, mejor cortarla antes que después —zanjó el caballero mientras refrenaba a su montura—. ¡Ahorcadlo!

Capítulo 9

—¡Se equivocan! —grité.

El soldado, vestido, al igual que los otros, con calzas de paño encarnado y un sayo blanco con una cruz roja en pecho y espalda, ya se alejaba de mí con el chuzo al hombro, como si el asunto no fuera con él. Su compañero, junto a una encina, anudaba una soga. El alférez puso pie a tierra mientras los ladrones y yo alegábamos nuestra inocencia a voz en grito.

Se paseó a nuestro alrededor con sus piernas cortas y arqueadas, vestía un sayo de color verde y sudaba bajo un sombrero con pluma, en lugar del casco de hierro batido en forma de bacinilla que llevaban los otros.

—Bien mirado, el pequeño estaba atado —aclaró tras señalarme mientras se quitaba, despacio, los guantes—. Soltadlo.

Colocaron los cuerpos de Gomes y el Negro cerca de los de los franceses. A Hilario, *el Pelón,* lo arrastraron a la encina sin atender a sus súplicas.

—¿Por matar a un burro me cuelgan? —gritaba—. Esos peregrinos estaban muertos cuando llegamos. Este trato no es cristiano. ¡Júzguenme de ley!

—Si nos equivocamos, alégrate, que será Dios quien te perdonará e irás al cielo —repuso el alférez.

Sentí un escalofrío al imaginar lo que habría pasado si Hilario me hubiese unido a su grupo sin atarme. Un joven alguacil, con un bacín que le venía grande encajado hasta las cejas, anudó una soga a su cuello, y pasó el otro cabo por una rama apenas dos palmos más alta que él.

—Dime tu nombre si quieres que el párroco haga una misa por tu alma cuando volvamos.

—No quiero misas. ¡Quiero un juicio! ¡Ni al burro maté, que lo hizo el Negro! Se lo dirá el niño. Lo atamos para castigarle…, umh…, por robar vino.

Hilario *el Pelón* parecía en aquel momento muy joven e indefenso. Me dirigió una mirada desesperada.

—¿Es cierto? —me preguntó el alférez.

Recordé la mirada del burro y el rostro de los hombres degollados. Negué en silencio, aunque no me atreví a mirarle.

—¡Creo en Dios todopoderoso! ¡Estoy diciendo la verdad y este cagarruta miente! ¡Es de ley que se me juzgue con un escribano!

—En nombre del rey y del concejo de la ciudad de Sahagún, y en virtud del poder que me ha sido otorgado como alférez y —atemperó la voz— escribano de la Santa Hermandad, puedo condenaros y os condeno a inmediata pena de horca por mentir, robar y asesinar. Que Dios os perdone.

Hizo una señal. Dos hombres tiraron de la cuerda y un tercero acudió a ayudarles. Hilario clavó la barbilla al pecho para contener su peso, pero, al ser izado, el cuello hizo un ruido sordo y se le estiró medio palmo. Sacó la lengua, que se fue amoratando mientras pataleaba. Todo aquello me causó tanta impresión que no pude apartar la mirada de lo que sucedía. Al cabo de lo que me pareció una eternidad, dejó de moverse y una mancha humedeció su entrepierna. Sentí entonces no haber sido capaz de cerrar los ojos. ¿A qué mirar? Ahora tenía un recuerdo más con que amargar mi vida, pensé, y mi cuenco rebosaba ya de ellos. En el rostro del caballero no había emoción alguna y sus hombres solo parecían cansados. Supe después que ahorcar a hombres era labor pesada y muy común en aquella primavera.

Dejaron el cuerpo de Hilario colgado. Ya relajados por no haber más bandido que matar, y haciéndose lenguas por el hambre que traían, abrieron las sacas de comida de los muertos.

—*Fromages* franceses —dijo el más viejo, un alguacil entrado en años, mientras echaba en su casquete algunas bolas amarillentas.

—Quia. Ahumado de oveja carranzana que hacen en el valle del Roncal te avía mejor —dijo otro con brazos muy gruesos y cuello de toro.

—Te digo que son mejores quesos los franceses, porque allí, al norte, los pastos son tan blandos y *ezquisitos* que hasta te los *pues* comer tú como si la hierba fueran mieles. *Tien* llanos con ríos, que corren tan tranquilos que meada parecen, y desos prados salen vacas gordas y mujeres tan tetadas como así los quesos —formó dos cuencos con las manos—, pues salen que se deshacen en el hocico, y los dejan secar muy poco para que no se curtan como ese queso de oveja tiesa que dices tú.

—¿Tiesa? ¡Nuestra oveja carranzana de cara negra da mejor leche! ¿Qué sabes tú del requesón *esaborío,* que es solo agua y poco más? —respondió el otro en defensa del queso nacional.

Intercambiaron algunas palabras más, mal dirigidas, y si no fuera por la mala sangre del capitán y la frasca de vino ligero que descubrió el joven, se habrían batido.

Mientras se ennegrecía la lengua del ahorcado y los ojos de los difuntos se cubrían de hormigas, los soldados trasegaron a boca llena mientras discutían, según sus experiencias en las guerras de Italia o Francia, sobre empanadas florentinas, dulces corsos y una sopa en la que los franceses metían congrio, salmonetes, morena, rape y otros seres vivos de los que jamás había oído hablar. El joven del casco abrió entre tanto una cajica y sacó un objeto de media vara de largo.

—Hablando de Roma…, salchichas tudescas —dijo el viejo, chasqueando los dientes—. Toma un cacho y no estés tan cabizbajo, rediez, que ni te rajaron el cuello ni te hemos ahorcado. —Agitó ante mis narices un trozo de tripa rellena de cerdo mientras se metía otro cuarto della por la posta—. Tenemos mucho camino hasta Sahagún.

El zumbido furioso de las moscas que competían sobre los rostros de los muertos y los regüeldos de los verdugos me hicieron cavilar, pero al cabo comí con entusiasmo aquella carne con ajo, mejorana y otros aromas desconocidos.

Mi desazón no era, pues, melancolía, sino gazuza, hambre egoísta e indecorosa, y doy por cierto que nuestro queso tiene más sabor que el de los franceses, y que los ahorcados enseguida comienzan a apestar.

Cuando nos hubimos saciado, los alguaciles hicieron una fosa común para viajeros y ladrones. Colocaron una cruz hecha con dos palos y se pusieron en marcha, bien libres gracias a otro borrico como el que tenían los franceses. Permitieron que los acompañara hasta Sahagún a condición de que anduviera callado y me encargara del jumento a la cola de su grupo. Hablaban quedo, a trechos, por no perder el paso tras el caballo pinto, sobre los extranjeros que venían de Roncesvalles, y si había sido poco cristiano enterrarlos con los ladrones en el mismo hoyo. Concluyó el alférez que los viajeros no estarían exentos de culpas cuando iban de ida a purificarse, y por no contar con la indulgencia[1] no quedaban libres de pecado, ni reducían a la mitad el tiempo que pasaba el alma en el purgatorio.

—Y algo habrán hecho si tienen que arriesgar el cuello por una bula —agregó el viejo alguacil.

Cruzamos un pueblo llamado Carrión de los Condes, donde los perros, en lugar de ladrar, se alejaron escondiendo el rabo. Al oscurecer, en un recodo del camino, se tumbaron todos e hicieron una pequeña fogata para alegrar la noche con más salchichas. Quisieron entonces que les contara mis padecimientos, que a ninguno sorprendieron. Brindaron con aquel vino ligero por la captura de esos bandidos del norte, que se habían hecho famosos asaltando a peregrinos en un puente que había cogido su nombre, y supe entonces que España estaba infestada de asesinos, que el camino que protegían transcurría por la provincia de Palencia, que aquel día era sábado, que había muerto el rey, había otra guerra en Navarra y llevaban semanas sin catar mujer.

Aquel espanto me previno: ahorcaban a los presos varones, me barrunté, y se zampaban a las delincuentes hembras. Solteras por preferencia, entendí al aguzar el oído, pero sin desdeñar a casadas ni viudas. Quizá también a los niños, tal vez por ser entre los criminales y vagabundos los más tiernos. No había adónde escapar en aquel llano. Así que velé lo más lejos que pude de aquellos hombres que aplicaban la ley de tal manera.

Partimos de madrugada. Cruzamos algunos arroyos secos, y una ruina derruida por las rebeliones burguesas, dijeron, a

---

[1] La «Compostela» que realizaban los peregrinos a Santiago era un modo de indulgencia que permitía reducir a la mitad el tiempo del alma en el purgatorio.

lo que yo asentí, mientras pensaba en cómo escabullirme antes de que volvieran las tornas y me acusaran de cualquier crimen al capricho de su apetito.

—Estamos a no más de una legua de Sahagún —informó uno de los caníbales cuando se oyeron campanadas a lo lejos.

Llegamos a un río desde el que alcancé a ver un puente de piedra, y tras su cauce, sobre una breve pendiente, la muralla de veinte pies de alto que guardaba la villa.

—Queda aquí, a tu albedrío —me dijo el alférez, tras las puertas—. Y ve con Dios.

El viejo, sin detener la marcha, tomó de las alforjas un pan y una salchicha.

—¡Ve al monasterio de San Benito! —dijo el bruto—. ¡Y que Dios te ampare!

Aliviado por el desenlace de aquella aventura, tomé descanso en el suelo, en un portal que me pareció inmenso. No era más que uno entre los muchos que se ordenaban en todo lo que alcanzaba mi vista sin que hubiera fin. El aire estaba envuelto en un tufo similar al de los pueblos, pero aún más intenso, y parecía emanar del regato fangoso que dividía la calle. Dos niños de siete u ocho años que jugaban con bolas de barro se detuvieron para observarme desde el otro lado.

—Fuera de aquí —voceó alguien al otro lado de la puerta.

El hombre vestía con un delantal de cuero y tenía un zapato en la mano.

—Largo —añadió, mientras lo alzaba.

Los niños me señalaron entre risas mientras me alejaba y, a continuación, siguieron mis pasos.

—¿Quién eres? —preguntó uno.

—¿De dónde vienes? —siguió el otro.

—Vengo de Sajambre.

—¿Eres un mendigo?

—No.

—¿Dónde está tu madre? ¿Qué es eso que llevas en la mano? ¿Lo has robado? —preguntaban sin pausa en torno a mí.

—No he robado nada.

Vestían con juboncillos sobre camisas blancas, y calzas limpias. Uno de ellos miró mis pies descalzos y la ropa hecha jirones, y tomó una piedrecilla del suelo.

—¡Golfo! —gritó, arrojándomela.

—¡Ay!

Sus amigos, animados con la ocurrencia, resolvieron imitarle.

—¡Truhan!

Con los ganapanes a mis talones, me interné en aquella gran villa con casas que parecían colmenas y en cuyas alturas colgaba ropa de colores extraordinarios que competían con los comercios que abarrotaban la calle que venía de la muralla.

—¡Ha robado la salchicha! ¡Al ladrón! —Me señalaban.

Sorteé a un hombre con delantal que barría frente al portal de un comercio de telas, y el pie de otro sentado en un banco junto a algunos más que portaban jarras de peltre en la mano. Una señora, desde su balcón, apuntó hacia mí al arrojar un chorro de inmundicias. Torcí una esquina al ver un callejón sombrío y, dejando los gritos atrás, tropecé con una plazuela que tenía un abrevadero y un patio cerrado por un caserón. Me volví con la esperanza de que los niños hubieran desistido en martirizarme, pero uno de ellos llegó a la altura del cruce.

—¡Allí! —chilló entusiasmado.

—¡Misericordia de Dios! —oí a mis espaldas—. Ijjjjjjjjjhhh deee Diooooos.

Me cortaba el paso un hombre viejo. Tenía medio rostro cubierto de una costra purulenta y una sonrisa que mostraba solo dos dientes. Los niños se habían esfumado.

—Piedad para un pobre soldado. —Me tomó del brazo y, sin aflojar su presa, me arrastró hasta una esquina del patio.

—Dios te lo pague.

Me arrebató la salchicha y me puso frente a los ojos un cuchillo de matarife. Pensé que era muerto, pero lo empleó para cortar un tarugo de esa, que se resistía a sus encías desdentadas.

—Habemos ya más mendicantes que pulgas en un perro —dijo después de tragarlo sin masticar—. Esos niños son como ratas. —Llenó de nuevo el gaznate—. Pero… *gglp*… espera y verás cómo son sus padres. ¡Villanos y burgueses! No tienen vergüenza ninguna, ni valor, ni… *ggñrlp*… piedad. Comulgan —se persignó con un gesto exagerado—, pero adoran sus negocios y sus comercios miserables más que cualquier otra cosa en este mundo y en el otro. Domingo de Cuéllar y Ramírez para servirle… *ghjglp*… ¿Tienes vino?

Le alargué la calabaza, que vació sin respirar, pero no me atreví a poner reparo. Por miedo, y también porque quizá al fin hallaba, en ese pobre hombre que me había salvado de aquellos bribones, a un amigo.

Tenía una capa de lana tan raída que lo que colgaba a la altura de las rodillas eran hilos. Botas viejas, tan gastadas que podían adivinarse los pies bajo la suela. Un cinturón de cuerda y el sayo tan sucio y maloliente que causaba desazón acercarse a él. Debía de tener el hombre unos treinta años, aunque aparentaba doscientos, y se rascaba barbas, cabeza y pecho como si una legión de pulgas hubiese asentado señorío sobre sus cueros. Sentí un picor agudo en la cabeza y me rasqué con ganas, acompañando a mi nuevo amigo mientras me contaba que había peleado en Constantinopla y que Sahagún era una ciudad antigua en la que mandaba un monasterio que daba pan todos los domingos, después de las nonas.

—¿Qué es eso que te cuelga del cuello? —preguntome.

Estiró la cintilla de cuero sin esperar respuesta, y al ver el anillo arrancómela a la fuerza para acercárselo a los ojos.

—¡Dámelo! —dije, indignado.

—Largo —repuso.

—¡Dámelo o verás!

—¿Veré qué? —dijo mostrando los dos dientes y todas las encías.

—Llamaré a los alguaciles.

—¿Los alguaciles? ¡Jajjjjjj! —rio—. ¡Esos son peores que yo, acho ajjjjaaajj! Desaparece, bobatel.

—Devuélvemelo. No me iré a ninguna parte.

Dos Dientes echó la mano bajo sus harapos y tanteó el mango del cuchillo. Detuvo el gesto al oír las risas de los parroquianos que ganduleaban frente a una taberna.

—Haremos negocio y paces, que tienes fuste, muchacho, y quería probarte —dijo entonces, lisonjero—. Los mozos que se dejan robar poco valen como socios. Ven conmigo y hablaremos.

«Bellaco», pensé, harto de encontrarme a nuevos enemigos a cada respiro. Dos Dientes se volvía de vez en cuando, sin dejar de caminar. Anduvimos hasta un puente oculto, no muy grande, que se encontraba tras una hilera de alisos y álamos. Bajó el talud que llevaba a la orilla y se paró a la sombra de un pilar. Me detuve en el saliente. Dos Dientes sonrió en otro esfuerzo vano por resultar amable.

—¡Baja, muchacho, vamos a arreglarlo como hombres de bien!

El río se estrechaba bajo los arcos del puente, junto a una breve playa de cantos rodados. Dos Dientes se recortaba, como un mal sueño, contra el reflejo alegre de las aguas. Metí la mano en el bolsillo y le lancé una piedra, que le golpeó en el pecho. Se encogió sobre sí mismo, sin dar crédito a lo que sucedía. Agarré otra piedra, aún mayor.

—Mi anillo.

—Te voy a matar —rugió.

Adornó la frase con agravios de tal colorido y truculencia que me dio en dos minutos bastimento de injurias para aquella vida y otras siete, si las hubiera. Estaba a unos diez pasos de distancia apenas. Para llegar a mí tenía que subir por un caminillo muy pronunciado que acababa en el pilote de piedra del que arrancaba el puente. Le tiré otra vez, y le acerté de refilón en una rodilla.

Gimió, dolorido, y me arrojó su bastón, aunque falló por mucho. Ya tenía su cuchillo en mano cuando subía a por mí con furia ciega, salivando, mientras gruñía que me destripaba, que si era enano, que si puto, y otras lindezas.

Sentí la necesidad de huir, pero quería mi anillo. Se acercaba. Cuando estaba a cuatro pasos, apunté a la cabeza. Su nariz reventó como una ciruela madura. Lanzó un mugido acompañado de una nube de sangre roja y espesa. Retrocedió un paso, aturdido, y tomé otra piedra.

—El anillo —inquirí.

Un par de villanos jóvenes, desde el puente, mascaban altramuces mientras se solazaban de nuestra pendencia. Dos Dientes metió su mano en la bolsa, sacó el anillo y me lo arrojó pidiendo paz, aunque su intención era distraerme. Dio un salto con la intención de partirme por el medio. El pánico me hizo tropezar cuando retrocedía, pero antes de caer conseguí lanzar la piedra. Los villanos del puente celebraron mi puntería. A Dos Dientes no le quedaba pieza alguna.

—Te *fataré*. Lo juro por Dios que te *fataré* —farfullaba.

Ya estaba lejos de él, camino del puente, con el anillo en el puño. Dos Dientes (Ningún Diente ya) desapareció trastabillando orilla abajo entre las risas de los mirones.

—¡Qué porrazo! —exclamó, tras de mí, uno de los jóvenes cuando llegué a la altura del puente.

—¿Qué le has quitado al pobre viejo a pedradas? —dijo el otro.

—Nada —repuse—. Es mío.

—Enséñanoslo.

Los mozos tenían camisas limpias, eran grandes y estaban bien alimentados. Uno de ellos, el que llevaba la voz cantante, portaba una caña de pescar en la mano y estaba colorado por la excitación.

—¿No lo quieres decir? ¿Es una moneda? —insistió, mordaz.

Borró la sonrisa de su rostro.

—Enséñalo.

Sentí que se me anegaban los ojos de lágrimas. Apreté el puño en que guardaba el anillo, pero el joven me agarró la mano y forzó mis dedos uno a uno.

—¡Enséñalo o vas al río! —me amenazó mientras me levantaba como a un conejo.

Me debatí, pero era inútil. La fuerza del joven era irresistible.

—¡Os maldigo! ¡Malditos, demonio! —chillé mientras me retorcía el brazo.

—¡Es un anillo, Blas! ¡Cógelo!

—¿Quién menta al demonio? —oí—. ¡Fuera de aquí! ¡Impíos! ¡Paganos!

El golfo me dejó caer al suelo y lanzó un aullido. Un hombre vestido con hábitos oscuros, increíblemente gordo y con las sandalias bien plantadas en tierra, lanzaba un sopapo tras otro. Plaf, pum, plof. A diestro y siniestro. Los puso en fuga e hizo presa en mí. Lucía sobre su pecho un crucifijo de dos palmos de largo: era la Santa Inquisición. Aquella que quemaba vivos a todos los que pronunciaban lo que yo había dicho.

Capítulo 10

—Se oye en San Nicolás, que está a ocho mil varas, y hasta en Bercianos —dijo el fraile, señalando el campanario—. ¿Te gusta el pan de centeno? ¿No hablas? A fe mía que eres pequeño, pero tienes ojos de viejo. Alégrate y sonríe, que los niños y los sabios no pueden ser serios. Y esos cabestros recibieron lo suyo.

En lugar de azotarme por mentar al diablo, el fraile, que llevaba una gran cesta al brazo, me guiaba por un sendero junto a los sembrados.

—El trigo tendría que estar verde, pero anda reseco —explicó el monje.

Alcancé a ver el campanario que, asentado en una enorme construcción de piedra, se imponía sobre las casas situadas al este del río.

—Ya hemos llegado. ¿Rezas mucho?

—Sí —mentí, aún precavido.

—¿Tienes hambre?

—Mucha.

—Por mucho que llenes la tripa, al cabo pide más.

El inmenso monje, que se llamaba fray Tomás, cortó mis cavilaciones con un gesto cómplice y mostró lo que contenía su cesta: enormes lascas de pan.

—Aguarda, y luego de misa, si Dios quiere, tendrás un poco de esto.

Se internó en la plazuela que había frente al templo. Bajo sus soportales, tras un tablero, tres monjes dispusieron los panes que el fraile había traído. Frente a ellos, esperaba un grupo creciente de harapientos. Vi a un hombre sin orejas, algunos niños flacos, viejos que competían con tullidos en lamentarse, a tal modo que aturdía, y de todo ello el olor fue lo que me espantó más, pues, si ya la ciudad hedía, de esa plaza agosta y tal cúmulo de cuerpos emanaba un tufo arrollador. Algunos teníamos heridas en carne viva, pústulas, llagas, muñones, encías mondas, y todos ropas tan ajadas y sucias que parecían hechas de cieno. Una mujer impetuosa y curtida arremetió contra la cola. Se batió con un tuerto por el sitio y, entre agarres y empellones, quedé sepultado por la masa humana, que braceaba en dirección a la vianda.

—Tira allá, carajo —espetaron entre el alboroto.

—¡Hermanos! —gritó un sacerdote.

—¡Quita, rediós! ¡Te rajo! ¡Tarugo! ¡Escoria! —susurraban entre dientes los más hambrientos. Pensé que, si no daban el pan, pronto comenzarían a matarse a cuchilladas o a comerse entre ellos.

—Antes de recibir la limosna, todos tienen que escuchar el sermón —siguió el sacerdote.

—¡Zote! ¡Cabrón!

—¡En silencio, o nada habrá, que esto es casa de Dios! —agregó otro religioso.

Las voces cesaron, oí las tres campanadas que anunciaban el inicio del culto y cómo desatrancaban las puertas para que entrara la multitud. Al fondo, había un gran crucifijo con un Cristo agónico. En él convergían las paredes como si del costillar de un inmenso buey se tratara. Alcancé un rincón, junto a una columna de piedra. El calor de la primavera aún no había llegado a ese lugar oscuro. No había viento, ni cantaban los pájaros, y solo se oía el roce de ropas, susurros y el paso de una veintena de monjes que vestían ropas negras y capuchas. La techumbre, muy distante, apenas recibía la luz de las velas de sebo, que creaban a su capricho formas fabulosas.

—*In nomine Patris, et Filii, et Spiritus Sancti. Amen. Introibo ad altare Dei* —pronunció desde el altar, iluminado con dos cirios, un sacristán de aspecto severo.

—*Ad Deum qui laetificat juventutem meam* —prosiguieron los fieles, hincando las rodillas.

—*Judica me, Deus, et discerne causam meam non sancta: ab homine iniquo et doloso erue me.*

Siguió un rato interminable, en el que la congregación, ya postrándose, ya levantándose, respondía a un unísono bronco aquellas palabras incomprensibles mientras me vencía el hambre. Pero aquello se encontraba en su preámbulo. Después de los ritos iniciales, un canto, saludos, acto penitencial y el *Señor, ten piedad,* el murmullo pedregoso de los fieles fue acompañado por los monjes de tal forma que sus voces se juntaron con una armonía que me hizo olvidar las punzadas del estómago. Luego, la música desapareció. Acabados los cantos y oraciones, mientras el aroma del pan, sutil entre la peste, se extendía, el sacristán pronunció muy exquisitas palabras sobre los renuevos que eran paraíso de granados, con frutos suaves, de flores de alheña y nardos, y azafrán, caña aromática y canela y otras cosas, que no entendí, que salían del Antiguo Testamento, y del Apocalipsis, y de los Hechos de los Apóstoles, que eran tantos que desmayaban. A más me hablaba de árboles de incienso, mirra y áloes, más me temblaban las piernas. Fray Tomás, al fondo, me reconoció e hizo, creo, una seña de ánimo y me forcé a resistir el trance.

—*Petro et Paulo, omnibus Sanctis, et vobis, fratres; quia peccavi nimis cogitatione, verbo et opere; mea culpa, mea culpa, mea maxima culpa.*

En el segundo, tal vez el cuarto *mea culpa,* al fin caí.

—Si te duermes en misa y llega a verte fray Alfonso, el sacristán, es capaz de molerte a palos. ¿Cuál es tu nombre? —me preguntó fray Tomás, con sus ojos vivos.

Con gran soltura, a pesar de lo gordo que era, desapareció por una puerta que apenas daba cabida a su cuerpo. La cocina tenía un hogar tan grande que podría dormir en su abertura tiznada de hollín la tripulación de una galera. Un ventanal que daba a un huerto proporcionaba frescor e iluminaba una gran repisa de piedra de la que fluía continuamente un breve chorro de agua junto al que descansaban ramas de hijojo, perejil, tomillo y ajedrea. Regresó cargado con un carnero muerto y despellejado, que puso sobre la mesa. Luego, tomó un cuenco, mojó un trozo churruscante de pan frito en sopa y me lo acercó a los labios. Estaba tan bueno que se me humedecieron los ojos. La mesa en que descansaba mi plato era de madera oscura y antigua, y estaba llena de cortes que podían ser más viejos que yo. Sobre ella pendían ristras de ajos, haces de cebollas, una selva de romero y la pata de un cerdo. Intenté hablar, pero el monje que me observaba sonriente levantó la mano y señaló el plato.

—Primero, come. Que no se diga que muere alguien de hambre frente al padre Tomás.

Del otro lado de las paredes de piedra, llegaron voces. Eran cantos de muchos hombres que desplazaban una única nota con la misma armonía y mansedumbre que oyera en misa.

—Despacio. Si comes deprisa cuando estás famélico, el diablo se te lleva por la tripa.

Le hice caso y comí con pausa mientras vigilaba. Tenía la lengua pesada y seca, y el agotamiento me impedía salivar. Luego, mientras cortaba el carnero, cuyos trozos iba dejando junto a un queso, y una montaña de puerros, me dijo que sentía una gran pena por mí y por todos los niños que infestaban los campos de España. Eran años de malas cosechas, de pestes y violencia. Y todas las semanas encontraban en los caminos cuerpos sin sepultar. Acabé el plato cuando el monje metía los cortes de carne en una gran olla llena de verduras que colgaba de la chimenea de mampostería. Esta cubría por entero una de las paredes, que se alzaba sobre tres fogones que doraban la atmósfera tamizada por los rayos de luz que se colaban a través del ventanal. Abierto en un muro de dos varas de grueso, estaba guarnecido por una montaña de cuencos puestos en formación. Sobre el primer fuego colgaba una marmita en la que pensé que podría bañarme con espacio sobrado, además de estantes con vasijas de barro que mostraban garabatos que no entendí.

—Queda tranquilo, que ahora vengo, hijo. —Y desapareció de nuevo.

Aproveché entonces para echarme andorga abajo aquello que vi a mi alcance: un cacho de queso, pan frito, toda la morcilla de una ristra que pude tarascar, y empleé dientes, muelas y hasta el alma para aprovechar aquella ocasión, pues solo los verdaderos hambrientos han deseado siempre comer hasta reventar. Estaba echando mano de un puerro, cuando oí de nuevo sus pasos.

—Los puerros aquí son famosos, hijo, pero pídelo. Y mejor asado.

Me esforcé en tragar con disimulo aquello que tenía adentro. Al momento se me revolvió el buche, y devolví todo lo que había comido.

—Te avisé. No son pocos los que se mueren por atracarse a destiempo.

El fraile parecía preocupado por mí, más que furioso. Tardé un rato en recuperar el resuello, tras sacarme a un patio amplio que lindaba con la cocina, vigilados por un horno y un olivo, a cual más viejo. Más allá del sendero, y junto a una huerta, se adivinaba el río entre una hilada de juncos. Puso en mis manos un tazón de caldo, esta vez sin carne.

—¿Estás mejor? —Asentí—. Cuéntame, ¿de dónde vienes, chiquillo?

Obvié algunas partes de mi historia, que Tomás escuchó con atención. Cuando acabé, el fraile fue a buscar otro trozo de pan y me lo puso en la mano.

—Bueno, tienes que marchar ya, o me las tendré que ver con el prior.

—¿No podría servir aquí, señor?

—Aquí no se admiten viajeros. Ve con Dios, hijo mío.

—Por favor.

Sonaron las campanas de nuevo.

—Tocan a vísperas. Quédate en ese rincón y no toques nada. Podré soportar una reprimenda si dejo que te quedes a dormir hoy, pero mañana te vas.

Pasé la noche en blanco por los cantos que se oían a medianoche y mi temor a la soledad. Antes de que aclarara, salí a buscar algo en que ocuparme, en la esperanza de que, si resultaba útil, me acogieran. Tomé una escoba y barrí el suelo. Luego, acarreé leños de los que había en el patio. Cerca de estos, camino del río, crecía una higuera cuya fragancia diseminaban los primeros calores del año. Solo se oían los pájaros que buscaban alimento en el huerto, y por primera vez en mucho tiempo me sentí seguro. Fray Tomás me despertó cuando aclaraba, poniendo un trozo de pan junto a mí, como lo había hecho al despedirme.

—Aprovecha y masca rápido, que es la hora tercia. No sé cuándo vendrá mi superior.

—Por favor —rogué—, ¿no podría quedarme y ayudar? Le juro que comeré poco. Casi nada. Y sé trabajar.

Fray Tomás, algo turbado, echó un vistazo al montón de leña bajo los fuegos y lanzó un resoplido. Maquinó un rato y, al cabo, tomó una decisión.

—Fray Urbino es ya viejo para cocinar y murió el hermano Amalio, quien le ayudaba, de fiebres cuartanas. Rogaré a Dios, pero quizá eso ayude un poquito.

Puso sobre la mesa el cuerpo de cinco aves enormes y tomó una banqueta, que crujió bajo su peso.

—¿Podré quedarme con vos? —insistí, esperanzado, al ver sus dudas.

—No te hagas mieles todavía, que no es seguro que te permitan quedar. Eso Dios lo sabe y el abad lo manda. Yo solo soy el cillerero. Mando muy poco, pero dije que nos haría falta un refitolero. —Puso un ave en mis manos para que le imitara—. Uno piadoso, se entiende. Es pecado jurar, por cierto. Y menos en la casa de Dios.

—Perdón.

—No me lo digas a mí. Hazlo cuando te confieses. ¿Cuándo te confesaste la última vez? Nunca, ¿verdad? Madre santísima, menudo entremés. Y no te creas que yo voy a librarme del prior, ¿sabes? Es un hombre de lo más intratable —agregó tapándose la boca como si pudieran oírle—. Venga. A desplumar.

El cadáver tenía los ojos naranjas, el pico abierto, y olía raro. Agarré un puñado de plumas y estiré, pero solo salió una.

—¿No has desplumado nunca un ganso?

—No. ¿Qué es un refitolero?

—¿Crees en Dios?

¿Tendría esto algo que ver con los refitoleros? Dudé, dispuesto a decir que sería eso y bufón con tal de comer caliente. Pero no era así. Pues el refitolero —dijo el fraile— es aquel que cuida del refectorio. Evité preguntar lo que era un refectorio por no revelar mi ignorancia y porque fray Tomás, mientras desplumaba los gansos, quiso explicarme la forma en que Dios había hecho el mundo.

—Primero la luz —dijo Tomás—. Luego las cosas y los animales. Finalmente, un hombre, y de una costilla de este, a la mujer. Después vino el diluvio porque los hijos de estos (Adán y Eva) se pelearon, y por último salió Jesucristo, que era el hijo de Dios —resumió, antes de proseguir con el relato, que se alargó durante horas y horas.

Era parecido a lo que contara madre, aunque con mayor ciencia. Me pareció un fenomenal embrollo y, por más que me empeñara, no comprendía el porqué de todo aquello. ¿Mi madre murió porque Dios la quería con él? ¿Estaba Dios mirando sin hacer nada cuando morían mi padre y mi hermano? ¿Y Dos Dientes o el Negro? Si Dios era todopoderoso, ¿cómo podía permitir su maldad? Mi mente llegó así, en un instante, a la certeza de que aquel ser sobrenatural no existía, porque la alternativa de que existiese me parecía más terrible aún: el mundo era el juguete de un ser feroz y caprichoso. Fray Tomás acabó su relato con el sacrificio que hizo Jesús en la cruz frente a la mirada de su padre todopoderoso y, al cabo, repitió la pregunta:

—¿Crees en Dios? Te conté lo principal, por si lo olvidaste vagando, o no te lo hubieran contado bien, pequeño. Pero no hace falta saber nada para creer. Responde ahora.

Supe entonces que de mi respuesta dependía que me acogieran en el monasterio.

—Sí —mentí—. Creo.

Tomás asintió con gravedad.

—Muy santo hay que ser para que te den alojamiento y tres comidas al día sin dar tierras. Así que dilo bien. El que sufre pierde a veces la cabeza y deja de creer en la bondad del mundo. Eso hace que los desgraciados vayan a peor.

—¿Y los animales tienen alma?

Arrancó un manojo de plumas de la cola del pobre ganso y sopló una frente a su nariz.

—¿Cuántos años tienes? —repuso el monje.

—En el estío creo que cumplo once.

—¿Diez años tienes? ¿Y cómo puede ser eso? —persistió Tomás mirándome como si fuera una aparición.

—Es que nací pequeño.

—Cosas veredes —murmuró fray Tomás arqueando las cejas—. Bueno, según el Génesis, las bestias y las criaturas de los cielos, y todo lo verde, las hizo Dios para alimento. Aunque no digo yo que algún soplo de alma tengan, pero eso lo sabrá mejor alguno de los más viejos.

Descabezó el ave de un tajo certero y la abrió para sacarle las vísceras. Luego se lavó las manos y me dio un vaso de vino para que hiciera sangre, y un trozo de pan con cecina antes de dejarme solo.

—Pero no te ilusiones —prosiguió a la vuelta, como si el tiempo de silencio transcurrido no hubiera existido—. El monasterio es pobre. Antes, las tierras de San Benito ocupaban veinte leguas a la redonda. Si el abad no sale de su reducto hoy, no le verás a él, sino al prior. Y este es menos amable. «¿Qué haría el monasterio si acogiera a todos los zagales que andan perdidos en estas tierras?», dice. Aunque yo, ignorante de mí, discrepo. Por San Blas no quiso abrir la cancela a un muchacho. Por la noche heló. Al día siguiente estaba muerto. Fue auxiliado no cuando vivía, sino para darle sepultura en el osario.

Tomás calló, ceñudo, hasta que algo diminuto saltó de mi ropa a su hábito.

—Y ahora tienes que bañarte porque hueles mal y estás infestado de pulgas —dijo, cobrando el ánimo.

Después de bañarme en una gran pila de piedra situada extramuros, corrí a secarme en el fuego de la cocina. En ese momento me crucé con un monje joven y de cara alargada, que entró en ella escandalizado.

—¡Qué diantres! —exclamó el de la cara de caballo.

El padre Tomás, al verme desnudo, me cubrió con un trapo sucio que había en la pica.

—Es culpa mía, hermano.

—Pero ¿cómo anda trotando con el culo al aire este mocoso? ¿Y qué hace aquí?

Fray Tomás rezongó algo. Era de esos hombres locuaces en solitario o con los niños, pero tímidos frente a los otros.

—¿Y bien?

—Lo encontraron medio muerto de hambre y le puse a ayudar. Sabe desplumar, cortar leña y es trabajador. Es muy bueno. Pensé que…

—Debe hablar con el abad, hermano.

—Sí, hermano. Pensaba hacerlo después de la hora nona, y que estuviera limpio, porque hiede mucho.

—Esto es inaceptable, padre Tomás.

—Está medio muerto. Un día más y sería otro pequeño para el osario.

—Hermano…

—Es solo un niño, como vos.

—Yo no soy un niño.

El enojado se marchó. Esa noche fray Tomás me acomodó extramuros, junto al horno, y me tapó con un hábito viejo.

—Gracias a Dios que llega el buen tiempo. Duérmete. Mañana Dios dispone. Pero presta el oído: si hablan contigo y te preguntan, di que si quieres quedarte aquí es para seguir el camino de Cristo nuestro Señor. Y atiende bien: di que escuchaste su voz en el camino, y que te dijo que vinieras aquí. ¿Lo has entendido?

Asentí con la cabeza.

—¡Ah! Y no hagas preguntas como esa que hiciste sobre los animales. ¿Estamos? Quizá no me veas en un día o dos.

—¿Por qué?

—Porque tendré que hacer penitencia. Falté a la ley de guardar silencio. Cuando veas al abad, llámale *señor y abad,* y no *hermano,* como tienes que hacer con todos los demás. El monasterio es una sombra de lo que fue, pero sé prudente, que aún tiene poder como para cambiar tu destino. Si no nos vemos, rezaré por ti, y no me hagas hablar más, que será peor —dijo antes de marchar.

—Las tierras nos van menguando y los señores ya no dan tierras, sino que las quitan.

El abad despidió al joven monje, miró mis pies descalzos y se encorvó como si un peso muy grande le cayera encima. Era de vientre recio, muy viejo, de piel blanca y ojos neblinosos, como si un velo de recuerdos los hubiera empañado. Sabría luego que era la única persona en el monasterio que tenía el derecho, ¿u obligación?, de dormir sola. La sala tenía una mesa y un camastro compuesto de cuatro tablas unidas por cuerdas igual a los que había en los alojamientos comunes. El crucifijo que colgaba junto al respiradero era el único objeto suntuoso: un Cristo de plata que miraba hacia la ventana, como si quisiese escapar de allí hacia su eterno dolor.

—Sin donativo, y otra boca que alimentar, mal iremos, padre. Este muchacho sale del arroyo… —oí en una voz agria.

No había reparado en el hombre que se encontraba junto a las sombras de la mesa. Era el sacristán de aspecto severo de la misa: huesudo, de brazos largos y cabeza grande y redonda, enmarcada en un pelo espeso y negro. Los ojos, como tizones, me observaban con recelo y sin pestañear.

—No me habléis de donativos. ¿Acaso no podemos actuar sin pensar en las rentas? —recriminó el abad.

—Sabéis que no, reverendísimo padre. Esa es la razón de…

—Antes éramos independientes —prosiguió el abad, sin prestarle atención—. Administrábamos el poder con la sabiduría que Dios quería darnos, y rendíamos cuentas solo ante él. Escuchábamos e impartíamos justicia como señores de estas tierras, pero es la justicia seglar la que lo hace ahora. Hombres a veces impíos, interesados, a los que se puede comprar por un puñado de reales.

El monje, molesto, endureció el rostro.

—Trescientas yugadas de buena siembra un día —continuó el abad, mirando más allá de las paredes—. Los pastos de Valburrio, otro. Encinares. —Calló y miró hacia el techo, al rincón donde una araña había tejido su tela, como tratando de recordar—. Alzó un brazo y señaló a su alrededor, impotente.

—Antes solo nosotros podíamos hornear. Nuestro era el derecho a vender el pescado del río… ¡Ah!, y teníamos la universidad —dijo, como quien recuerda una anécdota feliz en un funeral.

El monje huesudo expiró de forma audible. Parecía impaciente.

—Reverendísimo padre, estáis cansado... Este... muchacho —vaciló, pronunciando la última palabra como si le causara náuseas.

—Me hago viejo. —Se animó el abad—. También solo nosotros podíamos vender vino. Únicamente —alzó un dedo— dependíamos del propio papa. El representante de Dios en la tierra en persona. Nosotros. El papa, y arriba, Dios. Así era el monasterio.

Luego me clavó la mirada, como si acabara de percatarse de mi presencia.

—Cinco siglos hace desde que mengua nuestro poder. ¿Te parece mucho?

El abad aguardó mi respuesta. Pensé que era un hombre que vivía del pasado y, para irritación del otro monje, se divertía en hablar conmigo y aun en hacerlo solo. Barrunté que, de tan viejo que era, ocurría como ocurre con algunos abuelos, que se les encogen los sesos y se vuelven locos. Asentí. Me imitó como si esperara esa respuesta y dibujó una sonrisa amplia que se abrió paso entre las arrugas como un rayo de sol entre las rocas.

—Muy pocos son cinco siglos, y hasta cien, para el tiempo de Dios, pues cuando ves un insecto, que nace y muere ante tus ojos, lo mismo somos nosotros. Hace muy pocos años, aquí enseñamos gramática, leyes, geometría y astronomía. ¡Y música! ¿Lo dije? ¡Teníamos universidad! —El monje huesudo puso los ojos en blanco al escuchar la repetición—. Soy viejo y, al igual que a los maestros que restan, nos queda poca vida en esta tierra. ¿Sabes escribir?

—No, señor y abad —dije recordando la fórmula que me había indicado Tomás.

—Ser monje representa un paso en la evolución de la vida perfecta. Pero deben tener vocación muy entera aquellos que desean dedicarse a una mayor comprensión de los mandamientos de Cristo. ¿Comprendes? Dios te ha alejado de tu familia y te ha desposeído de todo. ¿Significa eso que vienes por vocación o para refugiarte de los males del mundo?

—¿Por qué quieres estar aquí? —intervino el otro, irritado.

—Responde a fray Alfonso, el sacristán. Es impaciente, pero es un hombre de Dios.

—Escuché a Dios...

—¿Qué?

El sacristán se envaró y tragó aire, como si le hubieran pinchado con algo y quisiera gritar, aunque una mirada del viejo le contuvo.

—Soñé... Oí que Jesucristo me hablaba y me decía... «Ve adonde los monjes» —improvisé.

—¿Soñaste con Jesucristo? ¿Y cómo era ese Cristo de tu sueño? —indagó el viejo, mientras el sacristán, consternado, contenía un gesto de furia e incredulidad.

Supe en aquel momento que si mentía lo sabrían. Recordé al Cristo que había arrojado al fuego y sentí la tentación de huir, aunque si lo hacía no llegaría muy lejos. El sacristán parecía muy capaz de darme alcance.

—Sufría —solté, al fin.

El abad tardó un buen rato en considerar mi palabra, como si esta encerrara algo.

—Solo hay veintinueve monjes. La mayoría muy ancianos —explicó, en un susurro—. Pero este ya no es un sitio rico. Tú no tienes tierras, familia, ni oficio. Sabes leer a duras penas. ¿Qué puedes ofrecer a la Iglesia para que te acepte en su seno? Hace al menos..., mucho tiempo, olvidé cuánto..., que no admitimos niños.

El abad cruzó las manos sobre el vientre y esperó.

—Puedo ofrecerme a mí mismo.

El sacristán dejó escapar una risa nerviosa.

—Como la dote en el matrimonio. Tiene que haber donativo, reverendísimo padre, no sueños —insistió el sacristán—. Es la costumbre de…

—No tengo… —balbuceé.

—Ya basta. Pequeño, el abad está cansado. Ahora…

—Antes… bastaba con no ser hijo ilegítimo —le cortó el abad—, saber algunas letras, no tener más de quince años… y no poseer defectos físicos. No era obligatorio dar riquezas…

—El defecto físico, reverendísimo, es… —atajó el sacristán.

—Me dijo el hermano Tomás que tienes diez u once años. ¿Es eso cierto? ¿Naciste menguado?

—Podrían utilizarme como sirviente a cambio de comida.

—Reverendísimo, vuesa merced mismo lo ha dicho. Apenas mide tres pies, el ñiquiñaque. Solo quiere manduca. ¿Has venido aquí para contar patrañas de feria y llenar el vientre aprovechándote de la bondad del abad? —apuntaló el sacristán.

El propio abad era un hombre robusto, y con vientre abultado. Pareció adivinar mis pensamientos, quizá porque dejé escapar la mirada hacia su prominente barriga.

—No somos perfectos. Muchos de nosotros, a falta de saciar otros apetitos, llenamos la panza —dijo con un mohín de culpa.

—¿Qué otros apetitos? —pregunté.

El abad me miró durante unos segundos sin parpadear.

—¿Cómo te atreves, miserable? —murmuró el sacristán, alzando una garra.

El viejo dejó escapar una carcajada, que se obligó a cortar.

—¡Quia! Eres el diablo en persona. No. Miento. Eres un niño.

Asentí con la cabeza, sin perder la mano del sacristán, que no se decidía a golpear.

—¿Y dices que escuchaste la voz de Nuestro Señor? ¿Dónde estabas cuando sucedió?

—En el campo —apunté, después de dudar un momento.

—¿Y qué te dijo exactamente?

El sacristán espiró, hastiado, pero, sin atreverse a censurar el interés del abad, esperó con una media sonrisa como si confiara en que se revelase que mentía sobre mi vocación. Sentía su mirada hostil, escrutadora, y no supe qué responder. ¿Cómo hablaría nuestro señor? ¿Por qué me metía en ese lío? Sabía que no podía jugarse con las cosas de Dios. ¿Acaso los benedictinos no formaban parte de la orden de la Inquisición? Imaginé que tenían un cuarto para los mentirosos y las brujas, donde los monjes asaban a los herejes como hacían con los gansos.

—¿Y bien?

—No me dijo nada con palabras. Lo sentí.

—¿Y sentías que tenías que venir aquí?

Asentí.

—A veces, las tentaciones atribuidas a Dios no son otra cosa que una astucia del diablo. ¿Lo sabías? ¿Crees en el diablo? —lanzó el sacristán.

—No lo sé.

—Pues deberías —zanjó el abad—, porque así como hay Dios, que representa la piedad y el bien, existe el diablo, que se burla de nosotros, tentándonos. Eres muy pequeño para tu edad. Nuestro viejo guisador, fray Urbino, está gagá, así que ayudarás en la cocina al nuevo: serás un oblato. Hace al menos dos siglos que se prohibió la dedicación de los niños a un monasterio. El oblato se adhiere sin tener los votos religiosos. Viste el hábito y comparte todos los privilegios y los ejercicios de la comunidad, pero conserva el dominio sobre sus propiedades, si las tiene —otra risa que se obligó a cortar, para irritación del otro—, y es libre de irse en cualquier momento. Lo que debes hacer ahora es una promesa de obediencia a mí como tu superior, que nos unirá hasta que puedas realizar los votos. Esta promesa, sin embargo, no debes hacerla si no estás decidido a vivir según la regla de san Benito, y a dedicar tu vida a Dios nuestro señor. ¿Lo has entendido?

—Sí.

—Las edades más favorables para la contemplación son hasta la tuya, y cuando uno es viejo. Pronto dejarás de contemplar el mundo de forma pura. ¿Entiendes que te queda un largo camino por delante?

—Sí, señor abad.

—Bien. Quizá ser pequeño no lo ve Dios como un defecto físico —dijo mientras el sacristán tragaba bilis—. Pues ¿qué es un defecto físico? Ocurre que un caballo no deja de ser caballo por ser pequeño, ¿verdad? —adujo después de examinarme con atención—. Pon, pues, la mano sobre la Biblia y promete.

Sopa de puerros

Lavamos los puerros, los cortamos primero en cuatro partes, a lo largo, y luego en trozos pequeños. Pelamos y lavamos los nabos, que cortamos en dados.

Cortamos el pan en pequeños trozos. Derretimos la mantequilla en una sartén. Freímos el pan. Retiramos y reservamos. Vertemos una azumbre de agua en una cazuela. Salamos e introducimos los nabos y los puerros. Cocemos y separamos las claras de las yemas en crudo. Batimos las yemas en un tazón y agregamos poco a poco el caldo de los nabos y los incorporamos a la cazuela removiendo con una varilla. Recitar un rosario de modo que cada palabra acompañe el latir del corazón. Si está tranquilo, los puerros alcanzarán el punto. Servimos con el acompañamiento del pan frito.

Popular

Capítulo 11

—Orégano, albahaca, menta... ¿Hueles el romero? Este es fundamental... ¿Qué haces? ¿Te marea el vino? La manteca da espesura y consistencia... Harina. ¿Qué puedo decir de ella? Jesucristo dijo que era su carne, así que lo primero que aprenderás será a hacer pan.

Mientras hablaba, Tomás bajó por unas escaleras estrechas que llevaban a la bodega. Una vez allí, acarició unos barriles y les habló como si fuesen sus hijos.

Fray Arsenio, el mayordomo, un hombre marchito y de expresión agria, me había llevado esa mañana al calefactorio, donde me hizo quitarme la ropa. Quedé solo y desanudé la correílla de cuero, y busqué un escondite para el anillo de mi padre. Mientras oía sus pasos de vuelta, hallé un hueco en una grieta de la mampostería que daba al silencioso espacio del claustro. Me entregaron dos túnicas, calzas, escarpines, una estera, una manta y un cobertor. No, no dormiría en la sala de los monjes, dijo entre dientes, sino en la cocina hasta que encontraran una ubicación adecuada para los futuros novicios, si los había. El fraile me recordó que no podía hablar, a no ser que me dirigieran la palabra, especialmente por la noche, y que comer sin permiso era falta muy grave. Tenía que llamar a todos *hermano,* y ellos me llamarían *nonno.* También me explicó las diferentes penas que había, desde la excomunión hasta los azotes, que *monje* viene del griego *monos,* que quiere decir 'solo', y que reírse era una expresión maligna según las leyes divinas y estaba prohibido. Yo asentí a todo, porque me veía ya a salvo de pasar hambre.

Luego, me presentaron en la llamada sala capitular. Los monjes estaban sentados en bancos muy ornamentados, casi negros, que se encontraban pegados a las paredes, de forma que, mirara hacia donde mirara, encontraba una hilera de rostros adustos. Algunos arrugaron el ceño al tiempo que me recorrían de arriba abajo con la mirada, como si no dieran crédito a mi existencia. Había un par de jóvenes, varios maduros y una abrumadora mayoría de viejos. Me sentí como un cabrito en día de feria y no presté atención a lo que dijeron. Mas tenía el ánimo en volver a la cocina y quitarme aquellos zapatos, pues comprobé que calzarse no era lujo, sino embarazo, que parecía que tenía los pies en dos cepos.

—*Eis qui sine peccato est vestrum primus in illam lapidem mittat*[1] —dijo fray Tomás en la cocina, antes de vaciar el vino en la garganta.

Lanzó un regüeldo, soltó el vaso y me propinó, animado, un amable coscorrón.

—¡Te contaré cómo se hace la masa madre! ¡Y a hacer pan blanco como en ningún otro sitio, ya verás! ¿Qué te pasa? ¿Te asustaste al ver a tantos viejos? Hay muchos asientos vacíos, y demasiados monjes que duermen en la enfermería esperando encontrarse pronto con Dios. Estás *arrevenido.* Bebe un poco más.

La razón de mis aflicciones eran los zapatos, pero no me atreví a decirlo. Bebí otro trago de ese vino de sabor profundo.

---

[1] «El que de vosotros esté sin pecado sea el primero en arrojar la piedra.»

—Este vino duerme en la barrica desde que el abad era mozo. ¿Te gusta? Eso que notas es el sabor del roble, y de los años. Con el vino es lo contrario que con los hombres, que se hace mejor... Pero atiende —dijo borrando la sonrisa—, que hay ley de silencio y vienen fray Bernardino y el lector. Al primero ya lo conoces —dijo presentándome al joven con cara de caballo cuando entraba en la cocina—. Es el semanero, y le imitarás cuando lo veas servir las mesas. Este es fray Victoriano —dijo señalando a un hombre maduro, de hombros robustos y barba de chivo gris—, a quien toca leer las escrituras durante la comida. Para que no se nos vayan los ojos a los platos durante nuestro cometido, ahora tomamos pan y vino —confesó fray Tomás.

—¿Qué es *arrevenido?* —pregunté.

—Aquí no se habla ni se pregunta, nonno —dijo el joven monje de la cara de caballo.

Cuando fray Bernardino y Barba de Chivo acabaron sus chuscos y fueron a lavarse las manos, fray Tomás me llenó el vaso una vez más.

—Aprende a callar —dijo, con una sonrisa—. Cuando no has desayunado, llegan las nonas, y sigues sin comer, y con las vísperas las tripas se te han quedado más pequeñas que un garbanzo y estás medio amarillo, es que estás arrevenido.

Ya me sentía con ganas de reír cuando me entregó platos de verduras asadas y revueltas con morcilla, sobre las que habían puesto un huevo frito y al que llamaba, para sus adentros, jijimandama, jirindiama o jimijaparalamana... Aquel vino mareaba, y estando beodo ya podía llamarse Troya aquella pasmosa exquisitez, que me daba lo mismo.

En la sala, en penumbra, esperaban los monjes, organizados como en el capítulo. Frente a cada uno de ellos se ordenaban una escudilla, un cuartillo de vino y un trozo de pan.

Un ventanuco estrecho —casi una saetera— que partía la estancia dejaba pasar un haz de luz en el que flotaba un orbe de partículas de polvo. Entre los más ancianos se situaban, encorvados, los cargos de responsabilidad. De los tres monjes sentados junto al abad, fray Magín, el prior, era el que irradiaba mayor autoridad, aunque el hombre huesudo que me recibiera junto al primero, fray Alfonso, el sacristán, era el de expresión más severa. Algunos, muy seniles, parecía que no estuvieran allí, y tenían la mirada perdida en algún punto muy lejano.

El mayordomo, Arsenio, torció el gesto cuando llegué. Comparado con el sacristán, era de apariencia bondadosa, pero sus ojos inquietos transmitían algo que no me agradó. El monje más joven, un novicio grande y cargado de hombros, concentraba su atención de buey en su chusco de pan, aún intacto. El abad bendijo la mesa y fray Victoriano, en pie, comenzó a leer de un libro abierto sobre un atril. Mientras el novicio se abalanzaba sobre su hogaza, sostuve la fuente para que fray Bernardino llenara los platos. La mayoría esperaron el ágape con paciencia, pero algunos mostraban signos de irritación, especialmente el sacristán. Me apliqué con mucho tiento por miedo a que se me cayera y me expulsaran, porque podría jurar que el suelo se movía y a más serios estaban los monjes, más ganas me entraban de reírme.

Acabado el servicio, seguí a fray Bernardino por el pasillo que rodeaba el patio, al que llamaban *claustro,* y las diferentes dependencias de aquel edificio que algún día desaparecería como las semillas de diente de león en una tormenta de verano. Vi techos de altos arcos, gruesos muros con angelotes consumidos por siglos de lluvia y viento. Había tantos recovecos y puertas que no se podían contar. Muchas de estas conducían a dependencias desiertas hacía mucho. Me mostró el calefactorio, las letrinas, la escalera de día, el locutorio, la escalera de maitines, la puertecilla que conducía a la sacristía, y de allí al altar mayor, donde había un respiradero que llevaba al camposanto de los monjes. En un arca de ciprés y plata, guardaban las reliquias de Facundo y Primitivo. Conforme avanzamos, me explicó para qué servía o había servido esto o aquello, de cómo después de la cosecha los campesinos traían el trigo aventado al almacén y el fraile contador anotaba los pesos que se llevarían a molienda, de la que saldría el pan.

El monasterio —explicó— alojaba a treinta monjes. El mayor tenía más de ochenta años, y el más joven, los diecisiete, aunque en su época de esplendor daba cobijo a casi el doble y al mismo número de alumnos, que se alojaban en el edificio de los conversos, ahora derruido. La regla principal era *Ora et labora.* San Benito de Nursia la escribió, y al parecer gustó tan poco que los propios monjes que le nombraran abad trataron de envenenarle con un pastel emponzoñado. Llegamos al antiguo claustro que había sido la universidad, del que no quedaban más que sus restos de piedra, aún imponentes, y cierto ingenio que me mostró en una de ellas y que se llamaba *reloj,* que medía las horas al igual que un avaro cuenta el oro. Trocear el tiempo como si fuera una zanahoria me pareció una invención monstruosa, pero no me atreví a decir lo que pensaba.

Se comía al mediodía y se cenaba antes del anochecer. Yo lo haría en la cocina, junto a Tomás y el lector, después de servidos los monjes. Dormían todos en un mismo lugar, y los más ancianos, en la parte aún intacta del antiguo claustro, que ahora hacía las veces de enfermería. La campana monacal que manejaba Evelio, el forzudo campanero, llamaba a los rezos cada tres horas. A su repique, en aquel refugio temporal de golondrinas, se comía, se trabajaba la tierra, se anunciaban las fiestas y se moría. Frente a la cocina, en el patio del horno y el olivo, se podía ver el río entre los chopos y algunos reductos de encina y roble que asomaban entre la llanura inmensa de los Campos Góticos. Cuando sonaban las campanas, parecía que la añosa mole del monasterio fuera un galeón de piedra que surcara el tiempo, que un día le haría naufragar.

El primero de los oficios se celebraba en mitad de la noche, y pocas horas después, al amanecer, se hacía otro. Luego, al alba, se ofrecía una oración al día que empieza, la prima, y también después de que saliera el sol. Luego le seguía la tercia, y la sexta, que se cantaba con el sol en su cenit, y la nona, las vísperas tras la puesta de sol, y las completas, antes del descanso nocturno. Así, los monjes no pasaban menos de seis horas diarias rezando, de tan empeñados como estaban en ser santos, en una liturgia permanente que hacía de su vivir un no vivir. Me maravillé de que no se murieran de aburrimiento a causa de los rezos latinos, tan tediosos. Nada entendí más entre aquella galbana que los tenues cambios de tonalidad, que subían, bajaban y volvían a subir como si fueran espigas mecidas por el viento, y que daban tanto sueño que era milagro que no cayesen todos dormidos. La razón la supe al poco: dormir durante el oficio se castigaba con varazos a cargo del sacristán, después del ángelus. Este era el único que parecía feliz en las horas de culto, pues, como orador consumado, gozaba al escuchar su propia voz en la homilía, como un perro ladrador frente a una cueva con eco.

Entre rezo y rezo, los monjes se dedicaban a estudiar y al trabajo de manos. Unos se ocupaban de los arriendos, de un gallinero que había al costado del huerto, de mantener la pila de combustible llena, o de sacar agua del pozo. Un fraile pequeño y de cara redonda llamado Basilio cuidaba de un melonar que se encontraba cerca de la cocina, camino del río.

En un cuarto en sombras que estaba sobre la cilla, al que llamaban *scriptorium* y que olía a orines, se ordenaban mesas vacías. Parecían nidos de pájaro abandonados. Todos los buenos volúmenes desaparecieron con el tiempo, y restaba el último en el tablero del último amanuense, fray Romualdo, que transcribía con mano débil pero firme. Era un hombre de rostro alargado y pesados párpados sobre sus ojos grises. Tenía las cejas erizadas y una nariz bulbosa. Su piel, surcada por infinidad de arrugas, cuencas y arroyos formados por años de concentración, parecía la corteza de un árbol. Solo comía sopas —le faltaban todos los dientes— y llevaba allí sesenta años transcribiendo textos antiguos. Tal vez por eso, o porque fuera de los más viejos y entrara allí de muy niño, había olvidado hablar. Un monje muy grande y viejo, de mirada iracunda, llamado Carpetano, contó que la mayoría de los estantes estaban vacíos porque se los llevaron, cuando decayó la universidad, a otra que estaba a sesenta leguas de distancia (aquellas palabras hicieron abrir los ojos a otro viejo y muy gordo que se llamaba Regino, que había sido maestro de música en los viejos tiempos). Fray Carpetano permitió que me mostraran el título en el que trabajaba el viejo escriba. Dibujaba signos ordenados en ristra, como si fueran hormigas, algunos de los cuales tenían colores tan brillantes que no parecían de este mundo. Luego, me nombró las letras, comenzando por la A de su título: *Ars magirica*. Caelius Apicius[2].

---

[2] El libro de cocina más antiguo conocido fue redactado entre los siglos I y III d.C. De este se hizo una edición abreviada en el siglo III, que es esencialmente la que pervivió. La primera edición impresa apareció en Venecia a finales del siglo XV, basada en los diversos manuscritos transmitidos y recopilados durante toda la Edad Media. Hubo luego una segunda edición, impresa en Milán en 1498. El título del libro fue *Ars magirica*, o *Apicius culinarius*, o también *De re coquinaria libri decem*.

Como yo no era novicio aún, y había pocos monjes para tantos trabajos, me dispensaron de los rezos de vísperas y la hora de sexta para que socorriera a fray Tomás. Aprendí a cocer las alcachofas de Tudela, estofar calabacín con su laurel y su vinagre, hervir, majar, asar; y que un huevo frito es un padrenuestro, el duro, tres avemarías, y el de yema tierna, un misterio que depende del capricho del Altísimo. Todos los días, el bueno de Tomás me permitía trabajar descalzo, porque me costó mucho acostumbrarme a los zapatos. Una de mis tareas principales era cocinar el pan de centeno que el monasterio daba a los pobres después de las nonas de los domingos. Se cocinaba en un horno exterior en el patio del olivo, pues la cocina del hospicio, aunque este ya no diera cobijo a los viajeros debido a la pobreza del monasterio, debía estar separada de la cocina principal. Me gustaba preparar la masa, que olía muy dulce. Le daba forma de montaña y, al alegre chisporroteo de la encina, me reconfortaba con el olor del pan caliente en la alborada.

Se trabajaba en el monasterio desde primera hora del día hasta la hora de comer, en que se descansaba un poco antes de volver a los trabajos, que finalizaban con la puesta de sol. Antes del oficio de vísperas que precedía a la cena y las mañanas de los domingos, el tiempo se dedicaba al esparcimiento; que no era disfrutar de las luces que traía ese comienzo del verano, sino el estudio del libro que tuvieran asignado de los que aún pertenecían al monasterio. Todos olían a moho y algunos tenían el tamaño de un cerdo adulto. No se podían leer los primeros libros del Antiguo Testamento ni los libros de los Reyes, porque, según decía el sacristán, contenían relatos violentos y sexuales que podían encender la imaginación perversa. Con uno titulado *Codex Calistinus,* que pesaba al menos una arroba, fray Bernardino se ocupó de enseñarme a leer. Se trataba de una guía del camino que cruzaba todas las tierras conocidas hacia Santiago. Hablaba de los ríos en que se podía beber y en los que no, de los puentes y veredas, de donde había moscas feroces, de gentes que ya no existían más que entre esas letras, como los getas o los aguerridos pictavenses, que salían al paso de los peregrinos para exigir tributo o darles de garrotazos.

Después de la lectura, el prior o el mayordomo informaban sobre cuestiones cotidianas, se hacían confesiones públicas de los pecados y el abad ordenaba castigo para los monjes que hubiesen cometido alguna falta. Las más comunes eran hablar en exceso o discutir con un hermano. Tomás solía recibir reprimendas por gritar o canturrear en su alboroto culinario, pues se le oía desde la sacristía hasta el refectorio de conversos. Una vez fue por reírse en la letrina. Con frecuencia se hablaba de los pecados de la carne, cosa que no entendí, pues no sabía yo qué razones habría de tomarle tanta inquina si la comíamos cocida, asada y frita. Después de la colación de vísperas, cantaban un último oficio, el de las completas, en la penumbra para dar las gracias a Dios por el día que acababa y confiarle la noche venidera. Se retiraban al dormitorio y ya no se permitía hablar a nadie.

Mi momento más difícil eran los maitines, cuando, con el alma aún en sueños, y el aliento oliendo a rayos, uno tenía que cantar. Las voces, al rebotar en el espacio hueco de las sillerías, me hacían sentir eufórico y triste al mismo tiempo, como si el eco entre las piedras revelara la soledad. El sacristán vigilaba con agudeza para que nadie dejase el canto, ya fuera porque le venciera el sueño u olvidara las estrofas, pero gracias a que las retenía bien mi caletre nunca me vio errar una palabra. Para mis horas de lectura, yo hubiera preferido una novela de caballerías, pero me entregaron un volumen sobre

Simeón el Estilita. Del libro del santo nada entendí de bueno, pero recité varios pliegos de memoria y la sorpresa de fray Bernardino me hizo caer en la cuenta de que, al contrario que yo, la gente olvidaba.

Engordé, recuperé las fuerzas poco a poco y unas semanas después me nombraron semanero. Además de ayudar a fray Tomás, servía las mesas, barría y limpiaba los paños con que los monjes se lavaban manos y pies. Mi sencillo camastro, lleno de los suculentos olores de la cocina, se convirtió en mi hogar. A pesar de la canícula, las gruesas piedras del monasterio hacían frescas las noches y, debido al don con el que había nacido, en todas ellas me venían los recuerdos. La memoria es un vacío ligero, incolora e insípida, a semejanza de la espuma. Pero pesa como el hierro. Pasados los maitines, temía el momento en que llegaran a mí, ordenados como un ejército de espectros. Aquello que ya no existía y que, en lugar de disolverse, en medio de aquel silencio cobraba nitidez: las manos de madre, mi hermano en la nieve, el grito agudo de aquel aldeano al que se le escapaba la vida en un riachuelo de sangre, y los ojos del lobo, que en sus solas esferas amarillas reunía todas las desgracias. «¡Fuera!, ¡apartaos de mí!», me decía para escapar de la telaraña de aquellas remembranzas. Y no cerraba los ojos hasta que volvía la luz.

Cuando socorría las industrias del puchero o aprendía latín, silenciaba los monstruos que guardaba dentro. Por eso me esforcé en preguntar todo lo que venía en los libros. Supe que antes de que vinieran los moros a España, y comenzaran las guerras que la asolaron, había otros, los romanos, y antes, otros más, con sus guerras y asesinatos; hasta llegar al jardín del edén, donde había árboles que daban frutos tan extravagantes como deliciosos. No me cansaba de escuchar aquellas letras que explicaban la realidad del mundo, más asombrosas que los cuentos que un loco pudiera imaginar. Mi memoria me permitía recuperar, en las horas de culto, los relatos de las Indias, la máquina que habían inventado para copiar libros, el reino africano habitado por hombres con un solo ojo o los monstruos que vivían en el fondo del mar.

«¿Y los hijos de Adán y Eva se casaron entre ellos? ¿Adónde fue el agua después del diluvio? ¿Por qué trataron de envenenar a san Benito?», preguntaba yo en la siguiente lección.

—Estábamos hablando de las Escrituras.

—Es que repetimos todo el rato lo mismo.

—Es un ejercicio de la mente, para que se graben las palabras en ella y no se olviden. Así podrás aprender la palabra con los ojos cerrados.

—Ya las he aprendido.

—La zeta de *zopenco* no se pronuncia en latín, nonno, es una ese larga. Lee otra vez.

—Pero san Benito era un santo, ¿no? ¿Por qué?

—San Benito era un joven estudiante que decidió cambiar su vida y se fue a una cueva en una montaña.

—¿Dónde estaba la montaña?

—En Italia, nonno. Allí, al norte, se encuentran los Alpes.

—¿Qué son los Alpes?

—Unos montes enormes que la separan de Francia y que fueron cruzados por Aníbal con elefantes. Pero ¿no querías saber por qué era santo san Benito?

Yo seguía interrogándole, y fray Bernardino se armaba de paciencia cuando volvía a preguntarle qué era un elefante, o acerca de aquellos libros fantásticos, con flores y plantas del confín del universo de que el monasterio había sido despojado.

—Hermano, ¿el libro que transcribe fray Romualdo trata sobre magia?

—Un poco sí, un poco no. ¿Qué crees que significa *Ars magirica?*

—Artes mágicas.

—Nonno, no —rio fray Bernardino—. No... Solo nos dejaron los pliegos más viejos. Se llevaron la filosofía, la geometría, los volúmenes de música y de matemáticas, y dejaron algo que creyeron sin valor: el libro del romano Cayo Apicio es un tratado de cocina.

Capítulo 12

No tardé en trabar conocimiento con la vara, que era larga y de castaño, pues si bien mi memoria impidió que sufriera el castigo que recibían ocasionalmente los otros en sus errores al recitar, pronto el sacristán halló acomodo: el primer castigo fue por dormirme en el coro. Lo propinó un ojeroso hermano Miguel, el portero, mientras el sacristán alentaba al primero, que era de natural muelle, con sus *Erudi filium tuum virga et liberabis animam eius a morte*[1] a fin de que aplicase la fuerza necesaria para expurgar mis pecados.

El abad alivió a fray Tomás de la norma de silencio para que me instruyera en latín mientras le ayudaba en sus diligencias. Mazaba así los *Ars longa, vita brevis* o *Libertas capitur* mientras cocinábamos, de forma que las palabras de los sabios antiguos se mezclaban con el *machaca ese ajo* o *trae el hueso,* que en latín es *os introducit.*

—*Noster* es 'nuestro'. *Caelis…*, ¿qué crees que es? —decía fray Tomás mientras pelaba las habas. Y acababa siempre con «¡Narices!», «¡Pardiez!», o la más gruesa «¡Diablos!», mientras insistía en que cortara fino.

---

[1] «Castiga a tu hijo con la vara y librarás su alma de la muerte.»

Antes de que sustituyera entre los fuegos a un novicio que había sido excomulgado, fray Tomás se dejó los ojos descifrando antiguos pergaminos. Fray Magín obtuvo en esos años el priorato y, por alguna razón, lo quería lejos. En la biblioteca fue razonablemente feliz, dada la timidez que había alimentado tras dejar atrás su tierra siendo muy niño. Llegó el día, sin embargo, en que no hizo falta nadie que preparara la piel de oveja para los pergaminos o para la vitela, alisar la piel de terneros recién nacidos. Se quedó sin más tarea que rezar y mirar por la ventana, y solicitó servir en el huerto. Consideran los monjes que la felicidad mundana era distracción del servicio a Dios, por lo que, si te agradaba un trabajo, te encargaban otro. Así, nombraron condestable del huerto no a Tomás, sino al modesto Basilio, que detestaba el trabajo corporal. Fray Tomás se llevó tal decepción que el abad confundió su hastío con pío recogimiento y le encomendó la cocina, nido de tentaciones solo apto para los monjes más fervorosos. Solo la íntima comunión con Jesucristo, decía, puede hacer resistir el picar entre horas.

Llegado frente a los ardores y las chispas, algo en él despertó, y cobró fuerza cuando murió Amalio, el ayudante principal del viejo Urbino. En su nueva responsabilidad, puso la ilusión por la vida a que había renunciado al tomar los hábitos. Los fogones disolvieron su timidez, tomó peso, color, humor y descubrió su vocación. Hacer una sopa de ajo sin falta podía ser el camino de servir a Dios, decía, pues la perfección era imposible. Pero si lograbas hacer que la sopa tuviera una capa de pan tostado y crujiera a pesar del vapor, podías, si no alcanzarla, acercarte a ella.

Urbino, que sorprendiera a un novicio llamado Julián en la comisión de actos impuros con un cochinillo hervido, había sido hombre de costumbres fijas, que no variaba un ápice el recetario de otro fraile sumiso. Desde hacía doscientos años lo determinaba el día de la semana, y el santoral. Fray Tomás lo apreciaba mucho, y a veces me acompañaba a la enfermería cuando llevaba la comida a los monjes más viejos y los enfermos para preguntar sobre aquellos secretos, minúsculos e importantes a la vez, que siempre conservan los cocineros. Tenía, sin embargo, Tomás sus propias ideas, y decidió introducir un lunes —al que correspondía revuelto de espinacas con col y consomé de san Humberto— un cocido montañés de alubias blancas, chorizo, laurel, morcillas de cebolla y hojas de berza que valió algunas confesiones, pues más de uno quiso repetir.

Desde entonces, tomó empeño en recuperar esas viejas recetas de tierra chica que añoraban los viejos cuando recordaban sus tiempos seglares. Poco a poco, pasaría de constante a esforzado, de soñador a fervoroso y, al cabo, visionario. Contaré cómo trascurrido el tiempo, entre pucheros y vapores, le vería explorando los terrenos de lo ignoto buscando en los guisos su Cíbola[2] como un Alonso de Ojeda[3] en Paraguaná. En mi vida hallaría mayor gozo en comer que en esos días de acanto, yema, vino de rosas y violetas, gallina trufada, cidra, menta, barbo al aroma de eneldo, anises, o confites de carne asada en peras silvestres, miel y orégano. Su obra deleitaba hasta el punto, ya antes de su iluminación, que podía ver como los serios monjes demudaban su expresión cuando les servía.

Fray Tomás no hablaba nunca de su pasado, como si escondiera cicatrices. Ocurre con los frutos heridos, sin embargo,

---

[2] Una de las ciudades legendarias que buscaron los exploradores españoles en el Nuevo Mundo.

[3] Alonso de Ojeda. Navegante, gobernador y conquistador español; recorrió las costas de Guyana, Venezuela, Trinidad, Tobago, Curaçao, Aruba, Colombia y la península de Paraguaná.

un extraño milagro: la naturaleza procura compensarlos y los hace más sabrosos. En su frenético ir y venir por la cocina —era hombre muy vivaz y parecía que bailaba al trabajar a pesar de su gordura—, se sorprendía al igualarle yo en prontitud al levantarme para acudir a las actividades diarias, ya fuera barrer o tirar la ceniza al huerto. Pero ¡qué maravilla era mi jergón comparado con el frío suelo! Mi lugar favorito era la cilla, que se levantaba para acumular los alimentos que precisaban los monjes y capaz por sí sola —creía yo— de alimentar a toda la comarca por un año. ¡Jarras enormes de miel! Cecina puesta a secar junto a chorizos de un asombroso color de amapola, morcillas y salchichones. Sacos de harina, sal, barriles de manteca. Del techo pendían ajos y cebollas atadas con cáñamo, bosques de hierbas aromáticas y un polvo rojo que venía de las Indias que se intercambiaba por trigo con el monasterio de Yuste, setenta leguas al sur. Tenía la color más intensa que la sangre. Procedía de la molienda de unos frutos que, al decir de Bernardino, tenían formas múltiples: de bola, alargados, retorcidos, diminutos, verdes, rojos o amarillos. Algunos, tan feroces que comerlos equivalía a comer plomo derretido. Cuando me asaltaban las preguntas, fray Tomás metía la barbilla en su papada y mantenía un silencio socarrón. Luego eludía la ley de silencio con la excusa de ilustrarme. Comenzaba con algún relato piadoso y encontraba el modo de enlazar a Facundo y Primitivo con aquel fruto, llamado ají[4].

Con la excusa de llevar el caldo a la enfermería, a veces fray Tomás acudía al *scriptorium* para saludar a sus antiguos

---

[4] Las dos variedades de pimentón, o ají, más conocidas en España proceden de la comarca de la Vera, en Cáceres, introducido en el siglo XVI por los monjes jerónimos procedentes del monasterio de Yuste.

maestros, el viejo bibliotecario y el último escriba, que se aplicaba línea a línea, con lentitud de tortuga, armado de una pluma de ganso y su raspador. Su trabajo, decía, era para que perduraran palabras que habían nacido hacía más de mil años. Comprendí que los libros se escribían para evitar que se borraran los recuerdos y me pareció maravilloso que los hombres tuvieran tal poder: olvidar y guardar entre dos tapas de cuero solo aquello que convenía.

De los malos recuerdos me salvaba el continuo quehacer. Momentos vertiginosos en los que Tomás parecía tener cuatro manos al freír, o cuando se reía y pelaba cebollas (aunque luego tenía que pedir perdón en la sala capitular si se le oía desde el pasillo del claustro, algo que ocurría todas las semanas). En las horas bajas procuraba entretenerme en cualquier barrabasada, como echar plumas al caldo, y metía el dedo en el tarro de miel ambar las veces que el aroma a pasto de la incendaja, los ajos fritos o las manzanas provocaban el despertar de un momento vivido.

Las tardes se alargaban y los campos, infecundos a causa de una primavera sin lluvias, se cocían al sol. Llegado agosto, las hormigas invadieron la cocina. De vez en cuando, el fraile las aplastaba con la sandalia (pidiendo perdón a esas criaturas), pero los insectos eran tenaces. Siempre acaban encontrando un nuevo camino al refectorio y la cilla. Así, fuimos autorizados a salir a la hora sexta para ir a buscar hierbas con que matarlas, y fue la primera vez que rebasé los campos del monasterio desde que allí arribé.

Caminamos por un sendero hasta el río Cea en compañía de fray Bernardino, que conocía algunas ilustraciones de hierbas con que exterminar las plagas. Los campos resecos reverdecían al costado del río, en la maraña de arbustos, juncos y espadañas que medraban bajo los chopos. Entre el cieno poco profundo, las aguas cruzaban los campos trazando una suave curva que se perdía en el infinito llano hacia el sur, entre el canto de las cigarras. Fray Bernardino buscaba en el soto con un pliego en la mano mientras el gordo cocinero tarareaba para sí, disfrutando del sol.

—Está prohibido comer fuera —dijo cuando arranqué un tallo de un arbusto de hinojo frente al que se detuvo—. Y, además, tira eso —añadió muy serio—. Esa planta no es lo que piensas.

Nos alejamos del agua en dirección a un matorral, que tenía algunos alcornoques y encinas viejos, y desde el cual podía verse el suave declive de la ribera. Durante un instante, vagué a solas mientras oía los pasos de Tomás y Bernardino. Llegué a un pradillo salpicado de cerrajas y amarillos dientes de león y al cabo sentí un terror que me heló las venas: pensé que me había perdido. Corrí en busca de compañía como cuando en mis pesadillas volvía a encontrarme solo bajo el cielo. Tropecé con Bernardino cuando se disponía a arrancar un matojo de tallos altos y rectos.

—¿Esto mata las hormigas? —pregunté mientras le ayudaba a llenar la cesta.

—Se llama ajenjo. Y aquello que querías comer, a los hombres —repuso fray Bernardino señalando unas plantas que tenían florecillas blancas. La llaman mataconejos, y también cicuta. Esa es la que confundías con hinojo. Algunos frutos verdes serían suficientes para matar a una persona; no a un caballo, pero sí a una oveja, o un perro.

—¿Y cómo los mata?

—Por las sustancias malignas que guarda, que envenenan los humores.

Mientras seguían rastreando guiados por los dibujos que llevaba fray Bernardino, como si buscaran la salida de un laberinto, este me contó cómo el *Studiolum toxicologicum* de la enfermería describía las plantas asesinas.

—Y te dejan tieso, nonno. Así que ya ves… —indicó fray Tomás, que se había puesto un paño sobre la cabeza sudorosa—. Te mueres bien muerto, aunque seas plebeyo. Muchos reyes han muerto por veneno. Y estos últimos lo tienen peor para que les abra la puerta san Pedro.

Fray Bernardino censuró el comentario de Tomás, pero, tras abrir la boca, se abstuvo de responder. Era un fiel seguidor de la regla de no hablar por hablar, y aún más de evitar alimentar la facundia del gordo fraile cocinero.

—¿Es el veneno que pusieron al pastel de san Benito?

—Podría ser. Con él mataron a Sócrates.

—¿Era un santo?

—Un loco más bien. No quería comer carne por la grima que le producía observar los ojos del animal en el plato.

—Guarda silencio, nonno —dijo fray Bernardino, al tiempo que dirigía un gesto de censura a fray Tomás.

Seguimos trabajando callados en la recolección de la planta asesina, aunque fray Tomás adoptó la expresión chacotera que ya le conocía y que ponía cuando tenía ganas de seguir hablando.

—No sabes lo aburrido que era tener que estar callado —dijo Tomás cuando volvimos y mientras ponía al fuego una olla de agua con el ajenjo con el que pulverizaríamos el suelo—. ¡La cocina es un sitio donde hay que moverse y cantar como un pájaro! ¿Quién pasa el día con la boca cerrada? —Se tapó la boca con la mano y abrió mucho los ojos, como si hubiese sido pillado en falta. Miró al cielo y pidió perdón como hacía siempre, a toda prisa: *Ut indulgere digneris omnia peccata mea. Amen.* ¡Qué monje más contradictorio! Ese día hizo un caldo de jengibre con miel y albahaca para asar pollos, que metí con su piel en el horno del pan. Salieron tostados, y con un aroma tan curioso que el hermano Paulino, el monje más viejo de los que comían en el refectorio, salió de su sopor y se incorporó maravillado, como si hubiera descifrado el misterio de Israel. Luego, cité en capítulo mi falta con el hinojo, y sufrí dos varazos, que recibí del sacristán, bajo el eco repetitivo de su voz: *Erudi filium tuum virga et liberabis animam eius a morte.*

El cielo castellano era enorme, azul y tan claro que me hacía más pequeño de lo que era. Por eso me alegré de observar la llegada de las primeras nubes, que, blancas como la nieve, se esponjaban sobre mi cabeza arrastradas por la brisa fresca y caprichosa del otoño. Las golondrinas desaparecieron rumbo al sur y los ríos gemelos se tiñeron de una alfombra de hojas amarillas que circulaban indolentes sobre el campo. Era el tiempo en que se almacenaban los alimentos para el invierno y todos los días salía al aire libre. Acompañaba al maestro de cocina y fray Basilio, el condestable del huerto, a recoger los frutos secados al sol del verano bajo la higuera vieja.

—Ya estás pero que mucho más gordo —dijo el padre Tomás, mientras yo trasegaba un cesto.

—¿Adónde van las golondrinas? —pregunté mientras recogía un higo y aspiraba su aroma dulce y ácido.

—El refrán dice que san Raimundo trae la golondrina del otro mundo —dijo fray Tomás.

—Entonces, ¿nadie lo sabe?

—¿Para qué quieres saberlo? Hay cosas que no pueden saberse.

—¿Como de dónde viene Dios?

Fray Tomás tomó un higo entre los dedos y me censuró con un susurro.

—Si te oye el sacristán, te dará más ración de vara. Por cierto, pronto iremos a buscar ranas.

—Espérate a crecer—inquirió fray Basilio—, si es que creces, antes de preguntar tanto. Deja los que tengan un agujero —añadió mostrando un fruto que lo tenía—. Están bichados. Los pequeños y secos también, que están malos. Fray Basilio se dirigió hacia dos monjes que cargaban un saco cerca del camposanto que se extendía al otro lado de los sembrados. Tomás andaba hacia ellos cuando reparó en mi expresión de tristeza.

—Los higos son más pequeños que las brevas, pero mucho más dulces. No tiene que molestarte ser pequeño, nonno.

Comí todos los higos que pude cuando me dejaron solo. No por hambre, sino porque quería tal vez hacer algo malo. ¿Rebelarme? ¿Contra qué? Me llené la boca, empujando con los dedos. Mientras veía a lo lejos el trasegar de los monjes, mastiqué a dos carrillos con rabia, dejando que el jugo dulce me resbalara por la barbilla, en un desafío diminuto, pero desafío, al fin y al cabo —como era yo—, a las reglas y al creador. Me apresuré a limpiarme cuando vi a los frailes de regreso. Tragué un pedazo de higo que tenía aún en la boca y espanté una mosca atraída por su fragancia, poniendo cuidado en que no se dieran cuenta de ello. Fray Tomás me vio, sin embargo, y alzó las cejas.

—De todos los frutos de la tierra, estos son mis favoritos. ¿Sabes, nonno, por qué esta vieja higuera regala higos tan sabrosos?

A su lado, Basilio traía las riendas de la mula con las cestas.

—*Manus manum lavat*[5]. —Señaló la sala donde dormían los monjes.

En la punta del dormitorio se encontraba el pequeño edificio que formaban las letrinas. Estas, entendí entonces, alimentaban a la higuera.

---

[5] Una mano lava la otra.

—La Biblia, versículo quince de Ezequiel: «Comerás torta de cebada, habiéndola cocido sobre excrementos humanos» —dijo con voz hueca—. Es la mierda…

—Hermano, por misericordia —dijo a pique fray Basilio.

—Mierda digo, hermano, que es la palabra que nos dieron para nombrarla, y es la que hace brevas gordas, y luego esos higos. *Ut indulgere digneris omnia peccata mea. Amen.* —Me lanzó un guiño.

Desde entonces, a fe mía que detesto las brevas y los higos.

Con la primera lluvia que trajo el otoño, tras las vigilias fui a cargar leña al patio. Aquella noche hubo viento y olía a tierra mojada. Emergía del llano una niebla espesa. Los chopos, a lo lejos, eran manchas de vellón. Durante un instante, sentí que volvía a casa.

—¿Qué te ocurre, nonno?

—Nada.

—Mucha nada veo yo… Anda, maja las migas en el mortero. Ponle perejil y no penes, que al final seremos dos los sombríos.

Fray Tomás sabía ver cuándo estaba triste o alegre. La lluvia cesó tras la hora tercia, cuando juntaba. Después de poner el potaje a brasas lentas, dijo que aquellas primeras lluvias eran buenas para aprender poesía.

—Ay, Señor. Poca agua, y tardía. Sígueme, nonno. —Me condujo entre las matas de un robledo que surgía desafiante, junto a una mejana—. Tenemos dos horas de tiempo y ya está listo el sofrito. ¿Estás seguro de que le echaste un cucharón de harina? ¿Sigues con esa cara triste? No te asustes, que no te aturullaré con las *Geórgicas* de Virgilio ni las *Odas* de Horacio, nonno. Hablaremos de bulbos. Setas, para que me entiendas, que son poesía de la buena también.

Fray Tomás acercó la nariz al suelo, su corta vista puesta en los rincones húmedos entre los pliegues del terreno, y paró su marcha en seco.

—Atento. Fíjate. Parece un rebozuelo... O quizá no... Sigamos... Cuando veo una seta, me digo: comestible, pero luego aparece esa voz que te dice: ¿seguro? El rebozuelo crece en los pinares, en grupos, y tiene el sombrero ondulado en el margen. Quizá tengamos suerte, nonno. ¡Huele el aire! ¡Gamuza y esponjillos! Solo los nombres ya te hacen charco bajo la lengua. Fray Tomás recitó al retortero, como si con ello los convocara con algún hechizo, al guíscano borracho, el huevo de la luna, la cagarria de pinsapo o la cugumela y me animó a seguir, aunque yo no estaba de humor para escuchar. La niebla, perezosa, se esparcía como el algodón, haciendo que el frío calase hasta los huesos.

—¿Te gustan los bulbos, nonno?

—Madre los hacía con cabrito —dije, sintiendo una punzada.

—¿Y cómo lo hacía?

—Primero freía el cabrito. Luego añadía cebollas y ajos picados, y un poco de vino.

Fray Tomás olfateó el aire y rebuscó entre los abrojos que se retorcían bajo una encina achaparrada.

—¿Y después? Dímelo todo, nonno, por lo menudo..., hum..., ajos picados y un poco de vino, muy bien.

—Metía la cazuela en el hueco en el que cocía el pan, mezclaba miel y vinagre en un tazo y cuando el cabrito comenzaba a dorarse...

—¿Qué te pasa, nonno? ¿Estás llorando?

Me sorbí los mocos y negué. Me acordaba de cada gesto. Cada olor. Cada paso y cada hoja de árbol. Podía hacerlo porque tenía aquel don. Un don que era como una brasa en el estómago, hasta que el fraile se dio cuenta y se volvió para acallarme, poniéndome su manaza sobre el hombro.

—Déjalo, nonno. Perdona. No quería avivar nostalgias.

—Después los cocía muy lento con manteca, para que soltaran su jugo, con poco de ajo picado, y le echaba la sal al final.

Fray Tomás se quedó un rato quieto, observando mis esfuerzos en aquel silencio.

—Llora, nonno, si quieres —dijo cuando no pude seguir—. Llorar no es malo. Se dice que tienes que conformarte con lo que Dios te da. ¡Pero qué diantres...! ¡Pamplinas! *Ut indulgere digneris omnia peccata mea. Amen...* Desahógate, muchacho.

—No quiero llorar.

Un cielo indefinido y gris mostraba algunas nubes achaparradas que dispersaba la brisa otoñal. Fray Tomás resopló con el fin de cortar el silencio.

—Vamos a mirar por allí —señaló, mostrando un ánimo que no sentía.

—Eran parecidas a estas —dije al descubrir un bulbo redondo y de tallo blanco.

—Estas son falsas mículas. Son muy engañosas y te dejan dos días cagando. ¿Eran níscalos lo que comías? —Se animó al ver como volvía a ser el de antes—. Busquemos, nonno. A ver si hay suerte. ¡Níscalos! Deliciosos, densos, de buena olor, amargosos crudos, y con un sabor suavísimo.

Seguí al buen monje, que se iba animando conforme avanzaba con su charla.

—¡Y te hacen mear naranja! *Lactarius deliciosus.* Así la llamaban los romanos. Es el añísquele, anizcle, nícalo, mízcalo, mícula o nízcalo de Castilla. Estas tienen la leche blanca en lugar del color de la zanahoria, y no se vuelven verdes cardenillo cuando las guardas. Fíjate en esta, nonno. No hay suerte hoy, pero aprende lo que ahora ves.

Me mostró bajo una mata una seta colorada con puntos blancos.

—¿Te acuerdas de la cicuta? Pues con esta seta mataron a otro emperador.

—¿Y por qué lo mataron?

—*O sic omnia,* pequeño Alvar, *o sic omnia.*

Ya en la penumbra de la cilla, mientras ordenamos perniles que entregaban como tributo en especia los aldeanos que tuvieran cerdos, siguió hablando del mizclo rodeno, el ojo de buey, el pan de sapo y el pantágano. Al fin se cansó, pero mi desahogo duró poco: ya no hablaría dellas, dijo el fraile, sino de boletos, que en sí tenían un universo propio. Había boletos amargos, boletos amarillentos. Boletos de abedul, de bostavaca y encina. Boleto de lobo y de los chopos, de los poros rojos, de satanás, escamoso, viscoso y anillado. Al fin, comencé a reírme, y me olvidé de penar. Entonces, oí un «¡ay!». Fray Tomás calló. Pensé que se había atrapado un dedo en sus manejos, pero solo parecía preocupado y triste cuando comprobaba el último de los barriles. Le pregunté, pero se reservó lo que pensaba. Una nube negra se cernió por el rostro de cada monje cuando expuso su preocupación en la sala capitular.

—¡Esto es un desastre! ¿Cómo vamos a hacer los dulces sin… sin almendras?

—Contente, hermano…

Pero Tomás no podía hacerlo. El antiguo maestro de música había dejado de dormitar y levantó indignado su corpachón: los sacos de almendras que desde hacía siglos venían con toda regularidad al monasterio no llegarían. Las tierras habían sido cedidas por el obispado.

—¡No pueden hacernos esto! ¿Y ahora nos quitan eso? —protestó el bibliotecario.

Uno de los monjes viejos quiso decir algo, pero otro lo acalló con un gesto.

—Padre Carpetano, la tierra no es nuestra, es de Dios.

—¡Pues por eso lo digo! ¡Hace siglos que llegan las almendras aquí, desde que recuperamos la abadía cuando Almanzor[6], ¿y ahora ceden los almendrales al señorío de Valladolid? ¿Quién gana con que nos lo vayan quitando to…? —El hermano Carpetano cerró la boca de golpe.

El prior le clavaba los ojos con las garras sobre el regazo, como si esperara una excusa para mandar que el sacristán le flagelara por su intemperancia. Unos varazos de más, a su edad, lo matarían.

—Vamos a menos, hermanos. Así lo quiere Dios —dijo el mayordomo.

Fray Regino asintió, pesaroso, pero contuvo sus palabras al darse cuenta de que el prior aguardaba la oportunidad de aplicar un castigo ejemplar que acallara las protestas por una decisión que, dijo, era necesaria. Meditativo y tortuoso, era él quien, dada la falta de energía del abad, tomaba la mayoría de las decisiones. Presumía de santurrón, y por ello —me dijo Tomás— usaba como perro de presa al sacristán, que le seguía en todo.

—¿Y cómo obtenemos los diez sacos de almendras? —persistió fray Tomás, atrayendo ahora sobre sí la inquina del prior y el sacristán.

—Debemos al menos preparar, si no todos, aquellos que nos obliga a entregar a la diócesis de Valladolid —repuso este último.

—Es cosa del rey.

—Nos quitaron los libros. Nos quitan las almendras… ¿Y exigirán los dulces que no podemos hacer?

---

6 En el año 988, Almanzor destruye la abadía en una incursión.

—Si no lo hacemos, querrán que paguemos con tierras.

—Un intercambio —inquirió el bedel.

Fray Arsenio, el deán, revisó el libro de cuentas, que trajo de la sacristía, y, después de intercambiar un gesto con el prior, puso mala cara.

—Manzanas —propuso un monje.

—Las necesitamos —respondió Tomás.

—Higos —sugirió otro monje.

—Hay pocos —zanjó Tomás.

—Pero al fin y al cabo vivimos para Dios. Podemos renunciar, porque a nosotros nos basta un poco de pan de salvado y vino —apuntó, ante la desesperación de Tomás, el prior, haciendo gala de piadoso.

—Es terrible. ¡Terrible! ¿Cómo vamos a hacer los amarguillos? ¡Aquí sí que Sahagún se muere! —gritó fray Tomás, ya en la cocina.

—Pero ¿qué son los amarguillos? —pregunté.

—¿Por qué crees que somos famosos desde hace más de cuatrocientos años? ¿No has oído hablar de los amarguillos del monasterio de Sahagún? —preguntó, vehemente.

—No —respondí.

—¡Los amarguillos son como...! —clamó fray Tomás como si buscara alguna inspiración mística—. ¡Son como besos de mujer! —Se tapó la boca—. No tendría que decirlo, muchacho. ¡Mira lo que me haces decir!

—¿Tú has besado a alguna mujer?

—Limpia las zanahorias —dijo, y agregó su latiguillo—: *Ut indulgere digneris omnia peccata mea. Amen.*

Fray Tomás se cerró en banda, para concentrarse en una olla de garbanzos que tenía puesta a remojo desde el día anterior.

Echó un trozo de hueso de caña, dos puñados de harina y dos gallinas. Luego, puso a cocer tres morcillas y tres chorizos que había rehogado con manteca y ají de los monjes jerónimos.

—¡Rediez! ¡Que el pimentón venía luego!

Parecía tenso y nervioso. Picó ajo muy finamente y lo agregó al guiso murmurando para sí algo que no pude discernir.

—Las mujeres, rapaz, son el diablo —dijo abriendo mucho los ojos—. Pásame la hierbabuena.

—No me refiero a la madre de uno, que las madres son unas santas. Pero ¡fueron las que motivaron el pecado original!

—¿No fue una serpiente?

—¡Hembra también! ¡Y pásame la hierbabuena, rediez! *Ut indulgere*… ¡Rediez! ¡Amén!

Recogí de la alacena una rama de hierbabuena pensando en las palabras de fray Tomás y regresé con una duda en la mente.

—¿Por qué no se casan los monjes?

Tomás tenía los brazos puestos en jarras. De la gran olla salía una nube de vapor que parecía emanar de su cabeza. Se giró cubierto de perlas de sudor.

—¡Porque no, no y no! —respondió fray Tomás enfurruñado. Y cogió un gran cucharón. Retrocedí dos pasos, pues creí que me golpearía con él. Tenía los nudillos blancos de agarrarlo como si fuese una maza de guerra. Se volvió hacia la olla y probó el caldo después de soplarlo con cuidado.

—¿Pusiste sal a los garbanzos ayer, como te dije?

Lo había olvidado. El rostro del fraile estaba grana. «¿Qué le ocurre?», pensé. Tan pronto parecía feliz como un verderón como le saltaban chispas.

—Sí —mentí.

Fray Tomás recogió un garbanzo y lo puso entre los dientes con infinito cuidado, como si de una piedra preciosa se tratara. Lo absorbió haciendo una «o» con los labios. Blop. Y lo masticó después lentamente y concentradísimo en lo que hacía. Al cabo, me arreó un pescozón en la cabeza.

—¡Qué!

Al intentar esquivarle, me acertó en el oído y caí al suelo. Noté un pitido agudo. Me incorporé para tratar de escapar, pero fray Tomás permanecía quieto.

—Si al poner los garbanzos en remojo se les echa un puñadito de sal, quedarán más blandos —se lamentó mientras cerraba los ojos—. Ahora no sirve. Hay que hacerlo antes. ¿Por qué mentías? —Alzó la mano para acallar mis excusas—. No mientas nunca. Mentir es de cobardes, y estropea los garbanzos, y todo lo demás. Tu vida, por ejemplo.

Como cuando después de un chaparrón vuelve a salir el sol, fray Tomás olvidó su enfado, quitó la espuma de la olla y la cerró con una gran tapa de hierro. Luego sacó el caldo para la sopa.

—Para hacer el relleno, se utiliza miga de pan del día anterior. Se añade ajo picado, perejil, un huevo y un poco de sal, se mezcla todo bien y se agregan unas cucharadas del caldo del cocido y un poco del tocino. —Movió las manos de forma circular y luego anduvo por la cocina, dando forma al aire con ellas en un ejercicio de retórica que tenía como fin, dijo, desasnarme—. Se le da forma, se fríe, y se pone a cocer unos minutos con la sopa. En primer lugar, servir la sopa, seguidamente los garbanzos con el repollo y finalmente la carne, el relleno, el chorizo y la morcilla. ¡Y ojo que no esté rancia!

Me había sentado en el suelo y me dolían las costillas, tanto como su cambio de humor. ¿A quién importaba si estaba un poco más o menos salado? ¿A quién le importaban los nombres de las setas, bulbos, boletos o la madre que los parió? Estaba harto, además, de rezar de noche.

Fray Tomás colocó las frituras sobre una tabla para dejar que escurrieran el aceite, se secó las manos y, después de inspirar profundamente, se volvió hacia mí, cariacontecido.

—Perdona, nonno. ¿Cómo puedo volverme tan loco por un poco de sal? Soy un pecador y un loco. Te doy permiso, por tanto, para que me devuelvas los azotes. —Dejó caer dos gruesas lágrimas que sorteaban sus mejillas gordezuelas.

Agarró un gran cucharón, que puso en mi mano, se hincó de rodillas y señaló la redonda luna de su tonsura.

—Pega.

Cuando me negué a golpearle, respiró aliviado, se sorbió los mocos, tapó las frituras con una tela y se quitó de un manotazo el delantal y las penas.

—Ahora vámonos al río a cazar ranas.

—¿Ranas? —pregunté.

—¡Ranas! —confirmó, inflando los mofletes. Sacó su abultado cuerpo al exterior y pestañeó al mirar hacia el sol, que caía con fuerza—. ¡Aire! ¡Que me paso los días sitiado cocinando y rezando! ¡Rezando y cocinando!

Se paró en seco.

—¿Sabes? Las reliquias de Facundo y Primitivo las encontraron por allí —dijo señalando entre las mimbreras—, después de que los mataran por no ofrecer sacrificios a las divinidades romanas. Si sospechaban que eras cristiano, te obligaban a maldecir a Jesús, y, claro, prefirieron dejarse matar. Los santos…, menudos son los santos.

Y se alejó camino abajo en dirección a la ribera con el delantal en la mano.

—Te contaré que yo, de niño, era muy travieso. Nadie habría hecho de mí un monje —dijo, mirándome de reojo—. No soy tan serio como los demás. ¿Sabes?, yo no sabía cuál era mi vocación. Quería ser ¡soldado!, como mi hermano mayor.

Pero, por ser el pequeño, no había suficiente para mi equipo y, con un campillo como dotación, mis padres me entregaron a la iglesia.

Con un cuchillo, Tomás cortó tres ramas largas y otras en forma de uve, a las que sujetó un trozo de tela para hacer una red. Caminamos hacia una gran charca, infestada de moscas y mosquitos y emplazada entre los ríos y un campo de avena.

—Si hablo, es porque soy débil, nonno. No soy como esos santos. Luego me confesaré y que me limpie a azotes el sacristán, pero ahora me cago en él. Necesitaremos cebollas y ajos. Y ají de los de jerónimos, por supuesto —dijo alborozado.

Tomás me observó con sus ojillos azules, casi infantiles, y descubrí que era como un padre para mí. Esa tarde, a pesar del asco que me daba, para no entristecerle, me comí una rana.

Capítulo 13

Llegados los fríos, en la cercanía del Adviento, fray Romualdo, el último escriba, había muerto frente a su último pliego, como si le hubiera sostenido el hilo de su deber hasta estampar el punto final del *Ars magirica*. Dijo que lo había terminado como si necesitara más tinta o un raspador. Lo enterraron en el camposanto de los monjes, a la vera del campo de trigo. Fray Carpetano, a pesar de que entregar un libro por el que un hermano sintiera afecto contradecía las normas, se lo cedió a Tomás.

Ver a un artista en crecimiento es una sensación terrible y, al mismo tiempo, gozosa. Fue —comprendí luego— una explosión de la naturaleza: el florecer salvaje de un prado en mayo, una crecida, o cómo las nubes de una tormenta veraniega se disipan al mediodía ante la luz del sol. Tendríais que ver su arrobo al recitar el capítulo de gallo al heliogábalo al tiempo que perdía la visión, como si las fuerzas que crecían en su espíritu absorbieran todos los sentidos que no fueran el olor, el sabor y el tacto. En aquel invierno frío y seco, su arte —porque era arte, como el de un flautista o un poeta— se desató como un fuego que hubiera escapado a todo control y tornase a aquel gordo risueño en otro ser distinto, voluptuoso, inquieto y extraordinario. Volcaba las energías que le arrebató la vida monástica en mostrar las cosas buenas de la vida al único espectador que tuvo de su transformación.

Si bien los monjes encontraron un cambio, su magnitud no se manifestó de inmediato. La semilla que fue plantada en el verano, abonada con aquel libro, cobró fuerza poco a poco hasta que un día, en el almuerzo, mientras recitaban las palabras sagradas, el sacristán observó como el hermano José se deleitaba de tal modo que parecía vivir un acto impío. Dirigió un mensaje silencioso al prior.

—Hermanos. La disposición treinta y nueve de las reglas dice que bastan dos yantares cocidos para la refección cotidiana de los monjes en todas las mesas, así cuando se come a la hora de sexta, como a la de nona —dijo en el capítulo de aquella tarde.

Su voz venenosa retumbó en el refectorio, grave, y perduró un rato entre los monjes y las sillas vacías. Solo fray Tomás se removió en su sitio. Cada vez era más frecuente que fuera amonestado por su actitud inquieta y Carpetano le dirigió una mirada de advertencia.

Fray Regino se dispuso a responder, pero el prior alzó antes la voz.

—¡Sencillos! —cortó.

—Esto no significa que deban resultar sosos —respondió fray Tomás, al tiempo que Carpetano ponía los ojos en blanco.

El sacristán cruzó sus dedos largos frente a su pecho. Tenía la tez de cera, y los ojos le brillaban en la oscuridad, como si disfrutara de aquel momento.

—¿Es acaso nuestra labor perseguir el placer? —inquirió, como si percibiera un olor desagradable.

—El... el voto no impide que nos solacemos en las pequeñas...

—¿Pequeñas? ¿Llamáis pequeñas al cocido que rebosaba en grasas y aromas que podrían competir con las putas de Sodoma? ¡Sodoma, sí! ¡Pues en el placer de la caaaaarne encontraréis la perdición!

Pasado aquel mal rato, fray Tomás ahuyentó sus pensamientos del ambiente agrio de la sala capitular, volvió a la cocina y asomó en su rostro aquella expresión de indómita niñez. El libro, lejos de un pato desplumado y una alcuza, casi tocaba su nariz.

—*Aeneum uas mittuntur... mmmm... sextariis duobus...* Verterlo en una vasija de bronce. ¿Por qué bronce? —dijo fray Tomás ojeando el libro mientras yo preparaba el pato.

—¿Por qué fray Romualdo escribió el libro en latín y no en castellano?

—Imagino que sería la copia que haría algún erudito de un original que se perdió con Roma. Fray Romualdo la tradujo del griego. A los romanos les gustaba el griego como a nosotros el latín.

Puse el ave sobre la mesa. Era un animal gordo, de los que atrapaban en el pueblo cuando venían de muy lejos después de atracarse a base de algas, bichos y peces —dijo Bernardino— en las cálidas marismas del sur.

—¿Quiénes quemaron Roma?

Aticé el fuego y coloqué la cabeza del pobre pato sobre el tajo.

—¿Quién va a ser? ¡Los bárbaros! De los cuales, por cierto, descendemos. En cuanto hayamos traducido todos los libros y reine la paz en el mundo, vendrán otros bárbaros. Veamos —pasó otra página impaciente—. *Absinthium Romanum,* no, vino con violetas... ¿Con violetas? Poner en un... hilo pétalos de rosa de manera que queden engarzados, poner en vino una semana. Aceite de liburnia, ¿eh? Vaya con los romanos. Los sabios huyen de la claridad como los gatos del agua.

Rio con ganas y detuvo el hilo de mis pensamientos al tiempo que cortaba la hermosa cabeza del ave cubierta de plumas azuladas.

—Esto es una receta para convertir en blanco el vino tinto. ¿Tú creerás? —dijo mientras miraba con incredulidad el libro junto a la montaña de puerros—. Seguro que tendrán otra para convertir el tinto en blanco. A eso se le llama decadencia del Imperio romano.

—Pero ¿no se convirtieron al cristianismo?

—Eso no tiene nada que ver. Puedes ser cristiano, y también decadente porque somos humanos. ¿O crees que todos somos santos aquí? —Señaló el suelo, cubierto de sangre y plumas.

Fray Tomás hablaba de nuestro pasado de un modo distinto a los otros, sin veneración, ni esa capa de temor artificioso que divide lo intocable y lo profano. A veces hablaba de los santos como si estuvieran vivos y hubieran sido hombres o niños como yo. Me pidió que barriera las plumas y echara tierra sobre la sangre clara del ave. Sentado en su taburete, con el delantal lleno de harina y grasa y las manos muy limpias para no ensuciar el libro, pasó otra página, que roznó como si cobrara vida entre el chup-chup del guiso de puerros.

—No convertiremos el vino, ¿verdad? Veamos. Harina de haba, la clara de tres huevos… —Hizo una mueca—. Aquí hay algo. El *garum* es un dilema. Venía de Cádiz y Málaga, decía el viejo Urbino, y también de las islas que están ahora en manos, no sé yo…, de piratas o turcos…, y era el aliño principal de los romanos, pero su receta ya no existe. Es un misterio. Veamos… Conservar la carne sin salar, el pescado frito…

Detuvo su dedo con los ojos brillantes en un punto del libro.

—Salsa hipotrima. Pimienta, ligústico, menta seca, piñones, uva pasa, dátil, queso sin sal, miel, vinagre, *garum,* aceite, vino, detrito… No sé lo que es el careno. ¿Y el detrito? Quizá no podamos descifrar nada de esto, nonno. —Afinó la vista.

—¿Qué es la pimienta? —le pregunté.

—Es una especia que viene de muy lejos. Cuesta más que el oro. —Juntó dos dedos como si acabara de atrapar una pulga—. Son granos así de pequeños, negros. Y si te pones uno en la boca sientes como si te agarraran la lengua con tenazas.

—¿Y eso se come aunque muerda? ¿La probasteis?

—No aquí.

—¿Antes de que fuerais ordenado?

—Sí. Calla, que pronto viene el semanero y habrá que servir. ¿Aprendiste tus letras, que va a venir fray Bernardino? Sigamos. *Aliter. Oxyporium…* Estos ojos míos… ¿Qué pone aquí?

—Menta.

—Menta, bien. Nos sobra menta. Ruda, coliandro, hinojo… Busquemos algo más sustancioso. Las albóndigas simples no podemos hacerlas porque también tienen pimienta. Pica los ajos, nonno.

Tomé una ristra de las que colgaban junto a la puerta de la cilla y busqué un cuchillo chico.

—Ah, ¡lentejas! Veamos. Lentejas con acanto. Preparar una cazuela limpia. En un mortero picar pimienta, comino, coliandro en grano, menta, ruda, poleo. Majar bien, rociar con *garum*. ¡Diablo con el *garum*! —Se santiguó—. *Ut indulgere digneri somnia peccata mea. Amen…* Probemos las lentejas con castañas. Comino, coliandro en grano, menta, ruda, raíz de benjuí, poleo. Picarlo bien, rociar con... *¡garum!* ¡Otra vez!

Pasó la página, encorvado sobre el texto.

—Vemos esta... Pu... puerro y benjuí, menta... y *garum. Garum,* nonno. Y no tenemos ni la más remota idea de cómo hacer ese de..., esa cosa.

Soltó las tapas del libro y se dejó caer en una banqueta, derrotado. Evadió sus ojos cansados tras la luz que venía del estrecho ventanal, que dibujaba un rectángulo perfecto sobre la vieja mesa de madera y alcanzaba el almirez, la bacía y dos melones tardíos.

—Los romanos tenían otro mundo. Vivían en la abundancia y eran extravagantes, pero ¡qué cocineros! Trituraban desde los huesos de dátiles de Mauritania hasta la pimienta que venía del Oriente Lejano... y a todo le ponían garum, los muy bellacos. Quizá no podamos siquiera adivinar cómo comían.

—A mí me gusta vuestra comida.

Tomás se incorporó, dio un paso hacia mí y abrió los brazos como si quisiera levantarme en vilo, pero solo llegó a coger aire. Luego volvió al libro.

—Calabaza con jugo de colocasia. Probemos eso. Y sin pimienta. Quizá Dios quiera ayudarnos. Comino, ruda, vinagre... y aceite. Porque cocinaban con aceite de oliva, nonno, del que usamos para los santos óleos, en lugar de con manteca, al igual que los judíos y los moros. Echar las calabazas, cortadas y escurridas, en la salsa y que hiervan. Puede añadirse laserpicio. Quizá fray Basilio sepa si es una hierba o, con perdón, qué demonios es.

A pesar de que le producía dolores de cabeza a causa de su mala vista, fray Tomás se dejó arrastrar por aquel libro. Tal vez llevara en sus letras, pensé, algún tipo de hechizo. Aquella obsesión le hacía pasar las noches en vela; tenía grandes ojeras y se movía con pesadez en sus trabajos. Como yo debía aprender latín todo el tiempo, empleó durante el día el *Ars magirica,* además de la Biblia. Así supe que riñones era *renibus;* morcillas, *farciminis,* y la lechuga, *lactuca,* además de la vida de los santos, y a cada plato me aprendía un hecho, proverbio o salmo, con lo que, al fin, tuve la cabeza tan llena de ideas que acabé juntando en mi caletre las frituras con el Apocalipsis, los proverbios con el sabor agridulce y la paloma de Noé con la yema de huevo, que cuando se cocina precisa de la alcaravea.

—*Alis volat propriis.*

—Vuela a tu propiedad.

—Corta eso en tacos finos. No. ¡No! ¡Vuela con tus propias alas! *¡Alis volat propriis! ¡Propiis, propiis!* —decía mientras mojaba el dedo en una salsa.

Y hablaba solo.

Tal vez el misterioso mal que le hacía perder la vista o algún embrujo que contuviera el libro —pensé— fuera la causa de que Tomás se volviera loco. Conforme se acercaba el invierno, comenzó a desarrollar ideas que organizaba primero en su mente y luego dibujaba en el aire. Decía que eran secretos que estaba descubriendo, pues el mundo de Dios tenía siempre una razón. ¿Acaso la comida, que era lo que sustentaba todo, no era en sí un fin? ¿Qué era una misa sino un banquete que representaba el camino del Creador? Si un día se encargaba de probar el sabor de los higos fritos con miel y huevo, otro probaba a poner sobre el bizcocho un poco de lavanda, mientras me explicaba cómo el limón servía también para ahuyentar las miasmas. Y así mezcló sabiduría con antiguas máximas e hizo al fin con una receta algo que no pensé que se pudiera hacer: IMAGINÓ. Esto es, que de una cosa creó otra distinta, tal y como, hacía cinco siglos, los constructores saguntinos transformaban piedra en gárgolas.

Empleó los ingredientes de dos salsas que aderezaban la *struthionem* cocida, o avestruz, dicho en buen castellano, un ave grande como un caballo —y que rima, según Apicio, con la menta, el comino frito y vinagre—. Por falta de provisión de aquella bestia, hicimos gallina, y la sazonamos con coliandro, cebolla, leche y miel.

—Muy bien. Un poco más. Ahora vamos a volcarlo. *Ad astra per espera* —dijo al cabo.

—Eh…

—Hasta las estrellas por el camino más difícil, zoquete. En las recetas de cocina, y sobre todo en las de la repostería, las proporciones de los ingredientes son muy importantes. Para obtener el resultado óptimo, hay que respetarlas.

Y achicó los ojos, con la nariz pegada al libro.

—No veo. Estoy viejo —dijo pestañeando—. ¿Tú puedes leer?

—E…li…xi…ex…sa…le…o…le…o…me…ro…co…ri…an…dro… ¿Coriandro? —dije.

Tomás miró las coles que yo había cortado por la mitad.

—Cilantro… No tenemos cilantro. El cilantro es el fruto del coriandro.

Tomás marchó a la enfermería, que se encontraba entre la cocina y la cilla, y regresó al cabo de un rato. Parecía muy preocupado.

—¿Os encontráis indispuesto?

—Buscaba cilantro. En la enfermería hubo, pero ya no lo hay.

—Hermano…, ¿creéis que… realmente importa que pongamos esa u otra hierba?

Fray Tomás se llevó las manos a la cabeza.

—¿Y por qué no tomarlo en serio, nonno? Una semilla, otra semilla, grande, pequeño. Vivo, muerto. Bien, mal. Lo que importa, sea buscar el aroma intenso de ese cilantro o la Santísima Trinidad, es lo que nosotros decidimos…, y queríamos cilantro —murmuró mientras se paseaba frente a la mesa—. No he dicho nada. Olvídalo. Creo que acabo de soltar una herejía, como mínimo… Estamos en un camino sin salida.

«A fray Tomás le flaquea la razón», pensé, al tiempo que me recorrió un escalofrío.

En esos días, como hacían los niños con un palo, o las madres con los bebés que aún añoran el pecho, había colgado un paño del cinto. Dijo que así lo tenía para cuando necesitara secar un derrame, coger un perol caliente o secar algún cachivache. Y ese capricho insólito, tal como el del loco que luce una bacía de barbero como yelmo, ya había provocado rumores.

—Yo le pondría perejil. Acompaña bien al vinagre y perfuma su frescura —musité.

Fray Tomás paró quieto como si acabara de aparecer un arcángel bajo la chimenea y chasqueó los dedos.

—¡Bien dicho! Le dará frescor y se parece mucho.

Cuando paladeaba la salsa, me tuvo un instante en vilo antes de sonreír.

—Nonno, tienes un don.

Al igual que sucedió con los versos de la Biblia, pronto comencé a memorizar el *Ars magirica*.

—*Ut uncia laseris toto tempore durent* —declamaba sin vacilar cuando pidió que le repitiera una receta de piñones.

Fray Tomás me echó la vista encima como si me hubieran salido cuernos.

—Nonno…, es la cuarta vez que me recitas sin mirar el libro. Sabía que tenías una memoria singular en el coro, pero esto…, esto… es…

«Una maldición», pensé. Aunque sabía que la palabra en que pensaba fray Tomás era otra.

—No olvido —dije encogiéndome de hombros.

—¿Qué queréis decir?

—Eso. Que no olvido. Jamás.

—Es un milagro… *O Clementissime Iesu, amator animarum, obsecro te per agoniam Cordis tui sanctissimi et per dolores Matris tuae immaculatae lava in sanguine tuo peccatores totius mundi nunc positos in agonia et hodie (seu hac nocte) morituros* —recitó a toda velocidad.

Repetí sus palabras.

—¿Recuerdas al pie de la letra todos los rezos que has escuchado?

Recordaba de memoria todos los rezos. Todas las palabras, todos los gestos, las sonrisas y las caricias. También los golpes y las sensaciones de ahogo en las visiones que evocaba, del mismo modo que podía describir cada hoja de cada uno de los árboles que había visto. Era un pozo que se hacía más profundo con cada día que vivía, y lo único que me separaba de él era el presente. Frágil porcelana frente a ese martillo al que llaman tiempo. Descubrí, al cabo de aquellos pensamientos, que fray Tomás esperaba mi respuesta desde hacía un rato —no sabía cuánto—. Sentí la tentación de correr y echarme al campo, a la cilla, al pozo. No quería hablar, pero me obligué a responder.

—Los que he escuchado, sí.

—¿Y todo lo que pasa frente a tus ojos, todo lo que te digo? Alegra esa cara, que parece que, en lugar de tener un don, te haya picado una avispa.

Ensanchó su sonrisa, tomó una zanahoria, comenzó a pelarla y, como si recordara algo, se detuvo. Señaló con ella la bacía de majar.

—En verdad que es un prodigio cómo grabas las palabras en tu mente, nonno —dijo con una sonrisa adusta que no era propia de él—, pero no hagas muestra de ello. Un don produce envidia, y de la envidia no están salvos ni los santos. Además, ¿no querrás convertirte en un erudito sinsustancia como el carapalo del prior? Vaya..., y ya me toca confesarme otra vez, maldita sea. Y que sean dos.

Desde su despertar en la cocina, fray Tomás sufría cada vez más penitencias. La primera quizá fuese porque, en su candor, era el único sincero en el confesionario. La segunda —colijo—, porque, cuando se habló de la posible sucesión de nuestro viejo abad, fray Tomás se opuso a que el prior tomara el mando sin que los hermanos votaran primero. En esos días, que fueron, si no los más alegres de mi vida, aquellos en los que absorbí la esencia de lo que, para mal o bien, la influyó, aprendí no solo de fray Tomás, sino también de otros monjes con los que consulté las palabras crípticas que guardaba el *Ars magirica.* Especialmente de los viejos sabios, como fray Regino, que a veces se dormía a escondidas y era muy reidor. El antiguo maestro de música reveló que el laserpicio era el silfio de los griegos y que desapareció al comienzo de nuestra era. Juraba —lo que le valió una reprensión— que la había visto en su aldea natal. El acanto era la branca ursina, que florecía en abril y crecía en ribazos, rocas y lugares frescos. Y llegando al capítulo del fenicóptero, del cual desconocíamos todo y se cocinaba con ajonjolí frito, dijo fray Regino que solo podía tratarse del ser descrito en la epístola de los Corintios: el ave Fénix, un pájaro de Asia y Egipto que anida en el rosal. Cuando le llega la hora de morir, el fenicóptero hace un nido de especias y hierbas aromáticas. Pone un único huevo, que empolla durante tres días, y al tercer día se consume en llamas antes de volver a nacer.

Al fin, llegó la Navidad. Trajeron unos lechazos como ofrenda, y la cocina entró en un momento de actividad febril.

—¡Mira! —dijo fray Tomás mientras yo acarreaba un saco de bulbos en la cilla.

Tomó uno entre las manos. Como hacía cada vez en más ocasiones, conforme perdía el seso —o se convertía en un sabio; según los antiguos, es difícil advertir la diferencia—, se quedaba absorto en algún vericueto de sus pensamientos. Podía ser el éxtasis del misticismo carmelita en relación con el apio con lentejas, la constitución dogmática de la palabra o, como en ese caso, una cebolla. Le hice caso y miré. Fray Tomás la giró entre los dedos. Luego abrió una piel tras otra hasta encontrar su centro.

—Has de saber que nosotros, al contrario que los franceses, cocinamos con los ingredientes. No lo remojamos todo con exceso de manteca, ocultando en una capa de aromas espurios lo que se halla en el fondo. Es una cuestión de espíritu. —Tomó otra—. Misterio. Es redonda. Fíjate, dentro, en finas láminas, se concentran, pero unas son más perfectas que otras. Las mejores cebollas son las pequeñas, y vamos a buscar la mejor.

Fray Tomás abrió un saco y examinó algunas de ellas con detenimiento, girándolas sobre la yema de sus dedos para observarlas como si contuvieran algo imperceptible a simple vista. «La insania de este buen hombre arrecia», barrunté, preguntándome si un día sería capaz de tirarse al pozo o apuñalar a quien tuviera a su alcance, como decían que hizo un aldeano en las montañas de mi tierra.

—Huele —susurró.

Olí.

—Prueba. —Cortó una fina lámina—. Cierra los ojos.

Obedecí. Sabía ácida.

—Está rica.

—Las tempranas son muy jugosas, y amarillas, y se recogen en primavera. Las tardías se recogen en verano, y son moradas y con el bulbo redondo. Sabor suave, escaso picor, capas interiores muy tiernas y suculentas. El retrogusto —abrió la boca y se señaló el paladar— no se mantiene. Maravilloso. *¡O sic omnia!*

Me interrogó con la mirada. «*Omnia,* todos. *Sic,* así», deduje.

—Si todas fueran así —dije.

En el pasillo del claustro, el viento frío jugaba a hacer remolinos. Resonaba como si las arcadas conformasen una flauta de hielo gigante que acabara en el ábside de la iglesia. Nos cruzamos con el hermano Miguel, que saludó con petulancia. Fray Tomás guardó silencio durante algunos pasos.

—Bravo, nonno. Las cebollas dulces se cultivan en tierras oscuras, que no tienen sulfuros, que son los que causan las lágrimas, el picor y la indigestión. La cebolla dulce, al poseer menor cantidad, no pica ni es indigesta. Además, el contenido de agua de las cebollas dulces es superior, por ello son más suaves y tiernas al comerlas. Eso no sale en los libros; lo sé porque de chico tenía las orejas puestas. No levantes el saco y arrástralo, que te puedes partir en dos. ¡Vamos al lechazo, que es Navidad!

Bordeamos los restos de la antigua universidad, junto a los cuales se alojaban los ancianos y, una vez en la cocina, fray Tomás echó un tiento al búcaro del vino.

—Soy un absoluto desastre en obra y pensamiento —dijo mientras se limpiaba el bermejo con la manga—, pero concentrémonos ahora, que ya tendré luego tiempo de confesar y hacer penitencia. Picar finamente la cebolla y las ciruelas pasas. Calienta la cazuela de barro pequeña. ¿Lo has entendido? ¿La cebolla te hace llorar?

—Sí.

Tomás asintió sonriente.

—Así debe ser —dijo mientras rehogaba las verduras—. Cuando estén doradas, tiras la harina y sazonas. Te estás convirtiendo en un cocinero, muchacho. Un cocinero de verdad. Pero no te envanezcas. La maestría conlleva humildad.

Fray Tomás vertió la salsa sobre la cazuela de barro y tomó control del fuego con el fuelle mientras yo igualaba las brasas con la pala de hierro. El loco fraile soplaba al tiempo que empleaba el fuelle. «¿Está chalado o disfruta haciéndome reír?», pensé. Reí. No me importaba. Era mi amigo y, por lo que a mí concierne, los desjuiciados eran los otros.

—Ahora solo hay que esperar diez minutos. Verás cómo está de rico. Los monjes verán el cielo antes de tiempo. Pero esto es solo un entremés. Tenemos los lechazos enteros que pusimos a salar la víspera. ¿Cómo están las brasas del horno? Trae agua, que vamos a ponerles agua y una hoja de laurel. ¡Rápido! Que se caliente. Mientras tanto machacas el ajo y el perejil, y luego pones manteca, agua, vino y espinacardo, la especia que provocó las iras del propio Judas Iscariote[1].

Transcurrida una hora, di la vuelta al lechazo. Coloqué la piel hacia arriba y la unté bien con el majado que había preparado. Esperamos una hora a que esta se tostara.

Los monjes comieron como era costumbre, sin pronunciar palabra. Solo se oía el sonido de la masticación. Además del

---

[1] Según la Biblia, cuando ungieron los pies de Jesús de Nazaret con una libra de espinacardo, provocaron la ira de Judas, que dijo que podría haber vendido el perfume en 300 denarios.

crujiente cordero lechal, había higos en leche y miel, melones con vino dulce, gallinas en salsa verde, preparada esta con aquel espinacardo al que otros llamaban *nardo indio;* una hierba, amarga y dulce a un tiempo, prima de la valeriana y que abundaba en el herbolario. Fray Regino era el lector ese día y apenas podía pronunciar versos latinos, pues tenía la boca hecha agua. Fray Miguel, que nunca demudaba su expresión, sonrió hasta las encías. Fray Leandro jamaba a dos carrillos, Victoriano había perdido la rigidez que le caracterizaba, y hasta el tímido novicio, Juan, que siempre estaba a la sombra del prior, tuvo que contenerse para no pasar de dos bocados, ya que este había dejado de comer, y se limitó a cerrar los ojos y escuchar la lectura. El hermano José, sin percatarse de que se hacía el silencio, tomó un bocado de la parte tierna, bajo la corteza. Disolvió la textura gredosa bajo el paladar y se sumergió en aquel universo penetrante, intensamente vivo y completado con el frescor del laurel y la acidez del vino. El prior dejó caer sobre él una mirada venenosa y, como si moviera los hilos del sacristán, este siseó algo sobre las diez plagas. ¡Cuánto lo detestaba! «Carapalo», me dije. Los monjes, uno a uno, sintieron cómo se enrarecía el ambiente y dejaron las cucharas sobre el plato.

—No se lo comen —le dije al hermano Tomás cuando regresé a la cocina.

—¿Cómo?

Fray Tomás se asomó al refectorio.

—¡Virgen bendita! —Regresó junto al fuego y probó un trozo de puerco. Estaba bueno.

Cuando volví al refectorio, los monjes parecían difuntos, y solo bebían agua. Crucé una mirada con el mayordomo, el prior y el sacristán. Evelio, el joven monje grandote, tenía delante el lechazo y lo miraba con la boca abierta, con una expresión de vacío y estupidez. Solo la voz de fray Regino, blanda y confundida, desgranaba el relato del nacimiento de nuestro profeta en Belén. Acabada la lectura, los platos seguían intactos.

Cuando Tomás apareció en el comedor, los monjes se removieron inquietos, al igual que sus dedos, aferrados al paño que colgaba de su cinto.

—Cochinillo. Higos…, leche, miel, gallina —recitó el prior Carapalo, con expresión de asco cuando fray Tomás se detuvo frente al servicio.

—Es Navidad, hermano. ¿Por qué …?

—¿Por qué no lo comemos? Porque es un insulto a Dios —cortó fray Alfonso, el sacristán.

—Mi puerco…, ¿un insulto?

—Comida de ese libro de ateos, adoradores de dioses paganos: aquellos que crucificaron a nuestro Señor.

Fray Tomás, en pie junto a la puerta de la cocina, desplazó su mirada entre los demás sin comprender lo que ocurría.

—Solo es comida. Es la misma comida, solo que elaborada para… —Le silenció el deán con un gesto y el abad cerró los ojos mientras Carapalo susurraba algo al oído del abad.

—Tírala, nonno. Al campo —dijo Carapalo, con el tono de santurrón doliente que le caracterizaba.

—¡Tírala, engendro! —me gritó el sacristán al observar mi vacilación—. ¡Obedece a tu prior!

El cocinero no dijo nada, pero tenía los ojos enrojecidos. El abad, con expresión entristecida, asintió. Cuando todos marcharon, arrojé al caldero el contenido de los platos. Salí al patio, donde solo me recibió el sonido del viento y el grajeo de una urraca que acechaba en el melonar vacío. Ante la mirada del deán, que vigilaba cerca del montón de leña del calefactorio por si me atrevía a comer algo, arrojé la carne, la leche con higos, los dulces y el queso frito. Yo, y un entristecido fray Regino, todo grasa y cejas blancas, tomamos pan y vino agrio antes de acudir a la reunión que cambiaría la vida de mi amigo y maestro.

—Hermanos. Hoy conmemoramos solemnemente el nacimiento de nuestro Señor Jesucristo y no debe haber oscuridad en nuestros corazones. Hay quien quiere declarar algo —dijo el abad.

Su voz se extinguió en el silencio de la sala de capítulo. A mi derecha, pues yo era el último de los monjes y tenía mi banco izquierdo vacío, se sentaba el novicio Juan, que se agitó en su asiento. El sacristán se puso en pie y caminó hasta el centro de la sala apretando las mandíbulas. Alzó el *Ars magirica* mientras ceñía su morro como si apestara y luego lo abrió por unos puntos marcados con hilo negro.

—*Pulpas piscis assi vel elixi minutatim facies ita abundanter ut patinam qualem voles.* Picar pimienta, un poco de ruda, rociar con *garum* la cantidad necesaria y un poco de aceite. Mezclarlo con la carne de pescado, y añadir unos huevos batidos hasta hacer una masa homogénea. Poner por encima unas ortigas de mar, sin que se mezclen con los huevos. Cocer a fuego lento, espolvorear pimienta y servir. En la mesa nadie sabrá lo que come. ¡Nadie! *Patina de apua sine apua.* ¡Plato de anchoas sin anchoas, hermanos!

Cerró el libro. Se dio la vuelta y buscó la luz de la ventana. Comprendí que aquel mal bicho estaba disfrutando de su actuación retórica.

—Habla de pequeñas vulvas en albóndigas. Habla de convertir el vino tinto en blanco, de cortar ortiga hembra cuando el sol entre en Aries. ¿Acaso no es hechicería la afición por cambiar la naturaleza de las cosas? El *Ars magirica* es, en mi opinión, un libro blasfemo. —Alzó la voz—. ¡Un manual para el pecado con instrucciones escritas que animan a la gula, la lujuria y la herejía! De cambiar el vino tinto en blanco a convertir al hombre en mujer, o a los niños en cabras, media solo un paso.

Todos los monjes asintieron. Tomás miró a su alrededor y se dispuso a hablar para defenderse, pero emitió un sonido bronco que le hizo toser. Su vieja timidez volvía a él, y se ahogaba con sus palabras.

—Habla, hermano Tomás.

Fray Tomás se puso en pie y dejó caer las manos a sus costados. Su rostro tenía el color de los cirios.

—Es solo cocina…, un banquete… navideño que…

El sacristán dejó escapar una sonrisa irónica, que borró de forma antinatural.

—Una orgía romana —interrumpió con virulencia—. Un atracón para ateos e idólatras. Un ágape demoníaco e impío. ¡En el día del nacimiento del Señor, un festín para los seguidores de Belcebú y sus perras hechiceras! ¡Unos mejunjes que apestan al perfume de las putas de Gomorra!

Después de aquel arrebato, el sacristán recuperó el control de forma inmediata, como si fuera un animal de sangre fría. «Monstruo», pensé. Sentí la tentación de hablar, pero me contuve. No era nadie. Me golpearían, y sería peor para fray Tomás.

—Debería doleros el corazón, hermanos…

—No es del libro —interrumpió fray Tomás.

—¿Qué decís? —El sacristán volvió a enrojecer.

—Esa receta no es del libro.

—¿La habéis inventado? —dijo, como si ese concepto fuera peor aún que la herejía.

—La cambié porque no tenía *garum*. Dios es… —Se mojó los labios, como si calculara cuántos varazos iban a valerle sus palabras—. Es creativo... No veo por qué no podemos serlo. Solo es cordero...

«... transfigurado», oí en mi interior. Aunque solo yo interpreté el movimiento de sus labios.

—Orgullo y lujuria, además de gula, hermanos —dijo el sacristán, ahuecando la voz—. Bastan dos manjares cocidos. Basta con una libra larga de pan al día, sea una la comida; y si hubieren de cenar, para la cena, porque no hay cosa más contraria a un cristiano que el exceso en la comida. El Señor dice: «Tened cuidado de no gravar vuestros cuerpos». ¡La carne, hermanos, la infectáis con más carne! ¡Dulces! ¡Cuadrúpedos!, que solo debían tomar los muy débiles o enfermos. Esto, hermanos, son las reglas de san Benito que tenemos que seguir, ¡y no comer cual meretrices que se arrastran por el fango de sus propios placeres!

El sacristán aferró la mesa con las manos y, en su acceso, lanzó su torso hacia delante mientras escupía salivajos que salpicaron el libro. Había presumido con frecuencia de sus estrechos contactos con la Santa Inquisición, y fray Tomás decía que si no se había volcado en ella era por su miedo a tropezar con una bruja auténtica. La furia coloreaba su rostro del rojo al violeta, hinchándole las venas de la frente y del cuello como si fuera una habichuela roja a punto de estallar en un sofrito. Su ataque de ira había hecho enmudecer a todos.

Al cabo de unos segundos, el abad alzó su mano. Frágil, como su voz.

—Antes el menú era bastante monótono, aunque sano. Normalmente se comían verduras y hortalizas cocidas con un trozo de tocino o manteca. La carne se reservaba para los domingos y celebraciones especiales, al igual que el pescado.

Le cortó una tos seca. Le pesaba ya mucho la edad y le temblaban los labios. Se me ocurrió que, cuando muriese, el prior asumiría el liderazgo espiritual del monasterio, y sería imparable bajo la férula de aquel intolerante monje huesudo. El prior, que ejercía en aquellos momentos el poder de facto, tenía una expresión vacía, pero sus ojos delataban su regocijo. Disfrutaba la tribulación de fray Tomás.

—La misión era dedicar su vida a Dios y que esta fuera acorde con la perfección del ejemplo de Cristo —dijo.

—¿Y renunciamos al placer del sol en primavera? ¿Y a mirar las flores de almendro? ¿Quién ha hecho los peces y los panes sino Dios? —preguntó fray Regino.

—Una cosa son las obras de Dios, y otra muy diferente las del hombre —respondió el prior aflautando la voz, a lo que otros monjes asintieron—. Vivir en pecado en la casa de Dios implica un castigo, y digo que vivimos en pecado si nos dejamos llevar por los placeres.

Fray Tomás se incorporó entonces, dispuesto a replicar, pero el abad lo contuvo con un gesto.

—Hermanos, todos conocéis a fray Tomás. Vino aquí apenas siendo un niño. Es un servidor de Dios bueno y piadoso. Hace poco que se encuentra al frente de la cocina.

—Hermanos… —dijo fray Tomás.

—Silencio —siseó el sacristán—. Está hablando tu superior.

El prior musitó algo al abad, que calló, mientras el primero alentaba a que el sacristán tomara la palabra.

—¿Qué hemos oído todos al salir de la cocina? *¿Sulfuro? ¿Azufre?:* un sonido de podredumbre. Un ruido opuesto a la humildad y la caridad cristianas. Un eco apestoso que resume todo lo impío.

El sacristán se concentró en sí, como si le afectara un dolor muy hondo.

—Risas, hermanos. ¡Fray Tomás se ríe entre las cacerolas! La forma más terrible y obscena de romper el silencio. La peor de las formas malignas de expresión, según san Benito, y una violación flagrante de la virtud del monasterio. Tenemos que destruir con las escrituras el edificio de corrupción que está convirtiendo Sahagún en un templo del pecado. ¡En una comunidad en decacencia! Perdemos privilegios, y las ordenanzas reales apenas dejan un rastro de nuestro señorío. Desde que pasamos a depender de Valladolid, casi no quedan novicios. Utiel ha sido arrasada por las tormentas, y hay rumores de plagas.

Muchos hermanos asintieron. Algunos abogaron por una procesión con el fin de solicitar el perdón del Cielo. Otros, penitencias, como rezar dos días seguidos, o cambiar el vino añejo por otro más avinagrado.

—¿Avinagrado? —elevó el tono el sacristán, como si acabara de morder un limón—. ¡Sequías y plagas! ¡La guerra nos sobrevuela desde que murió el rey Fernando! ¡En Galicia están muriendo a miles a causa de la peste! Y, mientras nuestros hermanos en otras órdenes animan a que nazca de nuevo un movimiento flagelador que expurgue con tormentos nuestras culpas, nosotros nos arrastramos a guisa de sanguijuelas sobre la tibieza de nuestro estómago.

Fray Leandro lloriqueaba y buena parte de los monjes cayeron de rodillas y se pusieron a rezar.

—La intemperancia es también un pecado, fray Alfonso —dijo, grave, el abad—. No por más gritar tenéis más celo.

—Perdón, padre.

Se disculpó con un tono extraño, como si quisiera envolver al abad en una oscuridad que emanaba de él. Sentí cómo la voluntad del anciano flaqueaba.

—Pero son ciertas vuestras palabras. En relación con lo acaecido en la colación —resolvió el viejo abad—, fray Tomás ha tenido a bien acudir a nosotros para confesarse, y he resuelto que su penitencia sea expurgar su conciencia aquí. El que calla voluntariamente en la confesión de un pecado añade otro pecado terrible que se llama sacrilegio. Pero fray Tomás ha confesado sin engaño y con humildad.

Fray Tomás recibió las palabras sin moverse. Tenía los ojos fríos y vacíos en un punto lejano. Se puso en pie. El sacristán tomó asiento.

Un niño grande. Es lo que era. Avanzó dos pasos en la piedra fría y, con cierto trabajo a pesar de la costumbre, se arrodilló. Luego, puso las manos sobre las baldosas y extendió su cuerpo boca abajo con los brazos en cruz.

—Pésame, Dios mío, haberte ofendido y me arrepiento de todo corazón por ello. Pésame por el infierno que merecí y por el cielo que perdí.

Una burla asomó en el estúpido rostro del novicio más corpulento, que se evaporó enseguida. Pero el gesto de triunfo que guardó el sacristán desde que se sentara no se había extinguido, como tampoco la expresión falsa y astuta del prior. «Carapalo, eres malo», pensé. A mí me parecía que era un hombre estricto, pero carente de humildad. No había entendido aún, en mi inocencia, todo lo que cargaban esos hombres en sus entrañas.

—Y que mis pecados son la soberbia, la lujuria por el apetito de deleites carnales, de gula y de pereza. Señor mío Jesucristo, Dios y Hombre verdadero, me pesa de todo corazón haber pecado…

Le temblaron los labios y vi cómo caía una gota que resbalaba de su nariz al suelo. En la sala, todos los monjes, salvo fray Paulino, contuvieron la respiración. El abad asintió y le animó a seguir.

—… sobre todo porque te ofendí a ti, que eres bondad infinita, a quien amo sobre todas las cosas. Propongo firmemente, con tu gracia, enmendarme y evitar las ocasiones de volver a pecar, confesarme y cumplir la penitencia. Confío en que, en tu inagotable misericordia, me perdonarás y me llevarás al cielo, porque eres bueno. Amén.

Fray Tomás se humilló frente a la mirada hostil y satisfecha del sacristán, y los treinta pares de ojos que observaron su rendición con fanatismo, cerrazón, regodeo o pena. Por sus faltas, debería dormir en el suelo, cambiar su hábito y cocinar únicamente verduras hervidas y pan. El vino se aguaría.

Nadie movió un dedo. Tampoco yo, Dios me perdone.

Fray Tomás regresó a la cocina en silencio. Luego, sin responder a mis consuelos, se tumbó en el pasillo del claustro boca abajo. No podía participar de los oficios, ni la comida.

A la mañana siguiente, fray Tomás seguía allí. La piedra traspasaba sus huesos, y su frío le hacía temblar. El prior le dio permiso para que se levantara, recibiera sus varazos y volviera a sus tareas. Al incorporarse, cuando iba a buscarle se me quedó mirando tal cual si no me conociera. Parecía quebrado y hueco, como un odre vacío. Hubiera querido abrazarle, pero solo podía darle los buenos días.

—¿Qué tienen de buenos?

—El sábado os levantó el castigo y fray…

—El sacristán —cortó— lo único que quiere es mortificarse a sí mismo y a los demás. Y el prior cara de palo quiere ser el próximo abad. Me tiene ojeriza porque un día, hace ocho años, le ridiculicé. Y todavía se acuerda.

Se derrumbó sobre el taburete, que esta vez no crujió bajo su peso. Aticé los rescoldos y puse un tazón de caldo de puerros y ave a calentar. No estaba permitido comer entre horas, pero fray Tomás estaba pálido y tenía la frente cubierta de gotas de sudor.

—Si cogisteis frío, un poco de…

—¿Sabes que el prior fue un hombre de armas y que vio la luz en la batalla de Toro? —dijo Tomás, con una voz tan dura que parecía de otro—. Fue ver la sangre y declarar que había visto la palabra de Dios y que no quería matar a hombres. Armados, barrunto. Porque Carapalo es un cobarde. Engañó a su espíritu y buscó la santidad en el dolor propio y ajeno. Pero un dolor vicioso. Oscuro, nonno. He visto cómo duerme con el cilicio puesto, pero teme a la muerte. Por eso quiere dolerse, porque cree que, si sufre, se salvará. Es un monstruo y un loco. Hijo de una familia poderosa que compró con oro ajeno su priorato. En cuanto pueda, arrancará las riquezas que restan a la pobre abadía.

Mientras hablaba, tomé el cazo que había devuelto al fuego para que no se enfriara y lo puse frente a él.

—Es caldo de puerros, hermano, tomadlo, que os hará bien.

—Les mentí, nonno.

Asomaban las lágrimas en sus ojos. Miré hacia la puerta, por si aparecía el prior, o alguno de los monjes que seguían ciegamente sus palabras… «Otra razón de vara, no, por favor», pensé.

—¿Tú crees que tienen razón? —preguntó.

—Tomad. Está caliente. Le puse alcaravea.

Fray Tomás tenía la mirada perdida, pero reaccionó y le dio un sorbo. Chascó los labios. Quemaba un poco.

—Márchate de aquí mientras puedas y vive la vida, nonno —dijo—. Busca una mujer. Cásate. Ten hijos. Ten aventuras. Vive.

—Pero… ¿y la labor de los monjes?

—La labor de los monjes. ¿Qué?, ¿tú crees que hacen otra labor que lamentarse entre estas cuatro paredes además de murmurar cosas que nadie más que ellos entienden? —Tomás miró a su alrededor y se aseguró de que estábamos solos—. Niño, vete y busca aventuras, porque a Dios lo encontrarás lejos de aquí. ¿Para qué nos habría creado si no podemos aspirar a tener buenos momentos? Si se encontrara entre nosotros —arguyó—, habría fulminado con un rayo al sacristán y me habría permitido estar en mi sitio, y no barriendo pasillos y comiendo estofados sosos. O me habría fulminado a mí por cagarme en él como lo hice. —Miró hacia el techo con las palmas de las manos abiertas—. ¿Ves? Nada. Ningún rayo.

—Callad, por favor.

Le serví más caldo para silenciarle. «Ya está. Loco al completo», me dije. Nadie habla así de Dios en voz alta. Solo un candidato a la hoguera o un perturbado, que con frecuencia eran lo mismo.

—Vete, nonno. No ahora. En primavera, cuando los campos estén el flor. ¿Lo harás? —dijo el monje.

Pero estaba confundido. No quería abandonarle. Tampoco estar allí, y volver al camino me aterrorizaba. Creo que eso se entiende como purgatorio.

Receta de carne de Cristo

Preparar una masa hecha con harina de trigo y cebada, sin levadura, calentarla entre dos planchas a ciento setenga grados, hasta que se evapore el agua. Obtenida una lámina de pan seco y crujiente, se humedece, y se deja reposar seis días al aire libre. A partir de entonces, no puede ser tocada por mano humana, hasta que sea consagrada por un sacerdote en la ceremonia de la Misa. En ese momento, a través de la fórmula de la transubstanciación, se hace presente la carne de Cristo y está lista para ser consumida. En el caso de que el sacerdote no crea en Dios, es posible que la hostia sangre. Comerla, en tal caso, conlleva la condenación eterna.

Popular

Capítulo 14

Tres días antes de la Epifanía, acudió un hombre rubicundo que traía los frutos en un gran carromato arrastrado por mulas. Durante esa tarde, todos los monjes abandonaron sus tareas habituales para ayudar a hacer los amarguillos.

Había que descascarar las almendras, picarlas fino y mezclarlas con el azúcar. Fray Tomás había sido relegado a alimentar el horno del patio del olivo. Era otro monje, el apático mayordomo, quien organizaba las tareas siguiendo las instrucciones del hermano Urbino, el antiguo cocinero, que conocía bien la receta. Lo habían sentado en un banco al sol junto a los demás ancianos para que miraran como dejábamos compacta la mezcla.

—Amalgamar bien la masa con huevo hasta que esté cremosa, sin llegar a estar dura. *Semper idem* —decía el viejo Urbino, en un tono apenas audible.

Al fin, el día seis por la mañana, fray Urbino se incorporó con dificultad y caminó, frágil, entre los monjes. Bajo la vigilancia del prior, ordenaban el resultado de cuarenta horas de trabajo: un montón de pequeñas formas doradas, ordenadas en batallones sobre largos tableros.

Fray Urbino tomó una entre los dedos.

—Cuántos recuerdos —susurró.

Parecía hecho de pergamino, pero entre sus arrugas asomaba una sonrisa infantil.

—¡Alto! —gritó Carapalo cuando el anciano se lo llevaba a la boca—. Son para la venta y para San Benito el Real. No para nosotros.

Fray Urbino devolvió el dulce a su sitio. Fray Tomás, que estaba cubierto de hollín, se incorporó, agotado. Se interpuso entre ellos, cogió el dulce y se lo tragó.

Eso le valió el cilicio, un sayo de tela muy áspera con el que tuvo que dormir para su mortificación corporal. En los días posteriores cocinó callado, apático y sumiso. Cojeaba a causa del cilicio y se limitaba a limpiar los comestibles, que debían hervirse sin decir una palabra, bajo pena de excomunión. Mis labores consistían en pelar verduras y perfeccionar mi entendimiento acerca de los valores trascendentes, que eran al alimento de mi espíritu como las cáscaras de nuez: viles e indigeribles. Las peores horas eran los interminables rezos que se repetían un día tras otro. El invierno se recrudeció. Los campos, con la niebla baja y el rocío helado de la mañana, tomaron el cariz fantasmal y oscuro que reinaba en el ambiente. En la capilla, bajo el crucifijo, los monjes repetían los salmos, mientras el día y la noche se confundían entre la bruma, tras el ventanal. El abad tenía la piel amarillenta y pegada al hueso. Parecía cansado y, quizá por sentir cercano el aliento de la muerte, delegó su voz en el prior Carapalo, con el que el monasterio entró en una nueva etapa en la que las reglas se interpretaban de la forma más estricta posible.

Una mañana, fray Bernardino cruzó el umbral en silencio. Fray Tomás interrumpió la tediosa tarea de quitar la piel a una montaña de nabos, que luego se pondrían a hervir en agua con sal, y le lanzó una mirada interrogante. Había perdido al menos una arroba de peso desde su último castigo.

—Fray Urbino se muere, y pregunta por vos —dijo el joven fraile.

Al fondo de la enfermería, una habitación larga y estrecha que tenía más luz del sol que la sala de monjes, estaban los camastros que ocupaban los hermanos que no podían valerse. Fray Urbino, el viejo cocinero, se encontraba en uno de ellos junto al hermano Paulo, que había sido profesor de aritmética y geometría, y era el dueño de una bacinilla apestosa que se llevó fray Bernardino. El viejo cocinero tenía los ojos cerrados, pero al oírnos los abrió. Algo resplandecía en ellos tras una capa de niebla.

—Sí, hermano —respondió el enfermero a lo que murmuró, y que nadie había entendido.

—¿Dónde está fray Tomás?

—Estoy aquí —dijo al tiempo que se sentaba en un banco y tomaba su mano.

—Fray Tomás. Pronto llamaré a las puertas de nuestro Señor, y espero que me perdone.

—Sí, hermano.

—Quería daros las gracias.

—¿Por qué?

—¿Os acordáis de las veces que os pegué? Erais un niño cuando vinisteis aquí. Ahora sois un hombre. ¿Estáis en la cocina?

Fray Tomás tomó la mano del anciano y asintió.

—¿Recordáis cuando os pegaba?

—No, hermano. Fuisteis bueno conmigo.

—Os tenía que haber cuidado más.

—Me lo enseñasteis todo, fray Urbino.

—Mi nombre era Miguel. Miguel de Alcántara. Quizá no se me permita entrar. Quizá no…

Se tragó las palabras. Imaginé que se refería a entrar al cielo. Fray Urbino tosió, sin fuerzas. Dijo algo sobre la vida. Luego, pidió a fray Tomás que se acercara.

—Duelos y quebrantos —le susurró al oído.

Y se durmió, dibujando una sonrisa. Cuando volvimos a la cocina, aparté la olla grande del fuego. Fray Tomás echó un vistazo a la insulsa sopa de carne con verduras, arrugó la nariz y tomó asiento. Parecía afectado por las palabras del moribundo.

—¿Qué ocurre? —pregunté.

—«Duelos y quebrantos» —dijo para sí.

Abrí la boca, pero fray Tomás invocó el silenció alzando un dedo. Luego, dejó caer su mirada sombría en la cesta de huevos y, acto seguido, su expresión devino en la feliz calma de quien ha tomado una gran decisión.

—Trae seis huevos, manteca y laurel. También panceta, y corta dados de pan seco.

Tantos castigos y dormir sobre piedra habían acabado de perturbar el alma del pobre Tomás: había olvidado que freír panceta iba a ser, como mínimo, apostasía.

—Lo primero será freír unos torreznillos con jamón, el tocino y chorizos frescos al modo de Almagro —dijo, ignorando mi rechazo—. Tenemos que servirlo en una escudilla de barro, no las de madera. A ver cómo nos apañamos.

—Pero… —balbuceé.

La expresión de Tomás se endureció.

—Es el último deseo de mi maestro, y no me hables de castigos, porque uno hace lo que tiene que hacer, ¿comprendes? Quiere volver al mundo que dejó y no podemos ignorarlo. Si me castigan, lo aceptaré. *Dum spiro spero,* nonno. Mientras respiro tengo esperanza. Corta los dados de pan, y verás lo que son los duelos y quebrantos. —Me miró como si esperara más protestas antes de aventar el fuego—. Y no te preocupes, que no te castigarán a ti. Soy yo el pecador.

Resultó que los duelos y quebrantos no eran penas, sino viandas. De esos platos con que sueñan los hambrientos cuando quieren llenar la barriga de punta a cabo y provocan gases pompeyanos, eructos de trasgo y siestas de cinco horas bajo el olivo. Su olor se expandió de la cocina al pasillo que daba al antiguo refectorio, las bóvedas de piedra, la nave de la iglesia y las retorcidas escaleras que conducían al campanario. Nadie se atrevió a interrumpir a fray Tomás, sin embargo. Puede que por no querer influir en el libre albedrío del pecador, o tal vez porque decidieron que sería mejor dejarle caer para destruir su intemperancia de una vez por todas. Cuando llegó el momento de retirar los duelos del fuego, ayudé a volcar las piezas doradas en una fuente para escurrirlas de grasa, llenó un cuenco de ellas y marchó hacia la enfermería. Regresó con este intacto.

—Se ha muerto. Qué pena, nonno.

A la hora de la cena, cuando serví, se hizo el silencio. Mientras distribuía las escudillas, un monje distraído tomó la cuchara y, al descubrir la mirada envenenada del sacristán clavada en él, la soltó con rubor. El prior permanecía quieto, como si fuera a estallar junto al sacristán, que miraba al frente con los ojos desorbitados, como si estuviera ante un demonio que acabara de surgir de la tierra a sus pies. La insolente arrogancia del prior había sido sustituida por un estupor incrédulo.

Los monjes, atentos a la reacción del sacristán, percibían la humeante fragancia del laurel, el ají y los torreznillos en sabrosa manteca como si fueran ciegos que por primera vez ven flores de primavera. Pero ninguno se atrevió a tocar el plato. El abad, ajeno a todo, dormitaba.

—*Quadragesimo anno, undecimo mense, prima die mensis locutus est Moyses ad filios Israel omnia, quae praeceperat illi Dominus ut diceret eis* —recitaba el lector.

Fray Regino, sin poder contenerse, probó un bocado.

—¡Satán! —gritó el sacristán—. ¡Satááán! —chilló. Esta vez con una voz tan poderosa que hizo escupir la buchada al maestro de música.

Fray Manuel detuvo la lectura del Deuteronomio mientras el sacristán apartaba su plato lejos de sí.

—Yo quería… —murmuró Tomás.

—¡Silencio! —gritó el sacristán, señalando el suelo—. ¡Callarás y escucharás!

El abad despertó de su ensueño y dirigió una sonrisa a Tomás.

—Obedeced, hermano —dijo el abad—. Os hará bien.

Tomás vació de aire los pulmones. A regañadientes, avanzó hacia el centro de la sala y se tumbó con los brazos en cruz. El abad cerró los ojos de nuevo, como si hubiera agotado sus fuerzas. Carapalo le susurró algo al oído mientras fray Bernardino le dirigía plegarias silenciosas. Fray Tomás estaba muy pálido y tenía ojeras, pero aún gozaba de una presencia imponente sobre el suelo, como si fuera un animal herido, pero todavía peligroso.

—Gula, exceso, inmoderación. Narcisismo —comenzó a declamar el sacristán, como siempre hacía para anunciar los castigos—. Oposición a la autoridad…

Ocurrió entonces algo terrible, que nadie se esperaba y nadie entendió. Una risa seca, larga, surgió del interior de Tomás, haciendo que su espalda se moviera, y que acabó cortando aquella calma infecta como un cuchillo. Prior y sacristán no daban crédito a lo que habían oído. Durante un instante solo se oyeron las respiraciones, el roce de los hábitos, y alguna tos.

—Sois un asno —dijo, alto y claro, fray Tomás.

El abad negaba con una media sonrisa, como si fray Tomás fuese un niño o un loco, aunque le temblaban las manos.

—Le prevengo… —comenzó el sacristán.

—Y digo, hermano, que me cago en vos. —Le señaló—. Yo pecaré de gula, de orgullo y qué sé yo de qué más, pero, hermano, ¡sois un puto, un mentecato y un soberbio! ¡No pensáis más que en dominarnos con vuestra cara de vinagre! ¡Dios es alegre!

—Hermano —rogó el anciano abad.

Los monjes, congelados en sus asientos, no se atrevían ni a respirar.

—¿Qué es la comida, hermanos? —dijo fray Tomás—. Mierda. *Cacat*. Deposición. Desecho. Estiércol. Heces. La comida acaba así. Pero también la vida. Vivimos una vez. ¡Una! ¡Vida eterna, decís! Iréis al cielo, pero esos soportes que os sostienen —señaló a fray Leandro, que infló los carrillos como un saco— serán mierda también. Pero antes de eso, aunque este mundo no sea el cielo, podemos ver, oír y oler. Servir a Dios, sí. Y también vivir. Y conocer, aunque sea por unos segundos, la vida. Un instante, y sufrir, sí, pero también lo otro. ¿*Amor vincit omina*[2], diréis? Estiércol de asno —dijo fray Tomás—. El prior y el sacristán quieren mandar.

—¡Callad! —chilló el sacristán—. ¡¡Callaaaaaaaaaadhaaggg!!

Avanzó hacia fray Tomás, pero este se puso en pie, como si fuera a cargar sobre él. Se detuvo en seco, como si estuviera frente al mismísimo diablo.

—Queréis que el monasterio ejecute vuestros caprichos, prior —escupió Tomás—. Y digo que su austeridad es fal-

[2] «El amor todo lo vence».

sa. Vuestro rigor, sacristán, hipócrita. Y que ello es porque gozáis de mortificar a los demás. Os conozco desde hace años. Perseguís los momentos de calma para lanzar pullas. Para repartir el sentimiento de culpa. Para prodigar tristeza. ¡Y digo que eso no es la palabra de Dios! No tenemos por qué vivir en el pesar. No tenemos por qué mortificarnos. Estamos en el mundo para difundir la palabra de Dios. Y Dios nos ha provisto de ella. ¿Cuántos supuestos hombres rectos tenían luego barraganas o disfrutaban humillando a niños?

Fray Tomás echó un vistazo a su alrededor. Las miradas le rehuyeron como polillas al abrir un arcón viejo.

—No creáis en el que presume de recto. Nuestro abad aún vive, pero el prior huele su carroña, intriga y reparte favores y desfavores a través de su guzmán de sacristía. Busca nuestro dominio y además es un puerco que pega mocos bajo la mesa cuando no lo ven.

Fray Juan y Victoriano escondieron la cabeza bajo los hombros cuando realizó un amplio arco con la mano, no fuese que tuviera una piedra en ella: señalaba la gran cruz de madera oscura, clavada sobre el yeso.

—Nos domina con una excusa. Esta. Ahí lo veis. Idolatramos no a Jesús, sino el instrumento que lo torturaba.

Algunos monjes gritaron, otros se llevaron las manos a la cabeza. Los más permanecieron quietos como ratón frente a una serpiente.

—Pero ¡eso no significa que tenga que serlo! Para nosotros no es el madero, sino el hombre. La cruz es entrega. Es amor. Por eso pido a fray Gabino, nuestro abad, que ese intrigante y su perro dejen en paz la virtud de los hermanos y se ocupe de la suya. *¡Carpe diem!* Hermanos, *¡carpe diem!* Y tenemos el derecho de votar al nuevo abad.

Durante un instante se disipó la tensión contenida y muchos monjes asintieron, como si aquellas palabras les liberaran del sometimiento en que habían puesto sus corazones. Esta volvió al cabo de unos segundos, que se alargaron de manera insoportable cuando el sacristán se puso en pie. Blanco como la cera, apenas controlaba el temblor de sus manos. El abad, encogido en su asiento, sufrió un acceso de tos. ¿Le tenía miedo? A una indicación del prior, Juan, el novicio, se lo llevó del brazo con la ayuda de Evelio, el campanero, camino de la enfermería. Cuando cerró la puerta, el prior hizo una señal al sacristán y este carraspeó. Tomó aire y agarró el crucifijo que le colgaba del cuello como si fuera un puñal antes de lanzar su atronadora elocución.

—Por su contumacia y desobediencia se le aplicará, si persevera en su malicia, castigo corporal. —Alzó el mentón, teatral, mientras el prior enseñaba la roña de sus dientes—. Se le privará de la mesa y de coro. Ningún monje se le juntará a hacerle compañía, ni a hablar, y trabajará solo en lo que se le hubiere mandado, y tendrá presente aquella terrible sentencia del apóstol que dice: «Este hombre ha sido entregado a Satanás para mortificación de su carne, a fin de que su alma se salve en el día del Señor». Comerá solo la cantidad y a la hora que el abad juzgare convenirle. Ninguno de los que le encuentren le saludarán, ni se bendecirá la comida que se le diere. Estará postrado a la puerta del coro mientras se celebre en él el oficio divino, y sin decir nada, con el rostro en tierra, se arrojará a los pies de los que salen de este, y continuará así hasta que el abad entienda que ha dado la correspondiente satisfacción. Cuando el abad le mandare comparecer, se postrará a sus pies, y luego a los de todos los monjes para que oren por él. Quedáis, hermano Tomás, por vuestras palabras impías, irredentas y dañinas, excomulgado.

Fray Tomás se despidió de la cocina en silencio, mirando desde la puerta sus rincones. Me sonrió, aunque la chispa de su mirada había muerto.

—Bueno, nonno —dijo, y tragó saliva—. Lo siento… Olvidé que no podemos hablar —susurró.

Calló, amagando un gesto de patética e infantil disculpa. En el quicio de la puerta apareció un entristecido sustituto de fray Tomás, el hermano Bernardino.

Las risas se apagaron hasta parecer que nunca hubieran existido. El nuevo guisador ponía lo que hubiere en la olla y lo dejaba cocer hasta que resultara comestible. Ese aséptico cocido se acompañaba de alguna fruta o legumbre, con el pan y el vino agrio que no quisieron los superiores de la orden en Valladolid.

Fray Bernardino era un monje sumiso, pero lamentaba la suerte de fray Tomás. Hablaba poco, y desde aquel invierno aún menos, limitándose al latín de las horas lectivas. Me dijo, sin embargo, que si no hubiera sido por el abad, el prior y el sacristán, habrían llamado a consultas a un pesquisidor de la Santa Inquisición, donde la orden y sus contactos tenían un largo alcance. Y que debía aprender a callar, pues fray Tomás me había inoculado el veneno de las preguntas.

Me cruzaba con el maestro cuando este limpiaba los suelos del claustro, que solían llenarse de hojas y polvo, empujados por el viento caprichoso. Aquel febrero congelaba narices, catres y el pasto reseco de los campos. Me paraba frente a él, detenía la escoba y nos mirábamos un rato, contentos de vernos. Tras muchos días excluido de la mesa y de estar postrado a la puerta del coro mientras se celebraban los oficios, había perdido peso —la túnica le venía grande— y su faz había cambiado hasta convertirse en sombra de lo que fue. La mayoría de los monjes eran gente dócil, que gustaba de una vida rutinaria, pero la paz monacal había sido reemplazada por la quietud espesa y fría de un sepulcro. El sacristán y el prior, apoyados por el mayordomo y la apatía general, aparecían en cada rumor. Las horas libres desaparecieron y se dedicaron exclusivamente al rezo. En misa, las parábolas y comentarios dieron lugar a lecturas que acababan con el sonido falsamente alegre de una campanilla, que acabé odiando.

Un manto de escarcha cubría la fuente, que parecía detenida en el tiempo. En esos días el pueblo, a causa de la escasez de las cosechas del otoño, pasaba hambre. Además, el huerto era objeto de la rapiña nocturna, que alcanzaba a alcachofas y acelgas, pero sobre todo a los rábanos, de los que no quedó ninguno. Era tal la cantidad de los que acudían a recibir el pan y su penuria que aún peleaban algunos por llevarse un tercio de lo que antes se daba. El prior no consintió que se hiciera más porque culpaba al pueblo de los robos.

En Cuaresma, en uno de los días más crudos, murió el abad. Comenzó el trato para elegir al nuevo, lo que enrareció aún más el ambiente. Fray Tomás fue castigado por pedir permiso para hablar en capítulo, aunque solo quiso manifestar el derecho que tenían los monjes a postularse. El sacristán predicó que solo a través de la obediencia era posible alcanzar el cielo. Tan doctas palabras tenían por objeto aumentar el tiempo de rezos y penitencias y reducir el trabajo de manos, y eran tan acordes con las escrituras que no hubo quien le contradijera. El día del entierro, cuando cargaba leña cerca del muro de la sacristía, oí unas voces tras su ventanuco, hablando a la sorda.

—Bernardino es muy joven, y a Regino también le queda poco tiempo de vida.

—El hermano Leandro tendría a Basilio y a Miguel como valedores.

—Miguel está con nosotros. La votación será unánime. Y de lo otro no hay que preocuparse: Fray Tomás era una espina, pero ya no está en condición de buscar a otros electores.

Era la voz de acero cubierta de terciopelo del prior, junto al tono acre del sacristán, y Arsenio, el mayordomo.

—No hay que confiarse. Podría presentarse él mismo. Habéis visto cómo algunos son capaces de apoyarle.

El otro soltó un bufido, luego se acercó un hermano y tuve que seguir mi camino.

Así supe el motivo que condujo a la caída en desgracia de fray Tomás: era uno de los pocos obstáculos que tenía el prior para controlar la vida y hacienda del monasterio, con ayuda de sus valedores.

Durante esos días se sucedieron los secretos monipodios, aunque no pude extraer más información que signos, susurros y miradas. Quise hablar sobre ello a Tomás y busqué el momento de cruzarme con él a solas mientras barría frente al refectorio, pero nada más encontrarlo se llevó un dedo a los labios.

—*Memento vivere* —susurró, y se alejó escoba en mano.

Fray Bernardino tampoco quiso escucharme. Después de la excomunión de fray Tomás, terrible castigo que le mantenía en continua penitencia, nadie quería enfrentarse al prior ni a los suyos, pues eran claros sus vínculos con la alta jerarquía episcopal. Especialmente desde que recibiera una carta elogiosa proveniente del arzobispado de Toledo y, más concretamente, del temido inquisidor general, que leyó en voz alta.

El martirio de Tomás, sin embargo, causó efecto en la abadía. Crecía la sensación de que muchos hermanos serían capaces de votarle aunque se encontrara bajo penitencia y podía olerse entre las piedras silenciosas el temor, pues los superiores sembraban de promesas y amenazas sus oídos. Aquel clima venenoso llegó a su peor momento cuando el prior, en capítulo, mostró un billete que fray Tomás —en su atrevimiento, dijo— había dirigido al propio papa León, y que rompió en pedazos.

—¿Qué ocurre? —pregunté al día siguiente cuando vino a buscarme el hermano Carlos, el ayudante del enfermero, mientras estaba solo, ocupado en cortar cebollas. Fray Bernardino esperaba en el pasillo. No dijo una palabra, aunque sentí un escalofrío al ver su expresión cuando me invitó, sombrío, a que le siguiera.

El sacristán y el prior hacían guardia como aves carroñeras frente a una cama en la enfermería. Tomás yacía en ella. Tenía el rostro abotargado y permanecía en esa extraña quietud que por desgracia bien conocía: no respiraba. Junto a él, cerca de fray Carlos, había una jarra de agua vacía y un cuenco con rabos de higos secos.

—Acababa de confesarle. Esperemos que le perdone Dios —graznó el sacristán.

Era como ver un gran castaño, uno de esos seres que parecen sostener el mundo, partido por un rayo. Tomás tenía la mirada puesta en algún lugar lejano, y ya con las pupilas negras, como cuando uno se halla en completa oscuridad. Pensé en si habría muerto de tristeza. Sentí que me fallaban las piernas.

—No llores, nonno. Que morir no es malo —dijo con falsa mansedumbre el prior mientras cerraba los ojos. Sentí la tentación de golpearle, pero volví en silencio a mis tareas.

Le enterraron en el descampado de los sembrados, en la parte cercana a un grupo de árboles que acotaba un campo de cebada que ahora aparecía gris y muerto. Los monjes entonaron una plegaria antes de introducir su demacrado cuerpo en la fosa que había ayudado a cavar. Pensé que en futuros años yo estaría allí también y sentí un escalofrío.

—Pobre fray Tomás —dijo fray Bernardino mientras encendía el fogón.

—Está en el cielo, ¿no es así? —ironicé.

No tenía derecho a burlar a fray Bernardino, aunque igualmente no entendería el sentido de mis palabras. Nadie lo haría ya.

—Claro —respondió.

Observaba un horizonte imaginario mientras pelaba algunas zanahorias. «¿Se siente como yo?», pensé.

—¿Y vos? ¿Sois feliz?

—¿Que si soy feliz? ¿A qué te refieres? —indagó Bernardino con un fruto sin mondar en la mano—. ¿Y a qué viene esa pregunta?

Finalmente, se desentendió de ello y siguió con su industria. Ambos sabíamos que no debíamos hablar. Al cabo de un rato, a punto de acabar el cubo, habló de nuevo:

—Eso es irrelevante. Ser feliz es un acto egoísta. No vivimos para ser felices, sino para servir a Dios.

—Pero eso no tiene sentido.

—Me hace feliz servir a Dios; por lo tanto, soy feliz.

—Eso no es lo que has dicho antes. ¿No os parece una injusticia lo que ha ocurrido con el hermano Tomás?

—¿No eres muy pequeño para hacer tantas preguntas? Limítate a pecar…, perdón…, pelar las verduras, o acabarás con los morros en el suelo del coro.

Acabamos la tarea y volqué las verduras en la olla. Luego me explicó que en los países mahometanos, las Indias y en Oriente viven lejos de la ley de Cristo, pero que para el cristiano aguantar la injusticia era el cuarto grado de humildad; que había que amar a los enemigos, y que algunos caminos parecían rectos a los hombres, pero los hundían en el abismo.

Tomé un puñado de sal. Escocía.

—¿Qué significa *memento vivere?*

—Acuérdate de vivir. Y ahora calla, o nos castigarán a ti y a mí.

El hermano fray Bernardino tenía los ojos grandes. El marrón de su pupila estaba moteado de partículas doradas, y creo que se humedecieron, pero no permitió que le viera plañendo.

Al cabo de dos días, se efectuaron las elecciones para abad. Fue elegido fray Magín, el prior, con el beneplácito de Valladolid, donde tenía a sus valedores. El propio cardenal Cisneros, en Toledo, cuyo enorme poder se entrañaba en la alta jerarquía inquisitorial, transmitió su apoyo en una nueva misiva. El hermano Magín era un rigorista y, como no tenía oposición alguna, cambió la faz del monasterio, lo que hizo que la vida allí fuese aún más monótona y espartana. Transfirió más tierras para adquirir, a petición del sacristán, un valioso cáliz de plata repujada que, según él, era indispensable para contener la sangre de Cristo. En la hora en que fray Bernardino me daba lecciones, solo podía hablarse de las Escrituras. Una mañana, al ir a buscar un capazo de nabos que estaba en la cilla, recordé cómo mi maestro olfateaba las salazones, y bamboleaba su cuerpo lleno de vida entre aquellos barriles vacíos que un día contuvieran el mosto de uva que los años transformarían en vino. Recordé también su caída, el pobre jergón, y mi plato se detuvo en el plato de higos. ¿Quién le habría llevado esa golosina? La memoria me devolvió la imagen de los ojos de mi maestro en su rostro inerte. Tenía las pupilas abiertas, inmensas, como pozos.

—¿Qué te ocurre, nonno? —inquirió fray Bernardino al reparar en mi expresión.

—¿Me podéis contar algo más sobre la historia de san Benito?

—Quita solo las puntas. Era hijo de un noble romano. Nació en un pueblo, pero luego le enviaron a Roma para que estudiara lo que estudiaban en su época, filosofía y retórica, pero, decepcionado por el desorden moral de la ciudad, dejó la capital. Con ayuda del abad de un monasterio cercano, se instaló en una gruta de difícil acceso para vivir allí como un ermitaño. Pastores como tu padre extendieron su fama. Le visitaron muchas personas que buscaban su consejo. ¿Sabes?, los reyes y nobles ansían eso. Le eligieron abad de Vicovaro, en el norte de Italia, pero, dado que los monjes no quisieron aceptar su forma de vida, intentaron…

—… envenenarlo.

Fray Bernardino tardó algunos instantes en asentir, como si pensar en ello supusiera un esfuerzo.

—Pero se rompió la taza que iba destinada a matarle. Por eso sobrevivió. Se fue a otra aldea, en una montaña, y fundó allí nuestra orden.

—¿Y por qué querían envenenarle?

Tardó un rato en responder, como si le costara encontrar las palabras, o no quisiera decir en voz alta lo que pensaba.

—Por envidia. Los abades tienen mucho poder —dijo a sobrehueso—. Pueden favorecer a influencias o familiares con tierras, derechos y…

Fray Bernardino calló.

—¿Lo envenenaron con esa hierba que crecía cerca del ajenjo? ¿La que emplearon con Sócrates?

—Nonno.

—Cicuta —murmuré—. ¿Tú crees que lo envenenaron?

—Trae el capazo de la leña, que ya nos falta —dijo—. Y no digas nada más, nonno. Te lo prohíbo.

Evitó mirarme a los ojos.

Al día siguiente, cuando preparaba el fuego, fray Bernardino me informó de que dejaba la orden, y me insistió en que no volviera a hablar de lo que le había dicho.

—¿Que no diga nada sobre el veneno?

—Nada podrás hacer. Y no podemos saberlo. Escucha, nonno, tú no puedes mandar sobre la providencia, ni hacerte enemigos. Pronto marcharé de aquí.

—¿Adónde vais?

—Aún no lo sé. Quiero ir a misiones. A las Indias.

—¿Es por lo que… ocurrió?

Bernardino miró tras de sí, como si tuviera miedo de que le oyera alguien.

—Aquí podrás vivir si te acoges a la obediencia de la orden. ¿Acaso no crees que no encontrarás el mal allá donde vayas? Está en todas partes, aunque también el bien. Por eso tienes que confiar en la voluntad de Dios. Fray Tomás era un buen hombre, pero también…

—¿Un loco por enfrentarse a ellos? ¿Vos me habláis de providencia, de bien y mal y ahora os marcháis sin atreveros a decir nada? Sois un cobarde, y un criminal igual que el abad y el cochino del sacristán.

Fray Bernardino me tomó la mano. Le temblaba la voz.

—Si pudiera, te llevaría, pero no puede ser. La misión parte de Ciudad Rodrigo y seremos veinte monjes ordenados. Si crees que ocurrió algo terrible, o yo lo creo, no importa. Cada uno pagará al final por sus actos.

—¿Y por qué? ¿Porque Dios le castigará? ¿Matan a Tomás como a una hormiga y queréis que crea en ese Dios?

Fray Bernardino apoyó su peso sobre las manos y permaneció un rato pensativo. El agua, en la olla grande, comenzaba a bullir como si conectara con sus más profundos pensamientos. Al fin, se le iluminó el rostro.

—*Credo quia absurdum,* dijo un sabio. Creo en ello porque es absurdo, y creo que el mal no existe porque es una ausencia. La ausencia de la presencia de Dios. Aún tengo que estudiarlo, nonno. No lo sé. Lo que sé sobre Dios, y lo que tú sabes, y que es al fin lo único que podemos tener, lo tenemos en el corazón. Lo tienen los niños y quizá esos indios que viven como ellos en los confines de la tierra. Por eso quiero ir allá. Pero aquí no puedes enfrentarte a todo lo malo que hay en el mundo. Es imposible, nonno. Por eso es mejor creer.

Solté sus manos blandas y corrí a la cilla en busca de… algo…, lo que fuera, para no tener que responder. Muchas palabras eran esas, y me parecieron muy ligeras en comparación con la tierra que cubría el cuerpo de fray Tomás.

Al día siguiente, fray Bernardino marchó a Salamanca. Decidí entonces que me vengaría.

Capítulo 15

La higuera seca de ramas nudosas como los huesos de un gigante deforme ocultaba la visión del pueblo. El molinero, que tenía el arrendamiento por tres vidas, debía hablar con fray Arsenio, el mayordomo y contador. Era un hombre menudo y cargado de espaldas. Tenía los ojos apagados y el rostro surcado por las preocupaciones. Le extrañó que no hubiera signo de vida aparente en el monasterio.

—¿Hay alguien ahí?

Un cuervo salió volando de algún lugar en el interior del techo, tal vez el claustro. Ni un movimiento. Llamó a la puerta. Nadie. Anduvo por el breve descampado que precedía a la ruina de la antigua universidad. Regresó al patio del olivo y del horno para pobres, el rectángulo del refectorio. Como si adivinara que había ocurrido algo malo, se dibujó el signo de la cruz en el pecho, y sin atreverse a dar un paso ni una voz más, retrocedió hacia el caminillo que llevaba del huerto hacia la plaza de San Tirso. La iglesia, que daba a la plaza, estaba cerrada.

El representante del alcaide de Sahagún se presentó al atardecer, bien herrado el cinto de armas. Era un hombre piadoso, y entregaba religiosamente un maravedí en la iglesia todos los domingos, pero Sahagún había sido durante siglos una sencilla protuberancia, insignificante frente a los benedictinos, y eso había cambiado. Se sintió íntimamente satisfecho de poder exhibir su autoridad al otrora poderoso monasterio. Llamó a la puerta de nuevo, esta vez con fuerza.

—Esto no es natural —dijo el alguacil, a su lado, al ver que nadie respondía.

Si era la peste, habrían puesto una señal, claro que en ocasiones la peste había asolado zonas enteras con una velocidad fulgurante. Pero ¿en un solo día?

El alguacil llamó con más fuerza. Rodearon la finca acompañados de los guardias, que eran muy jóvenes y habían optado por traer sus alabardas. Antes, al aire apacible y tranquilo, le había parecido que el uso de esa fuerza estaba de más; ahora esas armas destinadas a romper huesos calmaron sus nervios. ¿Acaso servirían de algo contra la peste?

Forzaron la puerta trasera, que daba a un acceso que comunicaba con el claustro y la sala capitular. Sintieron entonces el hedor dulzón. La puerta del comedor estaba abierta, y un monje yacía en el suelo obstruyéndola, hecho un ovillo.

—Santa Virgen —murmuró el alguacil.

Existían historias sobre monjes heréticos que celebraban, a la sombra de su poder, asesinatos, raptos de infantes y orgías sexuales y gastronómicas, pero lo que encontraron era tan terrible que desbordaba la imaginación: el arca con los huesos de Facundo y Primitivo estaba dentro de un caldero, y las reliquias, repartidas por los platos. Sin duda, aquel inmundo acto atrajo al diablo, que vino para llevarlos consigo a plena luz del sol, cuando comían.

El suceso fue silenciado. Los ayudantes del alguacil debieron guardar secreto bajo juramento. Los organismos estatales estaban alterados a causa del cambio de régimen, así que el alguacil y el alcaide se comunicaron directa y únicamente con la cancillería y con la sede de la Santa Inquisición, pues no cabía duda de que en ese asunto había intervenido el diablo. El representante del alcaide acudió durante los siguientes meses a misa diaria con objeto de eliminar las impurezas derivadas de haber estado presente en semejante lugar, y a pesar de que se quiso guardar el asunto en secreto para evitar el pánico general y que apareciera ese lugar como maldito, se corrió la voz de lo que había sucedido en ese monasterio en el que todos los monjes, sin que faltara uno, habían muerto —los ojos desorbitados y las bocas abiertas— cuando se sentaban a la mesa.

Por alguna razón enigmática, y quizá debido a su leyenda negra, se borró el recuerdo de aquel extraordinario suceso. De Sahagún[1] solo quedaron unas pocas piedras, y únicamente permaneció en pie, como si fuera la entrada al inframundo, una puerta de piedra en la que apareció una inscripción, de letra incierta, que nadie entendió: *Veneno punit malos, et liberavit in mortis*[2].

---

[1] Del gran monasterio de San Benito en Sahagún, que fue universidad y principal foco de la reforma benedictina en España, apenas quedan algunos restos, muchos de los cuales fueron repartidos por diferentes provincias. Según algunos investigadores, su descarnada amortización sigue siendo un enigma.

[2] «Castiga al malo con veneno, y librarás al mundo de la muerte».

Capítulo 16

Los campos reverdecían de nuevo. Aspiré profundamente al sentir el aire fresco en los pulmones y comprobé el bulto del anillo bajo el sayo. Un bosquecillo de hayas se extendía frente a mí señalando la posición del río, cuyo curso seguía el camino que me llevaría hacia las promesas del sur, pero decidí evitar el camino fácil —el de mayor peligro si me perseguían— y me dirigí al oeste. Nada me ataba ya. Sentí mis pies en la tierra nueva y noté el vacío de saberme solo una vez más. No darían cuenta de mi desaparición hasta entrado el día. Tenía un cuchillo, porque no encontré más arma útil. Una calabaza que llené de vino, pan, queso y cecina que había robado de la cilla; un sayo, mis viejas calzas, raídas pero limpias, y la manta, aunque ningún tesoro de la sacristía. Me parecían objetos contaminados y no quise ensuciar mi venganza como un vulgar ladrón. Temía, además, esperar. Sabía, por lo que había oído en boca del viejo bibliotecario, que todos acabarían con las pupilas negras, al igual que su víctima, fray Tomás. Al aspirar la primera bocanada del aire de la noche sentí vértigo, como la primera vez que salí del monasterio y me sentí solo al aire libre. Ya no habría azotes, rezos ni censuras. Tampoco techo. Me mordí los labios pensando en qué había de malo en mí. ¿Era como ellos?

La noche anterior había acudido al coro de maitines agotado. Cada día recibía azotes por una falta real o imaginaria, y tenía la espalda en carne viva.

A la hora tercia, como venía ocurriendo desde las últimas semanas, fray Alfonso me esperaba en la sacristía. En silencio, me arrodillaba y aguardaba inmóvil el castigo. El sexto grado de humildad, el que consistía en aceptar la abyección y la humillación, era fuente de placer para él.

«He quedado reducido a la nada y no soy nada», debía decir.

—Acordándote de Helí, sacerdote de Silo, córtelos de raíz en sus principios —respondió el sacristán.

No había puesto reparos ya, poderoso como era, en mostrar su deleite. Aceleré el paso. Tenía que olvidar —maldita memoria mía— y poner la máxima tierra de por medio antes de que se diera la alarma y quién sabe si de que comenzara la cacería.

Oí algunos ladridos en el pueblo mientras buscaba el sendero que seguía la margen del Cea. Dejé el peligro corriente arriba y me llegué sin aliento a un descampado frente al caudal casi seco del Valderaduey. La luna, menguante, destacaba en el firmamento. «¿Qué he hecho?» Vadeé el arroyo y anduve por él para borrar mi rastro.

A causa de los robos por los aldeanos hambrientos, el sacristán, desde el púlpito, lanzaba encendidas homilías que trataban siempre del infierno: de las almas impuras que serían atormentadas por Lucifer, con cuyas fauces, una por cada uno de sus tres rostros, satisfaría su necesidad de infligir tormento, masticándolas; y de las llamas que consumirían a todos por su culpa pecadora. El final del invierno, como hacían los animales heridos de muerte, mordió con fuerza antes de su marcha y la disciplina aumentó. Nos miraba con una expresión extraña, pegajosa, como de animal muerto. Decía que no podía haber monjes gordos. Monjes que murmuraran. Monjes que rieran al sol. Monjes que silbaran, que no anduvieran con la cabeza baja, que no rezaran mirando a lo alto, o que destemplaran la voz. El abad veía pecado en cada mirada, cada gesto y cada rezo.

Como yo los aprendía de memoria, aun sin entenderlos, el sacristán me hizo algunas preguntas de lógica que no entendí, y al parecer quedó contento al pensar que mi inteligencia no era de orden superior, y añadió que mi memoria, como la sordera, no era más que una rareza común, probablemente, a todos los menguados. Dijo que con mi natura insignificante debía guardar mayor cuidado en prevenirme de Satán, por lo que el martirio me haría bien.

Todos los días acudía a la enfermería para llevar el caldo. Allí, por la poca comida que se daba en esos días y el frío, quedaban cada vez menos viejos. Fray Regino había adelgazado mucho y había sido azotado en sus carnes blandas por canturrear en el pasillo del claustro cuando íbamos a nonas, por más que yo no lo oyera, como no creo que nadie lo hiciese. Siguiendo la regla de humildad y obediencia ciega al nuevo abad, no se atrevió a contradecir la acusación. Me heló la sangre oír que rezaba para que Dios se lo llevara cuanto antes. El enfermero, fray Victoriano, al que se le había endurecido el rostro y encanecido la barba de chivo, permanecía quieto y concentrado en los salmos penitenciales de un libro de horas, ajeno al sufrimiento humano. El día en que murió el viejo maestro de música lloré, y fui de nuevo azotado. Esta vez por el joven discípulo del sacristán, que tenía mayor fuerza y tamaño. Y mientras lo hacía, el sacristán permaneció sentado, vigilando mi castigo al tiempo que pronunciaba cosas que yo a veces no comprendía, sobre Adán y Eva, y las putas de Sodoma. Acabó explicando el motivo de mi sanción: llorar a fray Regino, pues la muerte —decía— es buena, por ser el camino de purificación que lleva al cielo. El santo iría con Dios, y el impuro, como yo, a su castigo merecido, del cual los azotes que me daban era solo un adelanto. Aquello me decidió.

Era la noche del quince de marzo. Apenas tenía fuerzas. Había permanecido toda la tarde con los ojos cerrados, sintiendo cómo la sangre empapaba mis ropas. Sentí cuán cerca había estado de olvidar y cómo volvía lo peor de cuanto guardaba el baúl de mi sesera. Como el viacrucis al que rezaban, en el que repetían la condena, el apaleamiento, la carga del madero, la caída de Cristo y los clavos de hierro de seis dedos de largo. Abrí los ojos. Seguía durmiendo en mi rincón, apartado de la sala de los demás monjes. Conté hasta cien después de las campanas de completas, que marcaban el descanso nocturno, y me levanté con cuidado. Salí descalzo hasta el patio del olivo y corrí hacia el río con una tea oculta en un cuenco. Una vez en el río, avivé el rescoldo, y busqué las hierbas cuyas flores blancas estaban dispuestas en forma de sombrilla. Las orillas húmedas permanecían en silencio. No había ranas ni pájaros que cantasen. Las hierbas engañosas que ocultaban el agua parecían hablar a mi paso con un fragor agudo y seco, anticipador de la muerte. Después de vagar un rato sin dirección, y con temor a perderme, encontré la planta. Era más alta que yo. Me pregunté si sería malo que la tocase, o si solo con acercarme a ella respiraría los humores malignos que contuviera. La miré un rato, algo perplejo. No había pensado nunca en lo que la distinguía. Parecía inofensiva y sus hojas desprendían —ahora podía notarlo— una leve fetidez. Arranqué sus hojas, con cuidado de no mancharme con la savia. Después, protegiendo mi piel con un puñado de hierba, intenté desarraigarla. No pude, y tuve que escarbar. Luego busqué una más. No sabía cuántas necesitaría. Tardé mucho en hacerlo, y temiendo a las sombras que dibujaba el fuego, entre una nube de mosquitos, formé un hato que podía abarcar con mis brazos. Cargué con él, lo puse en la leñera y volví a tiempo para los laudes. Cuando acabaron los rezos, encendí el fuego para extraer las hojas pequeñas y las semillas, pues ignoraba qué parte de la planta sería más mortífera.

Antes del amanecer rodeé la sala de monjes, en el patio de la leña, que conducía a la higuera y el río, a fin de arrojar los restos a la letrina. La puerta del dormitorio de los monjes parecía un ojo que vigilaba todos mis movimientos. Sonaron las campanas de maitines, y oí las toses, carraspeos y pasos de los monjes camino de sus abluciones matinales. Tuve que meter las manos hasta los codos en los agujeros. El último rastrojo cayó con un ruido sordo en el mismo instante en que fray Leandro asomaba la cabeza. Después, me dirigí pasillo arriba hasta el portal de monjes y me interné en el espacio sombrío de la iglesia. Tras el altar mayor, me observaba el gran crucifijo. Avancé hacia él, atravesando el crucero. Bajo la mesa del altar se encontraban las reliquias. Sentí que se me aflojaba el vientre cuando me dispuse a profanarlas.

Me uní a la procesión camino del coro, donde me esforcé en controlar los nervios, aunque tuve el corazón desbocado hasta que volví a la cocina para preparar las verduras de la comida y el pan cuyas sobras se emplearían a la hora de cenar. El nuevo cocinero, Juan, dejado atrás el noviciado, acababa de jurar obediencia como monje. Ocultaba su juventud bajo una máscara de apática intransigencia.

—Aquí hay polvo. ¿Y qué pasa con las calabazas?

La cilla había sido vaciada. Los jamones, enviados a los superiores de la orden. El huerto, arrasado a causa de los robos y, además del trigo, solo quedaban cardos, unas pocas acelgas y una montaña de calabazas, gracias a que el campesino que tenía encomendado su cuidado, con tal de que no se las robaran, dormía entre ellas. El hermano Juan, insatisfecho siempre, pasaba la mayor parte del tiempo en la cocina dedicado a ejercicios espirituales, y daba por supuesto que su trabajo no era cocinar, sino enseñarme obediencia. Al no haber más comida que pan y platos hervidos, solo le quedaba limpiar hasta la extenuación. De vez en cuando, empleaba un paño para comprobar cada partícula de polvo. Si no quedaba blanco al pasarlo por los rincones, recibía castigo. Si ponía mala cara, recibía castigo, al igual que si le miraba a los ojos, por considerarlo una afrenta o una forma de recriminación. Relucían las tablas, las ollas y los cucharones como si fueran huesos sin vida de las reliquias que se guardaban bajo el altar mayor.

Después del almuerzo, fregué los platos y aproveché el momento en que quedé solo para ocultarme en la cilla. Machaqué las hojas y semillas con un almirez viejo hasta que se hizo un líquido viscoso que tenía un desagradable olor a orina y tomé un cesto de cardos que había preparado para excusar mi retraso. Tenía a la muerte en una alcuza. ¿Cuántas personas han sido asesinadas por Dios? Millones en el diluvio universal. Había grabado en mi maldita memoria sus nombres. Er, por ser malo a sus ojos; Onán, por derramar su simiente. Todos los primogénitos de Egipto, los hijos de Aarón y la hija de Jefté. ¿Cuántos más? Envió a dos osos para que asesinaran a cuarenta y dos niños por burlarse de la cabeza calva de un profeta. Por quejarse de la comida, por blasfemia, por dar honestamente su informe o recoger madera en día de reposo, Dios había enterrado a descreídos vivos junto con sus familias, enviado serpientes, apedreado, masacrado con rayos, espada, hambrunas o fieras. No era mi Dios. Era el suyo. Y ellos eran los asesinos. Los que envenenaron a mi amigo.

—¿No lo ves? —decía el buen fraile Tomás aquel verano, solo unos pocos meses antes—. Los alimentos son vida. El puerro —explicaba mientras alzaba uno— surge de la tierra, se ilumina con el sol. Si lo olvidas, se le va el sabor, pierde la esencia y se convierte en una cáscara que solo se deja masticar para llenarte la barriga. ¿Solo quieres eso? La vida es algo más. Creo que lo dijo Sócrates, aunque puedo equivocarme. Al fin y al cabo, él también decía que el que sabía no sabía nada. También dijo que sembrar el bien conduce a que, como a Jesucristo, te maten tus contemporáneos.

»La sabiduría del cristiano arranca, como la de Sócrates, de la humildad. De reconocer nuestra ignorancia y limitaciones. Como a Jesús, lo mataron por tener ideas, y se dejó hacer, pero a este lo envenenaron con esa hierba que tomabas por hinojo. Es un veneno bien conocido, milenario, común y documentado.

Y entrecerró los ojos en dirección al río, al tiempo que disfrutaba de la luz.

Tomás me hubiese pedido que tomara de esos cardos las pencas forasteras, a las que les había dado el sol, y que pusiera en remojo las verduras con perejil para que se mantuviera la viveza de su color. Pero me limité a formar un engrudo infame mientras los cardos se mustiaban. Ya no importaban los distintos brillos de los frutos, las estrategias, los silencios en los minutos de espera y las charlas apresuradas. Los alegres sonidos, una combinación de salpicones, rociadas y chispas, habían sido sustituidos por el apático borboteo del gran caldero. La tarde avanzaba a paso de caracol, y a veces sentía que el hermano Juan me clavaba sus ojos vidriosos, como si intuyera algo. Antes de vísperas, mientras Juan realizaba sus ejercicios de meditación o dormitaba, eché veneno en la gran olla. Un apestosa amalgama informe flotaba en el líquido, sin disolverse. Como si detectara mi ansiedad, fray Juan, a mis espaldas, abrió los ojos.

—¿Qué te pasa?

—Nada. Me ha salpicado —respondí mientras descolgaba unos ajos, tratando de ocultar la expresión de mi rostro.

Fray Juan se paseó en torno a los fuegos como si olfateara algo, y al poco salió hacia la letrina. Tomé la amalgana y la mezclé con vino antes de devolverla a la olla. Mientras se fundía, me pareció ver en la espuma el rostro de un ser maligno, que se desvaneció entre un vapor que olía a pis y sulfuro.

Las campanas marcaron las ocho y los monjes entraron en orden. Fray Magín, en su calidad de nuevo abad, se sentaba presidiendo la mesa, en una silla de respaldo alto. Todos estaban quietos, en silencio. Sumisos. Como ovejas. Al abad le brillaron los ojos de satisfacción cuando hizo la señal para que comenzaran los torvos rezos.

—*Ad cenam vitae aeternae perducat nos, Rex aeternae gloriae. Amen.*

En el exterior, el sol declinaba, enfriando la atmósfera cargada de silencio. Pronunciaron el *amen* a coro y resonaron los cubiertos de madera en aquella paz de sepulcro.

«Algunos frutos verdes serían suficientes para matar a una persona; no a un caballo, pero sí a las ovejas, los conejos y un perro», oía a fray Bernardino bajo el canto de las cigarras.

Podía volver a aquel segundo una y otra vez, y ver algo distinto. Sócrates. La gota de sudor que caía de la punta de la nariz del maestro. Un ave rapaz, muy lejos, visible entre los juncos, el zumbar de un abejorro y cómo fray Tomás dejaba de tararear para romper el silencio con su alegre cháchara. ¡Cuánto le echaba de menos!

Todos los monjes parecían temerosos y seguros a la vez; orgullosos y abyectos, como si fueran todos ellos un único ser contradictorio. Un monstruo que olía a incienso, a tristeza y a sudor frío, tan terrible que no mataba al héroe, sino que le quitaba las ganas de vida. Durante un terrible segundo sentí que todos alzarían la mirada del plato y me dirigirían una sonrisa cruel, como si hubieran estado esperando ese momento para abalanzarse sobre mí. Traté de concentrarme en el recuerdo de la voz de fray Tomás, con sus torpes andares, cuando hablaba entre la retama acerca de aquello que le iba a matar.

«Al principio te produce sequedad en la boca, sientes dificultad al tragar y náuseas… Se te dilatan las pupilas —«Como pozos», pensé, mientras le oía en mi interior—. Al cabo de una hora, sobre todo si se usa la raíz, te duele la cabeza y tienes vértigo, escalofríos y estás muy flojo. Al fin te entra la parálisis, que va a más, y sientes que se altera la respiración, arrebatos tan fuertes que los músculos te estallan por dentro, y te ahogas mientras yaces en el suelo. Por su parecido con el nabo, el apio o el perejil, produce no pocas muertes. Así que no te confundas, nonno. A no ser que quieras morir como Sócrates. Lo distingues por su olor desagradable, y las manchas de rojo en los vástagos que no tiene el perejil».

Fray Tomás vivía dentro de mí, y hablaba de lo mismo, como dicen que hacen los espíritus que no duermen en paz. Por eso tuve que vengarme, para liberarnos. El día dejaba ver desde el ventanuco, demasiado alto para ver la leñera y el huerto, el cielo gris y un trozo de la fachada de piedra batida por el viento. Como el día en que se deshicieron de Tomás, todos esperaban que llegara su plato. Vacíos, silenciosos, quietos. Solo se oían sus pesadas respiraciones, mis pasos, los roces sobre las sillas y las sandalias de los veintiséis monjes rebozados en su cobarde sumisión a una autoridad opuesta a ese Jesucristo y ese Sócrates de que hablaba fray Tomás. Esperaban seguros, pagados de sí mismos. Algunos sonreían con placidez. Otros dormitaban. Nadie se quejaba. Se conformaban con una vida insulsa, aunque alejada de la inquietud que trae la incertidumbre. Preferían que otro les dijera lo que habían de hacer para salvar su alma mezquina.

El lector mojó el dedo con la punta de la lengua, y buscó un punto en el Evangelio según san Mateo mientras empezaban a servirse los platos.

—«He aquí, yo os envío como a ovejas en medio de lobos —leía—. *Estote ergo prudentes sicut serpentes et simplices sicut columbae»*.

Fray Carlos, el ayudante del enfermero, movía los dedos sin saberlo. Noté que su boca, fruncida, tenía algo pegajoso y desagradable, casi obsceno, cuando puse el plato frente a él. «Él sabe lo que ocurrió», me dije. Evitaba mi mirada.

—*Tradet autem frater fratrem in mortem*… Y el hermano entregará a la muerte al hermano, y el padre al hijo; y los hijos se levantarán contra sus padres, y los harán morir.

Yo no escuchaba las palabras latinas, sino su oscuro y profundo significado, mientras servía entre aquella procesión de rostros. Miguel, el portero, con su papada y su gesto de circunstancias; la expresión torcida y contradictoria de Arsenio, el mayordomo; Basilio, el condestable del huerto, nervioso, tímido; el rostro abotargado de Evelio, una masa informe de inocencia evaporada; fray Leandro, el maestro de ceremonias, falso y circunspecto; fray Victoriano y su nariz, encajada entre dos grandes fisuras que enmarcaban una boca pequeña y fuerte, de insecto, amparada por sus manos de estrangulador; fray Alfonso, el sacristán, como un espantapájaros maligno, y la expresión mezquina del nuevo abad. «¿Quiero hacerlo?», pensé.

Me dirigí a mi asiento. Fray Magín, henchido de orgullo, se relamía frente al miserable caldo, que suponía el triunfo de la tristeza y la perversión de su poder. Su pelo blancuzco, al trasluz, componía a su alrededor un halo de falsa santidad. Alzó la cuchara. El líquido. Se la metió en la boca, y tragó en silencio.

Me obligué a concentrarme en mi plato, insípido, casi vacío, y simulé probar. Todos tenían que mirar al frente mientras escuchaban al lector, por lo que nadie se percató de ello. Sentí una punzada de culpa, por alguno de los monjes a los que jamás odié. ¿Acaso no habían callado todos cuando murió Tomás? Si era cierto lo que creían, los inocentes irían al cielo, y yo estaba dispuesto a pagar. Por un momento, me asaltó la culpa, pero casi de inmediato me reafirmé en mi decisión y confié en que Magín y los suyos se quemaran en el infierno. No aguardé a ver el resultado de la sopa emponzoñada y esa misma noche me escabullí de la cama. Acudí descalzo al almacén, con cuidado de que no crujieran los goznes de la puerta, y busqué en la grieta el anillo de mi padre.

El presente es efímero. Escapa como un ratón de bodega en un pestañeo y se convierte en pasado. Recurrí a él para no convertirme en el humo de lo que perdí o pudo ser, pues vivir del recuerdo es como estar muerto. Un canchal en la solana, musgo reseco en la corteza tortuosa de una encina, un arroyo seco, la ronca voz de la avutarda, y en el horizonte, una bandada de cigüeñas. ¿Dónde irían? ¿A qué lugar llevaba aquel sendero?

Cantó una abubilla antes de alzar el vuelo. Parecía una mariposa, y sentí, a pesar de la carga que tenía sobre mí por lo que había hecho, el perfume de la primavera. «¿Hice mal?», me dije. Traté de cerrar mi mente a la sinrazón y, con el sol que despuntaba, busqué un sitio fuera del camino donde dormir a resguardo. Pensé que el daño que había causado desencadenaría el rastreo por parte de aquellos brutales alguaciles de Sahagún, amantes de la soga. Sería cazado en uno o dos días si no guardaba cuenta de ellos, y resolví permanecer alejado de los viajeros hasta llegar a otra provincia. No muy lejos de un cruce de caminos, me acurruqué en una hoya que limpié de piedras y cubrí con pasto para proteger mis huesos de la tierra aún fresca. Aferré el anillo y le encontré diminutas rayaduras por dentro. Olía a hierba, a turba seca que se ablandaba con la humedad del rocío, a libertad, y apreté mi oído contra él, como si pudiese escuchar a su través las voces de los míos. Pasé allí el día entero, hasta que, al llegar la tarde, oí un vago rumor. En la lejanía, pude divisar a un grupo de hombres a caballo. Me quedé inmóvil tras la mata de volanderas, esperando no ser visto. El reflejo amarillo de la tarde tamizaba los campos. Las monturas se detuvieron, resoplando. Venían de una larga cabalgada y oí las voces secas y rudas de los hombres, que apenas entendí. Se desviaron y cuando pasaron cerca de mí, alcancé a ver como uno de ellos lucía una gorguera hecha con olivarda. Otro colgaba de su montura una rama de brezo puesta del revés. Al ver esos remedios contra la brujería y el mal de ojo, no me cupo duda de que los habitantes del monasterio habían sido hallados muertos, y que buscaban a algún hechicero en el camino bajo el disfraz de peregrino, o vagabundo. Una vez que estuvieron lejos me sorprendió no sentir nada por mis hechos, sino por otro barrunto más terrible y lapidario: lamentaba no recibir castigo divino, porque ello confirmaba mi sospecha de que no había infierno, cielo, ni Dios.

Desperté después de una noche sin sueños. Me sentía mejor. Hacía rato que el sol había despuntado por el horizonte y comenzaba a calentar los campos, cubiertos de escarcha. La manta de lana y el lecho de hojas me habían protegido bien, aunque sentía el cuerpo entumecido. Me recuperé con algo de cecina y un trozo de pan duro. Cuando me incorporé al camino desierto, lo hice con cuidado. Permanecí atento a la presencia de viajeros, dispuesto a ocultarme al menor movimiento. Cuando el camino discurría a cielo abierto, buscaba roquedos o arbustos que me permitieran ocultarme con rapidez. A media mañana, no había aparecido nadie, lo que me permitió avanzar con más confianza. Vinieron a mi cabeza los rostros de Arsenio, de fray Basilio el horticultor, y traté de alejar aquella procesión de recuerdos, de palabras, grandes y aun pequeños hechos que hasta entonces pugnaban por acaparar mis cavilaciones. Refugié mi mente en algún canto, y en la idea recurrente de cumplir mis sueños. Me haría tambor o escudero, o lo que quisiese Dios. «¡Diantre! —me dije—. ¿Por qué sigo pensando en lo que quiere Dios?».

—No hay Dios —dije, solo, al camino. Entonces, recordé que, con los miedos, había dejado atrás el hatillo.

La vieja calzada romana, aún bien conservada en muchos tramos, recorría la planicie ondulada de los Campos Góticos, interrumpida de trecho en trecho por cerros bajos, cauces secos o arroyos de escaso caudal. Después de dos días de camino hacia el oeste, seguí un río que regaba las vegas bajas que se extendían hacia el sur, donde los labrantíos de trigo, ahora verde, se intercalaban entre la foresta. En medio de uno de ellos, asomó una construcción grande y blanqueada con cal que emitía un rugido grave, como si estuviera viva. Me alejé de la ribera para buscar refugio en una hondonada cubierta de cardos. El misterioso rugido se alternaba con un golpe sordo, y me abrigué tras un jaral para desentrañar aquel enigma. Una gran rueda de madera pegada al edificio provocaba con su movimiento aquel disturbio. Cerca de este se alzaba una construcción cuyo tejadillo servía de almacén de heno. Un burro atado mordisqueaba las hierbas que rodeaban un pozo. Agradecí entonces las charlas de mi padre cuando decía que orientarme era más importante que usar la espada en una guerra.

«En una guerra, te pierdes —decía—, porque esperas todo el tiempo, hijo mío. Lo más fácil es que uno acabe perdido y con la cabeza rota por un maleante que desea tus botas o tu cuchillo. Por eso no tienes que ir a la guerra, y si vas (o ella viene a ti), has de saber dónde pisas. ¿Ves el sol?».

Descendía por el oeste. Seguí el cauce de un río que bajaba muy seco, flanqueado por robledales y choperas. El sol, inmenso e indiferente, se encajaba ahora en la costra caliza del páramo. ¿Y si me hacía poeta?, rumié. Tal vez pudiera ganar fama. Mis pensamientos elegíacos duraron una rima de *fermosa* con otra palabra que tenía en la punta de la lengua, pero no salía. Hasta que comenzó a borbotear mi tripa, y unos cencerros le hicieron coro. Las tierras de Castilla, sabía, estaban marcadas por caminos milenarios que los rebaños, como las cigüeñas y las golondrinas, recorrían en busca de climas templados. Apareció en el horizonte un ejército de ovejas y un pastor con dos perros chicos. Aún no habían sido esquiladas y arrastraban su volumen lanoso, como pequeñas nubes, entre el pasto agostado. Cuando vio que me acercaba, el pastor lanzó un silbido. Arrojó una piedra en dirección a mí al tiempo que aparecía, alerta entre el ganado, un gran mastín. Corrí un buen rato, espoleado por sus broncos ladridos.

A mediodía topé con una profunda zanja, de al menos cuatro varas de ancho, cubierta en su fondo con losas de arcilla. Se extendía en línea recta hasta el infinito. Me sentía desfallecido, como si hubiera cruzado medio mundo. ¿Dónde estaba? ¿Y si aquel río no era río, sino el estrecho que unía España con África? Un hombre casi negro, con la cabeza tapada con un paño y descamisado, arrojaba paletadas a una montaña de escombros. Cerca de él había otros trabajando en el fondo del hoyo.

—A la paz de Dios. ¿Sabe adónde lleva este camino? —pregunté, precavido. Tal vez me encontrara en Egipto.

Más al oeste, dijo el peón, bajando el río llamado Esla, se encontraba Valencia de Don Juan. Tomé de nuevo hacia el molino. Me hice un mal bastón de alcornoque y seguí el sendero junto al Esla. Su curso en aquel terreno despoblado era lento y suave. La arcilla de su cuenca y el rigor de aquel aire seco habían moldeado cárcavas durante siglos.

Llegué así a ver un pueblo sobre una breve colina, la única elevación a que alcanzaba la vista. Dominando el conjunto, sobresalía el castillo más grande que había visto en mi vida, una mole cuadrada de piedra coronada por almenas. Las pequeñas casas blanqueadas parecían gorriones a la fuga del halcón. Padre decía que, habida la pólvora, los castillos y los caballeros eran ya inútiles, y sentí una gran pena. No porque aquel castillo fuera como una cáscara de huevo hueca, sino por tener que añadir un nuevo bocado de realidad a mi maltrecha fantasía. Me aproximé a la aldea atento a los perros, con el bastón en la mano. A la entrada había una fuente y un bebedero para animales. Dos viejos, que tomaban el sol junto a un galgo añoso, observaron mi llegada sin aparente interés. Mi sayo nuevo de lana gruesa y las calzas rústicas del monasterio eran pobres, pero no parecía un mendigo, sino quizá un sirviente o el hijo de algún comerciante que aguardase más allá. Pensé que, así como en las montañas era noticia la aparición de algún viajero, en las tierras bajas del sur el ir y venir era asunto cotidiano. La entrada de aquella aldea daba acceso a una vía desierta a esa hora, y a otra que subía en dirección al castillo, en el que ondeaba un estandarte.

Anduve hacia él. ¡Caballeros, damas, trovadores y magos! Tal vez fuera el último castillo, pensé. Los trovadores no podrían desaparecer sin más, ¿verdad? Si desaparecían los castillos, a algún sitio tendrían que haber ido. Tras un corral de barro en el que rezongaba una piara de cerdos, reconocí la enseña y me detuve en seco. Entre las almenas rotas, como los dientes de un viejo, lucía una bandera blanca y roja: una camisa. Volví atrás.

—¿Podría decirme vuaced adónde lleva este camino? —pregunté de vuelta al río.

—¿Por allí? —respondió un aldeano que tejía un cesto a la puerta de su casa mientras señalaba el sendero con la nariz—. A León. ¿Vas a la feria de ganado, pequeño? ¿Adónde vas tan apriesa? ¿Dónde está tu padre?

—Atrás. Gracias.

Ya lejos de la vista del castillo, robé algunas acelgas y un puñado de ajos tiernos de un huerto que había en la ribera y proseguí mi camino en dirección al sur. El tiempo era cada vez más benigno y se alargaban los días. Sentía que dejaba el peligro atrás. La naturaleza se desperezaba y los cielos se llenaban de pájaros que volaban en círculos por toda la campiña, aún áspera por la falta de lluvias. Me oculté una única vez de lo que parecía un grupo de la Santa Hermandad, que distinguí por las picas. De cuando en cuando aparecía algún hombre con un animal de herradura. Hasta que oí el tañer del esquilón. Un pastor se desplazaba por la linde del bosque con un grupo de cabras. Parecía muy joven, y canturreaba una canción que supe que iba a recordar siempre, me gustara o no.

—«Salí peregrino de en cas de mi madre. Topé dos caminos, del bien y del male…».

Al verme, se quedó inmóvil, pero no aparecieron mastines, ni me tiró ninguna piedra, por lo que no escapé.

—¡Tarantantín! —gritó.

—A la paz de Dios. ¿Me podría decir vuaced adónde lleva este camino? —le pregunté.

—Tarantantín, Tarantantíííííín! —chilló de nuevo.

«Otro loco. Vive Dios que los atraigo», me dije, dispuesto a echarme a correr.

Pero a la vera del pastor apareció un gozque chico y peludo que se limitó a menear el rabo.

—¡Taraaaaaaaaaaantantín! ¿Dónde te metes, fulastre? —dijo, mientras le palmeaba la cabeza—. ¿Qué haces aquí? —curioseó, después de saludarme.

Señalé el camino y me encogí de hombros, algo molesto por su franca sonrisa. A esas alturas, desconfiaba hasta de mis narices.

—¿Y tus padres?

—Mis padres no viven ya, y voy a hacerme soldado —dije, seco, con el fin de impresionarle.

El pastor me observó con extrañeza. Arrancó un trozo de hierba y lo arrojó cerca del can, que observaba atentamente la conversación.

—¿Y adónde va a alistarse, si puede saberse, una *esmirriaja* como tú?

—En la corte del Rey.

El pastor abrió mucho los ojos, perplejo. No tendría más de diez años, pero me sobrepasaba por un palmo. Me erguí todo lo que permitía mi menguada anatomía y puse la mano sobre el pomo del cuchillo con objeto de ofrecer una apariencia caballeresca.

—No pretendía ofenderos, aquí a todo lo chico lo llamamos *esmirriaja,* como a Tarantantín. —Señaló al perro—.

Pero… ¿cómo sabes dónde está la corte del Rey? —dijo el pastor.

—No lo sé.

Me observó, indiscreto, juzgando mis pobres ropajes.

—Nos quita una cabra de cada dos. Y, si te alistas, te pedirá seguramente una pierna y un brazo.

Callé. El pastor amplió su sonrisa. Cerca del río, donde las cabras podían beber y campear a gusto, compartí con él los ajos tiernos que me quedaban. El mozo cuidaba las cabras para alimento de los peones que trabajaban en el canal. Se llamaba Pedro Ximénez. A cambio, me dio agua y contó que el castillo de Valencia de Don Juan había cambiado de manos porque el cuñado de su dueño lo asedió. También que el aspirante al trono de España se hallaba en Valladolid para que lo juraran como rey. Que tenía diecisiete años, y que era extranjero, por lo que no sabía ni nombrar su propio trasero en buen español. Cuando le pregunté maravillado cómo sabía todo eso, me dijo que las noticias corrían lentas pero seguras junto a las ovejas en la ruta trashumante que cruzaba España.

—Los borgoñones tienen todas las sinecuras ocupadas, además de las tabernas. Aquí me ves, cuidando cabras cuando tenía que estar sirviendo también a algún señor castellano. Lo único que nos queda es marchar a las Indias.

Me contó que mucha gente de Medina del Campo ya marchaba para allá. Pues no había espacio para repartir las escasas y pobres tierras de cada familia entre todos sus hijos. Me dijo cosas que ya había escuchado en boca de fray Bernardino: cómo aventureros intrépidos habían cruzado el mar hallando riquezas y maravillas sin cuento. Para ello, el mejor camino era acudir a Sevilla, donde, según me dijo, a uno lo matan por media pieza de vellón sin mediar palabra.

—He visto a dos volver de sus calles más flacos que un perro y más muertos que vivos porque no pudieron alistarse.

Me despedí del zagal con esperanza. Había podido hablar con alguien. ¿Un rey español que solo hablaba en parla extranjera? ¿Un bosque que se mecía en medio del mar? ¡Qué cosas extrañas me había contado! Pero los rumores excitaban mi imaginación. La corte se encontraba a menos de dos días de camino.

Busqué la posición del sol a través de las nubes y seguí el sendero hasta dar con el desvío que llevaba al sureste. Perdí precaución al caminar, por lo que fui sorprendido al poco por una pareja de hombres, bien vestidos y armados, que cabalgaban altas monturas. Se parecían a aquellos viajeros asesinados por los ladrones que encontré al bajar de las montañas. Hablaban también un dialecto incomprensible. Hice ademán de saludar, pero prosiguieron sin inmutarse. Al llegar a un camino más grande y liso, que en comparación con el llano hervía de viajeros, fui cruzándome con aldeanos que viajaban a pie o en borricos de escasa alzada; comerciantes que, a lomos de mula, portaban paquetes bien atados... Sobre un altar con ruedas, tras un cochero de látigo fácil, viajaba una mujer cariazogada en afeites... Algunos hijosdalgo vestían de negro y blanco y llevaban al costado pesadas tizonas carentes de adorno. Otros vestían plumas y ropajes que proyectaban brillos al moverse, como las alas de una libélula o el caparazón de los escarabajos. También había chiquillos y hombres como yo, descastados que avanzaban por los laterales del camino llevando lo puesto y quizá un saquito atado a una vara. Vi asomar los pies de uno de ellos bajo un manto de cuervos. Después de la experiencia en los caminos de Sahagún, me fajé el cuchillo de cocina al cinto y decidí evitarlos haciendo ruta campo a través.

Después de atravesar un baldío, ya muy lejos del camino, llegué a un campo de encinas. Me adentré un buen trecho en la esperanza de encontrar alguna bellota que hubieran dejado los *senglares,* pero estaban secas y solo quedaba la cáscara. La dehesa se ensanchaba hacia el oeste en un amplio campo abierto, al que accedí, tras superar un muro, para arramblar un cardo. Había grandes toros y vacas pastando. Al contrario que los del norte, pensé, aquellos animales eran negros como la noche. Rebusqué en el suelo para llevarme a la boca algún resto. Fue entonces cuando, entre la hierba, vi una oscura masa tras un arbusto de jara.

La bestia resopló y mi susto bastó para que se arrancara como una montaña en movimiento. Abandoné mi hato, dejé caer la manta y el cuchillo y corrí para salvar la vida sorteando arbustos y piedras. Con el aliento de la fiera en los talones, alcancé una encina baja. Perdí un zapato, y el toro —asesino como yo— se paró bajo su copa escuálida, observándome.

Encantorio gitano de olla con peras y garbanzos mágicos

Poner a remojo garbanzos y las judías blancas, por separado, durante la noche. Apartar antes cuarenta y nueve garbanzos crudos. Al día siguiente se pone una olla al fuego con el agua, y cuando empieza a hervir se le echan los garbanzos y las judías blancas (exceptuando los reservados). Mientras se deja cocer a fuego suave, escribir en un papel el deseo, y ponerlo en uno de los platos. A los veinte minutos agregar a la olla judías verdes limpias y troceadas, la calabaza y las peras, cortadas en cubos, todo ello procurando que no paren de cocer los garbanzos y las judías blancas. Se fríen en aceite una rebanadita de pan y el ajo, y se reservan. En el mismo aceite se fríe la cebolla picada. Machacar en el mortero azafrán, ajo, pan frito y las almendras hasta que quede todo en una pasta fina, añadir el sofrito, el vinagre y un poco de pimienta molida y la leche. Se mezcla todo y, cuando los garbanzos están a media cocción, se añade a la olla. Cubrir el papel con una capa fina de algodón húmedo y poner encima los granos que se apartaron. Comer de la olla, y esperar a que broten los garbanzos mágicos. Cuando esto suceda, el anhelo se cumplirá.

Popular

Capítulo 17

—¡Eh! ¡Uah¡ ¡Quia! ¡Vete! ¿No ves que no tienes nada que hacer? ¡Quia! ¡Uf, uf! Escucha, toro. Vete. Busca por allí la hierba fresca... ¿Está reseca? ¿Por eso se te ponen esos ojos de loco? ¿A qué resoplas?

Era la segunda vez que me veía preso en un árbol.

Era un animal grande. Tan oscuro que la luz en su flanco tenía un tono azul aterciopelado que dibujaba formas sobre su cuerpo sólido y musculoso. Sabía, por lo que me había dicho padre, que el toro era un animal tranquilo si no lo molestaban, y que solo algunos, a veces, atacaban para matar. Lo hacían también las vacas cuando tenían un becerro cerca. No alcancé a ver becerros, y ese animal era un macho de formidable hechura y criadillas en consonancia, pues aquel estúpido bicho tenía los cojones como cencerros. «Vive Dios», me dije. Esperé mientras desentumecía al aire los dedos del pie. El morlaco pastaba ajeno a mi presencia y, de vez en cuando, me dirigía una mirada atravesada. No pude escapar hasta que se hizo oscuro, tal vez porque me atreví al no verle, o porque el toro duerme como el ser humano. Me acurruqué en una depresión cercana a la vereda y comencé a sentir el peso de esa conocida amiga. «Aquí estás, hambre», me dije.

Tras levantarme al día siguiente, seguí caminando sin mirar atrás, un día y otro, bebiendo de arroyos y charcos. Frente al horizonte raso, volvieron los recuerdos. Empleé mi viejo truco para olvidar, y cuando las canciones me cansaban, hacía uso de las complejas estrofas de Marco Gavio Apicio. Siempre hacia el sur, y con aquel aderezo que trae el vagabundo, pude apreciar de nuevo el trébol, la raíz de bardana, las espinas del tojo y el regusto a viejo de la cuerda que hacía las veces de cinturón. Incluso el repugnante gamón blanco, la yerba que tapiza la antesala del infierno, y que los romanos plantaban cerca de las tumbas para que los muertos pudiesen alimentarse de ellas, me fue grato, pues venía aderezado con aquello que hace apetitoso cualquier yantar. ¿Pues qué otro condimento hace golosina de lo hediondo y delicia de la chamusquina? Fray Tomás la llamaba la salsa de san Bernardo: la gazuza.

Al poco, comenzó a pesar esa hambre postrera, aquella que quita el ansia, hace que te rías solo y que, de pura debilidad, te abandones a un estado liviano, de éxtasis, que no es tal, sino abrazo de la muerte. Las noches fueron frías y, a causa de mi debilidad, creo que cogí fiebres. Soñé, en mi escondite a la vera del camino, con fuegos fatuos y duendes que no eran duendes, sino demonios que bailaban entre risas. Noté un dolor agudo y, al despertar sobresaltado, vi a la fría luz de la luna dos ojos que me miraban, y luego unos dientes.

—Mia que despierta.

Retrocedí. El cuchillo lo había dejado atrás, en el campo de aquel toro, y tomé una piedra, pero lo que tenía enfrente no era más que un niño de piel oscura y pelo de fauno. Al fondo, tras él, resplandecía el campo, teñido de un rojo oscuro que ampliaba las sombras. El niño rio. Dio un paso, me tomó de la mano y me condujo a un claro del encinar, junto a una hoguera enterrada en el suelo. A su alrededor había hombres y mujeres tan extraños que bien podrían venir de la Luna o del reino de los partos. Vestían harapos que mezclaban con pañuelos, prendas de colores, amuletos y plumas. Había un hombre, de cabeza grande y piernas arqueadas y deformes, que tocaba un instrumento que rasgaba con un palo; y otro moreno, de ojos negros como tizones, que empleaba una flautilla a la que arrancaba trinos llenos de misterio. Tres niños de muy corta edad jugaban en el suelo. Junto a la hoguera, un grupo de hembras preparaban algo en una marmita. Detuvieron sus risas al verme.

El más viejo, que estaba sentado sobre un tocón quemado, tenía la voz rasposa, un chaleco con cuentas de hueso, barba luenga y el cabello cano recogido con una cinta. De su oreja izquierda, que asomaba entre el pelo hirsuto, pendía un zarzillo de mujer. Me acercó a la hoguera e hizo ademán de meterme los dedos en la boca para examinarme los dientes. Cuando hice el amago de huir, adelantó la mano con la palma abierta y me dijo que no temiera.

—Somos viajeros, como tú —añadió—. ¿Te abandonaron?

—¿Quiénes sois? —salí del paso, sin saber qué responder.

—Somos juglares —dijo.

—Y también gitanos —agregó la voz del que, a pesar de ser más bajo que yo, tenía barba.

Alguien me puso un cazo caliente en las manos.

—Come. Tenemos mucho —dijo el viejo, halaguero.

Asombrado por la generosidad de aquellos vagabundos, y por la impresión de hallar a otro hombre menudo, me senté junto al fuego. La sopa tenía yerbas que no conocía, y hablaban en una lengua extraña. Temí que aquello fuera una reunión de brujos. Aun así, comí. Cuando desapareció la luna, sacaron flautines, castañuelas y bandurrias.

Una de las mujeres, de tez morena y pelo negrísimo, se puso a bailar junto al fuego. Sus manos se movían como si tuvieran vida propia. Parecía ahora furiosa, luego dulce, solícita o apasionada. Bailaron otras gitanas, hasta mucho después de que desapareciera la luna, pero ninguna como esa.

Al fin, cuando yo ya bostezaba, el viejo se sentó a mi lado.

—¿Quieres venir con nosotros? Puedes servir con tu don.

—¿Qué don?

—Eres pequeño. Como Trifón. —Y señaló al hombre pequeño de cabeza inmensa, sonrisa franca y nariz achatada.

Los gitanos, supe luego, estaban mal vistos. Según la ley, no podían ser vagabundos, pues incluso para estos era obligatorio arraigarse. Sin recibir acomodo en ninguna parte, viajaban con los hijos a cuestas. Sus hatos pendían de dos palos que arrastraban por falta de ruedas. Hijos del viento, vivían de su arte y de pequeños robos. Se camuflaban junto a los miles de mendigos que abundaban en los caminos, o las compañías ambulantes que ofrecían entretenimiento de villa en villa, buscando la protección ocasional de nobles a los que ofrecían adivinación y entretenimiento. Según decía el más viejo del clan, al que respetaban mucho, habían abandonado la India y de allí deambularon hacia Persia y el mar interior, que alimenta un río gigante al que llaman Volga. Después de un largo recorrido que había durado generaciones, recorrieron Armenia, Bizancio, Siria y África del Norte, para finalmente aparecer en España tras cruzar el estrecho de Gibraltar. Desde entonces, contaba el viejo del zarcillo —al que llamaban tío Pacón—, zigzagueaban de camino en camino, de ciudad en ciudad.

Entre ellos se encontraba Criptana, la bailadora, que era la morena a la que había visto y que no tenía par en el mundo; el enano Trifón, juglar de los llamados *zaharrones,* que utilizaba disfraces y gestos grotescos en sus espectáculos; Donato, el tocador de laúd, cantaba, ya viajara a pie o en el carro. Nunca había oído música igual. Era como si aquellos gitanos hubieran aprendido a jugar con el sonido como hacían los pájaros.

El Matuco, un hombre zanquilargo y fibroso, era su jefe, aunque era el tío Pacón a quien todos pedían consejo. Cocinaban, cuando podían, platillos que les eran propios, como el arroz con hinojos, del cual decía el tío Pacón que lo aprendieron cuando andaban por el Oriente. De otras viandas, como la *tahina* o el *bulgur*, que habían dejado atrás junto a las tierras que transitaban, solo recordaban el nombre. Si en el camino veían algo que podía comerse y no tenía vigilancia, lo tomaban.

Cuando encontraban un algarrobo lleno de frutos, como el que hallaron al día siguiente, allí acampaban, mientras pudieran alimentarse de él. Nos llenamos la barriga de sus frutos fuertes y untuosos mientras hacían el guiso y uno de los suyos —siempre había algún viejo o niño dispuesto, cuando callaba Donato— tocaba la chirimía. El día pasó con esos entretenimientos y esa misma noche una vieja que tenía un solo ojo me echó la buenaventura. Dijo con extrañeza que mi línea de vida no mostraba final. Me cambiaron la túnica por un sayo que había sido de Trifón, y con esta, Celina (que era la mujer de Trifón, aunque no era enana) se hizo una camisa. Avancé con ellos una semana, haciendo eses hacia el este, a través de aldeas miserables, como la de Fuentes de Nava, donde unos pocos niños descalzos y algunos pastores nos vigilaron hostiles hasta que nos alejamos. Llegamos luego a Villalón de Campos, y Becilla y otros pueblos mayores. Nos desplazábamos por la noche, para no tener malos tropiezos con alguna tropa de hombres de algún señor quisquilloso, o de la hermandad, pues sus extrañas y pobres vestimentas heredadas de mil sitios delataban su condición de buscavidas itinerantes. Criptana, la bella bailadora, era muy estimada, porque, aunque las monedas que arrojaban al gorro que los músicos ponían en el suelo eran escasas, mientras ella atraía la lujuria de los lugareños y Trifón llamaba la atención con sus burlas, los niños y las viejas solían hurtar monedas (e incluso alguna gallina).

Para ellos, los seres humanos se dividían en gitanos y payos. Cualquier robo o fraude solo era considerado delito cuando se llevaba a cabo a expensas de otro gitano. «Hay más ladrones en España que pulgas en un perro —decía el tío Pacón—, pero los que más roban no son los viajeros, sino los hombres que visten de tafetán, y el que más, el banquero del rey. Que son ellos los que pagan las guerras a cuenta de préstamos, y eso les obliga a guerrear más. Es invento antiguo, la guerra y las naciones», sentenciaba, frente al fuego, el viejo.

Dormían apartados, y vivían en secreto, como esas alimañas que para el burgués no tienen derecho a vivir. Tenían predilección por los astros, en especial el Sol y la luna llena. Entonces llamaban a Dios, que no era hombre para ellos, sino mujer, y llamaban a la Tierra como Deleveliski, que significaba «madre divina». Con frecuencia, se referían al «yoni» de las gitanas (especialmente al de Criptana cuando bailaba), que es la cosa mágica que trae a los gitanos al mundo. Sus mujeres tenían un fuerte, aunque distinto, sentido del pudor, y daban de mamar en público con el seno descubierto.

—Cantarás —me dijo el jefe, después de unos días.

—Pero… —tragué saliva— yo no sé cantar.

Donato y Trifón, que estaban cerca, intercambiaron un gesto de entendimiento.

—Si no lo haces nunca, ¿cómo aprenderás? —respondió el viejo Pacón, siempre agudo.

—Buscaremos las carretas, en el camino real, y cantarás a la que te señalemos —dijo Donato.

—Los carreteros no tiran monedas.

—¿Acaso los pájaros esperan algo cuando cantan? —dijo el viejo.

Me enseñaron un cante que mal remedé, y a la mañana siguiente me pusieron en camino junto a un grupo de gitanos jóvenes mientras las mujeres y los viejos esperaban con sus bultos, a resguardo.

—El horizonte está a una legua. Menos para ti, si eres pequeño. —Donato afinó la vista hacia el este—. Si ves algo que se mueve a una legua, aunque parezca que tienes tiempo, mejor será que te pongas a correr.

Al fin, apareció un punto a lo lejos, que fue creciendo.

—¿La ves? —dijo señalando dos bueyes uncidos a un armatoste con ruedas—. Corre. Nosotros vigilaremos aquí escondidos.

Así, fui tras la carreta. Venía llena de bultos, un marrano y algunos cochinillos en una jaula. Iban dos hombres al frente y, al verme, el que tenía libres las manos tomó un arma que portaba entre los pies. Pedí limosna y, tal como me instruyeron, comencé a cantar y a hacer cabriolas, a pesar de que el hombre del chuzo intentó ahuyentarme acercando a mi cara la moharra.

—¿A quién contaré yo mis quejas? ¡Mi lindo amor!

—¡Tira *p'allá,* mocoso! ¡Largo!

Entonces intuí, más que ver, a mis nuevos amigos. Salieron de los arbustos que crecían junto a unas rocas que sorteaba el camino y corrieron silenciosos tras la carreta. El castigo a los salteadores de caminos, aun niños y ancianos, era la horca, o amputación de una mano. Por miedo a que les descubrieran, seguí cantando sobre los gruñidos que salían de la jaula y que se elevaban sobre las protestas del carretero.

—¡Fuera! —gritaba.

Una de las cajas que llevaba la carreta cayó, y con ella la atadura del cerdo y los cochinos, armando un cisco. Uno de los hombres me culpó de aquel desmán y saltó al suelo chuzo en mano. Los gitanos, sin ser vistos, desaparecieron en los zarzales mientras el carretero abandonaba el chuzo para dar caza a los lechones. El otro agitó una hachuela dispuesto a descabezarme con ella y hui por poco. Corrí campo a través, y luego, cuando vi que ya no estaba el carro, di una larga vuelta en busca de mis protectores.

Pasamos un poblado llamado Becilla con nuestro botín: un lechón que había escapado del ojo vigilante de los carreteros. Llegamos a una vega repleta de flores sobre la que se alzaba un antiguo puente de piedras redondeadas por los siglos. Armaron la fogata allí mismo, lejos de la mirada de alguaciles y viajeros, y comenzaron los preparativos del campamento: sacar bultos, preparar lechos, buscar leña, agua para el caldero, y llenarlo con el pobre condumio de la cena, pues el cerdito era sagrado hasta que engordara. No había mantecas, tocinos ni ningún otro avío que no fuera verde que echar al potaje. Todos los gitanos lucían flacos aquel marzo, e incluso Criptana había perdido su forma de cántaro, y Donato trocaba, medio en serio medio en guasa, a su musa por una morcilla mientras, encandilado, miraba al cerdo.

«Morcilla alaguera con grasa, / derrite la lengua el sabor, / derrite blandura la mezcla e gordura, / llena mi boca e calor / que quita lo amaro, / que suda caliente, / salada crujiente...», cantaba Donato, y buscaba al final algo que rimara con «Dios todopoderoso», hasta que le censuró el tío Pacón. Este nada decía sobre si las canciones eran algo picantes, pero no admitía que mezclara la religión con la morcilla, no fuera que por culpa de una estrofa acabaran todos en manos del diablo o del Santo Oficio.

Como todas las noches, ayudé a desmigajar pan y limpiar los frutos que echar al puchero: berzas robadas de los huertos, algún garbanzo, alubias y tagarninas —*carduos* para los romanos que habían construido aquel puente—. Era esta una sabrosa yerba de flores amarillas que nace en herbazales y sembrados pobres (y, como suelen las cosas gratas, luce espinas). Las gitanas no sabían que esos *carduos* se podían comer. Me ofrecí a cocinarlos y expliqué que eran más sabrosos cuando estaban en flor. Se asombraron cuando les recité cómo los cocinaba un hombre nacido hacía más de mil años: *Rutam, mentam, coriandrum, feniculum, omnia viridia teres.* Abrieron los ojos como platos, y una gitana me hizo el signo de protección contra el mal de ojo, antes de llamar a las niñas para que se alejaran del caldero.

Andaba limpiando las hojas carnosas y de sabor ahumado de las berzas, mientras los viejos del clan discutían, cuando se me acercó el tío Pacón y me invitó, con una reverencia grave, a que le siguiera. Más allá del claro, tomó asiento en un tocón de tierra y apoyó ambas manos en el nudo de su vara. Tras él, a tiro de piedra, nos observaba el Matuco. Algo más lejos, la vieja tuerta dirigía una explicación a las mujeres, que me observaban a distancia mientras me dedicaban toda suerte de cruce de dedos y otros signos mágicos.

—¿Qué hacen? ¡Están tirando el caldo? —dije al ver que las mujeres arrojaban las berzas con tagarninas.

—Dicen que trae mala suerte —dijo el viejo—. Que haces magia —sentenció.

Comencé a hablar, pero el tío Pacón alzó la mano.

—Me han elegido a mí para que os hable porque soy viejo y me queda poco —dijo con solemnidad—. ¿Qué quiere vuestra merced de nosotros?

—¿Qué?

Apretó el puño izquierdo, que ocultaba una cabeza de ajos. Me miraba con respeto..., temor quizás.

—Dicen que no venís de este mundo. Que sois un Beng. Y que por eso, aunque crezcáis lento, no parecéis enano, por más que sois pequeño y no tenéis línea de vida. Dicen que eso explica que entendáis lenguas muertas, pues lleváis mucho tiempo en la tierra. Os repito, con respeto, ¿qué quiere vuestra merced de nosotros?

—No soy un demonio —respondí, asombrado.

—Eso es lo que diría un demonio. Queréis confundirme —dijo Pacón, con un brillo de inteligencia en los ojos.

—Eso que dije era latín. Apicio, una receta de cocina. Os aseguro que no...

—Márchate, Beng. Marcha en paz, que nada queremos contigo —dijo el viejo—. Te daremos nuestra mayor riqueza, para que tu espíritu no nos persiga.

—Escuchadme.

Pacón se tapó los oídos con las manos. Los gitanos se habían congregado en torno al Matuco, atentos al resultado de nuestra conversación, aunque a aquella distancia no podían oírnos. Algunos de ellos portaban hachuelas y cuchillos.

—Perdóname, alma inmortal. Si te oigo, me llevarás contigo. Soy viejo, pero quiero ver crecer a mis nietos.

—¿No me entendéis? —insistí—. Digo que no soy un...

En ese momento, el enano Trifón se inclinaba frente a mí con reverencia y depositaba el cerdo a mis pies.

—Es para vos —dijo.

Soltó al cerdo, que echó a correr hacia una mata de arbustos.

—¡Cógelo, Beng! ¡Que se escapa! ¡Matuco! ¡Que no huya!

Corrí tras el valioso cochino. Cuando regresé al claro, los gitanos se habían ido y volvía a estar solo. Nada podía tener contra ellos si debían robar para vivir, salvo que me hubieran abandonado por confundir recetas con encantorios. Al día siguiente el sol caía a plomo sobre la hierba amarilla, los cardos y las cigarras. Junto a algún ave carroñera, fueron la única presencia, hasta que al mediodía alcancé a ver algo en el camino. Era el rosado cochinillo.

—Cerdo —le hablé.

No parecía temer de mí. Siguió a lo suyo, que es lo que hacen los cerdos: poner gran interés en lo que hay por el suelo y echárselo para adentro. Guardaba tres bellotas en el bolsillo y las mostré sobre mi mano abierta. El cerdito se acercó y, con toda naturalidad, se hizo con ellas. Ya no se separó de mí. A ese cerdo le conté mis cuitas y esperanzas, y al cabo de unas pocas leguas ya era el mejor amigo que había tenido. Era curioso, inquieto y sus ojos vivos daban muestra de gran sutileza e inteligencia. Me pregunté si cuando llegara a la ciudad, y me hiciera soldado, podría hacer de él mi compañero, tal y como les sucede a otros con sus perros o sus caballos.

Dormíamos Babieca —que es el nombre que puse al cerdo— y yo en un corral derruido cuando me despertó una voz.

—A la buena de Dios —oí en una voz de hombre.

Llevaba un sombrero oscuro de lana y capa muy raída.

—A la buena de Dios —respondí mientras me ponía en pie.

El que acompañaba al del sombrero era un rufián de sayo rojo y nariz rota que se limpiaba las uñas con un cuchillo. El tercero, junto a los restos de un bebedero, estaba en cuclillas, cortando el paso a Babieca, que hozaba en un rincón.

—Espera, niño. ¿Adónde vas? —dijo cuando me lancé hacia Babieca…

—Voy a Valladolid.

—¿Y tendrás un trozo de pan? Párate quieto y deja al bicho.

—Es mío.

Reconocí lo que iba a suceder en cuanto el del sayo rojo se puso a reír. Intenté correr y el ladrón fue más rápido que yo. Sin parar en mientes, de dos zancadas me agarró por el pescuezo y, antes de que acabara de quejarme, me dio tal golpe que volé un buen trecho.

Entonces oí desde el camino un «buenas tardes» que dejó a los salteadores sin habla. Tras un murete bajo, con la heroica silueta recortada a la luz del atardecer, apareció un joven y elegante caballero. Todo lo que tenía yo de menudo lo tenía él de apuesto. Lucía una pluma de garza en el sombrero, bigote encerado sobre una hilera regular de dientes blancos y un hoyuelo en la barbilla, enmarcada por dos patillas perfectas.

—Digan vuestras mercedes qué negocio se traen con el pobre zagal.

—Ándate, gañán, o tú también recibes —galleó el de la nariz rota.

Comencé a contar lo de Babieca, y recibí otro puntapié.

—¡Eh! —gritó el caballero.

Desenvuelto, caminó hacia los bellacos mientras desenfundaba su acero con una floritura.

—¡Atrás, truhanes! —rugió.

El cochino aprovechó la oportunidad para escapar. Quise incorporarme y recibí una patada en la espalda, lo que me impidió seguirle. Oí una maldición bronca y metal contra metal.

El joven caballero luchaba espada en mano, y parlaba que era un gozo escucharlo.

—¡Atreveos conmigo, truhanes, y no con un niño! ¡Que no hay honor que un cristiano viejo no pueda lavar con el acero, vive Cristo!

Y fueron muchos «vive Dios», «a fe mía», «por mi honra» y «voto a tal», pero al final oí un ruido sordo (toc) y un bastonazo (pof). El caballero joven cayó al suelo.

Desperté cuando el sol ya se escondía. Tenía un buen chichón. Me dolían las costillas de tal modo que no podía doblarme y lamenté vivir en una tierra con más forajidos que conejos. En diez o veinte generaciones, España podría llegar a estar libre de ladrones. Pero lo dudé porque, si todos los caballeros acababan como el que había pretendido salvarme, aviados estábamos: le habían quitado las botas, el sombrero, la espada, la bolsa y los calzones, y parecía que no respiraba. Entonces recordé a Babieca. Y me puse a buscarlo, sin éxito. Cuando volví sobre mis pasos, ya no había nadie: el caballero heroico, para guardar su honra tal vez, había preferido desaparecer sin despedirse, con tal de que no le vieran en pelota.

Vagué durante dos días. Busqué setas a la sombra de un berrocal para mitigar el hambre, pues los caminantes humanos eran peor que cabras: no habían dejado espárrago, trébol ni hinojo en todas las leguas que anduve. Al pie de un olivo seco, junto a un canchal del que huyó una lagartija, hallé una que parecía un huevo. Era un tubérculo compacto, de superficie abombada cubierta de escamas, y se me hizo la boca agua. Ya estaba hincando el colmillo cuando me detuve a medias: el bulbo aquel amarilleaba en su base y podría ser no la amanita dulce, sino el falo de perro. ¿No era demasiado rugosa la superficie de la corona? Entre duda y hambre, recordé la advertencia de fray Tomás: «Los bulbos son como los recuerdos. Algunos pueden ser sabrosos; otros, malos, y el último, matador». Reparé luego en la lagartija, que había vuelto a su atalaya. Era menuda. Verde, con listas amarillas. «El lagarto, troceado en la cazuela y bien limpio, se seca con un trapo, y se fríe», pensé, recordando cierta receta de un monje de La Serena. Aunque no tuviera miga de pan, ajo ni vinagre, fui tras ella, dispuesto a comérmela cruda, pero vive Dios que era rápida. Luego vi otras, y hasta un lagarto verdadero que bien podría pesar tres libras, pero todos escaparon a pesar de mis esfuerzos.

Si fue gran trabajo pasar hambre, peor fue la sed. Los campos no se acababan y, al contrario que en las montañas, era raro hallar arroyos o charcas que no estuvieran secas. Al final del segundo día, bajando una suave colina, divisé un regato. Más allá, un río de buen tamaño. Tras él, rodeada de campos sembrados, la ciudad de Valladolid. Miré tras de mí: el camino estaba desierto. Después de calmar la sed, tomé una brizna de hinojo para espantar el hambre y me eché entre las sombras de unos álamos.

—Hola —oí.

Salté a un lado y cogí un canto rodado.

Me saludaba un chico más alto que yo y moreno, que tenía media melena de pelo revuelto. Me puse en pie sin responder.

—Aguarda, que no voy a robarte —dijo, mientras observaba cómo me ponía en guardia.

—Nada tengo que me puedan robar.

—Siempre hay algo —respondió—. La vida puede quitarse también. ¿Acampas aquí? —dijo, riendo, para que no tomara su frase en serio.

—Marchaba ahora.

—Pues no lo parecía —respondió el chico, complacido, frente al lecho de hierbas altas que crecían bajo los árboles—.

Este es un buen sitio. Me llamo Francisco Priz. Para serviros —dijo, tomando asiento—. ¿Te diriges a Valladolid?

Asentí con la cabeza. Francisco llevaba una abultada bolsa. Vestía una camisa amplia, que una vez había sido blanca, y un jubón de piel. Sus calzas eran negras y no tenían descosidos ni roturas. Observé con precaución el cuchillo que llevaba enfundado en un cinturón ancho, pegado a la barriga.

Francisco sacó de su bolsa una bota de vino, que me ofreció, un trozo de pan, yesca, y mostró los cuartos delanteros de un cochino. Estaba condenado, por lo visto, a que se comieran a mis compañeros de juegos.

—Lo encontré en la vereda a mediodía. ¡Con una pata rota! ¡Puedes creerlo! No te preocupes, que yo convido. Aún queda mucho cochino y mejor acabar con él. Recoge leña, que yo hago la lumbre.

Busqué algo de tomillo y romero. Comió con deleite Francisco el cochinillo asado con aquel aderezo, y al final mi congoja por la suerte de Babieca cedió al apetito, antes de que el pícaro se lo comiera todo.

—¿Has ido a León?

Negué con la cabeza mientras mordisqueaba un codillo.

—Vengo de la feria.

A aquellas alturas de mis cuitas, ya andaba avisado de confiarme a nadie. Pero el fuego chisporroteaba alegremente, y la sonrisa de Francisco me ablandó. Le resumí mi historia obviando el monasterio. Dejé a mi lado una piedra del tamaño de mi puño, sin embargo, no fuera que aquel simpático muchacho quisiera quitarme los calzones o lo que aún pudiera sacar de mí, que era poco. Y andaba pensando en aquello cuando Francisco abrió su bolsa y extrajo una fina cadena de oro con una medalla.

—Mírala.

La cadena brillaba a la luz del fuego como si tuviese vida propia.

—Es de oro.

—¿Por qué me la enseñas? ¿Dónde la encontraste?

—En la Feria de León. ¿No has oído hablar de la feria? Celebran el fin del tributo de las cien doncellas. Veo que tampoco oíste hablar de eso.

Francisco asintió, satisfecho de tener compañía.

—Hace casi mil años, un rey tomó el trono asturiano con la ayuda de Abderramán. A cambio se comprometió al pago de cien doncellas al año como tributo. Por ello los suyos lo mataron. Cuando el sucesor de Abderramán reclamó a las hembras, el rey Ramiro se las concedió. Pero, para que no le sirvieran como él quería, las sirvió mutiladas. Se levantó en armas, y el día de la batalla apareció junto a él, sobre un caballo blanco como la nieve, el propio apóstol Santiago. Desde entonces, ese día es feria en León.

—¿Y por qué entregó a las doncellas mutiladas si iba a declarar la guerra?

—No lo sé. Dicen que fue así —dijo Francisco, y escupió en el fuego.

—¿Eres un juglar?

—Cuando es feria, los hay en León a centenas. Hay mujeres hermosísimas, que bailan. Y corre el vino. En la plaza, los mandaderos del concejo espetan un buey y reparten tasajos sobre pan crujiente, y andan por todas partes Guzmanes, Castros y Quiñones, que van hasta las trancas de horquillas, garzotas, broches y más damasquinos que un sultán turco.

—¿Y allí te dieron la cadena?

—La cadena la robé —enfatizó, como si fuera una broma.

Puso la mano sobre su puñal, y vio que yo echaba mano a la piedra.

—Un ladrón no roba a otro ladrón.

—Yo no soy un ladrón —dije.

—¿Tienes algo en contra de los ladrones? —rio Francisco.

—No —dije con la vista puesta en su cuchillo.

—Pues bebe, que aún queda algo en la bota.

El enésimo ladrón de caminos que encontraba comenzó a explicarme su historia, parecida a tantas otras: abandono, soledad, golpes, hambre..., mientras miraba cómo languidecía la hoguera. Luego, se tumbó, y se quedó dormido. No supe qué hacer durante un rato, pero al cabo le imité. A la mañana siguiente avivé los rescoldos, pero de Babieca no quedaban más que los huesos. Saqué la menta y el hinojo que aún guardaba bajo la camisa y se los ofrecí a mi compañero cuando me dio los buenos días.

—¡Eres un conejo! ¿Coleccionas hierbas?

—Ayudan a engañar la barriga.

Francisco masticó una hoja de menta y sonrió mostrando su excelente dentadura. Luego se puso a romper huesos con una piedra y los colocó sobre el fuego. La sustancia de su interior, que da sabor a los caldos, era de color blanco. Rica, esponjosa y sangrienta, tenía un sabor parecido al de la nuez.

—Peor es nada —dijo Francisco—. Y, aun siendo poco, lo apreciarían en la corte de Valladolid.

—¿Allí está el rey? —dije, mientras chupaba aquella novedad.

—No lo sé, pero corte... hayla. He pasado allí un invierno. ¿Quieres que vayamos juntos?

Asentí, convencido, hasta que obtuve respuesta.

—Juntos nos defenderemos mejor. Ahora te voy a explicar cómo se roba.

Capítulo 18

Se decía que Valladolid era donde se reunían los clanes antiguos para sus enfrentamientos armados. Se halla situada en una meseta con escasa vegetación interrumpida por pequeñas series de colinas bajas, como la que descendíamos. Francisco estaba contra el sol, y por eso no veía su cara, pero yo sabía que sonreía.

—Lo que daría por un buen vaso de hipocrás caliente en una posada —dijo el truhan, cara al viento.

—¿Qué es una posada?

—¡Cristo, mira que eres patán! ¿No has visto nunca una posada ni sabes lo que es el hipocrás?

—No.

—¡Que te has perdido! Es ambrosía. Vino caliente, con canela..., jengibre... y qué se yo qué más. Hay cosas que ni te imaginas: ¡puerco curado!, ¡sardinas salpresadas! y ¡nalgas prietas!

Hizo un gesto con ambas manos que no entendí. Tragué saliva. A lo lejos, nubes blancas y cielo azul. El rastro de un correo de postas, que acababa de pasarnos.

—Ya verás cuando lleguemos. Se llena uno la panza y se duerme. Hay bolsas a veces junto a los caballos, con encurtidos, avena o mudas. Hay muchos estudiantes, y estos, si son jóvenes, son los mejores porque, si beben mucho, son fáciles de engañar. Una vez encontré a uno en cueros. Le habían robado hasta el cielo de la boca y fue preso, por añadidura, cuando apareció llorando en la vía de tal guisa. También pisaverdes, y bandadas de distraídos con súplicas al gobierno, los muy lerdos. Se tiran meses y años esperando. Con ellos es como robar el regaliz a un niño. ¡Ah, cómo me comería yo algo caliente..., una pata de liebre con ajo! Aunque con un quesete que hallemos me conformo.

—¿Hay cocineros en las posadas?

—Mujeres bien nutridas, de lascas de jamón, con pechugas así. —Hizo aquel gesto de nuevo—. ¡Tetas, canijo! ¡Tetas como melones! Y en algunos sitios dejan que se las toques por un maravedí. Me dijo un malabarista gallego que, si sabías algún juego o poesía, tampoco hacía falta dinero para eso, pero... ya lo entenderás en dos veranos, porque ahora estás verde, macho.

—¿Verde por qué?

—Olvídalo —dijo, alargando las zancadas.

Seguimos un rato en silencio. Al fin intervine:

—Yo podría servir en una posada. Sé cocinar.

—¿Cocinar? —Alzó las cejas, como ante un despropósito.

—También quería ser soldado.

—¿Soldado?

—Servir al rey —dije, sin perder el paso—. Hay un nuevo rey —añadí, para que Francisco supiera que yo no era un ignorante.

—Pues andas muy pobre para eso. Para ir a la guerra necesitas equipo.

Francisco confesó, en la parla que siguió, que le atraía la idea de ganar fortuna y honores sirviendo en alguna guerra. Pues con algo de suerte, un poco de valor y otra pizca de esfuerzo podíamos alcanzar la posición que merecían nuestras ambiciones: un señorío. Rebaños gordos. Un castillo con almenas, y confites de anís, que es lo que decía Francisco que era alimento de caballeros. Pergeñamos un plan con el fin de adquirir cascos, rodelas, espadas, arcabuces y, en fin, todo aquello que nos permitiera salir de la indigencia. La fortuna, a poco que anduviéramos, se hallaba al alcance de nuestros dedos. El plan consistía, ante mi renuencia a robar (recordaba muy bien cómo se alarga un cuello en la horca), en servir a un gentilhombre, o al dueño de un comercio, pues, según Francisco, había más ricos en Valladolid que liendres en jubón de arriero.

Si Sahagún me pareció grande, Valladolid era Babel. En esa urbe, me dijo Francisco, se había establecido la corte, la Real Audiencia y la Inquisición. Cuando cruzamos sus puertas, un guardia alto, con casquete y alabarda, nos puso el ojo encima, pero no se movió. Algunas calles estaban empedradas, y todas ellas tan llenas y populosas que parecían un hormiguero. Personas a pie, a caballo o en carruaje circulaban de un lado a otro. Anduvimos como patos en tierra, entre pajes, jinetes, damas envueltas en terciopelo, bachilleres, criadas con tocas blancas, pedigüeños y caballeros a la sazón, armados hasta las orejas.

—¿Adónde van? —pregunté, mientras miraba a un pregonero que portaba al brazo un cesto de conserva de membrillo.

—Dan vueltas. Unos van a un lado, y los del otro lado, en sentido contrario. Cosa de las gentes de la ciudad —dijo Francisco concentrando su atención en el cartel de una posada.

Las casas de los vallisoletanos eran muy sólidas y tenían las ventanas enrejadas. Muchos de los que pedían eran niños de no más de cinco años que, rapaces, se arracimaban en bandadas frente a los negocios, que los tenderos vigilaban bastón en mano. Francisco vigilaba a un comerciante, que al punto puso los brazos en jarras. Antes de que pudiéramos acercarnos para ofrecer nuestros servicios, aquel bruto que vendía plumas sacaba un trozo de pino del largo de su pierna, dispuesto a descalabrarnos.

—¿Tú crees que los burgueses, y aun los nobles que lucen rasos, tafiletes y valona de Bruselas, han llenado su bolsa de forma honrada y sin artificios, so peterete? —dijo, cuando recuperamos el aliento.

Añadió que ni en mil años íbamos a comprar casco ni rodela si no hallábamos un ardid. Que, para conseguir dineros con que comprarlos, lo mejor era ir por lo derecho y que al fin, entrando en cuestión, lo más acomodado sería hacerse con la bolsa de algún viajero.

—Pero eso es robar —dije, a lo que Francisco, risueño, asintió con mucho peso.

—Los viajeros flacos están resabiados y no se huelgan —dijo, contento de llegar al fin al meollo de su negocio—. Los ricos gordos nunca andan solos. Los tudescos tienen tanta querencia por sus monedas que las cosen en el forro de las botas. Hay que buscar a uno que no sea flaco ni gordo, que ande atolondrado y tenga las piernas cortas.

En esas estábamos cuando pasamos frente a un portal abierto. De su interior salían voces de hombres y olor a vino rancio y guiso.

—Comida, vive Dios —dijo Francisco, olvidándose por un momento de planes.

El lugar era oscuro y cálido, debido a los cuerpos de los hombres, que bebían, comían o jugaban a los naipes. Alcancé a ver una jarra de vino y un plato de barro con cebollas en vinagre, cuando sentí que me agarraban. Mi amigo Francisco volaba, y cayó al suelo junto a mí, frente a la puerta de aquel antro.

—Por mis muertos que…

Un tipo ancho como un mulo le miraba desde la puerta mientras se limpiaba las manos en el delantal. Francisco se quitó el polvo, le imité y, con el orgullo herido, seguimos calle abajo.

—Si ven que no tienes bolsa, te sacan a patadas. Mesones…, y putañeros. ¡Ja!

Torcimos la esquina mientras Francisco juraba por sus muertos que iba a limpiar la afrenta con duelo y padrinos en cuanto alcanzara estatura. En un rincón descubrimos un bebedero, donde aprovechamos para limpiarnos los churretes.

—¿Dices que sabes cocinar? —dijo Francisco, picado—. ¿Cocinar qué?

—Sé recetas de dulces, cocidos de toda España, y de los antiguos romanos. Recuerdo todo lo que leo y sé de memoria todas las recetas. Francisco se rascó mientras estudiaba el bulto bajo la capa de un señor mayor con bastón y jubón de terciopelo.

—Si yo fuera cocinero, me llenaría la andorga a reventar de ijadas, embuches, sazones y adobos hasta que me saliera pastel de morcilla encebollada por las orejas. Lo que tú quieres lo quiere media España. Solo que, amigo, no hay silla para tanto culo.

—Pero aprendí un arte que…

—El arte es que haya algo sobre el plato. Y no cocinarlo. Vamos, y atento, que aquí hay mucha guardia: si ves dos o más hombres armados que se fijan en ti, ponte a correr, que yo te alcanzaré. Hay mucha gente porque hoy es día de mercado.

Los pucelanos se mostraban afanosos y ocupados. En la nueva capital, se atraían los negocios de muchas leguas a la redonda y nadie tenía tiempo que perder. Seguimos al acecho, observando con disimulo mientras deambulábamos de una esquina a otra, atentos a lo que había a nuestro alrededor. A nuestro paso, las damas agriaban su tono, los estudiantes atusaban la cresta y los viajeros, al ver en nosotros al posible ladrón, se prevenían llevando la mano derecha a la faltriquera que tenían bajo la capa. Hasta los pordioseros nos torcían la mirada desde sus cantones porque una ordenanza prohibía limosnar a mendigos forasteros. Vi en la calle a un tañedor ciego que tocaba la vihuela y cantaba. Un estudiante le echó una moneda y resultó ser una piedra que el cantor ciego, al tocarla, maldijo antes de seguir cantando.

—¿Y ahora qué hacemos?

—Ven.

—Espera.

Quería escuchar un rato más a aquel ciego. Su música era menos alegre que la de los gitanos, pero hablaba de amores imposibles, de lejanía, de besos en el aire y de quebrantos: «… su nariz aperfilada, las sus caras rosas son, / la su boca chiquitica que no le cabe un piñón;/ los sus muxos corelados, merjanes d'enfilar ya son…». Tan bueno era el cantar de aquel ciego como mala su dentadura. Cuando notó que me acercaba, abrió un ojo y me enseñó los colmillos.

—Vamos por aquí. —Francisco me arrastró del brazo.

—Ese, si cree que le robas, te clava la faca antes de que digas «Jesús».

—Entonces, ¿ve?

—Entérate, pardillo. Los mendigos españoles estudian sus plañidos como un obispo latín. Aquí los ciegos tienen vista de águila, los cojos corren como liebres, y si un manco menta una batalla contra el turco, es que la perdió robando pollos —dijo señalando el río, tras unos chopos que crecían junto a las zarzas que trepaban por las piedras del convento de la Trinidad.

—Viven en los arrabales del Pisuerga, entre el espolón y el riacho.

Se refería a otro caudal apestoso[1], que atravesaba la ciudad partido en varios ramales. Mientras Francisco me contaba cómo los mendigos refrescaban sus llagas, ensayaban su comedia y formaban germanías que repartían el territorio de la capital, ascendimos por una calle que se llamaba de la Pasión hasta una inmensa plaza rodeada de grandes edificios. Comenzaba a llenarse de gente y carretas que iban camino del mercado. Más allá, tras una fuente, y entre la algazara de vendedores y arrieros, llegamos frente a un edificio que me dejó boquiabierto.

—La basílica —dijo Francisco—. Ven —agregó en un susurro.

El portal del templo era severo y alto, junto a dos rosetones que formaban intrigantes curvas en la piedra. En su interior, las columnas y ventanales, altos y estrechos, apuntaban con rigidez hacia el techo de madera.

«Señor, Rey y Padre no engendrado, Verdadera Esencia de Dios, ten piedad de nosotros», murmuraron como abejas furiosas cientos de voces.

—¿Qué es este olor? —susurré.

—Es incienso. Los dominicos son muy ricos.

El oficio allí, al contrario que en la triste austeridad del monasterio, era un espectáculo. Un cantor se incorporó junto a cuatro niños y entonó una salmodia que los pequeños envolvían con sus voces frágiles. La nota principal, grave, plena, densa, navegaba entre la armonía infantil como un barco en la tormenta. La cadencia se elevó hasta el techo abovedado, que reflejó los armónicos con un eco que evocaba el cielo y el infierno.

---

[1] Se refiere al Esgueva, a su paso por la ciudad.

El sacerdote invitó a la oración y los feligreses movieron los labios en silencio, dirigiendo sus súplicas al altar. Tras leer un texto de las Escrituras, retrocedió para tomar asiento en una de las ricas sillas de madera que ocupaban otros religiosos a un costado del altar, a modo de tribunal. Al abrigo de la tenebregura, entre las columnas, Francisco me hizo una seña. Otro sacerdote, de vestimentas negras, y coronilla pulcramente afeitada, subió las escaleras del púlpito. Ocultaba una energía feroz en sus maneras premeditadas. Mojó sus labios con la lengua como si fuera un lagarto y abrió un gran libro. Entonces, comenzó a hablar de tal modo y con tal intensidad que todos contuvieron la respiración.

—El primer ángel tocó la trompeta, y hubo granizo y fuego mezclados con sangre, que fueron lanzados sobre la tierra; y la tercera parte de los árboles se quemó, y se quemó toda la hierba verde.

Tal y como había hecho el cantor, su voz era ora suave, ora vigorosa, y se dejaba llevar como una hoja abandonada a la corriente de un río. Tenía la violencia que había visto en fray Alfonso, el sacristán, pero con una imposición distinta y superior, más terrible, si cabía.

—... y como una gran montaña ardiendo en fuego fue precipitada en el mar; y la tercera parte del mar se convirtió en...

La palabra «sangre» explotó, de nuevo, sobre nuestras cabezas, ofreciendo un panorama tan sobrecogedor que todos, hechizados, contuvieron el aliento. Dijo que morirían la tercera parte de los seres del mar, y habló de cómo caería una antorcha del cielo sobre las fuentes y las aguas para envenenarlas, y de que el Sol, la Luna y las estrellas serían destruidos, de forma que se borraría la luz del día y de la noche. El público se estremeció de nuevo. Podía sentir las alas del ángel oscuro sobre mí y tuve el deseo de marchar corriendo. El orador, ya poseído, componía ante sí una galaxia de brillantes esputos cada vez que gritaba. Francisco se situó junto a un hombre de ropas oscuras y botas sucias, aunque de calidad, que estaba rezando. Simuló imitarle, me hizo un guiño y volví al presente.

—¡Y el número de los ejércitos de los jinetes era de doscientos millones! ¡Yo oíííííí su número! ¡Así vi en visión los caballos y a sus jinetes, que portaban coraaaaaaaazas de fuego, de zafiro y de azufre! ¡Y las cabezas de los caballos eran como testas de leones; y de su booooooooca salía fuego!

El viajero de las botas sucias advirtió el acercamiento de Francisco y abrió su capa. Sin dejar de rezar, puso la mano izquierda en el mango de lo que parecía ser un gran cuchillo. Francisco tardó un rato en moverse, precavido, hacia mí. Me tomó del brazo y, entre los cuerpos de los feligreses que permanecían atentos a los ecos del apocalipsis, retrocedimos en la columnata.

—Maldición —susurró Francisco. Pero se animó al ver algo—. Mira.

Esta vez señaló a una mujer fornida, que estaba en éxtasis. Tenía una bolsa de piel atada a la muñeca. A pesar de la distancia, pude advertir que el hombre de las botas sucias me dirigía una mirada atravesada.

—Y no se arrepintieeeeeeronnnn de sus homicidios, ni de sus hechicerías, ni de su fornicación, ni de sus hurtos. ¡Nooooo se arrepintieron! —gritó el sacerdote mientras alzaba una garra.

—Cuando acabe, tropieza con ella. Yo cortaré la bolsa —dijo Francisco en el momento en que todos respondían: «Gloria a ti, Señor».

—De acuerdo.

Ahora la voz se hizo más agresiva, y el orador agarró el atril como si quisiera estrangularlo.

—Después de que los Reyes Católicos, Dios los tenga en su gloria, decretaran la expulsión, siguen estando entre nosotros, menguándonos. Porfiando para acabar con nosotros y buscarnos la ruina y la perdición. Creando libelos. ¡Propagando falsedades!

—¿De quiénes habla?

—De los judíos. Si ves a uno tragando saliva, es que es un converso, pero concéntrate, bobo. Acabará pronto. Ponte por allí y la sigues. Luego, no mires hacia donde estoy.

Mientras los fieles se ponían en pie, me fui acercando hasta situarme tras la mujer, entre cuatro ancianas y dos niños, uno de los cuales acababa de recibir un pellizco para que estuviera atento a la bendición final del sacerdote, que acabó en un silencio ominoso. Después de santiguarse, la mujer, satisfecha, caminó hacia la salida, junto a cientos de personas que se arremolinaban tras los bancos. Me abrí paso a duras penas. Un hombre de espaldas cargadas y con un sombrero de ala ancha en la mano me empujó. Tras él, iban dos viejos conversando. La mujer ya no estaba. Adelanté a un hombre con capa, luego a un niño, y la vi. Estaba en la puerta, y echó una moneda pequeña a uno de los pordioseros que esperaban a la salida. Avancé, ayudándome de los brazos, hasta llegar a ella. Entonces oí una voz. El caballero de las botas sucias acababa de lanzar un grito hacia Francisco, que estaba a tres pasos de mí y se escabullía sin mirarme.

El mercado de la Plaza Mayor estaba en su apogeo. Sobre amplios tableros, los comerciantes exponían un sinfín de productos. Un hombre alto permanecía en guardia tras una montaña de velas ordenadas en pilas según el tamaño. Las mayores colgaban de mechas blancas como el algodón. En cuatro grandes tinajas, otro ofrecía aceitunas condimentadas de diferentes formas. Una mujer vendía duraznos en conserva a voz en grito. Francisco apareció de la nada mientras lo buscaba desorientado y me dijo que dentro del templo era casi imposible robar, y aún más difícil fugarse.

—¿Y ahora?

—Tú tranquilo —dijo Francisco, a la sombra, atento a las bolsas de los transeúntes.

Dos guardias armados con picas cortas caminaban entre la multitud y se detuvieron frente a un predicador cuya voz se perdía entre la cháchara de la muchedumbre. Un grupo de niños corría tras otro que impulsaba un aro de tonel con un palo, y lamenté no poder abandonarme al juego y a las despreocupaciones. Los guardias se detuvieron frente a un maestro guarnicionero que, sentado a la puerta de una fachada sobre la que se exponían pieles curadas, clavaba tachones de cobre en un cuero. Francisco me tocó el hombro.

—Un patas cortas. Vamos a ese —murmuró.

Señaló con la cabeza a un hombre de unos cincuenta años.

—¡Despierta y muévete!

Patas Cortas vestía de paño negro y portaba sobre el pecho la cruz de Calatrava. Parecía pesado y en baja forma, y llevaba un grueso monedero atado a un cinturón de hebilla ancha. Lo seguimos mientras anadeaba entre los comercios sin fin aparente, hasta que, entrando por un callejón menor, se introdujo en un portal en el que una escuadra rotulada señalaba: «Jeremías de Villalba, librero». Entonces, Francisco me detuvo.

—Esperemos a que salga —siseó, ocultándose tras la esquina.

Nos entretuvimos en mirar a los transeúntes, que cruzaban la calle para evitarnos, a excepción de cuatro jóvenes que vestían prendas de brillantes amarillos y azules.

—Palafreneros —señaló Francisco, al ver cómo los admiraba—, son los borgoñones del rey.

—¿Nos vamos? —dije, nervioso, cuando uno se volvió hacia nosotros mientras anadeaban, haciendo tintinear el hierro.

—Estos no hacen nada. De los que hay que guardarse es de los otros. Francisco me señaló con disimulo a dos hombres de movimientos sobrios que portaban espadas roperas con fundas que parecían muy gastadas por el uso. Uno llevaba el pecho cubierto con un coleto cuero viejo. El otro tenía una cicatriz que le cruzaba la cara desde un ojo hasta el costado de la boca.

—¿Estos son españoles?

—Veteranos de guerra. Ahora, corchetes de la ciudad. Pero son de la nación de quien les pague. Si uno de esos te mira mal, corre y no pares porque, puestos en faena, son peores que las plagas que anunciaba el cura.

Me atreví a fijar la vista en ellos solo cuando ya estaban de espaldas. Entonces salió Patas Cortas de la casa del librero.

—Venga —me animó Francisco, poniéndose en marcha.

Llevaba dos volúmenes entre los brazos y se dirigía hacia la vía ancha por una calleja en pendiente. Francisco me hizo una señal. Su cometido era cortar la cinta que anudaba su faltriquera, agarrarla y salir por piernas. Remoloneé tras él, atento a mis espaldas. Mi misión era gritar «¡Al ladrón!» para confundir a los transeúntes que estuvieran cerca. Habíamos convenido encontrarnos en el bosquecillo del camino de Fuentesaldaña, del que veníamos, a la caída del sol. Planeamos comprar botas y tan buenas ropas que pareciéramos hijosdalgo. La corte de un señor principal ya no nos rechazaría de tal guisa, y ya me veía al menos conde cuando un gesto de Francisco me hizo apretar el paso.

Tenía el mango de su cuchillo en la palma de la mano, de forma que la hoja quedaba oculta por su antebrazo mientras avanzaba con sigilo. Tras de mí no había nadie, y le hice una seña. El hombre de los libros caminaba despacio. Sin que lo advirtiera, Francisco cortó el fino trozo de piel que unía la bolsa con su cinto. Dos mujeres jóvenes acompañadas de un mozo de cuerda cruzaron la esquina. Patas Cortas se detuvo al notar que le faltaba el peso de la bolsa que Francisco metía bajo su camisa. Entonces todo sucedió muy rápido. El hombre se giró, descubrió el gesto de Francisco y se puso a gritar mientras este echaba a correr.

—¡Al ladrón! —gritó.

—¡Faltrero! —le imité, adelantándole—. ¡Atrapadlo! ¡He visto al pillo!

Me eché a la carrera tras Francisco y vi como desaparecía tras un cantón. Cuando la víctima y el mozo de cuerda se unieron a mí, señalé la dirección opuesta.

—¡Ha ido por allí! —dije, con el dedo en alto.

La víctima, el mozo de cuerda y otros dos que aparecieron de pronto siguieron mis pasos al trote. Algunos vecinos ya salían de los portales. Dos corchetes aparecieron por la esquina opuesta alertados por las voces, cuando la víctima, entre lamentos, perdía el resuello y el mozo de cuerda recuperaba el bulto junto a las dos mujeres que parloteaban. Satisfecho por mi ingenio, ya salía de aquel entremés cuando uno de los vigilantes me puso la mano en el hombro. Era el hombre de la cicatriz que había visto antes.

—Tú. ¿Adónde vas?

Su voz rasposa daba escalofríos. La cicatriz, un mostacho largo y grueso sobre la boca severa, asentada en una perilla de mosca, y una mirada cansada e irónica le hacían parecer un viejo, aunque no pasara de la treintena.

—Voy al mercado.

—¿A buscar qué? ¿Sirves a alguien? ¿Dónde vives?

Me quedé congelado. Pensé en correr, pero el mostacho de aquel jayán se elevaba dos palmos por encima de mi cabeza.

No había reparado en la posibilidad de tener que dar explicaciones.

—Voy a comprar… manzanas.

—¿Para quién? —dijo su compañero.

El hombre del coleto tenía los ojos inexpresivos, de lagarto. Recordé todos mis crímenes. Sentí que me fallaban las piernas, pero me obligué a sonreír mientras trataba de sobreponerme.

—Para los obreros del canal —respondí.

—¿Te han encargado venir a buscar manzanas a ti solo? ¿No traes un saco?

—Tenía que comprarlo.

—¿Y dónde tienes el dinero?

El alguacil desfizo mis mentiras como un mastín haría con un hueso de pollo. Apretó la mano sobre mi hombro.

—Vienes preso. ¿Cuál es tu nombre?

Dudé un momento, y en un segundo se hizo todo negro. Sentí un fuerte dolor en la parte posterior de la cabeza.

—Tu nombre. No lo repetiré.

—Jesús… de Córdoba —improvisé.

—¿De Córdoba? ¿Como el Gran Capitán?

El hombre de la cicatriz se puso lívido y levantó la mano, pero su compañero se la agarró.

—No lo mates. Vamos a llevarlo, que ya lo pagará.

—¿Y mis dineros? ¡Ese truhan se ha llevado todo lo que tenía! —dijo Patas Cortas.

—Eso no es cosa nuestra.

La víctima empezó a quejarse de nuevo, pero calló al ver la mirada del hombre del coleto. Los alguaciles se abrieron paso entre la jarana. Decenas de curiosos comenzaban a abarrotar la calleja y Cicatriz señaló a pique a otro rapazuelo entre el chachareo del público.

—Esta ciudad está infestada de rateros, vive Dios. ¿Y cómo se atreve esta rata a pronunciar el apellido de don Gonzalo?

—¡Ay! —Sentí otro pescozón, este de nudillos—. Perdón, señor, mi padre estuvo a su servicio.

—¿Tu padre? ¿Qué padre? Los bellaquillos como tú no tienen padre.

Las lágrimas me invadieron la cara. Sin lograr zafarme, intenté golpear a Cicatriz.

—¡Bellaco! ¡Animal! ¡Mi padre luchó con el Gran Capitán. Si vuelves a hablar de mi padre, te mato!

Cicatriz me contuvo a distancia, divertido. Intenté golpearle, arañarle y usar los pies. Tenía la mano enguantada y mantenía la distancia aferrándome por la ropa, como haría con un gatito. Algunos transeúntes se habían detenido para reírse con el espectáculo. Entonces Cicatriz se cansó y me lanzó una puñada. Caí de culo en el suelo con la nariz y la boca inundadas de sangre.

—Hay que ver cómo miente y jura este alfeñique —dijo su compañero.

Me incorporó sin contemplaciones, agarrándome del pelo.

El puesto de guardia de la Chancillería estaba ubicado en un edificio viejo, próximo a la puerta que daba a los páramos que atravesaba el Esgueva. Estuve el resto del día en una celda cubierta con paja húmeda. Estaba cerca de unas escaleras y aliviaba el hedor a través de rejas de hierro oxidado. Un hombre viejo y con media legua de uñas negras se sentó junto a mí. Otro dormía acurrucado en el rincón opuesto al cubo que servía de retrete y apestaba tanto como él. Las otras celdas, que alcanzaba a ver a través de los huecos de la reja, estaban llenas a rebosar. Al mediodía, algunas mujeres trajeron comida a sus familiares encarcelados: algo de cocido en una vasija que vaciaban al instante y pan con cebolla o ajos, mientras los guardas vigilaban pica en mano. Al cabo, un hombre que llevaba un barrilillo sirvió un tazón de agua, que apuré cuando llegó mi turno, y el que le acompañaba me dio un mendrugo. Cuando le di las gracias, pidió que se las trasladara a la cofradía que había en la ermita del campo grande, que guardaba en ella una astilla de la Verdadera Cruz. En cuanto recogí el pan, mientras rumiaba aquello de la astilla y los cofrades marchaban, el viejo de las uñas se abalanzó sobre mí para quitarme el pan. Lo protegí con todas mis fuerzas, e intenté pedir auxilio, pero los guardias ya me daban la espalda desentendiéndose de lo que sucedía.

A base de fuerza y garras, mi compañero me obligó a soltar el pan, y se arrinconó para chuparlo (le faltaban todos los dientes). Esa tarde me dediqué a roer mi sayo, pero tenía la boca seca. A lo largo del día siguiente entraron más mendigos y vagabundos que proclamaban su inocencia, hasta que no cupo ni un alfiler. Estaba tan cansado y asustado que dejé de sentir. Estalló una pelea en las celdas contiguas. Se oían los gritos como si contuvieran un monstruo de cien cabezas, y uno gemía de forma que desgarraba el alma, hasta que calló. Me agarré a las rejas. Cuando llegaron los guardias, ya se había acabado todo.

—¿Qué les pasa a estos? —preguntó un oficial.

—Se matan, mi sargento.

—Pues que se maten. Que están de sobra. Cuando venga el rey, la calle tiene que estar limpia.

—Menos valen los paniaguados de este rey extranjero y bien que les dan todas las sinecuras.

—Mejor calle vuesa merced, que hablando así puede dar con sus huesos junto a estos.

Limpiaban las calles de escorias como yo. Sentí ganas de reír al recordar mis ilusiones. Durante la noche, por el pasillo oí las ratas correr, y me hice un ovillo por miedo a que quisieran dar cuenta de mis dedos. Dos días después, sin poder acceder al pan por el que los granujas competían, me sentía debilitado. Fui perdiendo las fuerzas hasta quedar tumbado sin más entre la masa de cuerpos, pues los rincones eran muy disputados. Las peleas fueron cesando hasta que solo había un montón de desgraciados que gemían como uno solo. Las liendres y las pulgas nos comían vivos, pero yo no tuve fuerzas para quejarme. Me limitaba a mirar hacia la luz de la escalera desde el ángulo que la reja permitía. El sol y el aire estaban fuera, igual que mis oportunidades. Pensé en el largo camino que había recorrido y en mis sueños truncados, y que sería bueno partir del mundo de una vez, cuando sonó la reja.

—¿Ese es?

Abrí los ojos y vi dos pares de botas. Y supe que me iban a cortar la mano.

Capítulo 19

La posada era una de las peores que podían encontrarse en el mundo cristiano. Tenía un salón grande y oscuro, de columnas de madera basta y un mostrador al fondo, con ventanas que daban a la calle de la Sierpe. Unas escaleras estrechas y torcidas, situadas cerca de la entrada, llevaban a un pasillo estrecho que conducía a los cuartos de los huéspedes. Cicatriz se encontraba frente a mí, en una habitación pequeña y mal ventilada, junto a otros dos desconocidos. Vestían jubones de paño oscuro con tahalíes aderezados de espada y daga. Uno de ellos se entretenía en mordiscar un palillo que llevaba a un lado de la boca. A través de una ventana abierta, se oía el rumor de la calle. Me habían sentado frente a una mesa llena de vasos vacíos.

—Ese al que llamas amigo te puso de cebo para que te cogieran y así escapar fácilmente —dijo el del palillo en boca, que lucía bigote fino bien retorcido, y botas altas con vueltas.

Recordé el rostro franco y sonriente de Francisco y me negué a creer la traición de mi amigo.

—Cuéntame dónde lo conociste.

—En el camino.

—¿De dónde vienes?

Me observaban sentados al otro lado de la mesa. El tercero, grande, con una barba de dos pies de largo y ojos caídos, permanecía en pie como un mastín frente a un gato.

—Habla o aquí este te destripa —dijo Cicatriz, señalando al del bigotillo.

Se sirvieron vino de una jarra, que vaciaron despacio, espantando de vez en cuando las moscas, mientras les contaba mis cuitas.

—¿Y creíste, poco seso, que ese tal Francisco estaría esperándote en el bosquecillo para compartir todo contigo?

—Es muy pequeño. No lo martiricéis —dijo Cicatriz, como si quisiera excusarse por intimidarme.

—Es exiguo, el pobre —se mofó el del bigotillo.

—Crece poco, como las peras amarillas—señaló el barbudo.

Pero sé cocinar y leer. Puedo serviros. Juro que no volveré a robar más. Lo hicimos para comprar equipo.

—¿Equipo?

—Equipo de guerra... para poder servir al rey.

—¿Y qué equipo de guerra? —dijo Cicatriz en tono guasón.

—No sé..., una espada..., un... un caballo.

—¡Un caballo! ¡Jajajaja! —rio el barbudo—. Cuando yo era como tú, ya tenía algo de juicio. He visto mulos más listos. ¿De dónde ha salido este lila?

—Ya te lo ha dicho. Nació entre las cabras —dijo el del palillo.

—¿Tu padre sirvió con el Gran Capitán? —preguntó Cicatriz.

—Mi padre salvó la vida al Gran Capitán en Granada.

—Atiende: si te crees que puedes burlarnos con eso, te juro que te rajo yo mismo el cuello y te echamos al río. ¿Estamos?

—zanjó el del bigotillo, escupiendo el palo—. Dime de tu padre lo que recuerdes.

Sentí vértigo, como si asomara la cabeza a un pozo lleno de fantasmas. No sabían bien de lo que hablaban aquellos hombres cuando hablaban de recuerdos. Me bastaba con cerrar los ojos para ver, oler y sentir cada segundo de los que había vivido. Mientras aquellos jayanes se impacientaban, busqué en el turbio avispero de lo que guardaba mi sesera las historias de padre. ¿Cuáles de ellas eran verdad y cuáles invenciones? Recordé la tarde de septiembre en que, mientras tallaba una estaca de castaño, me contó que había servido como peón en la conquista de Granada y cómo, en una de las incursiones de los mercenarios enemigos, salvó la vida del capitán más famoso de Castilla. Le entregó su montura cuando lo descabalgó su caballo porque una flecha que tenía tres plumas rojas se le clavó en el lomo. El caballero del bigotillo miró a Cicatriz.

—Eso de las plumas rojas no lo sabe nadie.

—Yo me llamo Bernardo Moreno —dijo Cicatriz—. Este caballero es Vicente Yáñez, apodado Barbas, y servimos en Granada. A este tahúr…

—Un respeto —gruñó el otro.

—… llámale Esteban Cubero.

—Yo también serví con el Gran Capitán —dijo Bernardo—. ¿Cómo era tu padre?

—Grande, y muy bueno.

—¿Tenía alguna marca? ¿Recuerdas algo que le identificara? Piénsalo…, es muy importante.

—Importante como que me va un real —dijo Esteban—, y a ti el cuello. Este ha apostado a que mentías, pero el otro, lo contrario.

—Le faltaba una mano.

—Eso es nuevo.

—Tenía un diente partido.

—Y una gran marca que le cruzaba el pecho.

—Es su hijo —comentó Bernardo, en voz baja—. Gané.

Esteban y Barbas echaron una moneda sobre la mesa a regañadientes. Bernardo, satisfecho, me puso una de estas en la mano.

—No se lamenten vuacés, que ahora convido. —Se volvió hacia mí—. Llama al posadero y pide otra de vino, y que sea del esquiveño.

Tras acabar la primera jarra, y emprendiendo la segunda, Bernardo me dio un trozo de salchicha.

—Tu padre era un valiente. ¿Lo sabías? ¿Cómo murió? —me preguntó, achispado, el tal Vicente Yáñez.

—Deja comer al chico —dijo Bernardo.

—¿Habéis servido junto a mi padre?

Bernardo tomó un buche largo de vino y se puso en pie. Cojeaba levemente, y por dos veces se echó mano al muslo.

—Yo le conocí. Y serví junto al Gran Capitán. El mejor caballero de todos los tiempos —dijo poniéndose en pie

Levantando la voz, comenzó a declamar como si arengara a una coronelía con tambores y pífanos:

—Por picos, palas y azadones, cien millones de ducados; por limosnas para que frailes y monjas rezasen por los españoles, ciento cincuenta mil ducados; por guantes perfumados para que los soldados evitaran el hedor de la batalla, doscientos millones de ducados; por reponer las campanas averiadas a causa del continuo repicar a victoria, ciento setenta mil ducados; y, finalmente, por la paciencia de tener que aguantar a los chupatintas, cien millones de ducados. ¡Por el Gran Capitán!

Brindó sonoramente con los otros, aunque su mueca no era feliz. Era recia, orgullosa y cargada de amargura.

—Brinda —dijo, llenando los vasos de nuevo, y poniendo uno frente a mí.

—Pobre capitán —dijo Barbas cuando se sentaba, al tiempo que asentía.

—Después de empeñarlo todo por el rey, se olvidaron de lo que hizo. Emponzoñaron su ánimo contra él. Políticos —agregó el otro.

—De soldados a putos —sentenció Esteban.

—Ay, España, España, qué madre traidora —dijo Bernardo.

Barbas volvió a asentir, esta vez con pesadez de beodo.

—Acabó muriendo en Granada, y con el prestigio roto. ¡Él, que lo había dado todo! Igual que había hecho tu padre y que hemos hecho nosotros. Mirad lo que decía el tabernero del Barneo, el de la cuesta, sobre las quejas del viejo al que cerraron todas las puertas una vez que descubrió las Indias. Tras sufrir motines, indios hostiles, hambrunas, enfermedades, y después de arriesgarlo todo por una promesa, se desentendieron de él como si fuera un perro[1].

Bernardo golpeó con el vaso vacío en la mesa y lanzó un eructo.

—Murió sin que el rey quisiera recibirle. Y, encima, bautizaron su descubrimiento con el nombre de un italiano. Mira tú, polluelo —me dijo—, ¿tú querías ser soldado y servir al rey?

—Yo no creo en señores, y menos en este nuevo rey, que pretende España sin saber hablar en castellano —dijo Esteban.

---

[1] El rey Fernando se negó a recibir a Cristóbal Colón cuando pidió que le reconociera el premio por sus descubrimientos. El 20 de mayo de 1506 moría en Valladolid, sin enterarse de que había «descubierto América», sin gloria y con su buen nombre y honor seriamente afectados. Ni siquiera tendría la recompensa de dar su nombre al nuevo continente.

—¿No servís al rey? —me atreví a preguntar—. ¿No sois vuaced alguacil?

Bernardo se afiló la perilla y se quedó mirando el vaso. Esteban hizo lo propio con su bigote y suspiró. Tenía una profunda mella en la frente, allá donde nacía el pelo. Al poco, observé otra, sobre su mano, y descubrí que le faltaban dos tercios de la oreja izquierda. El barbudo no tenía menos marcas y solo Bernardo parecía intacto, a excepción de la gruesa línea que le deformaba el rostro.

—Lo intentamos. Entrego vagabundos y ladrones al alguacil mayor, que es muy gordo y no se mueve de la silla. A cambio, se lleva el mérito, y nosotros, las gracias, y promesas de una plaza.

Bernardo me sirvió más vino, y comencé a marearme.

—Luego tu padre sirvió en Viana, ¿no?

Asentí, pero no pude dejar de bostezar. La prisión había agotado mis energías.

—Bueno. Te buscaremos algo de ropa sin tanto piojo y me servirás —dijo don Bernardo—. Aquí mi amigo —señaló a Vicente— ya tiene una moza que le sirve.

—¿Y me enseñará vuaced a ser soldado? —pregunté lleno de dicha.

—Ahora no servimos a nadie y aquí estamos a nuestra ventura —dijo mi flamante señor, señalando las cuatro paredes que nos rodeaban después de mover la pierna que le hacía cojear—. Da gracias a tu buena estrella por la apuesta sobre ti, y que te encontráramos. Si tu amigo hubiera robado más de cinco reales, te hubieran esperado cien azotes y dos orejas, o galeras, según se hubiera levantado el juez.

—Gracias —murmuré.

Don Bernardo puso en un rincón una capa vieja e indicó que podía descansar allí. Luego me dejó solo en la habitación.

En otro rincón, había un jergón relleno de paja. Sobre la mesa solo quedaban las escudillas vacías y una vela. Me tendí sobre la capa.

Cuando desperté, era ya entrado el día. Oí la llamada de un vendedor a través de la ventana, decorada con una maceta —recuerdo del anterior huésped— que no contenía más que el tallo reseco de un clavel. Don Bernardo masticaba un trozo de cecina con pan de centeno. Un pedazo de este reposaba sobre mi costado. Acababa de tirármelo.

—Vale Cristo cómo duermes.

—Buenos días —respondí incorporándome. Tenía un hambre de lobo y devoré el trozo de pan.

Don Bernardo apuró el vaso de vino y dejó un dedo para mí.

—Pareces un pordiosero con esas ropas, aunque muy pronto yo no estaré mucho mejor —dijo señalando su jubón morado.

La capa y el sombrero las tenía mi nuevo amo colgadas en el través de una viga, y parecían viejos y descoloridos. El negro se había convertido, a fuerza de uso, en un gris ratonero. La camisa que portaba estaba remendada por las mangas y en el codo. Sus botas, altas y de buen corte, estaban muy bien cuidadas, pero en el límite de su uso: no tardaría en aparecer algún dedo en su punta engrasada.

—Muy bien, hijo de Mondragón. Hoy comenzamos el día. ¿Cuántos años decías que tienes?

—Doce.

—No sé mucho de los tamaños que alcanza un niño, aunque conocí a un tambor de siete años. Hay que medir al menos cinco pies para que te recluten, aunque tampoco más de seis y medio. ¿Y te ves capaz, si no de pelear, de llevar bultos? Pues en las milicias lo que uno hace al principio, y quizá toda la vida si eres tan pequeño, es acarrear bolsas y sacos. Puede que haya leva pronto.

—Soy chico, pero puedo aprender a pelear.

—¿Te enseñó algo tu padre?

Don Bernardo miró de reojo el espadón que había colgado en el clavo del marco de la ventana. La funda era de cuero muy viejo, y su empuñadura, grande y tosca.

—Tráeme eso.

Me incorporé para hacer lo que pedía.

—No. Sácala de la vaina.

Puse la mano en la empuñadura del arma, y noté su peso. La deslicé con dificultad hacia fuera.

—¡Cuidado! —dijo.

Se puso en pie y se apartó del filo, echando atrás el taburete. Dirigí la punta al suelo y mi amo resopló.

—Tranquilo, zagal. ¿Ves como te falta fuerza todavía? Aguarda a crecer. Pero cuéntame algo más de lo que le pasó a tu padre. ¿De qué se murió?

Le conté la historia de la muerte de mi padre y mi hermano, y de cómo mi madre nos dejó solos en el mundo. Don Bernardo escuchó con atención e hizo el gesto de servirse más vino, pero la jarra estaba vacía.

—Maldita sea la gracia, que no queda vino. Menuda historia, muchacho. Pero no eres el único que lleva malos naipes.

—Lo sé.

Asintió con lentitud, puesta la mirada en el vaso. Luego, se puso en pie y estiró las piernas, mientras murmuraba algo sobre aquellos dichosos naipes, que no parecían figura retórica, sino muy concretos. Se detuvo frente a la ventana y abrió los postigos.

—¿Los ves? Vaciaron Valladolid de mendigos y pícaros ante la llegada del nuevo rey. El papa lo ha reconocido y, como gracia, los han soltado a todos.

Tenía razón. Un alfarero mostraba en el portal de enfrente sus productos. Podían verse mozos y sirvientas con pies ligeros, comerciantes, artesanos, mozos de cuerda e hijodalgos pero entre ellos, como las inevitables piedras que había entre los garbanzos, había una tropa de menesterosos. Uno, con barba rala y blanca y un sombrero de paja roto que le protegía del sol, extendía la mano en la esquina que daba con la alfarería. Dos pilluelos correteaban tras los pies de los transeúntes de mejor apariencia, y proclamaban a berridos su orfandad. Un tipo alto y flaco al que le faltaba una pierna repetía una vez y otra una melodía cansina con su flautín. Me volví hacia don Bernardo, que movía la cabeza con un gesto doliente.

—Ahora ve a buscar a un conocido mío. Se llama Roberto Diéguez, y también le llaman Malsueño. Estará jugando al capadillo en la posada de la esquina, o en la del Gavilán, en la calle de los Orates, más allá de la plaza de la fuente. Viste jubón de ante. Altanero, guapo hasta decir basta, seis pies y medio de alto, mostacho fino, muy rizado. Le falta el meñique de la mano izquierda, y lleva espuelas… Cuando salgas, evita al posadero. ¿Me has entendido?

—El de la esquina, o el Gavilán, en la calle de los Orates. Bigote rizado, y con nueve dedos.

—También puede estar dando lecciones de manejo en el Campo Grande, en la vía que da al río mayor, junto a la puerta del Carmen.

—Pero ¿manejo… de qué? —dije, después de repetir lo del río y la puerta.

—¿Pues de qué va a ser? De espada. Ándate. ¿A qué esa cara? Hay más maestros de esgrima que pulgas, así que no te admires, que es cosa familiar el que un viajero encuentre a algún jayán de cuchillo fácil. Después de lo de Orán, Argel y

Trípoli, y luego la maldita tregua con Francia, las calles estaban llenas de matachines. Pero la mayoría no han aprendido más que a abrir a sus congéneres en canal. Búscale y dile que, si no viene, iré a buscarlo yo.

Estudiantes y viajeros abarrotaban las tabernas, mesones y posadas. Anduve ojeando aquellos lugares donde decía don Bernardo que los bravos y los tahúres empeñaban sus argucias. Olían a refrito, y el más rico tenía un caballo de hierro que pendía de una cadena sobre la puerta. Allí jugaban a los naipes, gallardeaban los matasietes y contrastaba la frivolidad de los cortesanos con la sobria flema de los caballeros pobres. Los bravos se distinguían por su pavoneo con los remiendos en ropas de soldado, la pesadez del hierro que cargaban y en cómo hacían durar su vaso de vino. Un hijodalgo cejijunto maldijo a Cristo y el Diablo por una mala mano de naipes, y el tabernero, que se paseaba entre las mesas relucientes de grasa con un paño más oscuro que la tizne, alcanzó a verme. Se acercó a patearme por si andaba a la caza de una bolsa, y quedé afuera, vigilando ora una puerta, ora la otra, atento a los parroquianos a la busca del hermoso matachín, pero Malsueño no apareció. Regresé a la posada ya de oscurecida y en el camino encontré a un muerto. Era el jugador de la mala mano. Le habían puesto el sombrero, y seguía en la misma posición —sentado— en que recibiera el último argumento de su vida.

Don Bernardo me explicó que los muertos solían aparecer en el Campo Grande, que era donde resolvían los caballeros sus lances de honor, aunque también se mataba todas las semanas de muros adentro.

—Mejor matarse con espacio, chico. Para perseguir, o huir. Pero no pongas esa cara, que matarse, aunque sea con padrinos, no es bonito casi nunca, ni limpio.

—¿Y por qué se matan?

—Por culpa de las palabras —dijo, tocándose la cicatriz—, sean nombres, descripciones u opinión. El español prefiere hierro a los argumentos, y más vale que aprendas lo primero que hablar florido —dijo don Bernardo antes de ponerse a reír—. Ya ando vendiendo una lección. Parezco un maestro de baile, vive Dios. Por cierto, esto parece una pocilga. Si no limpias, tendré que darte con la correa.

Enseguida aprendí los menesteres propios del escudero, el primer peldaño en la profesión de la caballería. Recibiría por pago la honra. Lo que no era —dijo mi amo— ninguna fruslería. Debía desempolvar el jergón y las ropas, barrer con una escobilla vieja el suelo y poner orden en las pocas pertenencias del cuarto, además de atender los recados que mi amo me encomendara; que no eran pocos.

—Disculpe vuestra merced. ¿Se encuentra la corte en el palacio? —me esforcé en declamar frente a la inmensa puerta guardada del palacio de Trastámara, al día siguiente.

El hombre de armas bajó los ojos hacia mí y afeó el rostro. Resopló con mi segunda pregunta y se abstuvo de responder. De estar más cerca, me habría pateado.

La carta en mención a su valor estaba arrugada y grasienta, porque don Bernardo dormía con ella. Luego, sabría que poco esperaba mi amo de los invencioneros que medraban en la nueva corte. Su propio recomendador, el Gran Capitán, había caído en desgracia a la postrera. Había soldados a centenas con la bolsa vacía y sin empleo, mezclados con otros tantos peticionarios y suplicantes en busca de protector, cuyas causas se perdían entre los pasillos.

Encontré a mi amo dormido, y se levantó de muy mal talante.

—¡Maldita fortuna la mía! ¿Esto es lo único que has averiguado en toda la mañana? ¡Te dije que fueras al palacio de Pimentel!

—De allí me mandaron al palacio del marqués de Villena, y del palacio del marqués de Villena a la oficina del secretario; de la del secretario a la del almirante, y de allí a la Chancillería, donde me mandan de nuevo al…

—De nuevo al principio, de memoria lo sé.

Don Bernardo mató una pulga. Se frotó la pierna mala y se tapó la cara con las manos, se quitó la calza y examinó una fea herida, ya vieja, que tenía en el muslo.

—¿Qué es esto? —dijo don Bernardo señalando la jarra.

—Es agua. He ido a buscarla a primera hora.

Mi amo blasfemó en buen castellano, luego, en dialecto franco, y pronunció alguna palabra en francés o turco antes de tirar el agua por la ventana.

—El agua te pondrá enfermo. ¿Acaso no sabes que está cargada de miasmas?

De la calle llegó una voz malsonante. Comprendí que, al no avisar don Bernardo con el «¡Agua va!», había caído sobre alguien. Mi amo asomó la cara por la ventana junto a la cazoleta de su arma enfundada. En la calle se habían reunido ya tres pisaverdes, un señor mayor y un estudiante. El burgués al que había mojado era un comerciante bien comido y vestido.

—¿Qué ocurre, señor? —dijo don Bernardo.

—Ocurre lo que ve —respondió el burgués mostrando su ropa empapada, mientras caía en la cuenta de la cicatriz que cruzaba la cara de mi amo.

Los pisaverdes se esfumaron.

—Si quiere satisfacción… —aventuró mi amo.

El burgués calló, hizo una reverencia y se alejó sin responder.

—No quiere morir joven el hideputa —dijo don Bernardo volviéndose.

Asentí sin convicción.

—Maldita sea —se quejó—. Otra vez sin dineros ni munición de boca.

Don Bernardo se tumbó en la cama, deprimido, y sacó algo de su bolsa: una sencilla sortija de latón.

—Ve a buscar algo de comer a cambio de esto.

—¿La cambio por comida?

—Por pan, y vino. Cualquier cosa. Es lo último que me queda.

«¡Orozuuuuuz, más dulce que los besos, y bueno para el mal aliento», gritaban. Arribé a una plaza triangular, frente al portal de una iglesia, donde había instalada una picota. Había un hombre en un cepo, y dos chiquillos que se entretenían en atormentarlo. Hacia el sur, el mercado de abastos estaba en plena ebullición a esas horas. Un zagal recogía con un cubo de madera unas boñigas de caballo y, tras él, un campesino ofrecía a voz en grito las primeras alcachofas de primavera. En un endeble corralillo, un grupo de gallinas picoteaba el suelo rodeando a un gallo grande y lustroso. Un perrillo joven trotó junto a la valla y se puso a ladrar, y dos mujeres que portaban cestas reían mientras alguien, desde un balcón, llamaba a su hijo. Corrí para ahuyentar la envidia que sentí por aquel niño afortunado y me interné por una calleja estrecha que subía hasta la Plaza Mayor. Más al fondo se abría un establecimiento que vendía legumbres y semillas dispuestas en sacos. En la entrada, bajo unos amplios soportales, un viejo sin dientes mantenía en equilibrio una tarima que contenía dulces de miel y almendra. Se me hacía la boca agua cuando, de pronto, me distrajo un grupo de hombres que hablaba con gravedad.

—La reina Juana no puede responder de sí. Es cosa sabida.

—La reina está tan cuerda como yo. Y eso lo juramos los pucelanos.

—Eso lo diréis vos, pero las Cortes jurarán a Carlos como rey de Castilla y será nuestro rey. No hay más que hacer.

—¿Que no podemos dice? Carlos no es mi rey.

Otros hombres increparon a ese y levantaron la voz contra los pucelanos. Alguien mentó a la madre de uno, y a otro se le escapó un «bellaco». Atiné a ver relucir el acero de un cuchillo y emprendí la retirada sin entender esas cuestiones de juramentos, reyes y reinas locas. Aunque después de ver a un espadachín borracho y a un ciego que ve, estaba curado de espantos. Nada más atravesar una plaza tranquila, en la que chispeaba una fuente, hallé una tahona. Sobre tablas lisas, exhibía bollos, panes en forma de nube, tortas y dulces.

La panadera, una mujer con el delantal blanquísimo, pero de rostro agrio, me observó de hito en hito.

—Buenas tardes.

—A la paz de Dios —respondió.

—¿A cuánto está el pan? —pregunté, mientras buscaba la sortija de don Bernardo.

—El de una libra, cinco maravedís. El de dos libras, nueve —dijo, mientras yo rebuscaba en el bolsillo.

Solo hallé un agujero en el que me cabía elíndice. Desesperado, rastreé entre mis calzas.

—¿Qué haces, bergante? —dijo al ver que enseñaba demasiadas carnes.

La panadera echó mano al rodillo, y ya estaba en trance de romperme el cráneo cuando la apacigüé con mi última posesión.

—Señora. Podría pagarle con esto, si permite que algún día pueda recuperarlo.

Sin soltar su maza, la mujer tomó el anillo de mi padre.

—¿Un arete de hierro? No vale nada.

Los yermos estaban en calma. En la llanura ocre, enmarcada por los ríos, la naturaleza, a pesar de la falta de agua, se esforzaba en verdear. Entre las copas redondeadas de un olivar, un santo avanzaba sobre andas, como si flotara. Tras él, la procesión, a modo de hormigas, rogaba al cielo por la lluvia. Descendí por la falda de la colina que delimitaba la ciudad y en la que comenzaban los campos. Los brotes de trigo, ralo, daban al horizonte un aspecto tenue, sedoso. Y solo al mirarlo de cerca se comprendía la fragilidad de su existencia en la dura tierra pucelana. Olía a tomillo, a polvo, y apenas había nubes en el cielo. Amortiguado por la distancia, oí el repique de campanas. Dirigí mis pasos por la vereda, a cuyos costados se sucedían huertos y caseríos. Un caminillo estrecho marchaba paralelo a la ruta principal, bordeando un antiguo vallado de mampostería. Ladró un perro. Estaba lejos. Escalé el muro y corrí hacia el verde: una mata de cebollas. Me hice con algunas y, tras la alquería, alcancé a ver un gallinero. Las aves aletearon enloquecidas. Logré arrinconar a una. De nuevo los ladridos, ahora más cercanos. Recuperé las cebollas sin soltar la presa, que llevaba agarrada por las patas, y me lancé hacia el muro. ¿Cómo iba a escalarlo con las dos manos ocupadas? «¡Grrouuu!», oí.

La sombra rugiente se acercaba entre una hilera de coles. Era un monstruo con la boca llena de baba y colmillos. Me entraron ganas de orinar. Arrojé las cebollas por encima del vallado. Los rugidos, más cargados de razón que los argumentos de Séneca, arreciaban. Arrojé la gallina, que aleteó furiosa hasta topar con el muro, justo antes de que aquel mastín, grande como un caballo y con la boca abierta, se me echara encima y le cayera al morro la cloqueante nube de plumas, lo que me dio el respiro necesario para saltar la tapia. Aún con el aliento de aquel bicho a mi espalda, caí sobre las matas. Desorientado, miré a mi alrededor para cerciorarme de que el animal había quedado al otro lado de la valla.

Hallé a mi amo rezongando en la cama y le mostré las cebollas.

—¿A estas horas traes la comida? ¿Qué te crees? ¿Que estamos a Viernes Santo?

Se levantó y me dio un pescozón.

—Fui a buscar cebollas. Por eso tardé. ¿A vuesa merced le gustan? También hallé tomillo.

—¡Llámame Bernardo, rediez, que dormimos juntos! —respondió, al tiempo que examinaba con curiosidad las verduras. Se podía oler la algarabía que precedía a la hora de la comida, que venía del salón, y el tufo del cocido, untuoso y grasiento, que no nos podíamos permitir.

—¿Y el pan?

Me clavó la vista, como cuando me interrogó por mi oficio de ladrón.

—¿Te han dado solo media libra de pan y te la has comido? —Su cicatriz perdió el color.

—No me la he comido.

—Entonces —dijo Bernardo. Se alzó y cayó el taburete—, ¿qué demonios has hecho? ¿Solo te han dado cinco miserables cebollas y un arbusto?

Mi amo extendió los brazos, preparado para golpear. Tragué saliva y le dije la verdad:

—La perdí. Se me cayó en alguna parte.

—¿Perdiste la sortija? —bramó don Bernardo, estupefacto.

Se me fue el ánimo y, antes de mostrarle el agujero del bolsillo, dejé caer la rama de tomillo y tomé posición tras la mesa. No era estrategia de un Julio César la mía, porque solo podría huir en círculos. Don Bernardo, guerrero experimentado, cojeó hacia la puerta con la intención de cerrar mi retirada mientras elucidaba la golpiza, con razones, métodos y glosas de tal sustancia que no se ha visto en patíbulo mejor ilustración referida a los traseros. En ese momento el posadero, un hombre menudo, con el pelo ralo y gris y una verruga sobre la ceja izquierda, asomó en el quicio.

—Disculpe vuestra merced.

—¿Qué ocurre? —Mi amo vaciló un instante, que aproveché para ponerme fuera del alcance de su mano.

En ese instante sentí un consuelo: noté el bulto del anillo de padre sobre el pecho. El daño que se avecinaba, bien lo valía.

Capítulo 20

—Señor, que vengo a cobrar lo que se debe.

Mi amo enfrió sus humos y tragó saliva.

—Son cinco reales. Una semana —comenzó a recitar maese Palomera, como quien camina sobre la superficie congelada de un río en tiempo de deshielo— con la comida y la bebida, y dieciséis de los últimos cuatro días de retraso solo con la habitación, señor. Necesitaremos la habitación.

El posadero traía consigo la cédula del rector de la universidad. Explicó que su posada era de preferencia, y que pronto vendrían más estudiantes. La boca de don Bernardo, dentro de su rostro mal afeitado, que ya comenzaba a borrar la perilla, formaba una fina línea roja que contrastaba con la palidez de su cicatriz. Observaba al posadero sin inmutarse, cuya mirada se dirigía de la mano de mi amo a la herreruza que colgaba tras él.

—No se preocupe, vuaced, que mañana recibiré los dineros —prometió don Bernardo, mientras yo reculaba.

—Le juro que no es mi voluntad contrariarle, pero no podré esperar a mañana. Que anteayer dijo que ayer, y ayer que hoy.

—Yo no le juro, pero le prometo, y deberá bastarle con mi palabra. Mañana cobra los dineros y no se hable más.

El posadero no se atrevió a contradecir a mi amo, y advirtió mi regocijo. Cuando marchó, don Bernardo dio un golpe en la mesa, cojeó un trecho y se tumbó en el catre.

—Maldita sea mi estampa, maldita sea mi pierna, y maldito sea Anselmo Palomera, que ya es capaz de amenazarme, o casi.

Permaneció así tumbado un rato, despotricando contra su fortuna; el nombre, apellidos y antepasados de Malasangre, la Chancillería, algún que otro deudor, y las centenas de maestros de esgrima que, buenos o malos, abundaban como ranas en una alberca. Callé, por si se olvidaba de la tunda que me debía.

—Si quiere, puedo asarlas. Las cebollas, señor —dije cuando don Bernardo se volvía hacia mí, pensativo.

Negó con la cabeza, mientras echaba un largo vistazo a su alrededor, que acabó en su espada.

—Mira, ve por Roberto Malsueño si está abajo, que ya tendría que haber recibido recado, y si no, regrésate de nuevo a la posada de los Orates, y le dices que necesito con urgencia los dineros que le presté. Dile que tiene que venir ya porque no puedo esperar más. Si vuelve a faltar, es que me evita, y si es eso, aunque ratonee entre las cincuenta posadas, mesones y tabernas que tiene la villa, al final lo encuentro, lo reto y me mata o lo mato —zanjó, palpándose el vientre vacío—. Díselo así, y si ves abajo a uno de mis amigos, le dices que suba. Cochina hambre y cochina vida…

—¡Carmen! —gritaban desde el salón.

De caderas recias y rostro delicado, la buenamoza salió como una exhalación con una bandeja llena de vasos y tres platos en equilibrio. Ya era mediodía, y el salón, que ocupaba gran parte de la planta baja, estaba lleno de viajeros y estudiantes. En la cocina, que olía a una mezcla de comida maravillosa y basura, había un lío imponente. Me asomé mientras la mujer del posadero, muy entrada en carnes, me hizo un sitio junto a una pila de cestas con verduras. Una vieja molía algo en un almirez que sostenía entre sus rodillas mientras Carmen, la hija del posadero, con el pelo recogido con una toquilla, amasaba tortas sobre una mesa cubierta de ajos, cebolla, harina, vasos, huevos, frutos secos y restos de queso. En una gran tina se apilaban al fondo vasos y cubiertos bastos. Bajo la mesa, un viejo gato se entretenía en mordisquear una cabeza de pollo. Intentaba acercarme a la lumbre, donde borboteaba una gran olla con carne y verdura. El aroma me hacía la boca agua, cuando algo me golpeó la nuca y la vista se me nubló. Dos estudiantes me señalaron a carcajada tendida desde el comedor, al ver como el posadero me sacaba de allí a pescozones. La algarabía era fenomenal, y no había signo de Malsueño, ni de los otros camaradas de mi amo, pues es sabido que, cuando la bolsa de uno se vacía, los amigos se esfuman. Tres hombres mayores discutían en la de al lado, aunque la mayor parte del salón estaba ocupada por jóvenes entre la pubertad y la veintena, bajo el control de la rolliza mujer del posadero.

Un estudiante ancho de espaldas y con las mejillas coloradas dirigió a hurtadillas una mirada lúbrica al lomo de la camarera. Estaba sentado junto a otros dos fachendas, cerca de la mesa de la ventana. Mientras esperaban su almuerzo, muy pagados de sí mismos, vaciaban sus cuartillos de vino junto a un cuenco de aceitunas y discutían alguna de las chifladuras que enseñan en la universidad.

—Eclesiastés tres diecinueve, asno. Te lo dice Benito —oí decir a uno mientras se metía una aceituna en la boca—. *Facaste fuspenso forque* el alma se refiere a la vida de un *fer* vivo. Al morir —escupió el hueso—, todos pierden el alma.

—El tres veinte también, como que me llamo Carrasco —agregó el tercero, de rostro alargado y ojos muy juntos.

—Como muere el uno, así muere la otra. Lo mismo hombre o bestia. Esto es lo que decía el santo —subrayó el tercero mientras roía una lasca de queso y dejaba caer su corteza.

—Eh, zagal. Ven aquí, hombre —dijo, al ver que la tomaba del suelo.

—Vanidad, mi verga. Ojo con eso que dices, Maldonado, que, con tanto vino, si sigues por ahí, vas preso.

—Vamos al caso —dijo el primer estudiante, para dirigirse a continuación hacia mí—. ¿Tienen o no tienen alma los animales? —Me señaló con el dedo.

—Eh… —dudé.

El llamado Maldonado me acercó el plato de aceitunas.

—¿Respondes? —insistió, mientras yo alargaba la mano—. Este paparote no sabe nada.

Maldonado apartó el plato, y no pude alcanzar de las aceitunas sino el hueso —el tal Carrasco me acertó en la ceja con uno—, pues aquellos brutos iniciaron conmigo una competición de puntería. Al llegar, ofuscado, a la habitación de mi amo, la hallé vacía y eché en falta la mesa. Mientras chupaba el hueso de aceituna amarga, que aún sabía a ajo, vinagre y tomillo, comprendí que me había equivocado de cuarto. Había dos catres, un estante con libros y, bajo la ventana que daba a la calle, un tablero en el que se erguía una pluma de ganso. Era blanca, y larga como mi brazo. Junto a ella, sobre la mesa, un frasco de tinta y media resma de papel de escribir sobre un tomo de piel de gamo. Un hueco de la pared, tapado con una cortina, daba a una pequeña despensa que contenía una frasca de vino, cecina y una maravilla, de buena media vara de largo, que colgaba, esplendorosa, de su gancho.

En su habitación, mi amo, debilitado, miraba fijamente el techo tumbado en la cama. Le mostré entonces el salchichón.

—¿Has visto a...? ¿Qué traes?

Don Bernardo se sentó en el catre y se tocó la perilla, calculador. Creo que tenía más hambre que yo. Y no era poca la mía.

—Devuélvelo bellaco, que nos prenden y me quitan la hidalguía —dijo al fin.

Resonaron entonces al otro lado de la puerta los pasos de los estudiantes, que regresaban a sus habitaciones.

—Regresan —dije—. ¿Cómo voy a devolverlo?

—Pues vete y no vuelvas.

—Señor...

Don Bernardo se levantó. Tomó su espada enfundada.

—Fuera, digo, o te arranco las costillas.

Salí al pasillo con el salchichón bajo el brazo. ¿Qué sería de mí? Oí una risotada tras la puerta de la habitación de los estudiantes.

—¡Macaco! —gritaban.

Pero no salieron para zurrarme. Oí más risas, soterradas por el grueso de la puerta, e, intrigado, miré a través de la cerradura. Los tres estudiantes se entretenían increpando a los viandantes que pasaban por la esquina de la Gallinería Vieja, hasta donde alcanzaban los tenderetes de los lorigueros.

—Mira —dijo Maldonado, el alto.

—¡Eh! —rebuznó Benito.

—¡Eh! ¿Qué traes ahí? —agregó Carrasco—, ¡lelo!

—¡Calzorras!

—Mirad a esa.

—¡Eh! ¡Buscona!

Benito, Carrasco y Maldonado lo pasaban en grande, cuidando de que los transeúntes no viesen de dónde venían sus gritos. Abrí la puerta bien despacio, temiendo el chirriar de los goznes y que uno de ellos se diese la vuelta. Deposité en el suelo el salchichón y volví a la habitación de mi señor, que estaba sentado en la mesa con la cabeza entre las manos.

—He dicho que fuera —gruñó cuando cerré la puerta.

—Le pido merced, lo devolví.

Don Bernardo me miró de hito en hito.

—No se dieron cuenta —agregué.

—¿Y tú eres hijo de tu padre, so golfo?

—Tenía hambre, y también vuesa merced. Es mediodía.

—Tráeme un poco de agua—dijo, como si el trance de beber aquello, y no vino, fuera una obligación muy dolorosa.

Don Bernardo, debilitado por el hambre y la tristeza —¿era por mí?—, se frotó con los puños las profundas ojeras. Le serví el agua, que bebió despacio, tras olerla con recelo.

—Te tendré que castigar —dijo, más animado, después de secarse la boca con el puño de la camisa. ¿Has encontrado a Malsueño?

—No le vi en la posada.

—Ponte aquí. —Señaló la mesa.

—¿Para qué?

—No te denunciaré por ladrón, pero te castigaré como habría hecho tu padre. Bájate las calzas y pon las manos sobre la mesa.

Retrocedí un paso.

—Si marchas, no vuelvas.

Me bajé las calzas y afirmé las manos en la madera dispuesto a resistir el castigo. No quería quedarme solo. Recibí ocho golpes.

—¿Sabes lo que es un hidalgo? —dijo cuando acabó.

Me subí las calzas y asentí.

—Dímelo.

—Un caballero —respondí.

—¿Solo eso?

Tuve ganas de contestar que era un imbécil a caballo, pero bien podría sacarse de nuevo el cinturón, y don Bernardo pegaba más recio que los curas.

—Es un hombre que responde a su honor cuando…, que… —balbuceé.

—Y que tira de espada. ¿Quieres decir eso?

A pesar de su cojera, mi amo se movió con sorprendente agilidad. En un solo gesto, sacó el arma de la funda y colocó la punta a media pulgada de mi rostro.

—Cualquiera puede pinchar la carne.

El acero, frente a los ojos, parecía la lengua de una serpiente. Aquel famélico hidalgo, en su celo irritado, iba a cortarme la lengua, o la nariz.

—Si eres pechero y te casas con una hidalga o tienes siete hijos varones consecutivos —dijo haciendo un floreo con la mano libre mientras yo tragaba saliva—, también puedes ser hidalgo, pero olvida a estos, que los buenos son los otros. Los hidalgos de casta, en su mayoría pobres, venimos de aquellos que recuperaron España palmo a palmo.

Respiré aliviado cuando don Bernardo guardó la espada y se sirvió otro vaso de agua, con cara de asco, que bebió sin respirar. Miró hacia la calle, donde se oían apagadas las voces del alfarero.

—Ahora nos obligan a demostrar con tinta lo que ganamos con sangre.

Se recostó en el jergón y dejó perder la mirada en las telarañas.

—Cuando el rey Alfonso pidió a los hidalgos un tributo de cinco maravedís por cabeza, el señor de mi pueblo[1] le contes-

---

[1] Se atribuye el hecho a un diálogo, acaecido en Gamonal, entre el rey Alfonso y el conde de Lara.

tó que estos maravedís estaban en la punta de sus lanzas y que allí podía cogerlos. —Señaló el techo con el dedo, como si hubiera hecho eso muchas veces—. Un hidalgo no piensa en dineros, ni los cuenta.

Sacó entonces del pecho un papel muy arrugado, que guardaba junto a la recomendación de su querido capitán caído en desgracia.

—Los cochinos papeles ahogarán este país sin remedio —dijo, como si aquella cuartilla contuviese la condena al infierno.

—¿Y en algo que no sea… guerrear…? ¿Trabajar tal vez?

Don Bernardo dejó caer el papel, sin dar crédito a lo que oía.

—¿Trabajar? ¿Como un villano? ¡Maldita sea mi estampa! —Escupió de nuevo la palabra como si fuera vinagre mientras se dejaba caer en la yacija.

Mi señor peroró un buen rato en contra de los secretarios, los alguaciles y la falta de guerras en las que lucirse, hasta que, al traer a cuenta a una virginal doncella (tal vez ya no lo fuera a esas alturas del año) llamada Jacinta, dulcificó su expresión.

—Ah, si la vieras. Pulcra, de manos pequeñas. Boca de botón, e hija de casa rica. Con tal de dar lumbre a su descendencia y no pagar impuestos, su padre autorizó la boda si demostraba mi solera, porque, al no ser yo de su ciudad, estaba registrado como pechero[2], y aquí me tienes: ocho meses llevo ya, entre chupatintas y escribientes. Los bellacos de la Chancillería me pidieron la inscripción de mi bautizo, y después, la ejecutoria de hidalguía de mi abuelo, y más papeles,

---

[2] Pechero, o plebeyo, era aquel que, por carecer de probada hidalguía, estaba obligado a pagar impuestos.

hasta que, arruinado de tanto esperar, me quedé sin novia, dote ni solar. Jacinta casó con un notario y hay más soldados sin empleo que cagarrutas flotando en nuestro bello río. Solo me queda la hidalguía, y vive Dios que no me voy de aquí sin conseguirla. Mientras tanto, solo me queda el vender argucias.

—¿Argucias? —señalé, pensando en el juego de naipes.

—Argucias para no pinchar en hueso en los desafíos. Pero en España hay más matones que gente a quien matar. Por eso pasamos hambre.

Anduve los dos días siguientes con los recados a chancillerías, despachos, posadas y palacios. No encontré protector para mi amo, y tampoco a aquel Malsueño. Estaba siempre por llegar, o se había ido. Mi amo solía pasar el tiempo en la cama, o paseando su cojera. Mientras aún dormía, me afané en emplear la última cebolla que, por mísera, había guardado en reserva.

—¿Y esto? —dijo cuando se desperezó y vio la sopa—. ¡Ratero mangurrián! —Se lanzó sobre mí.

—¡No robé nada, don Bernardo! —chillé mientras me escabullía.

—¡Sanguijuela, golfante, uñilargo! ¿Y los condimentos? ¿Vuelan solos?

—¡Es corteza de queso que encontré en el suelo! ¡No la robé!

Al tiempo que corría, me apresuré en contar cómo había pelado la cebolla mustia en finas rodajas, y sofrito en el cazo —vacío, pero impregnado en manteca—, junto al tomillo, algo de hinojo seco, un resto de romero y la corteza de queso hecha virutas. Don Bernardo, al fin, se detuvo. La tomó despacio, y poco a poco fue cogiendo color.

Cuando estuvo satisfecho, me acercó el plato.

—Hay que ver cómo corres. ¿Quieres aprender esgrima? —dijo mientras me veía comer los restos.

—Sí, señor.

—¿Ves esto? —Se señaló la cicatriz.

—Sí, señor.

—Te matarán. No porque seas pequeño, sino porque es algo que sucede siempre un día, si resulta que te gusta pelear. España está llena de valentones que quieren probar el filo de su acero en lo blando. Lo mejor que puedes hacer, y eso lo decía don Policarpo, que era el más grande maestro, es evitar los desafíos. ¿Crees que saber hacer una cuarta en círculo, una sagita o un revés ascendente te hará más hombre?

—Pero vos sois…, fuisteis soldado.

Lo dije porque no me atreví a decir que a quien tuviera una moneda de plata en la bolsa mi amo le recitaría las artes del combate en cuarenta estrofas: no gustaba de dar lecciones gratis a nadie, y tampoco a mí, por muchas sopas que hiciera.

—¿Y crees que en guerra uno se preocupa de tretas y requiebros?

Don Bernardo volvió a su catre, movió una botella vacía por si quedaba algo, pasó la lengua por los labios secos y suspiró.

—No. En la guerra no se atiende mucho al decoro y mueres mal. Aprendes, eso sí, algo importante: a perder amigos. Tantos que al final casi te da igual morir. Entonces es cuando eres peligroso. Eso lo decía el propio Policarpo de Carranza y Gómez. En Sevilla. Tendrías que verla…, Sevilla. Pero no se te ocurra pelearte allí con nadie, porque, con destreza o sin destreza, tienen las manos rápidas.

Se levantó. Vació de aire los pulmones, se rascó la barriga y, de paso, esculcó otra pulga. Dedicó un buen rato a juzgar mi presencia, como hace el leñador con el tronco de un pino.

—Vive Dios que lo que has hecho con una cebolla pocha es digno de un rey. Me parece brujería. Me recuerda al tal García de Paredes, que, a falta de lanza y espada, batió a los franceses a pedradas. Te ganaste esa lección. Vamos a ver. —Se animó mi contradictorio amo—. Eres muy pequeño y mal avío tienes con esos brazos cortos, pero te enseñaré un truco. Uno solo. Es suficiente, pero toma nota de lo que te digo: ya puedes saber de ardides y estratagemas en la vida, que al final se muere cuando se muere. Y la muerte viene siempre cuando no la esperas, y se sabe más tretas. A lo que vamos: lo más importante de la verdadera destreza es controlar la fuerza. ¿Te crees débil? Sí —confirmó al verme mover la cabeza afirmativamente—. Eso no es un drama, si tienes asaduras.

Tomó la espada y me dio su otra arma. Un instrumento corto, de gavilanes grandes, cazoleta triangular y contrafilo en forma de sierra.

—Agárrala bien, pero no muy fuerte. Es adecuada para tu tamaño. Se llama *vizcaína,* y también *quitapenas.* ¿Sabes? Con eso —señaló la vizcaína— y esto —alzó la cazoleta de la espada ropera—, a los españoles nos temen en todo el mundo. Los tudescos[3] dicen que tres españoles pueden tener en jaque a quince de los suyos si llevan una quitapenas en la mano izquierda.

Don Bernardo dio un paso atrás y colocó la punta de la espada frente a mis ojos.

—Pero ¿sabes por qué a los españoles nos temen en todo el mundo?

—¿Por la verdadera destreza?

[3] Originarios de zonas de influencia germánica, como los que serían posteriormente conocidos como *alemanes.*

—No. Es porque a hijos de puta no nos gana nadie. Al menos cara a cara, que de lejos no las vemos venir. Olvídate de tajos o reveses y primero…

Acercó su rostro a mí, bravío, y me eché atrás, aunque no era su fiereza lo que me espantaba, sino su aliento.

—Si no vas a morder, no muestres los dientes. Lo más importante en una pelea, en primer lugar, es no caerte y que te fíen más débil de lo que eres. Respira una vez. Dos, si tienes tiempo. Y lo miras a los ojos. Aparta mi acero sin mover los pies.

Lo intenté.

—No puedo.

—Usa tu fuerza.

—No tengo bastante…, es imposible.

—Mala palabra, badajuelo —dijo, mientras tomaba su arma cerca de la empuñadura, entre el pulgar y el índice—. Un discípulo preguntó a don Carranza: «¿Por qué tenéis la espada más corta?», y el maestro respondió: «Porque así la victoria será más grande». El discípulo era yo. Parecía un escribano, medio cojo, narigón y miope, pero tendrías que ver lo mortal que era, porque era filósofo. Él decía que lo que ves es un espejo de la realidad. Tu realidad es que no puedes desviar mi espada, pero la fuerza es relativa. Depende de la geometría. Ahora, usa la hoja cerca de la empuñadura. ¿Lo ves? Hace palanca. Se llama punto fuerte. Cuando te ataquen, deja que se confíen, y usas el gavilán para desviar la punta. Prueba.

Desvié la punta de su espada.

—No está mal… para ser un canijo. ¿Te molesta que te llame así? —dijo, seco—. La primera vez que alguien te llame *caballo* dale un puñetazo. La segunda, llámale *imbécil*. La tercera, irá siendo hora de que te calces herraduras. Eres lo que eres, y debes de aceptarlo para luchar. Tienes que conocer tu cuerpo, la postura, la distancia, el tiempo, la claridad. No pestañees. Mírame. La ventaja que tienes es que, si peleas contra otro plebeyo, tendrá un arma igual que la tuya, y no una espada.

—¿Y si es hidalgo?

—Los hidalgos sangran igual, pero llevan tres veces más largo el acero[4]. Prueba otra vez, y luego lanzas la punta de abajo arriba. Cuando apuñales, hazlo con ganas. Con toda el alma, que si echas los dados, los tiras todos.

Pasamos el resto de la mañana en la primera y única lección de verdadera esgrima que recibí en mi vida, y de la que, gracias a mi memoria, pude nutrirme luego.

—Ahora ve a buscar a Malsueño, a ver si lo encuentras en el figón de la Batueca, que los sábados, cuando los estudiantes le dan al naipe, suele aparecer por allí. Búscalo y esta vez no le digas nada a nadie ni preguntes, porque a mí me da que se esconde. Solo dime dónde está, porque creo que tendremos pendencia.

Los aceros, lances y refriegas en aquella primera lección habían despertado las ganas de acción de mi amo, al que dejé en plena furia guerrera, ejercitándose con una viga. Las mesas del comedor estaban casi todas vacías a esa hora temprana de la tarde, y solo había algunos viajeros de aspecto apático y solitario. Sin esperanzas de encontrar a Malsueño, estuve más pendiente de buscar algún tendero descuidado, y de trabar amistad con un perro que ahuyentó un bebedor del figón. Al cabo de un buen rato le vi entrar. Tomó asiento en una de las mesas alejadas de la puerta, entre un montón de caras torvas. Era un hombre luengo, de huesos grandes, ojos azules, mostacho fiero al modo de los héroes de cuento que uno imagina.

---

[4] A los pecheros, o plebeyos, les estaba prohibido portar espada.

Cuando me atreví a asomarme, jugaba con dos estudiantes. Encorvado sobre sus cartas, mostraba una sonrisa perfecta mientras las barajaba. Sus ojos de gato no eran de fiar. Mezclaba los naipes al tiempo que dirigía un guiño zalamero a una camarera, seducida, sin duda, por sus encantos de predador.

—¿Don Roberto Diéguez?

—Aguardad —respondió Malsueño atento al juego.

Había llevado su mano atrás al oír su nombre, pero la relajó en cuanto vio mi poca envergadura. Los estudiantes iban perdiendo. Uno de ellos sostenía los naipes con irritación, y miraba de vez en cuando al otro.

—No voy.

Su compañero enseñó su juego, y Malsueño hizo el envite colocando uno a uno los cartoncitos multicolor sobre la mesa. Después de mostrar el último, arrastró el montón de monedas de cobre que se apilaban en el centro.

—¿Otra, señores?

El estudiante negó con la cabeza y se incorporó, incómodo, mientras Malsueño, jactancioso, guardaba las monedas en su faltriquera. No estaba lejos del pomo de su arma. Armas, más bien, pues llevaba tanto hierro encima como para asaltar una galera turca. Los estudiantes, además de jóvenes, solo llevaban esos facones de que se sirven los plebeyos para defenderse, comer o pelar manzanas, pero sentí una tensión momentánea antes de que se despidieran de mal grado, con los bolsillos vacíos. Malsueño no apartó la mirada de ellos, ni la mano de su costado, hasta que desaparecieron.

—¿Y bien? —me dijo, volviéndose.

Malsueño, a pesar de su corpulencia, era más rápido de lo que parecía. Compuso el mazo de cartas con dedos rápidos y ágiles (nueve) antes de meterlas en una bolsita que guardaba bajo el jubón.

—Me envía mi señor, don Bernardo Moreno. Quiere verle.

—¿Don Bernardo? ¿Qué don Bernardo? ¡Ah! ¡El hidalgo de gotera! —recordó, torciendo el gesto.

El malnacido se refería con ello a aquellos nobles que, por no poder demostrar que eran hidalgos, solo podían serlo de puertas para adentro. Malsueño se divirtió con mi irritación y sonreía a medias.

—Mi señor es un hidalgo —respondí.

—Bueno, pero es de gotera, y así puedes decírselo. Cuando acabe su pleito dejará de serlo, si lo acaba. Le dices que estaré a la caída del sol en la estatua del emperador, del camino del espolón viejo —dijo incorporándose—. Ahora voy a ver a una persona a la iglesia que está allí cerca, y luego esperaré a don Bernardo donde te digo. Se cobrará entonces ese tal hidalgo, que quiere hacerlo con tanta priesa.

Regresé para dar a cuenta a don Bernardo. Se tomó lo de la gotera muy en serio.

—¿Os pagará?

—Sí.

—¿Adónde vais?

—Tira el resto de la sopa. Mañana comeremos perdices y salchichas en manteca.

Vi como salía calle abajo hasta torcer la esquina tras la alfarería, y me tumbé en la yacija para disfrutar de su blandura. Entonces comprendí cómo iba a cobrarse la deuda, y la ofensa, don Bernardo. Sobre la sábana, reparé en algo que desapareció de un salto.

Lo que don Bernardo y Malsueño derramarían, lo mismo que aquel lobo de ojos amarillos, era lo que buscaba aquella pulga. Me resistí a dormir y, al paso en que llegaba el silencio de la noche, recordé el carmín, como claveles muertos, sobre la nieve. La lengua de aquel gato sobre el charco rojo. El bermellón del hombre, descabalgado junto al puente. En cómo la sangre de la liebre se junta con el coriandro. Y cómo aquel fluido alberga el hilo misterioso que une el alma al cuerpo y, una vez derramado, se convierte en tierra. Me concentré en las telarañas con la idea de permanecer vacío en el duermevela, a fin de huir de las pesadillas que había almacenado a lo largo de mi corta vida, y recordé cómo en Sahagún fray Tomás cocía flores frescas. Sobre una tabla de cortar picaba finamente lilas, violetas, acelga verde, moras y jacintos. Las hervía, según su color, y añadía una cucharadita de sal y otra de vinagre que llevaba en alcuzas a la biblioteca. Allí me mostraron cómo el verde serviría para dar color a la vieja tapa de un libro que mostraba a una serpiente que se devoraba a sí misma. Con tales extraños pensamientos, caí dormido. Estaba a punto de saciar mi apetito como ese uróboro, comenzando el banquete por mis propios pies, cuando me despertó, ya de mañana, la voz del posadero.

—¿Dónde está tu amo? Me dijo que pagaba mañana, y de eso hace tres días.

—No ha venido aún —respondí, abatido.

—¿Que no ha venido?

—Se fue ayer por la tarde.

—Si se ha marchado, daré cuenta a la autoridad para que le prendan. ¡Me debe ocho días, y la comida!

El posadero añadió que yo respondía por mi amo y salió dando un portazo.

La espera me consumía. Aún quedaba el resto de la sopa, y no quise tirarla. Esperaría a mi amo para tomarla con él. ¿Y si había perdido el desafío? Anduve arriba y abajo, atento a que el ladrido de los perros, las campanas, las voces de la calle y el runrún del salón desvelaran los pasos secos e irregulares de mi protector. No concebí que pudiera ser vencido por aquel tahúr, así que seguro que había puesto tierra de por medio entre él y las deudas. ¿Caballeros? ¡Ja!, me dije. Aguardaba sin esperanza. Al bajar las escaleras, me cortó el paso la expresión agria de Fuencisla, la mujer del posadero.

—¡Tú! ¿Adónde vas?

Si hablaba, asomarían las lágrimas, así que apreté los dientes con fuerza. Carmen, la buenamoza, recogía un cubo del suelo mientras los estudiantes, sentados ante tazones humeantes, le lanzaban guiños.

—Tú, entra adentro —le escupió su padre a las espaldas de su mujer antes de tomarme del brazo.

—¿También quieres irte sin pagar?

—Que pague trabajando —dijo Fuencisla.

Tenía una llaga sobre el labio, del tamaño de un guisante, y me estudiaba con sus ojos pequeños y malignos.

—¿Y qué es esa cara agria? —dijo Fuencisla.

—Dormirás bajo la escalera. Te daremos olla una vez al día, sin carne. Y agua, toda la que quieras. Más te vale eso que pagar tu deuda en prisión.

—¡Eh! ¿Adónde vas?

Esquivé su brazo, y la zanca que interpuso un estudiante.

Corrí calle abajo, sorteando a los transeúntes. Crucé la plaza hasta llegar a la valla que conducía a un bebedero de animales, y al puente que cruzaba el río. Desde allí se veía el segundo puente, y más al fondo, el Esgueva, que en ese tramo se desliza en línea hasta desembocar en el río grande. Podía verse a tramos tras el espolón viejo, un bajo contrafuerte de mampostería y tierra. Troté junto a la corriente hasta llegar a una fila de hayas desde la que se veía la ermita, hecha de cal y piedra, que guardaba —decían— un trozo de la vera cruz. Tras ella, se extendía el campo descubierto, ante el que se alzaba la puerta del Carmen, que conducía al Levante. Busqué la estatua referida por Malsueño, en la esperanza de encontrarle, pero no vi estatua de ningún emperador. Pregunté a dos viajeros, pero ninguno supo decirme nada de ella. Un grupo de lavanderas, que volvían con sus cestas, solo acertaron a reír.

Tras las puertas exteriores, que llevaban por ese lado a Tordesillas, los viajeros daban la callada por respuesta, o esgrimían sus bastones, de los que aprendí a guardar distancia. Mi sayo ajado, con mangas deshilachadas; las calzas agujereadas, que me venían cortas, y el cabo de cáñamo que empleaba como cinto les hacía llevarse a engaño al tenerme por vagabundo, en lugar de escudero. Pensé en los ojos de asesino de Malsueño, y en la cojera de mi amo. Por distraer los malos presagios, y el hambre, que volvía, me entretuve en canturrear una receta de calabaza, y caminar me devolvió el optimismo. ¿Acaso el maestro de don Bernardo no fue el espadachín más hábil que habían visto los siglos? Le imaginé volviendo con la bolsa llena, sonriente y triunfador, dispuesto a cumplir su promesa de pichones con manteca, que enlacé con la invención de Apicio. ¿Un relleno de la calabaza entera? La ruta de Levante se extendía entre una campiña de suaves lomas cubiertas de acebo y carrasquillas. No había signos de la estatua del emperador. Un guzmán a caballo, al otro lado del río, azuzaba a su animal para que marchase con galanura. Le tocaba los flancos con la fusta, y el caballo, magnífico, alzaba las pezuñas. Aspiré el aire fresco conforme me alejaba de la atmósfera de la ciudad. Mientras pensaba en el origen de la colocasia —¿sería agria o amarga?— y en cómo sabría su jugo desconocido junto al comino y la calabaza, seguí a dos mariposas diminutas. Un trecho después se perdieron en el campo áspero. Aún no había llovido aquel abril. A lo lejos, el viento de la estepa levantaba nubes de polvo. Batía el camino hasta internarse en un almendral que formaba un mar de flores blancas. Antes de llegar a él, junto a un túmulo que vigilaba el recodo del río en su desvío al oeste como un inmenso espejo, la vi.

La estatua del emperador no era estatua: solo era un pedrusco de mi altura, clavado al suelo. Tenía inscrito algo referido a un tal *imperator* César Trajano Augusto, etcétera. Un parroquiano a lomos de un mulo pasó de largo frente a ella y se santiguó. No lo hizo por la piedra, sino por el bulto que reposaba cerca. Don Bernardo yacía con la boca y los ojos abiertos. Tenía un profundo corte en el cuello, y otro desgarrón en el pecho. Un breve charco de sangre teñía el pasto ralo. Le habían quitado el jubón morado y el arma, sus únicas fortunas. El reguerillo rojo que salía del cuello estaba seco ya, y venía a caer bajo una mancha oscura allá donde la tierra había absorbido su sangre. Algunas moscas zumbaban con alegría en torno a su rostro, y sentí un espasmo de angustia al observar cómo una de ellas se colocaba sobre su pupila, que aparecía ya velada. Los pichones, que había artificiado en manteca, revoloteaban a su alrededor, y el muerto era mi amo. Tomé el camino de regreso. Vagué buena parte de la tarde sin saber qué hacer, hasta que me crucé con un hombre de mediana edad, ancho de vientre y rostro simpático, que vestía una buena capa.

—Señor —le abordé—, necesito un amo. Si vuaced...

—Largo, truhán.

—¿Muerto, dices? —dijo Anselmo Palomera, después de que su esposa me acertara con el mango de la escoba.

Asentí.

—Pues menuda sorpresa se llevaría el ladrón, porque ese tuercebotas tenía la bolsa seca. Maldita sea mi estampa.

El posadero me llamó gorrón, facineroso, sanguijuela y pequeñarro, hasta que se cercioró de mi sumisión. *Pequeñarro* significaba desgraciado muy pequeño, casi diminuto, sabría luego. Entonces, a desgana, me dio un trozo de pan seco a condición de que fuera un servidor devoto hasta que saldara mi deuda, que sería nunca. Alivió luego su orgullo dándome un buen topetazo, pues sabía que no me atrevería a esquivarlo.

Salpicón de maese Palomera

En una cazuela se ponen unos trozos de sobras de carne de vaca vieja o de ternera (igualmente puede ser carne de cordero o carnero, cuando empiezan a oler) y un buen pedazo de tocino entreverado que haya adquirido un tono grisáceo picado en pequeños trocitos. Se prepara en sartén con un poco de manteca que haya servido mucho tiempo, y ya esté negra, un aderezo de cebolla blanda y ajo del que tiene manchas, con algo de perejil mustio machacado, a lo que se añade un chorrillo de vinagre que se haya echado a perder. Se carraspea luego con la intención de extraer toda la sustancia viscosa que oculta la garganta, y se escupe en ella.

Finalmente se introduce un rato en el horno. Una vez hecho, puede tomarse caliente o frío.

Capítulo 21

Una cocina, decía, se parece al espíritu de su propietario, y el alma del posadero era la de un monstruo. Sobre los fogones, el hollín impregnado de grasa acumulada en décadas ascendía desde la pared hasta el techo, en cuyas esquinas se deshacían multitud de telarañas que, de puro sucio, habían sido abandonadas por los propios insectos. Bajo una pila de cacharros, una liebre muerta y una montaña de cebollas que la vieja fregan-china mondaba para colocar sobre un cubo. La mesa, al igual que el suelo, parecía oculta bajo una capa oscura y untuosa que era mezcla a partes iguales de grasa, sangre y suciedad.

El posadero señaló la letrina, que consistía en un agujero entre cuatro tablas. Era un lujo maloliente y raro que pretendía dar mayor postín —no lo daba— a la posada.

—La vacías con un cubo, que no desagua bien.

Una vieja mal encarada colocaba las cebollas junto a otras verduras que estaban demasiado cocidas. Sentí el deseo de apartar el caldero del fuego antes de que adquirieran la consistencia de un puré informe, y miré al sitio de donde venía la peste.

—También puedo ayudarle a vuaced en la cocina —dije—. Soy cocinero.

—¿Que tú eres qué?

—Sé cientos de recetas de memoria. Aprendí de un gran maestro.

El posadero me observó de hito en hito mientras el gato buscaba restos de comida bajo los taburetes.

—¿Hay carne, Josefina? —dijo el posadero, dirigiéndose a la vieja. Esta tenía una marca de fuego en la frente en la que no había reparado.

Con una sonrisa triunfal y desdentada, señaló un plato de sobras donde había algunos cartílagos.

—Aquí ya sabemos cocinar.

El posadero vació el amasijo en una olla con agua hasta la mitad. Tomó una frasca de vino, que olió antes de arrugar la nariz, y echó un chorro en ella. Maese Palomera se volvió hacia mí y señaló la letrina.

—Coge el cubo y vacía la letrina. La próxima vez que tenga que repetir algo recibirás lo tuyo, «cocinero».

No he conocido a hombre más marrano que don Anselmo. Tenía las manos grandes, finas y huesudas, y con las uñas tan largas y sucias como fondo de orinal. Le faltaba un diente, entre el incisivo y su colmillo torcido y amarillento, y por ahí solía escupir y pasarse una lengua afilada que siempre empleaba en las palabras más sucias y malsonantes. Cuando no se tocaba la verruga de la cara (situada en el lado opuesto al de la llaga que tenía su mujer), solía entretener sus dedos en los pelos de la nariz, y era normal para mí encontrar restos de esta en los trapos, vasos, encimeras y cualquier espacio que estuviera a su alcance. Su afición favorita era el desprecio a los estudiantes y maltraer a los clientes, aunque, si tenían buena bolsa, los atendía con una reverencia tan abyecta que irritaba a su esposa, pues ella, como muchos, pensaba que el abuso de los clientes daba tono en un lugar de precio.

En Valladolid, oí decir a un locuaz maestro de caligrafía (a causa de un falso Valdepeñas) que habitaban casi mil estudiantes. Había más de veinte posadas, y casi treinta tabernas y bodegas. De todos estos lugares, el mesón La Sierpe era sin duda el peor, aunque tuviera retrete. Había en la casa siete estudiantes. Cuatro de ellos vivían para el estudio, y otros tres, a fin de fastidiar al prójimo: Benito, Carrasco y Maldonado, que me fueron presentados cuando les llevé el almuerzo en sus platos y a los que ya tenía bien calados desde el suceso de los huesos de aceituna. Su lugar era la mesa del fondo, en el lado opuesto a donde se servía a los viajeros, que, junto a los primeros, eran lo que más abundaba en Valladolid. Estos últimos venían, como hizo mi antiguo amo —que en paz descanse—, para realizar gestiones que la justicia eternizaba. Siempre andaban perdidos y con la mirada fija en algún punto, como si la vida se les escapara y no supieran cómo.

La carne solía ser de morueco viejo. Las empanadas, de tan antiguas, espantaban hasta a las moscas. En días alternos, había albondigas refritas en manteca rancia, y ropavieja, similar al salpicón, pero hecha con despojos indistinguibles de legumbres y carne que, deshilachada o hecha una pasta, se sofreía junto a garbanzos con acelgas y alguna cebolla con tara. Todo ello venía con frecuencia aderezado con los humores del posadero, pues tenía este el gusto de Anselmo en vengarse de imaginarios agravios mancillando, según el cliente, el plato con esputos, flema de sus narices y hasta pelusas de las que cría el ombligo. Un día, incluso le vi orinar en una sopa de bacalao destinada a un cliente que tenía bordada en rojo sobre el pecho la cruz de Caravaca.

Durante el resto del día estuve frotando con piedra pómez las tablas del pasillo, de las escaleras y el comedor. Los estudiantes Benito, Carrasco y Maldonado, de camino a la universidad o a su cuarto, me burlaron, pero se cansaron pronto. Dormí esa noche sobre una manta de caballería raída en un rincón que había en el comedor, bajo las escaleras que subían a las habitaciones. En el silencio de la noche, cuando todos dormían y las mesas de la posada no eran más que sombras, traté de ir a la cocina en busca de algo que llenara un poco más mi estómago vacío, pero en su puerta dormía como un perro la vieja Josefina. De vuelta, intenté conciliar el sueño y volvió a mi memoria maldita el rostro muerto de don Bernardo. Escapé en mi interior y se me fue el alma sin querer a la última vez que vi a mi padre. Entonces, una presencia extraña rozó mi rostro en el jergón, y salté hacia atrás golpeándome la cabeza. Era el viejo gato.

—Rrrrrr.

Era una criatura grande y atigrada, y no tenía nombre. Había recibido muchas patadas bajo las mesas, tenía cortado el rabo, y solía esquivar a las personas durante el día. Ahora, quizá se sentía solo como yo y venía a buscar compañía.

—No tengo nada que comer, gatito —le murmuré, acariciando su lomo. Ronroneó un poco más antes de sentarse a mi lado y entrecerró sus ojos verdes. Me tapé la barriga con un trozo de la manta y me quedé dormido.

Soñé esa noche con los puerros del monasterio. Grandes, dulces, algo picantes. Los limpiaba para cocerlos al vapor de un gran cazo del que salía una nube que se retorcía en el techo y, después de formar una espiral, se transformaba en el rostro de Tomás, sonriente. Aterrizó en el suelo, lo intenté tocar, pero dio un paso atrás, me llamó pillo, y luego me dio las instrucciones para machacar ajo, almendras y avellanas. Tras el horno había un pasillo largo y oscuro, y en el fondo una sombra más oscura que trotaba hacia mí. Era el toro, que, resoplando fuego por sus ollares, se quedó en el vano de la puerta.

—Los piñones —decía Tomás, poniéndome un montoncito de ellos en la mano.

Puse un chorro de aceite y vinagre y agregué los piñones. El fuego había remitido ya, y solo quedaban los amables rescoldos de las brasas. El toro maulló como si fuera un gato. Coloqué los puerros sobre una sartén y, al ver cómo se doraban, sentí que se me hacía la boca agua. Tomás salió como un fantasma de la oscuridad y aproximó su nariz al plato.

—Esto es la felicidad. Prueba uno.

Sentí entonces un dolor agudo. Acababan de patearme las costillas.

—Arriba, gandul. Ahora toca limpiar la cocina. ¿De qué te ríes? —dijo el posadero.

Me asombró que el hambre, mi eterna compañera, aun sirviendo en una posada, siguiera haciendo mella en mí. Maese Palomera, aprovechando que era yo un canijo, y que no tenía sitio adonde ir, no paraba mientes en castigarme por faltas ciertas o conjeturadas. El ama podía, con sus manos largas, darme alcance con un golpe siempre que quería. Benito, Carrasco y Maldonado, el listillo, el intrigante y el larguirucho bromista que se reía como un asno de sus bromas, me hacían la vida imposible. Desayunaban antes del amanecer, me llamaban para que les limpiara las botas, les llevara agua, vino, vaciara sus bacinillas, y a veces para que enviara algún aviso en latín a sus compañeros, con piezas como *vertex*[1], *sus*[2] o *cimex*[3], o un «Buenos días, pregunta don Carrasco si menguó su

[1] *Borrego.*

[2] *Cerdo.*

[3] *Chinche.*

mentula[4]», creyendo que yo no lo entendía, y luego se iban a la misa antes de asistir a las clases de la universidad. Se servía la comida a las diez o las once, y la cena, a las cinco o las seis, antes de que se retiraran a sus habitaciones u ocuparan la mesa del fondo para beber. Allí, entre trago y trago de hipocrás, hablaban sobre pliegos de teología y hechuras de tobillos, cuellos o las perlas que constituían la boca de cualquier hembra con la que se cruzaran, aunque fuera una gárgola.

Carmen, la hija del dueño, era la única persona a la que vi sonreír en esos tiempos. Fuencisla, la cebona mujer de maese Palomera, vigilaba la cocina como un perro de presa. Guardaba la alacena bajo una llave que colgaba al cuello. Si uno pedía una pata de cordero en miel, o encurtidos y quesos, Fuencisla acudía con paso ágil a ese cuarto para proveer a la cocina y volvía a guardar la llave entre sus pechos con tanto celo como si abriese la puerta del tesoro de Salomón. Alcancé a ver que contenía sacos de legumbres, frutos secos, chorizos, jamones (dos al menos) y morcillas. Concluí que Palomera, a pesar de su roñería, era un hombre próspero y me pregunté la razón de que siendo rico diera tan mala comida, pues nada se arrojaba en la cocina. Después de la comida, todo lo sobrante, incluidos los despojos que restaran en los platos, se aprovechaba para elaborar la del día siguiente.

—Los verdaderamente acaudalados viven como pobres, y a mayor opulencia, mejor austeridad —peroraba Fuencisla.

A mí eso me confundía mucho, aunque me dio a entender la razón de que hubiera tanto oro en las iglesias: Dios tampoco puede gastarlo. Entonces, ¿a qué tanto afán por el oro si ni los ricos pueden matar el gusanillo?, pensaba al escuchar a esa arpía. Aunque a mí me da que comía a escondidas porque estaba

---

[4] *Pene,* en su forma más grosera en latín.

bien amondongada. El aliento le olía a orines, porque, como era costumbre y moda, se tenía por buena costumbre mojar el dedo en la propia orina para lavar los dientes y preservar las encías de enfermedades. ¿Lo haría Carmen?, me dije. A través de la salida de humos, cuando rascaba el hollín para oscurecer el vino aguado, observé un trozo de cielo. Una rata grande interrumpió mis pensamientos y llegó Carmen con una pila de platos sucios, que depositó en la tabla. Luego arregló con indolente gracia un mechón que le caía en la frente. Era más joven de lo que parecía, y quizá no tenía muchos más años que yo, aunque su cuerpo fuera el de una mujer. Mientras amontonaba montañas de platos, esperé las llegadas de aquella moza, hasta que me cazó la mirada maliciosa de la señora del posadero.

—¿Qué miras, gurrumino? A trabajar, que recibes.

Esa misma noche la pasé royendo una costilla fría que solo tenía unos mordiscos y había guardado bajo la camisa. El viejo gato atigrado vino conmigo. Le dejé raspar el hueso mondo con su pequeña lengua rosada. Por las marcas que tenía y lo viejo que era, debía de haber sobrevivido a muchas reyertas de gatos para ganar un puesto en aquella posada, y decidí bautizarle Campeador.

Josefina, la freganchina, parecía que no tuviera lengua, y obedecía con apatía y ceguera a todo lo que le dijeran. Además de experta en callar, lo era en realizar un salpicón hecho de arrebañaduras. Consistía en mezclar migas de pan con aceite, vinagre, ajos, alguna que otra especia, carne que sobrara y hierbas aromáticas de los campos cercanos, que servían para ocultar y dar alguna apariencia de frescura a los mejunjes. Eran estos tan variados como los de Apicio, aunque el arte de maese Palomera no era para dar gusto, sino para ahorrar maravedís a base de mancillar los alimentos. Una de mis tareas principales era moler cortezas de alcornoque y cáscaras de almendras. Camuflaban aquellos aserrines en las croquetas y en las empanadas de carroña y verduras mustias. Lo único en lo que se podía confiar era en el queso y la harina sin salvado con que se hacía el pan candeal que servían cuando caía, como mosca en la tela de araña, un viajero rico. El cuenco que me daban diario era tan mermo, frío y escaso que, si no fuera por el miedo de caer de nuevo en los peligros que sufrí, habría escapado. Viví a base de carne mordisqueada, huesos mondos, verduras pochas, cáscaras y la perpetua grasa que se pegaba a las manos y a la ropa y que, cuando llegaba la noche, nunca lograba quitar. «¿A qué ser pródigo, si robáis comida?», pensaba mi amo, que se ufanaba de tener un gato gordo que se alimentaba por sí mismo.

Me limité a hacer mi cometido, un día tras otro, sin levantar la mirada. Mi obligación a primera hora era encender los fogones con las brasas del día anterior, al igual que la última era devolver las sobras de los clientes al caldero. Un día, limpiaba con un ojo puesto en algún garbanzo distraído, cerca de Josefina. Nervuda y de pelo ralo, de ojos hundidos y oscuros, con apenas algo de piel sobre los huesos, parecía una bruja de cuento. Recitaba una plegaria silenciosa frente a la masa hasta que llegó Carmen, acompañada de su madre.

—Te vas a comprar un capón, cebollas, almendras y piñones, ¿tenemos? —le ordenó, excitada, a Josefina—. Tocino también. Compra entonces huevos y algo de cordero viejo para la olla. Que Carmencita arregle luego las habitaciones, y tú me ayudas. ¡Viene un adelantado! —Señaló a un mozo con librea de raso verde, valona blanca y botas de gamuza que aguardaba en el comedor.

—Se llama don Santiago de Escalona e Ibahernando, y ha enviado a ese paje. Encontraron la Posada del Galeón llena y viene del Yucatán.

—¿Y qué es un adelantado? —preguntó su hija.

—Lo dice la propia palabra, *adelantado*..., que está... Pero ¿qué te importa a ti? Con saber que es un adelantado, y que es alguien de importancia y está por encima de todos, basta. Y arréglate ese pelo ahora mismo.

—Pero madre...

Fuencisla tomó un melocotón de los que se compraban ya blandos para darlo como postre a los estudiantes y lo dejó caer mientras Carmen se llevaba las manos a la cabeza.

—Fíjate lo suave que era. Si besas un melocotón, es como darle un beso a un ángel, ¿verdad? —dijo, mientras Fuencisla lo recuperaba.

Carmen se quedó perpleja, al tiempo que su madre añadía que la belleza era un bien escaso y breve que debía capitalizarse, como había hecho ella para biencasarse. Luego habló de las riquezas de las Indias y, con ojos cargados de codicia, le dijo que tenía que ponerse cierto vestido de algodón. ¡Un adelantado! En esas razones estaba cuando Fuencisla y Carmen salieron de la cocina y quedó abandonada la vigilancia de la despensa. Josefina señaló la puerta abierta y me hizo un guiño antes de meter la mano en un tarro de miel, que comenzó a lamer como una osa. Me metí en la boca un trozo grande de queso, que mastiqué a la máxima velocidad posible, al tiempo que Josefina se chupaba el antebrazo impregnado de dulce. Para no atragantarme, llené un vaso de vino, que vacié de un latigazo.

—¿Cómo te llamas?

Me sorprendí al oír su voz por vez primera.

—Alvar.

—Josefina me bautizaron, aunque nací como Zoraida —dijo, mostrando sus encías sin dientes. Come. ¡Come!

La imité... mientras metía las manos en la dorada sustancia, como si recordara algo.

—Yo era de Granada. ¿Sabes dónde está Granada?

Negué con la cabeza. Aquella ciudad era como la felicidad: por mucho que hubiera oído hablar de ella, no tenía ni idea de dónde se encontraba. Me fijé en la S, grabada a fuego con un clavo, en su frente.

—¿Me pondrán también a mí una? —dije, señalándola.

—Esta es la marca de los esclavos. ¿Conquistaron tu tierra?

Callé. Por lo que decía padre, era mi pueblo el que conquistaba.

—*Iidha kunt turid 'an yakun syd hayatik, ealayk 'an takun qadiraan ealaa alttakhalli eanh*[5]. No dejes nunca que te marquen. Yo estoy viva porque no quise morir. Me daba miedo.

Estaba un poco alunada, porque, al tiempo que lloraban sus ojos, sonreía. Cuando regresó Fuencisla, llave en mano, el vino me había achispado, y no nos pilló por poco, pero estábamos en nuestro sitio, dispuestos a preparar los desayunos de los estudiantes.

Para evitar los abusos, estos, al igual que las comidas, eran acordados con la rectoría. Consistían en una fuente con una rebanada de pan, tres o cuatro ajos (según el tamaño), una cebolla y un trozo de queso. El queso de oveja era oleoso y tenía un sabor más persistente que el de las cabras de Sajambre. Como el pan parecía de piedra, animado por el vino, se me ocurrió remojarlo en manteca, y poner el queso encima. Corté además algunas cebollas y coloqué las rodajas sobre ese antes de introducir el artificio en el horno.

Carmen, vigilada por su madre, volvió de la compra con el capón para el almuerzo del adelantado.

—¿Te han sorbido el seso los demonios, enano? —dijo Fuencisla, al ver lo que había hecho—. ¿Y qué es ese alborozo?

---

[5] Del árabe: «Si quieres ser el dueño de tu vida, tienes que ser capaz de renunciar a ella».

Con más presteza de la que parecía posible con sus hechuras de barril, intentó cazarme. Josefina, que debía de haber recibido lo suyo en su día, se retiró a un rincón.

—¡Sácalas, maldito bergante! ¡Olerá a pies!

—¿Qué ocurre aquí? —chilló maese Palomera. ¿Qué es eso?

Me oculté bajo la mesa, de donde escapó el gato.

—¿Sabes quién está allí fuera? —le dijo Fuencisla, señalando al mozo que se hurgaba la nariz ajeno a las voces de la cocina. ¡Es el paje de don Santiago de Escalona e Ibahernando!

—¿Quién dices? —dijo Palomera.

—¡El de Yucatán! —siguió esta, dramática, hinchando los mofletes—. ¡Es muy rico! Y el bastardo quema los desayunos —dijo Fuencisla como si acabara de llegar el fin del mundo—. ¿Qué servimos ahora? —gimió.

El posadero alcanzó en dos zancadas la vara que tenía tras la barra. Se me quitó la euforia del vino cuando alzó aquel arma en el aire.

—¿Sabes lo que cuesta el pan?

—Ahí lo tienes, al diablo. —Fuencisla me señaló—. ¡Qué va a saber!

—¡Sé cocinar! —me defendí, al ver el nudo del palo.

—¿Cocinar? ¿Tú, tarado, zote, sanguijuela? —El posadero levantó el bastón, mientras Fuencisla, que me cortaba la ruta de escape, le animaba.

—Sé preparar capón armado. Podría servírselo al adelantado.

—¿Armado? ¿El capón? —Se detuvo.

—Serví… a un gran señor, maese Palomera. Os juro, como que vive Cristo, que si saco las tostadas ahora mismo estarán buenas.

—Atiende fuera, que luego me ocuparé de él —le dijo el posadero a su mujer.

Saqué las tostadas con la pala larga. El aroma dulce del queso fundido y la cebolla sobre el pan invadió la atmósfera de aquel antro, dignificándola. Fuencisla se calmó un poco cuando metió el dedo y probó una con la uña.

—Como no guste, te saco la piel a tiras —escupió por el hueco de su diente, mientras llevaba los platos.

—El paje ha pedido más vino, pero, ojo, que no se pierda la cuenta —dijo Fuencisla al cabo, mientras servía.

—Les gusta —susurró el posadero.

Los estudiantes Benito, Carrasco y Maldonado habían dejado de alborotar y mordiscaban con deleite el pan tostado con queso, que, al meterlo en la boca, se estiraba en finos hilos. El paje enrolló uno en su dedo y lo chupó, después de sorber un trozo de cebolla caramelizada.

Carmen me miró entonces, creo que por vez primera de verdad, como a un humano y sentí un vago calor en el rostro. Por ser la hija del posadero, la bella manceba tenía ciertas licencias y estaba cada vez más lozana. Tomó de la fuente que había junto a las jarras de vino la última lasca sin dejarme probar ni media pizca. A la postrera, barrunté con envidia malsana, no tardaría en ganar la apariencia de vaca de su madre.

—Sabe dulce.

—Veamos —me dijo la posadera—, ¿cómo harías tú este pollo?

La intención de Fuencisla, pensé, era cocinarlo como siempre habían hecho: en un espetón. Bajo este, colocarían una vasija para recoger los jugos que servirían de salsa, sin más aderezo, lo que resultaría en algo insulso.

—Emborrazaría el capón con lonchas finas de tocino para que se mantuviera jugoso y no se quemara, y antes de que estuviera asado lo cubriría con un caldillo muy bueno.

—¿Qué caldillo? —preguntó la posadera.

Su marido seguía palo en mano, como si acabara de ver un aparecido.

—De yemas de huevo, perejil y miel.

—¿Capón con huevo? ¡Este mierdecilla se piensa que estamos en el Palacio Real! ¡Le voy a dar por donde amargan los pepinos! ¡A este lo mato! —rompió al fin maese Palomera.

—Cállate —zanjó ella—. Para un hombre de esta fama quizá convenga lucirse.

El posadero gruñó con desdén, pero su mujer le cerró la boca.

—Necio. Insensato—le dijo—. ¿Cuánto pagan los estudiantes? Miseria. Un ducado ofreció ese hombre para que le vaciáramos una habitación y cinco reales de plata por día para que le preparemos gallina o capón y la mejor comida que tengamos para la hora de la cena. ¿Y quieres que se vaya?

Habían sacado con excusas de la habitación a un viajero. La ciudad estaba llena y el ricohombre había ofrecido una pequeña fortuna por ella. Si tuvieran dos o tres visitas así al año, se harían ricos, explicó.

—¿Y si se equivoca?

—Calla, te digo, y no seas lerdo —insistió la posadera—. ¿Estás seguro de que sabes cómo se hace? —me preguntó.

Cuando asentí, agarró el pollo y me lo puso delante como si fuera el rescate de un rey.

—Pues hazlo.

Maese Palomera, tocado en su pundonor, devolvió el palo a su sitio. Mientras yo enumeraba lo que hacía falta, Josefina se puso a pelar cebollas.

—Miel.

—¿Cuánta?

—Cuatro cucharadas.

—¿Por qué cuatro y no tres?

—Porque así es como se hace —dije, rotundo.

Ya no era un vulgar mucamo, sino el maestre de cocina. Carmen me dirigió una mirada de arrobo y se me escapó una lágrima (aunque tal vez fueran las cebollas). La mujer del posadero abrió la puerta de la despensa y me invitó a pasar. Esta vez percibí cierto afecto al sentir su garra en el hombro. Con su ayuda, recogí lo que necesitaba: panceta, cuatro huevos, un puñado de piñones y almendras. Me puse a pelar las almendras mientras recuperaba todos los detalles que guardaba en la memoria.

—Necesito palitos.

—¿Palitos?

—Palitos afilados.

Corrí al patio y agarré una tea. Fuencisla observó cómo, con un cuchillo, partía pequeños trozos de madera.

—¿Y este qué hace? —murmuró el posadero al verme hacer uno de los cortes—. El mundo al revés —gruñó, aún no convencido del negocio—. ¿Y si lo echa a perder? Basta con que Josefina le dé algunas vueltas y ponga un cazo abajo para recoger la salsa. Un chorro de aceite y ¡presto!

Reposó la vista sobre el capón con desaliento mientras cortaba finas lonchas de panceta, que ordené sobre la mesa.

—Si lo estropea, ¿quién lo pagará? Un mes del sueldo de un buen carpintero cuesta ese capón —siguió renegando.

El capón se fue asando sobre una bandeja de latón que poco a poco iba llenándose de la salsa formada por su propia grasa, la de la panceta y del aceite de oliva. La mujer del posadero vigiló cómo sacaba el ave del horno a medio asar, al tiempo que dirigía una discreta mirada al posadero, que abandonaba con frecuencia la vigilancia del salón para entrar a ver lo que ocurría. Carmen, acabada la limpieza del comedor, se incorporó a los mirones.

—¿Qué haces? —preguntó su padre.

—Quiero mirar —susurró Carmen.

—¿Acaso no hemos hecho nunca pollo ni gallina?

Batí las yemas de los huevos con miel y perejil, para luego untar el asado. El capón es de carne más fina que un ave normal, y entreverada con grasa, lo que lo hace más lento de cocinar. Había que tener cuidado con la manteca por ello, y que no lidiase su mayor suculencia con el perfume del perejil.

A mi orden, Fuencisla agregó sarmientos a las brasas, y algo de romero para que la encina tomara su olor, mientras yo pegaba piñones a la yema, con la que emborracé la piel del capón.

Luego, lo metí en el horno, y amasé flor de harina con tres huevos y agua tibia.

—¿Y ahora qué haces?

—Unos hojaldrillos.

La posadera oliscaba el aroma que invadía el aire mientras discurría. El adelantado no era uno de esos ricos viudos lascivos, de tripa gruesa, que matan a las mujeres una tras otra a base de hacerlas parir, sino un lindo mozo y, según dijo, también soltero.

—Lo servirás tú, Carmen —dijo al cabo—. Y antes te cambias y te peinas, que pareces una cualquiera. Te prestaré mi broche de plata.

—¿Por qué?

—Porque lo digo yo. Y abre un poco la blusa, que pareces una monja.

Las intenciones de la posadera como celestina se me escapaban, pues en mi universo todo quedaba circunscrito al pollo. «Es arte, no una ciencia exacta», decía fray Tomás. Ahora todo dependía del tamaño, el peso y la carne del capón, además del clima y la fuerza de la leña. Observé el bulto entre las sombras rojizas del fuego y sentí la tentación de rescatarlo. ¿Había exceso o falta de miel? ¿Demasiado secos los frutos? ¿Serviría trozos de negro carbón sobre carne cruda? «Tranquilo», me dije. Mientras se secaba la torta, freí cebollas en manteca fresca. (La renegrida sustancia que reposaba en el caldero viejo, en el que se debatía una mosca, sería para freír el almuerzo). Me obligué a contener la impaciencia mientras espolvoreaba harina sobre el hojaldre, y observé al cabo la pieza, que se cocía al fondo del horno. «Las almendras… ¡Se caen!».

—¿Y ahora qué? —preguntó el posadero, sin entender lo que ocurría, pero alertado por mi expresión de pánico.

«La salsa no es lo bastante espesa». Me quemé los dedos al sacar el capón para recolocar los frutos.

—Este no sabe lo que hace —dijo maese Palomera, con ganas de echar mano al bastón.

Mientras me soplaba los dedos, el posadero, entre sus idas y venidas del comedor a la cocina, se dolía acerca de su paso por la vida, sin olvidar el coste en maravedís por onza de volatería. Me concentré en lo mío. Devolví el capón al horno. El color de las almendras y la miel sobre la piel del ave mudó. Las brasas, al fondo de la pared de mampostería, chisporroteaban con suavidad, manteniendo el calor aunque sin quemar. Una hora. ¿O eran dos? Con las ansias, había olvidado prestar oído al repique de campanas de la iglesia.

—Si te equivocas, oye bien, que te mato. Te mato aquí mismo, por bellaco —me susurró maese Palomera, en una de sus idas y venidas, cuando me vio usar una cuchara para tocar el capón.

Decidí que esperaría diez padrenuestros más. De esa forma, la cáscara de almendras quedaría crujiente. Solo tenía que buscar el punto justo y no esperar demasiado para que el interior fuera jugoso. Corté el hojaldre e hice escudillas que llené de queso viejo rallado y miel. El comedor comenzó a llenarse de ruido. La esclava morisca, con dos paños en la mano, me ayudó a levantar con cuidado la bandeja. «Duro por fuera y blando por dentro, como la mano de Dios», decía el fraile. Coloqué las cebollas alrededor de la pieza, en el borde de la bandeja, junto a la fuente de los hojaldrillos.

Dos viajeros de mediana edad tomaban aceitunas, pan engordado con aserrín y una escudilla que contenía un engrudo informe que ocultaba un nabo. Benito, Carrasco y Maldonado, tintorro con más licor de pozo que de viña y pastel de carroña con habas, al igual que dos curillas. El adelantado se presentó temprano. Era un hombre en buena edad, bien rasurado, ojos claros, nariz recta y boca fina. Se presentó junto a su lacayo y un licenciado, ambos con buen raso y hebillas, capas y afeites que parecían allí tres mariposas sobre una bosta.

El aroma de almendras, miel y carne horneada inundó la sala. La posadera se santiguó para que su hija no dejase caer la fuente, que colocó frente al adelantado. Al oler la miel tostada, aquel humo de romero y el dulzor de las semillas torrefactas, los estudiantes cesaron de bromear. Los viajeros y litigantes dejaron de llamar a la camarera a gritos. Se hizo un silencio de sacristía. El adelantado y el pollo parecían iluminados por esos fulgores que aparecen en los cielos cubiertos cuando se abre un espacio de sol entre las nubes.

Todos los miembros de la familia del posadero, incluida Josefina, que se asomaba por el hueco de la cocina para ver lo que ocurría, abrieron la boca en cuanto el adelantado se dispuso a deglutir. Crec. La almendra crujía. «Aleluya». Si hubiese quedado tostada por el exterior pero blanduzca al fondo, habría cosechado mi primer fracaso, pero el adelantado disfrutaba del gusto que da el juntar en la boca lo blando y lo quebradizo, y alzó su copa en dirección a mi dueño. Entonces vi brillar mi futuro cuando descubrí la expresión satisfecha de maese Palomera, que juró que, a partir de entonces y gracias a mi habilidad, sería para él como un hijo.

Al día siguiente, de amanecida, el gran hombre fue al establo a estirar las piernas. Al poco, la posadera gritó como si le hubieran arrancado un diente. El tal adelantado de Yucatán y sus sirvientes no eran tales y se habían marchado sin pagar.

Capítulo 22

El Esgueva es un río cangrejero. Esas arañas de agua tienen el color rojo y pardo, nadan de espaldas y, al igual que los gatos, son seres nocturnos. Se empleaban como cebo y, como eran baratos, los traía un lameplatos todos los días, cuando no me mandaban a buscarlos. Una de mis tareas principales, además de fregar, era adulterar el pan, el vino, y lavar los bichos para sacar lo que sus caparazones guardaban dentro. Con pequeños trozos de aquellos seres, y un poco de ruda, añadía huevos batidos que cocía a fuego lento. Con esta industria, salía un plato de anchoas sin anchoas, que se servía a diario y traía más hierbabuena que carne para quitar el olor a viejo de la manteca. De la pulpa de la cola de los cangrejos se hacían albondiguillas.

Entre servicio y servicio, después de fregar miserias hasta el agotamiento, me acurrucaba bajo la escalera y raros eran los días en que podía cerrar los ojos dos horas enteras. A pesar de mi cansancio, y tal vez a causa de él, durante las noches no dormía, y la pasaba jugueteando con el anillo de hierro entre los dedos. Me entretenía en observar sus marcas, mientras oía las risas de los estudiantes, que a veces jugaban a naipes hasta la madrugada.

Campeador compartía mis cuitas con Benito, Carrasco y Maldonado, además de ir a la caza de las cortezas de queso que lograba hurtar. Durante aquellos meses, Carmen, la hija del posadero, me sonreía a menudo, aunque fuera por las chanzas de Burro, Cerdo y Malcagado (así bauticé a los tres zurcefrenillos). Tenía los ojos grandes y claros, y una trenza de pelo castaño que le bajaba graciosamente por el cuello y se perdía tras el lazo de su falda, que, puesta en faena, se arremangaba. ¿Qué aberración había con Carmen? Pues ¿acaso no se me iban los ojos a sus carnes? Un día en que iba a cargar leña la sorprendí fregando el suelo. Hizo algo que me aturdió, pues me reía sin saber por qué exactamente, y meneó su grupa de tal modo que sentí algo extraño en la ijada, y seguí con los maderos sin saber cómo reaccionar. Esperé el resto de la tarde a otro encuentro, y cuando llevé los orinales de los estudiantes al patio, nada dije, pero ella, sin dirigirme la palabra, me abofeteó. Así, supe que hay un misterio en las mujeres que nubla el entendimiento y que es difícil saber en lo que andan pensando, y no se equivocaba, creo, el abad al concluir que tenían todas algo de gato, o de diablo. Dijo Carrasco, en una de sus mofaduras, que me estaba saliendo pelusa en el morro, y me llamó mono y cacator. Andaba yo —calculé— por la edad de trece años.

Otra noche, acabando ya el verano, andaba yo al retrete una noche y oí maullar en el cuarto de Carmen. El gato estaba en mi jergón, sin embargo. Nada vi cuando pegué el ojo a la puerta, pero oí. La buenamoza plañía como si tuviera fiebres. No sabía yo entonces si era gusto o disgusto lo que sienten las personas al gemir de ese modo tan lastimero, aunque había visto los rebaños en primavera y aquel misterio no era nuevo para mí: los machos meten a las hembras la verga en su natura. (Cosa mala y demoníaca cuando es solaz, si bien de esa ventura, en la que rozan los cuernos del diablo, salen los niños). ¿Y cómo ocurre que jadea sola? Podía ser verdad lo que decía el cura y que fuera un demonio invisible el que estaba con ella, y me marché sin hacer ruido.

Al fin del verano, en vísperas de la Natividad de la Virgen María, me mandaron a buscar cangrejos. En el estiaje, la orilla del Pisuerga era menos frondosa y podían verse tras los sauces grupos de hombres encadenados vareando los almendros. Ya de vuelta, para saciar el hambre atrasada, saqué de la cesta un cangrejo para mí y otro para Campeador. Mientras el gato, que estaba ya muy viejo, roía el suyo, saqué un tizón que guardaba en un cuenco mellado lleno de ceniza. Lo alimenté con algunas astillas y herví el cangrejo con sal que hurtaba de las mesas. Resultó una sorpresa tan grata que reí y bailé frente al minino, que se relamía circunspecto y porfiaba sobre mi cordura.

Tenía una gran curiosidad por ver cómo estaba hecha una mujer. En mi jergón, sobrecogido ante tal misterio, abrazaba al gato sin poder apartar mi pensamiento de aquellos entresijos. Un mediodía estaba limpiando inmundicias de las mesas cuando vi que Carmen se dirigía al patio. Caminaba con gracia inigualable, y enamorado, con la excusa de llenar el cubo de agua, me atreví a salir para espiarla en el retrete. Al pegar el oído a la madera atronó una flatulencia tan colosal que no pareciera posible en cuerpo humano. Entonces alguien abrió la puerta: no era Carmen, sino un hombre que, al topar conmigo, dio un respingo.

—¿Queréis una bacinilla de agua limpia o más paja para... limpiaros? —improvisé.

Una vez vaciadas las tripas, se presentó al posadero como don León de Bega Ferrándiz y Rocamayor, viceprimado y miembro del Consejo de la Suprema. Paré mientes en el hecho de que, sean ministros o reyes, todos guardan la misma pestilencia adentro, porque el ejército de efluvios que tenía al frente andaba tan bien provisto de munición que no había quien lo resistiera.

—Pregunté si tienen cochinillo, liebre o cordero del mejor, y haga el favor de responder, que ando cansado —dijo De Bega en el comedor mientras yo fregaba la mesa.

El posadero le penetró con la mirada en busca de algún signo de engaño. Había jurado desde aquel mayo que jamás volvería a ser presa de astucias como las de aquel adelantado del Yucatán.

—Cobramos por adelantado —aventuró el posadero.

—¿Sabéis quién soy yo? —dijo, después de mandar al establo a los dos mozos que le acompañaban.

—Sean consejeros, validos o virreyes. Así lo hacemos siempre, ilustre señor —dijo el posadero, socarrón.

De Bega mostró los dientes en una sonrisa.

—¿Se está vuesa merced burlando de mí? —Su mueca, en suspenso, comenzaba a parecerse a la de un perro a punto de morder.

—¿Yo? No, señor —dijo maese Palomera acobardándose—. Solo dije que no fiamos a nadie. Ni siquiera a su ilustrísima excelencia.

—Os pagará el palacio. Me duelen los huesos y ando falto de fuerzas. Ahora servidme, que os lo mando ahora y os baste.

—Sírvele —susurró su esposa, mientras arrastraba a su marido a un rincón de la barra.

—Sus criados duermen en el establo, quiere comer como un rey, ¿y no lleva bolsa? Llama a los alguaciles.

—Es rico. Sus criados rascan pulgas porque así son ellos, estúpido —susurró la posadera, mientras señalaba a un parroquiano que bebía tras la barra—. El escriba del oidor acaba de decirme quién es. —Dirigió su dedo hacia el techo señalando la cima del poder.

—¿Es de la corte?

—Es del Consejo de la Suprema y —acentuó lo que venía— General Inquisición. Es tarde y cordero no hay. ¿Qué hacemos?

De Bega se impacientaba. Llevaba más gazuza[1] que un poeta, y tamborileaba sobre la mesa.

—Cualquier cosa le irá bien si hay cantidad. Le serviremos liebre —murmuró su marido.

—¡Zagal! ¡A llenar bien las frascas! —me dijeron.

«Bien» significaba que tenía que poner más agua, y un poco de jengibre y zumo de sauco, que da color al vino adulterado. Le fue servido junto a una liebre grande pero correosa, que hizo a toda prisa Fuencisla en persona mientras yo preparaba el vino.

—No le gusta —dijo el posadero cuando regresó de servirle.

Todos habíamos visto desde la puerta de la cocina como el inquisidor, sin levantarse de la silla, había preguntado al posadero si servían cerdo, lo que era signo de que no mantenía vínculos con los enemigos de la fe. Luego, dijo que servir mal vino era propio de judíos, y preguntó por el origen dudoso, parroquia, apellidos y fe de tres generaciones de sus ancestros. Finalmente, y antes de tirarle la jarra de vino aguado a la cara, describió cómo los reos de la Inquisición gritaban al principio, y luego chisporroteaban, pues, al tener los humanos piel más fina que cerdos y gansos, ardían mejor.

—Míralo —dijo señalando a De Bega.

El ilustre hombre, entre juramentos que no se entendían, decidió echar una siesta mientras esperaba.

---

[1] *Hambre.*

—Alvar. Haz el capón al modo que tú sabes, que este hombre tiene más peligro que un alacrán en la coquilla.

Así, me puse a preparar el capón armado. El posadero en persona fue a buscarlo al trote junto a otras cosas que le pedí. Fuencisla veía que con los frutos secos y las especias se le escapaban las ganancias, pero maese Palomera estaba tan asustado que ni chistó.

Batí las yemas, limpié las almendras y los piñones. Emborracé el capón y lo cubrí con las finas lonchas de tocino, y cuando estaba a medio asar junté las yemas con miel y perejil. Después de tantos días embruteciendo platos, sentía el vigor que da hacer las cosas bien hechas y, mientras el ave se cocía, quise hacer algo más. Maceré en vinagreta con vino una buena cantidad de comino frito, uvas pasas sin semillas y ciruelas secas con miel, y cuando estuvo el capón, pude ponerlo sobre una masa de tostas que junto a aquella salsa romana formaba un nido que sacó de su sueño al inquisidor.

—Vive Dios que tiene buena pinta —surgió entre el trío de estudiantes.

El Supremo tenía su cuchillo de comer en la mano, y estaba dispuesto a cortarlo por la mitad cuando oyó el comentario. El estudiante Carrasco, al ver su expresión, deseó no haber hablado.

—Vuesa merced pronuncia el nombre de Dios en vano —señaló el inquisidor.

Carrasco perdió el color, y soltó la cuchara.

—Os pido disculpas.

—No me las pida a mí. Pídaselas a Dios. ¿De dónde procedéis?

La temperatura del comedor pasó de verano a invierno en un suspiro.

—Mi nombre es Juan Carrasco y soy de Aranda de Duero, de la provincia de Burgos. Solo me… refería a lo bueno que parece ese tocino…

—El cerdo es símbolo de cristiandad y de pureza de sangre, así como de conversión auténtica. ¿Cuáles son sus apellidos por parte de madre?

—Gutiérrez.

—¿Gutiérrez? —repitió De Bega, seco—. ¿Y su origen?

—De la parroquia de Alamedilla, su excelencia.

Sentí una corriente de alivio cuando el quisquilloso cliente se olvidó de Carrasco y abrió la boca para meterse el trozo entero, con una buena porción de piel tostada y almendras. Masticó primero de a poco, con sospecha. Luego, mostró asombro, que devino en pasmo, y finalmente frenesí.

—Lo ha hecho mi buena hija, señor —dijo Fuencisla, al menos tres veces.

Pero el prelado ya no oía. Los capones son pollos más grandes de lo normal, porque se los castra antes de cortarles la cresta y engordan hasta alcanzar ocho libras de peso. Tragaba el hombre capón, sin tasa, y diríase que estaba dispuesto a realizar la proeza de comerlo entero. Bebía entre regüeldos de admiración al pollo, a la Santísima Trinidad y a Carmen, a la que llamaba «ángel» cuando le servía más vino. Ese capón, esa delicia, ese manjar de los cielos —decía— no lo había probado así en su vida. Poseído por el ansia que suscita la violencia o el acto sensual, como un niño pegado a su teta, masticaba a dos carrillos la carne, llena de grasa entreverada tierna y aromática.

A media tarde, cuando solo quedaban algunos hombres de mayor edad tomando aguardiente al final de la barra, el Supremo seguía frente a su pollo. Tenía la faz congestionada sobre el mantelete, sueltos los corchetes del jubón, la capa al suelo. Del ave había desaparecido casi la mitad, pero don León de Bega Ferrándiz y Rocamayor seguía comiendo.

—Hay que ver cómo le gusta —murmuró la mujer del posadero.

Como si la sala fueran los chiqueros de un coso, y el Supremo, un toro, todos observaban su éxtasis: mugía de gozo. Con grasa desde la nariz al codo, agarraba la carne sin decoro y se la metía en el buche sin apenas masticar.

—Bien hecho —me dijo el posadero con ojos achispados, mientras pensaba con Fuencisla en el futuro: ganarían fama, cobrarían en oro, podrían llegar a servir a marqueses, duques y, por qué no, a la gran fiera gastronómica del orbe: un obispo.

Sonadas las cuatro campanas de la cercana iglesia del Salvador, tras mojar en salsa el último trozo de pan y tragarlo con una ciruela, don León de Bega Ferrándiz y Rocamayor soltó un regüeldo y se quedó quieto.

Del ave solo quedaban los huesos mondos. Pareciera que se hubiese quedado dormido. Llegaron sus pajes y esperaron sin atreverse a interrumpir lo que pareciera cavilación, un *Deo Gratias* o la siesta de la serpiente que acaba de tragarse un huevo entero. Pero al cabo de un rato, cuando las campanas repicaron de nuevo, vieron que el Supremo seguía tieso. Tenía los ojos abiertos, y la lengua, violeta.

—Está muerto —susurró Fuencisla.

Los labios del Supremo se habían oscurecido en contraste con la piel, que de rojo subido había pasado al color de la cera. La mujer del posadero miró el pollo y el vientre abultado del muerto. De eso a la ruina había solo un paso. Pero ¡morirse así!

—¿Y qué hacemos? —murmuró el posadero.

—¿Tú? —susurró la posadera.

—¡Yo no! ¡Era todo perfecto! Se atragantó...

—Pero ¿cómo?

—Ya ves cómo comía, Fuencisla...

Uno de los pajes resolvió quedarse allí mientras el otro salía a la carrera. Al poco llegó junto a un hombre calvo y mayor que vestía sotana y que se presentó como el nuncio. Pidió explicaciones a los dos pajes, al posadero, a dos viajeros y a los estudiantes. Luego, observó con atención los restos del plato, y fue a llamar al alguacil. Este no sabía a qué atenerse, y llamó al escribano general. El escribano general indicó al alguacil que ese era un asunto que debía contar con el control del notario del secreto. Finalmente llegaron otros tres secretarios y un consultor, que dio la orden de que se llevaran el cuerpo para darle cristiana sepultura, pues, aun siendo tan temprano, ya hedía. El posadero ofreció refrescos a todas aquellas autoridades, que, para su decepción, los rechazaron. Un hombre vestido con el hábito negro de los dominicos se presentó de rondón a la postrera como Juan Quesada, el calificador. Los curiosos, al oír su nombre, se volatilizaron.

—Es una lástima. Una terrible pérdida —afirmó el posadero.

El calificador levantó una ceja para echarle un rápido vistazo al bulto del Supremo, sin perder el ojo al esqueleto del capón.

—Un escudo de oro costaba ese capón —se maldecía, en un susurro, la posadera.

—Efectivamente, no podrán cobrar al comensal —le dijo el dominico, haciendo gala de buen oído, mientras su marido tragaba saliva y bilis.

Pero el calificador estaba allí de pie, como un pájaro de mal agüero, detrás de dos hombres armados, y no se atrevió a decir nada.

—¿Y bien? —murmuró la posadera, mientras se arrancaba un trozo de uña del tamaño de Aragón.

—Espero a su señoría, el procurador fiscal, don José Gutiérrez.

—¿Y quién es ese?, ejem…, esa señoría.

—Ya lo verá vuaced.

—¿Desea su señoría un vaso de vino fresco? ¿Caliente tal vez? —agregó Fuencisla con voz de cristal roto.

El calificador se limitó a fruncir el ceño, mientras un alguacil repicaba con sus dedos sobre el bien engrasado pomo de su arma. El posadero, blanco como una sábana, entró y observó la pila de platos sucios de la cocina.

—Limpia eso —me dijo—. Y mal rayo te parta.

Quise responder que el asunto no era culpa mía, pero me atizó de tal modo en la oreja que sentí un pitido agudo.

—Mala suerte es lo que traes.

—Se ha muerto por animal. ¿Quién se come de una sentada un capón de media arroba?

—¡Animal eres tú! —respondió, y me persiguió por la cocina armado de un cucharón dispuesto a darme con él en la cabeza. Salté bajo la mesa. Este la apartó de un golpe, arrojando un cubo de verduras para acorralarme, y ya estaba a punto de darme alcance cuando se quedó quieto.

El procurador anunciado por Juan Quesada se encontraba en la puerta, observando una masa de cebolla pocha sobre sus chapines. Reconocí en él al monje que lanzara voces sobre el fin del mundo desde el púlpito, en la basílica de Santa María. Estuvo quieto y callado como dos siglos, mientras el posadero y su mujer trataban de aquietar las manos y mantener la expresión serena. Luego, con un alguacil cubriendo la puerta, pasó a examinar del suelo al techo, cada palmo de la cocina. Al fin, con un larguísimo dedo índice que parecía hecho para aquel oficio, señaló los desperdicios del patio.

—¿Y esto qué es? —inquirió el procurador.

—La basura, su señoría —contestó, humilde, maese Palomera.

El fiscal respondió con una sonrisa. Se tomó su tiempo, y revolvió en ella con su vara.

—¡Vaya por Dios! —atronó.

Entre el estiércol, oculta, reposaba ladeada la cabeza de la liebre. Clavó su vara en ella con el fin de alzarla. Entonces supe que el animal grande y correoso que había cocinado no era liebre, sino gato. El posadero había servido a Campeador, mi viejo amigo. A punto estuve de gritar, cuando el procurador habló con tono musical, como si contara un cuento, de forma que daba aún más miedo que su grito:

—El gato es un animal maligno.

—¿Qué has hecho con el gato? —me chilló Fuencisla—. Es el cocinero. Un niño trapacero. Le dimos el dinero para que comprara una liebre y…

—¿Sois vos el que ha cocinado al gato? —me preguntó el fiscal.

—Yo no he sido —respondí.

Fuencisla se puso a gritarme ante la mirada de los alguaciles, que ya barruntaban el juicio mientras el procurador de la Inquisición peroraba sobre artes adivinatorias, el culto de los egipcios y la secta de los cátaros, cuyo nombre venía de *catus,* 'gato', porque besaban el culo del diablo transformado en un felino. Pensé en darme a la fuga cuando andaba en lo del *catus,* pero aquello hervía ya de centinelas.

Al poco, acompañado de un escriba, volvió don Juan Quesada, con el que el fiscal intercambió algunas palabras antes de seguir el interrogatorio en el comedor, que habían sellado los alguaciles con el fin de levantar testimonio. Averiguaron que el padre del posadero era mercader de aceite, y que su mujer venía de Frenegal, lugar de asiento, precisamente, de numerosos judíos reconciliados.

—Pero ¿cómo puede haber herejía en comerse un pollo? ¡Juro que no sé nada de este gato! —decía.

—No sabéis nada… —dijo el calificador.

—Descubrir a un hereje callado es casi imposible —ironizó el procurador—, pero cuando hablan…, ah cuando hablan…, mueren por su propia boca. ¿Quién es vuesa merced para decidir qué es y qué no es herejía?

El posadero cerró la boca de golpe, aunque, para su asombro, el escriba mojó la pluma en la lengua y anotó su falta de respuesta.

—Aunque si calla es peor, porque si calla, teme. Y quien teme tiene algo que ocultar. Dígame —dijo sentándose—, ¿cree vuesa merced en la redención?

El posadero dudó, como si hubiera algo oculto en las palabras que escuchaba. Le daba vueltas la cabeza. ¿Redención?

—Estamos hablando de Dios. ¿Va a la iglesia?

—Sí. Vamos. Los domingos —precisó, mostrando una sonrisa mellada.

—¿Solo los domingos?

—Tenemos mucho trabajo.

—¿Es más importante para vos el negocio que las necesidades del alma?

—Sí…, digo ¡no! El alma. Sí. Pido perdón. Iremos todos los días.

—¿Y dejará la posada a su suerte? Dijo mirando hacia mí. Se retracta, pues, ¿de qué? ¿De no ir o de no creer?

—No, digo ¡sí!

—¿Se arrepiente, o está contrito?

El posadero boqueaba. No sabía si tomar partido por lo uno o por lo otro.

—¿Sabe lo que es la contrición o no? ¿Y dice que va a la iglesia? ¿Escucha lo que le dicen en el sermón o solo hace acto de presencia física, sin estar allí en espíritu? Si escuchara, sabría qué responder. La contrición no es arrepentimiento. La contrición es el temor a recibir castigo o daño, ya sea por parte de Dios o de la madre Iglesia que represento.

Siguió el interrogatorio hasta pasada la hora de la cena, aunque la posada se vació de huéspedes y solo un estudiante, como si hubiera una epidemia de peste en la sala, se deslizó hacia la calle, no sin antes doblar el espinazo y santiguarse frente a los inquisidores. El escriba redactó con buena caligrafía el nombre, patria y facultad de cada persona que habitaba en la posada, incluidos los amigos de los estudiantes. El fiscal concluyó que se realizaría la detención cautelar del posadero y de su mujer. La detención implicaba el secuestro preventivo de sus bienes. Estos, dijo, se emplearían para pagar los gastos de su propio mantenimiento y las costas procesales. Supe luego que la Santa Inquisición se sostenía con las confiscaciones de los bienes de los reos, por lo que los preferían ricos. Muy entrada la noche, se los llevaron. La burocracia inquisitorial, muy documentalista, se empeñó en catalogar sus posesiones hasta el mínimo detalle, desde cada palmo de tierra hasta un cucharón roto o un sombrero. Luego, de ellos nada se supo.

Receta para someter

Si después de la unción del lingam con una mezcla de los polvos de la manzana blanca espina, pimienta larga, pimienta negra y miel, se produce la unión sexual, podrá someterse al otro a voluntad.

La aplicación de una mezcla de la hoja de la planta vatodbhranta, de las flores lanzadas en un cadáver humano cuando se lleva a cabo para ser quemado, y el polvo de los huesos del pavo real y de las aves jiwanjiva producen el mismo efecto.

Kama Sutra de Vatsayayana

Capítulo 23

—Decid la verdad. *Nonne clarum est mihi?* ¿Oíste hablar a tu amo en lengua hebraica?

—¿Visteis si hacían algún ritual extraño en la casa? ¿En alguna ocasión escupían sobre la cruz?

—*Et quasi admirans dicat ei comodo haec potes negare?*

Lamenté no haber aprovechado el momento que tuve para escapar. Me habían hecho recitar el padrenuestro y el avemaría, desnudado y efectuado un registro minucioso de objetos, y marcas sobre la piel, después de preguntar mi lugar de origen, nombres y apellidos de padre, madre, abuelos y ocho bisabuelos. Hubiera trepado por la tapia que cerraba el patio, habría salido a la calle que llevaba al río, y una vez allí, que me echaran un galgo. Pero no. Me había quedado quieto, como un conejo en la tabla del carnicero. Cuando pensé, ya tarde, en poner tierra de por medio, un alguacil socarrón mató una mosca antes de ponerme la mano en el hombro para que le siguiera junto a los otros. El posadero se detuvo dos veces para pedir y dar explicaciones, pero los chuzos de los alguaciles lo acallaron enseguida. Oí que el muro de la prisión de la ciudad estaba en ruinas. Por eso nos llevaron a un edificio cuadrado, sólido y de escaso porte, situado en una calle umbría y tranquila.

El salón, frío e iluminado por cuatro bujías, estaba presidido por un pequeño estrado y una mesa larga tras la que se sentaban tres hombres. El superior, de rostro cadavérico, parecía dormir con solo un ojo; los otros dos individuos tenían, en comparación, un aspecto mucho más humano, aunque bien capaces, sin duda, de agriar la leche con una sonrisa. Al pie de ellos, un escribano hacía crujir la pluma.

Preguntaron muchas veces mi edad cuando, al revisar mi cuerpo en busca de signos o marcas de la bestia, comprobaron que, a pesar de mi tamaño, me acercaba a la pubertad. Es sabido, dijo el inquisidor desde su boca sin labios, que las manifestaciones contra natura (las personas diminutas como yo, entendí) son una manifestación de Lucifer. El joven añadió a su vez que también los tullidos eran criaturas de Dios, que también tenían, como las criaturas salvajes, un lugar bajo el cielo. Así anduve, culo al aire, oyendo muchos retruécanos de sabios y citas de la Biblia orientados a discernir si, por el hecho de ser yo menudo, merecía una cura por las bravas, para purificarme como a una gallina de estofar. El monje se incorporó y caminó hacia mí con las manos entrelazadas.

—¿Maldecía vuestro amo? ¿Pronunciaba el nombre de Dios en vano? —inquirió, con sus ojos como clavos.

—A veces.

—Responded «sí» o «no».

—Sí.

—¿Sí qué?

—Sí, maldecía, pero...

—¿Tocó el capón tu amo en algún momento? ¿Echó condimentos o hierbas en él?

—Los eché yo.

—¿Desde cuándo no confesáis?

—Desde el año en que murió mi madre.

—¿Creéis en la resurrección de la carne?

Se refería a cuando Jesucristo se levantó después de muerto, tras dejar que lo azotaran, apedrearan y clavaran en dos tablones para salvar a todos los bellacos del mundo, incluidos los que tenía delante. Aquellos, a la sazón, olfateaban la mentira como un perro unos orines, y temí condenarme si les engañaba. Así, pensé en cuatro libras con sal molida, hinojo, pimienta machacada y un poco de ajo picado puestas bajo de un peso cuatro horas, y luego en un asador, con un poco de romero y cascos de cebolla. Una vez asada, con un guisillo de vinagre, mosto cocido y especias comunes, la carne magra, dura y desaborida de una vaca vieja resucita[1]. Y pude decir, convencido finalmente, que sí, que creía.

Cuando preguntaron si había visto alguna alhaja, colgante o anillo y si el posadero los escondía en algún sitio, la cosa pareció natural. Aquel palacio se sostenía con los bienes de los reos, joyas incluidas. Les dije que no vi más abalorios en sus manos que el anillo de mi padre que quiso quitarme.

Si hubiera sabido yo que el dueño de aquella baratija había sido hijo de un papa y famoso por sus hechicerías, mejor hubiera callado. El fiscal, después de oír ciertos susurros de su superior, se lanzó a preguntarme si guardaba otras joyas, y es-

---

[1] «Para asar la espalda de la vaca en asador, tomarás dos pedazos de la espalda de la vaca no mayores que del peso de 4 libras (poco más de 1 kg de carne) y pondráslos debajo de algún peso con sal molida, hinojo, pimienta machacada y un poco de ajo picado por espacio de 4 horas. Luego los pondrás en el asador y debajo de una cazuela con un poco de romero, si te pareciese, y unos cascos de cebolla, los cuales se irán cociendo con la gordura que cayere de lo asado. Lo has de servir caliente con las cebollas y su zumo, mezclándole un guisillo hecho de vinagre y mosto cocido y especias comunes» (*Libro del arte de cocina,* de Domingo Hernández de Mazeras).

carbó en mi memoria para que dijese lo que supiera sobre la forma en que padre consiguió aquella alianza. Conté entonces cómo había vencido a aquel tal Borja, y que había servido en Viana, y que por aquel servicio y sus heridas obtuvo el pastoreo de un rebaño de cabras. Quisieron que se lo narrara del derecho y del revés, y así lo hice. Aunque borré el relato de mis cuitas en el monasterio, alargando el tiempo que estuve con el tío Pacón, Donato y Criptana, porque si no, a buen seguro que aquellas bestias me hubieran quemado.

El monje joven mojaba la lengua en los labios de vez en cuando, y me pedía que volviera a empezar, en busca de contradicciones. El fiscal repetía las mismas preguntas de diferentes formas, ora con simpatía, ora con intransigencia. A veces se aproximaba al inquisidor, que le daba instrucciones sin que pudiera oírlas. Por suerte, recordaba cada cosa que decía. Padre no era como yo, y olvidaba. Mezclaba unas historias con otras, según le diera el día. Agregué que no encontré en el camino de Valladolid elfos, ninfas o brujas. Que no los había en los caminos por los que anduve, aunque sí muchos ladrones. No sabía más detalles sobre él, ni de su ruta, ni qué fue de la cabalgadura o las joyas de aquel tal Borja. Conforme hablaba, y mezclaba la batalla del Carombo con el hombre pez de Liérganes, y el ojáncano, un animal feroz que solo tenía un ojo, iba viendo que de todo aquello no iba a salir nada bueno. Eran ensueños y, por las fantasías de padre, me iban a condenar por robo o algo peor, porque también me preguntaron si conocía las marcas que traía aquel anillo, que tal vez a ellos les parecieron no adorno, sino signos de apostasía.

Cuando creía que había acabado el trámite, comprobé que todo eso era el proemio. Me volvieron a poner los grilletes sin responder a mis preguntas. Un alguacil, de natural alegre, que canturreaba algo sobre el juntamiento con una *fembra,* me condujo entre columnas llenas de manchas negras, voces lastimeras, arrastre de pies y toses, que, sumadas al olor, parecían conducirme al vientre de un monstruo inmenso.

La celda tendría unas diez varas de largo, y algo menos de ancho, y estaba cubierta de tierra y paja para absorber los desperdicios. En un rincón, un cubo que rezumaba líquido se empleaba para evacuarlos.

Juzgué, por las barbas, pelos y ropas, que la mayoría de los veinte reos que allí se encontraban debían de llevar allí mucho tiempo. Tomaban los rincones, y cada cual se ocupaba de sí, pues, como supe luego, para liberarse solían delatarse entre ellos. Muchos hablaban para sí, mezclando rezos con maldiciones, y no había ni uno solo que se considerara culpable, sino víctima de una denuncia anónima de algún enemigo. Un hombre delgado, que había sido alcaide y banquero, tenía pica, que es desvarío del que come todo lo que tiene a su alcance, y se llevaba a la boca restos de paja, insectos, piedrecillas y otras partículas que trituraba con los dientes, como si el suelo contuviera las viandas propias de un banquete pantagruélico.

En el tercer día volvieron a buscarme, me ataron a una escalera inclinada con la cabeza más baja que los pies y me introdujeron un paño en la boca. Un hombre grueso, con antebrazos cortos y cubiertos de pelo que olía a pescado, vertió agua con un jarro de modo que no podía tragarla. Cuando me ahogaba, dejaba de tirar agua y seguían con las mismas preguntas.

Ya comenzaba a barruntar que las historias de padre eran inventadas. ¿Cómo mudó padre de campeón a cabrero? Aquellos relatos suyos eran tan ciertos como que el rey Mauregato tenía un caballo con alas. Mientras me ahogaba, acabé comprendiendo que padre no fue un héroe, sino un infeliz rústico algo mentiroso, que hacía quesos. Un soñador, en fin, que viene a ser algo como un loco, y eso me angustió tanto como la toca[2].

Así que rectifiqué y dije que todo eran canciones, pero estaba donde estaba. Y el verdugo siguió a lo suyo. Me arrancaron cómo padre había vendido lo único valioso que tenía, su espada, a cambio de ocho gallinas, de las cuales quedaron cuatro, y al poco, ninguna. Que se había incorporado como escudero y alcanzado el rango de alférez. Que había visto cómo mataban de una pedrada al vizconde de Aster en Árriz, y cómo hombres vestidos con armadura completa cabalgaban en medio de la noche para emboscarse y lanzar súbitas cargas aullando como lobos, así como el modo de matar dragones, que consiste en mojarse la capa, y luego, arrebujado en ella, acertarle en el corazón, en un punto preciso entre sus escamas, sobre la tetilla derecha (la que hace cosquillas).

El reverendísimo hizo una señal. El verdugo volvió a echar agua, que me entró por la boca y la nariz. Traté de escupirla, pero al hacerlo recibí más agua, mientras el escribano contenía un bostezo. Cuando me faltó el resuello, los pulmones pidieron aire y se llenaron de agua corrompida. Y cada vez que me sentía morir, y veía luces, repetían las preguntas sobre las alhajas, y el anillo.

Insistieron tanto con todo lo que sabía de aquel Borja o Borgia que comencé a pensar que padre había enterrado un tesoro. Pero no había tal. Así que traté de luchar por mi vida mientras me llenaba del olor malsano, de aquel paño repleto de miasmas.

---

[2] Método de tortura empleado por la Inquisición española que consiste en atar al prisionero con la cabeza más baja que los pies, e introducirle un paño en la boca a fin de obligarle a tragar agua.

—¿Han cocinado otros animales además de gatos? ¿Visteis si hacían algo con los restos de ese animal, como los ojos[3], por ejemplo? ¿Sabéis si guardaban la cola del gato?

El escribano anotó, como si fuera un dato de importancia, que el gato no tenía cola.

El terror del líquido cenagoso por dentro de mis narices me embotaba los sentidos. Desorientado, no podía distinguir ya el olor ni la presencia del verdugo; tras de mí, era solo una sombra sin sustancia. Estaba contando cómo padre iba a la cueva donde la leche mutaba en queso, que no es asunto de hechiceros, sino cosa muy cristiana, cuando el supremo de la General Inquisición comenzó a dar signos de hastío. Se oían, lejanas, las campanas del mediodía.

Miré hacia la puerta. No tenía llave. Pensé que podría abalanzarme sobre ella y sentí el impulso animal de liberarme de las cuerdas, que estaban flojas después de tanto menearme. No llegaría lejos si lo intentaba.

—¿Crees en la resurrección de la carne?

—Sí —afirmé.

—¿Cocinaste tú el gato?

—No. Solo el capón.

—¿Por qué?

—Porque sabía hacerlo muy bien, y la comida…, el gato…, no gustó al Supremo…; perdón, a don León de Bega.

—¿Dónde aprendiste a cocinar?

—Con mi madre.

Dije que sabía hacer carnes, dulces y sopas, que en mis andanzas había puesto cuidado en atender más a sus fuegos que

---

[3] Un amuleto medieval para conquistar a las mujeres consistía en llevar sobre el corazón un saquito de seda verde que contuviera el corazón de una paloma y los ojos de un gato secados y reducidos a polvo.

a las palabras de pastores, juglares y viajeros, pero no hablé de las recetas de Apicio. Podía imaginar lo que harían aquellos quisquillosos dominicos si oían la receta de ave fénix o de vulvas.

—Si eres hijo de pastor, ¿cómo cocinaba tu madre capón?

—Le vi hacer una paloma, mi padre las cazaba con un lazo.

—Describe la forma en que hiciste el capón —dijo volviéndose hacia mí.

—Batí las yemas, limpié las almendras y los piñones para formar una coraza crujiente.

Era costumbre en la Inquisición, supe luego, no interrumpir los interrogatorios. Las sombras y las caras comenzaban a alargarse. Los torturadores tenían hambre y, mientras el escribano trazaba la receta de capón, y plasmaba sobre tinta el modo en que se daba forma al jugo, al caldo, al rebozo de panceta y a las doradas semillas, un runrún de tripas comenzó a emerger del hombre de rostro cadavérico.

Los inquisidores se levantaron y me dejaron solo. El verdugo manipuló mis ataduras. ¿Estaba muerto? Notaba sus dedos, pero no me sentía en el mundo. Solo percibía luces, y sonidos, como si no estuviera en mi cuerpo. ¿Respiraba aún? Tomé una bocanada de aire y, aterrado, intenté inspirar de nuevo. Vacío. Sentí que algo me faltaba, como si me hubieran arrancado un trozo de alma y no acerté a averiguar lo que era hasta que descubrí que el verdugo carecía de sustancia, tal que si fuera un fantasma.

Había perdido el sentido del olfato.

Capítulo 24

—Entrarás al servicio de don Juan Pardo de Tavera. Yo soy Andrés Tovar, ujier de sala de su ilustrísima. Ponte esa ropa y cálzate.

—¿Me devolverán el anillo de padre?

El extraño era un hombre coloradote y con ojos de buey. Señaló, tieso, unos zapatos.

—Los otros se te caían a trozos. El sayo viejo lo quemaremos, que está infestado de chinches.

Apenas pude dar dos pasos sin tener que guardar el equilibrio.

—¿Cuántos cántaros te hicieron beber? —dijo el ujier, con la expresión sombría que algunos ponen ante cualquier sustancia que no sea vino.

—No lo sé. Dos… Tres… —dije, a punto de caerme. Aquellos malditos artilugios no solo oprimían los dedos, sino que tenían tacones.

—Tuviste suerte. Hay a quien hacen beber ocho y revientan. Al menos no te hicieron la garrucha para ver cuánto estirabas. ¿A qué viene esa cara? Alégrate, que ahora estás en esta casa.

Asentí, procurando no revelar mis sentimientos, mientras me ponían delante un plato. Tardé en reconocer que era comida.

No podía percibir el tufo de aquel cuartillo. Ni el sudor acre, ni el aceite del candil, ni la madera vieja, ni la dulzor de aquella cosa verde que parecía espinacas fritas en manteca: era ciego a los olores y sordo al paladar. Metí un poco de grumo en la boca, que podía ser barro, aunque este también sabe —imagino— a algo. Tragué mi pena mientras escuchaba la razón de mi perdón: debido a la proclamación del nuevo rey, su ilustrísima me amnistiaba para que ayudara en la cocina.

—El anterior cocinero fue condenado por marrano —dijo antes de conducirme a una sala donde había un barreño—. Desde entonces, la cocina está al cargo de don Mariano Paredes, su antiguo ayudante, que es ahora tu maestro, así que esmérate y hazle caso en todo. Ya ves, te han encontrado útil. Ahora, al agua —dijo, señalando la tina—, que en esta casa, como en la nueva corte, todos se bañan al menos dos veces al año.

Preocupado con lo mío, no escuché al ujier hasta oír aquella extravagancia. El agua, como es sabido, produce debilidad[1]. Si me había matado el olfato, tal vez otro baño me dejaría ciego. Por no sufrir la suerte del otro cocinero, me dejé escaldar, aunque luego supe que al antiguo cocinero no lo habían condenado por sucio, sino por marrano, que es también como llamaban por lo visto a los judíos que practican sus artes en secreto. Por lo visto, una denuncia anónima reveló que tenía un cuerno de carnero[2], que es cosa que usan los herejes en sus fiestas secretas (donde comen niños, violan doncellas y bailan).

---

[1] En el siglo XVI se creía que el agua, sobre todo la caliente, debilitaba los órganos y dejaba el cuerpo expuesto a los aires malsanos, y que, si penetraba a través de los poros, podía transmitir todo tipo de males.

[2] El *shofar* (en hebreo: שופר) es un instrumento musical fabricado con el cuerno de un animal puro, limpio *(kosher),* como el carnero, la cabra, el antílope o la gacela. Se utilizaba en fiestas solemnes judías.

Mientras daba una vuelta por los pasillos de aquel palacio al que faltaban ventanas y sobraban guardias, don Tovar explicó que en esa casa haría muy buen y seguro futuro, y que, andándose el tiempo, podría ascender y ser oficial de cocina e incluso maestresala o ujier de vianda. Me instruyó en que no debía llamar al señor como don Juan Pardo de Tavera, ni don Pardo, ni *excelencia,* sino *ilustrísima,* pues en manos de él estaba el Consejo del Reino, y la Chancillería, y sin duda sería el próximo inquisidor general, Dios mediante, pues era la mano de hierro de Roma, o sea el cuarto en orden jerárquico; entendí que tras Dios, Jesús y el papa, pues suya era la misión de limpiar el mundo de cizaña. Luego, me señaló la puerta, cegada por un quintal de hierro, que daba a la plaza de Santa María, que era donde quemaban a los reos.

—Antes, lo hacían al amanecer. Sin solemnidad, en patios o en alguna plazuela desierta —contó el ujier, con pompa—. Pero los tiempos han cambiado. Los autos de fe son espectáculos grandiosos que atraen a las multitudes y, como en las corridas de toros, se montan puestas en escena para que las autoridades y el público no pierdan ripio. Faltan manos en la cocina porque, ante la cercanía de la muerte, todos compensan la angustia comiendo y bebiendo, y mientras se preparan los cadalsos —precisó— hay que desplumar decenas de aves, despellejar, cortar, cocer y pelar, y, en fin, realizar todos los preparativos de un gran banquete.

Yo, sin nariz, de poco servía frente a un caldero, pero callé, no fuera que me devolvieran al sótano.

La cocina de la casa Zúñiga era una estancia amplia y estrecha, de techos altos, y con poca luz, pues estaba construida en el lado norte, sobre los antiguos calabozos. Por eso, a veces se oían sonidos indistinguibles, animales, que no podían confundirse con el crujir de las vigas o el viento sobre el tejado:

eran seres humanos. La despensa estaba muy bien provista, tenía jamones de Montánchez, tocino, chorizos, perdices en salmuera y muchas otras cosas en sacos bien cosidos, cajones y tinajas. Al fondo, en una estantería de roble llena de marcas, se extendían las cajetillas y frascos del especiero. Allí es donde se oían más las voces.

El cocinero de don Pardo, maese Paredes, era un hombre grande y calvo, entrado en la cincuentena, de mentón cuadrado, labios finos y ojos marrulleros. Se encontraba en un rincón de la despensa cuando se encaró conmigo. Sus calzas marrones brillaban allí donde solía limpiarse la grasa de las manos. Recibió en silencio la noticia de que yo sería su aprendiz de cocina, y que venía de las celdas.

—Es un mozo despierto, mayor de lo que parece, pues, aunque menudo, tiene trece años. Sabe cocinar y leer, e ilustrísima desea que sea puesto en servicio para que le ayude, y colabore en dar más lustre a los platos para cuando vengan invitados.

En cuanto el ujier dejó la cocina, maese Paredes cambió de expresión y se me quedó mirando un rato.

—¿Tienes trece años?

Asentí, y él me imitó. No estaba contento con mi presencia.

Cortó una espalda de carnero y la echó en el agua, que ya burbujeaba. A punto estuve de decirle que la carne, sin jugos, ya estaba seca, y más lo iba a estar si se cocía tan rápido.

—Ayudaré a vuesa merced lo mejor que…

—Harás bien en callar, y limitarte a lo que te digo. ¿Estamos? —dijo el jefe de cocina, como si intuyera lo que estaba pensando.

—Aquí lo que tienes que hacer es rezar y trabajar, y, si Dios quiere, todo será a gusto del señor.

—Sí.

—Nada de «sí». Tú callas, friegas y haces lo que te digan —dijo Paredes—, o te moleré a palos. ¿Sabes hacer dulces? ¿Qué haces que no respondes?

Yo andaba con el pensamiento de que podía freír dulces, guiándome por el color y las proporciones, por más que no pudiera olerlos, y le dije que sí. Aunque me gané el primer golpe. Un tortazo rápido, seco y bien dado. Tal vez fuera malo guisando, pero, en eso, aquel cretino tenía su arte.

Luego, me estudió un buen rato, con la estulticia peligrosa de una vaca cuando te acercas a su ternero.

—¿Te parieron contrecho o es que pasaste hambre? —dijo al fin.

—Soy menguado de cuerpo.

—Servirías mejor como bufón. ¿Sabes lo que es un bufón, contrecho? Se visten de colores, con cascabeles, y entretienen a la gente de importancia cantando y haciendo cabriolas. ¿Sabes cantar o hacer cabriolas, contrecho?

—No, señor.

—Bien. Pues fregarás. Espantarás las ratas y, de madrugada, harás el caldo —dijo mientras destapaba una marmita.

Simulé que olía. La clave de los caldos era que hacen que la comida sea sabrosa, y es sabrosa precisamente por la fragancia, que era incapaz de percibir. Sin nariz estaba desorientado. Por el color, aquello no podía ser otra cosa que una sencilla sopa de cebolla, zanahoria y apio, mezclada con tomillo y perejil. Atisbé el laurel y unas ramitas de eneldo que flotaban entre estos antes de que mi nuevo amo cerrara la tapa del caldero.

—¿Y bien?

Le dije los ingredientes. Y, por si había fallado, que sabía hacer otras sopas.

—¿Qué otras? —dijo, incrédulo.

—*Tisanam lavando fricas, quam ante diem infundes. Impones supra ignem calidum…* —comencé a recitar con el fin de impresionarle.

Eso me valió otro tortazo. Me arrojó un trapo y un delantal de piel de cerdo que tenía algunas brechas y quemazones. Debía repasar las ollas, que colgaban de ganchos en la pared que daba a la despensa.

Esa noche me ubicaron en una habitacioncilla próxima a la cocina, para que mantuviera alejadas las ratas. Sería mi trabajo principal, pues estas, según dijo don Tovar, se habían enseñoreado de las calles de la ciudad. La razón era la falta de gatos, pues el papa Inocencio había alentado su persecución. Se les acusaba de que hacían aparecer al diablo, máxime si eran negros. Por eso los niños, con la excusa de su celo piadoso, jugaban a matarlos de mil maneras distintas. En las fiestas populares eran empalados, arrojados de las almenas de las torres y quemados, sobre todo en la noche de San Juan. De ahí que las ratas medraran hasta convertirse en una plaga. Con la extraña sensación del superviviente que, salvado del fuego, se llega a las llamas, me acurruqué en el jergón, y saboreé su blandura inolora. ¡Ah, cómo se echa de menos aquello que se pierde! Procuré rememorar el eco del tomillo y la melisa, el olor seductor de las brasas, la leche cuajada, el pasto seco, el humo un poco amargo de la leña de encina, hasta que, agotado, me quedé dormido.

Debía levantarme todos los días con las cinco campanadas, y tras arreglar mi lugar, situado en el cuarto de las escobas, emprender las tareas de limpieza que me encomendaran. Además de hornear y freír los dulces de sartén, envolvía dátiles de Valencia en sal, y los freía rellenos de piñones; o mojaba pan de mosto en leche, y lo ponía al horno untado con miel, que había abundancia de todo eso. Pero cocinaba a ciegas, pues un hombre sin olfato es un espectro. El maestro cocinero se tomaba muy a chanza que para hacer mis labores tuviese que subirme a un taburete, que él solía patear. Gustaba de explayarse sobre lo lento que era, las pocas aptitudes que tenía, y de llamarme ñarro, bufón o engendro. Su ilustrísima, acompañado de miembros del jurado, la nobleza o algún rector de los colegios mayores, comía pollo o gallina, quesos, panecillos blancos, arroz, verduras, azúcar, miel, pasteles, frutos secos, ternera y pavo en días especiales, y pescado los viernes, hubiera hambre o no hubiera hambre en la comarca, y solía regarlo con el contenido de una barrica de vino blanco de San Martín de Valdeiglesias. Almorzaban aquellos próceres en una sala grande, iluminada con bujías de cera, con mucha pompa y aparato: no cantaban con los postres, ni manchaban más que tres dedos de cada mano[3]. Tampoco soltaban apenas regüeldos o ventosidades. Por tal razón pienso que los hombres poderosos parecen más gordos: no solo es que comen más, es que están henchidos de aire.

Maese Paredes vivía en un apartado adyacente a la mansión con su mujer y sus tres hijos. Cuando curruscaba torreznos en manteca hacía continuas referencias a san Judas Tadeo, el santo de las causas difíciles y desesperadas (cuanto más ricos, más cerca están de quemarse). Su ayudante, Jesusito, era un sobrino que tendría aproximadamente mi edad, pero, al contrario que yo, era un chico enorme, bizco, de espaldas fuertes y con dos brazos como troncos. Tenía la boca siempre abierta y, tal vez por ser de cortas luces, le llamaban el Zangolotino, y al igual que Paredes, tuvo una actitud hostil hacia mí desde que entrara por la puerta de la cocina, pues envidia-

---

[3] El tenedor aún no se empleaba.

ba que yo asistiera tareas de cuchara en lugar de ser relegado a freganchín. Los otros servidores eran Paca, una camarera alargada y de piel amarillenta; Antonio, un paje con la cara llena de granos; Buen Suceso, la fregona; Isidra, una señora entrada en carnes que solía dar cuenta de lo que se comentaba en el comedor, y Baptista, el ordenanza de cámara, que cuidaba la puerta de la sala donde se encontrase su ilustrísima para que solo entraran las personas que debían entrar.

El cocinero, celoso de su arte, era de esos tiranos que son dóciles como un perro con sus superiores. Tenía un programa que repetía todos los días, variando los domingos y los días de guardar. Decía que en su industria la clave era (poniendo la cara de un ganso frente a un intruso) la «inmutabilidad». Lo cierto es que su mal talante únicamente era superado por su falta de ingenio, pues tomaba al pie de la letra un cuaderno de recetas que trataba como a un tesoro, aunque eran refritos de su antecesor. No solo me maltrataba a mí, sino también las carnes, verduras y frutas por igual, como en una pelea de borrachos. Cocía en lugar de freír, ablandaba en lugar de guisar, y si había que asar, quemaba, aunque yo me guiaba por la color, ya que poco podía distinguir sin nariz la aspereza de lo socarrado. Si algo decía para ayudarle, lo tomaba como una ofensa que lavaba con manos o pies, para regocijo del Zangolotino, que si podía me cortaba el paso antes de que pudiera escapar a los golpes. Las carnes, aunque solía secarlas, las trataba mejor. Por eso yo nunca las cataba, pues la servidumbre se alimenta de sobras, y estas se repartían de arriba abajo según el rango. Baptista sisaba primero, en la antesala. Luego, Antonio, el paje, tragaba las partes blandas en los cuarenta pasos que había desde el pasillo al comedor. El Zangolotino y las dos camareras se ocupaban de dejar solo huesos. Por eso, si quería compensar el hambre retrasada que traía mi cuerpo, tenía que comer a hurtadillas. Aunque poco placer encontraba en comer aire, que es lo que me parecía todo, si no podía olerlo.

Su ilustrísima, que, a la par que inquisidor y chanciller, era feo como una gárgola, vivía tras el largo pasillo abierto que daba al atrio situado al sur y que comunicaba con el resto del palacio. Allí siempre se apostaban como mínimo dos corchetes, que con frecuencia eran bastante mayores, pero que intimidaban, pues tenían cicatrices de guerra y esos ojos que se quedan en los hombres que han degollado a otros. En las sesiones matinales se trataban las cuestiones de fe, mientras que las tardes de los martes se reservaban para los casos de sodomía, bigamia y hechicería. Los días de juicio solía comer con los miembros del jurado, que a veces dejaban los platos sin tocar porque, a fin de ablandar a los reos, no detenían los interrogatorios.

En las tardes que acudía a la Chancillería don Tovar, el ujier, solía sentarse en la cocina, a veces en compañía de otro miembro del servicio, y aprovechaban para dar cuenta de las cosas que oían en la sala, sobre todo a la hora de los quesos, el postre y el licor.

«Los argelinos están dejando la costa más seca que el ojo de una perdiz», decía la camarera agitando la mano con gracia. O «Válgame el cielo que el rey de Francia ha tomado a un consejero que es luterano».

Supe por ellos que los piratas berberiscos asolaban la costa, Gattinara porfiaba, los turcos habían tomado Egipto y un tal Balboa, de nombre Vasco, había descubierto un nuevo océano, entre otras cosas que no entendía, pero que me parecieron de la mayor gravedad e importancia. Me veía luego desplumando una gallina pensando en los humores gástricos del canciller de Florencia, el gusto por el vino rosado de los tártaros o cómo los jenízaros del sultán Selim no solo amenazaban con arrebatarnos a las mujeres, sino también el placer de la comida, pues el turco, en su infinita perfidia, hacía peligrar con sus galeras la ruta de las especias.

—¿Natillas sin cinamomo? —decía el ujier, muy envarado—. ¿Bizcochos sin clavo? ¿Cocinar con solo anís y mostaza?

El más grande imperio que vio los tiempos —constaté— lo levantó el estómago. Pues esa es la principal razón de que un puñado de aventureros busque el revés del mundo con riesgo de caer en el vacío. Todas las zozobras de nuestros héroes son, decía el ujier, para alcanzar un camino que lleve a la nuez moscada, la pimienta, los chiles y el cilantro. En suma: por unas buenas natillas fue que España se puso a conquistar el mundo. De esas especias yo poco sabía, aunque del cinamomo, también llamado *canela,* había oído hablar cuando estaba en el monasterio.

Aquella tarde, aprovechando un descuido, me fui a la parte más oscura de la alacena, donde reposaban una serie de frascos de cerámica cocida que tenían marcas de lápiz y dibujos azules. Oí a través del muro una tos, y también una voz que cantaba con desgana: «Cuando los enamorados van a servir al amor; sino yo, triste, cuitado, que vivo en esta prisión». Desgranó «que ni sé cuándo es de día ni cuándo las noches son». Abrí un frasco que contenía laurel molido. Otro que contenía romero. Luego, otro con ramitas similares a las del laurel, pero de color avellana. Cogí una entre mis dedos. Era quebradiza, parecía un rollito de pergamino y me la acerqué a la nariz: no sentí nada. Me puse un trozo en la punta de la lengua, que es la parte desta que percibe la dulzor, y sentí un coscorrón.

—¿Qué haces, bergante? —dijo Mariano, arrebatándome el frasco.

—¿Esto qué es? —dije.

—He visto como lo comías —dijo el cocinero con aire de triunfo. Y me llevó, tirándome de la oreja, hacia los fogones. Allí me dejó en pie un rato, hasta que oí su voz y la del ujier.

—¿Qué hacías con las especias? —dijo, rabioso.

—Estaba mirándolas.

—¿Y por eso las comías?

—Solo quería saber si podía utilizarlas.

Aún tenía un fragmento de especia en la mano y lo mostré, con el fin de saber lo que era.

El ujier me hizo un signo y le seguí hasta la despensa.

—Esto es cinamomo. Lo traen de más allá del confín del mundo.

—No sabe utilizarlo el truhan, y quería echarlo a perder —dijo Paredes.

—Vuesa merced no lo ha empleado aún tampoco, apenas.

—Es que hay poco. Ya sabe que…

—Sí…, los turcos.

—Si quiere probarlo, que lo haga. Su ilustrísima ha comido pronto hoy y quiere merendar.

—Señor, ¿me devolverán el anillo de mi padre? Me lo quitaron en el juicio —aventuré.

El ujier me dio otro coscorrón —este, amable— y dijo que lo consultaría.

Al caer la tarde, su ilustrísima el inquisidor, mandó que le sirviera yo, porque deseaba hacerme algunas preguntas. ¿A qué se me ocurrió reclamar nada? Mariano esperó a que se alejara para golpearme. Como maestre de cocina tenía derecho a ello, siempre y cuando no me lisiara.

Recuperé las cantidades, pensando en las pizcas, óbolos romanos, equivalentes a doce granos, y comencé a trabajar. Sin nariz era como un ciego trazando un dibujo.

—¿Qué haces, contrecho? —preguntaba Mariano regocijándose con mi inminente fracaso al tratar con una especia desconocida. Tomé los dos frascos marcados como «China» y «Ceilán», y escogí el contenido del segundo. Había percibido en la punta de la lengua su toque de dulzor. No había signos de picazón, pero en los costados de la boca había un destello cítrico. Bien podía ser la corteza de un árbol fabuloso, o el pétalo enrollado de alguna flor inmensa. Sin duda tenía toques de madera, por lo primero, aunque también de perfume. Su fuerza era un acertijo. No debía de poseer el nervio del clavo. Tal vez el de la semilla de alcaravea, e incluso anís, unida al sabor terroso del azafrán, pero sin su amargura.

Herví la leche con la canela y la corteza de limón para que quedara bien perfumada. Molí las semillas. Luego saqué el limón, la ramita de canela y agregué la almendra molida hasta espesarla.

Mientras cortaba un cordero, Mariano rio para sus adentros al ver que empleaba el bizcocho seco del día anterior. Metí dados de bizcocho en la sopa y esperé a que quedaran impregnados. De un trozo de rama de canela seca que había reservado, hice un polvillo muy fino aplastándolo con el borde romo de un cuchillo y lo espolvoreé sobre la sopa.

—¿Y esto qué es? —señaló el ujier.

—Que os lo diga el contrecho. A fe mía que parece inmundo —dijo Mariano.

—Sopa de almendras, señor —respondí.

—Más parece el esputo de un enfermo con esas manchas —dijo Mariano.

El ujier hizo pasar al ayuda de cámara. Portaba este el plato como si contuviera escorpiones vivos.

—Tú eres el muchacho leonés —dijo el amo de rostro cadavérico en su poltrona, puesta junto a una mesa y un tapiz que mostraba a una tropa de ángeles alanceando a un dragón.

—Sí, su ilustrísima.

—Me place. ¿Eres buen cristiano?

—Sí, su ilustrísima.

—Tu padre… ¿era buen cristiano?

—Sí, su ilustrísima.

—¿Y me pedís un anillo?

El paje puso el plato frente a él, junto a un montón de papeles. Yo me limité a mirar el tapiz, por no mostrar mi azoramiento. Los ángeles parecían enormes frente al dragón, que era atravesado por largas lanzas blancas. Cerca de él, otro dragón más pequeño miraba a dos ángeles rubios que se lanzaban espada en mano sobre él. Tal vez la cría. Están matando a una dragona, pensé.

—Este tapiz representa nuestra humilde misión. ¿Te agrada? Dime por qué pides que te devuelvan esa alhaja.

—Es porque… era de mi padre. Nada vale, su ilustrísima. Vos, vuesa merced… —dije, señalando sin querer en su mano un rico sello coronado por una esmeralda.

La movió para indicar que nos dejaran solos. Cuando el ujier cerró la puerta, una sombra cubrió la estancia, como si se acercara un aguacero. El inquisidor apartó la cuchara y tomó un pliego.

—Contasteis que vuestro padre, pastor de cabras, sirvió en Navarra, y presenció la captura y muerte del duque César Borgia.

—Sí, su ilustrísima

—Y decís que vuestro padre, manco, era pastor de cabras. Y no obtuvo de aquel negocio más que una espada que… —dijo revisando los papeles— cambió por ocho gallinas.

—Sí, su ilustrísima.

—Y dijisteis, bajo tormento, que no sabía el nombre de quienes le acompañaban. Que se repartieron solo caballo y armas. Que vuestro padre no mencionó que el duque llevara en su montura documentos o reliquias. Y que no le premiaron por su hazaña más que con el disfrute de unos pastos pobres. Y sin saber lo que no sabes, ¿te atreves a pedir una alhaja que no era tuya? ¿Es que no estás contento con que te hayamos acogido a nuestro servicio?

Comenzó susurrando, y acabó a gritos. Dos guardias aparecieron con las manos en el puño de su arma. Estaba ya pensando que me prendían cuando el inquisidor alzó la palma de la mano y se quedó mirando el plato.

—¿Qué es esto?

—Sopa de almendras, su ilustrísima.

Tomó la cuchara y la introdujo en la sopa, de textura gelatinosa. Probó, y el bizcocho, empapado en almendra, canela, limón y leche, desplegó su poder en su boca sin labios.

La canela —decían los antiguos— es un estimulante sexual. Aviva la salivación y los jugos gástricos, aumenta la temperatura del cuerpo, mejora la circulación y ayuda a combatir la aerofagia, pero aquello solo eran palabras leídas que a duras penas ilustran cómo su ilustrísima fue arrastrado a la isla de los Mil Nombres[4], allá donde el monzón une su aliento dulce a la sal marina con un beso cálido y perturbador. El inquisidor cerró los ojos frente a la energía inclemente, lasciva, de la ninfa, que abría sus muslos en el lecho de un bosque tropical como las orquídeas que crecen en costas recién descubier-

---

[4] La isla de donde procede la canela se llamó Ceilán durante la colonización, y hoy, Sri Lanka. Fue conocida en la Antigüedad como Lanka, Lankadvīpa, Simoundou, Taprobane, Serendib y Selan, y denominada popularmente como la «isla de los mil nombres».

tas. Acabó la sopa chupando el plato, ante la mirada de los que le rodeaban. Satisfecho, se santiguó y de nuevo pidió que nos dejaran solos.

—Suerte tienes de ser un niño. ¿Acaso sabes sobre quién invencionaba historias tu padre?

—Un... brujo.

—Ese hombre era el duque de Valentinois y de la Romagna, príncipe de Andria y Venafro, conde de Dyois, señor de Piombino, Camerino y Urbino, cardenal y capitán general de la Iglesia católica, arzobispo de Valencia y obispo de Pamplona. No era brujo. Era un hechicero. Se distinguen de los primeros en que, en lugar de pactar con el diablo, emplean su propia maldad e ingenio. Ha sido expulsado de su propia tumba y enterrado en la vía pública para que, en pago de sus culpas, le pisoteen los hombres y las bestias[5]. Nada tienes que ver con él, ni con su memoria. Así que olvida ese anillo, aunque nada valga. Suerte tienes de que tu padre fuera solo un cabrero fabulador.

Entonces golpeó el plato vacío con la cuchara.

—Otra —dijo al ayuda de cámara tras mandarme de vuelta a la cocina.

—Su ilustrísima quiere que se dedique en exclusividad a cocinar y servir los dulces —anunció el ujier al poco. Tendría los domingos libres, y cobraría cuatro maravedís a la semana[6].

Para sorpresa de Mariano, aquella noche no dormí en el cuarto de las escobas, sino en uno propio con camastro, y ba-

---

[5] Los restos de César Borgia, cardenal y capitán de los ejércitos del Vaticano, fueron enterrados bajo una calle transitada, a fin de que, al paso de los transeúntes, fueran profanados por siempre.

[6] Suma con la que se podía comprar un huevo o un cuartillo de vino.

cinilla. Podría ir y venir. En mis dos horas libres el guardia, en la puerta, observó sin decir nada como me alejaba. Una vez en la calle, respiré una bocanada de aire fresco. Una mujer de holgadas faldas portaba un cesto de ropa sucia, y un truhan de no más de cinco años pedía dinero bajo las piernas de un mercader, que le soltó una patada como si de un perro se tratara. El niño, flaco y de ojos grandes, se sentó en un rincón para llorar en silencio. Muchos campesinos habían quedado sin tierras y se habían convertido en pordioseros. Vi a algunos buscar a los últimos cangrejos entre la calígine. Aquellos extraños seres desaparecían en invierno y nadie sabía adónde iban.

Regresé a la casa de los Zúñiga y me dirigí a sus cocinas. Al llegar al pasillo que daba a la antesala de servicio, vi una silueta que fluía, como si no tocara el suelo. Su piel tenía luz propia, como cuando cierras los ojos después de mirar al sol. Al principio pensé que se trataría de un ánima. Se me hizo un nudo en la garganta y vi como se movía entre el resplandor que venía de una lumbrera. Esperé a que el sol de aquella tarde la hiciera desaparecer, pero no solo no se disipó, sino que cobró la forma de algo que trastocaría mi vida para siempre.

Receta para encubrir la corrupción del príncipe

Juntad jabón moscatel con polvo de ciprés, polvo de violeta y manzana de olor. Para aportar a la composición más excelencia, pondréis almizcle y ámbar gris según podáis o queráis, que ambos se unan con jugo de rosas. Luego lo mezclaréis y lo secaréis a la sombra.

Por ello pongo la bondad y el olor que esta composición rinde a las cosas y composiciones susodichas, tanto que, siendo la boca fétida debido a los malos vapores salientes, o porque haya putrefacción en vos, o bien algún otro caso extraño que fuerza a las personas a huir de vuestra compañía, con tener un poco en la boca sin removerlo, os dará cada día una maravillosa fragancia que no se sabrá decir de dónde proviene, sin que sea perceptible vuestra pestilencia.

Nostradamus, *médico y consultor astrológico*

Capítulo 25

—Es así —dijo el canciller Gattinara.

—Tal y como digo, y es conocido... —dijo el señor de Chiévres.

—Que debe tenerse en cuenta en buen razonamiento que... —dijo el secretario Francisco de Cobos.

—... al rey le gusta comer —siguió don Horacio Lesmes, el maestresala—. Ha desembarcado en Asturias.

—A partir de ahora, hay que juzgar los dulces y las frituras como una cuestión de vida o muerte. Son nuestro punto débil.

—Que no es menos ganar Zamora que lograr cocer al punto un buen filete —dijo don Mariano, el pelotillero.

—Ni chanzas, ni fallos —remachó el ujier.

El propio inquisidor se presentó en las cocinas antes del servicio, con el único fin de repetir que pronto serviríamos al hombre más poderoso del mundo. Con sombría gravedad, llegó a meter el dedo en una salsa de ajonjolí. Pero yo no tenía oído para reyes. Mi mente estaba en la figura que había visto en aquel pasillo.

Era una muchacha pálida, de pelo castaño. Me traspasó con sus grandes ojos de ambar en cuanto crucé el umbral de la puerta. Tuve que poner mucho empeño en no perder el equilibrio de la fuente que llevaba frutas de sartén. Vestía un brial de seda celeste, y la cofia de lienzo blanco dejaba entrever su cabello con cierto atrevimiento. Estaba sentada al lado de una carabina mayor, de aspecto riguroso. Hablaba con suavidad y soltura, tratando a su ilustrísima de «Querido tío», y yo me sentía como la manteca derretida en la tortera del hojaldre. Dehojado, en la flor de harina, como un migajón de pan mojado en caldo.

Entre la áspera humareda de los fogones, disimulé y pinché una pierna de ternera bajo la mirada del Zangolotino, que me guardaba mucho rencor desde que fuera relegado a las tareas de limpieza. Encontré un falso problema entre la leña y, ayudándome del pincho, coloqué las brasas tratando de volver en mí. Sentía, en mi alborozo, el humo de las brasas, la blandura de las coles, la untuosidad de la grasa en la madera, y noté que algo terrible estaba pasando. El mundo volvía a cobrar forma, y en lugar de celebrarlo sufría: reconocí aquella sensación de que tanto hablaban los comediantes y los músicos vagabundos. Corriente extraña que te arranca de los fueros, como cuando uno sueña que no hay suelo y no sabe si cae o vuela. No tendría mucho más que mi edad. Trece, tal vez catorce años. El labio superior, audaz. Suave la curva de su cuello. Nariz recta, ni pequeña ni grande. Y una mirada con más enjundia que la del verdugo, el fiscal y el gran inquisidor juntos.

Francisco de Cobos reía cuando presentamos a la cata el menú que se destinaría a la visita de la corte. Era un hombre vestido de oscuro, con orejas de soplillo, que, según don Tovar, el ujier, podía cambiar las tornas del tablero de juego de los reinos. Describió al rey, nuestro señor, como un hombre proporcionado, de bellas piernas, buen brazo, nariz aguileña y un maxilar inferior prominente, a modo de espolón, lo que le confería un aire soberano, y le obligaba a pronunciar erre por ese y a tragar sin masticar. Paca, una de las dos sirvientas de cámara, a la que apodaban la Vela (tenía la piel amarilla y era muy alta), colocó dos jarras de vino sobre la mesa y me sorprendió mirando a la muchacha, mientras don Jacinto Navarro, el gordo corregidor, examinaba los platos con la punta de la lengua entre los dientes y ojos vivos y maliciosos. El maestro de cocina se había puesto lechuguilla y calzas abombadas, aunque su jubón estaba tan grasiento como aquel plato. Sonreía, adulón, mientras el inquisidor hundía el cuchillo en los restos de un ave, provocando un sonido de succión ofensivo.

—¿Y bien?

—Le falta jugosidad, y tiene demasiado hinojo, que quita el hambre —dijo el corregidor con altanería, para hacerse el entendido.

—¿Creéis que este plato puede servirse en la corte?

El jurado examinó los otros platos mientras el cocinero se deshacía en sudores. De haberse comido mis zapatos, ni me hubiera percatado. Solo tenía ojos para ella.

—El mercado está mal abastecido —gimió maese Paredes.

—¿Y qué solución proponéis? Esto no es plato para un rey.

—El rey Carlos come de todo, descuidad —resolvió don Francisco de Cobos—. Bebe como un holandés y traga como un carretero vizcaíno. No se quejará mientras haya gordura y bebida en abundancia. Por cierto, le gusta la cerveza. ¿Cerveza tenéis?

—¿Cerveza? —preguntó su ilustrísima, azorado.

—La corte no puede vivir sin ella. Es un caldo amarillento que está poniendo de moda el rey. Mandaré que os traigan un barril de *lagerbier,* que es la que más estima.

Bien podía faltar el pan al pueblo en aquel otoño, que fueron servidos capones, tortadas, ternera y cordero preparados de diferentes modos, pasteles, panes y guarniciones de frutos secos con las verduras que daba la época, que, debido al desabastecimiento, costaban un Perú. Las acelgas las habían comprado con el permiso del tesorero al costo de un buen paño de Flandes; las calabazas, como si fueran filigranas de plata, y las berenjenas, al precio de un sombrero con su pluma de pavo real, aunque destas últimas se tomaron por no haber otros vegetales, ya que era considerada comida de judíos.

Siguieron probando platos de cerdo asado, ternera estofada, huevos en caldo de carnero, arenques, empanadas y ansarones con liebre en el jugo de azúcar y agraz. Regaron todo en abundancia con hipocrás hecho con especias y San Martín de Valdeiglesias. Los miembros del jurado pincharon a un lado, mojaron a otro, y nos tuvieron a Paredes y a mí en pie, preguntando sobre la composición de un plato y la suntuosidad o estrechez de otro. De los catorce platos que ofrecimos, rechazaron seis. Todos ellos de Mariano Paredes.

—Esto es una delicia —celebró el corregidor señalando una bandeja.

—Son puerros, su señoría, que hice rellenos con láminas de queso y jamón, rebozados en aceite con harina y huevo.

—¿Este niño cocina? —preguntó a boca llena, mientras resoplaba como un fuelle roto.

—Es el segundo cocinero. No es niño, sino mozo, pero nació con mengua.

—Podría hacer un buen bufón —apuntó el secretario.

Noté, ruborizado, cómo la muchacha clavaba la mirada sobre mí, con esa mezcla de asco y diversión que el prójimo reserva a los tullidos. De ser más bravoso, hubiera respondido que si yo era bajo, él tenía las orejas como velas de bajel.

—El cabrito está seco —dijo, olvidándose de mí con ligereza—; el de las cebollas sofritas y aceitunas es diferente.

—¿En qué es diferente? —preguntó el calificador.

Ella parecía gozar de mi ofuscación, y tardé en darme cuenta de que se dirigían a mí.

Como un náufrago que alcanza un tablero en mar revuelta, intenté volver a la realidad. Cabrito. Aceitunas sin hueso. Sofritas. Aceite, grasa, fruta de septiembre. Recordé las bolas naranjas en sus barriles. Bolas naranjas y los ojos de la muchacha.

—Tiene zumo de naranja —atiné a decir.

—Es de indudable origen musulmán —atajó el fiscal.

Noté el regocijo de Mariano Paredes ante mi inminente caída en desgracia. El inquisidor alzó las cejas. Probablemente, un gesto que había repetido decenas de veces antes de mandar que arrancaran las uñas a algún desgraciado. Mariano dijo que yo había hecho el plato, y pidió que explicara su receta.

—Aceite de oliva, miel, pasas, almendras, limón…, aceite, azafrán, pimienta…

—Es una receta de moros…, de infieles —insistió el fiscal, más tieso que el rabo de un cazo.

El notario escupió a su derecha, sobre el suelo, lo que tenía en la boca, lo que provocó un gesto de asco por parte de un comensal contiguo. Se hizo el silencio en el comedor.

—Tiene manteca de cerdo… —improvisé.

—¿Manteca?

—Después de rehogar el cordero con aceite, se maja laurel, ajo, perejil, pimienta y azafrán en pelo. Se deja cocer con el cordero un poco, antes de sumar la miel, ciruelas, almendras fritas picadas, un palo de canela y un clavillo. Al final se le echa limón, sésamo, ajonjolí… y manteca de cerdo.

Mentía. Pero el cerdo era una garantía de pureza, porque los infieles no lo comían.

—No le vi poner manteca —dijo Mariano Paredes.

—¿Le pusisteis manteca a una receta morisca?

—No sé si el origen es morisco o no, su ilustrísima. Pero la manteca da consistencia, sabor y peso, además de ser comida cristiana.

El fiscal levantó las cejas, metió dos dedos en la salsa y tomó una pasa.

—Bien. Entonces está bien.

Pero yo no me alivié. La sobrina del inquisidor se ponía en aquel momento una almendra tostada en la boca. ¡Quién fuera almendra! Hubiera jurado que parecía decepcionada por no ver cómo actuaban los guardias.

Regresé a la cocina, presa de un humor violento. Estaba vacía, y aproveché para colarme en la despensa. Tomé una de las quebradizas ramas de cinamomo. Su perfume, ambrosíaco y animal, era tan intenso como el de la quemazón de miel en flores, y más allá, donde se junta el asiento de la nariz y el principio de la lengua, levantaba un fondo de regaliz y lluvia sobre tierra seca. Me maravillé, como se hace cruces el cojo que puede volver a andar, al saber que había recuperado mis narices; aunque en todo veía la sombra de la muchacha que se había hecho dueña de mis horas: vigilar la lumbre, en mi extravío, pensar en ella mientras la sombra del sol variaba sobre la piedra de la hornacina, y recordar en detalle cada uno de sus gestos.

¿A qué aquella urgencia? Comprendí que si el trovador recita desazones y el poeta gime como un cordero degollado, no es arte, sino rigor histórico. Estaba sufriendo en carne propia aquello bien fundamentado por sabios y filósofos: que eso del amor es un mal trago. Al menos, si eres pobre y mides solamente cuatro pies y medio.

Por ser época de malas cosechas, era tal la falta de abastos que los tenderos marcharon o dejaron de fiar. Los burgueses llegaban a deshacerse de vestidos en tiendas de ropavejeros, que prosperaron de tal modo que muchos de ellos, convertidos en prestamistas, exhibían joyas, sombreros, calzas y todo tipo de géneros a puerta de calle. Aun así, el ujier no parecía preocuparse porque un huevo costara más que unos gregüescos. Y es que la Inquisición era tan rica como culpables relajaba. Oí decir a Paca que el buzón de las denuncias secretas no daba abasto. Con tal de llenar las arcas, habían ampliado el horario de los juicios a los jueves y sábados por la tarde.

Mi cuerpo cambiaba. Alcanzaba ya la altura de cuatro pies y seis dedos, lo que es parca cifra. Pero los pelos en las piernas y la voz, que me oscilaba, significaban —al decir de don Tovar— que comenzaba a convertirme en hombre, si bien pequeño, proporcionado como los otros. Mariano, celoso de mi triunfo y el rechazo de sus platos, había tomado la estrategia de no hablarme y dirigirme miradas asesinas, sin olvidar algún golpe de los que no dejan marcas. El único consuelo que tenía era escabullirme a deshoras al especiero, donde me entretenía en sus olores. Inhalaba el cinamomo, la pimienta y el clavo. La vainilla y la mirística. Extrañezas maravillosas que venían de lejanos archipiélagos, de lugares batidos por las olas, o el sol de África.

Descubrí, al recuperar la nariz, que el sabor es poca cosa, apenas una mordedura en la lengua limitada a sentir la dulzor, la amargura, o lo agrio, pues el sabor de las cosas solo es una sombra cuando no tienes olfato. Lo mismo sucede, pensaba, con el amor. Ahora comprendía que padre, a veces y sin motivo, tocara un rizo de madre; o que, a pesar de los malos momentos, rieran solos. También entendí su tristeza al ver que no crecía como era debido, y que tal vez no pudieran casarme. ¿Qué muchacha se enamora de un menguado? Pensé entonces que tal vez en algún lugar habría para mí una mujer de mi estatura. Pero no querría a otra mujer que aquella, aunque fuera inalcanzable. ¿Acaso los monjes no dedicaban su vida a un Cristo que había muerto hacía más de mil años, los judíos a un Jeová invisible y los moros a Mahoma? Lo mismo yo podía dedicar mi vida a pensar en ella, rumié, mientras buscaba con anís y sésamo la sazón de lo que se me antojaba; podía ser el sabor de su boca.

Faltaba más de un mes para la llegada del invierno. La aversión del cocinero se multiplicaba día a día. Afilaba los cuchillos cerca de mí, como si tuviera intención de degollarme. Pero nada podría hacer, sopapos aparte, mientras estuviera bajo el ala protectora de Juan Pardo de Távera. Debido a mis nuevas preocupaciones, yo ignoraba hasta sus golpes, y eso aumentaba su resquemor. Porque no se atrevía a lisiarme.

—¿Qué haces? —me dijo Baptista, el ordenanza de cámara, cuando, en la esperanza de verla, me vio pegado a una de las puertas de la sala que comunicaba las cocinas con el pasillo.

—Nada, señor...

Me observó un rato con esa expresión de buey coloradote que tenía. Se me hizo eterno.

—No debes estar fuera de la zona del servicio a deshoras. Sostenme esta bandeja, que tengo que llevar un paño a doña Agnes.

De vuelta a la cocina, pensé la manera de acercarme a la sobrina de su ilustrísima. ¡Solo un pasillo nos separaba!

Las mañanas en que no leía, la muchacha bordaba en una saleta adyacente al comedor acompañada de su aya. A veces se dejaba la puerta entornada. Un día me crucé con ella cuando andaba en busca del ujier. La luz del sol hacía brillar los cabellos desenhebrados que salían de su toquilla.

Guardé cada segundo en que la vi, como un avaro guarda sus joyas, y cuando cerraba los ojos detenía el tiempo y me recreaba en fantasías que jamás había pensado que existieran.

Fray Alfonso decía que las mujeres son seres defectuosos que han salido de una costilla curva de Adán. Que les falta inteligencia, son casi como niños por la ligereza de su pensamiento, tienen pasiones desordenadas y además, por ser débiles de cuerpo y alma, son más carnales que los varones. Eso hace que la boca de su vulva sea insaciable, y por eso muchas se entregan a los demonios para satisfacer sus pasiones. Las palabras de fray Alfonso, en lugar de atemperarme, traían a mi mente pensamientos tan extravagantes que a veces olvidaba dónde estaba.

—Trabaja —decía Paredes.

Y me daba un pescozón de los que duelen, para hacerme volver en mí.

—A doce onzas de masa —me dije, para alejar lo turbio de mis pensamientos—, una libra de almendras blanqueadas.

Pero era inútil. Seis onzas majadas con la harina y otras tantas de leche me hacían pensar en ella. Igual que el almíbar de duraznos, el hojaldre relleno de manzanas ácidas, el sésamo, o el agraz de uvas crecidas pero aún inmaduras. Aunque en la soledad nocturna Agnes traía a mis mientes un sabor bruto, salado. De animal.

Atesoré un rizo de su pelo, que había hallado en su servilleta. Era tal mi insania que a veces agarraba fiebres en mis duermevelas. Floté en su regazo, aferrado al calor de su cuerpo en un sueño, y desperté con el jergón empapado. ¿Cómo podía ser un quitasueño tan real? Ese día lo pasé pensativo, sin saber si aquello que me ocurrió era una pesadilla o lo contrario.

Todos los días en que iba al mercado, aprovechaba para caminar sin rumbo, presa de un ánimo contradictorio, ora por una calle, ora por otra, como si pudiera dejar atrás mis cuitas. Una semana larga de lluvias había formado torrentes que anegaban los campos. Reinaba un ambiente de extraña quietud. Me desvié por una calleja. Podía verse cómo el sol, entre las casas, ya se ponía en la campiña, más allá de los ríos desbordados. Entonces comprendí lo que faltaba en el aire: risas. En la parte baja de la ciudad las aguas habían arrastrado las casas de madera de los más pobres. Estaban cubiertas con dos codos de cieno hasta donde se perdía la vista. Tras una ventana, oí un llanto ahogado: «¡Dios nos asista!».

Volví atrás y, entre los restos de una estructura, descubrí la prodigiosa imagen de una rata comiéndose un gato, y sentí un miedo irracional. Corrí calle arriba hasta que perdí el resuello.

—¡Ya está aquí! —oí—. ¡Santísima Virgen de san Lorenzo, san Judas Tadeo, san Miguel Arcángel, protégenos! ¡Ha vuelto la peste!

Era ya de noche cuando regresé al palacio. Un guardia me cerró el paso indicando que el toque de retreta había sido hacía dos horas. A causa de los rumores de plaga (se persignó al decirlo), se había dado orden de cerrar las puertas. Sucio y cansado, me tumbé en el jergón. Luego, volví a la cocina, vacía a esas horas. Calenté un cacillo de leche con el palo de canela que había hurtado. Luego batí un huevo y freí un churrusco de pan remojado en este. Con cuidado, de entre la canela y la miel, tomé el rizo cobrizo de Agnes y lo puse sobre la torrija. Esperé a que se enfriara y me la comí. ¿Brujería? Se me antojó que de ese modo podía hacerla mía un poco. Era lo único que me restaba antes de que me fuera al otro mundo, pues la muerte sobrevolaba Valladolid.

Capítulo 26

Al cabo de cuatro días, Isidra dijo entre ahogos que el Zangolotino y el mozo de camareta habían caído enfermos. No había pasado ni una semana desde que se desatara el mal que atenazó a la ciudad.

El final de octubre arrastró un calor pegajoso. El miedo a la palabra *peste* hacía que todos recurrieran a otras expresiones para referirse a ella: «mal contagioso», «el mal que corre» o «la enfermedad de secas y carbuncos». La gente recurrió a todas las tretas que pudieran servir para engañar a la muerte: quemar romero e incienso, aromatizar los pañuelos con aceites balsámicos o llevar talismanes. Se hacían sonar las campanas e incluso dispararon cañonazos en la puerta de Tudela, que daba a los baldíos. A las matanzas de gatos, se unieron las de perros. Abandonados, muchos andaban en los huesos en busca de carroña como potenciales transmisores de la peste, aunque nadie parecía tener a las ratas por enemigas y no se prestó atención a la gran mortandad de estas. Al tiempo que se tomaban todas estas prevenciones, se metía preso a cualquier sospechoso que maldijera, llevara amuletos extraños o sacrificase un pollo negro. Recordando las palabras de fray Tomás sobre ahuyentar las miasmas, yo metía bajo mi camisa y bajo mi cama un poco de lavanda de las que usaba Isidra para mantener alejadas las pulgas de los armarios. Cuando podía, me frotaba cuello, brazos y piernas con un limón, cuidando de que no me viese nadie, pues la picota no daba abasto: oportunistas y charlatanes ofrecían curas mágicas, ya fuera —decían— por tentación diabólica, para vaciar la bolsa o para romper la virtud de alguna moza, y se hacían ejecuciones sumarias a la menor sospecha de brujería.

El médico de su ilustrísima era un hombre flemático. Bajo el peso de un crucifijo que le encorvaba como si fuera una rueda de molino y anteojos oscuros que le daban una vaga apariencia de búho, dijo que la enfermedad atacaba especialmente a los pobres, a las mujeres y a los niños, por lo que no debíamos temer si rezábamos mucho y tomábamos las precauciones necesarias, y, como había otras ciudades afectadas, la solución de huir no serviría, y mejor sería el aislamiento.

Muchos ricos fueron los primeros en marcharse ordenadamente con sus carros y monturas; luego, dio comienzo un enloquecimiento y las calles se llenaron de gente cargada con sus pertenencias para salir de la urbe. Así, la peste viajaba con ellos. Nos dijo el búho que debíamos hervir el agua y purificar el aire mediante la quema de romero y laurel con clavo, y que había que reducir a polvo empleando un molcajete antes de echarlos a los braseros. También que la enfermedad comenzaba con cansancio y apatía, y que todos los sirvientes teníamos que comunicar de inmediato la aparición de esas señales.

Con Baptista, el ordenanza de cámara, al frente, como si tuviéramos que resistir un asedio, se organizó el llenado de la despensa con todo lo que se pudo comprar antes de que hubiera mayor carestía. Los presos serían trasladados a la prisión de la ciudad para evitar que la muerte avanzara escaleras arriba. Antes de eso, me mandaron a recoger una tacilla de cierto ungüento en los calabozos. Los guardias me entregaron allí un recipiente que contenía un líquido similar a la manteca que me hizo lamentar haber recuperado las narices: jedía como los mil demonios del infierno. ¿Y para qué me mandaban a buscar esa cosa inmunda, que sin duda pertenecía a alguien con las entrañas podridas? Aguantando la respiración con el fin de contener las bascas, me llegué a la cocina.

—Bien —dijo el médico—, ahora prepáralo con aromas, que deberá tomarlo su ilustrísima y no tiene que vomitarlo.

Le miré como si estuviera desquiciado. Aunque no me atreví a hablar, adivinó lo que pensaba.

—Es el pus extraído de las bubas de un enfermo —explicó, por encima de los anteojos—. Tiene poderes curativos. Tomando el resultado de lo malo, tenemos lo bueno.

—¿Vosotros creéis que… esto…? —dijo don Tovar cuando le acercó la asquerosa cosa.

—Es la ciencia —continuó el matasanos, tocándose los anteojos—. Los ganglios de la ingle, y con menos frecuencia los de la axila y el cuello, se vuelven dolorosos e inflaman. Y contienen los fluidos que el cuerpo elimina de la malignidad del cuerpo. —Y como si las palabras *ciencia* o *lípido* y las otras —que no entendió nadie— fueran magistrales, todos asintieron convencidos de que esa sustancia repugnante era tan buena como el requesón con moras, pues ahora que uno tiene más cicatrices que dedos comprende cuántos engaños contienen los trabalenguas de los licenciados: nos guían para que vayamos por un lado, y nuestra bolsa por el *dellos*.

Mariano, el cobarde, buscó una excusa para escabullirse con el doctor a revisar yerbas en la bodega y me dejaron solo con mi oficio. Me decidí a respirar por la boca y, aun así, al ver el color del líquido y su consistencia pegadiza, y los filamentos rojizos que transformaban esa masa en algo que parecía una araña que flotara en un vaso de jalea, me entraron vértigos. No podía cocerlo ni disfrazarlo en una azumbre de vino, ya que el médico no quería aguarlo. Tomé canela, pero deseché la idea porque necesitaba algo más agudo, y sin fondo. Probé con el clavo y el romero. Pero no hubo hierba, especia o fruta que pudiera combatir aquella pudridez. Como aquello no tenía arreglo, metí un poco de todo al buen tuntún. Si me azotaban, no habría remedio, pues a aquel compuesto lo asqueroso no se lo quitaba nadie. A una señal del ujier, tomé el cuenco donde había preparado aquella bazofia y le seguí hasta los aposentos de su ilustrísima. Cuando el paje abrió la puerta, me encontré al médico junto a una tina con su ilustrísima dentro, y sentí otro vahído pestífero que me hizo tambalear.

—El baño de orines es un remedio muy efectivo para alejar la peste del cuerpo —afirmó el galeno.

El inquisidor, bañado en pipí, tenía un aire altivo, y a veces ponía los ojos en blanco, como cuando practicaba el oficio. A un gesto del médico, hice entrega del cuenco al paje, que lo puso entre sus manos.

—Si queréis estar seguro, tenéis que tomarlo —advirtió el médico.

—Dios Cristo Todopoderoso —protestó su ilustrísima al oler la gorrinada.

Su ilustrísima amaba mucho la vida. Tomó esa repugnancia como si se tratara de una sopa, y lo hizo todos los días, lo que me llevó a pensar que o tenía la certeza de que no había cielo, o tenía el alma tan negra que debía retrasar a toda costa su llegada al infierno.

Desde entonces, mi misión fue acudir por las calles desiertas hasta el ruinoso edificio de la cárcel municipal en busca del líquido de las bubas, que los alguaciles me entregaban a cambio de una cantidad que, conforme pasaban los días, subió de veinte maravedís a cien reales. Los guardas no querían entrar al recinto de los presos. Estos recibían la comida y dejaban caer a los muertos a través de un hueco del muro. De vez en cuando, cargaban los cuerpos en la única carreta que traqueteaba en la ciudad. La cofradía, protegida de los males por esa astilla de la Vera Cruz, era el último reducto que separaba la ciudad del abandono.

Hubiera escapado con cien reales en la bolsa de no ser por mi inclinación a Agnes. Todos los días, el inquisidor pasaba parte de la mañana en la tina. Se llenaba esta a diario con quince cántaras de orines, que, unidas al jugo de lanceta pestífero, los inciensos que trataban de acallarlo y la quemazón de los braseros, daban al aire más enjundia que la del cuarto de la reina Juana, que durmió junto a su esposo el rey Felipe aunque llevara este ocho meses muerto.

Cada día esperábamos con temor la llegada de un estremecimiento o la pesadez de miembros para que diéramos aviso. Yo pensé que sería para darnos cura. Pero era para echarnos de puertas afuera a golpes si hacía falta, pues así ocurrió con el mozo de camareta, que lloró como un niño. Al cabo de una semana, cuando estaba contando nabos con el fin de dosificarlos, descubrí a maese Paredes recostado contra la pared, quieto y con la mirada fija. Tenía rocío sobre la frente. Sonrió por un momento, pero no era más que una mueca. Sobre la tabla había dos liebres desolladas, tan tristes que me quitaron por mucho tiempo las ganas de cocinar seres con ojos.

—¿Estáis bien?

Soltó un graznido.

—Ha llegado.

Tocó su pecho. Respiraba rápido, como si algo en él pudiera echar a volar.

—La peste.

—¿Queréis vino?

Mariano Paredes era una mala persona. Perezoso, sucio y más envidioso que un valenciano, pero me dispuse a servirle algo que le aliviara. Miré la cantarilla de una azumbre[1] que tenía un trapo sobre la boca y contenía el jugo de buba, cuya cantidad era controlada por el médico, pues no servía el de los muertos y la prisión comenzaba a vaciarse.

—Si queréis..., quizá... podría prepararle un poco.

—Tenías que morir tú. Tú. Eres un brujo. Maldito seas —rabió, respirando con fuerza.

Abrió los ojos, se alzó un poco y tomó un cuchillo que yacía a su costado.

—Tú quieres mi puesto. Lo quieres... Le has rezado al diablo.

—No..., no.

—¡Rezaste al diablo, retaco de mal agüero!

Me escabullí hacia el rincón de la alacena, pero Mariano, falto de fuerzas, seguía sentado en el suelo. Apenas había avanzado un palmo.

—Perdona..., me siento fuera de mí... Te pido perdón... por todo lo que te he hecho...

Hizo un gesto señalando el vino y busqué un tazón.

—Lo hubieras pasado mejor con el antiguo cocinero —dijo al tiempo que mojaba sus labios—. Hubierais hecho migas, contrecho. Pero bastó con una carta en el buzón y un cuerno de carnero y no tardaron ni dos días en llevárselo.

---

[1] Antigua unidad de medida para el volumen de líquidos. En Castilla equivalía a 2,05 litros.

—¿Vos le denunciasteis?

Dibujó una mueca extraña, burlona, y sus ojos mostraron el brillo de la oportunidad. Su mansedumbre repentina era una trampa: apenas tuve tiempo de esquivar el relámpago blanco del cuchillo, que se le resbaló de la mano cuando se desplomaba.

Jadeaba como un perro. Temiendo que su odio le diera mayores fuerzas, aguardé, quieto, junto a la puerta de la despensa, hasta que oí los pasos del ujier.

—Ve a buscar a su mujer —dijo, sin apartar el pañuelo con el que tapaba narices y boca—. Se encuentra aquí cerca, en la calle Samano, en una casa de dos plantas que cae hacia el puente de tablones del río chico.

Mientras bordeaba los eriales con el fin de evitar las calles estrechas, me crucé con una fila de descamisados que se fustigaban muy a su aderezo de sangre y de rogativas. Tras un grupo de álamos, acababa la ciudad y daba comienzo una extensión de terrenos sin sembrar. Entre el tapiz de malvaviscos y jaboneras, se adivinaban los cuerpos encogidos de los muertos que nadie se atrevía a enterrar. Ascendí a una placilla llamada de la Parra, esquivé un bulto tendido en el arroyo, encontré el puente de tablas, y allí vi el hogar de Mariano Paredes. Era una casa pequeña, pero con ínfulas. La puerta, bien terminada, disponía de tachones, para ahuyentar los malos espíritus. Usé la aldaba. Alguien entreabrió una ventana sin dejarse ver.

—¡Señora! ¡Vuestro marido! ¡Está enfermo! —voceé, haciendo embudo con las manos.

Quienquiera que fuese tuvo que oírme, pero cerró los postigos de un golpe.

—Tiene fiebres. Tiene que venir a buscarlo. ¿Me oye?

Seguí llamando un rato, pero no hubo respuesta. Me dirigí a palacio para explicar que no lograba que la señora de Mariano abriera la puerta. Tras informar al ujier, asintió y desapareció un momento. Pálido como un lienzo, volvió con dos hombres de armas y señaló hacia Mariano. Luego oí gritos y vi que, sin tocarlo, como a todo apestado, le obligaban a levantarse y, a golpe de chuzo, le guiaban hasta la salida. Así, el maestro de cocina de Juan Pardo de Tavera, consejero de la Inquisición, presidente del Consejo de Castilla y obispo de Ciudad Rodrigo, fue abandonado a su suerte, como un perro. Pues el inquisidor no quería —se dolió Isidra— que se diera aviso de los síntomas para proteger a sus servidores, sino para que la carroña quedara de puertas afuera. Oí los gemidos lastimeros de Mariano durante tres días, a través de los postigos. Al cuarto, lo metieron, ya cadáver, en la carreta de la cofradía.

Acabando octubre, yo estaba solo en la cocina porque la camarera más joven había huido, llevándose dos jamones y un cuchillo grande. Se evitaba salir a la calle, incluso abrir las ventanas. Los transeúntes se apartaban unos de otros, para no contaminarse. Las actividades se detuvieron, y un silencio ominoso sustituyó a las costumbres cotidianas. Se hizo un acto de fe al que no acudió nadie, pues la muerte era asunto ordinario. Se llegaban a contabilizar cien víctimas diarias, de las cuarenta mil almas que había en la ciudad. A esas alturas, nadie conocía a nadie.

Como frente a la peste los virtuosos no fueron más inmunes que los impíos, algunos enfrentaron esa muerte indiscriminada viviendo sin freno. Todas las mañanas aparecían tantos muertos por peste como por las borracheras, la lujuria, el puñal, o por todo ello junto. Pues no había moza de buen ver que pudiera salvarse de la jauría de hombres dispuestos a lo que fuera con tal de darse gusto. Los perros abandonados trotaban por la calle todo ojos y huesos, y se juntaban en jaurías peligrosas. No había mercado, por lo que pronto la comida comenzó a faltar. ¡Cuánto valía entonces un simple huevo! Los tapices con hilo de oro, los crucifijos de plata, los santos y las figuras de marfil eran inútiles. Niños y adultos patrullaban por las esquinas provistos de lazos, trampas y palos para atrapar ratas y las familias llegaban a cambiarlas por su ajuar. Apareció una mujer desollada en el cauce del río, y luego un niño. Comenzó a hablarse de canibalismo, y las murmuraciones dieron nombre a un asesino que quitaba la grasa de sus víctimas para hacer manteca, además de comer sus hígados. Le llamaban Sacaúntos. Me[2] pregunté qué había sido de Agnes, porque ya nadie se sentaba a la mesa, sino que cada cual, retirado en sus aposentos y atrancadas las puertas, tomaba una bandeja. Servíamos en el suelo, bajo la mirada de un sargento que acompañaba a don Tovar. Su ilustrísima permanecía oculta, tal vez sumergido en excremento, o lo que quiera que creyese que podría salvarle. En sus dependencias solo entraba el médico, hasta que dejó de vérsele, por lo que imaginé que habría muerto o huido. Era la parlanchina Isidra quien le servía los alimentos y medicinas junto conmigo. De los que allí vivían, que eran, además del servicio y los guardias, algunos de los miembros del tribunal, el confesor y un notario, vi pasar cuatro cuerpos envueltos en mantas. Todos ellos, cuando enfermaron, dejaron de comer. Algunos rezaban, otros gastaban sus fuerzas en lamentos y lloros, pero todos callaban cuando oían el traqueteo del carro de la cofradía que pasaba frente a las casas para llevarse a quienes encontraran frente a los portales. Cada día, más que cualquier otra cosa, temía ver

---

[2] En la Edad Media se hizo popular el apodo de Sacaúntos para designar a toda aquella persona responsable de desapariciones. También llamado *hombre del saco,* un personaje del folclore infantil hispánico.

a Agnes envuelta en un sudario. El día en que murió Isidra me tocó encargarme de poner la apestosa cura frente a las dependencias de su ilustrísima. Pude ver así su mano grácil, que asomó para tomarla.

En esos días cocinaba solo. A falta de alimentos frescos, había encurtidos, conservas dulces, frutos secos y seis sacos de garbanzos. Pero una parte de la guardia, aprovechando la misa, se hizo con todo antes de escapar. Los garbanzos quedaron porque no pudieron cargarlos, igual que unos sacos de panes secos y los barriles de vino.

Sin tajadas de cerdo, ni chorizos o cebollas me sería imposible hacer unos garbanzos manchegos, una adafina o un cocido maragato, así que tuve que ingeniarme unos garbanzos con judías sin judías, que hice con sal, aceite, comino y un poco de vino puro, con vinagre y pimienta. También los hice fritos con agua teñida de azafrán en hierbas, majados, cocidos, rociados, en sopa; en crema y en torta. Creo que no ha habido nadie nunca que haya visto más garbanzos en diez vidas. Cuando está la muerte cerca, cada minuto que respiras, agradeces el aire, y estimas más aquello que te echas a la boca. Pero tanto garbanzo era aburridor.

Como niño que aún era, al estar tantas horas solo me entretenía en ordenarlos en regimientos, con sus portaestandartes garbanceros, con sus reyes, generales y hasta un emperador al que llamé Garbancino Quinto. Y uno de los guardias en su ronda, cuando me vio, preguntó si tenía fiebres. Intenté explicarle que aquella industria de ordenarlos me servía para distinguirlos en tamaño y calidad, pero había escuchado la arenga que hice en boca de un capitán garbanzo a su escuadra y no me libré de un golpe que si me hubiera dado de lleno me mata.

Al final no podía ni olerlos. En una ocasión los hice fritos, con un enogaro que malremedé con canela, azúcar de pila y pimienta, y sabían tan mal que, para evitar castigos, hice otros con romero y salvia y esperé al tañido de las campanas de tercia, que era cuando cambiaban la guardia, para arrojarlos a través del ventanal. Daba pena oír los gritos de los muertos de hambre, que venían a comer lo que arrojaba. Un niño de no más de seis años, que cojeaba, lloró porque no le dejaron nada. Creí reconocer en él al chico flaco de ojos grandes que había visto recibir un bofetón en la calle. Cuando quedó solo, le tiré un trocillo de pan seco mojado con miel. Me encaramé a un taburete para ver cómo se alejaba, menudo y descalzo, y se refugiaba en un portal cercano aferrado a su botín, por miedo a que se lo quitaran.

Una mañana temprano, sentado frente al horno, oí una risa. Me asomé y le vi jugando a arrojar piedrecillas hacia la pared del palacio tratando de acercarlas lo máximo posible, sin llegar a tocarla. Estaba junto a otro algo mayor, tal vez su hermano, tan flaco como él. Cuidando que nadie me viera, les tiré algunos garbanzos más, que había tostado para molerlos.

Esa mañana me pidieron que fuera a buscar flor de borrajas y polvos de piedra de bezoar para su ilustrísima. Creo que me tocó a mí porque era el servidor al que consideraron más prescindible, pues no había mucho que cocinar.

—Ve corriendo y no te distraigas. Hay mucho peligro allá fuera —recalcó el ujier don Tovar, preocupado, pero con alivio por no haberle tocado a él mi tarea. Estaba más colorado que nunca, y tenía la nariz violeta, pues, como casi todos los del palacio, ahogaba el miedo con vino, con la excusa de que purifica.

Cuando el guardia cerró la puerta a mis espaldas, el tiempo pareció transcurrir de forma extraña. En la calle predominaba un aire pesado y ominoso. La gente, escasa, con la que me crucé me miró de través y me alegré de haberme guardado entre las ropas un cuchillo de cocina; poco digno, pero arma al cabo. Al salir al cruce que llevaba a la plaza de Santa María, vi al niño cojo. En cuanto oyó el ruido de mis pasos se escabulló, pero luego, al reconocerme, se paró para observar como me alejaba.

Muchas de las puertas con las que me crucé tenían la cruz que marcaba la casa de los apestados. Algunas estaban rotas, pues, a falta de guardias, habían proliferado los saqueadores. Pasé frente a una cantina y oí como un grupo de hombres, algunos armados hasta los dientes, cantaban, pues, si faltaba comida, vino quedaba.

—«Yo subiérala en un mulo, / mostrado me avía su ojo de cu… / … clillo que llevaba en su jaula».

La mayoría permanecían en silencio, encorvados sobre su vaso, o escuchaban mirando a algún punto lejano, como si les acabaran de arrebatar algo que no recordaran. Tres cofrades, en la esquina, retiraron el cuerpo de un muerto y lo arrojaron al carro, del que asomaban decenas de pies. Lo seguí un rato, atravesamos el espacio desierto que había ocupado el mercado, y comprendí el alcance de lo que ocurría. La fosa común estaba cerca del humilladero de la cofradía del Cristo de la Vera Cruz. Sus cien varas de largo rebosaban de cuerpos cubiertos de cal. Un hombre desquiciado, de los que abundaban en esos días, detuvo su paso y se tumbó con los brazos en cruz frente al osario.

—¡Mirad! —oí a mis espaldas.

Tres mozuelos que parecían desocupados me observaron con atención de cuervos.

—Un niño con bigote.

Oír que lo mío era un bigote, y no pelusa infantil, me agradó, aunque aquella dicha duró poco.

—No es un niño. Es un enano.

—¿Un enano?

—Miradlo. Tiene pelos en las piernas. Niño no es.

—Pero no tiene deforme la cabeza, ni las piernas —agregó uno, señalando que había visto a los bufones de la corte.

—Es enano, digo. ¿No ves la ropilla que lleva y que no levanta seis palmos?

—¡¡Ñiquiñaque!!

Uno de ellos, que tenía la frente cubierta de sudor a pesar del frío, dio un paso al frente y torció el gesto.

—¡Trae mal agüero!

—¡Ven aquí, enano!

Traía la charrasca, pero olvidé mis lecciones y, como buen cobarde que soy, puse tierra de por medio. ¿Qué habría dicho Agnes si me hubiera visto huir de unos niños? Pensé entonces que si hubiera un hechizo para crecer, lo haría, aunque significara vender mi alma al diablo. Sin dejar de correr, llegué a una plazuela y topé con el tonel donde se hallaba encaramado un predicador ambulante.

—¡Los cielos pasarán con gran estruendo, y los elementos serán destruidos con fuego! Esto ocurrirá en el día del Señor. ¡Entonces Dios intervendrá en la historia humana para su juicio, y todo lo que Dios ha creado será destruido por Él! —vociferaba.

Perdido, seguí trotando hasta dejar atrás la voz del predicador, mientras esquivaba a las pocas personas que, embozadas en su mayoría, transitaban las vías desiertas. Al fin, sin aliento, llegué a la puerta de la botica. Se encontraba en la antigua y modesta zona situada sobre el Esgueva más apestoso, entre la Plaza Mayor y la basílica, en la calle llamada de Cantarranas, más torcida que un bejuco. Estaba señalada con caracteres escritos sobre un tablero que colgaba de un soporte oxidado. Golpeé la aldaba y nadie contestó. Las ventanas y puertas de la calle estaban cerradas.

—¡Ahí! —oí.

Dos de los zascandiles que me perseguían se recortaron en la esquina, y al poco apareció un tercero, en el otro lado de la calle, empuñando una tranca.

—¡El enano!

—Soy cocinero... en el palacio de... —dije, al ver que se me echaban encima.

—¡Ven aquí, engendro de Satanás!

Uno me agarró del cuello del jubón y me agitó como si fuera un conejo.

—¡Sirvo en el palacio de Zúñiga! ¡Soy cristiano!

Pero no me escucharon. Se habían acabado los gatos a los que echar las culpas, y ahora les tocaba a los tullidos, a los bobos y a la gente pequeña, como yo.

Una mujer que pasaba por allí se sumó a ellos, y arreciaron los chillidos. Me llamaron gafe, fenómeno del diablo, desviado, basilisco... Me hice un ovillo contra la puerta de la botica. Noté el golpe de una bota, y las uñas de la señora que trató de arrastrarme, cogiéndome del pie, al centro de la calle. Tomé el cuchillo y se me cayó de la mano, mientras la señora gritaba que yo le había atacado a traición. Noté una suela sobre la oreja, mientras se disputaban la tranca para descalabrarme.

—¡No lo mates! ¡Ahorquémosle! —chilló el tercero.

Y se hizo el silencio.

Pero no era silencio, sino lo contrario. Un estampido fugaz, bestial y sulfuroso que me quebró los tímpanos. Caí hacia atrás y, en un destello, rodé y perdí de vista las bocas abiertas de espanto de mis perseguidores. Todos echaron a correr, y la calle quedó desierta.

Frente a mí se alzaba un hombrecillo pequeño y redondo, de ojos vivos. Vestía un mandil de piel de cabra que le cubría las vestiduras y que debía de apestar a media legua a la redonda.

—¿Erais vos quien llamaba? —dijo el boticario.

—Sí…, me mandan a buscar flor de…

—¡Largo! —chilló el boticario. Y me cerró la puerta en las narices.

Caldo frío de muchacha

Junte las flores de día y con tiempo seco. Pueden emplearse pétalos de rosa recién cortados, magnolia, jazmín, flores de azahar, de malva, de mejorana, violetas, la hierba luisa, capuchina, flor de calabaza o de calabacín. Las flores de naranjo y de limón también son adecuadas.

Elimine los estambres, los pistilos y la base blanca de los pétalos para evitar que den un gusto ligeramente amargo. Lave las flores con sumo cuidado en agua fresca, sin arrugar los pétalos.

Una vez lavadas, déjelas colgando para que escurran, séquelas con delicadeza con ayuda de una servilleta, cogiéndolas por el tallo. Algunas flores se pueden secar para usar fuera de temporada, como la lavanda, el brezo o las rosas.

Macere dos libras de flores en una tina de hierro llena con cinco cántaras de agua fresca durante doce horas.

Transcurrido ese tiempo, deje dormir a una muchacha dentro del agua durante al menos media hora. Se toma fría.

Capítulo 27

Después de la desafección de buena parte de los guardias que restaban, el palacio estaba casi desierto. Nadie vio como, tras servir la comida frente a cada puerta, cruzaba la del cuarto de Agnes.

Aunque tenía los ojos abiertos, no parecía percatarse de mi presencia. Le castañeteaban los dientes, y estaba bañada en sudor. Una araña trepaba por el tirabuzón que se le pegaba a la piel de la mejilla. La maté mientras intentaba esconderse en la profundidad del paño que escondía sus senos.

Oír un gemir de su boca me exaltó. Pero no era aquella una cita romántica. Percibí el tufo acre, a dulzor, de fruta agusanada. Era el olor de la muerte, y pensé en una forma de ahuyentarla. Miré hacia la puerta. Si me encontraban allí, me ejecutarían sin juicio. En el tocador reposaba un extraño objeto parecido al agua de un estanque, petrificado. Podía ver reflejada en eso la habitación, y a un joven de ojos desconfiados y oscuros. Retrocedí para verme de cuerpo entero en el espejo. Mi talla apenas superaba la altura del ornamentado de la silla: poco más que la de un hombre sentado. Vagué un rato, entre la penumbra, como si la muerte estuviera allí, esperando. Se me erizó el vello de la nuca al percibir entre las sombras de la bujía sus dientes crueles, tras mi reflejo. Pero era el brillo del agua de una tina que se encontraba al fondo, junto al vestidor. Volví a la cocina y tomé el almirez grande. Molí el equivalente a dos ducados de oro de una especia fragante y de olor incisivo.

Entre el agua oscura y su camisón de hilo, emergió la isla de su rostro a través de partículas que flotaban en tenues remolinos. Parecían conformar un universo nuevo, distinto, caprichoso. Ajeno a todo.

Durante un instante, observé un brillo en su mirada. Como si reconociera en aquel trance mi sentimiento, y lo aceptara. Pero ya era tarde.

Apicio dice que las flores aportan matices inusuales y frescos. Aunque no podían compararse a aquellos párpados sobre las mejillas mórbidas, a los hoyuelos en la comisura de sus labios. Monté guardia atento a la música de su respiración, pugnando con mi deseo de morir con ella. La luna menguaba. Hice un cuenco con las manos y bebí de ese caldo en el que estaba impregnado, entre el agudo perfume a clavo, el aroma de su piel. Bajo el agresivo tono de la especia que sentía en la punta de la lengua, distinguí un sabor tenue y amargo. Como cuando se cocinan flores sin quitar los pistilos de los pétalos. Bebí hasta hartarme, y cuando no pude más, seguí bebiendo y, con la barriga hinchada como una oca dispuesta al sacrificio, me quedé tumbado mirando al techo, inundado en cuerpo y alma por aquel sabor a vida y muerte que enmascaraban las flores secadas al sol del trópico, aún cerradas.

Cuando sonaron las seis en la iglesia de Santa María, arrojé el agua por la ventana sin dar grito de aviso, y volví a mi jergón, pensando en cuándo vendría la parca a buscarme a mí también. Pasé el resto de la noche, hasta el alba, en un duermevela, y soñé que un cuervo inmenso, de alas grandes y negras, se posaba sobre mí y me hundía el pico en la cabeza para arrancarme la memoria. Miré a mis pies la luz difusa de la mañana, y el polvo que flotaba al trasluz sobre el tablero vacío de la cocina. Me asomé al pasillo. Estaba vivo. Ya era de día, y el ujier se encontraba frente a mi puerta con expresión de beodo. Comida habría poca, pero, como de vino quedaban veinte barriles de a moyo, todos continuaban bien servidos. Hasta el confesor, cuando ponía velas a los santos del pasillo, se contoneaba como un peneque de cantina.

—¿Cómo está la despensa?

—Menguando, pero garbanzos hay. Y unas pocas lentejas.

—Haced las lentejas por Dios y con perdón, que estamos hartos de garbanzos. Y luego recortad las raciones.

—Lentejas solo hay para uno.

El ujier se sentó.

—Si voy a morir, quiero probarlas con tocino. Os lo ruego.

Tocino ya no había, pero… qué más daba. Cocí a fuego las lentejas. Freí en una sartén manteca, algunas de las últimas cabezas de ajo y unos dados de pan seco del saco de los presos. Luego vertí el aceite en las lentejas, y mezclé el sofrito de ajo y pan en un mortero. Con esas labores simples era como si no existiera la muerte, ni el pasado. Vertí todo en el cazo, junto a la última cebolla, que había sofrito hasta adquirir dulzor. Oí un sollozo. Me asomé a la ventana y, como venía ocurriendo en los últimos días, vi al niño cojo. Esta vez estaba solo, por lo que aproveché para arrojarle un puñado de garbanzos. Así no se los quitarían. Luego, cuando fui a depositar los platos frente a las puertas, descubrí al confesor arrodillado frente al cuarto de Agnes.

—¿Ha muerto? —preguntó el ujier don Tovar a mi espalda, sin acercarse, por temor a respirar las miasmas.

—¡Milagro! —chilló el confesor, alzando los brazos.

—¿Se ha curado? —dije, esperanzado.

—No. Aún respira. Pero está cerca de Dios. Oled. Es una santa y Dios la está llamando.

Escuché, desolado, cómo el confesor explicaba que al aplicar la extremaunción a Agnes su cuerpo expelía un olor portentoso. Liberar un aroma como aquel en aquellas circunstancias —decía el beato, que se había bebido al menos una azumbre de tinto— era signo inequívoco de piedad en las vírgenes. Relató cómo santa Inés, después de muerta, exudaba un perfume de rosas y jazmines, y el olor del cadáver de santa Catalina era tal que había causado disputas entre señoríos. Siena guardaba su cabeza, y Venecia el pie derecho.

—Luego, cuando... expire..., avisad al guardia —indicó el ujier.

Su ilustrísima había ordenado que no se hicieran excepciones. Llevarían su cuerpo a la calle, para que la recogiera el carro de la hermandad. El horror me había despojado de todos mis anhelos. Para siempre.

—¿Flor de borrajas? —preguntó, suspicaz, el último guardia, cuando le mentí frente a la puerta.

Cruel y de cortas entendederas, aquel superviviente acababa de heredar la faja de sargento. Se llamaba Severino. Llevaba, además de los galones, la herreruza, dos puñales y los doce apóstoles[1] con que cargar el arcabuz, con una mecha a punto que descansaba junto al brasero.

Me dejó salir, y anduve como un ratón preso de melancolía, por esquinas y vericuetos, hacia la botica. Quería dejar la vida. A mi guisa, otrosí, puse cuidado a mis espaldas, para que no fueran otros los que me la quitaran a deshora. Nada más llegar a la calle Cantarranas, vi como un hombre de peso

---

[1] Nombre que recibían las doce cargas que los arcabuceros españoles portaban sobre el hombro.

más que mediano, con bigote de gancho, vestido de gorgorán y rostro abotargado, golpeaba su puerta con el nudo del báculo. Nadie contestaba. Esperó un rato, y volvió a golpear, pero no echó la puerta abajo, tal y como hacían en esos días los saqueadores.

Desanduve el camino hasta el pasadizo que dividía el zaguero de las casas, trepé por la tapia y me dejé caer sobre un pequeño patio que tenía una barrica rota y un bebedero. La puerta trasera estaba abierta. Tras ella, había un espacio abarrotado de estanterías, frascos con inscripciones, botellas, palanganas de sangrar, y una mesilla con tres morteros ordenados por su tamaño. Olía a jazmines, azufre y meado de gato. El boticario estaba entre las sombras del mostrador, sentado en un taburete bajo, abrazado a una bacía esmaltada en amarillo.

—La botica está cerrada —dijo.

Reparé en el sombrero diminuto y redondo con que cubría su cabeza.

—¿Qué quieres? —dijo, señalando hacia la puerta con gesto de borracho—. No hay nadie aquí. Mi mujer, Caseda, y Silvia, mi hija, se marcharon. Se fueron con el carro de los muertos.

«Media ciudad se está dando al vino», pensé. Tenía un extraño artefacto a su lado. Y junto a este, una mecha de arcabuz.

—Señor, querría… ¿Vendéis medicinas?

El boticario miró hacia la tortuga disecada que colgaba del techo y dejó escapar una mueca entre el blanco de su barba.

—Polvos para los dientes, pebetes de olor, azahar, betún para soldar vidrio, ungüento para postemas, aceite para tener frescas las caras o para la flaqueza del corazón. ¿Sois el muchacho al que mataban delante de mi negocio?

Mientras hablaba, metió algo por el tubo de su arma, y un trozo de estopa, que apretó con una varilla.

—Es un trueno de mano. Con este los mantengo a raya —dijo para sí, afligido—. No me gusta que maten a nadie delante de mi tienda. Caseda no lo hubiera permitido, mi pobrecica.

—Señor, necesito medicinas. Por favor, señor. —Mostré los ocho maravedís que llevaba: todo lo que había ahorrado.

—Algalia finísima —dijo algo ido, con la vista puesta en el cañón de su artefacto—. Tengo ungüento para los sabañones. ¿Queréis ungüento para los sabañones? ¿Cuerno de unicornio? Pero de nada os servirá. La peste no se cura. Y no queda piedra de bezar. Está cerrado, pequeño. Ya no habrá más ungüentos, ni pomadas, ni filtros de amor. Sal por atrás. —Me encañonó con el arma.

—Señor, por favor.

El boticario, sin dejar de apuntar, rebuscó en su faltriquera con la mano libre y me ofreció algo que sostenía entre el pulgar y elíndice: una pastilla de color rosado.

—¿Es una medicina?

—¿No os dije que la peste no se puede curar? —dijo, amargo.

—No quiero un caramelo, señor. Necesito... algo que alivie el sufrimiento.

—Tengo unos polvos para la flaqueza del corazón. Es para los enamorados, aunque dicen que ahuyenta la zozobra. Pero el sufrir... solo la muerte lo quita, pequeño... Os lo dice Giges Oar. Maestro de botica. Los filtros de amor, a la muerte, ni siquiera le hacen cosquillas. Ahora bien...

—A eso me refiero, señor. ¿Por casualidad no tendréis de aquel hinojo que tomaba el antiguo sabio Sócrates?

El boticario se detuvo un buen rato para mirarme con fijeza, al comprender lo que quería.

—¿Sabéis qué pienso? —dijo, después de un rato—. Que tenéis razón. Este mundo no merece la pena ser vivido.

Regresó al interior de la tienda, y volvió con un frasco pardo.

—Es miel de rododendro. ¿Sabéis?, pensé en darle alguna dulzor al compuesto. ¿Cuál era tu nombre? ¿Me lo dijisteis?

Se lo dije, pero el boticario ya no parecía que me escuchara. Abrió el recipiente, concentrado en su manejo, para remover su contenido.

—He vendido mucha antes de cerrar. Los padres no quieren sobrevivir a sus hijos, ni los amantes a sus enamoradas.

El boticario aún tenía el trueno de mano a su costado y acababa de echarse al gaznate, olí, un buen trago de aguardiente.

—Entonces, ¿lo quieres para ti? —dijo, sin esperar respuesta—. Lo quieres de veras. Y no habrá quien te quite esa idea de la cabeza, ¿verdad? ¡Qué mundo este!

No me atreví a negarlo. Maese Giges tomó un tarrillo, y vertió en silencio un poco de miel en la bacía, y luego otra sustancia que guardaba en un retortero, tras el mostrador.

—Esto provoca la muerte rápida e indolora. Es mejor que la cicuta, produce menos trastornos digestivos. ¿Perdiste a muchos de los tuyos?

—A mis padres y mi hermano.

Maese Giges asintió, pesaroso.

—Tenía también un hijo mayor. Se llamaba Nolasco. Todo esto que ves iba a ser para él. —Miró a su alrededor, sus posesiones.

—Era lento con las letras, pero muy buen conversador. Partió con un mercader asociado con cierto aventurero llamado Perestrello. Yo le decía: «¿Adónde vas? ¡Aquí tienes tierra sobre los pies!». Pero quería aventuras. Ese tunante portugués[2] le sorbió los sesos, y a la China se fue con él. Vaya Dios a saber dónde está. Detrás de ríos sin fin, desiertos y océanos. No supe de él en cuatro años, y cuando vino el especiero me dijo que su nave naufragó. Tenía la esperanza de que viviera, y después de perder a Caseda y a Silvia… —Miró de nuevo lo que tenía que heredar su hijo que había sido pasto de los peces—. Matarse es una rebeldía contra Elokim. Pero ¿quién no quiere rebelarse hoy día?

Calló. Parecía que hubiérase quedado dormido con los ojos abiertos y, al poco, me sobresaltó al despertar como si hubiese visto una pesadilla. Me puso el tarrillo entre las manos.

—Esto vale para dos personas. Tres, si son de tu tamaño.

Luego rebuscó entre los cajones. Puso entonces en mi mano un objeto del tamaño de un guisante.

—Esta corre por cuenta de la casa, y ahora largo.

Descubrí entonces que junto a sí el boticario guardaba otro tarrillo de veneno igual que el mío, que señaló con desparpajo.

—Este es para mí, muchacho. Eres muy joven para eso, aunque yo no soy quién para juzgar a nadie a estas alturas —pronunció al fin cuando marchaba—. ¡Chico! —oí a mis espaldas—. Prueba la pastica. Quizá te quite las ganas de morir.

Salí del callejón que llevaba al río pequeño. Cuando llegué al puente de la calle Chapuceros, me puse el objeto en

---

[2] Rafael Perestrello fue enviado en 1516 por Afonso de Alburquerque, virrey de la India portuguesa, a fin de asegurar las relaciones comerciales con los chinos durante el reinado de Zhengde (r. 1505-1521), gobernante de la dinastía Ming.

la boca. Sabía a menta dulce e hinojo, y se me disolvió en la lengua.

El niño cojo se incorporó al verme cruzar la esquina de palacio, pero le ignoré. Una vez en la cocina, caí en la cuenta. Abrí el ventanal, encaramado a la tabla de cortar, e hice bocina con las manos.

—¡Niño! —susurré.

Apareció al poco, trotando sin compás, los ojos atentos.

—¡Ven luego! Tendré algo para ti.

Escondí el tarrillo de veneno, que dejé tapado con un paño en un rincón. Metí una azumbre de agua con una taza de ceniza. Ayudaría a endulzarlos. Puse a hervir los garbanzos, y luego los descascaré, minucioso, como un cura haciendo misa, hasta que recuperé la calma. Los puse en agua fría con una rama de canela y los cocí a fuego fuerte. Esperé en silencio. Luego agregué una rama de vainilla, y la miel que restaba, que pasé por un tamiz. Até una cuerda a la cántara sin esperar a que se enfriaran. La dejé caer por la reja. El niño la tomó con un gruñido y marchó con ella, llevándose la cuerda, sin dar las gracias.

Destapé el tarrillo, y tomé un buen sorbo ponzoñoso, sin respirar. Luego me arrepentí de no experimentar lo último que saborearía. El vapor del caldo se había convertido en agua que cubría mi cara y mis ropas, como un sudario. Quería ver a Agnes por vez última. Don Tovar me sorprendió a cinco pasos de la puerta de su cuarto, que estaba abierta. Desde allí pude ver que la cama estaba vacía.

—¿No habéis hecho la cena? ¿Tenéis fiebres? Si estáis enfermo… —titubeó, temeroso del contagio.

—¿Se la han llevado? —me oí decir.

—Doña Agnes se ha recuperado, como yo—dijo el ujier—. Se encuentra en las habitaciones de su ilustrísima.

Tenía ganas de cantar y bailar. Corrí al retrete para meterme los dedos por la garganta. Nadie ha vomitado con tal regocijo desde que el mundo es mundo. ¡Mi amada seguía viva! No volví a verla en los tres días siguientes, pero oí su voz, y también el sonido inaudito de una risa. Fue corta y breve, casi infantil, apagada por la puerta cerrada del cuarto del inquisidor.

Cuando llegaron los rigores del invierno, y los predicadores supervivientes gritaban por las calles que ya no habría más Navidad porque el juicio final había llegado, la peste remitió.

Su marcha fue como cuando se levanta la niebla. Los voluntarios que arrastraban el carro de los muertos se abrazaron entre risas al no encontrar en todo un día más cuerpos, y los vivos salieron asombrados, mudos, hambrientos, delgados y perplejos, como quien despierta de un sueño que ha durado meses. La muerte había echado a volar y había dejado un vacío claro, preciso, como queda el sol después de la tormenta. Se dijo que ese brote había sido pequeño, porque en otras ciudades había llegado a extinguir todo ser viviente, a excepción de los insectos. Incluso Cisneros, el regente, a pesar de su poder inmenso en lo sagrado y lo profano, había muerto en Burgos, camino de Valladolid.

Los supervivientes se apresuraron a ventilar los cuartos, fregar suelos y aventar las ropas. Volvieron los pregoneros, pleiteantes, estudiantes, y los soldados. Destos ahorcaron a unos cuantos, por dar ejemplo, y los hábitos regresaron a su cauce. Me dediqué a buscar viandas en el mercado con la silenciosa compañía de Buen Suceso. Había algo de carne, pues la falta de seres humanos hizo que los animales se reprodujeran con mayor libertad. Los rebaños de ovejas, que se habían hecho cimarronas, fueron capturados, así como vacas y caballos. Cuando volví a ver a Agnes, ella dejó pasar su vista sobre mí, como si no me reconociera. Había comido gusanos, raíces y excrementos de cabra, y renacuajos vivos. Pero nada me supo peor que aquello.

Aún guardaba el veneno, y pensé acabar con él mis penas, esta vez paladeándolo. Imaginé al boticario, ya cadáver en la soledad de su extraño alojamiento, entre animales disecados, perfumes raros, curiosidades y portentos. Miré el tarrillo, que había tapado con un plato. El veneno estaba en el fondo, reseco. Hacía frío. Lo puse al baño maría para fundirlo. Aceleraría mi corazón, lo aletargaría y lo haría galopar de nuevo en mi pecho hasta que, agotado, se detuviera. Pensé en si el amor estaría allí. Entre mis costillas, como aquel nudo. Y recordé las palabras del boticario sobre su hijo camino de la China, y antes que eso, lo que había dicho sobre el filtro de los enamorados.

¿Existía un elixir de amor? Sin duda, sería producto de algún fruto insólito, o tal vez de una flor. ¿Salada o dulce? Amarga, de seguro. Y bebida fría. Un licor extraído de algo rarísimo por el fuego, más que hechizo. Porque si los encantamientos enamoraran solo con palabras, los inquisidores —pensó— caerían en los brazos de las brujas. Arrojé el veneno por la ventana y me tumbé en el catre, sin poder quitarme esa idea de la cabeza.

Capítulo 28

—Hay una legión de nobles y clérigos flamencos que lo llenan todo con sus risas —graznó el corregidor—. Han traído incluso su propia bebida, ese líquido color de orina al que llaman *cerveza,* que les hace mear como caballos.

El inquisidor tomó una alondra y masticó la cabeza entre los dientes afilados con un ruido de succión. El corregidor contuvo un eructo. Luego, con la boca llena, dijo que la calle estaba inquieta por las voces contra el rey.

Sostenía a duras penas cuatro azumbres de vino de Malvasía. Contando el peso de la cántara de Talavera esmaltada en blanco, esas cuatro azumbres se convertían con el paso del tiempo en un quintal. Sufría la charla incomprensible de los señores y las risas de las doñas, atento al momento en que fuera necesario rellenar las copas.

La Navidad había sido muy solemne y austera, pues la íntima satisfacción de los supervivientes dio paso al cristiano sentimiento de culpa por su alegría de vivir. De puertas adentro, sin embargo, el consejo redimió sus faltas con faisanes, oca y un cerdo de buen tamaño, de color tan verde como un espárrago, que causó admiración.

Para organizar el servicio que merecía el secretario en su vuelta (se refugió durante la epidemia en alguna parte de

Italia), me habían encargado completar mi servicio en los fogones con el aprendiz de copero, trabajo que consistía en quedarse quieto, con aquella jarra que pesaba como una ternera, y servir vino cuando lo pedía el nuevo maestresala. Había dos nuevos mozos en la cocina y nuevo maestro cocinero. Era este un flamenco alto y flaco que tenía el cuello alargado como un ganso. Se llamaba Hanse, Hanzo o Hansen, que significa Juan en cristiano. No hablaba mucho de sí, y era —decía— como los piqueros suizos *(pigegos zuisos),* un mercenario, profesional. «Paga bien, yo trabajo mucho, y un día, *compgo* casa en Maldegem», que debía de ser, por lo que oí, un pueblo situado en una llanura húmeda y nebulosa. Como signo de refinamiento, adornaba los platos con vivos colores. Había empleado espinaca y puerro para verdear el cochino. Con azafrán y girasol, hacía el rojo, con yema de huevo el amarillo, y con verrucaria, el polvo de un hongo, el púrpura. Lo cocinaba todo con mantequilla, que es vicio allá en la tierra de los flamencos, y, al ver que yo empleaba un taburete para encaramarme a las mesas de trabajo, casi se ahoga de la risa. Con ellos llegó toda una tropa de pajes comandada por el maestresala, que los dirigía como si fuera el almirante de la mar oceana, junto a otro sirviente de mucha prez en la sala: el oficial del cuchillo. Cuando los pajes trajeron una gran bandeja con otro cochinillo rodeado de palomas en nidos de pasas y piñones tostados en grasa morada (de remolacha), este se puso a trincharlo con mucha maña y aspavientos.

—Bastante hay con evitar peleas entre las tropas de la corte flamenca y los castellanos, que andan a la greña en cada rincón y cada taberna. Ya han ahorcado a varios, pero no podemos hacer de la ciudad un patíbulo estando el rey aquí… —decía el corregidor.

El inquisidor comía a bocados pequeños, pero agresivos. De insecto. Cambié el peso a la otra pierna, deseando quitarme la gota de sudor que me caía de la nariz.

—¿Creéis que habrá guerra?

—Será un buen rey. Es joven, pero os aseguro que no es un loco. Está dispuesto a aprender. Será un rey duro y no cederá territorios —dijo el secretario de las orejas de soplillo.

—Otros no piensan lo mismo.

—No hay otra opción. Los que apoyan a la reina Juana están tan locos como ella.

—El problema es que la liberen.

El corregidor intentó una expresión astuta —que quedó en brutal— y mojó el pan frito con salsa.

Apenas entendía lo que decían, y maldito lo que me importaba, porque estaba obligado a mantener la vista al frente, aunque no podía evitar echar algún vistazo a Agnes. Vestía una saya vaporosa, encordada sobre su talle, y, como una gata, trituraba con delicada ferocidad una ternilla. Permanecía envarada junto a alguien que decía ser montero mayor, industria de mucho fuste que consistía en ayudar al emperador con las perdices. Al parecer, la corte tenía incluso un limpiaculos[1] regio, a modo de la del rey Enrique, de los ingleses.

El maestresala interrumpió el curso de mis pensamientos para que sirviera al secretario, que tenía la copa vacía.

—¿Es el cocinero quien os hace de copero? Apenas llega a la mesa.

—Nos falta servicio.

---

[1] El puesto de *groom of the stool* («limpiaculos del rey») fue, durante siglos y desde su instauración en el siglo XVI, uno de los más cotizados de la corte real inglesa.

—El rey tiene sus propios coperos y catadores, pero, si queréis guardar las formas cuando acuda el rey, además de un oficial del cuchillo, necesitáis un buen copero —dijo el montero mayor.

—Claro que un menguado tiene su merecimiento. Los enanos dan buen tono —observó el secretario.

—El rey gusta mucho de uno que tiene que se llama Francesillo —añadió.

Esquivé la mirada de Agnes. ¿Burlona? Serví más vino en la copa del corregidor, y me concentré en el peso de la jarra.

—Os digo que la madre del rey no rige. Ora eufórica, ora melancólica, se pasa los días recostada, mirando al vacío.

—¿Sabéis a lo que nos enfrentamos? ¿La fuerza que tienen los castellanos que apoyan a la reina?

—La reina se hace de cuerpo encima, su ilustrísima, con perdón de vuesa merced. No hay Dios que salve a la reina de su locura.

—Cuidado, don Francisco —atajó el inquisidor con un tono que presagiaba el peligro.

—Hala. Tengamos la fiesta en paz, sus señorías. Don Francisco no quiso pronunciar el nombre de Dios en vano —adujo don Alberto Cuesta, el nuevo fiscal, que era calvo como un huevo, y pretendía agradar al secretario.

—La locura de la reina y la situación me duele mucho y nubla mi entendimiento —agregó, al ver que el inquisidor seguía más tieso que una tabla. Después de un breve instante en el que juraría que al secretario se le pusieron rojas sus grandes orejas, el inquisidor dejó caer un gesto de absolución.

—Válgame el cielo —exclamó el fiscal, con ganas de cambiar de tema—, la pobrecita. —*Fofreñita,* pues masticaba a dos carrillos.

—¿Escuchó el rey nuestra sugerencia? Otro auto de fe es lo que necesita el pueblo.

«Enano», pensé. De vez en cuando, como si adivinara mis barruntos, Agnes posaba su mirada en mí. No olvidaría, como tampoco a vivos ni a muertos, aquel tono de chanza y algo conmiserativo acerca de mi alzada. Por eso me amparé en la industria del cocinillas, que, asociada a la muchacha, me hacía pensar en manzana especiada con jengibre, pimienta e higos. Concebí que habría una lógica en esas sustancias que las pudiera unificar en aquel filtro irresistible que mencionara el boticario. Un filtro que la enamorara.

—¿Y qué significa *Veneris ostium quaerunt?*

Oía la voz de fray Tomás, desde el fondo de la tierra, diciendo que las nueces son para el cerebro; las fresas, para el corazón, y las ostras del mar, para algo que se callaba, y que era llamado *coniunctio*[2]. Recordé su perturbación mientras me arrancaba el libro de las manos. ¡Cuánto le echaba de menos!

—¿Sabes cantar? —dijo el secretario cuando vio como, a duras penas, alzaba la cántara sobre la mesa para evitar verter el vino.

—No, señor.

—Llamadle «señoría» —susurró el maestresala.

—Perdón, su señoría. No sé cantar.

El secretario tomó una paloma y le arrancó una pata.

—No parece muy despierto. Un bufón sagaz y que gaste buenas bromas vale su peso en oro. Sería un regalo digno de un rey.

—Sabe cocinar.

El secretario desvió su atención a la paloma, y luego siguió hablando de las tensiones que había con los franceses, de la

---

[2] Apareamiento.

voluptuosidad política del papa Médici y de un tal Jeireddín Barbarroja, que había tomado la ciudad de Argel.

Los especieros volvían a estar vigilados. Aproveché los momentos de distracción para robar un poco de condimento que me guardaba en las calzas (me valió un disgusto con la pimienta), y logré un pastel de manzana perfumada con canela de la China y jengibre. Para mi mortificación, fueron el inquisidor y el ayudante de notario quienes dieron cuenta de mi artificio destinado a enamorar a la reina de mis entretelas, porque ella prefirió desayunar empanada de queso, y darles a ellos mi elixir fue como hacer enamoradizo a un lagarto. Sea lo que fuere, tal vez fallé en las proporciones, o me excedí en precaverme de las semillas de anís por no afervorizar su ánimo con aromas que la volvieran loca. En buen punto, al menos. Peor hubiera sido convertirme en el anhelo de Juan Pardo de Tavera.

La llegada de la corte a Valladolid llenó en aquel enero las calles de peticionarios, curiosos, mercaderes oportunistas e incluso navegantes, en busca de favores tras viajes prodigiosos. En las tabernas hormigueaban los hidalgos, pajes, coperos, ujieres, abanderados y caballerizos. Se oían cancioncillas chistosas, y esa misma mañana, cerca de la huevería, pisé un reguero de sangre en el suelo: alguien había dicho que Juana, la madre del rey, era la reina verdadera y la tenían encerrada.

Unos, españoles; otros, rubios y altos. La legión de sirvientes acompañó al secretario real, don Francisco de Cobos, al palacio de Zúñiga. Solo era un adelanto y los miembros de la corte ocupaban todos los edificios nobles, hospederías y mesones. Don Tovar me dio la mañana del domingo cien reales, por mi servicio y para que vistiera mejor, antes de presentar al nuevo capitán de la guardia, que, aumentada, pululaba por los pasillos. Le acompañaba un sargento alto, fatuo y bien parecido al que llamaron Roberto Diéguez. Al pasar junto a él, reconocí sus ojos fríos. Aquel tal Diéguez era Malsueño, el asesino de mi antiguo protector. Por ello, al día siguiente, además de vestirme, me armaría.

—Esta quitapenas es del mejor acero de Toledo. Hecho con la fundición de herraduras viejas de caballo. Flexible como la honra de una viuda joven —soltó el ropavejero cuando me detuve frente a la tienda—. Solo tiene esta mella, pero no encontrará por dos reales una igual. Justo ha cumplido el plazo en que podéis llevárosla, que la compré de buena ley a un hombre de armas que tuvo mucho disgusto al desprenderse della.

Después de hacerme con aquella daga de misericordia, que seguramente debía de pertenecer a algún muerto, me procuré un jubón nuevo, capa corta (que me venía larga) y calzas. Me deshice de la ropa vieja y marché por la calle sintiéndome casi un caballero. Los extranjeros de la corte del rey eran altos como torres y pasaban una cabeza a los españoles, de forma que yo les llegaba al ombligo. Dos de ellos, en cuanto me vieron asomar por una esquina, se rieron.

—*Ein zwerg! Eh! Ein Zwerg, Spabmacher!* —gritaron a mis espaldas.

Pero intuía que Malsueño podía dar cuenta de cualquiera de ellos, igual que lo haría conmigo si me enfrentaba. Sería un enano, y enano me quedaría. Jamás llegaría a los cinco pies que medía, al menos, un verdadero hombre. Entré en un tugurio cubierto de serrín sucio y pedí una jarra de vino. Apenas pude distinguir los rostros de los parroquianos, algunos de los cuales hablaban de política. Un gañán de mala catadura se encaró con un joven que dijo que el rey era extranjero. Salieron a la calle seguidos de los clientes, que animaban ya a uno o a otro, o cruzaban apuestas, y por primera vez en mi vida vi cómo se mataban dos seres humanos en duelo. No fue algo muy digno. Los curiosos permanecían quietos. Atentos al espectáculo. El matón sacó su garrancha, y el joven, un estoque.

Acabaron los dos abrazados en un charco de sangre. Todo ello gruñendo entre dientes y profiriendo algún «vive Dios» e «hideputa». El joven, aún con la cabeza partida en dos, pestañeaba. La sangre le manaba a borbotones cuando el matarife ponía punto y final al negocio. Un zagal avieso aprovechó la distracción para tomar del suelo su estoque, que aun viejo y roto no podía costar menos de treinta reales, y huir con él hacia el río, hasta que un borracho que fue en su caza lo alcanzó y se lo quitó de un guantazo que lo dejó sentado y llorando.

Para cuando acabé mi jarra, ya estaba más que borracho. A esas alturas había olvidado mi condición, aunque me la recordaron en la puerta a gritos: «¿Sabéis por qué los enanos tienen tan mala sangre? ¡Porque hasta la hierba les toca los *güevos!*».

Busqué la calle del Sagrado Tormento. El tañedor de la vihuela no estaba en su esquina y deseé que hubiera sobrevivido a la peste. La capilla de San Gregorio estaba como la recordaba. No había más que una anciana encorvada en el primer banco, que rezaba en silencio. No tenía ganas de rezar, y esperé en el asiento del confesionario. Creo que me quedé dormido y me despertó la voz de un sacerdote flaco. Sus ojos glaucos sonreían.

—Ave María purísima.

—Ave María purísima.

—*Sine labe concepta.* El Señor esté en tu corazón para que te puedas arrepentir humildemente de tus pecados.

Lo que sigue, no lo recuerdo. Salí sintiéndome algo mejor, aunque mentí cuando dije que entendía, porque no entendía nada de la carne, del espíritu ni de santos. Me detuve junto a un albañal. Vomité todo lo que tenía dentro. (¿Cuál es el colmo de un enano? Que al cruzarse con los alguaciles, le digan: «¡Alto!»). Enseñé los dientes al sol. Hechizarla. ¿Engañarla? Pensé en el jengibre y la manzana. Piel roja, pulpa fresca, raíz rugosa y mágica formarían un compuesto que haría que me apreciara, e incluso más... ¡Me adoraría! Trastabillé y me vine abajo, y en una orilla cenagosa. Un grupo de niños corrió frente a mí y desapareció tras una carreta sin eje. Oí el flautín lejano de un afilador de cuchillos, mientras sentía en lo hondo de mi ser un regocijo oculto: ¡Sí! Quería que me amase. Aun enano, haría un hechizo. Bailaría con ella al son de los enamorados y bebería en la dicha de sus labios. «¡Aleluya!». Y sería, ¡sí!, un hombre. Un hombre entero. Ladró un perro y volví en mí. Al cabo de un rato, con la cabeza hecha una fragua, logré golpear la aldaba de la botica.

—¿Quién va?

—Soy Alvar de Mondragón. Vengo por un recado.

—Alvarillo... Ah..., sí...

El boticario entreabrió la puerta. Me hizo pasar y señaló un banquillo situado bajo el caparazón de la tortuga. Maese Giges tomó asiento tras la barra. Suspiró. Tomó el cálamo que tenía junto a una resma de papeles, lo cambió de sitio, y volvió a ponerlo en su lugar.

—No pude matarme. Veo que tú tampoco. ¿Qué deseas, buen muchacho? Menuda facha traes. ¿Te han pegado otra vez?

Se tapaba con un gorro de lana del que salían hebras de pelos revueltos grises y blancos, como el de su barba, que descansaba sobre su apestoso mandil. Tenía la nariz y las mejillas enrojecidas, y su aliento olía a vino agrio. Era esa una reunión de borrachos.

Intenté explicarme, pero de nuevo se me secó la boca. Del aluvión que traía dentro hacía un instante, solo quedaba un patético rescoldo de confusión y dudas.

—Quería eso... de que hablasteis para... para la flaqueza del corazón.

Maese Giges dejó perder la mirada a mi espalda, en el cuerno polvoriento del unicornio.

—La flaqueza del corazón es difícil de curar, muchacho. ¿No eres muy joven para eso?

Ante mi falta de respuesta, entró en la trastienda y salió con un frasquillo.

—Un agua que hace maravillas. Una azumbre cuesta cuarenta ducados.

—¿Cuarenta ducados?

Era una fortuna: el precio de diez cerdos, como mínimo.

—No tengo dinero.

—¿Y pretendéis un filtro gratis, Alvarillo? —dijo, alzando las cejas.

Recordé la mención al enano del rey, Francesillo, y me molestó el diminutivo.

—Juro que os pagaré. Como Alvar que me llamo.

—Da igual que juréis, Alvarillo. Bromeaba. ¿Sabes que está prohibida la fábrica de filtros de amor? Está prohibido esto y eso y lo de más allá. Estamos en un mundo regulado por los cagatintas —sentenció el boticario, e imitó a un furioso escribano que trazara garabatos en el aire.

Estuvo riéndose como un loco un buen rato, aunque no lo hacían sus ojos.

—Los tres reinos de la naturaleza proporcionan muchas sustancias que avivan el amor. Pero no puedo venderlas. Por eso os pedí un dineral. Te ruego que dispenses la broma, pero hace semanas que no hablo con nadie.

—¿Y sabe cómo hacerlas?

—¿Tú sabes encontrar muérdago?

—No. Pero sí otras hierbas: ortiga…

—Dime. ¿A qué te dedicas, Alvarillo? ¿Eres paje?

—Soy cocinero.

—¿Cocinero, tan joven? ¿Y conociste a la muchacha? ¿Es una fregoncita, Alvarillo?

—Es la sobrina de mi señor —dije, renuente.

El boticario me observó con renovado interés. Alcé la mirada hacia la tortuga. Sus ojos abiertos parecían reales y eran negros como la obsidiana. Una capa de polvo blanco cubría su caparazón.

—¿De dónde vienen?

—Del mar. ¿Has visto el mar, Alvarico? Deberías hacerlo. Hace años hice unas pasticas de olor al almirante de la mar oceana. Diez lustros tenía, y parecía que tenía el doble por culpa del… Ya veo. No te interesan relatos ni consejas, aunque vengan de los setenta y dos sabios de Jerusalén. La moza… es lo que te interesa. Debes saber que no puedes obligar a alguien a que te quiera si dentro de sí no hay una semilla, aunque sea pequeña, de atracción. También el efecto del filtro depende de la persona. De las circunstancias. ¿Es una mujer sanguínea? —dijo, vivaz.

—No lo sé.

—Muy poco sabes. Discúlpame, pero mi cabeza olvida los nombres. ¿En cuál casa servías?

—En la casa de Juan Pardo de Tavera. Es el presidente del Consejo de la Chancillería y el…

—¿Juan Pardo de Tavera? —El boticario recuperó de golpe el tono.

—La Inquisición —murmuró—. Vaya por Dios —añadió, cayendo en la cuenta de que no servía en casa de un noble, sino en el mismo centro de la tela de araña que extendía sus hilos en cada casa, calle y esquina. Quiso hablar. Calló. Tragó saliva, tomó asiento, pasó la palma de la mano derecha sobre su rostro como queriendo borrarlo y se me quedó mirando tal si fuera una aparición.

—¿Y queréis un filtro de amor? —bromeó.

—Para su sobrina.

Al boticario se le borró la risa de golpe, y me miró de hito en hito.

—¿Servís al inquisidor y queréis un filtro de amor para su sobrina?

—Sí, señor. Lo guardaré en secreto. Lo juro.

—Debéis de quererla mucho. Lo siento, pero yo no fabrico filtros de amor. Ni hechizo. Ni siquiera tengo cédula para hacer jabón. Soy solo un pobre cristiano converso temeroso de Dios. Marcha, por favor.

—Señor…

Sin dejar de mirarme, el boticario metió la mano en un hueco de la barra, y extrajo una mecha que encendió en la lámpara. Con la otra, sacó el extraño aparato que le había visto manejar. La boca del tubo apuntaba directamente a mi cabeza.

—¿Sabéis qué es esto? Es un cagafuego. Lanza una bola de piedra que abrirá vuestra mollera, bum, como una pera madura. Teneos y marchad, que aquí no hay brujería, herejes, ni os daré consejos raros. Marchad con el inquisidor e id con Dios.

—Señor, por favor, ayudadme. Prometo que os pagaré.

—Estáis loco.

—No diré nada. A nadie le importará. Os lo juro.

—¿Quieres, enano, poner cachonda a la sobrina del inquisidor? ¿Para que te metan una barra de hierro candente por el culo antes de retorcerte el cuello con una polea, so botarate? ¿Ir al infierno de la Inquisición y luego al de Dios para que Belcebú te ase por siempre por tu capricho de loco?

—¡Nadie lo sabrá! Y no creo en Dios. Ni en el diablo.

Pasó un buen rato sin que nos dijéramos nada. Al ver que se me caía una lágrima, el boticario aplacó su furia. Luego asintió lentamente.

—Bien. No dices nada.

—Lo juro por lo que más quiero.

—¿Y qué es lo que más quieres?

—Mi madre. Está muerta. Luego, Agnes.

—La sobrina del inquisidor del Santo Oficio —dijo, muy despacio.

—Sí, señor.

—¿Y decís que sois cocinero? ¿Y no podéis pagar?

—Quería saber... Le hice un pastel de jengibre y manzana, pero no lo comió, aunque quería. Tal vez si su señoría... pudiera decirme si eso funcionaría...

—¿Y se puede saber por qué pretendéis amar a la sobrina de un obispo? ¿No podéis buscar a alguien... diferente? ¿Una enana? No. Claro. Enanas no hay muchas. Lo siento. No quería dañar vuestros sentimientos —dijo, al ver mi reacción.

—Soy un enano, señor. Menos que nada. Pero quiero besarla. Solo un beso.

La expresión del boticario se ablandó.

—¿Un pastel de manzana y jengibre decís? Siéntate. Aquí, en ese taburete alto, para que pueda verte.

Maese Giges entró en la trastienda. Oí ruido de cacharros y cajones. Regresó decepcionado.

—Se acabó. No lo hay.

Desplazó su mirada entre las estanterías.

—Un filtro de amor prohibido no sé hacer, o no me atrevo, y no me digas que me atreva a hacerlo porque nada sé de eso. Y si lo supiera, lo olvidaría, ¿comprendes? Cualquier día, si te pillan, hablarás, y si hablas, dejo claro que soy respetuoso de la ley de Cristo nuestro Señor. Un filtro no. Pero sí —se animó— ¿ajo? Es sabido que puede conducir a la lascivia, pero el olor… no… Los cangrejos. ¡Sí!, son afrodisíacos, pero ahora no es la época —dijo alicaído.

—¿Qué significa *afrodisíaco?*

—Es cuando un alimento hace que a uno le entren ganas de refocilarse.

—¿Y qué es eso?

—Pues lo que quieres hacer con esa mujer a la que dices que amas —dijo, enigmático—. Cállate, que piense. Una medicina para el corazón, que estimule, dé rubor y quite el freno. ¿Sabes? Yo te recomendaría…, pero no, no soy yo quién para recomendar. Al fin y al cabo… Mmmm. El caso es que da lo mismo ya emplear bucardos que unicornios…

—¿Unicornios? —pregunté asombrado.

—No me dejaste acabar. Ese cuerno que ves pareciera de unicornio, aunque es de un raro animal marino. Y es imposible conseguir grasa de hígado de bucardo, porque el ser humano gustaba de su caza, hasta que no quedó ni uno… *Burum, burum*… Veamos… —dijo pensativo—. Muchas veces tenemos que sustituir un componente por otro, ya sea porque se trate de un animal extinto o por ahorrar el coste de cosas tales como el polvo de rubí, que se sustituye perfectamente por espinela bien molida. Aun así, los médicos se quejan, pues a cuanta más gente matan, más se reafirman en no variar en sus remedios. Llegados a este punto, olvidémonos del bucardo. Lo importante es que haga el efecto, ¿verdad? Y, para ser sinceros, si empleamos cosas raras —señaló a la tortuga del techo—, es para justificar el precio. A más rareza, más dineros, aunque, en realidad, lo mejor para lo que buscamos se encuentra aquí. Sígueme.

Se metió encorvado por la puerta baja de la trastienda. Tras el pasillo, atestado de cacharros, y el pequeño salón, cuya luz provenía de una rendija que daba al patio, vi una cocina con una chimenea grande cubierta de polvo y telarañas, como si nadie hubiera guisado allí en mucho tiempo. Descendimos por unas escaleras hasta la penumbra de una bodega estrecha y baja, abierta en la roca viva. En el suelo, se abría el hueco de un aljibe. Sobre la pared de tierra fresca, junto a dos barricas de vino, colgaban algunas longanizas, la piel de un tejón y un cráneo de caballo frente a un capazo de membrillos y una ristra de cebollas.

—Cuidado con eso —advirtió señalando el aljibe—, que no tiene fondo. Sois cocinero. ¿Decís? Os ayudaré si vosotros hacéis lo mismo.

Detuvo la mirada en la negrura del pozo, que nos devolvía un eco unido a su aliento frío. El boticario me parecía cada vez más extraño, y sentí el impulso de escapar. Pero su cuerpo bloqueaba la salida.

—Yo atendía la botica, y a mis ungüentos —musitó—. Caseda cocinaba. Ahora, compro el pan y como en la cama. No me atrevo a entrar en la cocina desde que ella se marchó.

El boticario apartó la vista del aljibe y mostró un amago de sonrisa, que asustaba por lo tétrica, en lo oscuro de aquella caverna.

—Os daré un secreto a cambio de otro, ya que eres cocinero: almodrote y alboronía.

«Alboroníííiaíaaaíaaaa», repetía, inhumano, el pozo. Aquello olía a azufre. Retrocedí, pensando en lo cierta que era la fama de hechiceros que tenían los judíos.

Alzó la mano. En ella ocultaba un objeto. Tal vez alguna seta maléfica, o un cráneo de murciélago.

—Eso cocinarás para mí, será nuestro trato —susurró, con visaje de lunático.

Ciego de terror, busqué a tientas mi cuchillo, aunque sería inútil contra sus turbios conjuros. Entonces vi lo que sostenía maese Giges contra mí y me quedé paralizado: era una cebolla.

—Ha sido utilizada desde la Antigüedad con fines afrodisíacos y tiene dos óptimas ventajas: es fácil de encontrar y muy barata. Acrecienta el esperma, ofusca la razón y magnifica los sentidos. Es cicatrizante, eficaz contra las lastimaduras que causa el calzado y, también, limpia la sangre de cualquier impureza. ¡Pon mucha cebolla en sus comidas! ¡Aunque le huela el aliento, es mejor que el ajo y se echará encima de ti, jejejejejjjjh! Si eres cocinero, ya sabes: cebolla.

—¿Y el jengibre y la manzana?

—Puedes usar jengibre, Alvarillo. Lo único que hará la manzana es que cague bien la muchacha. Y con perdón.

Besos de frambuesa

Calentar los jugos con el agua de rosas hasta punto de hervor. Retirarlos del fuego y colocarle dentro la gelatina hidratada en cuarenta y nueve gramos de agua. Revolver con espatula para evitar las burbujas. Llevar al molde deseado y enfriar por dos horas. Desmoldar y servir con frutas rojas, rociadas con agua de vida o algún agua ardiente.

Donatien Alphonse François de Sade, *marquis de Sade*

Capítulo 29

—Otro disparate como este y vas a trabajar limpiando los cubos donde los reos hacen de cuerpo, ¿te has vuelto loco? —me susurró el maestresala.

Había cortado cebollas de regiones cálidas, de sabor delicado. Cebollas pequeñas y plateadas, para los guisos. Grandes cebollas de color cobre. Blancas, amarillas, achatadas y redondas. Cebollas dulces y picantes; hasta que sus vapores me dejaron ciego.

El nuevo rector del colegio de San Gregorio, creyendo que el inquisidor era un fanático de ellas, aseguró que era un manjar exquisito. Los demás lo secundaron. Y don Crespo Almazán, un teólogo toledano, dijo que era el modelo del cielo por la colocación concéntrica de sus cascos, y que por ello fue muy venerada entre los religiosos, además de por ser provocadora de lágrimas, ya que el buen cristiano llora noche y día la muerte de Cristo.

—¿Y aquí también hay cebolla? —indagó el inquisidor, señalando una grulla encebollada con coriandro y mosto.

Ella comía con lentitud, a bocados pequeños. Escruté los efectos de mi industria cuidando de no mirarla directamente. La grulla encebollada no parecía hacerle efecto.

—Nos salen las cebollas por las orejas —protestó el notario.

—Las cebollas son buenas para la sangre —objetó el merino mayor, que tenía manos de asesino.

La pierna cortada menuda con cebolla y pimienta en su caldo no le provocó sentimiento alguno. Tampoco percibí su ardor con los pichones con cebollas tiernas, ni con los albaricoques con cebollas secas de Ascalonia y paletilla. Aunque sí había observado su arrebol cuando se cruzaba en el pasillo tras su aya, con el guapo y mil veces maldito sargento Malsueño.

—Reluce por el olor su villanía —remató el inquisidor.

El merino entonces, muy político, mudó su opinión y llegó a afirmar que, según su médico, aspirar sus efluvios podía nublar la capacidad de entendimiento.

—No pongas esa cara, Alvarillo. Anímate. Debería estar a solas con vos, al menos, aunque es comprensible la dificultad de encerrarte con la sobrina del inquisidor para atracarla a cebollas. Otra cosa es una droga que la vuelva loca, aunque estaríamos en lo mismo. La solución… —dijo maese Giges tamborileando la tapa de un frasco con los dedos.

—¿Qué solución? —dije, impaciente.

—Según cierta nota que guardo, sobre un sabio llamado Constantinus, las hormigas negras aladas, metidas vivas en una botella con aceite de sauco y dejadas reposar, producen un ungüento infalible. Pero estamos en invierno, Alvarillo. No hay hormigas. No te aflijas. Al fin y al cabo, esto que te ocurre se olvida. ¿No me crees? Eres joven. Bien. —Frotó sus manos envueltas en gamuza—. Aún puedo revelarte otro secreto, pero tienes que aceptar el trato. Cocinarás para mí las berenjenas tal y como las hacía mi Caseda.

—No hay berenjenas en febrero, maestro.

Me señaló una gran vasija de vidrio, bajo su tablero de trabajo: contenía una densa masa formada por escorpiones que flotaban apretujados en un líquido transparente.

—Feos, ¿verdad? Son para el mal de oído y la gota. Las berenjenas están en esa cántara grande. Mi mujer les quitaba el amargor y las preparaba con vinagre, yerbas y un poco de ajo antes de meterlas en buen aceite. Huélela. ¿Ves? Listas para comer.

—¿Cómo las hacía?

Maese Giges negó. Sus ojos buscaron los fantasmas que habitaban tras las paredes.

—El amargor no se lo quitaba todo. Siempre es bueno un poco. Tenía que haber prestado más atención a los detalles. Jamás reparé en los pequeños quehaceres. Pensaba que mi tarea en la botica era más importante. ¡Como si la proporción de aciprés y almáciga para las encías fuera más valiosa que la alboronía!

Agitó la cántara. Percibí el aroma a tomillo y laurel entre la acidez del encurtido.

—Viene de *al-baraniyya,* que significa 'cierto manjar'. Es un guisado de berenjenas con verduras, similar al pisto, pero incomparablemente mejor, y más antiguo. Muchas cosas se dejaron de hacer por si nos tachaban de poco cristianos... ¡Cuántos recuerdos se han perdido!

Maese Giges me guio hacia la trastienda. Cruzamos la puerta baja, la sala estrecha llena de trastos, y llegamos al saloncillo, que había ordenado con una pequeña mesa y cuatro sillas. Como si tuviera miedo de entrar en ella, señaló con impotencia al triste fondo, donde se hallaba la cocina abandonada.

—Este rincón era el mejor de la casa...

Luego tomó asiento y desgranó todo lo que sabía sobre aquella receta en la que se empleaba aceite de oliva en lugar de la habitual manteca, ajo, queso rallado y algunas hierbas. De cómo su esposa ponía espliego, comino y azafrán, por lo que quedaba con un hermoso color dorado. También me habló del cordero tostado, cortado en fino, y el pan sin levadura que toman de su raza, no muy distinto al que haría un pastor.

—No quiero irme al otro mundo sin volver a catar lo que hacían sus manos. ¿Podrás hacerlo? Entonces tenemos un trato —dijo, al ver que yo aceptaba.

Rezongó algo ininteligible acerca de sus viejos huesos, y luego se quedó sentado, cerrados los ojos, atento al tractrac del rayado del queso, al majado de aceite con romero, la crujiente incendaja entre la encina, y el burbujeo del pisto frito, que escuchaba como si fueran viejas canciones.

Cuando acabé, tomó con infinito cuidado un trozo de cordero y se puso a llorar. Luego, me contó el secreto prometido. Era una semilla de color pardo llamada *mirística,* del tamaño de la yema de un dedo, con una cobertura carnosa y de color rojizo que no tenía en la botica, pero que podía encontrarse en la despensa del Santo Oficio. Si hacía un extracto de esos frutos metiéndolos en aguardiente, en tres meses obtendría un líquido que podría dejar caer gota a gota en la boca de la muchacha cuando durmiera. Pero ello causaría efecto a las doce horas, una vez que ella estuviera lejos de mí (tal vez frente a su confesor, o un paje). La solución de efecto rápido era hacerlo en forma de ungüento, que pondría en un paño mientras durmiese, en su natura.

Forzar la voluntad de una mujer era —dijo Giges— cosa de mucha bellaquería. Pero no hay virtud en aquel que no puede elegir. Yo, como dudaba entre lo uno y lo otro, decidí ir por lo derecho. Que Dios o el diablo decidieran, y así perdí la cabeza del modo que narraré ahora.

En esos días en que una tropa de ayudantes pululaban, cortaban, barrían y fregaban por los rincones anticipando la llegada de la corte, tuve mucho que aguardar el momento de llegarme a solas al rincón más protegido de la despensa. Anuncié que buscaba anís para unas tortas con el fin de que no descubrieran la falta del especiero, porque cada grano y pizca que se retiraba era anotado en una pizarra frente al anaquel, además de que se contaban los niveles marcándolos con un carboncillo. Atento a mis espaldas, pues habían prohibido cerrar la puerta cuando se entraba, corrí ligero para trepar hasta el bote que contenía aquella mirística, también llamada *nuez moscada;* que viene de ciertas islas donde, según el boticario, hay perros con alas. Ya tenía una en la mano y cerraba el frasco cuando oí el ruido.

Apenas tuve tiempo de dejarme caer y metérmela en la boca.

—¿Qué buscas? —me preguntó Hansen.

Tragué antes de hablar. Luego le dije que iba a hacer mazapán de calabazas (olvidé lo de las tortas de anís, porque me creía ya muerto). Cuatro ochavas bastaban para enviar[1] a un hombre al infierno y no recordaba si la nuez que había tragado era grande o pequeña.

Sus efectos durarían el día entero, si sobrevivía. Volví a la cocina, cuando se cruzó un pájaro, ¿o una mosca?, a lo lejos (o frente a mi nariz), y regresé al presente. Hansen había dicho algo, y yo reía por dentro. Las losetas del suelo reptaban

---

[1] En pequeñas dosis, la nuez moscada no produce efectos perceptibles en el organismo. Sin embargo, en dosis altas se convierte en un alucinógeno de suave o mediana intensidad y produce efectos visuales y sensaciones cómodas parecidas a las de la marihuana. En grandes cantidades (7,5 g o más en una sola toma) es peligrosa, produce convulsiones y palpitaciones. Dos nueces pueden matar a un hombre adulto.

como babosas. El sol reverberaba sobre la calva del guardia y la frente enrojecida del ujier. El suelo exhudaba humo, como si nos encontráramos en un caldero gigantesco.

—Tenemos auto —dijo el ujier—. Se construirá un anfiteatro como no ha visto el mundo. ¿Qué digo anfiteatro? ¡Un coliseo! Y deben saber vuestras mercedes que los días de oficio despiertan los apetitos.

De rondón, y como si no viniera a cuento, me encontraba entre los altos techos de la sala de servicio. Las paredes se movían.

—A ver, tú, Fermín. Dime lo primero que os dije que aprendierais de memoria acerca del buen comportamiento de un caballero en la mesa —dijo el maestresala.

El maestre aleccionaba todos los días a pajes y coperos con la nueva moda, una especie de refinamiento que había ganado aprecio entre las clases altas y al que llamaban *modales*. Venía a ser el no hacer aquello que sea natural hacer cuando te vienen ganas. Entre aquellas, hubo algunos que incluso se abribonaron con ciertos artilugios para comer, esos pinchos llamados *tenedores,* que empleaba Agnes con el fin de no tocar la comida y que también podía servir para rascarse las espaldas. Fermín, un mozo pecoso y de frente huidiza, carraspeó antes de hablar.

—Dijo que no hay que cantar.

—No hay que reír ni…

—Ni sacarse mocos… —completó el mozo.

Algunos sirvientes se pusieron a reír, pero al ver la expresión del maestresala callaron.

—Fermín, lo has explicado de una forma muy… —alzó el dedo— vil. No hay que ser muy franco cuando se habla de suciedad o de porquería, aunque parezca agradable al auditorio. Veamos. Tú. El pequeño —añadió al final, refiriéndose a mí.

Frente a él, rutilaba un tapiz lleno de luces. Sentí un agradable cosquilleo. Contuve la risa y sentí el sabor de la sangre al moderme la lengua para que no descubrieran que andaba desjuiciado. Una nube de mariposas revoloteaba a mi alrededor.

—No se debe tener tampoco la manera, que algunos usan, de cantar entre dientes o atabalear con los dedos, o menear las piernas —recité—. Tampoco es bueno ser melancólico y triste. También es mala costumbre cuando alguno mete la nariz en la vasija o taza del vino, o sobre la vianda que otro haya de comer —dije, lo que me valió la felicitación del maestresala.

Reí, aunque no lo oyeron. Podía sentir la sustancia en mi cuerpo, formando remolinos que subían a mi cabeza para confundirme.

La inminente aparición del rey, que llegaba pero no llegaba nunca, hizo que la actividad en el palacio se volviera frenética. Las puertas de la ciudad se atestaron de carretas con mulos que portaban los troncos con los que se construiría el inmenso y teatral palenque. Se hablaba a todas horas de las construcciones que había que hacer, de los gastos de alfombras, tela para los sambenitos, cera de velas y la comida del tribunal y sus ministros, así como un almuerzo especial que se daba a los penitentes antes de que salieran rumbo al cadalso. En la víspera del auto, los penitentes comerían tanto y de tanta calidad que así darían gracias a Dios por los dones que se les habían concedido, si fuera que se arrepintieran, y si no, ya se encargarían de hacerlo en el infierno. Entraban y salían dominicos, franciscanos, guardias y hombres de la corte sin cesar. Harían falta centenares de aves de caza, corderos que no hubieran probado más que la leche de la madre, arrobas de aceite de Jaén, fanegas de trigo de Burgos, celemines de sal de

Castro Urdiales, miel de Segovia y muchas sacas de frutos secos, entre otras golosinas.

Gracias a aquel alboroto obtuve poco a poco los ingredientes del ungüento: un tarro de miel de espliego de color ámbar cuyo sabor recordaba a la lavanda, un trozo de jengibre fresco, algunos granos de pimienta y harina de habas, que oculté bajo mi jergón.

Por más que anduve entrando y saliendo con mil excusas hurtándome a las miradas de posibles delatores, aún me faltaba acceder de nuevo a la mirística. Malsueño, que ya llevaba la cinta de capitán, solía hacer presencia en los pasillos de la planta de servicio cuando venían invitados, que eran todos, y a veces se asomaba a la cocina acompañando a la ronda. Anduve con aquella secreta industria, aguardando a los descuidos, y entre idas y venidas logré hacerme con una nuez de color vivo a la que le faltaría poco para llegar a media onza. Al fin lo tuve todo envuelto en dos servilletas, un vasico y un almirez roto bajo mi yacija, y agradecí a las ratas que tenía que espantar el poder dormir sin otros ojos que los míos. Puse buen cuidado por la noche en majar bien las semillas, convertir el regaliz de limaduras a polvo junto a la pimienta, y juntarlo todo hasta que tuve una pasta untuosa y compacta. Tenía un olor profundo, a raíces, a la ligereza caprichosa de la flor, sumado a un algo amargo y picante al mismo tiempo. Extrañezas surgidas allende el horizonte conocido que también podrían servir para expresar el mal de amores. Aguardé a las doce campanadas, me quité los zapatos y, atento a los pasos regulares del guardia, me deslicé por la parte más oscura del pasillo hacia el cuarto de Agnes, que era la segunda puerta después del hachón que marcaba la entrada a las dependencias del inquisidor.

Esa noche no había luna, por lo que la oscuridad era casi completa. Sosteniendo el almirez con una mano, me entré en su cuarto mientras con la otra tanteaba la pared fría, una silla, el marco de una puerta y un tapiz que olía a moho. Noté la humedad siniestra del paño. Alargué el brazo libre y toqué la arista dura y fría de la cama, y, a pesar de que no veía nada, supe que ella no estaba allí. Me alegré. En aquel momento comprendí que no quería robar la voluntad de nadie, y menos aún de ella.

Al retroceder, tropecé con un arca que debía ser de plomo y, frotándome, busqué a tientas la salida. Entonces oí un grito ahogado. No procedía de la habitación, sino del otro lado del muro. Hallé de nuevo, con la punta de los dedos, el tapiz enmohecido, la pared, y luego otra puerta. Abrí con mucho cuidado, y me colé en una habitación larga y estrecha, sin ventanas.

De una tercera puerta surgían los gemidos: la estaban torturando. Miré a través de la cerradura con el fin de saber a quién tenía que enfrentarme, aun a costa de mi vida, y descubrí un hombro desnudo. Agnes se movía al ritmo de aquel runrún que surgía de su garganta, junto a un suspiro masculino. Maldije al guapo capitán Malsueño. Pero luego observé sobre ella una mano escuálida, de uñas largas y bien cuidadas. Una garra en la que brillaba el sello con la esmeralda del inquisidor. Los ruidos se detuvieron, y vi el brillo de su cabello suelto.

—Me muero de sed —oí.

Agnes desapareció de mi vista. Oí el crujir del catre y pasos.

Al echarme atrás, los nervios me hicieron caer al suelo. Ya se abría la puerta. A cuatro patas, me abalancé bajo la mesa. Pasó sin verme. Respiré aliviado, pero al poco entreví las piernas del inquisidor, culo al aire, mientras tarareaba el ritmo de tamboril de una muñeira. No dudé que, si llegaba a saberse descubierto de tal guisa, aquel hombre me aplastaría los pulgares, me pasaría por el potro y arrancaría las uñas antes de amordazarme para quemarme vivo.

Cuando el inquisidor se perdió de vista, gateé hasta su habitación vacía en busca de una vía de escape. Seis grandes cirios iluminaban una cama con dosel, una gran mesa con una butaca, un arcón y un enorme armario relicario con las pinturas del Antiguo Testamento sobre dos puertas enrejadas. Aterrado, busqué la que conducía al pasillo. La puerta del inquisidor tenía un guardia que hacía rondas regulares entre las escaleras que conducían a las salas de la planta baja. Pegué el oído a la puerta y aguardé. Al cabo de un rato, oí un tintinear, y zancadas que se alejaban. Al echar la mano al pomo, descubrí que estaba listo de papeles: la puerta permanecía cerrada.

Me lancé hacia una mesilla en busca de la llave. Luego, probé en el relicario. Contenía innumerables cajones y estanterías. Pero entonces oí de nuevo el andar de pies descalzos. Pensé en lanzarme bajo la cama, pero ya se abría la puerta, así que me introduje en el mueble. La puerta de marquetería me permitía entrever la silueta del inquisidor, del mismo modo que él podía descubrirme. Pero se metió directo en la cama. Al poco, se quedó dormido.

El espacio era amplio. Suficiente para abrir los cajones, o sacar los cofres que, por decenas, permitían ordenar por tamaños los objetos sagrados de la sede. Cuando me acostumbré a la penumbra, comencé a buscar la llave de arriba abajo, poniendo cuidado en no hacer ruido. Si no estaba en la cocina a las seis campanadas, comenzarían a buscarme o, aún peor, entrarían las sirvientas para limpiar.

Encontré en los cajoncillos algunos huesos de santos sueltos; otros, en piezas de orfebrería menuda que señalaban su origen, ya fuera Tierra Santa o de allá donde los benditos recibieran su martirio. También había objetos que debieron de requisarse a personas condenadas: clavos de ataúd, una vela en la que se habían insertado espinas, dientes diminutos, mechones de pelo y un murciélago blanco. Al abrir una caja de mayor tamaño, ahogué un grito: desde su interior me observaban las cuencas apergaminadas de un rostro de pesadilla. Era la cabeza de san Gerlando de Agrigento, según señalaba una inscripción bajo la tapa. Pero no encontré rastro de llave alguna. Crucé las piernas y, sentado, examiné las cajas más pequeñas, situadas en la base del armario. Encontré un sapo disecado, varios dedos, y en la última, un cofrecillo minúsculo con un cierre dorado: contenía el anillo de padre.

La llave estaba colgada de una escarpia, tras la puerta. Tardé media noche en encontrarla. Por suerte, su ilustrísima, a esas horas, ya roncaba. Una vez que estuve a salvo y hube escondido el anillo entre las tablas del fondo de la mesa de cortar, me quedaron fuerzas para desahogar los nervios. Lloré y grité con la boca pegada al colchón. Y si bien eso no causó efecto en mi destino, al menos espanté la mitad de las pulgas que lo habitaban.

Capítulo 30

Corrosivos granos de pimienta los iris de sus ojos. Naranja amarga el tono de su carácter. Luego, las promesas: vino dulce de pasas y corazón de albaricoque. Por último, la frágil carne. No podrá ser otra que esa oscura y bermeja, tan parecida a la nuestra: el cerdo. Emplearemos la tierna hechura del lechal ingenuo hecho en vino fuerte, discurrí. Enrededor, cebollas secas de Ascalonia, como astros de ilusiones y anhelos; todas bien picadas a cuchillo.

Ya podía inventar recetas, que no sería posible borrar lo que había visto. Acerqué la mano al fuego. Tal vez el dolor lo hiciera. Tal y como el papel cuando arde, se convierte en cenizas con sus letras.

—¿Qué haces? ¡Basta de juegos y a desplumar!

Hansen pasaba frente a mí con dos huevos en la mano. La cabeza de un ganso ibérico descansaba sobre la tabla. Era un ave extraordinaria, de carne jugosa y recia, de la cual decían que llegaba a vivir cien años. Yo no me sentía capaz de soportar un nuevo día.

La cocina hervía de actividad. Hansen daba órdenes mientras reconstruía los ojos de una cabeza de buey empleando los huevos y la trufa. Dos mozos pelaban cubas de verduras, otro atizaba las brasas del horno donde se cocían los pasteles y una empanada gigante que contenía la carne troceada de dos lechazos que habían sido arrancados de los pechos de su madre, y un cuarto removía la mantequilla que empleaba Hansen en la mayoría de sus platos. El vapor y los olores inundaban el aire, denso ya a causa de la tensión que había aquellos días por la venida del monarca. En mi atribulación, tropecé con un aprendiz, un niño apenas más alto que yo que regresó a la cocina con los brazos cargados de ¡cebollas! Tuve ganas de reír. Las cebollas habían causado efecto y, como una broma del destino, habían unido al inquisidor y a Agnes. Un enano con ínfulas de ensalmador. Un patético bufón sin gracia es lo que era yo. Y el mundo, una comedia grotesca. Sentí cómo se me revolvían las tripas y acudí a la bodega, colgando de una nube. Mi mente era como los huevos que tenía delante. Rompí las cáscaras. Puse las claras en el cazo. Alargué la mano hacia el recipiente del azafrán y volqué su contenido. Luego hice lo mismo con el jengibre, la canela, el azúcar y los granos de pimienta. Vacié la sal y un tarro de miel y lo revolví despacio formando un engrudo. Hansen me sorprendió en esa extraña guisa de euforia destructiva y me puso la mano en el hombro.

—¿Qué te *ocugge?*

No respondí.

—¿Te vuelves loco? ¿Mano a fuego? ¿Y ahora esto?

Dejé de remover y, cuando alcé el rostro, descubrió mi cara surcada de lágrimas.

—Pasa a los *cocinegos*. Mucho trabajo. Mucho humo. Mucha prisa y *tegminado* loco. —Miró lo que había hecho—. Te van a azotar.

—Maestro —dijo alguien a sus espaldas—, ¿saco los panes?

Hansen dio instrucciones al mozo y luego se volvió hacia mí. Supongo que le di pena. Quizá le entristecían los enanos.

Tomó el cuenco donde había echado a perder la fortuna en especias y lo olió con cara de pasmo.

—Yo no he delatado a ti. Pero casa llena de guardias y *camagegos* y mozos... Muchos son espías. Chivatos. Suerte vienen más cajas de especias. Ve a que te dé el *aige*. Y tráeme romero y hierbas para adornar. Ve. Si vomitas aquí, será peor. Está listo para mañana. Mañana *gey* de España viene.

Maldito lo que me importaba que viniera el rey o la genealogía entera del preste Juan. Lo que yo quería era desaparecer. Di las gracias a Hansen y me quité el delantal. Movido por aquel ánimo con el que había roto los huevos, alcancé el cuarto de guardia.

Malsueño, el capitán, en lugar de acompañar a la ronda, se encontraba a solas, disfrutando de su faja, con las botas sobre la mesa.

—¿Tú qué quieres? —dijo, desdeñoso.

—Comestacas.

En su rostro asomó una sonrisa incrédula. Luego, tomó el color de la leche agria.

—Adelante, matadme si os atrevéis. Cobarde.

El capitán boqueó. Tragó saliva como si fuera un sapo grande, echó pie a tierra y movió las manos despacio, sobre la mesa. Como si no acertara a comprender.

—Muy bravoroso eres, poquitacosa.

Aunque la sorpresa le había quitado el resuello.

—¿No me matáis?

Miró tras de mí, como si aguardara alguna celada. Yo era un servidor del inquisidor.

—Asno —insistí, ufano, mientras el capitán boqueaba, sin dar crédito—. Gorrino, zoquete, escornacabras.

Pero el capitán no hizo nada. Allí no podría matarme. Solo me aseguró entre crujir de dientes que, tal y como salía el sol, iba a poner fin a mis días. ¡Qué sensación gloriosa! Me cansé de llamarle cabezalberca, ganapán y lloramigas. Me divertí tanto que casi se me quitaron las ganas de que aquel jarrán me matara, cosa que pronto sería negocio hecho. Nada había de perder; por tanto, nada temía. Satisfecho por lo que acababa de hacer, salí del palacio en dirección a poniente, donde cruzaban los ríos y, sin pretenderlo, mis pies me condujeron frente a la puerta de maese Giges.

—Es su barragana —me decía el boticario, al rato—, no su sobrina. ¿Es que no te has dado cuenta, Alvarillo? Ofrécele un regalo o dinero y se irá contigo. Entró en la trastienda y sacó una jarra de cuello estrecho y dos cubiletes que llenó hasta la mitad.

—Eres un buen chico. Yo era como tú, ¿sabes? No tengo a nadie. Bebe.

Escupí.

—¿Qué haces?

—Sabe a rayos.

—¡Pues claro, so berzas! ¡Es como tiene que saber!

Se metió entre pecho y espalda lo que quedaba de mi taza.

—No hay manera de hacer que te quieran, muchacho —dijo, echando vapores de aguardiente—. Esto es agua para las encías, pero, al menos, quita penas. Esa chica es de mancebía, muchacho. Y de las caras. Créeme. Si tienes que hacer un regalo para mojar tu cipotillo, búscate una en la calle del Candil, la que está entre el río chico y el Campo Grande, y te irá estupendamente. Veinte maravedís o dos azumbres de vino. Y hazlo pronto, porque con tanto cortesano acabarán más gastadas que la verga de un chivo viejo.

Entonces entendí las miradas. Los toques en el hombro. Que ella no durmiera en su cama.

—¿Cómo, el inquisidor? ¿¡Su tío!?

—Funciona así, tordo. ¿O te piensas que son santos? Los hombres de la Iglesia son eso: hombres. Como tú y yo. ¿O te piensas que el papa no fornica? Más que un comandante de caballería con plumas de cisne en el sombrero, eso te lo aseguro.

—¿Y la... Biblia?

—Hay hombres santos. Ve a una iglesia de pueblo, o busca a un predicador que ande descalzo, y encontrarás allí a tu cristiano si tienes suerte. Pero nunca, ¿oyes?, nunca entre los poderosos. Y menos si son inquisidores. Por otra parte, una cosa es el fornicio y otra, *¡brup!,* la santidad.

—Ya no quiero seguir allí. ¿Puedo serviros? Aprendo rápido.

Maese Giges alzó la mano y respondió con otro eructo de borracho.

—No quería matarme antes de volver a probar la alboronía... *Los sus muxos corelados, merjanes d'enfilar ya son...* —tarareó—. Después, lo dejé para el día siguiente —continuó—. Más tarde pretendí que debía escribir una carta. Ya sabes, para la posteridad. Luego, pensé en escribir algo para el boticario general, una coplilla tal vez. —Señaló su cabeza—. Pero no se me ocurre nada ingenioso. ¿Sabes escribir coplas?

No comprendí lo que quería decir hasta que reparé en su mesa de trabajo. Maese Giges aún tenía allí el tarrillo con el veneno.

—No, señor.

—¿Y cantar? ¿Sabes cantar?

Estaba como una cuba. Negué con la cabeza y maese Giges se rio bufando. Apuró la taza.

—Bebe. Aprendiz. Hace mucho que no tengo aprendiz. ¿Te dije que se fugó con mi bolsa cuando comenzaron los rumores de la plaga?

—¿Que significa *xivoy?* —le pregunté

—¿Por qué lo preguntas?

—*... entre medio la mi esposa, telas de mi corazón. Sayo lleva sobre sayo y un xivoy de alta nación, camisa d'holanda lleva, sirma y perla al cabezón. Su cabeza, una toronja* —tarareé—. Es la canción que cantabais.

—Esa canción es nuestra. *Sirma* y *xivoy* son palabras nuestras. ¿La aprendiste con solo escucharla una vez?

—No sé olvidar.

—Lo dices como si recordar fuera malo.

Maese Giges trató de beber, pero descubrió que la taza estaba vacía.

—Tienes razón en que recordar no es bueno. *Hanúm*. Ojalá pudiera olvidar todas las palabras. Márchate, anda. No tengo aprendiz, pero adonde voy no lo necesito.

—Pero...

—No me mataré hoy tampoco, que he bebido mucho. Seguramente iría a un infierno lleno de agua.

Maese Giges puso su mano en mi cabeza y me removió el pelo. Luego me señaló la puerta.

—Ve con Dios. Olvida a la muchacha. Es una superviviente. Como tú.

El rey llegó, por fin, un nueve de febrero, en medio un ambiente festivo, aunque extraño, y de violencia contenida. Era extranjero, y tenía a su madre prisionera por razón de su locura. Se hizo correr la voz de que juró hablar nuestra lengua, no robar oro ni caballos de castellanos y dar mejor trato a su chiflada madre, reclusa en Tordesillas. Como el vulgo sabe que las promesas de un monarca valen bien poco, circulaba una canción popular que narraba cómo su progenitora, cuando lo parió, creía que lo había cagado[1].

---

[1] Según crónicas bien fundadas, durante la celebración de un baile en el palacio de Prinsenhof, la embarazada arquiduquesa doña Juana (la Loca)

En la madrugada del martes, reinaba el alboroto en la cocina. Ante la inminente llegada de su majestad, camareros, pajes y freganchines se afanaban junto a todas las manos disponibles. Estaba yo amasando harina cuando el maestresala dio dos palmadas para imponer silencio. La corte, después de un breve protocolo, había pasado de largo entre una nube de polvo, dejando boquiabiertos a todos. Y, en lugar del rey, se había quedado su enano. Ese al que llamaban Francesillo.

Agnes estaba sentada junto al secretario de Estado y otro —un cardenal, como mínimo— que pesaba al menos diez arrobas (si bien había un banquero que pesaba once). Vestía una camisa azul oscuro bajo una saya blanca como la nieve y comía con lentitud calculada. Ahora entendía el juego de miradas que se traía la manceba con su supuesto tío, el ilustrísimo verraco. ¿Cómo podía entregarse a aquella momia? Luego pensaba en lo que había dicho el boticario, y en que tal vez ella era otra trotamundos. Y que era una tontería querer morir por haberse enamorado.

Mientras imaginaba que era un caballero que huía con la buscona en un caballo blanco, los invitados, entre dentelladas, discutían como moscardones sin rumbo sobre un rey enemigo que se encontraba en Borgoña, de piratas dirigidos por la Sublime Puerta, la circunnavegación de la Tierra (un loco italiano afirmaba que era redonda, tal que una ciruela, y a poco lo queman si no se desdice) y el cadalso del inminente auto de fe, que iba a ser el de mayor sutileza de los tiempos pasados y venideros. El maestro de cocina flamenco había puesto las plumas a los faisanes una a una, de forma que pare-

---

comenzó a sentir fuertes dolores en el vientre y, creyendo que se debían a una mala digestión, dio a luz al emperador Carlos V en el retrete.

cían vivos, y el duque de Medina Sidonia afirmaba que franceses y británicos arderían para siempre en el infierno, por acudir a las Indias sin permiso[2].

—Cada culo, una opinión —dejaba caer Francesillo, el enano del rey.

Era un hombre moreno, de cabeza inmensa en desproporción a la cortura de sus piernas, frente prominente, sonrisa descarada, y vestía un jubón azul, calzas de seda y botas de punta larga y retorcida hacia arriba. Medía poco más de cuatro pies, pero no se quedaba atrás en tragaderas respecto a los otros, que pasaron a la cuestión de Nápoles. Se estaban comiendo el mundo, especialmente el banquero de las once arrobas, al que llamaban don Fugger. Bien entrada la tarde, seguían en aquella industria, y yo estaba muerto de hambre, además de con el alma rota.

Cerca de mi posición, había una fuente de ternera asada con setas y garbanzos junto a una tinaja de esa cosa a la que llamaban cerveza, que, según don Tovar, se hacía con meados de burra. La ternera parecía jugosa, aunque yo no creí que los garbanzos hicieran buena juntura con las setas, que eran pequeñas y flotaban en una espesa salsa de vino, especias y caldo de fruta. El secretario alzó su cuchillo para agarrar una y se la puso en la boca. Era pequeña y blanca, con un reflejo amarillo viscoso en el sombrero.

—¡No!

Me lancé hacia él. Un paje apenas tuvo tiempo de entremeterse con su cuerpo para evitar que pudiera atacarle con un

---

[2] En 1493, el papa Alejandro VI impuso la excomunión a cualquier cristiano que viajara a los dominios de las Indias sin autorización del rey de Castilla, orden que no fue acatada por británicos, holandeses, franceses, belgas, suecos y rusos.

arma oculta. El secretario Francisco de Cobos se quedó congelado por la sorpresa, sin acabar de hincar el diente

—¡Escupe eso! —chillé con todas mis fuerzas.

Aquel tuteo olía a horca. Uno de los guardias se arrojó sobre mí. Su peso era irresistible. Las puertas se abrieron de par en par y cuatro hombres de armas entraron de rondón batiendo acero al tiempo que los invitados se ponían en pie.

—¡A mí! —gritaba el otro, mientras desenfundaba su arma.

—¡Está envenenada! —chillé.

Descubrí las botas, muy bien engrasadas, del capitán Malsueño frente a mi nariz.

—Es una oronja verde. —Me debatí.

Malsueño desenfundó un cuchillo a fin de degollarme, pero uno de los guardias del secretario, barbiluengo, con peto y armado hasta los dientes, se le interpuso.

—Basta una para matar a un caballo —añadí.

—Oh —dijo el duque, mirando el plato con horror y asco. El arzobispo, que había tragado unas cuantas se puso a llorar.

El secretario escupió la seta al oír aquello. Se hizo el silencio entre las eminencias. Mientras este se enjuagaba la boca en vino, el guardia barbiluengo ordenó a los guardias del palacio que vigilaran las puertas junto a uno de los suyos, para que no saliera nadie. Tenía la espada desenvainada y, sin quitar el ojo de Malsueño, dijo que mataría a cualquiera —guardias del palacio incluidos, además de la Santísima Trinidad— que marchara de palacio o se acercara al secretario. Aquel hombre parecía suscitar un gran respeto, porque todos obedecieron en el acto, aunque no llevara librea ni cinta de capitán. El secretario olió la fuente de setas envenenadas mientras los demás invitados, además del duque, el arzobispo y el inquisidor, se apresuraban a meterse los dedos en la garganta para provocar el vómito. Nunca había visto tantos grandes de España encorvarse como perros.

Al cabo de un rato, Francisco de Cobos me esperaba en un estudio espacioso y ventilado cuyo acceso guardaba aquel bravo barbudo con el arma fuera de la vaina. Vi salir a Agnes de allí. Parecía inquieta y ruborizada, y más hermosa que nunca. El secretario parecía muy ufano. ¿Se había servido de ella él también? Tragué saliva, hirviendo de celos. Sobre la mesa había un pliego lleno de nombres y anotaciones.

—Aquel plato olía a infierno —dijo el secretario.

—La oronja verde parece un champiñón, pero huele a azafrán…

—Por eso le pusieron tanta salsa. Vive Dios que sobran traidores en España.

—Alvar, ¿no? Alvar de Sajambre.

—Sí, excelencia.

Luego se quedó callado, como si esperara una respuesta, pero no supe qué decir. Al fin, golpeó con su índice sobre la mesa, como si acabara de tomar una decisión.

—Servisteis como cocinero en vuestra tierra. ¿A qué señor?

—Al párroco, pero murió —mentí de nuevo.

Poco podrían saber de mi pasado investigando una ciudad que había sido arrasada. Aun así, lamenté mi estupidez, pues hubiera sido mejor no decir ni pío. Recordé la infalibilidad que tenía la Inquisición de Valladolid y traté de decir algo, lo que fuera.

—Me enseñó las escrituras, y a leer y a escribir.

—Y Dios hizo que no creciera más —añadió su ilustrísima al entrar en la sala.

El inquisidor, en ademán de esperar ser invitado a la conversación, permaneció de pie, junto a la puerta, como si quisiera excusarse por lo que había ocurrido, pero el secretario del rey le dijo que nos dejara solos. Era claro que el hombre más poderoso de entrambos en aquel momento era Francisco de Cobos y me sobrecogí al pensar en alguien más poderoso que el jefe del tribunal más eficaz del mundo.

—¿Sentís vocación para servir? ¿Por qué os marchasteis para hacer de cocinero?

—La guerra asoló el pueblo, su excelencia —dije, cohibido por su tono de respeto—. Vagué por los caminos..., esto..., buscando a Dios, como hizo nuestro Señor Jesucristo —recité, consciente del peligro que entrañaba encadenar una mentira tras otra.

—¿Os ofreció el cocinero flamenco su amistad?

—No.

El secretario demudó la expresión, como si acabara de insultarle.

—Su excelencia..., ilustrísima..., le juro que nada sé. Parece un buen hombre.

—«Su ilustrísima» es como debe llamar a nuestro inquisidor. Puesto que os debo la vida, llamadme solo «señoría».

—Sí, señoría.

El secretario perdió la vista tras la ventana.

—¿Cómo sabías que eso era venenoso?

—Conozco esa seta, señor.

—El maestro cocinero ese... —repasó el pliego con sus notas—, Hansen..., dijo que había sido un... Pero nadie cree en los errores, ¿verdad?

—Maese Hansen es muy bueno en su oficio.

—Claro. Sea este el que sea. —Sonreía, aunque tenía los ojos fríos como el hielo.

Se levantó y me dejó solo. Luego, el maestresala llegó y me pidió que le siguiera. El asesinato —intrigó para sí— era cosa común entre los poderosos. En la sala, el inquisidor procuraba calmar a los invitados, entre un sinfín de citas del santoral, prestando especial atención al joven valido. El maestresala en persona servía bandejas con almendras tostadas, manzanas, aceitunas y pan, mientras un hombre de armas, en lugar del paje, servía los cuencos de lavar las manos con agua aromatizada. Nadie tocó la comida, a excepción del banquero, Antón Fugger, y Francesillo.

—*Het was een start* —dijo el valido De Croy a Agnes.

Entre tanto, su aya, que no era aya, sino alcahueta, se santiguaba.

—Toma la frasca de vino y sirve —me dijo el maestresala entre dientes. Pronto, la atmósfera se relajó y pensé que los peligros de la corte, si tomaban con tales hígados la posibilidad de morir entre dolores horribles, eran diarios. El secretario pidió vino y, cuando acabé de escanciárselo, alzó la mano para que no me retirara, antes de marchar con algunos de sus hombres.

—¿Sabéis que el famoso catador del rey Felipe no era tal? —preguntó el banquero al arzobispo.

—¿No?

—Un perro. Su secreto era que tenía un perro pequeño que lo probaba todo —señaló el duque.

—Igual le hubiera valido una gallina —dijo Francesillo—, pues cayó muerto por beber un vaso de agua.

—Todos estamos en manos de Dios, ¿no es cierto? —dijo el inquisidor, mientras fulminaba con la mirada al enano.

—Imagino que habéis oído hablar de esa sociedad de envenenadores. El Consejo de… —dijo el arzobispo, en dirección al paje que traducía las conversaciones a De Croy.

—¿De los Diez? Aprendices al lado de su maestro. Fue un Borgia, un español, el único capaz de crear un veneno sin sabor, color ni olor. Contrató a un sabio florentino, ese tal Da Vinci, para ello —explicó el duque.

—Vaya con los valencianos —soltó Francesillo—. Dicen que en su albufera crecen ratas muy sabrosas, que cocinan con arroz.

—Cantarella. Nadie sabe su composición, pero dicen que se parece al azúcar —apuntó el duque, mientras Francesillo detallaba la receta de rata a De Croy con el propósito de fastidiarle.

—La creación de una casta maldita, esos Borgia, donde la corrupción se unía al adulterio —dijo el arzobispo.

—Sí, pero dieron pie a Miguel Ángel, Tiziano, o ese sabio de Florencia. Un Borgia sirve al rey, por cierto —agregó Francesillo—, y toca muy bien el laúd.

—¡Ah! Aquí llega don Cobos —anunció, aliviado, el banquero, mientras yo barruntaba si el Borgia del que hablaban era el Borja de las fantasías de padre.

—Bien. No ha pasado nada y estamos en la casa de Dios. De seguro fue algún enviado de Francia. El servicio ya está en los sótanos. Y hablando de cantar… —Me señaló—. Muchacho, ¿decías que no sabes cantar?

—No, excelencia.

—¿Y bailar?

—Tampoco, excelencia.

Eso hizo reír a todos, inquisidor lúbrico incluido. El secretario, satisfecho de haber disipado la tensión, vació un vaso de vino.

—Hoy nos has hecho un gran servicio. Su ilustrísima me ha dicho que tenéis una memoria asombrosa. ¿Es eso cierto? Ha accedido a que entres a partir de hoy a nuestro servicio como catador, bufón y nomenclátor.

Noté cómo me subían los calores al rostro. Agnes permanecía sentada, y mostraba una leve sonrisa frente a mi sonrojo por ser el centro de todas las miradas.

—Soy cocinero..., excelencia. No querría marcharme. Y no soy... gracioso.

—Solo tienes que decir lo que piensas —dijo tornándose hacia Francesillo—. ¿No es cierto que los bufones tienen más libertad que cualquiera?

—Está en su naturaleza decir cualquier cosa sin tener en cuenta las consecuencias —añadió el banquero.

—Eso es por que valgo poco más que un perro —replicó Francesillo, altivo, cosa que hizo mucho reír a todos.

Agnes, en ese momento, me observaba con cruel diversión y sentí la tentación de gritarle cuánto la despreciaba, aunque no pudiera soportar la idea de perderla.

—¿Sabes la honra que don Francisco te está ofreciendo? ¿No deseas servirle? —apremió su ilustrísima.

—No.

La atmósfera descendió diez grados. El secretario no estaba acostumbrado a los desaires.

—¿Cómo te atreves? —rugió el inquisidor.

—Déjelo, si está contento aquí —medió don Cobos, de buen talante. Aunque sus ojos decían lo contrario: jamás había visto tal amenaza transformada en sonrisa.

Capítulo 31

Hacía mucho frío. Deambulaba errabundo y hosco por las calles heladas repletas de niños desharrapados y aceleré el paso sin un rumbo concreto, como si con el solo hecho de caminar pudiera dejar atrás mis demonios.

Habían interrogado a todos los miembros del servicio. Del cocinero, como era frecuente en la industria que se traían en aquel palacio, nunca más se supo. Como fui yo quien descubrió la villanía, en lugar de meter las manos en el aplastapulgares, me encargaron arrojar al fuego todos los frutos y pasteles, y comprar las viandas bajo la supervisión de aquel sargento de barba luenga que había puesto orden cuando el suceso de las setas. No me atreví a tirar el anillo, ni siquiera a mirar en su escondite, pues el palacio se había transformado en una fortaleza cuando el maestresala dijo que el traidor, además de envenenar, había profanado el armario de las reliquias, pues hallaron la cabeza de san Gerlando de Agrigento del revés.

En la cocina solo quedé yo con dos jóvenes monjes dominicos y el sargento barbudo. Cuando cocinábamos, este a veces se levantaba y nos invitaba a probar los guisos, mientras él lo hacía usando un dedo no muy limpio. Hacer la salva era un importante honor, se nos había dicho, y el catador del rey tenía que ser un marqués como mínimo. Era aquel jaque de Trujillo. Muy callado y ceñudo, comía como cuatro, y era un verdadero héroe de guerra. El mismo al que se refiriera —tal vez, pues había muchos Diegos y Garcías en Castilla— mi amo Bernardo, que llegara a terminar un duelo a pedradas.

Aunque fuera para ir al retrete, llevaba don García peto de acero, gola, espaldar y guardabrazo. Tenía un ojo raro, y cuando te miraba parecía que la mitad de él estuviera en otra parte. El maestresala dijo que estaba un poco loco, como todos los campeones, que una vez que se hacían viejos cambiaban de mano de grandes señores, que se los repartían como hacían con los artistas y los perros de caza. Se pasaba el día ceñudo, pues más gustaba de batallar —decía— que de vigilar la sopa, por muchas prebendas que aquel empeño le trajera. Mientras se tocaba aquel nido de grullas de su mentón, nos contaba cómo había cortado alguna que otra cabeza, se había metido en una fortaleza de Cefalonia tres días matando jenízaros, y que, con un montante pesado, por una broma que le hicieron, retó a duelo sobre un puente a dos mil franceses. Ya no era joven, no parecía muy alto para lo que había matado, y cuando contaba eso parecía muy triste. Aunque no más que yo, por cierto, que aún me dolían las palabras de aquel mojón de vaca al que llamaban *su excelencia*.

Bufón y enano. Al recordar la expresión que puso Agnes al oírlo, supe cuán iluso era. Ya podía untarla en nuez moscada, o inflarla de cebollas, que ella era para aquel rostro de calavera que se inflaba a dulces mientras la calle pasaba hambre. Andaba calle Hilanderas abajo, pensando en todo aquello, cuando oí el sonido de un tambor, y la voz áspera de un pregonero:

—Se informa a los habitantes de Valladolid, sede de la corte de su majestad, de que el Santo Oficio de la Inquisición de la villa y reino de Castilla celebrará un auto de fe público en la Plaza Mayor el domingo de Pentecostés; con ocasión de este, el soberano pontífice concederá gracias especiales e indulgencias a todos los que asistan.

Tras él, correteaban algunos chiquillos. En la plaza de la fuente dorada, que no era fuente ni era dorada, sino una tina musgosa que contenía agua helada, vi de refilón al capitán Malsueño. Sin ánimo de dar gusto a nadie en hacerme el matarile, me desvié hacia el lado contrario, entre los comercios adyacentes a la Plaza Mayor. Dos mirones, arrebujados en su capa y cubiertos con un sombrero de ala ancha, comentaban el progreso de las obras de la Inquisición. Los obreros excavaban en la plaza siguiendo el trazado de una cuerda tendida entre estacas. Resonaban los golpes y tableteos con los que se construían los armazones del palenque que alojaría a jueces, reos, acompañantes y espectadores, y de la valla destinada a contener a la multitud.

—... Los estrangulan antes si se arrepienten. Si no reconocen su culpa, ahí sí que los queman vivos —decía un curioso.

—Eeehhheehjj. Tiene que doler, compadre.

—Son herejes, so tarugo. Habrá que quemarlos.

—Empanadaaaaas de faisán de la campiñaaaa, solo diez maravedís —gritaba un vendedor.

Estaba frita en grasa vieja y la carne era de cuervo. Aun así, la aprecié. Con las congojas, había olvidado alimentarme.

La construcción sería inmensa, espectacular, hecha de varios pisos. Según el bando, una plaza en el tablado desde donde ver el espectáculo en lugar privilegiado costaba doce reales. Crucé la mirada con uno de los mirones, que golpeó con el codo a su compañero para llamar la atención sobre mí. Se cruzaban con un engendro: yo.

Extramuros, en el Campo Grande, se levantaban los postes donde los reos serían quemados. Un carpintero, animado por los curiosos, silbaba una tonadilla mientras clavaba con una maza pesada las argollas.

Las aguas habían crecido y a esa altura el Pisuerga corría rápido entre los árboles. ¿Cuánto había vivido? ¿Trece, catorce años? Me sentía viejo. Mientras buscaba un lugar solitario, abrí la puerta a uno de mis primeros recuerdos, cuando aún no había aprendido a ver, y trataba de alcanzar los rayos de luz que se colaban en el chamizo. La corriente fluía aparentemente tranquila. Verde, y peligrosa, frente a las raíces retorcidas de un aliso centenario. Oí entonces pasos tras de mí.

Sonriente y esbelto, Malsueño se plantó junto a la masa de juncos.

—Si no os maté en palacio, era para no manchar de sangre sus baldosas. Es costosa de limpiar. Matar a un ñajo no aporta, además, mucha... —hizo un floreo con la mano— dignidad.

Estábamos solos. El espigón de piedra, sobre mi cabeza, impedía que nadie en el camino viera como me mataban. En ese momento, Malsueño, como si me leyera el pensamiento, me dirigió una sonrisa burlona. La misma que me había dedicado Agnes, y toda la rabia que sentía se tornó acritud en mi lengua seca.

—¿Queréis insultarme ahora, enano? —dijo.

La respuesta era que sí. Tanto montaba lo que hiciera, porque no tenía escapatoria. «Al menos, despáchate a gusto», pensé. Fijé mi vista en él y afirmé los pies en el suelo. Se acabó lo de llamarme enano.

—Putillo —pronuncié, marcando bien las sílabas.

Malsueño, al ver que no me acobardaba, y que le soltaba el verbo como un disparo de ballesta, sorprendiose tanto que casi perdió pie. Agradecí mi memoria prodigiosa entonces, porque en aquel recodo de mi vida llegó a mi boca cada insulto, agravio y vituperio que hubiera alcanzado mis oídos.

—Energúmeno, mamporrero, pedorro, tuercebotas. Cabestro. Gurriato, lamecharcos. Melindrillo.

El matón recibió el alud inesperado con la boca abierta. No daba crédito. Como si oliera alguna trampa, miró a su alrededor, desierto.

—Patán.

—Cohjj? Te voy…

—Pues mátame, lerdo. Astroso, engendro, filimincias, esgarramantas.

Seguí con *cobarde* y *burro,* se puso blanco cuando lo llamé *piojoso,* y colorado cuando, con perfecta prosa, pronuncié *sabandija, gandul, cabrón* y lechuguino. De la A a la Z, de *alcornoque* a *zoquete,* pasando por *borrico, fariseo* y *lameculos,* recorrí el rico vocabulario de mi patria en lo que a ofensas se refiere. El capitán, que era como todos los de su calaña, adicto al concepto de honra —el muy cerdo—, contenía la respiración y, a cada insulto, como si lo paralizara la mala sangre o una curiosidad morbosa ante la magnitud de mi desprecio, refrenaba el gesto de sacar su acero y partirme en dos hasta que acabé con el punto y final: un sencillo pero elocuente *«comemierda».*

Ladeada la cabeza, sin color, y con los labios temblorosos, Malsueño avanzó un paso y puso su mano laxa en la empuñadura de su arma. La impresión le había arrancado el habla, pero esperé que fuera rápido. Sentí una alegría exultante al saber que iba a ser mi última pelea, y que no iba a escapar, ni a dejar que me encerraran, ni a sostener un jarrón frente a amores imposibles mientras los celos me roían por dentro. En ese instante no quise pertenecer a un mundo de ladrones, putas, monstruos y apestados. Ese mundo no era para mí. Vi dos pulgadas de metal y pensé en el pico Urbriellu cubierto de nieve, en la mano de madre sobre mi pecho, en risas, en el sabor de la manzana asada al fuego. Moriría pronto y rogué por que fuera antes de que volviera a mí lo que viví después de aquel otoño que trastocara todo. Me plantaría en los siete años, y luego todo sería olvido. Una golondrina surcó el cielo; ¿llegaba la primavera? El capitán sacó el arma y decidí que yo también lo haría. Siempre había soñado con luchar en un duelo. Rescatar a una princesa de dragones. Vencer yo solo a un ejército de turcos. Y allí estaba, junto a las aguas turbias del río, con las ranas como espectadoras, dispuesto a morir de pie, luchando.

—¿Qué haces con eso, necio? —rio el capitán.

Esgrimía mi vizcaína, que era, frente a la garrancha del capitán, un mondadientes. La golondrina regresó haciendo un tirabuzón sobre el agua, que rozó con su pico antes de perderse tras un grupo de sauces.

—San Raimundo, trae la golondrina del otro mundo —dije sin venir a cuento.

—¿Qué decís?

Ignoro la razón de que en tal trance me asaltara un peregrino pensamiento: las golondrinas anunciaban un verano caluroso. Sin venir al caso también, sentí el olor a musgo, hojas y tierra mojada entre los carrizos, y de repente supe una cosa aún más caprichosa que el vuelo de los pájaros: quería vivir.

El capitán torcía la boca, preparado para asestar el golpe. Retrocedí dos pasos.

—¿Ahora te asustas? —rio Malsueño, mientras me cortaba la retirada sin dificultad.

—Verás —dijera mi padre—, si luchas contra un dragón, lo que tienes que hacer es mojarte la capa. Cuando te tire fuego, te haces una bola y luego cuentas hasta tres. Entonces es cuando tienes que atacarle, y le clavas la espada aquí —señaló un punto sobre su corazón—, entre las escamas.

—¿Y contra un hombre?

—Contra un hombre no tendrás que luchar. Y ya no hay dragones.

Pero mentía. A mi costado, las hojas ovaladas del llantén se mecían con la corriente. Apreté el mango de mi arma, humedecido por el sudor, y fui consciente de lo grande que era aquel tipo. Malsueño movía, por darse gusto, la punta del acero flexible. Duro. Mortífero frente a mis ojos.

—¿Notas la fuerza? —dijo don Bernardo—. Esto se llama sentimiento del hierro. No dejes que te desvíen. Es solo un paso y ya estás junto a mí. Yo no puedo atacarte. Entonces es cuando tienes que arriscar y tirar la estocada.

Recordaba el olor del vino amargo y los ojos apagados del viejo soldado que nunca creyó —como padre— que yo llegaría a ser un hombre como él, y volví a la realidad. Sentí el tacto rasposo del metal. Malsueño tenía el doble de brazo, y disfrutaba al observar que reculaba. Me lanzó un tajo de prueba. Quería tomarse su tiempo. Estaban a punto de matarme como a un verraco. El miedo transformado en rabia me azuzó, crucé el acero antes de echarme atrás. El capitán cortó sin esfuerzo mi retirada. Topé con la raíz rugosa del aliso, entre el cieno de la orilla. No podría retroceder más y aventuré un golpe. Malsueño parecía tomarse mi repentina ferocidad como un entretenimiento, con la expresión fascinada de los niños que arrancan las alas a las mariposas.

Capítulo 32

Cúmulos lechosos llevados por el viento de finales de febrero recorrían las copas grises de los sauces. Parecían mirarme, aunque ajenos, como indiferentes eran, allá arriba, a las moscas y los pájaros. Noté la fría humedad del barro y las raíces, llenas de sangre. Y su olor metálico. Aparté la vista de las botas de Malsueño, que descansaban sobre las viejas raíces del árbol, y ascendí la pendiente en busca de vida. Cuando ves los ojos de la muerte —decía don Bernardo, cuando hablaba de la guerra—, el alma se te queda más allá del horizonte. A eso le llaman *la mirada de la legua*. Volví a los sonidos familiares, la ropa tendida, el campanario. El chorro helado de la fuente donde me lavé las manos. Temblaban de miedo, de frío, y de una dicha feroz que se apoderó de mí. Oía a lo lejos el retumbe del tambor de los pregones, como si anunciaran mi victoria.

—El hombre no es muy distinto a un conejo —dijera mi amo—. Haces una incisión en el abdomen. Las entrañas blandas están ahí dentro, debajo de las costillas. Es fácil ver cómo late la vida bajo la piel transparente que contiene su fuerza vital cuando te dispones a arrancarla. Sostienes su pecho con una mano, clavas los dedos bajo sus costillas, y le quitas las entrañas con un solo movimiento. Entonces sientes el olor a sangre, a mierda, a orina.

Recordé la expresión de Malsueño cuando, por huir de la punta de su arma, me encontré junto a la mole avasalladora de su cuerpo. Pegado a él, clavé como me enseñaron: de abajo arriba y volteando la hoja. ¡Estaba vivo! Un cordelero se fijó en mí cuando cruzaba la calle con su carrillo de mano, y apartó la vista en cuanto vio el color rojo. Tres estudiantes se detuvieron al ver como vomitaba. Hui de aquellas voces, camino del frío recogimiento del palacio.

Al día siguiente, el cuerpo del capitán reposaba en una tabla, en el cuarto de guardia. En aquellos tiempos, las pendencias eran frecuentes, y no había semana en que no apareciera en el Campo Grande un partidario de la reina Juana, o alguno de esos tudescos rubios que, envalentonados, acababan con un palmo de acero dentro de sí, además de los pordioseros que eran barridos por los últimos fríos del año. Solo don Diego me dirigió una mirada interrogante cuando se supo que la puñalada era trapera, indecisa, y muy baja. A pesar de ello, la cosa no llegó a relacionarse conmigo, pues, si era cosa sabida la inquina que me tenía Malsueño, se consideraba inconcebible que yo hubiera sido capaz de vencerle, por mucho barro que trajera yo en las botas aquel día.

Viví los siguientes días como un preso. Con las emociones encontradas, explicaba a los jóvenes dominicos la forma de cocer verduras, majar las salsas o asar perdices, aunque su aspiración era ser ascendidos en el Santo Oficio, con el fin de poder rostizar personas.

El simple hecho de ver huesos y carne fresca se me hizo insoportable. Las noches aún eran largas. Me tapaba hasta las cejas, pero la cobija no me protegía de que recordara a Malsueño desangrándose mientras el río inmisericorde le acariciaba las manos queriendo llevárselo; a padre alejándose, con su cayado chasqueando sobre la tierra húmeda, la voz de madre, mi hermano en la nieve, y los ojos amarillos de aquel lobo. Y no relato todas las que me venían a la cabeza, que no cabrían en lo que escribo, porque son tan rápidas las mientes que no hay escribanos en el mundo que puedan relatar lo que erra por ellas durante un suspiro. Solo decir queda que mis recuerdos, a la edad que tenía en aquel momento, que era de trece, me pesaban como si entre oreja y oreja hubiese mil coros empeñados en cantar cosa distinta.

El ujier don Tovar, que padecía dolor de pies, descansaba en la silla sin respaldo que había frente a la puerta de la cocina. Me observó de arriba abajo, como si no me reconociera.

—¿Y qué harás?

Me encogí de hombros.

—Jóvenes tontos —dijo meneando la cabeza—. Creéis que lo podéis todo. ¿Quieres marcharte y crees que en el arroyo lo pasarás mejor? Tres días ahí fuera —señaló la ventana— y darías un brazo por volver aquí. Prepara los panes, anda, antes de que la harina se eche a perder.

—Señor, lo he decidido.

—No te podrás marchar sin el permiso de su ilustrísima.

—Soy libre, no pueden…

El ujier me hizo callar con un gesto de preocupación.

—Pueden obligarte. Ya lo creo —dijo, como disculpándose—. Estamos bajo el ala de hombres poderosos. ¿Por qué no te fuiste con el secretario del rey cuando tuviste oportunidad?

—No soy un bufón.

—¿Y qué crees que soy yo? ¿Y los soldados? Marionetas. Confórmate. Tienes comida. Techo. ¿Qué más quieres?

—Quiero marcharme. Solo es eso.

—Mira, voy a darte veinte maravedís y te vas a la taberna de la Rufina, donde las busconas, y le dices que…

—No quiero eso.

—¿Y entonces qué quieres, belitre? ¿Qué te piensas? ¿Que no me he dado cuenta de cómo miras a la sobrina de su ilustrísima? ¡Sabré yo que lo que te hace falta!

—No es su sobrina. Es su barragana.

Don Tovar asintió despacio, sin perder ripio de que pudiera aparecer alguien en el pasillo.

—Verás. Por lo que sé —dijo, fúnebre, bajando la voz—, fue una novicia acusada de apostasía. Su ilustrísima la acogió desde entonces. Nadie elige su camino. Ella es lo que es, igual que tú eres lo que eres y el mundo no puede cambiarse. Ahora, no te he dicho nada y ten cuidado. Porque estamos donde estamos, muchacho. Mancebas tiene hasta el papa, y a nadie se le ocurre protestar, y aún menos soñar con entrometerse. No somos nadie, Alvarillo, grandes o pequeños, al lado del próximo inquisidor general.

Aquel mal bicho sí era alguien. Y no me daría el permiso de ser libre. Me poseía, elucubré ofuscado, igual que poseía a la muchacha.

Don Diego, terror de franceses, dormitaba ajeno a todo. De alguna parte venían amortiguados los gritos de un carretero que arriaba a sus jumentos. Cucharón en mano, entré en el espacio fresco de la bodega y me senté en un rincón. Entre las sombras frías, flotaba el olor a salmuera, a madera vieja, ciruelas pasas y anís. Echaba de menos, tanto como temía antes, encontrarme a solas en el camino. Con espacio por delante. Sin muros ni personas, el rostro al viento, lejos del eco de lo que había visto. Dejé que fluyeran las lágrimas, pero al cabo oí un ligero ruido. Cric cric. Me quedé muy quieto, con las manos en las rodillas, y contuve la respiración a fin de no espantarla. Se acercaba con cautela: mi venganza. Una enorme y tiñosa rata parda.

Al día siguiente, a causa del largo juicio y tormento a un hijodalgo al que pillaron clavando un papel en la puerta de una iglesia, los inquisidores traían hambre.

—Más clavos —escupió el inquisidor, con su máscara de cera, mientras sorbía el tuétano de un hueso.

—El populacho los guarda en su bolsillo, o los hunden en sus puertas para alejar el mal de ojo —dijo el fiscal, al tiempo que hundía en la salsa la miga de pan.

—Y si son de ataúd, aún peor. Hace tres inviernos condenamos a un zapatero al que vieron escupir en un trozo de tela que luego amartilló a un árbol para que el mal pasara de él al árbol —añadió el receptor—. Ah. Ahí viene la liebre.

Hubiera querido hacerla al modo que relatara Francesillo, en una gran sartén plana, sobre las brasas en las arenas blancas de la albufera. Así que había extendido la masa de harina, limón, manteca, huevo y sal con un rodillo de madera, para construir una cazuelilla comestible que doré en el horno antes de poner lo principal. La gente es lo que come. Come lo que es. Y aquel era plato de un inquisidor.

—Que las biblias se hagan a mano, como siempre se hizo —dijo, ignorante de mis trasiegos—. Tendríamos que prohibir la imprenta y quemar la que hay en los Jerónimos[1]. El invento ese puede hacer más daño que la pólvora.

—Ya veréis adónde va el mundo con tanto ingenio y aparato —agregó el receptor, obsequioso.

Su ilustrísima aspiró el aroma del último plato antes de la repostería. El frío penetraba en los anchos muros del edificio. Partió con el cuchillo el crujiente hojaldre que cubría al bi-

---

[1] Ya en 1481, Valladolid contaba con imprenta, situada en el monasterio de Prado, de la Orden de San Jerónimo.

cho, mientras el fiscal jugaba con una miga de pan sobre el mantel blanco.

—Las liebres pequeñas son las más sabrosas —dijo el receptor acercándose el plato de rata.

—¿Habéis oído hablar de la doncella de hierro? La inventó un carpintero tudesco —dijo el fiscal.

Los dedos de su ilustrísima brillaban grasientos. Sus dientes amarillos comenzaron a roer el cartílago. En algún momento, alguien descubriría los cuartos traseros, donde se hallaba el rabo. Agnes tomó una ciruela pasa y pareció dar cuenta de mi azoramiento. Contuve el impulso de echar a correr y al fin, mientras el fiscal tomaba su porción, el ujier me hizo la seña de buscar los postres.

Contuve el paso. Cuando quedé solo en el pasillo, me desvié hacia las escaleras que conducían al piso bajo. Oí un grito ahogado. «Bruag… ¡Socorgrroh!». El inquisidor pedía auxilio al tiempo que escupía.

Desperté a los guardias de la puerta sin detenerme, les dije que iba a buscar más pan. Cuando hicieron correr el cerrojo, notaba los latidos en mis sienes como si fueran ladridos de mastín. Ya estaba fuera de su vista cuando me llegó el berrear de órdenes, botas y el entrechocar confuso de metales.

Después de tomar la senda curva que daba al vertedero en las murallas, me desvié hacia el norte, y torné sobre mis pasos hasta una callejuela del centro de la ciudad. Solo llevaba el delantal de piel de cerdo con su brecha y su quemazón, que dejé caer por el camino, cinco maravedís en la faltriquera y el anillo de padre. Al cabo de una hora, una vez vi que no me andaban a la zaga, entré en una posada para bebérmelos.

Los viajeros se contaban hazañas reales e imaginarias, los comerciantes fantaseaban sobre el nuevo mundo, e hidalgos empobrecidos, armados con hierros cuidadosamente aceitados pero viejos hasta decir basta, conversaban en los rincones mientras hacían durar su bebida.

Con la jarra en la mano y un vaso en la otra, pedí permiso para sentarme en una mesa, y dos caballeros empobrecidos respondieron con un monosílabo. Después de acabar el vino, vagué por las calles a la luz de la luna. Del río llegaba una leve brisa de aire frío. Allí seguían las golondrinas. En la Plaza Mayor, como grandes esqueletos de animales extinguidos, se elevaban las vigas de madera basta de los patíbulos. Avancé hasta el Campo Grande, hacia un talud que custodiaba el río. Bajo una acacia, me dormí. Luego, sentí un dolor terrible y supe que era preso.

Paella de rata[1] para cuatro personas

Preparar el caldo cociendo la cebolla, la carcasa de pollo y la cabeza de la rata en agua con una pizca de sal. Dejar al fuego mientras se preparan el resto de los ingredientes. Calentar tres cucharadas soperas de aceite de oliva en la paellera y sofreír un diente de ajo. Cuando esté frito, retirar el ajo, sazonar los trozos de rata y saltear en la paellera caliente. Una vez dorados por fuera, añadir las judías verdes y la zanahoria troceadas, además del arroz y las hebras de azafrán. Verter el caldo colado y dejar cocer durante cinco minutos a fuego vivo al principio y otros quince minutos a fuego medio. Adornar con unas aceitunas sin hueso y limón.

Popular

[1] Antaño, la rata crecida en la Albufera era uno de los bocados más exquisitos, aunque en la actualidad, debido al uso y abuso de insecticidas y pesticidas en los arrozales y a la alta contaminación de este espacio natural, no es aconsejable su consumo.

Capítulo 33

Veía el disco rojo del sol entre los montes bajos, tras el río, aunque, en mi aturdimiento, no sabía si era de mañana o el ocaso. Un mozo grande y barbado se encontraba acuclillado frente a mí. Tenía una estaca en la mano. Estiró la pierna para encajar la planta del pie en la suela de mi zapato.

—¿Qué, carapijo?

—¿Qué?

—Tus zapatos.

No comprendía.

—¡Ay! —Ahora sí: quería quitármelos.

—*Tate* quieto o será peor. La camisa, carapijo.

—¿Qué?

Otro golpe. Este en el costado. La funda de mi daga de misericordia estaba vacía, y cuando la palpé el mangarrán levantó otra vez la estaca y me apresuré a desnudarme. Sonrió satisfecho al ver la calidad de mi faltriquera, aunque nada había en ella. Seguramente alguien me había robado antes que él.

A esa altura del campo no se veía de la urbe más que el campanario, que marcaba los cuartos. El tiparraco se perdió de vista y me entraron ganas de llorar. Hacía frío. Y andando en pelota no tardaría en ser preso. El anillo de padre, al menos, lo habían desdeñado debido a su escaso valor, tal vez por si contuviera un maleficio. Lo recuperé del suelo. Corrí entonces por las calles tratando de pasar inadvertido, porque si un guardia me pillaba de esa guisa daría con mis huesos en el cuartelillo; de ahí a la cárcel y luego, cuando me reconocieran, al potro. En la casa de Zúñiga había oído como te estiraban durante días con una máquina que te hacía morir dos palmos más largo. O a un artilugio del que te colgaban para que te sentaras en un pincho al que llamaban la cuna de Judas, con la que te suspendían boca abajo y comenzaban a serrarte por el medio. De ese modo vivías, decían, hasta que el corte te llegaba al pecho.

Con la piel de gallina por el frío, me senté bajo el puente que formaba el espolón viejo en el límite sur de la ciudad, allá donde uno de los fétidos afluentes que atravesaban la villa se curvaba hacia levante hasta que el río, como la fortuna, se volvía para el lado contrario. Con esos pensamientos de poco fundamento —el alcohol y los golpes me habían puesto bodoque— lamenté mi mala ventura. Es cosa graciosa pensar que cuando uno está desnudo como un arrendajo, sin un maravedí, y sin amigos, acaba pensando en Dios. Pensé en ir a un monasterio, o a la iglesia de San Gregorio. Pero ¿desnudo? Una luz rojiza se derramó tras la vegetación de la ribera, entre los campos. «Se pone el sol», pensé, o me estaba quedando ciego por culpa de algún batacazo. Por no morirme allí mismo del frío que hacía, me encomendé a la suerte y, desnudo y cabizcaído, me adentré en la ciudad.

—¡Mirad! ¡Un niño en cueros!

Una gritona llamó la atención de los viandantes, como si yo fuera a atacarla.

—¡Es un muchacho!

Un estudiante narigón alargó la pierna hacia mí, alentado por sus compañeros, que reían como si la aparición de alguien que no llegaba a la vara y media, desnudo, lleno de cardenales morados y muerto de frío fuera la cosa más graciosa que hubiera sobre la tierra. Pensé en robar unas calzas cuando crucé la plaza que daba a la rondilla norte, pero el género estaba atado a armellas sujetas al aparador, de forma que, si a un pillastre se le ocurría estirar, el ropavejero tenía tiempo de sobra para darle bastos.

—¡Rastacueros! ¡Tunante! ¡Desvergonzado!

Al poco, aparecieron dos corchetes alertados por los gritos. Corrí como no he corrido nunca para salvar mi vida, y debo la suerte, creo, a que los soldados andaban bien comidos. Llegué, dando algunas revueltas, al callejón estrecho de la casa del boticario. Trepé por el muro de piedra y me dejé caer por él justo en el momento en que los sabuesos, resoplando, llegaban a la esquina soltando pestes. Ya era plena noche y no había luna. Me quedé quieto y callado, procurando que no se oyera mi respiración, y me acurruqué junto a la barrica rota para protegerme del frío. A esas alturas, el pobre maese Giges habría abandonado las penas del mundo, víctima de su propio veneno.

—¿Dónde está ese engendro del diablo? —oí, desde el otro lado del muro.

—¿Lo viste? No era un niño. Tenía más pelo que un perro, válgame Cristo.

Charlando entre exabruptos y farfullas, la voz de los corchetes se fue perdiendo. El patio quedó en silencio. ¿Estaría allí el fantasma del boticario? Tenía hambre y sueño, y estaba agotado. Empujé la puerta del patio trasero, esta vez cerrada a cal y canto. Insistí con más fuerza. Con las manos primero, y luego con el hombro, pero no pude mover ni un dedo las tablas viejas. Desesperado, busqué otros huecos por los que entrar, pero al patio solo daba la puerta, y no había ventanas. Al fin, alcancé el rincón menos frío, de nuevo junto al barril. La luna apareció al cabo, tras las nubes negras, mientras ladraban los perros, y sentí como si fuera un ojo que se burlaba de mí. «Bueno —me oí decir—, ya estás aviado. Poco seso. ¿A quién se le ocurre quedarse en la calle en febrero?».

Ya me venían más quejas a la boca, así que la cerré, cuando de pronto oí un gemido. Provenía del otro lado de la puerta. Me incorporé, atento al sonido del viento sobre los tejados, y un rato después sonó de nuevo: el canto roto del viejo. «¡El boticario vive!» A tientas, alcancé de nuevo la puerta y llamé con los nudillos.

—¿Maestro? —susurré—. Maestro…

Oí el ruido sordo de algún vaso que se rompía, pasos, y la aldaba de la puerta. Esta se abrió, pero no me recibió nadie. Hasta que entreví en la oscuridad la figura de maese Giges arrastrándose por el suelo.

—¿Señor?

Me arrodillé sobre él. No parecía reconocerme.

Murmuraba algo sobre los testículos de ciervo, láudano, y la pata de la bestia. Pesaba mucho, pero, poco a poco, logré arrastrarle hasta un jergón que había al fondo del pasillo. Lo tapé y me senté a su lado en la oscuridad.

—Maestro, no os muráis.

—No me estoy muriendo. Estoy viajando —dijo maese Giges—. *Ani be geenom*[1].

Perdía la vista en el techo.

—*Leitraot* —añadió, con sonrisa beatífica.

Corrí hacia la cocina y metí el paño dentro de una jarra con agua y le mojé la frente. No reaccionó, pero respiraba. Me dejé caer al suelo, agotado.

---

[1] «Estoy en el infierno», en hebreo

A la mañana siguiente amanecí a sus pies. Roncaba sonoramente, envuelto en la manta con que lo abrigué. El cuerpo me dolía aún más que la noche anterior y estaba sediento. Bebí de una jarra que hallé en la cocina. El sabor era repulsivo. Luego busqué algo que comer, pero no encontré más que un nabo seco, que devoré con hojas y tierra.

Cuando abrí los ojos, vi a maese Giges. Pronunció algo que no entendí.

—*Kbar ani margish ioter tov. ¿ma ata ose ka'n?*[2]

Luego se fijó en mi rostro, demudado.

—¿Has bebido agua amarga?

Recordé en dónde me encontraba, aunque me sentí como si aún estuviera en un sueño. Veía al maestro tras un velo.

—*Yeled*[3]...

Su voz metálica resonó en aquel raro lenguaje. La habitación desapareció y todo era negro. Intenté gritar, pero me faltaba el aire. Caía. Y atravesé lo vivido como una piedra rompe las telarañas cuando la arrojan a la oscuridad de un pozo.

---

2 «Ya me siento mejor, ¿qué haces aquí?», en hebreo.

3 «Muchacho», en hebreo.

Capítulo 34

Sentí agua fría en el rostro y abrí los ojos. Frente a mí había una figura borrosa.

—*Eyze aftaha*[1]. Me pensaba que te quedabas tieso —oí decir al maestre de la botica.

Reconocí el olor de su mandil. Sostenía un vaso en la mano. Parecía más agotado que yo. Tenía grandes ojeras, y su carne se había consumido sobre los huesos. Los rayos que venían del patio convertían su pelo en un halo plateado.

—Juraría que vi al demonio. ¿Tú lo viste? Más feo que mis cojones. Mejor te valdría marcharte. Son malos tiempos para la botica. No tengo tártaro, ni bayas de enebro.

Luego se dejó caer en la silla y siguió farfullando. La soledad había revuelto su cabeza como urraca el nido de un verderón. Me puse una camisa vieja, y la gusa me trajo ánimos para hacer un caldo con trozos de un hueso que encontré, junto a aceite de oliva, los restos de una cebolla tan vieja que había germinado, algo de sal, mucho jengibre, y el perejil seco que pendía de un clavo.

—¿Me aceptáis como aprendiz? —dije, mientras le ponía el tazón entre los labios.

---

[1] «Qué sorpresa», en hebreo.

Bebió en silencio. Allí quedamos un rato, él y yo callados, sorbiendo. Al cabo, recuperó la color. Luego, se fue a sus cachivaches, bajo las estanterías llenas de botes de cerámica. Apartó el grueso tomo de tapas quemadas y, mientras se quejaba de su espalda vieja, sacó el polvo de la tapa de un recipiente con un soplo. Extrajo de él tres semillas oscuras del tamaño de media lenteja.

—Huélelo.

Arrugué la nariz.

—Apesta. Por eso no lo comen las vacas, que a veces parecen bastante más listas que los hombres. Esto se encuentra en los bulbos del estramonio[2]. Lo usaban los romanos, y también las brujas. Untan la escoba con él y se lo meten en la natura, y eso es lo que las hace volar. Su maldita semilla, hervida, abre las puertas del infierno. ¿Aún quieres ser mi aprendiz?

—Sí, señor.

—¿Y qué haces con mi camisa vieja y sin calzas? ¿Te atropelló un carro?

El boticario escuchó mi historia. A veces se echaba hacia atrás con pequeños sobresaltos. Cuando acabé, asintió con deleite, con una sonrisa que se fue esfumando poco a poco.

—¿De verdad serviste una rata al inquisidor del Santo Oficio? —dijo, al fin.

Asentí.

—La Inquisición de Valladolid tiene la honra de ser el tribunal más sangriento de España. ¿No les tienes miedo?

Confesé que sí. Pero maese Giges, al contrario que yo, sonreía.

---

[2] Los efectos del estramonio son similares a los de la belladona. Produce un delirio alucinatorio, y en ocasiones, la muerte. Ha sido empleado por chamanes y en prácticas adivinatorias desde la Antigüedad.

—Eres un chico extraño, ¿lo sabías? Alvar, el que se atrevió con el poder más terrible que hay hoy en la tierra. Tendrías que poner leguas de por medio. Hay otro auto de fe a la vista, además, y están buscando relapsos.

—No tengo adónde ir, maestro.

Maese Giges tardó un buen rato en contestar.

—Diré que eres mi sobrino. Y que vienes de... Almería. Serás Benjamín Giges. Con la poca luz, si te rasuras, nadie descubrirá que eres un hombre pequeño, y no un niño. Porque ya eres un hombre, ¿verdad? Voy a buscar algo de vino. Por cierto, no puedo ser boticario. Por la gracia de Dios, el rey solo me permite ser —levantó un dedo— herborista.

A la hora de la cena, maese Giges sacó las berenjenas del tarro lleno de aceite de oliva, una a una, como si fueran objetos preciosos.

—¿Sabes? Mi mujer era fea como un diablo. Su nariz, llena de pelos y verrugas, parecía un espolón. Olía como una cabra vieja y, además, le hedía el aliento por las mañanas, por muchos polvos de almástiga que tomara. Además, tenía muy mal carácter. Pero era maravillosa —dijo, mientras yo preparaba el sofrito—. Habrías tenido que probar sus guisos de *jatsyl*[3]. Los míos llegaron a dedicar coplas a las berenjenas. En una de ellas, se mencionan treinta y cinco formas de cocinarlas. «La salata maljasina apetitosa y savorida, mi vecina la prepara con mucho aceite de oliva» —cantó con voz rasposa.

Apenas mantenía la cabeza sujeta sobre los hombros.

—Pero, en realidad, ¿sabes, Alvarillo?, no son treinta y cinco: hay ciento una maneras. Oh..., mi cabeza. Ahora necesitaría un poco de la quintasencia. —Se echó otro trago y

[3] *Berenjena,* en hebreo.

me hizo un guiño—. Pero de poco vale, si te soy sincero: es grasa de oveja con mierda de pájaro.

Se puso a roncar de inmediato. Me tendí en el saco de paja que hacía las veces de colchón. El maestro había vaciado un cuarto pequeño para mí, alargado y estrecho, separado del pasillo por una cortina llena de remiendos.

Me sentía vivo, y a salvo. No tardarían en llegar los recuerdos, cuando aquietara los ojos, como harían los cuervos con un hombre tendido en el secarral. Los picos blancos, con sus faldas cubiertas de niebla. Las flores violetas, el olor del pasto recién mojado y el tacto rugoso del granito se mezclaron con los enigmas que habían traído a mi mente las semillas de estramonio, y que solo el sueño, por fortuna, y mi agotamiento silenciaron.

Maese Giges asomó su cabeza al día siguiente, antes de dirigirme una mirada significativa.

—Cálzate. Estos me van pequeños —dijo, antes de tirarme a los pies unos viejos escarpines—. Hoy, comenzaré a enseñarte. Antes de nada, tus obligaciones. Barrerás lo primero, como has hecho, todas las mañanas. Llenarás la cántara y la bacina de agua del pozo, echarás el contenido de los orinales a la calle, batirás las mantas en el patio, afilarás el cálamo del libro de notas, rasparás algo de polvo para la tinta y, en fin, pondrás orden. Cuando el sol haya salido, desayunaremos, y después de recoger, abrirás la puerta, que no cerraremos hasta que venga la noche. En la comida, cuando abran la puerta oirás una campana e irás presto tras el rincón derecho del mostrador, que será el lugar donde estarás para escuchar, y partir, machacar o trocear las yerbas. Mucho tiempo llevamos cerrados, y quizá tarden en venir clientes, y por eso te irás al mercado, adonde yo te diré, para que podamos proveer a algunos de las cosas que hago.

Luego, me señaló la pared.

—En esta estantería se encuentran las yerbas molidas. Abajo, los capazos con las que están enteras. ¿Sabes leer?

—Sí.

Asintió, gratamente sorprendido. A continuación, abrió la cancela de la calle y dejó que entrara la luz. La botica despertaba de un largo sueño.

Limpié los estantes de polvo y arañas muertas. Aventé las cobijas y saqué agua del pozo. Arrojé una piedra para comprobar si era cierto que no tenía fondo, y no la oí caer. Una de sus paredes estaba cubierta por minúsculas piezas de cerámica que componían medio rostro.

Había dicho maese Giges que era del tiempo de los romanos, que guardaba un demonio y que tuviera cuidado al recoger el agua, evitando entrarme el cuerpo demasiado en él.

Una vez hube barrido, servido en la mesa aceite, vino, pan ázimo y sopa que hice con el hueso de jamón —la bodega estaba más seca que la barriga de un gato viejo—, pude sentarme frente a él, a la mesa. El boticario había esperado, atento a la melodía de mis trabajos, con los ojos cerrados.

—Maestro, ¿cómo es que tomáis cerdo si sois... de origen judío?

—No te diré que soy o fui lo uno ni lo otro; es como quien dice, Alvarillo, que un ternero es bayo, tordo o rubicán. Pero no somos terneros, sino humanos. Qué voy a decirte de las morcillas con sangre impura, los pescados sin escamas, el pan sin levadura... Demasiadas reglas. A veces hay clientes que me pagan con un hueso, y mal estaría decir que no a un buen caldo. ¿Qué me muestras?

—Hierro no es. Ni plata vieja. Pesa —dijo cuando le mostré el anillo que ocultaba bajo la camisa.

Lo tomó entre las manos y le dio la vuelta.

—Y lo que trae grabado no se entiende, aunque parecen más que rayaduras.

Giges me dijo que no era bronce, ni estaño con otra aleación, pero sus conocimientos sobre metal eran pocos. Me pidió que le dejara ponerlo en el crisol, pero no quise. Al poco, me guio tras el mostrador.

—Las semillas, aquí. —Señaló las hileras de frascos de barro tras él, sobre las que había marcas que señalaban el nombre de cada una—. Y aquí las raíces. Buenos días, doña Socorro.

—Buenos —dijo desde la calle una señora cuya toquilla parecía querer huir de un rostro capaz de agriar la leche fresca—. ¿Tenéis abierto?

—Sí, señora.

—Pensé que habíais marchado.

—Ya veis, señora. Hay que seguir. ¿Queréis aquellos polvillos… de olor, con almizcle y azuzena?

La mujer asintió, y luego quedó quieta, como si esperara algo, mientras reparaba en mí.

—Os regalaré algo, mi doña —saltó el otro—, que tiene que agradaros y que no usamos más que para nos: un jabón almizclado. Tiene menjuí, y rosa de Egipto.

La mujer, sin dar las gracias, guardó el jabón al tiempo que el boticario le explicaba que yo era su sobrino. Esbozó una sonrisa que espantaría al diablo antes de marcharse.

—Doña Socorro vive en la esquina que da a la plaza del Ochavo —explicó maese Giges—, difunde los chismes y, además, es la señora del secretario del corregidor. Siempre que venga le das un jabón de los que hay aquí —dijo mostrando los cajones que tenía a los pies—, sin cobrarlo.

—Pero aquí pone que este es el jabón de jazmín, maestro.

—La señora del secretario no sabría distinguir el jabón de una boñiga, Alvarillo. Y si le damos el que digo, nos arruina.

—¿Y por qué lo regaláis?

—El jabón solo puede hacerse bajo permiso[4] de unos señores de Sevilla. Por eso tenemos que dejar que alguien nos quite, y regalar algo aquí o allá. Si un cristiano viejo pasa por el aro, el aro es más pequeño para nos, Alvarillo. Y ahora escucha y deja de preguntar.

Señaló un cahíz[5] de ceniza.

—Con esto es con lo que se hace el jabón tal y como lo hacían los romanos. Sebo de las cabras y ceniza de haya.

Abrió un bote que hedía peor que un perro muerto.

—El almizcle. Aunque sea de gato, se dice que es de ciervo.

—¿Ciervo?

—De las montañas caucásicas. ¿O no sabes fabular? Óyeme lo que te digo. —Alzó el frasco sobre su cabeza y ahuecó la voz—. Esencia de almizcle de venado rojo, de las montañas ventosas del Atlas. Con poesía, ¿comprendes? La cosa apesta. Tú le pones luz. Color. Sueños. Es lo que quieren cuando van a la botica. Por eso, cuando les metes la pastilla bajo la nariz, jamás les dices que empleaste cardo, sino rosa de Egipto. ¿Estamos? *Omne ignotum pro magnifico.* Todo lo que no es conocido se tiene por magnífico. Eso lo decían los romanos. Vamos ahora a por las semillas crudas…

Así descubrí que la mendacería de maese Giges era un arte. El hecho de que solo inventara tres historias de cada cuatro le convertía, además, en uno de los boticarios más veraces que ha visto España.

Con el cuarterón honesto que tenía de sabio, me explicó que la ciencia de la botica consistía en el entendimiento de las sustancias y cómo se juntaban con otras formando algo dife-

---

[4] La casa de Alcalá tenía el monopolio de esa manufactura.

[5] 56,4 kilos. Medida para áridos, sal, harina, granos, etc.

rente. Algunos, estudiosos de la ciencia de la alquimia, que era prima de la suya, incluso podían trastocar carbón en oro.

—Es como con las gachas —decía—. El universo está compuesto por sustancias simples y complejas, y el arte de juntarlas para nuestro provecho es de lo que trata eso.

Luego, vendió a una señora entrada en años un ungüento para el dolor de pies que ofreció más tarde para la verruga de un talabartero.

Pasaba gran parte de su tiempo dando cabezadas frente a las páginas abiertas del grueso libro que estuviera a punto de quemar en los días de la peste. Rompía luego los silencios hablando mucho, y gustaba de los viejos dichos, tales como «El camello que se fue a buscar cuernos, las orejas que tenía se las cortaron». O «El peor enemigo es una felicidad demasiado prolongada». Y le pregunté cómo era un camello, porque dellos solo sabía, por el salmo de Isaías, que fueron las monturas de los Reyes Magos, y me dijo que procedían de Asia y que eran mezcla de caballo y elefante, y que otro día me contaría lo que sabía de los elefantes, seres parecidos a los hipopótamos: monstruos sin rostro de los que un dracma de sus testículos protegía de las serpientes, según su libro.

Aseguraba que lo que sabía no era más que la sombra de lo que supo su abuelo, Yahuda Gigirín, un judío famoso en la Granada nazarí. Cuando dejaron de proteger a los judíos en Sevilla, se trasladaron a esa tierra. De allí, y apenas con lo puesto, tuvieron que huir cuando aún era chico, dejando atrás al viejo Yahuda y sus conocimientos. Sin familia ni recursos, y a base de gastar suelas con la venta de hierbas del campo y confites que hacía su mujer, su padre pudo hacerse con la botica. En sus mejores días vendía cera, azúcar, conservas, bizcochos, frutas confitadas, mostaza, bujías de incienso y bujías ordinarias, así como tinta, papel, lacre y licores. Pero nada quedaba de los conocimientos antiguos. Para suplir su ignorancia, un día se hizo con el libro. Describía los elementos simples y quinientos setenta y cinco compuestos. Oyó hablar, por los tratantes de yerbas y los charlatanes que acudían a la Plaza Mayor, del láudano de Paracelso, los emplastos del médico italiano Nicanor de Vigó, el preparado de un tal Leonardo Fioravanti, hecho a base de resinas, nuez moscada y almizcle, del cual recomendaban a los dolientes de cualquier mal que se untasen todo el cuerpo con él. También se empezaron a usar los testículos del ciervo, la pata de la gran bestia, que era la pezuña de la pata izquierda de un ser llamado *alce;* la piedra de Bezoar, aceite obtenido por maceración de escorpiones, compuestos de víboras, emplastos de lombrices o de esmeraldas, granates, jacintos y perlas, que por ser difíciles de encontrar podían sustituirse por los dientes de leche de los niños (entre los cuales se extendió la leyenda del ratoncito Pérez, que al parecer recogía los dientes, por los que los boticarios pagaban medio maravedí).

La Inquisición era la policía de un monopolio, como sucedía con el comercio con las Indias: las autoridades recelaban de todo remedio que no fuera directamente el rezo. Un día llegaron dos oficiales del corregidor para solicitar su cédula, un documento obligatorio que permitiera ejercer su profesión y para el que era preciso contar con un certificado de limpieza de sangre que demostrase que no se era morisco ni judío converso.

Así entendí cómo aquellas cuatro paredes, por ley, no le pertenecían a él, sino a un cristiano viejo que, a cambio de un estipendio, daba su nombre al negocio.

—Ahora te vas a la venta de Eliseo Cruz —me dijo en la cuarta mañana—, que da a la calle de los Molinos, mirando hacia el puente del este. Te dará un búcaro lleno de aceite viejo y una azumbre de vino. ¿A qué viene esa cara?

La botica, a pesar de las revueltas que había, estaba solo a siete calles del viejo palacio y sus mazmorras. El puente del este se encontraba en esa dirección. Cuando le dije eso, maese Giges fue a buscar una navaja, con la que me afeitó la pelusilla del rostro.

—¿Qué hacéis?

—Te corto las calzas y el pelo. Persiguen a los míos desde mi tatarabuelo, así que haz como digo: camina como un niño, sin prisa. Los gentiles huelen el temor.

La ciudad parecía tranquila a primera hora. Callejeé hacia la rondilla de la muralla norte, sorteando las calles principales con el fin de evitar malos encuentros. Reverdecían las colinas tras la muralla. Los balcones y patios estaban punteados del color que traen las primeras flores de marzo. Y ya comenzaba a gozar mi libertad, pensando en cómo era posible hacer jabón con aquel aceite refrito que cargaba, cuando reconocí a un guardia bajo y fornido que anadeaba en conversación con otro. Me volví con cuidado, esperando que me dieran el alto, pero los guardias no me hicieron caso. Cuando me llegaba a la botica, recién quitado el susto, me crucé con el hombre del bigote de gancho y gorgorán que había visto golpeando aquella puerta en los últimos días de la peste. Murmuraba con los ojos enrojecidos de furia mientras se alejaba calle arriba.

Maese Giges estaba sentado en el suelo, abrazado a un tinajón roto.

—¿Qué os ocurre?

—Nada. Que sobran hideputas en el mundo.

—¿Os han atacado?

Maese Giges negó con la cabeza. Me pidió vino y habló después de vaciar su vaso.

—Es el hombre de sangre limpia de quien te hablé. Don Jacobo Araujo, el comebolsas que firma los papeles por mí y me sangra puntualmente como un cirujano de aldea. Ha visto el negocio abierto. A este paso no tendré nada que dejar a mi hijo.

Se quedó quieto, como si aquella última palabra fuera un rayo. Había olvidado que su vástago había perecido en un naufragio. Luego, se cubrió la cara con una mano.

Maese Giges dormitaba casi todo el día, cuando no leía el viejo y grueso tomo que contenía los quinientos setenta y cinco compuestos, en un rincón, tras los almireces. Descubrí que sus siestas las provocaba con el bálsamo para el dolor de encías, y que estaba hecho con vino blanco, clavo, azafrán y adormidera. Durante las comidas, se quedaba mirando mucho rato las sillas vacías en la mesa. Hablaba de sus antepasados, tarareaba canciones a las que —lamentaba— nunca había dado importancia aprender enteras, y repetía la historia de Yahuda Gigirín una y otra vez. Con los cantos que sabía, que ocultaban más de lo que hay en un libro, aprendí a cocinar las berenjenas. Las hice como puré, guisadas, fritas en aceite de oliva, asadas, escabechadas, encurtidas al modo de Almagro, e incluso confitadas en miel. También descubrí cómo se hacían la tortillas de huevo que los sefardíes denominan *fritadas* y que contenían esta verdura, además de espinacas y queso.

Así, pasaron muchas semanas sin que me diera cuenta. Decía maese Giges que los minutos duran horas cuando niño y cuando eres viejo, las estaciones pasan en un soplo.

Valladolid era una de las mayores urbes del reino, y uno no se cruzaba dos veces con la misma persona si no quería, por lo que poco a poco se me pasó el miedo al mercado o al río, donde cazaba ranas, que, quemadas vivas en una olla, hacían una ceniza que con miel sirve como remedio para las alopecias. Una vieja que reía mucho, y que vivía en un chozo al este del camino que cruzaba la huerta del rey, traía las yerbas más difíciles de encontrar.

Se llamaba Eulalia, de apodo la Ahumadora. Vivía de pececillos y frutos silvestres que tenía que hacer puré, pues no le quedaba ni un solo diente, lo que confería a su sonrisa un toque siniestro. Contaba a todo el que quisiera escucharla que su marido la abandonó, y que ella hubiera sido gran partido porque su vientre estaba seco. Así que fue puta, hasta que se cansó de aguantar a los hombres. El primer día que fui a su casa a pedir resina de enebro para hacer bálsamo de estoraque, y cierta yerba llamada ruda, conocí al Almirante Barbacán, que era un gato atigrado que dormitaba entre el humo de membrillos, romero y clavo que Eulalia echaba en el brasero.

—Pero ¿no es una hechicera, maestro?

—La brujería y la ciencia lindan por la cola, Alvarillo. Además, si la brujería existiera, no estarías chismorreando. Eulalia ahúma su casa para exortizar fantasmas y chismes maliciosos, pero si le faltan los dientes y solo ve de un ojo es porque, además de difamarla, la persiguen los niños a pedradas. ¿Traes la ruda? Pruébala.

—Es muy amarga.

—Esto da el amargor al almodrote. Tiene además otros usos. Como dice la canción: «Si los mozos supieran lo que es la ruda, no salieran sin ella noche ninguna».

En los siguientes días comencé a ordenar en mi memoria todo lo que contaba Giges sobre untos, bálsamos, elixires, emplastos, extractos, raíces, sales, polvos, semillas, espíritus, y mil cosas más, que aparecían en su extraño libro. Acudía a la botica gente de la villa, y también de los pueblos circunvecinos, con dolores, heridas de cuerpo y otras enfermedades, además del mal de ojo. Aprendí así a distinguir las redomas de los pomos, y las libras de las arrobas; a preparar el arsénico, las flores de azufre y el beleño.

Si bien algunos pedían complicadas recetas, los villanos se decantaban por remedios sencillos. Maese Giges decía que, por lo común, los pobres tienen mejor juicio. Escribía lo que vendía o las hierbas que compraba en una resma de papeles que tenía sobre el mostrador, con un cálamo que mojaba en una tinta hecha con polvo negro de humo mezclado con goma que luego diluía con agua. Los parroquianos acudían con frascos si se trataba de líquidos, o un tarro si era ungüento; las píldoras y pastillas se daban en alcatraces. ¿Por qué usábamos las hojas del tomillo y no las flores? —preguntaba—. ¿De dónde salía la sangre? ¿Cómo se transforma el alimento? ¿Dónde se encuentra el ánima? ¿Qué hay después de la muerte? (Y si había cielo, si los ángeles tocaban la trompeta, o qué tocaban. Pero de aquellos detalles no hablaba ni la Biblia ni el libro de maese Giges.) Descubrí que había sustancias que hacían reír, como la amapola y unas semillas negras que crecían en plantas similares al cardo. Esa misma adormidera, juntada con sebo de cabrito y solimán crudo, servía para blandura para el rostro. De esas y otras muchas, oí hablar en las mañanas que faltaban clientes. Venían pocos, debido al empobrecimiento de los castellanos libres, y porque se creía más en rezar a los santos que en una cataplasma, aunque fuera para quitarse un callo. La amenaza de los herejes hacía, además, aumentar el celo de los párrocos, que predicaban a voz en grito contra ciertas teorías que surgían de los erúditos, como la de ese que llegó a afirmar que la Tierra tiene forma de huevo.

—Así caeremos en la ruina —decía maese Giges—. Vienen las gentes a Valladolid, pero no a comprar, ni a vender, sino a ver cómo queman a unos pobres desdichados.

Luego, me habló de la vez en que, siendo más joven, fue acusado por apostasía e irreverencia, y hubo de suplicar por su vida abjurando de palabras que no había dicho, a fin de solo recibir el escarnio de llevar una caperuza de color amarillo.

—Cuando te queman, te ponen un sambenito negro. Acumulan presos hasta que haya número suficiente, y además ofrecen espectáculo, ¿sabes? Nunca puedes saber quiénes te acusan, porque las delaciones son anónimas —dijo, pero yo no respondí que aquello ya lo sabía, porque a los maestros no les gustan los sabihondos.

Y se quedó dormido enseguida, gracias al vino, y su adormidera.

Me había acostumbrado a aquella nueva vida. Sin embargo, en la calma de la noche, cuando dejaban de repicar las campanas y el ventanuco del techo quedaba abierto, temía el regreso de los recuerdos que por costumbre me atormentaban cuando andaba a solas. Empleaba entonces mi vieja receta para huir de ellos. Tumbado en mi yacija, imaginé que encendía un fuego. Puse cuidado en que los leños no moviesen el trébede cuando volcaba la llama del candil. Admiré las chispas, que ascendían chimenea arriba como fuegos fatuos. Hundí los dedos en los piñones, en media onza de pimienta, otra de tomillo, un cucharón de miel y *garum*. Una jarra de ese condimento perdido, oscuro y fragante, era depositada a mis pies sobre la arena, al capricho de ese mar que nunca había visto. Freí el comino para que dorase. De él brotaban flores de aire. Burbujas, mientras arriba la luna transitaba por el ventanuco atenta al cortejo de los pájaros nocturnos que barruntaban la llegada de abril.

Cuando ya conciliaba el sueño, me despertó un bufido rabioso. Dos gatos peleaban. Entonces, como quien cae en un pozo, volví a los oscuros espantos que habían germinado como hongos venenosos en mi cabeza. Los caminos perdidos en la memoria salían a flote como muertos en el agua amarga de las semillas de estramonio. El olor del pasto, las caídas, los caminos y cada una de las palabras que escuchara golpeaban mi rostro como gotas gruesas en una tormenta. El nombre de aquel veneno indetectable ¿era del mismo nigromante del que hablara padre? Vi la grieta azotada por el viento. El bulto gris. Los dedos de pergamino de padre aferrados al bastón lleno de muescas. Marcas nuevas. Rectas. Las que haría un arma si hubiera tenido que defenderse no del frío, ni del lobo, sino de un hombre.

Me levanté en silencio, presa de un temblor que no podía controlar, caminé de puntillas, descalzo, hasta la rebotica, y tomé un poco del frasco con jugo de adormidera.

—¿Has tocado la adormidera? ¡No lo hagas nunca! —gritó maese Giges viendo que el sol estaba alto y no me levantaba.

—Vos lo bebéis.

—Yo ya soy viejo. Y a ti vida te queda mucha. Una cucharada de más y no hubieras despertado.

—¿Hay algo que pueda tomarse para olvidar? —pregunté.

—¿Y por qué quieres olvidar? —replicó maese Giges—. ¡Ah!

Se mordió la lengua, asintiendo, como aquellos que acaban de pronunciar una estupidez y callan para no seguir equivocándose.

—Ve por una arroba de aceite, y mira que no se te caiga el búcaro.

Cuando lo hice, me pidió que subiera otro, como si no hallara el que buscaba, y así hasta doce más.

—Sube los ocho que restan —dijo, mientras sudaba—. Luego, los bajas todos, los vacías en el grande y los vuelves a subir.

—¿Qué clase de aceite es ese que hace olvidar?

—No es lo que contiene el búcaro. Es descargar cincuenta de ellos. El mejor remedio para el desquicie es derramar sudor. He visto filósofos y teólogos locos. Pero a ningún arriero.

Menú para un condenado a muerte por decapitación.

Pollo a la plancha, pasta fresca, ternera hervida y puré de nabos. Alitas de pollo sazonadas con verduras, y un bizcocho.

Luis XVI, *rey de Francia*

Capítulo 35

—Hay un loco al que llaman el Pímpano, que vive donde el puente Mayor y siempre lleva un hatillo de cortezas, piedras y huesos. Si te acercas a él, no habla, pero tócale una piedra de las suyas y verás la cólera del demonio. Tiene el mismo mal que tenía Beni Beruit —dijo maese Giges un día, mientras pesaba dos reales de conchas calcinadas—. Acumulaba maese Beruit monedas —prosiguió, al tiempo que movía el peso—, acumulaba ropas, acumulaba frascos de loza rotos, no tiraba los papeles ni las castañas, aunque tuvieran gusano. Ten quieto el cedazo —dijo, mientras cogía la pala—. Vivía más arriba, en la cuesta de la morería, que ahora se llama del Redentor, tras una puerta verde. Un día me invitó a pasar porque le llevé unas pasticas. Ya era muy mayor el viejo Beruit. Tenía la casa atestada de ropa vieja, papeles, cortezas de corcho, cáscaras de nueces, ollas viejas... Hasta el techo. Su mujer estaba al fondo de la sala, muerta de frío y llevé la medicina. «¿Por qué no encendéis la leña, señora?», le dije. Pero resulta que cuando un loco toma esposa, la arrastra siempre consigo, por lo que ella estaba tan tarumba como él: tenían leña a quintales, pero no la usaban. «Habéis perdido el tino. ¿Por qué no os calentáis, con lo que hiela?», grité. Pero

Beni no me entendía. Estaba empecinado en guardarla. Murieron de frío los Beruit, porque no podían tolerar la sola idea de quedarse sin uno de sus leños. Algunos lo llaman avaricia, pero me hago que eso que les pasaba era más bien una enfermedad de espíritu. Con eso vengo a decir que las cosas no pueden acumularse, por la sencilla razón de que somos mortales. Si no, acabaríamos llenando el mundo, como moho en una manzana. En este caso, lo que se te llena es la mollera, porque recordar tanto no puede ser bueno. Parece que Dios te ha puesto a prueba, muchacho. Ahora echa todo aquí.

Se puso a canturrear, absorto, mientras hacía una mezcla uniforme de las sustancias empleando un molinillo hecho con dos piedras. Ya había asomado el sol al horizonte, que mostraba su cara en la línea de luz difusa que dibujó tímidamente la luz del patio.

—¿Creéis que puede ser una maldición?

—¿Crees en ellas?

—No lo sé.

—Mucho vino no te hará bien por lo pequeño que eres. Para dormir basta el remedio de las encías, pero la adormidera, si abusas de ella, te hará no solo olvidar lo que quieres, sino luego todo lo demás. Porque no distingue lo malo de lo bueno y al final te quedas sin nada. «Haz tres veces una cosa que está mal hacer y ya te parecerá buena», decía el sabio. ¿Eso es lo que quieres? ¿Una droga que te borre todo lo que eres? ¿O una que te vuelva loco, como la que ponen las brujas en su ranura?

Negué con la cabeza.

—¿Y por qué no aprovechas el don para aprender?

—Eso hago, pero no sirve de mucho, maestro. Mi suerte sigue igual.

—No digas eso. Estás aquí, ¿no? Vierte el alcohol. Te daré luego algo de una hierba molida que masticarás para dormir sin sueños, ni recordar despierto, que se llama *cáñamo*. La tomarás a la hora de la cena.

Agitó la pasta caliente, que ya burbujeaba sobre los troncos, convertidos en brasas.

—¿Qué te pasa?

—Nada, maestro. ¿Qué es la cantarella?

—¿La cantarella? ¿Eso es lo que te preocupa ahora? ¿Una canción napolitana?

—Es un veneno. Oí hablar de él.

—Todos los años vienen muchos hombres a pedir algo con que matar las ratas, aunque en realidad sea para envenenar a suegras, maridos, mujeres y competidores. Será la cicuta, arsénico, o semilla de ricina de toda la vida de Dios. Con tintura violeta, en un frasco de precio, y con la etiqueta en griego, los charlatanes ganan fortunas vendiendo alivios como ese. ¿A tu padre lo envenenaron?

—No, maestro. No sé cómo…

—En cualquier caso, tu padre está con Dios, muchacho. O en el infierno, que será que no. Porque, tal y como lo quieres, sería que no te pegaba mucho. Cállate, y deja los pensamientos tristes, o perderás el juicio. Y tampoco hables de venenos, que con lo que hay aquí, y con el mal aliento de doña Socorro, nos basta y sobra.

Esa noche, maese Giges, después de cenar y cuando recogí la mesa, puso sobre la mesa un libro del tamaño de un misal y un cálamo nuevo.

—¿Sabes qué es esto?

—Un libro.

—Ábrelo.

—Está vacío.

—Las páginas son de papel muy fino. Escribe todo lo que recuerdas. Quizá te haga bien para olvidar. A veces un fuego se apaga con otro. Ojo, no mires y que no te salpique en las manos… ¡Cuidado!

Quemaba. Pero ¡no estaba caliente! Maese Giges cogió un paño que me empapó en vinagre para que el extraño líquido no me mordiera. Había acarreado días atrás barro desde el recodo que el río chico formaba bajo el puente entre el hospital y una vaquería. Luego, maderos de haya, de color rojo oscuro. Me había hecho encender un fuego grande en el patio, para que recogiera las cenizas, que mezclamos con agua y se dejaron reposar dos días. Los mismos en que me dediqué a la compra de aceite viejo en diferentes posadas.

—Para que no se sepa lo que vamos a hacer —dijo Giges—. En esta España, a la que ven que haces un maravedí, miran cómo quitártelo.

—Pero maestro…

—Calla y aprende —decía con las manos llenas de barro—. La de haya es una madera muy pesada, y es más dura que el roble, por lo que sus cenizas dan mayor vigor que las del pino, que son endebles y por eso carecen de álcali. Pon el huevo. Si no flota, hay que añadir ceniza, pero habremos de esperar un día.

—¿Y cómo venderéis estos jabones, si os está prohibido hacerlos?

—Los jabones van al mercado. Los alguaciles hacen la vista gorda, y es por eso por lo que soy deudor de don Jacobo, que te caes del nido, Alvarillo. Si no hiciéramos cosa prohibida, no cobrarían, y sería peor. También exprimen los jueces y arriba de todo siempre hay un rey, o un papa. Ve por la cuchara para sacar el huevo, que esto está a pique.

—Pero si paga a don Jacobo, ¿entonces a qué ocultar que hace jabones?

—Porque así es como se hace. Ahora, ponemos el aceite y calla, que recuerdas mucho, pero no entiendes —dijo el boticario.

Apestaba a humo rancio y a pescado en descomposición. Había sido empleado para cocer carne, empanadas, truchas de río y también huevo, y ajos.

—La mayoría de los jabones se hacen con sebo de cabra. Pero este es mucho mejor —dijo el boticario vertiendo el aceite sucio.

—¿Y el olor…?

—De lo que repugna, sacamos la pureza.

—Una transfiguración…

—¿Qué?

—Mi maestro en el monasterio decía que ocurre cuando al transformar algo, revela su verdadera naturaleza.

—Puede ser…, puede ser. El aceite rancio y el pescado pestífero vienen del olivo, de las raíces de la tierra, de los ríos —dijo pensativo—. ¿Transfiguración? Buena palabra, y buen juicio tenía aquel fraile. Trae las cenizas —dijo, abriendo un bote con ortigas secas. Luego, se quedó absorto en el fuego mientras removía.

Permanecimos callados, al blub-blub de las sustancias. Se mordían entre ellas confinadas en el caldero, al rumor distante de las campanas, que conforme pasaba el tiempo marcaron los cuartos, la media y luego las horas. Maese Giges olvidaba sus zozobras como yo, frente al capricho de la flama y el litigio sutil de los fluidos. Cuando el jabón se enfrió, ya había llegado la noche.

A la mañana siguiente, el domingo de Pentecostés, en la madrugada, lo cortamos en tacos cuadrados. La sustancia, antes espesa, ahora era consistente, pero blanda, untuosa y agradable al tacto. Maese Giges dijo algo en su idioma y luego me contó cómo podían sustanciarse olores de limón o lavanda. Calló entonces, demudado el rostro. Entraba un hombre de Guzmán arriba a la botica, pero no era aquel don Jacobo que desangraba a mi maestro. Este era un señor de mucho grandor, con tronco de tonel, vestido de negro y con la faja de los servidores de la Chancillería. Tenía pequeñas venas azuladas en el rostro hinchado, y se me heló la sangre cuando lo reconocí. Había sido uno de los invitados a la mesa del inquisidor: don Jacinto Navarro, el corregidor en persona. Afuera esperaba un lacayo con librea, muy a lo dineroso, junto a dos soldados. Anduvo un poco don Jacinto por la botica, como si fuera suya, y descubrí que la pesadez de su gordura era engañosa, porque se volvió para clavar un ojo en el maestro con la desenvoltura de un hombre de armas.

—¿Trabajando en domingo? ¿No estáis en la procesión?

—Buenos días, señor Navarro. ¿Cómo viene su señoría por aquí? Es un honor que...

—A Jacobo Araujo lo han ahorcado. Por comunero —cortó el corregidor, chascando sus dientes.

—¿Comunero?

—Los que protestan del rey se llaman ahora *comuneros*. Ahora trataréis con la persona que os mandaré. Disculpad, pero andan las calles revueltas y solo tengo un instante.

Maese Giges me hizo un gesto con la mano oculta tras la barra para que no me moviera. Quedé quieto, en un rincón, tras las pesas.

El corregidor repasaba el comercio con sus ojos vivos y maliciosos. Mientras desplazaba su enorme físico, hacía crujir las tablas del suelo. Dirigía una mirada voraz hacia los rincones, como si buscara algo.

—Pero, señor…, había preparado las pastillas esas que veis. Y le dije que con venderlas…

—Solo sé que aquí comerciáis con jabón. Y que pagabais por mes, para tener protección, y por licencia para vender las gorrinerías de judío que hacéis. Y que andáis retrasado.

—Señor, yo soy cristiano… y en estos tiempos —balbuceó maese Giges.

—Converso, sí —dijo con desdén—, y queréis pagar, sí —chascó los dientes—, pero no pagáis.

Entonces reparó en mí, y mostró los dientes mientras yo me encogía.

—Cuarenta reales por mes, y debéis ya cinco meses.

—No tengo tanto, señor. Qué más quisiera. Sabéis que cerré el negocio, y que ha habido malos tiempos…

—¿Este niño es vuestro ayudante? —dijo, mientras yo bendecía su mala vista.

—Sí, señor, es Benjamín, mi sobrino. Si me dierais más tiempo. Venderé el jabón y luego…

Al mover su capa, salió un rebufo de sudor y talco perfumado, apuntó al maestro con el dedo y lo dejó en el aire. Como un poeta busca inspiración, el corregidor pensaba en la amenaza.

—¿Tenéis vino? —dijo al fin, achicando los ojos.

Maese Giges se incorporó con docilidad, bajó a la bodega y regresó con la mejor cántara. Don Jacinto la vació gañote abajo, limpió una gota roja en la manga de su casaca, y rompió el silencio con preguntas breves sobre la familia del boticario, su cierre durante la peste y las circunstancias que le llevaron a encerrarse en soledad para luego a acoger a su sobrino (yo). Preguntó también qué tenía en el almacén, e hizo que lo detallara.

—Mal lo veo. Vended, y veremos. Cinco veces cuarenta debéis, y en cuarenta días os esperaré. No escucharé más argüidos. Y ahora os recomiendo que acudáis a la procesión. Me consta que tenéis algún conocido entre los relajados.

Cuando se marchó, mi maestro se dejó caer sobre un taburete y perdió la vista en la puerta, que el visitante había dejado abierta. Estaba rojo de ira.

—Baladrón chupasangres, el diablo se lo lleve —refunfuñó—. Al otro hombre seguramente lo ahorcaron no por rebeldía, sino porque era un borracho, jugador también, y quizá sisó más de la cuenta. Sin Jacobo, pondrán a otro. Un hermano. Un primo haragán. Algún sobrino del secretario, o don Baltasar. El maldito matasanos es también sobrino de alguien.

—¿Y si enviáis una carta al rey?

—¿La mengua te hace acaso entender menos, enano? —Aquellas palabras me dolieron—. ¿A qué bolsillo crees que llegan los robos? Al mismo al que llegaría la carta. Esto es España, muchacho. Después de venir a robar, me pide que vaya a ver cómo queman a unos desdichados. ¿Adónde vas?

—Al auto.

—No vayas, Alvarillo. Bromeaba. ¿Te has enfadado? ¡No quise llamarte enano! ¡Disculpa, pequeño! ¡No! ¡Alvar! ¡Párate!

La gente vivía el auto como una celebración, pero ahora en la calle imperaba un silencio extraño, ominoso, solo alterado por un rumor grave, de colmena. La procesión se había iniciado en la madrugada, y crecía a ojos vistas como un gusano monstruoso. Se nutría de aldeanos que habían pernoctado en los campos después de recorrer cuatro o cinco leguas; de comerciantes e hidalgos que habían llenado posadas y ventas; monjas, curas, niños. El público se apelotonaba hacia las calles adyacentes a la Plaza Mayor, y eran tantos que resultaba imposible contarlos.

A la altura de la calle de la Cárcava, alcancé a ver el aparato de los pendones, las antorchas y las velas encendidas. Entre la multitud, que me sacaba dos cabezas, me veía limitado a la vista de culos sin fin, hasta que me encaramé a una ventana enrejada junto a un racimo de niños. Abría la procesión un grupo de soldados que portaban encinas, zarzas y leñas, mientras entonaban el *Miserere mei, Deus.*

Lávame, y seré más blanco que la nieve.
Hazme oír gozo y alegría,
y se recrearán los huesos que has abatido.
Esconde tu rostro de mis pecados
y borra todas mis maldades.
Crea en mí, oh Dios, un corazón limpio.

El abundamiento de cuerpos me aprisionó contra la reja. Se oían ya los gritos a la vista de los capirotes, pintados con llamas en rojo y amarillo. Los relajados miraban hacia el suelo. Llevaban una casulla garabateada con demonios dibujados junto a la relación de sus delitos, y un gran cirio entre las manos. Monjes de hábito oscuro exhortaban a los pertinaces, que andaban atados por el cuello y llevaban bozal, para evitar que contaminaran con su voz al público.

—¡Marrano! —oí gritar—. ¡Demonio! ¡Malditos! —se oía por encima de la estrofa que hablaba de ciertos corazones contritos.

Tras los reos, vi una forma extraña, que se movía atada a un mulo. Tenía máscara, el cuerpo embozado y los brazos en cruz. Meciéndose de forma aterradora al ritmo de la bestia, la seguían otras. No eran seres humanos, sino efigies hechas de trapo: espantajos. Los ojos, cuentas de corcho, observaban con expresión vacía la ira burlona de la masa. Representaban a los condenados fugados o muertos, a quienes quemarían en efigie para condenar su alma eterna. Los inquisidores avanzaban al fondo en fila de a dos, con la enorme cruz verde tapada con un velo negro.

El tropel se movía en dirección a la plaza de la fuente, empujándose, a codazos, entre gritos de alegría y escarnio. Uno de los niños me golpeó con el codo al arrojar su piedra, y otro me arrancó del sitio. Noté el arañazo de un jubón en la cara. Pisé algo blando: una boñiga, pues algunas volaban al paso de los relajados, ante el entusiasmo de mujeres y niños. Acabé aprisionado entre el raudal humano, frente al desfile, entre un tipo grueso que olía a ajo y otro alto que me clavaba las rodillas en el espinazo. Cuando llegaron a mi altura, las grotescas figuras de los condenados ausentes, reconocí a uno de los espantajos. Era de menor tamaño que los demás. Llevaba mi viejo mandil de piel de cerdo, y un cucharón roto en la mano.

Iban a quemar mi efigie.

Se acercaba el cortejo de los inquisidores. Quise retroceder, pero estaba apresado entre los cuerpos. Ya aparecía entre la comitiva la cara de piedra del fiscal general, con túnica blanca, el rosario de quince misterios sujeto al cinto y la capa de color negro como prolongación de sus dedos alargados, que aferraban la cruz que sobrecogía a la muchedumbre. El espanto se apoderó de mí, pues me conocía (le encantaban mis cortadillos). No tardaría en cruzarse en mi camino.

Lancé empellones para desembarazarme, y alguien me dio un manotazo. Tras el fiscal, asomaba el rostro de calavera del inquisidor. Estaban ya muy cerca. Una anciana desdentada, presa de la histeria, alargó los dedos hacia el calvario y se puso a chillar. Entonces, el inquisidor general Juan Pardo de Tavera fijó su vista en mí. Forcejeé a un lado, pero no pude evitar intercambiar una mirada de reconocimiento. Su ilustrísima perdió el paso y se puso a la altura de un monje dominico para susurrarle algo. Empujé hacia atrás. Choqué de bruces con una hebilla. El dominico se adelantó. Un alguacil alargaba el cuello. Le di la espalda como pude, sofocado entre la turba. Su voz sonó como un ladrido seco.

Capítulo 36

—¡Marrano! ¡Ateo! ¡Al fuego!

La multitud se agitaba como un animal sin forma. Oí otro alarido y recibí un empujón que me hizo caer al suelo. Luego, sin incorporarme, avancé a gatas. Alguien gritó que aparecía en la Plaza Mayor el rey Carlos. «¡Viva el rey! —gritaron—. ¡Abajo los Guillermos!». Me arrastré. Mis uñas rascaban piedra, tropezando con boñigas y zapatos, mientras, aterrado, sorteaba las piernas a vista de perro. Era tal el apiñamiento que nadie me prestó atención. Había menos espacio a la altura del cruce de la calle de la Lonja, que daba a la plaza. Apenas podía respirar y la fuerza arrolladora del alud me ahocicó contra una esquina. El peso de millares de personas, como habichuelas en un cazo hirviente, se agitaban como nubes de una tormenta avasalladora. Monstruosa. Gorrinesca. ¡Uhhhh! ¡El rey! La manada, con la excitación, se había envalentonado. En un rincón de la plaza se inició una reyerta. Vi un rostro entre los pies. Era un viejo flaco que, tras tropezar, lanzó un gemido sordo al ser atropellado por la avalancha de cuerpos, que se mantenían en pie como sardinas escabechadas. Alcancé a ver una mano aplastada como un jacinto por la pezuña de un caballo. Un cuerpo pesado a punto estuvo de partirme en dos, y perdí un zapato. Me esforcé en recuperarlo, entre los vivas y abucheos, pero los pies lo condujeron adonde convergían las corrientes de ciega humanidad. Sentí que me golpeaban, volví al suelo. Oí un grito. Hallé el zapato. Sin fuerzas, braceé hasta un portal y me aferré al picaporte hasta que decreció el tumulto. Luego corrí a la botica dando un rodeo hacia el cruce que llamaban del Ochavo. Cuando doblé su esquina, vi las picas de dos alguaciles. Volvime, aunque repararon en mí y corrí, sorteando los cuerpos de los transeúntes.

—¡Tente! ¡Al rufián! —oí tras de mí.

Torcí por una calleja al norte. Un peregrino avisado me señaló a los guardias. Me desvié una vez, y luego otra, con los alguaciles como ratón con gato, hasta la tapia trasera de la botica.

—¿Lo has visto?

—Se metió en aquel portal.

—Ahí no hay nadie. Se fue por allá.

Al rato marcharon por oír más voces, pues una ejecución atrae a más ladrones que a las moscas un caballo viejo. Cuando desapareció el eco de sus pasos, llamé a la puerta de la trastienda.

—¿Qué pasa, muchacho, que vienes sin aliento? ¿Se te pasó el enfado? No quise... ¿Qué haces cubierto de mierda?

Antes de que pudiera responderle, resonaron tres golpes rudos en la puerta.

—Maestro..., me reconoció el...

Cruzó un dedo sobre mis labios y señaló la vasija más grande, bajo las estanterías y la balanza. Allí, metido entre las berenjenas que flotaban a capricho en su aceite, supe cómo podría sentir una verdura su encierro a la espera de llegar a la sartén. Oí los ruidos de la soldadesca mientras maese Giges daba explicaciones. Al cabo de un rato, volvió el silencio y se abrió la tapa de la vasija que tenía sobre la cabeza.

—Te buscan, Alvarillo. Por toda la calle. No saben dónde te metiste y si nos supieran amigos ya seríamos presos. Tienes condena en firme si es cierto que te reconocieron. Mal vamos. Suerte tenemos de que anduvieran con prisas, porque, si hubieran sido los alguaciles de la Inquisición, habrían mirado en cada vasija y hasta en el hueco de la chimenea, ¿Qué haremos ahora? Sal de ahí y cuéntame. Cuéntame lo que has visto.

Salí del tinajón que daba pena verme, pues entre las magulladuras, las bostas de caballo en las que me revolqué, sumadas al aceite y ajo del aliño, parecía un eccehomo. Una vez seco, y bajo una manta, se me cerraban los párpados. Modorro, le conté lo de la procesión, porque no había visto nada, pero sí el alboroto, los gritos y que habían hecho condena de mí en la figura de un muñeco. Luego, pedí perdón por estropear las berenjenas, pues mal no hace algo de mierda de caballo en la comida, pero sí la mierda humana y los orines en que me había revolcado cuando anduve en el reguero. Maese Giges tomó dos vasos del vino avinagrado que quedaba con un poco del frasco de adormidera para calmar los nervios, y a mí me hizo una infusión de cáñamo.

A partir de entonces, ponía cuidado en hacer los recados en el momento de la siesta, o muy de madrugada, a la hora que llamaban *del lobo,* que es cuando los alguaciles y los forajidos duermen. Con mis trabajos, y ese cáñamo, dejaron de atacarme las memorias, pero a veces, en medio de la noche, me sorprendía riendo, cosa que el maestro me dijo que estaba bien, y me habló de un hongo de color naranja, llamado *junionius,* que aparece en la madera de los pinos derribados y te hace reír hasta matarte.

En la ciudad reinaba la atmósfera que precede a las tormentas. En la plaza triangular cercana a la prisión de la Chancillería, habían duplicado los cepos. Acompañaban siempre aquel castigo de algún complemento: la lengua atravesada por un alfiler para los blasfemos, tripa de cerdo en torno al cuello por ofensas a las autoridades, la cara untada con boñiga de buey si se trataba de un agravio al vecino, etc. Me atreví a acercarme a uno de los de ellos. Este no tenía, como otro, la boca llena de sangre a causa de un alfiler; solo una tripa anudada. Ante la indiferencia de dos guardias, decía que mientras que el rey se atiborraba, la gente pasaba hambre; a la par que los niños engañaban esta con arcilla del río, el tragantón recibía dulces, caza terrestre y volátil, carne fresca o embutida, ahumados, salchichas y ostras en escabeche, y que lo sabía muy bien, pues había sido lacayo de la casa Trastámara. Al tiempo que sus oyentes —dos carantamaulas y una vieja sinvergüenza— se relamían, relató cómo al salir el sol desayunaba jugo de capón con leche y azúcar, y cómo almorzaba una veintena de platos, que detalló por lo menudo, y que en la merienda, a media tarde, tomaba melón en conserva, además de rosquillos, antes de cenar tarta de nísperos, pichón al ajo y pies de carnero con chorizo. El guardia, con desgana, movió un chuzo que le dio en la mano, «¡ay!», para hacerle callar.

Cuando alguien entraba, por si volvían los alguaciles o el cobrador, me escondía en la vasija, vacía, tras la tabla del mostrador, pegada a los banastos de la toronjina. Los guardias solo volvieron una vez, y marcharon con el cuento de que a maese Giges le servía aquel sobrino suyo (yo), y que se encontraba siempre haciendo alguna encomienda. Tal vez porque el corregidor percibía el cobro de su chantaje todas las semanas, no insistieron más.

Me pedía el maestro que le hiciese siempre las recetas que se traía en la memoria. Como no las sabía enteras, me relataba lo que recordara: si troceaba o pelaba, si aguardaba a que sonaran las campanas para sacar el cazo, o si echaba una pizca o un puñado de esto o aquello. Así, traduje la cocina de los judíos como moldea un tazón un ceramista ciego. Casi logré un *purim,* que son como orejas de fraile con miel de rosas. Con la prisa hice un estropicio con los huevos, pero me salieron muy bien la adafina y las empanadas de queso.

En el transcurso de aquella primavera, me ilustraba el boticario sobre los medicamentos que purgan y aplacan los humores. «Si la enfermedad es caliente, lo enfriamos—decía el maestro—; si es fría, lo calentamos; si es seca, lo humedecemos; y si es húmeda, lo secamos. Lo mismo hacemos si es compuesta; quiero decir: si es caliente y húmeda, lo enfriamos y secamos a la vez, y así en las restantes combinaciones».

Los compuestos de la botica estaban divididos en plantas, piedras y animales. De las plantas, había todas las imaginables, en hojas, raíces, a piezas o molidas. Se guardaban en canastos o tinajones si eran comunes, o en frascos de mayor a menor tamaño, según su extrañeza. En los frascos azules se guardaban cigarras secas, que decía el boticario que nacían de la saliva de los cuclillos; grasa de asno, que curaba las heridas del vientre y el reumatismo; petróleo para las ventosidades y la tos; o ceniza de comadreja, que es un animalillo que vive en cuevas y cuya ceniza es buena para los que padecen frenesí o lepra.

Me habló maese Giges acerca de las chinches de lecho, que, introducidas en cáscaras de habas, se ingieren para curar fiebres cuartanas; y de los ciempiés, esos gusanos con patas que se encuentran debajo de los cántaros, mezclados con la miel, que son buenos para los sofocos. El líquido de las cucarachas sirve para los dolores de oído, y las cantártidas, seres de formas variadas y alas estrechas que crecen en las espigas del trigo aún en flor y se ahogan con vapor de vinagre para guardarlas, hacen que orines sangre. Las mejores, decía maese Giges, son las gordas, que tienen variedad de colores y rayas grises atravesadas en sus alas. Se crían estas en los montes Circasianos, y en los abrigos viejos. Para la cola de cocodrilo del Nilo, empleaba maese Giges lagartos extremeños, pero al oír aquellos nombres podía volar a Egipto tan certeramente que es como si lo viera.

Estos ingredientes, por ser nauseabundos, era preciso arrejuntarlos con algo que facilitara su toma, y ahí aprendí que la manteca protege la lengua de lo amargo, que el vinagre de vino compensa lo salado y que el gusto ácido se puede ablandecer con un compuesto muy útil contra el olor de pies, el llamado polvo de perlas pétreas de Triganocerta, o también bicarbonato. Llevaba las mixturas con frecuencia a la rica casa de un médico llamado don Baltasar. Era amigo este del corregidor, y por eso pagaba un tercio. La hora más feliz para nosotros era la de cuando trabajaba en la cocina, que es, pienso yo, ni más ni menos que otra suerte de botica. Porque con lo que allí se hace reparamos todo lo que el cuerpo ha venido a perder.

No fue hasta pasados muchos meses que maese Giges me dejó leer su libro. Decía que era uno de los últimos escritos en latín, y apenas dejaba distinguir sus líneas. A la luz temblorosa de la candela, buscaba entre las palabras de sus quinientas setenta y cinco recetas hechas con sustancias que el hombre arranca a la naturaleza. Si hacía calor, me colaba por el ventanuco al tejado para sentir el aire fresco. Al son de algún grillo aventurero y del repique melancólico de las campanas de Santa María y de la Concepción, pasé el verano entre la «A» de *aquileus* (una piedra hueca de la India que contiene otra piedra, que las águilas colocan junto a sus huevos y que al parecer, según los caldeos, impide que uno pueda tragar la comida envenenada) y la «P» de *penicillus* o *pincel* (cierta esponja marina apropiada para limpiar las legañas). En invierno llegué a *zygnires,* y al *finis.* Y no hallé sustancia que sirva para que un enano adquiera la estatura normal.

Además de los enfermos de baja condición, a los que bastaban infusiones o ungüentos de yerbas, acudía el sirviente de algún médico para obtener algún preparado. Siempre vestían con paño fino y buenas botas. Pues los médicos se enriquecen, aunque maten a la mitad de los pacientes. El truco está en que los supervivientes son los únicos que pueden hablar y propagar su fama, lo que hace de su industria un negocio perfecto.

Las visitas, sin embargo, disminuían. Apenas se oían pregoneros, niños jugando o las bromas rudas de los estudiantes por el extrañamiento que había en la ciudad. Había sangrientas riñas a diario entre partidarios de los comuneros y los de la corte. Esa mayor querencia a la porfía que al trabajo hizo que faltaran manos, de lo que resultó una terrible cosecha. La miseria consecuente animó a mayores disputas y a que los sacerdotes propagaran el miedo a los fuegos del infierno y al fornicio. El resultado es que, entre unos y otros, a la calle no asomaban ni los perros. Rara era la noche en que maese Giges no precisase de la adormidera. A mí me bastaba con echarme a la boca algo de cáñamo, que masticaba a la hora de recoger la cena.

Tras mucho tiempo sin que acudiera la herborista, me mandó mi amo a su choza a proveer la botica de jengibre, semillas de eneldo y artemisa. Estaba vacía. No había nada más que palos, y algunos platos de arcilla partidos en el suelo. Una marca en la pared señalaba lo que había acontecido: Eulalia había sido asada viva la pasada primavera. El Almirante Barbacán, su gato, estaba muy vivo y coleando sin embargo, y me echo un vistazo satisfecho, antes de largarse cuando quise que se me confiara.

En aquellos días aumentaron las visitas del hombre del corregidor, pues la deuda crecía conforme faltaban clientes y apretaba la pobreza. Nunca pude verle, pues me escondía en la vasija. El último día en que lo oí se llevó todas las especias, que era lo que de valor había: el frasco de la pimienta, la canela y un búcaro de azúcar terciado con concha molida. Pasó un tiempo largo, cuando ya no teníamos nada estimable, sin que vinieran, y eso, para mi extrañeza, le preocupó más. «Hay que guardarse bien de un agua silenciosa, de un perro silencioso y de un enemigo silencioso», me dijo el maestro.

Dinero había muy poco, tanto para comer como para adquirir sustancias en el mercado, por lo que solo podíamos proveernos de lo que yo podía buscar. Un día acudió un mercader muy rico, que conocía a un pariente suyo, pero que se marchó tal como vino por no querer fiar. Para abastecernos, salía de la ciudad por la vega cubierta de abrojos del Esgueva, y fuera de las murallas caminaba hacia los baldíos del noreste, siempre atento a la aparición de extraños. Hallaba muérdago en las ramas de los álamos, y amapolas. Pero era difícil encontrar anís silvestre, acedera, o cualquier yerba de comer. Llegaba el abril más seco que los viejos habían visto y expusieron a la Virgen en las plazas. Pasado mayo, la tierra seguía seca, y la sacaron en procesión para sumergirla en pozos y estanques con el fin de atraer la lluvia.

Me aficioné a investigar cuando maese Giges dormía. Trituré y pusé la punta de la lengua en la piedra de bezoar. La borraja sabe dulce y huele como el pepino, las flores de azufre escuecen al paladar y la chicoria, de la que sale un jarabe oscuro y de olor penetrante, es amarga, aunque menos intensa que la hiel de buey. El boticario al principio me amonestaba en mis ejercicios, pero me dio licencia cuando hice una sopa con bálsamo de palosanto, tan bueno para el paladar como para la cicatrización de heridas. Solían venir en esos tiempos clientes que no tenían dinero, y algunos pagaban trayendo algo de comer que yo enriquecía con mis ensayos. Un día, ideé una empanada de berenjena que tenía el pan por dentro y la berenjena por fuera, con cenizas de zarza y flores picadas de sauco. Recibí por ello un par de pescozones, y algunas risas, porque ya no habría nunca más ciento una maneras de cocinar la berenjena, sino ciento dos. Agregué jinjol a la ensalada de perejil con almendras; a las alcachofas al estilo judío, rasuras de marfil; y a la ensalada de paloma escabechada le puse semillas de camuesas y cidra. Desta teníamos un canasto entero, regalo de un arriero por haber curado su úlcera. Con esos trabajos mi cabeza no se mantenía ociosa y guardaba en frasco aparte el agrazón de mis recuerdos.

Fue yendo a buscar semillas de estas últimas cuando descubrí que en la calle arreciaba la tensión junto al calor. De unas comadres que tendían la ropa, oí que en las ciudades castellanas del sur se mascaba aún peor ambiente. Me detuve para leer un enrevesado insulto contra el rey pintado en la pared, frente al portal de un pañolero. Alguien gritó: «¡Agua va!», y al apartarme cerrome el paso una tropilla de hombres que cantaban una copla sobre los Guillermos. Tenía poca melodía, pero era muy específica sobre lo que podía hacer el rey en su anatomía con el joven arzobispo. Se dirigían a una banda que se encontraba al otro lado del paso y cerró filas, con lo que quedé entre los unos y otros.

A pique de la segunda estrofa, y conmigo buscando vía de escape, corearon los segundos una jotica que hablaba de atributos masculinos. Los cuchillos aparecieron pronto. Visto el negocio, y para no recibir un tajo de alboroque, traté de entrarme en el comercio, pero el pañolero ya había atrancado la aldaba con las primeras notas. Así, me quedé bien quieto, pegado al dintel, como si aquello no fuera conmigo. Comenzaron a matarse entrellos con mucho brío invocando al rey o a la comunidad, mientras la sangre de unos y otros se juntaba, indiferente a sus rencillas, formando un arroyuelo. Había al menos dos cántaras, que es la sangre que contienen seis hombres, según el libro.

En verano estalló la rebelión contra el rey Carlos en buena parte de Castilla. Grupos de hombres de uno y otro bando reclutaban por la fuerza a los mozos en la calle. En los arrabales, todos los días aparecía algún muerto. En los rincones, se acechaban con el fin de acribillarse el hígado, con saña, aunque casi siempre eran los comuneros los que salían perdiendo. No quedaban patos, ni peces. Ranas, tampoco. A principios de otoño, Carlos recibió el título de emperador. Pero eso no trajo alegría, debido al hambre y a los levantamientos. No había día en que no se oyese algún grito entre las callejas, donde se juntaban grupos de embozados de los que no se podía discernir si eran hombres del rey o sus enemigos, porque a veces unos se daban por otros para así matarlos, y estos respondían de igual forma apuñalando a cuanto guardia desprevenido encontrasen. Los soldados se apostaban en las esquinas de las plazas, en las puertas y los puentes, armados hasta las orejas.

Maese Giges, a cancela cerrada, decía que no habíamos de preocuparnos, porque era asunto entre poderosos, y que harían bien si estos se mataban todos, porque así nos dejarían en paz. Dijo también que las revoluciones las acababan y comenzaban las esposas y las madres, que azuzaban a los hijosdalgo, y el rey creía que unos cuantos hijos y maridos muertos las harían callar. Yo le dije que admiraba a los comuneros, pues me parecían los buenos. Pero él respondió que los ideales eran un mal invento, porque pretendían solucionar cosas que no tenían solución. Y que solo debía preocuparnos el pago regular al corregidor y al doctor Baltasar Garay. Siempre que pudiera muñirnos, nos protegería.

Para aliviar los ánimos del pueblo en los meses fríos, se pregonó un nuevo auto de fe, que daría culminación a la Cuaresma. A un platero conocido suyo, que viniera a curar su resfriado, lo apresaron por sodomita. El maestro arremedó sus desvelos con más yerbas. Algunas destas agriaban su carácter, por lo que aprendí a quedarme a solas en el tejado.

Una mañana, acabando el mes de octubre, una visita ofreció media docena de huevos por ungüento de hollín con manteca para la tiña. Mientras maese Giges se despedía del cliente en la puerta y me disponía a salir de mi escondite pensando en hacer bizcocho, o tal vez una tortilla con queso y setas secas, vi como el maestro corría hacia la trastienda.

—Madre de Dios, que vienen —gemía—. ¡Me voy! ¡Escóndete!

Y se precipitó al patio. Apenas tuve tiempo de cerrar la tina cuando oí los golpes.

—¡Ave María Purísima! —gritó una voz.

Llamaron de nuevo y, al cabo, entraron a la fuerza. No entendí lo que dijeron, pero el ruido metálico sí que lo conocía. Era el de chocar las fundas de armas, el de los coletos de cuero y las hebillas, y esos puñales rectos que tenían protecciones en los puños, que habían sido hechos a conciencia, y no para cortar coles. Marcharon al poco. Cuando salí, estaba solo.

A la mañana siguiente amaneció gris, y mi maestro no había vuelto aún. Si había tenido coyuntura de esquivar la detención, pensé que sería con el fin de hablar con don Navarro, el corregidor. Pues nadie salía inocente de los interrogatorios de la casa Zúñiga. Tomé un resto de vino y sopa aguada para consolarme y dejé pasar el día, esperando que maese Giges hubiera hallado arreglo con sus protectores. A la hora de la siesta salí a la calle. Tal vez el médico, amigo del corregidor, supiera algo. Bajo las nubes que amenazaban tormenta, las calles parecían más umbrosas de lo normal. Un can sin dueño, de los que en esos días abundaban, trotó con el rabo entre las patas y cambió de dirección al verme. La puerta del médico don Baltasar estaba cerrada a cal y canto. Una gota grande y fría me cayó sobre el cuello, y tuve miedo de llamar a la puerta.

Al volver a la botica, vi a dos alguaciles vestidos de negro, esperando. Llevaban sombreros calados y adornados con plumas lacias, y la sobreveste con la cruz verde de la Inquisición. Uno de ellos, con el rostro marcado por la viruela, reparó en mí. Hice un esfuerzo por no espantarme y me alejé sin prisas:

—¡Eh! —oí—. ¡Chico!

Comenzó a llover. Esperé a torcer la esquina antes de correr. Tomé una vía estrecha y me oculté en un patio interior dominado por el llanto de un niño.

Después de que pasaran de largo, anduve un rato, mojado, con la mente puesta en ninguna parte: estaba solo. El cielo se iluminó con un fulgor blanco que recortó contra las nubes la basílica. Tras ella se extendían los puestos fijos de la plaza, donde los mercaderes vendían papel, cirios y dulces de azúcar de pilón que parecían piedras. Chapoteé entre la algarabía de los tenderos, que recogían sus bártulos entre imprecaciones. El aguacero arreciaba. Resolví que poco duraría sin abrigo ni alimento, así que decidí volver sobre mis pasos. Los guardias no estaban. Habían cerrado la puerta con un sello de cera que tenía la marca de la cruz. Entré por el patio y al llegar al comedor noté que me temblaban las manos. Maese Giges no había pedido ayuda: había escapado. Todo estaba revuelto; las cajicas, abiertas, y los botes, rotos y desperdigados junto a redomas y vasijas. Atranqué la puerta.

A pesar de mi preocupación, entré en la cocina y avivé las brasas para calentarme y asar un trozo de queso con cebolla. Ya no podría llevar nada conmigo, así que comí hasta hartarme, como un animal, sin atender a nada más que a la preocupación de escapar por el patio si forzaban la entrada. ¿Y qué podía hacer? A la mañana siguiente harían lo que en la posada del cocinador de gatos Anselmo Palomera: clasificarían lo que hubiese de valor para subastarlo y así engrosar las arcas del Santo Oficio. Atizado por las prisas, ataqué los huevos crudos. Me tragué cinco; el último ya no me cabía. ¡Qué desperdicio! Hubieran sabido mejor con algunas ochavas de chorizo, con flor de harina y anís, o quizá con pan rallado, miel con leche de pepitas de melón y almendras dulces. Los tragué con indignidad, tal y como se los comería un lagarto.

Sentía la cabeza caliente, como si tuviera fiebre. ¿Quién lo habría denunciado? ¿El corregidor, por sus retrasos? Bastaba una denuncia anónima en el buzón de piedra. Recordé que su ilustrísima se alegraba como un niño al recibirlas. Sus alguaciles y secretarios, sus fastos brocados, copones de orfebrería y hasta los dulces que tomaba su hermosa barragana estaban pagados con lo requisado en aquellas rapiñas. Rebusqué en el arcón de mi amo y me puse algunas ropas viejas y secas. Un pantalón remendado. Una camisa vieja. Un jubón que me venía grande.

Medía entonces poco más de vara y media y, según había dicho el maestro, no crecería más. Con esas ropas, parecería quizá un labriego. Sin dejar de vigilar la puerta, me hice con una bota que rellené con vino agrio, y la puse en la bolsa junto al pan duro que quedaba y una cebolla vieja. Laurel, espliego y tomillo había todo lo que quisiera. Envolví algo de ello en un trozo de la telilla rancia de la cocina, y en otro, aun poniendo cuidado en no sobrecargarme por si tuviera que usar de piernas, unos puñados de aceitunas de las que quedaban. En el fondo del arcón había un cinto de cuero y un gorro de fieltro arrugado. Dudé un instante, pero finalmente agarré el cinturón enrollado. Bajo él, un puñal corto aguardaba en su funda. La tortuga con los ojos vacíos se quedaría allí. No podría liberar a mi maestro, como tampoco pude salvar a ningún otro. Me acurruqué junto a su mesa, tratando de borrar su expresión con la imagen del mar, que no había visto nunca. Me embarcaría, e iría a las Indias, aún no sabía cómo. Exhausto, me quedé dormido. Soñé que tenía el rostro envuelto en el paño hediondo de la sala de interrogatorios. Entonces, como una premonición, llegó el estrépito.

Anguilas de mazapán con jugo de cáñamo y pócima para ver hadas

El mazapán se hará poniendo en un recipiente hondo almendras molidas con azúcar y dos cucharadas de agua, a las que se agregarán semillas de cáñamo que previamente se han cubierto con agua y dejado remojar durante un día, para separar las cáscaras, y una buena cantidad de la parte resinosa de la planta, que se habrá molido con las hojas. Amasamos con las manos toda la mezcla durante bastante tiempo hasta conseguir una masa uniforme. En su interior ponemos una pieza del fruto de la mandrágora, que se habrá confitado cuando esté aún verde. Esta masa la dejamos reposar durante un par de horas en lugar fresco. Pasado este tiempo, hacemos figuritas y las colocamos en el horno, untadas con miel.

Para la pócima, colocar pétalos de rosa y caléndula en agua de manantial y dejar reposar durante una semana, filtrar el agua y conservarla en un recipiente de cristal. Agregar brotes de avellano y tomillo silvestre y hierba feérica (aquella que se encuentra dentro de un círculo de setas) y dejarlas en el recipiente al sol hasta que se disuelvan los ingredientes.

Antes de tomar el mazapán, cierre los ojos y frote la pócima en sus párpados cerrados. Mientras come, podrá apreciar todas las hadas a su alrededor durante al menos cinco horas.

Capítulo 37

Tal como vinieron, marcharon, llevándose cualquier cosa que hallaren de valor. Desde el techo, al que pude encaramarme al subir la tapia trasera, pude oír como escarbaban en los huecos del suelo y el muro. Renegaban de que no hubiera oro ni plata escondidos.

Los trastos rotos se esparcían por el suelo, entre la ruina de hierbas y venenos. Entre ellas, rescaté mi diario vacío. Luego, aquel último huevo que seguía entero en un rincón, bajo la espetera rota. Agarrado al huevo me quedé, y tan al cabo que no me importaba si volvían. Se venía el invierno encima, y ya era tarde, entendí, para echarse a los caminos.

Pasé la noche en vela, en un lecho con dos mantas que me hice junto al patio, por si tenía que salir por la tapia de atrás, hasta que se coló la fría luz de la mañana entre las rendijas. Por zafarme de la melancolía, hice un fuego con la última leña. Tomé un cazo e hice muy por lo menudo, considerando cada gesto como si diera misa, mi último huevo frito.

Me mantuve hecho un ovillo, entre el temor a lo que venía y la débil esperanza de que maese Giges hubiera hallado solución a aquel entremés y entrara por la puerta. Habían vaciado la bodega y desparramado el contenido de las cántaras que no se habían podido llevar, en su ansia por encontrar dinero oculto. Me alimenté de harina, un membrillo revenido y las otras aceitunas que pude rescatar. Hasta el tercer día no quise tomar lo que había guardado en mi hato para la marcha que no me atrevía a emprender.

Fue entonces, mientras hacía trizas una silla para calentarme, cuando regresaron.

«¡Patam!», oí.

Me lancé hacia los escombros, tras una cesta.

—Vaya estropicio. ¿Y eso? —dijo uno de los que se había metido en la trastienda al ver las mantas.

—Alguno de los nuestros, que se habrá traído a su barragana antes de la subasta.

¿Subasta? Me arrastré en dirección a la bodega: no me daba tiempo a escabullirme por la trastienda para huir por el patio. Bajé a rastras. Apenas me había puesto en pie, cuando oí los pasos escaleras abajo. No había lugar donde ocultarme. Me colgué del borde del aljibe y, aferrado a las piedras húmedas, me metí en su oscuridad.

—Abajo con eso, y las maderas rotas, a la pila —ordenó una voz rasposa sobre mi cabeza.

Me aferraba a la piedra con las uñas.

—¿Y esto qué es? —oí en otra voz, más grave, que trasegaba algo en la boca.

—Tíralo allí si no vale nada —respondió el primero.

No podía sostener mi peso. Arranqué un trozo de argamasa, que se perdió en la tenebregura. Ahogué el dolor. Desesperado, busqué otro asidero en la roca mucilaginosa. A medio paso, junto al ojo del mosaico medio roto, noté un espacio vacío. Puse el pie derecho sobre aquel y, tanteando, me deslicé en la abertura. Tenía el tamaño de un barril grande, hecho en la roca viva. Descubrí su final con la cabeza. Poc.

—¿Has oído algo?

—No.

—Una queja.

—¿Qué?

—Una queja te digo. O una risa.

—Anda y no seas mentecato. ¿Qué risa? ¿Fantasmas ves? —dijo el otro, mientras yo contenía la respiración.

Las voces que venían de arriba se confundían con el eco. Una de ellas se acercó a la boca del pozo y echó un escupitajo.

—Anda. Vamos a la venta, que el carro llega este sábado con el nuevo dueño.

Vinieron a prender al maestro hacía solo cuatro días, pero ya habían puesto en almoneda la casa, después de désvalijarla. Eso significaba que aquello era un negocio cerrado desde hacía mucho. Tal vez desde la visita del corregidor. Pensé en salir de allí y ajustar las cuentas a uno de los bellacos, aunque me costara la vida, pero luego noté el chichón del cabezazo, y se me a aflojaron las piernas. «Buena excusa, so piltrafa», me dije.

Volvió el silencio. Esperé, mientras el polvo se posaba en el agua, hasta que mis ojos se acostumbraron al débil resplandor sobre la piedra. Tenía el tacto gelatinoso y frío del interior de un pez. Frente a mis pies había una forma, que tanteé con un pie. Se trataba de un pequeño arcón cubierto de herrumbre. Una tumba, tal vez. Temí entonces al vigilante del osario, aquella estantigua de la piedra, dibujada con fragmentos, que el tiempo había partido en dos.

Oscuridad.

Al día siguiente me despertó el trasiego de enseres, los gritos del carretero, chanzas y órdenes, entre las que destacaba la voz del nuevo dueño, que repetía «¡rediela!» cada vez que se caía algo, o ponían un bulto fuera de su sitio. Esperé en vano a que se marcharan. ¿Aquellos energúmenos se iban a quedar a vivir sobre mi cabeza por ventura? Me acurruqué lo más lejos del arcón, y el borde del aljibe, por miedo a lo negro. Desperté el domingo, al volver la luz, con un fuerte golpe, y un ruido metálico. Era la hora de la misa. Salí de mi escondite.

Encontré, palpando, la masa áspera de un saco, luego un capazo con tubérculos. Mordí un rábano duro y picante mientras hallaba unas longanizas. Comí, ansioso, según se aclaraba el día. Habían juntado todas las medicinas en un cestón, sin distinguirlas. En el repecho de la pared que daba al norte descansaban, partidos, los bancos de trabajo y otros muebles, que servirían de leña junto a los papeles. Entre ellos, hallé mi libro vacío y un cálamo partido.

Subí a la callada las escaleras, y busqué la salida. Hubiera deseado esgrimir un hacha de guerra, como Teodorico el Vengativo, o un alfanje romano, pero solo venía armado con dos salchichas. El estrecho ventanal que daba a la calle estaba abierto y, por entre sus rejas, entraba la luz gris de la mañana, que iluminó un espacio donde no había nada que reconociera. En lugar de estantes, había cuerdas, de las que colgaban rollos de paño. De una barra fijada a la esquina, pendían camisas, alguna capa, casacas de chamarra y tafetán. Sobre el nuevo tablero, más amplio, había una vara de medir, y también aderezos de cama para hacer tapetes, mantas y cortinas: habían transformado la botica en una sastrería. Las puertas tenían candados nuevos. Estaban cerrados por fuera. Rompí la punta de unas tijeras al forzarlos. Sentí un roce tras mi pie, di un salto, pensando que la criatura de la oscuridad venía para arrastrarme al pozo, pero era el gato del sastre, que maullaba zalamero mientras oía cómo volvía su dueño. Corrí a mi escondite, y viví como un ratón de bodega desde entonces.

Me alimentaba cuando dormían, robando por lo menudo aquí una frutilla, allá un trocico de pan o empanada. Solo el gato, que se acostumbró a mí, era testigo de mis andanzas. Aprendí a distinguir a los usurpadores por sus sonidos. El sastre vivía con una mujer porfiada, un oficial conformista y un rapacejo que debía de ser su aprendiz, al que hice la vida imposible. Su trasero fue el que pagó lo de las tijeras sin punta y el robo de las salchichas.

Como nuevos ricos, la dueña, en lugar de guisar, llevaba las cuentas y tramaba negocios entre misas, pero tampoco quería gastar en un sirviente que les guisara. Por eso, recurrían a las cestas y cazuelas que traía un mozo de la posada. Traía empanadas para el almuerzo, salpicón o fiambre de cordero los más de los días. A veces conejo, huevos o gallina, también alguna tajada de hígado. En los días de guardar, alguna sardina salpresada, abadejo en salazón, escabeche de trucha, y ternera los festivos. Esta solo la olía, porque el aprendiz dejaba los huesos tan limpios que era como si lamiera piedras.

En las horas de sol me encogía, como esos lirones que se entierran bajo el suelo con los fríos, y viven sin sentir, ni oler; o como Jonás, en la ballena. Mientras dormitaba atento al ruido de los vivos, entre los reflujos de aquella sima, volvía a recorrer cada piedra. Cada mirada. Cada camino. Cada muerto de los que viera, sin saber si era noche o día. Procuraba ahuyentar las memorias como el mulo atado espanta moscas en verano. Pero era vano. Borriqueras, se aferraban adonde no podía llegar. Roían mi espíritu, infinitas, tenaces, ahincadas. Se juntaban en la negrura del pozo, y llegué a ver como una mano salía de este para arrastrarme hacia la nada.

Con tal de no perder el juicio, me apresuré a preparar en mi caletre una salsa de perejil en salvia con pan blanco. Luego, unos boletos asados en brasas de olivo con trébol, mirto, polvillos de ámbar, almizcle molido y un poco de algalia.

Cuando desperté, aún había luz. Y estaba cuerdo.

Me abandoné desde entonces, como siempre había hecho, a mis fantasías. Esta vez, con banquetes de aire. De modo que pasaba la mayor parte del tiempo lejos de mi cuerpo, y sin echar de menos el mundo. Abría los ojos y salía de mi ensueño solo para obtener alimento, o vaciar el cuerpo, cosa que hacía en algún rincón de la casa, lo que provocó que llamaran la atención al aprendiz.

—¿Qué haces? ¿Que te cagas en los rincones? —espetó la dueña.

—¡Yo no fui, maestro!

—¿Y quién ha sido? ¿El regidor del colegio de San Ignacio? ¡Bergante!

—¡Ay!

Llegado el Adviento, cuando el frío me calaba los huesos, una noche me harté de pernil de tocino. Metieron desde entonces este junto a los dulces bajo llave, y tuve que conformarme con sisar las verduras de la cena: algún haba fugitiva, zanahorias pochas o incluso las costillas que dejaban para el gato, que se me quedaba mirando roer con indiferencia amistosa. Para chupar restos de potaje (el de calabaza era bueno) me fue muy útil el cálamo partido, que hallé en el sótano entre los desperdicios acumulados, junto a mi libro vacío, que rescaté para que no lo usaran como incendaja.

Mi cuerpo menguó. Pero no echaba de menos la comida: toda era mía porque podía imaginarla en mi profundo apartamiento, con una libertad que ni soñaría un pájaro. Ideé borrachuelos de anís al bálsamo de incienso; níscalos de sangre roja al elixir de almizcle, con hojas de sauce y semillas de camuesas; o trufas con flores blancas de borago[1] en besamel do-

---

[1] Borraja.

rada al horno. Así pasé el tiempo abstraído y sin sufrir, como debían de hacer, pienso, los ermitaños.

Se sucedieron así los días de invierno, que evité contar, abrazado a mis únicas posesiones; y solo, en la oscuridad, como esos monstruos de los cuentos, me sumía en la tiniebla de mi mollera con lo fementido y lo quimérico. Entremezclé minerales, olores, sabores, texturas, hasta que, en mi solitario desamparo, comencé a fabular recetas cada vez más insensatas: carúnculas rellenas al jugo de cereza; escarcha de durazno con aroma a petricor iluminado por luciérnagas; un bedano de tierra que, sobre semillas de sicomoro, te venía a los labios al vuelo; cortezas de cangrejo mágicas, rellenas de frambuesas, con sándalo y polvo de amatista. Aunque una noche de exceso, cuando serví anguilas en hojaldre con rodajas de manzana frita, sentado como un rey en un bosque otoñal, con mesa, candelabros, y arroyo cantarín, noté al morder que aún tenía una espina venenosa, y mientras me ahogaba descubría que no era anguila pescada en aguas limpias, sino que sabía a muerte, y a lodo.

A fin de no perder la chaveta, esa noche recuperé un cabo de vela, afilé la punta del cálamo y metí un poco de tinta en la base de una jarra partida. Fue así como comencé a escribir, usando el sepulcro como mesa, estas letras que vos leéis. Tardé un día en pensar el título, pues no sabía si usar la palabra *aventuras* o *pavores*.

Cuando no saldaba mis cuentas con la pluma, iluminado con los pies vela que cortaba de las que usaba el sastre, volvía a la industria de mis fantasías. Aunque ponía cuidado en no volar demasiado alto, no fuera que no pudiera volver en mí. Un atardecer, oí algo que me distrajo de unas grullas quiméricas en miel agria con ungüento de musgo y fresas. ¿Era un sonido real, o lo tenía adentro? Asomé la cabeza de mi hoyo.

La casa estaba quieta, como si fuera domingo. Recorrí la tienda, vacía, en busca de algo que comer. Por la rendija de la puerta entraba la melodía. Puse el ojo en ella, y vi a un demonio de piernas flacas: soplaba una ocarina mientras danzaba. Tras él, unos mozuelos con el rostro tiznado de negro le acompañaban con panderos.

—¡El carnestolendas! ¡Se va el carnestolendas!

La puerta no estaba cerrada.

«Una dola, tela, catola, quila, quilete, estaba la reina en su gabinete. Vino Gil, apagó el candil, candil, candilón, cuenta las veinte, que las veinte son, alguacil y ladrón, uno, dos… y veinte serán. ¡Qué bien que es carnaval!».

La luz hizo presa en mis ojos. Un grupo con bigotes pintados con un corcho quemado corría tras la comitiva. Me encontraba a las espaldas de la familia del sastre, entre el resto de los convecinos. Asistían, a cortejo de zambombas y turutas, al desfile más extraño que pudiera imaginarse: lo encabezaba un joven con zancos y un orinal por sombrero. Campesinos y estudiantes le exorcizaban con pantomimas, precedidos por un asustadizo lebrel, al que habían enharinado y puesto un cencerro de vaca.

Sin que cayeran en cuenta de mí, me dejé arrastrar por la comitiva. Había vivido mil vidas en cien días bajo tierra, y me sentía ajeno a lo que me rodeaba. Un gañán vestido con tela de saco daba vueltas fútiles. Dos truhanes adornados con claveles saltaban sobre el arroyo de orines, salpicando a bellacos, pelotilleros, mamporreros, fatuos, brutos y alcahuetas. Los detesté a todos, porque me hacían sentir más solo.

—¡Decid adiós a la carne! —gritó un franciscano, vestido con un hábito de lana sucia, que se enfrentó al desfile.

El carnaval perdió su impulso. Tras él, al fondo, surgía el rumor de un canto monótono.

—Es la hora de que los hombres celebren la muerte y resurrección de Cristo! ¡Alejaos del demonio! ¡Que nadie os engañe, que *carnaval* significa 'carne de Baal'! ¡Adulterio, fornicación, inmundicia, lascivia, idolatría! —gritaba el aguafiestas—. ¡No os entreguéis a pactos de sangre con el propio Satanás!

Siguieron algunas risas hasta que apareció algo que a todos hizo callar: recortado por el sol poniente, avanzaba un estandarte rojo. Entre las velas y la cadencia regular del miserere, daba un ambiente irreal al crepúsculo.

Las carnestolendas, tras tres días de desenfreno, se deshicieron como un terrón de barro bajo la lluvia. Procuré mantenerme en las sombras, lejos de los alguaciles, y me aparté de la procesión. A la altura de un pequeño convento, me desvié hacia el sur, hasta la gran plaza de Santa María, y llegué a la inmensa puerta de la basílica. Encontré allí la razón de que mi maestro no hubiera regresado por mí. En un bando primorosamente escrito, como el de la pobre Eulalia, la Ahumadora, bajo los apóstatas y blasfemos, descubrí el nombre de Nicanor Giges Oar. Al día siguiente, llevaría el capuchón negro de los herejes y moriría en la hoguera.

Me quedé mirando el albañal del río pequeño desde un corral en el que ladraba un perro, y luego regresé a la antigua botica, devanándome los sesos. El sol ya se ocultaba bajo los tejados, pero no había luz en la sastrería. Salté el muro del patio, crucé la puerta, que aún estaba abierta, recibí el saludo del gato y me colé en el sótano. Encontré algo de cáñamo, y algunas hojas de adormidera. Con ellos pasé las cuatro semanas de Cuaresma. Cuando se acabaron, salí para buscar entre las hierbas deshechas del capazo. Lo volqué despacio sobre el piso en busca de frutos ovalados con cinco estrías, o semillas grandes y jaspeadas, de superficie brillante. Entre aquel batiburrillo, bajo un montón de valeriana y polvo de azufre, encontré un bote partido con un puñado de esa planta que sirve para el menstruo femenino y que llaman *ajenjo*. Luego, algo de brugmansia. Entre las setas secas, hallé una color herrumbre, muy venenosa. Oí golpes y pasos, y antes de marcharme guardé en el bolsillo un puñado, junto a mi diario, con el pensamiento de que jamás me atraparan vivo.

Dejé pasar la noche mientras miraba, a la luz del cabo de vela que puse sobre la tumba, la seta aquella. Era de mal morir, dijera el desventurado maese Giges, pues producía tal controversia a los humores del cuerpo que acababas muerto a carcajadas: *foliota* se llamaba, o *loca de los pinos*. También *hongo de la risa*. ¿Sabría como la flor de calabaza, musgo fresco o a corteza de tilo?, discurrí con la mirada puesta en aquel féretro sencillo protegido con una cerradura. Y casi cedí a la tentación de probar un poco cuando me vino a las mientes que las tumbas, que se sepa, no se cierran.

Aguardé a la madrugada para deslizarme hacia la tienda. Tomé las tijeras nuevas del sastre y volví al agujero con ellas en el cinto. Les rompí otra vez la punta, y casi me arranco un dedo, pero logré forzar el cofre. A pesar de la luz tenue de la vela, su interior brillaba: estaba lleno de monedas de oro. El rescate de un rey. La riqueza, tal vez, de muchas generaciones. Tal vez, de aquellos romanos que construyeran aquel pozo. Oí entonces pasos y voces. Luego, la puerta. Era el quinto domingo de Cuaresma: el sastre salía con su familia, antes del alba, para ver el auto de fe.

Citaba Giges un proverbio: «Con dinero en el bolsillo se es inteligente, atractivo, y además se canta bien». Aún estaba oscuro. Cuando cerraron la puerta, tomé una capa de la tienda. Con ella me hice una saca en la que puse todas las monedas que cupieron, sin dejar casi ninguna.

Asomé del agujero. Apenas podía soportar el peso de aquella riqueza. Saqué el cuerpo, bajo la mirada de la estantigua, esforzado en agarrarme de uñas al borde y llegar arriba, pero, con aquel atado que parecía de plomo en un pie, me faltaron fuerzas para elevarlo sin perder el equilibrio. Lo intenté con el saco en el costado, y a la tercera llegué a medio camino. Pero había comprometido mi cuerpo de tal forma que no podía subir ni bajar. Con mover un dedo, iba al fondo. Había pensado que salvaría a mi maestro sobornando al capitán y aun al rey, y que, por enano que fuera, no me faltarían sedas, mujer ni castillo. Pero todo eso se deshizo en el aire, como mis ilusiones, cuando tuve que soltar el bulto.

«Plof». El agua trinó, burlona, cuando lamió la piedra después de tragarse el oro. Desembarazado, vivo, y otra vez pobre, me dediqué a recuperar las monedas que restaban. Solo doce. Sólidas, brillantes. Grandes como doblones. Tal vez serían suficientes. Las metí en la faltriquera, junto a mi libro, y con ellas me encaminé hacia mi perdición.

Capítulo 38

Despuntaba el sol del día en que me atraparon, entre el olor a humanidad, madera nueva, frituras e incienso. Las oraciones, la cadencia de las campanas y las hachas encendidas daban al violeta de las luces del alba un tono extraño, intenso y dramático. Los pucelanos y forasteros curiosos se arracimaban contra los palenques de madera fresca como una bandada de golondrinas. Los justicias amenazaban con penas de bastón y cárcel a quienes los franqueasen, pero algunos muchachos se salían de ellos con la intención de agredir e insultar a los penitentes. Tras la cruz, que se bamboleaba, los alguaciles los traían montados sobre asnos. Iban recibiendo piedras, gritos y desperdicios, a pesar de las advertencias de los guardas. Los querían sanos para la tarde. Algunas bostas fueron dirigidas a los que llevaban el escudo del nuevo rey. Se armó una trifulca que no acabó en muerte porque se había prohibido, so pena de vida, llevar armas ese día.

Sentía el peso del oro. Debido a mi estatura, avanzaba casi a ciegas entre el tropel. Llegué a la cerca que separaba la muralla de los tablados donde los reos abjurarían de sus pecados, antes de que los contumaces fueran conducidos a la quema. En la puerta, cuatro guardias exigían el pago de entrada a los que quisieran mirar de cerca. El estrado, de diferentes alturas, dominaba la plaza, que encerraba un tablado redondo. La sobriedad del espacio destinado a los reos contrastaba con los ricos pendones y los bordados en oro de la tribuna para las autoridades. Se oían abucheos. Aparecieron las caperuzas de cartón amarillo, de tres pies de altura, y luego las caras. Hombres y mujeres descalzos, con una soga al cuello y velas en las manos. Tras ellos, desfilaron los desgraciados con sus caperuzas. Cuatro de ellos iban amordazados para impedir que siguieran quejándose o blasfemando. Cada uno iba rodeado de familiares y frailes que los preparaban para la muerte, tal y como había visto cuando me condenaran en efigie. Tras ellos marchaban las personas de calidad de la urbe (soplones), comisarios, notarios del tribunal y los pendones de las cofradías. Los vendedores ofrecían bollos de miel, torrijas, pestiños o buñuelos de bacalao entre la muchedumbre que abarrotaba ventanas, balcones, plaza y calles adyacentes. Una gran nube negra se acercaba desde el oeste.

Los que encabezaban la procesión se acomodaron con solemnidad junto a nobles y autoridades, dispuestos según su relevancia, para disfrutar el espectáculo, y comenzaron a servirse golosinas. Con las manos ocultas bajo la sotana, un benedictino exhortaba a una figura en la que creí reconocer a maese Giges, si bien era más joven y pálido. Dos niños con valonas almidonadas le arrojaron cáscaras de nuez, junto a un señor que comía a dos carrillos. Nada pudo responder, porque estaba amordazado.

El relator subió al púlpito. Era calvo. Reconocí al procurador fiscal de la Inquisición. Comenzó su perorata haciendo callar a los asistentes con un relato sobre los horrores infernales que esperaban a quienes cediesen a la tentación. Miles de personas permanecieron mudas, como si el hecho de hablar viniera acompañado de algún maleficio. Hizo escarnio de luteranos, moriscos y judíos, a los que tachó de caníbales, ladrones, fornicadores y secuestraniños.

Acto seguido, se volvió hacia los reos, haciendo alarde de anteojos. Tomó un pliego, y relató sus culpas. Me puse de puntillas. Estos, bajo el cielo plomizo, permanecían quietos. No lograba hallar a mi maestro. Los condenados a morir llevaban un sambenito negro, con llamas, demonios, dragones o serpientes, además de una corona roja. Los que habían reconocido su herejía portaban uno amarillo con dos cruces, mientras que los sentenciados a recibir latigazos, los impostores y los bígamos (cosa que no entendía qué era) llevaban atada una soga al cuello con nudos, que indicaban los centenares de latigazos que debían recibir a la sazón.

Enumeró uno a uno a los reos que tenían que salir para ser sometidos a vergüenza pública, los varazos correspondientes y la abjuración de sus errores. Lo hizo con tanta maña y espectáculo que cuanto más se agravaban los castigos, más gritaba. De nada serviría que implorara perdón. Los dominicos eran implacables con los hombres, e incluso con los animales. En Francia, habían condenado a una cerda que fue vestida con un sayo, como si fuera humana, y torturada para buscarle la confesión, tras nueve días de juicio frente a un tribunal eclesiástico. Aquella noticia nos habría provocado risa en los buenos tiempos de la botica, pero maese Giges tenía razón: no puedes reírte de hombres como el procurador fiscal, José Gutiérrez.

La plaza, con su oratoria, alcanzaba el clímax. Estaban todos tensos, anhelantes, sorprendidos, horrorizados y, al mismo tiempo, satisfechos ante aquel preludio del juicio final.

Al joven, lívido, le acusaron de apóstata, blasfemo e impenitente relapso. Por ello, no tendría derecho al estrangulamiento y sería quemado vivo junto a los otros, al atardecer, en el Campo Grande. Luego, siguió el proceso con cuatro monjas sacrílegas, a las que habían quitado el hábito y dejado en camisa.

Su ilustrísima, Juan Pardo de Tavera, ascendió finalmente al púlpito, severo. El rey se puso en pie, bajo el dosel de la grada más alta, junto a sus nobles, rodeados de oropeles. Era un joven de tamaño mediano y rostro alargado. Reconocí la nariz y la quijada que describiera Francisco de Cobos, la cual daba no un aire soberano, sino de pocas luces. En aquel momento lo proclamaban como el ser más poderoso de la tierra, si bien, a una señal del inquisidor, se puso de rodillas.

—¿Juráis la defensa de la sagrada fe católica, la persecución de los herejes y apóstatas y fidelidad al Santo Oficio de la Inquisición?

El pueblo, por un lado, y los nobles con sus fajas, medallas, lechuguillas, capas de tisú y calzas abombadas, por otro, gritaron lo que convenía: que sí, que lo juraban.

Acabada la ceremonia, apartaron a los reos. La mañana había sido muy larga. Las autoridades se recogieron en sus reservados, con el fin de regalarse un banquete con el que reponer fuerzas. Regresaron las voces de los vendedores ambulantes, que ofrecían refrescos y golosinas, y también alquiler de cojines o sombrillas a cambio de un maravedí.

Seguí a la recua de presos hacia el norte de la plaza. Perseguidos por una tropa de chiquillos, tomaron una calle paralela a la vega del río hasta alcanzar un edificio de piedra y ladrillo rojo: la antigua casa de la moneda y cárcel de la ciudad.

—¡Maestro! —me atreví a susurrar, tras ellos.

Tres guardias se volvieron hacia mí, y me guardé la frase: «Voy a liberarle». Los curiosos se dispersaban, y si me reconocían por mi estatura, era preso.

La vieja casa de la moneda era cuadrada. Sus rejas, muy sólidas, y no había respiraderos que dieran a los sótanos. Demoré lo que me había propuesto hacer, por quitarme el miedo, vagando por los alrededores. Las calles estaban tranquilas a esa hora, y las tabernas, llenas de quienes esperaban el acto final. En el extremo de la calle, junto al puente que cruzaba el Esgueva antes de tributar en el río mayor, había un prado. Los espectadores, venidos de muchas leguas a la redonda, se encontraban allí para huir de pedigüeños y ladrones, y dar cuenta del contenido de botas y cestas al rumor del agua. Un chavalín con camisa y calzas arremangadas, de unos diez años, miraba el fluir del líquido que había entre sus pies. Su madre llamó a comer, y el niño, remiso, esperó un poco antes de saltar con gracia entre las ondas, hasta la yerba, donde le esperaban con una empanada envuelta en parra y un beso. Regresé al frontal de la cárcel, algo más triste y envidioso. Pasé de largo junto a los que vigilaban la puerta. No reconocí a ninguno. De vuelta, me dirigí al que estaba más apartado de los demás, un guardián desgarbado y de faz caballuna.

—A la buena de Dios, buen hombre.

El guardia y los otros tres que estaban junto al portón, alzaron la mirada, entretenidos. Solo uno de ellos arrugó el ceño por que tal vez no había visto nunca a un enano.

—Señor. —Abrí la mano para mostrar con disimulo una moneda de oro.

El energúmeno olvidó que tenía la boca abierta en cuanto vio el brillo.

—¿Podríais ayudarme? Esto os daré si me hacéis el favor de presentarme para que pueda hablar con vuestro capitán.

—Quiere hablar con el capitán —explicó por encima del hombro a sus compañeros mientras se metía la moneda en la faltriquera.

Uno de los guardias de la puerta, bajo y cuadrado, pulgar en la faja que le otorgaba el rango, se adelantó, me miró la bolsa y le ordenó al de la cara de caballo que se fuera.

—¿Y bien? —dijo, cuando su inferior, muy a desgana, se recostaba contra el quicio del portón, desde donde no podía oírnos.

Como ocurre con los bribones y los soldados viejos, el capitán tenía la cara llena de cicatrices. Le mostré las monedas.

—Son por mi tío. Serán vuestras si puede salir de ahí.

—¿Quién es vuestro tío?

—Está allí dentro.

—¿Quieres que saque a tu tío de aquí? ¿A cambio de estas monedas?

Ya no había marcha atrás. Asentí con la cabeza.

—Deja que las vea —dijo como si desconfiara, achicando los ojos.

Cuando comprobó su peso, le brillaron de codicia. Hizo una seña tras de sí mientras guardaba la bolsa.

—No os mováis de aquí.

Antes de llevarse mi dinero, susurró algo a otro de sus hombres. Este, un jácaro desafiante, se puso a mis espaldas con el puño prieto bajo el guardamano de su arma. Esperé, conteniendo las ganas de fugarme, aunque serían vanas: no había posible escape. Al cabo de un rato, salió un monje dominico de la cárcel. No le conocía, pero él sí sabía quién era yo. Le brillaban los ojos.

—Date preso a la Santa Inquisición —dijo.

Y la terrible frase sonó a burla en su boca.

—Y tu maestro, además, no está aquí —agregó el guardia.

—¿Dónde está?

—Está en el infierno.

Pastel de avispa

Tomar un nido de avispas bien maduradas en un frasco hermético y colocarlo al baño maría hasta que la temperatura las adormezca. Poner cebada en una sartén con aceite hirviendo e ir retirando las palomitas conforme revientan. Una vez hecho esto, mezclar ambos. Verter el resultado sobre mantequilla y miel previamente calentadas, y remover. Colocar la mezcla resultante en un recipiente y dejarlo al horno diez minutos a trescientos cincuenta grados.

Capítulo 39

Olía a resina. Esta vez no era un sueño. Solo podía mover el cuello. Estaba atado como un jarrete de ternera en un domingo de marzo. Los soldados, renuentes, hacían lo imposible para contener a la aglomeración ansiosa por ocupar un buen sitio en el Campo Grande, y apedrearnos cuando estuviéramos sujetos a los palos.

—Torriiiijas. ¡Qué riiiicas, friiiiitas!!

Caía la tarde. No vería la primavera. Percibí el aroma a fritura, y luego a las especias. La cercanía de la muerte excitaba en los castellanos el ansia de vivir. Tomaban golosinas, atentos en ver cómo moríamos. Pensé en cómo sería pasar de crudo a medio crudo. Sería cadáver al llegar al término medio, antes de quedar al punto: rosado el interior; el exterior, marrón. Y estaría en el infierno, o allá donde fueran los cocineros alunados cuando estuviese muy hecho (gris marrón, sin zonas rosadas). ¿En qué pensaba? En lo que le viene a la cabeza, imaginé, a un cocinero que va a ser asado.

La masa empujaba hacia el frente para ver cómo ataban a los reos vivos. Los que se apelotonaban frente al cadalso retrocedieron al ver a los guardias con las teas. Entonces el coro entonó el himno de *Veni Creator Spiritus* y todos los asistentes se pusieron de rodillas. Miles de ojos se clavaron en mí, hambrientos, mientras me conducían a la picota: un poste de dos veces mi altura.

La sangre se me agolpaba en la cabeza y los latidos del corazón me hacían sordo al repique del tambor, el verberrear de la masa y las voces de arrepentimiento. Aún guardaba las setas que mataban de risa. Se habían hecho polvo, toqué, bajo el escondite del jubón. Me llevé con disimulo el dedo a la boca. Sabían a tierra, a moho y lana húmeda. Comenzaron a atar a una mujer menuda, tranquila, a la que habían condenado por bruja. Luego, a un hombre entrecano que, aterrorizado, miraba a su alrededor con los ojos en blanco. El joven tenía la boca abierta como si tratara de gritar, pero no emitía ningún sonido. En una esquina, un verdugo encendía las hachas en los blandones. No sentía el efecto del veneno, tal vez porque era poca dosis, o no estaba, a la sazón, de humor para morir a carcajadas. Me llegaba el turno. Aferrado a mi última posibilidad de elegir la forma de irme al otro mundo, llené mi puño de veneno antes de que me amarraran, para tragarlo de un bocado, pero recibí un latigazo en la mano. ¡Ay! El polvo de foliota se dispersó en el aire.

—Tira —dijo el guardia que me había lacerado las manos.

Desde la escala, podía ver el río, entre las cabezas, más allá del campo abierto, sombrío bajo las nubes densas que filtraban el sol, como un mal presagio.

Las partículas de foliota se esparcían en el ambiente quieto. Brillaban a la luz oblicua de la atardecida, perezosas, sin decidirse a caer, como semillas de diente de león, entre el humo de los candeleros.

—*Infirma nostri corporis, virtute firmans perpeti* —cantaba el coro.

El rey, inmóvil sobre un estrado protegido por alabarderos con libreas coloridas, no parecía más que una figurilla. A su lado, el sombrero del arzobispo resaltaba como un indigno falo. Se oían risas, relinchos de los caballos, asustados. El asunto no iba conmigo —se me antojó entonces—, el mundo no era más que un ridículo desaguisado.

Una vez en el cadalso, comenzó la lectura de las sentencias entre el fluir del coro, al tiempo que dos verdugos preparaban las cuerdas del garrote. Los que se hubieran arrepentido serían aliviados de la quema mediante el favor —magro— del estrangulamiento.

—... y le condenamos, por la gracia de Dios, por apóstata, blasfemo e impenitente relapso, por tener opiniones en contra de la fe católica y hablar en contra de ella y sus ministros —decía, con voz monótona, el fiscal.

Chisporrotearía como un pato. Al contrario que el ternero, me dije, que necesita manteca por ser menos graso. Arderíamos como teas antes de que esos brutos dispersaran nuestras cenizas al viento para purificarnos. Sentí que se me evaporaba la sesera. Se juntaban el antes y el después mientras niños cantores se desgañitaban tras el sermón, y el caos de voces que hacía imposible oír el río, que podía ver desde la picota. Volví al presente, cuando callaron.

—¡Oh, Dios, hazme justicia, defiéndeme contra esta gente pagana! Líbrame del mentiroso y del perverso. ¡Tú eres Dios, mi protector! —seguía Gutiérrez.

Un remolino agitó el humo acre de las teas encendidas. Ahuyentó el polvo y las esporas de la foliota, que ahora caía sobre las cabezas, haciendo estornudar a algunos.

—¡Ejem! —carraspeó Gutiérrez.

Sobre la cabeza del religioso apareció un destello. Sentí el vacío en la boca del estómago.

—¡Pido perdón a Dios! —dijo uno.

El hongo llenaba mi bajo paladar de su regusto. Sobre el mar de rostros titilaba un reflejo. Se me iba la vida y notaba escozor bajo los párpados. ¿Picante? No era un mal fin, después de todo.

—*Teque utriusque Spiritum. Credamus omni tempore.*

La cadencia de los cantos contrastaba ahora con el revuelo de la turba, atenta a las últimas palabras que permitirían pronunciar a los presos. Un molino de luz multicolor extendía una suave aura en torno mío. Era como de brasas incandescentes, blancas y veteadas de amarillo, rojo y verde. ¿El fuego? Entonces, algo pasó. Abrí los ojos. El coro había dejado de cantar. El procurador fiscal señalaba a la mujer menuda muy tieso, incrédulo. El teniente de alguaciles había desatado su mordaza y dado un paso atrás, como si en la condenada viera al mismísimo demonio. Había rugido la multitud, y ahora reinaba un silencio de sepulcro: la mujer no tenía miedo.

Reía.

De todas las formas malignas de expresión, según las leyes divinas —está escrito—, la risa es la más perniciosa. Aún más si es femenina. Nadie, jamás, había roto la dignidad de aquella ceremonia con aquel sonido. El hermano mayor de la cofradía del Santo Sepulcro se arrodilló para rezar; el fiscal se secó la frente con la palma de la mano y gimoteó algo sobre la presencia de Lucifer. La mujer, sin hacer caso de las amonestaciones, seguía riendo, y los rostros de sorpresa dieron paso al temor.

Aquella primitiva manifestación del ser no era cosa ligera. Era una risa con enjundia. Musical. Las autoridades, en un pálpito del mal agüero, miraron al cielo. Su ilustrísima, el inquisidor, atemorizado frente a lo extraordinario del suceso, hizo una seña para que el fiscal acelerara con su mandato.

—¡Y por eso les condenamos a la pena capital del fuego, hasta que queden enteramente reducidos a cenizas, y que se esparzan por el viento. ¡Así lo pronunciamos e mandamos! —se precipitó.

La mujer calló dos segundos. La atmosfera quedó en suspenso. Luego, detonó con más fuerza.

—¡Jajajajajajaaaaajaja!

Cuando aquel sonido pasmoso echó a volar, ordenaron que la boca impúdica fuera amordazada. Pero los dos guardias del cadalso, crispados, permanecían quietos.

Era aquella aberración una cascada de pura mofa. Un pedorreo inclemente. Un desmanar frívolo, gilipuertas y bocamuelle que, en su franqueza descabellada, ofuscaba la cordura. Miles de espectadores se mordieron la lengua al sentir que aquel era un peligro malsano y contagioso. De algún punto emergió el cacareo de un niño, y una bofetada sorda. Plaf. Ay. Luego, se contrajeron millares de rostros. Se elevaron las cejas. Se torcieron las esquinas de la boca, se cambiaron las conciencias y arrugaron los rabillos de los ojos. Los reos inflaron carrillos, se pusieron rojos y, al fin, lenguas al aire secundaron el ataque de hilaridad.

El corregidor llamó al silencio con un vagido.

En los años posteriores, por boca de los supervivientes, corrió el rumor de que fue aquel gesto el desencadenante del portento más raro que hayan visto los siglos.

Para vergüenza y horror de los mandatarios, la risa se propagó indecorosa, rugiente, como cuando arranca una tormenta de verano, de *ja* a *ji,* hasta ocupar cada rincón, trastornando las mentes de los inocentes. La foliota, adiviné entonces, no se ingiere: se aspira. Aún flotaba, sobre las cabezas de la concurrencia, al capricho de la brisa.

El obispo se hincó de rodillas y su ruido al hacerlo (pataplof) provocó un *¡je, je, je!* innoble en tetas y barrigas. El inquisidor, rojo como la grana, levantó la Biblia y amenazó con los jinetes apocalípticos. El teniente ordenó al verdugo que prendiera el brasero, y las llamas subieron por los haces de leña.

Pero ya se había desatado la plaga: la avalancha absurda crecía, indomeñable. Su ilustrísima estaba lívida. Con la mitra torcida, señaló al maestro del coro, que inició un salmo, secundado por los dominicos. No pudieron con la primera sílaba. El rumor se había convertido en un alud contagioso y mortal.

Fue un huracán rijoso, una ola demoníaca, un río de cachondeo que se desborda. El universo todo se había revelado, a la sazón, como una enorme burla grotesca. La multitud, olvidada de sí, se retorcía en el suelo. Y la sinrazón impulsaba a seguir riendo. Entre lágrimas, vi una montura libre de su jinete, encabritada entre la bullanga. El cordón de alabarderos se desintegró frente a aquella furia sinnúmero. Los guzmanes y validos se desternillaban, el duque intentó abrazar al rey, que se puso en fuga.

Una atmósfera de irrealidad envolvía el lugar. Reían pajes. Reían tenderos. Reían criminales, putas, jueces y marqueses. La condesa de Valverde se meaba encima y su confesor mugía, afónico. Alguaciles y curas, atrapados en aquel desahogo, se veían en esfuerzos por dominar la tentación descomunal de abandonarse al alborozo, y rendían la cerviz como si Dios mismo estuviera atizándoles con un martillo.

No me fue difícil desembarazarme de las ataduras. Me sentía fuera del cuerpo. La sangre de la mano sabía a metal. Bullanguero y aturdido, me dejé llevar entre el tumulto de aquellas carcajadas de rostros colapsados, que doblaban espaldas, provocaban un sentimiento paradójico del mundo, y gases, descoyuntaban mandíbulas e instigaban a orinar con tal furia que, al poco, el regocijo aterrorizaba.

Los pucelanos pasaron del colorado al púrpura conforme los minutos se convertían en horas. Los pájaros dejaron de trinar, perros y equinos huyeron. Solo el río y las nubes, indiferentes a aquel prodigio, fueron testigos de cómo la masa humana permanecía atrapada en tan monstruosa manifestación de la naturaleza. Forzados a emitir un extraño gañido, se venían abajo, deslomados aun regocijándose en el suelo, en una mueca asombrada y doliente.

Una vez extinguidas las llamas, cuando la luna dio paso a la alborada, se revelaron las formas imprecisas, rotas, de los muertos. Habían quedado allá donde comenzara su gozo, encogidos sobre sí mismos, en un mutis culpable y estupefacto.

Sorprendiérame zizagueando en el camino. Reconocí en el cielo la estrella de Orión. ¿Cómo se llamaban las otras dos? No recordaba quién me lo había dicho.

Me laceró otro carcajeo seco. Dolía, por lo que seguía vivo. Sentí que mi vida anterior había sido un sueño y que era entonces cuando había vuelto a la realidad. Una realidad esponjosa en la que ponía un pie delante de otro y, a cada paso, perdía el alma con el resuello. Reí otra vez, y volvieron las agujas punzantes bajo las costillas. Pasó un siglo. Oí un acariciar de hojas secas, y agua sobre la piedra. Cruzaba un puente. Sin saber cómo, me encontré al cabo en un sendero de tierra apisonada, que ondulaba en la pendiente hasta una vieja ruina.

Una pareja de mirlos, negros y veloces, cruzaba el aire, que olfateé, ajeno ya al dolor. El viento nocturno rizaba las puntas de un grupo de olmos que susurraban frente a un campo de trigo recién sembrado. A lo lejos, se movían algunas nubes, apenas más grises que el cielo silencioso. ¿Habría algo más allá? Aceleré el paso, como si pudiera dejar la muerte atrás, buscando alivio, como siempre había hecho, dentro de mí, pero me detuve, perplejo. ¿Qué buscaba? Lo que quiera que fuese no llegaba. «Silencio», pensé, mientras buscaba en mi... Una, dola, tela, catola, quila, quilete, estaba la reina en su... Algo se me había ido de dentro..., había marchado a la callada, sin dejar... nada.

Me escudriñé por dentro, como juegan las sombras a la luz de una vela. Solo aire. Y la vereda sola. Se me perdió otra risa en el camino recto que se elevaba del valle hacia una colina, en la que el aire agitaba las hierbas altas.

—Jajajaja..., los recuerdos... —me oí decir.

Se habían ido. Miré mis pies. Estaban desnudos. Mi corazón palpitaba en las sienes... Me sequé la cara y salí del camino. Ya no era para mí. Una, dola..., ¿y qué más? Corrí como si pudiera atrapar lo que el destino me había robado..., tropecé y caí. Sentí ganas de gritar. ¡Mi memoria! No habría canciones. No habría sombras ni luces. Solo vacío. ¿Era eso la paz?

Al levantarme de nuevo, me sentía leve. Parecía como si el corazón quisiera salir volando y supe que no resistiría otra risa. ¿Desaparecería? Llegué al suave declive del altozano protegido por el acebo y las carrasquillas que se mecían en la oscuridad. Me sentí contento de haber llegado hasta allí, pero me faltaba algo. Aún tenía el libro bajo la camisa, y el cálamo, seco.

Las letras, apretadas y minúsculas, eran indescifrables en la oscuridad, parecía un misal por su tamaño, y contenían mi persona. Tal vez algún viajero viera todo lo que dejaba de mí. Lo puse a mi vera y esperé a que despuntara el sol. Luego lo abrí, y pude leerlo, y entonces perdí el miedo: todo estaba escrito, en su lugar, en cada línea: los picos blancos, el rumor de las brasas, el tacto del granito, la voz de padre en las tardes largas bajo la lluvia, Daniel soñando, aquel buen fraile, el viejo esgrimidor, y la alegría socarrona del maestro boticario.

Al final trazaría mi firma y el oficio, tras el apellido, tal que un tañedor de guitarra o un poeta. El merecimiento justo de tantas ensoñaciones, cortes, cuitas y escaldaduras.

Ya no era un aprendiz. Había completado el círculo tal vez más presto de lo que debería, como hacen las abejas, o las golondrinas. Bien estaba.

Faltaba algo, sin embargo. Cerré los ojos. ¿Qué era? Algo importante, y de lo cual debía dejar constancia. Restaba poco. No quería abandonar el mundo antes de anotarlo. Era algo antiguo, que había obviado en aquella primera página.

A falta de tinta, mojé el cálamo en la herida.

Nada precisé de mi razonamiento, pues la había guardado siempre entre los labios. Allá donde los romanos ponían la moneda. Era el único que me quedaba. El único importante, y con estas letras que tienes en la mano, lector, me bastó:

Receta primera. Por Alvar de Mondragón

Hágase un jugo dulce, mezclando a partes iguales leche de piñones y almendras, al que se agrega un adarme de azúcar. Mézclese con agua ligera, no de pozo ni de río, sino de esos arroyos altos que bajan con agua purísima de cuando se funde la nieve de las montañas altas. Mejor que en tazón, sorber de natura, para que traiga un aroma almizclado y de tierra, también de la olor que procuran las cenizas de encina en la otoñada. Un poco a flores, a algodón limpio secado al sol y a mosto de uva. Para tomar, es preceptivo evocar una voz tranquila, respiración en calma y latidos regulares. Si el comensal, después, logra arrogar el instinto grave que tienen niños y animales, notará ese sabor primero y último. Aquel que hace sentirse amado, pleno, seguro: la leche tibia de madre.

Al albor, un búho se vio sorprendido en su búsqueda diaria de ratones al observar cómo un hombre menudo, tumbado boca arriba, parecía querer abrazar las estrellas, o tal vez un gigantesco pecho desnudo. Oyó una risa. Luego, solo el susurro del viento.

Fin

Epílogo

En el transcurso del mismo año, aconteció un suceso similar en Estrasburgo, cuando una mujer llamada Trofea se arrancó a bailar con fervor en plena calle y al cabo de los días se le habían unido más de cuatrocientas personas. Ante la sorpresa de las autoridades, que no podían explicarse aquel mal misterioso, bailaron durante días hasta morir de agotamiento. Los médicos sugirieron causas astrológicas y sobrenaturales.

Ante los claros signos de la llegada del anticristo, una semana después de ese trece de marzo se realizó en Valladolid una procesión de penitentes multitudinaria. El Tribunal del Santo Oficio anunció severas penas para cualquier signo irrespetuoso, ya fuera en forma de sonido o muecas. Ese día se reemprendió la guerra entre los comuneros y el emperador Carlos V.

La plaga de risa de Valladolid fue considerada, junto al azote de Estrasburgo, la epidemia más rara de la historia humana. Apenas se conserva, empero, información sobre ella, pues llamaron al secreto. De la guerra, sin embargo, hay abundante bibliografía.

Nota del autor

Aunque *El cocinero* es una novela, la mayoría de los acontecimientos que describe sucedieron en realidad. El resto bien podrían haber ocurrido, y no hay nada, espero (y haciéndolo me convierto en rehén de la fortuna), que no pueda recibir el refrendo de la historia.

La plaga de risa está inspirada en un fenómeno real: la epidemia de baile que acaeció en Estrasburgo pocos meses después, y que es considerado el más raro caso de histeria colectiva de los que se tiene constancia.

Agradecimientos

El autor quiere dar las gracias a Juan María Arzak, Mario Rosenfeld, Claudia Calva, Marina Mena Guardabrazo, Alfonso Rodríguez, Antonio Gázquez, Antonio Salvador, Julián Clemente y, por supuesto, a Juan Miguel de Pablos.